millennium

STIEG LARSSON

LUFTSLOTTET SOM SPRÄNGDES

NORSTEDTS

I *Millennium*-serien har tidigare utkommit:

Män som hatar kvinnor (2005)
Flickan som lekte med elden (2006)

ISBN 13: 978-91-1-301531-6
© Stieg Larsson 2007
Norstedts, Stockholm

Omslag av Norma Communication/www.norma.se
Tryckt hos WS Bookwell, Finland 2007
Sjunde tryckningen
www.norstedts.se

*Norstedts ingår i
Norstedts Förlagsgrupp AB,
grundad 1823*

DEL I
INTERMEZZO I EN KORRIDOR

8-12 APRIL

Uppskattningsvis sex hundra kvinnor tjänstgjorde i amerikanska inbördeskriget. De hade tagit värvning utklädda till män. Här har Hollywood missat ett stycke kulturhistoria – eller är den historien möjligen för ideologiskt besvärlig? Historieböckerna har alltid haft svårt att hantera kvinnor som inte respekterar könsgränserna och ingenstans är den gränsen så skarp som i fråga om krig och vapenbruk.

Historien från antiken till modern tid innehåller dock prov på ett stort antal berättelser om kvinnliga krigare – amasoner. De vanligaste kända exemplen får plats i historieböckerna eftersom de förekommer som "drottningar", det vill säga representanter för den härskande klassen. Den politiska tronföljden, hur obehagligt det än kan låta, placerar nämligen med jämna mellanrum en kvinna på tronen. Eftersom krig inte låter sig bevekas av genus utan äger rum även då en kvinna råkar vara landets härskare så får det till konsekvens att historieböckerna tvingas nedteckna ett antal krigardrottningar som följaktligen tvingas uppträda som vilken Churchill, Stalin eller Roosevelt som helst. Semiramis från Nineve som skapade det assyriska riket och Boadicea som ledde ett av de blodigaste engelska upproren mot Romarriket är ett par exempel. Den sistnämnda står förresten staty vid brofästet vid Themsen, mitt emot Big Ben. Hälsa gärna på henne om du råkar passera.

Däremot är historieböckerna i allmänhet mycket tystlåtna om kvinnliga krigare i form av vanliga soldater som övade i vapenbruk, ingick i regementen och deltog i slag mot fientliga härar på samma villkor som männen. Ändå har de alltid funnits. Knappt något krig har utspelats utan kvinnligt deltagande.

KAPITEL 1
FREDAG 8 APRIL

DOKTOR ANDERS JONASSON väcktes av syster Hanna Nicander. Klockan var strax före halv två på morgonen.

"Vad är det?" undrade han förvirrat.

"Helikopter på ingående. Två patienter. En äldre man och en ung kvinna. Hon är skottskadad."

"Jaha", sa Anders Jonasson trött.

Han kände sig yrvaken trots att han bara hade slumrat i någon halvtimme. Han hade nattjouren på akuten på Sahlgrenska sjukhuset i Göteborg. Det hade varit en miserabelt slitsam afton. Sedan han gått på klockan 18.00 hade sjukhuset tagit emot fyra personer från en frontalkrock strax utanför Lindome. Av dessa var en kritiskt skadad och en hade dödförklarats kort efter ankomsten. Han hade även behandlat en servitris som blivit skållad över benen vid en köksolycka på en restaurang på Avenyn, samt räddat livet på en fyraårig pojke som inkommit till sjukhuset med andningsstillestånd efter att ha svalt ett hjul till en leksaksbil. Han hade dessutom hunnit plåstra om en tonårig flicka som cyklat ned i en grop. Gatukontoret hade lämpligt valt att placera gropen vid avfarten från en cykelbana och någon hade också vräkt ned varningsbockarna i gropen. Hon hade sytts med fjorton stygn i ansiktet och skulle behöva två nya framtänder. Jonasson hade också sytt fast en bit av en tumme som en entusiastisk hemmasnickare hade råkat hyvla loss.

Vid elvatiden hade antalet akuta patienter minskat. Han hade gått en rond och kontrollerat tillståndet för de patienter som inkommit och därefter dragit sig tillbaka till ett vilorum för att försöka koppla av en stund. Han hade jouren fram till klockan 06.00 och brukade sällan sova även om det inte kom in akutfall, men just denna natt hade han slumrat till nästan omedelbart.

Syster Hanna Nicander gav honom en temugg. Hon hade inte hunnit få några detaljer om de inkommande fallen.

Anders Jonasson sneglade ut genom fönstret och såg att det blixtrade kraftigt ut mot havet. Helikoptern var verkligen ute i sista minuten. Det började plötsligt regna kraftigt. Ovädret hade kommit in över Göteborg.

Medan han stod vid fönstret hörde han motorljudet och såg helikoptern vingla i stormbyar mot helikopterplattan. Han höll andan när helikopterföraren tycktes ha svårt att behålla kontrollen. Sedan försvann den ur hans synfält och han hörde hur motorn gick ned i lågvarv. Han tog en klunk och ställde ifrån sig temuggen.

ANDERS JONASSON MÖTTE BÅRARNA vid akutintaget. Jourkollegan Katarina Holm tog hand om den första patienten som rullades in – en äldre man med en kraftig ansiktsskada. Det föll på doktor Jonassons lott att ta hand om den andra patienten, den skottskadade kvinnan. Han gjorde en snabb okulärbesiktning och konstaterade att det var en till synes tonårig flicka, svårt nedsmutsad och blodig med svåra skador. Han lyfte filten som Räddningstjänsten hade svept runt hennes kropp och noterade att någon hade tejpat igen skottsåren i höften och axeln med bred silvertejp, vilket han bedömde som ett ovanligt klyftigt initiativ. Tejpen höll bakterier ute och blodet inne. En kula hade tagit på utsidan av höften och gått rakt igenom muskelvävnaden. Därefter lyfte han på hennes axel och lokaliserade ingångshålet i ryggen. Där fanns inget utgångshål vilket betydde att kulan satt kvar någonstans i axeln. Han hoppades att den inte hade penetrerat lungan, och eftersom han inte kunde upptäcka blod i flickans munhåla drog han slutsatsen att så troligen inte var fallet.

"Röntgen", sa han till den assisterande sköterskan. Mer behövde han inte förklara.

Slutligen klippte han upp förbandet som Räddningstjänstens personal hade virat runt hennes skalle. Han blev iskall då han med fingrarna kände ingångshålet och insåg att flickan hade blivit skjuten i huvudet. Inte heller där fanns något utgångshål.

Anders Jonasson stannade upp någon sekund och betraktade flickan. Han var plötsligt missmodig. Han hade ofta beskrivit sitt arbete som att vara målvakt. Till hans arbetsplats kom dagligen människor i varierande tillstånd med ett enda syfte – att få hjälp. Det var 74-åriga tanter som fallit ihop i Nordstans galleria med hjärtstillestånd, 14-åriga pojkar som fått vänstra lungan penetrerad av en skruvmejsel och 16-åriga flickor som hade knaprat ecstasytabletter och dansat i arton timmar och därefter fallit ihop blåa i ansiktet. Det var offer för arbetsplatsolyckor och misshandel. Det var småbarn som anfallits av kamphundar på Vasaplatsen och händiga män som bara skulle såga till några brädor med en Black & Decker och som råkat skära ända in till märgpipan i handleden.

Anders Jonasson var målvakten som stod mellan patienten och Fonus. Hans jobb bestod i att vara den person som beslutade om åtgärder. Om han fattade fel beslut skulle patienten dö eller kanske vakna till livslång invaliditet. Han fattade oftast rätt beslut, vilket berodde på att det stora flertalet skadade hade ett uppenbart specifikt problem. Ett knivhugg i en lunga eller en krosskada efter en bilolycka var begripligt och överskådligt. Patienten överlevde beroende på skadans beskaffenhet och på hur skicklig han var.

Det fanns två typer av skador som Anders Jonasson avskydde. Det ena var allvarliga brännskador som nästan oavsett vilka åtgärder han satte in skulle leda till livslångt lidande. Det andra var skador i huvudet.

Flickan framför honom kunde leva med en kula i höften och en kula i axeln. Men en kula någonstans inne i hennes hjärna var ett problem av en helt annan storleksordning. Han hörde plötsligt syster Hanna säga något.

"Förlåt?"

"Det är hon."

"Vad menar du?"

"Lisbeth Salander. Flickan de jagat i flera veckor för trippelmordet i Stockholm."

Anders Jonasson tittade på patientens ansikte. Syster Hanna hade helt rätt. Det var hennes passfoto han och alla andra svenskar sett tapetserat på löpsedlarna utanför varje tobaksaffär sedan påskhelgen. Och nu var mördaren själv skjuten, vilket väl utgjorde någon form av poetisk rättvisa.

Men det angick inte honom. Hans jobb var att rädda livet på sin patient oavsett om hon var trippelmördare eller nobelpristagare. Eller rentav både och.

DÄREFTER UTBRÖT DET effektiva kaos som präglar en akutmottagning. Personalen på Jonassons skift gick rutinerat till verket. Lisbeth Salanders kvarvarande kläder klipptes upp. En sköterska rapporterade blodtrycket – 100/70 – medan han själv satte stetoskopet mot patientens bröst och lyssnade till hjärtslag som tycktes förhållandevis regelbundna och en andning som inte var fullt lika regelbunden.

Doktor Jonasson tvekade inte att omedelbart klassificera Lisbeth Salanders tillstånd som kritiskt. Såren i axel och höft kunde bero tills vidare, med ett par kompresser eller till och med de tejpbitar som någon inspirerad själ satt fast. Det viktiga var huvudet. Doktor Jonasson beordrade en datortomografi med den datortomograf som sjukhuset investerat skattemedel i.

Anders Jonasson var blond och blåögd, ursprungligen från Umeå. Han hade arbetat på Sahlgrenska och Östra sjukhuset i tjugo år som omväxlande forskare, patolog och akutläkare. Han hade en egenhet som förbryllade kollegor och som gjorde personalen stolt över att arbeta med honom; han hade inställningen att ingen patient skulle dö på hans skift och på något mirakulöst sätt hade han faktiskt lyckats hålla nollan. Några av hans patienter hade förvisso dött, men det hade skett under efterbehandlingen eller av helt andra orsaker än hans insatser.

Jonasson hade också en stundom oortodox syn på läkekonst. Han ansåg att läkare ibland tenderade att dra slutsatser som de inte hade täckning för och därmed gav upp på tok för snabbt, alternativt ägnade för mycket tid åt att försöka utröna exakt vad det var för fel på patienten för att kunna sätta in korrekt behandling. Det var förvisso det sätt som instruktionsboken angav, problemet var bara att patienten riskerade att avlida medan läkarna fortfarande funderade. I värsta fall skulle läkaren komma fram till slutsatsen att det var ett hopplöst fall och avbryta behandlingen.

Anders Jonasson hade dock aldrig tidigare fått in en patient med en kula i skallen. Här behövdes förmodligen en neurokirurg. Han kände sig otillräcklig men insåg plötsligt att han möjligen var mera lyckligt lottad än han förtjänade. Innan han skrubbade sig och satte på sig operationskläder ropade han till Hanna Nicander.

"Det finns en amerikansk professor som heter Frank Ellis som arbetar på Karolinska i Stockholm men som just nu befinner sig i Göteborg. Han är en känd hjärnforskare och dessutom en god vän till mig. Han bor på Hotel Radisson på Avenyn. Kan du ta reda på telefonnumret."

Medan Anders Jonasson fortfarande väntade på röntgenplåtarna kom Hanna Nicander tillbaka med telefonnumret till Hotel Radisson. Anders Jonasson kastade en blick på klockan – 01.42 – och lyfte telefonen. Nattportieren på Radisson var ytterst ovillig att koppla något samtal alls vid den tiden på dygnet och *doktor* Jonasson fick formulera några ytterst skarpa ord om nödsituation innan samtalet kopplades fram.

"God morgon, Frank", sa Anders Jonasson då telefonluren äntligen lyftes. "Det är Anders. Jag hörde att du var i Göteborg. Har du lust att komma upp på Sahlgrenska och assistera vid en hjärnoperation?"

"*Are you bullshitting me?*" hördes en tvivlande röst i andra änden av luren. Trots att Frank Ellis bott i Sverige i så många år och obehindrat talade svenska – om än med amerikansk brytning – förblev hans grundspråk engelska. Anders Jonasson talade svenska och Ellis svarade på engelska.

"Frank, jag är ledsen att jag missade din föreläsning, men jag tänkte att du kunde ge privatlektioner. Jag har en ung kvinna som blivit skjuten i huvudet. Ingångshål strax ovanför vänster öra. Jag skulle inte ringa dig om jag inte behövde en second opinion. Och jag har svårt att tänka mig någon lämpligare person att fråga."

"Är det allvar?" frågade Frank Ellis.

"Det är en flicka i 25-årsåldern."

"Och hon har blivit skjuten i huvudet?"

"Ingångshål, inget utgångshål."

"Men hon lever?"

"Svag men regelbunden puls, mindre regelbunden andning, blodtrycket är 100/70. Hon har dessutom en kula i axeln och ett skottsår i höften. Det är två problem som jag kan hantera."

"Det låter ju lovande", sa professor Ellis.

"Lovande?"

"Om en människa har ett kulhål i huvudet och fortfarande lever så måste situationen betraktas som hoppfull."

"Kan du assistera mig?"

"Jag måste erkänna att jag tillbringade kvällen i goda vänners sällskap. Jag kom i säng klockan ett och har förmodligen en imponerande promillehalt i blodet ..."

"Jag kommer att fatta besluten och göra ingreppen. Men jag behöver någon som assisterar mig och säger till om jag gör något tokigt. Och, ärligt talat, en stupfull professor Ellis är förmodligen flera klasser bättre än jag då det handlar om att bedöma hjärnskador."

"Okej. Jag kommer. Men du är skyldig mig en tjänst."

"En taxi väntar utanför hotellet."

PROFESSOR FRANK ELLIS sköt upp glasögonen i pannan och kliade sig i nacken. Han fokuserade blicken på dataskärmen som visade varje vinkel och vrå av Lisbeth Salanders hjärna. Ellis var 53 år gammal och hade korpsvart hår med grå stänk, mörk skäggbotten och såg ut som någon med en biroll i *Cityakuten*. Hans kropp antydde att han tillbringade ett antal timmar varje vecka på något gym.

Frank Ellis trivdes i Sverige. Han hade kommit hit som ung utbytesforskare i slutet av 1970-talet och stannat i två år. Därefter hade han kommit över igen vid upprepade tillfällen till dess att han fått erbjudande om en professur vid Karolinska. Vid det laget var han ett internationellt respekterat namn.

Anders Jonasson hade känt Frank Ellis i fjorton år. De hade först träffats vid ett seminarium i Stockholm och upptäckt att bägge var entusiastiska flugfiskare och Anders hade bjudit med honom på en fisketur upp till Norge. De hade hållit kontakt genom åren och det hade blivit fler fisketurer. Däremot hade de aldrig arbetat ihop.

"Hjärnor är ett mysterium", sa professor Ellis. "Jag har ägnat mig åt hjärnforskning i tjugo år. Faktiskt längre än så."

"Jag vet. Förlåt att jag jagade upp dig, men ..."

"Äsch." Frank Ellis viftade avvärjande. "Det kommer att kosta dig en flaska Cragganmore nästa gång vi åker och fiskar."

"Okej. Det var billigt."

"Jag hade en patient för några år sedan då jag jobbade i Boston – jag skrev om fallet i *New England Journal of Medicine*. Det var en flicka i samma ålder som din patient. Hon var på väg till universitetet då någon sköt henne med ett armborst. Pilen gick in i ytterkanten av ögonbrynet på hennes vänstra sida och rakt genom huvudet, ut nästan mitt i nacken."

"Och hon överlevde?" undrade Jonasson förbluffat.

"Det såg för jävligt ut då hon kom till akuten. Vi klippte av pilen och stoppade in hennes skalle i en datortomograf. Pilen gick rakt genom hjärnan. Enligt alla rimliga bedömningar borde hon ha varit död eller i varje fall haft ett så massivt trauma att hon befunnit sig i koma."

"Hur var hennes tillstånd?"

"Hon var vid medvetande hela tiden. Inte bara det; hon var naturligtvis fruktansvärt rädd, men hon var helt rationell. Hennes enda problem var att hon hade ett pilskaft genom skallen."

"Vad gjorde du?"

"Tja, jag hämtade en tång och drog ut pilen och satte plåster på såren. Ungefär."

"Klarade hon sig?"

"Hennes tillstånd var förstås kritiskt en längre tid innan vi skrev ut henne, men ärligt talat – vi kunde ha skickat hem henne samma dag som hon kom in. Jag har aldrig haft en friskare patient."

Anders Jonasson undrade om professor Ellis skämtade med honom.

"Å andra sidan", fortsatte Ellis, "så hade jag en 42-årig manlig patient i Stockholm för några år sedan som hade slagit skallen i en fönsterkarm och fått en lätt smäll i huvudet. Han blev illamående och så hastigt sjuk att han fördes i ambulans till akuten. Han var medvetslös då jag fick in honom. Han hade en liten bula och en väldigt liten blödning. Men han vaknade aldrig och dog efter nio dygn på intensiven. Än i dag vet jag inte varför han avled. I obduktionsprotokollet skrev vi hjärnblödning till följd av olyckshändelse, men ingen av oss var nöjda med den analysen. Blödningen var så extremt liten och satt på ett sådant sätt att den inte borde ha påverkat någonting alls. Ändå slutade lever, njurar, hjärta och lungor efterhand att fungera. Ju äldre jag blir desto mer upplever jag det som något av en roulette. Personligen tror jag inte att vi någonsin kommer att lista ut exakt hur hjärnan fungerar. Vad tänker du göra?"

Han knackade på skärmbilden med en penna.

"Jag hoppades att du skulle tala om det för mig."

"Låt höra din bedömning."

"Tja, för det första tycks det vara en kula av en lätt kaliber. Den har gått in vid tinningen och stannat ungefär fyra centimeter in i hjärnan. Den vilar mot laterala ventrikeln och det finns en blödning där."

"Åtgärder?"

"För att använda din terminologi – hämta en tång och dra ut kulan samma väg som den gick in."

"Ett utmärkt förslag. Men jag skulle nog använda den tunnaste pincett du har."

"Så enkelt?"

"I det här fallet, vad annat kan vi göra? Vi kan lämna kulan där den är och hon kanske lever till dess att hon blir hundra, men det är också en chansning. Hon kan utveckla epilepsi, migrän, alla möjliga otyg. Och något man inte gärna vill göra är att borra upp skallen och operera henne om ett år då själva såret läkts. Kulan ligger en bit från de stora blodådrorna. I det här fallet skulle jag rekommendera att du plockade ut den, men ..."

"Men vad då?"

"Kulan oroar mig inte riktigt. Det är det fascinerande med hjärnskador – om hon har överlevt att få in kulan i huvudet så är det ett tecken på att hon kommer att överleva att få den utplockad också. Problemet är snarare det här." Han pekade på skärmen. "Runt ingångshålet har du en massa bensplitter. Jag kan se åtminstone ett dussin fragment som är några millimeter långa. Några av dem har sjunkit in i hjärnvävnaden. Där har du det som kommer att döda henne om du inte är försiktig."

"Den här delen av hjärnan associeras med tal och numerisk förmåga."

Ellis ryckte på axlarna.

"Mumbo jumbo. Jag har ingen aning om vad just dessa grå celler är till för. Du kan bara göra ditt bästa. Det är du som opererar. Jag hänger över axeln på dig. Kan jag låna kläder och skrubba mig någonstans?"

MIKAEL BLOMKVIST SNEGLADE på klockan och konstaterade att det var strax efter tre på morgonen. Han var försedd med handfängsel. Han blundade en sekund. Han var dödligt trött men gick på adrenalin. Han öppnade ögonen och betraktade ilsket kommissarie Thomas Paulsson som tittade tillbaka med chock i blicken. De satt vid ett köksbord i en vit bondgård på en plats i närheten av Nossebro som kallades Gosseberga och som Mikael hört talas om för första gången i sitt liv mindre än tolv timmar tidigare.

Katastrofen var ett faktum.

"Idiot", sa Mikael.

"Hör nu här ..."

"Idiot", upprepade Mikael. "Jag sa för helvete till om att han var livsfarlig. Jag sa att ni måste hantera honom som en osäkrad handgranat. Han har mördat minst tre personer och är byggd som en stridsvagn och dödar med sina bara händer. Och du skickar två bysnutar för att finka honom som om han vore en lördagsfyllerist."

Mikael blundade igen. Han undrade vad mer som skulle gå på tok under natten.

Han hade hittat Lisbeth Salander strax efter midnatt, svårt skadad. Han hade larmat polis och lyckats övertala Räddningstjänsten att skicka en helikopter för att evakuera Lisbeth till Sahlgrenska sjukhuset. Han hade ingående beskrivit hennes skador och kulhålet i hennes huvud och fått medhåll från någon klok och förståndig person som insett att hon fordrade omedelbar vård.

Det hade ändå dröjt över en halvtimme innan helikoptern anlänt. Mikael hade gått ut och hämtat två bilar från ladugården, som också fungerade som garage, och tänt strålkastarna och markerat en landningsbana genom att belysa åkern framför huset.

Helikopterpersonalen och två medföljande sjukvårdare hade agerat rutinerat och professionellt. En av sjukvårdarna gav Lisbeth Salander första hjälpen medan den andre tog hand om Alexander Zalachenko, även känd som Karl Axel Bodin. Zalachenko var Lisbeth Salanders far och hennes värste fiende. Han hade försökt döda henne, men misslyckats. Mikael hade hittat honom svårt skadad i vedboden på den ensligt belägna bondgården, med ett illavarslande yxhugg i ansiktet och en krosskada i benet.

MEDAN MIKAEL hade väntat på helikoptern hade han gjort vad han kunnat för Lisbeth. Han hade hämtat ett rent lakan från ett linneskåp och skurit upp det och lagt första förband. Han hade konstaterat att blodet hade koagulerat som en propp i ingångshålet i huvudet och inte riktigt vetat om han skulle våga lägga förband eller inte. Till sist hade han knutit lakanet mycket löst runt hennes huvud, mest för att såret inte skulle vara lika exponerat för bakterier och smuts. Däremot hade han stoppat blödningen från kulhålen i höft och axel på enklast tänkbara sätt. I ett skåp hade han hittat en rulle med bred silvertejp och helt enkelt tejpat ihop såren. Han hade baddat hennes ansikte med en fuktig handduk och försökt torka bort den värsta smutsen.

Han hade inte gått ut i vedboden och gett Zalachenko någon hjälp. I sitt stilla sinne konstaterade han att han ärligt talat inte brydde sig ett dugg om Zalachenko.

Medan han väntade på Räddningstjänsten hade han också ringt till Erika Berger och förklarat läget.

"Är du oskadd?" frågade Erika.

"Jag är okej", svarade Mikael. "Det är Lisbeth som är skadad."

"Stackars flicka", sa Erika Berger. "Jag har läst Björcks Säpo-utredning under kvällen. Hur ska du hantera det här?"

"Jag orkar inte ens tänka på saken", sa Mikael.

Medan han pratade med Erika satt han på golvet bredvid soffan och höll ett vakande öga på Lisbeth Salander. Han hade dragit av henne skor och byxor för att komma åt att lägga förband på skott-skadan på höften och plötsligt råkade han lägga handen på klädes-plagget som han slängt på golvet bredvid soffan. Han kände ett fö-remål i en benficka och drog upp en Palm Tungsten T3.

Han rynkade ögonbrynen och betraktade handdatorn eftertänk-samt. När han hörde ljudet av helikoptern stoppade han datorn i in-nerfickan på sin jacka. Därefter – medan han fortfarande var ensam, böjde han sig fram och sökte igenom alla Lisbeth Salanders fickor. Han hittade ytterligare en uppsättning nycklar till lägenheten vid Mosebacke och ett pass i namnet Irene Nesser. Han stoppade snabbt ned föremålen i ett fack i sin datorväska.

DEN FÖRSTA POLISBILEN med Fredrik Torstensson och Gunnar Andersson från polisen i Trollhättan anlände några minuter efter att Räddningstjänstens helikopter landat. De följdes av kommissarien i yttre tjänst, Thomas Paulsson, som omedelbart hade tagit befä-let över situationen. Mikael hade gått fram och börjat förklara vad som hänt. Han upplevde Paulsson som en grötmyndig och fyrkan-tig fanjunkare. Det var när Paulsson anlände som saker började gå på tok.

Paulsson visade inga tecken på att förstå vad Mikael pratade om. Han verkade märkligt skärrad och det enda faktum han tog in var att den söndertrasade flickan på golvet framför kökssoffan var den efterspanade trippelmördaren Lisbeth Salander, vilket var ett synnerligen angeläget kap. Paulsson hade tre gånger frågat den strängt upptagne sjukvårdaren från Räddningstjänsten om flickan kunde gripas på plats. Till sist hade sjukvårdaren rest sig och vrålat till Paulsson att hålla sig på armlängds avstånd.

Därefter hade Paulsson fokuserat på den sargade Alexander Zalachenko i vedboden och Mikael hade hört Paulsson rapportera över radio att Salander uppenbarligen hade försökt döda ytterligare en person.

Vid det laget var Mikael så irriterad på Paulsson, som uppenbarligen inte lyssnade på ett ord av det han försökte säga, att han höjde rösten och manade Paulsson att omedelbart ringa kriminalinspektör Jan Bublanski i Stockholm. Han plockade upp sin mobil och erbjöd sig att slå numret. Det var Paulsson inte intresserad av.

Mikael hade därefter begått två misstag.

Han hade beslutsamt förklarat att den verklige trippelmördaren var en man vid namn Ronald Niedermann som var byggd som en pansarbrytande robot, led av sjukdomen congenital analgesia och för ögonblicket satt hopbuntad i ett dike på vägen mot Nossebro. Mikael beskrev var Niedermann kunde återfinnas och rekommenderade att polisen skulle mobilisera en pluton infanterister med förstärkningsvapen för att hämta honom. Paulsson hade frågat hur Niedermann hamnat i diket och Mikael erkände öppenhjärtigt att det var han som medelst vapenhot hade åstadkommit denna belägenhet.

”Vapenhot?” undrade kommissarie Paulsson.

Vid det laget borde Mikael ha insett att Paulsson var ett stolpskott. Han borde ha lyft mobilen och själv ringt upp Jan Bublanski och bett denne ingripa för att skingra den dimma som Paulsson tycktes innesluten i. Istället hade Mikael begått misstag nummer två genom att försöka överlämna det vapen han hade i jackfickan – den Colt 1911 Government som han tidigare under dagen hittat i Lisbeth Salanders lägenhet i Stockholm och med vars hjälp han bemästrat Ronald Niedermann.

Detta hade dock föranlett Paulsson att på stående fot gripa Mikael Blomkvist för olaga vapeninnehav. Paulsson hade därefter beordrat poliserna Torstensson och Andersson att bege sig till den plats på vägen mot Nossebro som Mikael angivit och utröna om det låg någon sanning i Mikaels historia att det satt en människa bunden vid en älgskylt i ett dike. Om så var fallet skulle poliserna förse personen i fråga med handfängsel och föra honom till gården i Gosseberga.

Mikael hade omedelbart protesterat och förklarat att Ronald Niedermann inte var en person som enkelt kunde gripas och förses med handfängsel – han var en livsfarlig mördare. När Paulsson valde att ignorera Mikaels protester hade tröttheten tagit ut sin rätt. Mikael hade kallat Paulsson en inkompetent jävel och vrålat att Torstensson och Andersson skulle ge fan i att släppa loss Ronald Niedermann utan att tillkalla förstärkning.

Resultatet av utbrottet hade blivit att Mikael försetts med handfängsel och placerats i baksätet på Paulssons kommissariebil, varifrån han svärande hade åsett Torstensson och Andersson försvinna med sin polisbil. Den enda ljusglimten i mörkret var att Lisbeth Salander hade rullats till helikoptern och försvunnit över trädtopparna i riktning mot Sahlgrenska. Mikael kände sig fullständigt hjälplös och borta ur informationsflödet och kunde bara hoppas att Lisbeth skulle komma under kompetent vård.

DOKTOR ANDERS JONASSON lade två djupa snitt ända ned till skallbenet och vek upp huden runt ingångshålet. Han använde klämmor för att fixera öppningen. En operationssköterska förde försiktigt in en sug för att avlägsna blod. Därefter kom den otäcka biten då doktor Jonasson använde en borr för att utvidga hålet i skallbenet. Proceduren gick enerverande långsamt.

Till sist hade han ett hål som var tillräckligt stort för att Lisbeth Salanders hjärna skulle vara åtkomlig. Han förde försiktigt in en sond i hjärnan och utvidgade sårkanalen några millimeter. Därefter förde han in en tunnare sond och lokaliserade kulan. Från skallröntgen kunde han konstatera att kulan hade vridit sig och låg i fyrtiofem graders vinkel mot sårkanalen. Han använde sonden för att försiktigt peta på kanten av kulan och kunde efter en serie misslyckade försök lyfta den en aning så att han kunde vrida den rätt.

Slutligen förde han ned en tunn pincett med räfflad gripklo. Han nöp åt hårt kring basen av kulan och fick grepp. Han drog pincetten rakt upp. Kulan följde med nästan helt utan motstånd. Han höll upp den mot ljuset en sekund och konstaterade att den tycktes intakt och släppte den därefter i en skål.

"Svabba", sa han och fick omedelbart ordern uppfylld.

Han kastade en blick på EKG som visade att hans patient fortfarande hade regelbunden hjärtverksamhet.

"Pincett."

Han drog ned ett kraftigt förstoringsglas från ett hängstativ och fokuserade på det blottlagda området.

"Försiktigt", sa professor Frank Ellis.

Under de kommande fyrtiofem minuterna plockade Anders Jonasson ut inte mindre än trettiotvå små benflisor runt ingångshålet. Den minsta av dessa flisor kunde knappt ses med blotta ögat.

MEDAN MIKAEL BLOMKVIST frustrerat försökte lirka upp sin mobiltelefon från kavajens bröstficka – vilket visade sig vara en omöjlig uppgift med händerna bojade – anlände flera bilar med både poliser och teknisk personal till Gosseberga. De dirigerades av kommissarie Paulsson att säkra teknisk bevisning i vedboden och att göra en grundlig undersökning av bostadshuset där flera vapen tagits i beslag. Mikael betraktade resignerat deras övningar från sin utkikspunkt i baksätet på Paulssons bil.

Det var först efter en dryg timme som Paulsson tycktes bli medveten om att poliserna Torstensson och Andersson ännu inte återvänt från sitt uppdrag att hämta Ronald Niedermann. Han såg plötsligt bekymrad ut och tog in Mikael Blomkvist till köket där han åter ombads lämna en vägbeskrivning.

Mikael blundade.

Han satt fortfarande kvar i köket tillsammans med Paulsson då piketstyrkan som skickats att undsätta Torstensson och Andersson rapporterade tillbaka. Polisman Gunnar Andersson hade hittats död med bruten nacke. Hans kollega Fredrik Torstensson levde fortfarande men var svårt misshandlad. Bägge återfanns vid älgvarningsskylten i diket. Deras tjänstevapen och den målade polisbilen saknades.

Från att ha varit en någorlunda överblickbar situation hade kommissarie Thomas Paulsson plötsligt att hantera ett polismord och en väpnad desperado på flykt.

"Idiot", upprepade Mikael Blomkvist.

"Det hjälper inte att förolämpa polisen."

"På den punkten är vi överens. Men jag kommer att sätta dit dig för tjänstefel så att det stänker om det. Innan jag är klar med dig kommer du att vara utsedd till Sveriges dummaste polis på varenda löpsedel i landet."

Hotet om att hängas ut till offentligt åtlöje var tydligen det enda som bet på Thomas Paulsson. Han såg orolig ut.

"Vad föreslår du?"

"Jag kräver att du ringer kriminalinspektör Jan Bublanski i Stockholm. Nu."

KRIMINALINSPEKTÖR SONJA MODIG vaknade med ett ryck då hennes mobiltelefon som var på laddning började ringa i andra änden av sovrummet. Hon tittade på klockan på nattduksbordet och konstaterade till sin förtvivlan att det var strax efter fyra på morgonen. Hon såg därefter på sin make som fridfullt snarkade vidare. Han skulle kunna sova sig igenom en artillerichock utan att vakna. Hon vacklade upp ur sängen och hittade svarsknappen på mobilen.

Jan Bublanski, tänkte hon, *vem annars.*

"Det har tagit hus i helvete nere i Trollhättantrakten", hälsade hennes chef utan övrig formalia. "X2000 till Göteborg går tio över fem."

"Vad har hänt?"

"Blomkvist har hittat Salander och Niedermann och Zalachenko. Blomkvist är gripen för förolämpning av polisman, motstånd och olaga vapeninnehav. Salander är transporterad till Sahlgrenska med en kula i skallen. Zalachenko är på Sahlgrenska med en yxa i skallen. Niedermann är på fri fot. Han har mördat en polis under natten."

Sonja Modig blinkade två gånger och kände tröttheten. Hon ville mest av allt krypa tillbaka ned i sängen och ta semester en månad.

"X2000 tio över fem. Okej. Vad ska jag göra?"

"Ta taxi till Centralen. Du får sällskap av Jerker Holmberg. Ni ska ta kontakt med en kommissarie Thomas Paulsson vid Trollhättanpolisen som tydligen är ansvarig för mycket av nattens tumult och som enligt Blomkvist är ett, citat, stolpskott av stora mått, slut citat."

"Du har pratat med Blomkvist?"

"Han är tydligen gripen och bojad. Jag lyckades övertala Paulsson att hålla upp luren en kort stund. Jag är på väg in till Kungsholmen just nu och ska försöka få klarhet i vad som är på gång. Vi håller kontakt på mobilen."

Sonja Modig tittade på klockan ytterligare en gång. Därefter ringde hon taxi och gick och ställde sig under duschen i en minut. Hon borstade tänderna, drog en kam genom håret, satte på sig svarta långbyxor, svart t-tröja och en grå kavaj. Hon stoppade tjänstevapnet i axelväskan och valde en mörkröd skinnjacka som ytterplagg. Därefter ruskade hon liv i sin man och förklarade vart hon var på väg och att han fick sköta ungarna på morgonen. Hon gick ut genom porten i samma ögonblick som taxin stannade på gatan.

Hon behövde inte leta efter sin kollega, kriminalinspektör Jerker Holmberg. Hon utgick från att han skulle finnas i restaurangvagnen och kunde konstatera att så var fallet. Han hade redan köpt smörgås och kaffe åt henne. De satt tysta i fem minuter och åt frukost. Till sist sköt Holmberg kaffekoppen åt sidan.

"Man kanske skulle omskola sig", sa han.

KLOCKAN FYRA PÅ morgonen hade äntligen en kriminalinspektör Marcus Erlander från våldsroteln i Göteborg anlänt till Gosseberga och övertagit spaningsledningen från den hårt belastade Thomas Paulsson. Erlander var en rundnätt gråhårig man i 50-årsåldern. En av hans första åtgärder hade varit att befria Mikael Blomkvist från handfängslet och servera bullar och kaffe från en termos. De satte sig i vardagsrummet för ett enskilt samtal.

"Jag har pratat med Bublanski i Stockholm", sa Erlander. "Vi känner varandra sedan många år. Både han och jag beklagar Paulssons bemötande."

"Han lyckades ha ihjäl en polis i natt", sa Mikael.

Erlander nickade. "Jag kände polisman Gunnar Andersson personligen. Han tjänstgjorde i Göteborg innan han flyttade till Trollhättan. Han är far till en treårig flicka."

"Jag beklagar. Jag försökte varna ..."

Erlander nickade.

"Jag har förstått det. Du använde stora bokstäver och det är därför du blev bojad. Det var du som nitade Wennerström. Bublanski säger att du är en ohängd journalistjävel och tokig privatspanare men att du möjligen vet vad du pratar om. Kan du sätta in mig i bilden på ett begripligt sätt?"

"Det här är alltså upplösningen av morden på mina vänner Dag Svensson och Mia Bergman i Enskede, och mordet på en person som inte är min vän ... advokat Nils Bjurman som var Lisbeth Salanders förvaltare."

Erlander nickade.

"Som du vet har polisen jagat Lisbeth Salander sedan i påskas. Hon har varit misstänkt för trippelmord. Till att börja med ska du ha klart för dig att Lisbeth Salander är oskyldig till dessa mord. Hon är om något ett offer i sammanhanget."

"Jag har inte haft ett dugg med Salanderärendet att göra, men efter allt som har skrivits i media känns det en aning svårsmält att hon skulle vara helt oskyldig."

"Inte desto mindre är det så det ligger till. Hon är oskyldig. Punkt. Den verklige mördaren är Ronald Niedermann som mördade din kollega Gunnar Andersson i natt. Han arbetar för Karl Axel Bodin."

"Den Bodin som alltså ligger på Sahlgrenska med en yxa i skallen."

"Rent tekniskt sett sitter inte yxan kvar i huvudet. Jag utgår från att det är Lisbeth som nitat honom. Hans verkliga namn är Alexander Zalachenko. Han är Lisbeths far och en före detta yrkesmördare från den ryska militära underrättelsetjänsten. Han hoppade av på

1970-talet och arbetade sedan för Säpo fram till dess att Sovjetunionen föll. Därefter har han frilansat som gangster."

Erlander granskade eftertänksamt figuren på soffan framför honom. Mikael Blomkvist var blanksvettig och såg både frusen och dödstrött ut. Fram till dess hade han argumenterat rationellt och sammanhängande men kommissarie Thomas Paulsson – vars ord Erlander inte fäste någon vidare tilltro till – hade förvarnat om att Blomkvist dillade om ryska agenter och tyska lönnmördare, vilket knappast tillhörde rutinärenden bland svenska kriminalärenden. Blomkvist hade uppenbarligen kommit till den punkt i historien som Paulsson avfärdat. Men det låg en död och en svårt skadad polis i dikesrenen på vägen till Nossebro, och Erlander var villig att lyssna. Han kunde emellertid inte hindra att ett stänk av misstro hördes i hans röst.

"Okej. En rysk agent."

Blomkvist log blekt, uppenbarligen medveten om hur befängd hans historia lät.

"En före detta rysk agent. Jag kan dokumentera alla mina påståenden."

"Fortsätt."

"Zalachenko var toppspion på 1970-talet. Han hoppade av och fick en fristad av Säpo. Det är så vitt jag kan förstå inte en unik situation i kölvattnet på Sovjetunionens sönderfall."

"Okej."

"Jag vet som sagt inte exakt vad som har hänt här i natt, men Lisbeth har spårat sin far som hon inte träffat på femton år. Han misshandlade hennes mamma så illa att hon sedermera avled. Han försökte mörda Lisbeth, han låg genom Ronald Niedermann bakom morden på Dag Svensson och Mia Bergman. Dessutom var han ansvarig för kidnappningen av Lisbeths väninna Miriam Wu – Paolo Robertos omtalade titelmatch i Nykvarn."

"Om Lisbeth Salander har huggit sin far i huvudet med en yxa så är hon inte precis oskyldig."

"Lisbeth Salander har själv tre kulhål i kroppen. Jag tror att man kommer att kunna hävda ett visst mått av självförsvar. Jag undrar ..."

"Ja?"

"Lisbeth var så nedsmutsad med jord och lera att hennes hår bara var en enda stelnad lortkaka. Hon hade fullt med sand innanför kläderna. Det ser ut som om hon varit begravd. Och Niedermann har uppenbarligen en viss vana av att gräva ned folk. Polisen i Södertälje har hittat två gravar i det där lagret som ägs av Svavelsjö MC utanför Nykvarn."

"Tre faktiskt. De hittade ytterligare en grav sent i går kväll. Men om Lisbeth Salander har blivit skjuten och nedgrävd – vad gör hon då alls uppe med en yxa i handen?"

"Jag vet alltså inte vad som hänt, men Lisbeth är märkligt resursstark. Jag försökte övertala Paulsson att ta hit en hundpatrull ..."

"Den är på väg."

"Bra."

"Paulsson grep dig för förolämpning."

"Jag bestrider. Jag kallade honom för idiot, inkompetent idiot och stolpskott. Inget av dessa epitet är i sammanhanget förolämpningar."

"Hmm. Men du är också gripen för olaga vapeninnehav."

"Jag gjorde misstaget att försöka överlämna ett vapen till honom. I övrigt vill jag inte uttala mig om den saken förrän jag fått rådgöra med min advokat."

"Okej. Vi lägger det åt sidan. Vi har allvarligare saker att prata om. Vad vet du om den här Niedermann?"

"Han är en mördare. Det är något fel på honom; han är över två meter lång och byggd som en pansarbrytande robot. Fråga Paolo Roberto som boxats med honom. Han lider av congenital analgesia. Det är en sjukdom som innebär att transmittorsubstansen i nervbanorna inte fungerar och han kan följaktligen inte känna smärta. Han är tysk, född i Hamburg och var skinnskalle i tonåren. Han är livsfarlig och på fri fot."

"Har du någon aning om vart han kan tänkas fly?"

"Nej. Jag vet bara att jag hade honom redo för avhämtning när stolpskottet från Trollhättan fick befälet över situationen."

STRAX FÖRE KLOCKAN FEM på morgonen drog doktor Anders Jonasson av sig sina nedsölade latexhandskar och kastade dem i sopkorgen. En operationssköterska lade kompresser över skottsåret i höften. Operationen hade pågått i tre timmar. Han tittade på Lisbeth Salanders rakade och illa medfarna huvud som redan var inpaketerat i bandage.

Han erfor en plötslig ömhet av det slag han ofta kände inför patienter som han opererat. Enligt tidningarna var Lisbeth Salander en psykopatisk massmördare, men i hans ögon såg hon mest ut som en skadeskjuten sparv. Han skakade på huvudet och tittade därefter på doktor Frank Ellis som roat betraktade honom.

"Du är en utmärkt kirurg", sa Ellis.

"Kan jag bjuda på frukost?"

"Kan man få pannkakor och sylt någonstans här?"

"Våfflor", sa Anders Jonasson. "Hemma hos mig. Låt mig ringa och förvarna min fru så tar vi en taxi." Han stannade och tittade på klockan. "Vid närmare eftertanke tror jag att det är lika bra att vi låter bli att ringa."

ADVOKAT ANNIKA GIANNINI vaknade med ett ryck. Hon vred huvudet till höger och konstaterade att klockan var två minuter i sex. Hon hade ett första möte med en klient redan klockan åtta. Hon vred huvudet till vänster och sneglade på sin make Enrico Giannini som sov fridfullt och som i bästa fall skulle vakna vid åttatiden. Hon blinkade kraftigt några gånger och klev upp och satte på kaffebryggaren innan hon ställde sig i duschen. Hon tog god tid på sig i badrummet och klädde sig i svarta byxor, vit polojumper och en röd kavaj. Hon rostade två skivor bröd och lade på ost och apelsinmarmelad och en skivad avokado och tog frukosten till vardagsrummet lagom till nyhetssändningen halv sju på morgon-TV. Hon tog en klunk kaffe och hade precis öppnat munnen för att ta en tugga då hon hörde påannonsen.

En polisman dödad och en svårt skadad. Dramatik i natt då efterspanade trippelmördaren Lisbeth Salander greps.

Hon hade först svårt att förstå sammanhanget eftersom hennes första intryck var att det var Lisbeth Salander som hade dödat en polis. Nyhetsrapporteringen var knapphändig, men så småningom förstod hon att det var en man som efterspanades för polismord. Rikslarm hade gått ut på en ännu icke namngiven 37-årig man. Lisbeth Salander låg tydligen svårt skadad på Sahlgrenska sjukhuset i Göteborg.

Annika klickade över till den andra kanalen men blev inte klokare på vad som hade hänt. Hon hämtade mobiltelefonen och slog numret till sin bror Mikael Blomkvist. Hon möttes av beskedet att abonnenten inte kunde nås. Hon kände ett styng av rädsla. Mikael hade ringt henne kvällen innan på väg mot Göteborg. Han hade varit på jakt efter Lisbeth Salander. Och en mördare vid namn Ronald Niedermann.

NÄR DET LJUSNADE hittade en observant polis blodspår i terrängen bakom vedboden. En polishund följde spåret fram till en grop i marken i en skogsglänta ungefär fyra hundra meter nordost om gården i Gosseberga.

Mikael slog följe med kriminalinspektör Erlander. De studerade platsen eftertänksamt. De hade inga problem med att upptäcka en stor mängd blod i och kring gropen.

De hittade även ett illa medfaret cigarettetui som uppenbarligen hade använts som sandspade. Erlander placerade cigarettetuiet i en bevispåse och märkte fyndet. Han samlade även upp prover av blodfärgade jordklumpar. En uniformerad polis gjorde honom uppmärksam på en cigarettfimp av märket Pall Mall utan filter någon meter från gropen. Även denna placerades i en bevispåse och etiketterades. Mikael kom ihåg att han sett ett paket Pall Mall på diskbänken i Zalachenkos hus.

Erlander sneglade mot himlen och såg tunga regnmoln. Stormen som tidigare under natten härjat i Göteborg passerade tydligen söder om Nossebrotrakten, men det var bara en tidsfråga innan det skulle börja regna. Han vände sig till en uniform och bad denne skaffa fram en presenning att täcka gropen med.

"Jag tror att du har rätt", sa Erlander slutligen till Mikael. "En analys av blodet kommer nog att fastställa att Lisbeth Salander har legat här och jag gissar att vi kommer att hitta hennes fingeravtryck på etuiet. Hon blev skjuten och begravd men måste på något sätt ha överlevt och lyckats gräva sig upp och ..."

"... och gått tillbaka till gården och drämt yxan i Zalachenkos skalle", avslutade Mikael. "Hon är en rätt tjurig jävel."

"Men hur fan hanterade hon Niedermann?"

Mikael ryckte på axlarna. I det avseendet var han precis lika förbryllad som Erlander.

KAPITEL 2
FREDAG 8 APRIL

SONJA MODIG OCH Jerker Holmberg anlände till Göteborgs central strax efter åtta på morgonen. Bublanski hade ringt och gett nya instruktioner; de skulle strunta i att åka till Gosseberga och istället ta en taxi till polishuset vid Ernst Fontells plats vid Nya Ullevi, som var säte för länskriminalpolisen i Västra Götaland. De väntade i nästan en timme innan kriminalinspektör Erlander anlände från Gosseberga tillsammans med Mikael Blomkvist. Mikael hälsade på Sonja Modig som han träffat tidigare och skakade hand med Jerker Holmberg. Därefter anslöt en kollega till Erlander med en uppdatering om jakten på Ronald Niedermann. Det var en kort rapport.

"Vi har en spaningsgrupp under ledning av länskriminalen. Det har gått ut rikslarm förstås. Vi hittade polisbilen i Alingsås klockan sex i morse. Där upphör spåren för närvarande. Vi misstänker att han bytt fordon men vi har inte fått in någon anmälan om bilstöld."

"Media?" frågade Modig och sneglade ursäktande på Mikael Blomkvist.

"Det är ett polismord och fullt pådrag. Vi kommer att hålla en presskonferens klockan tio."

"Är det någon som har något besked om tillståndet för Lisbeth Salander?" undrade Mikael. Han kände sig besynnerligt ointresserad av allt som hade med jakten på Niedermann att göra.

"Hon har opererats under natten. De har plockat ut en kula ur hennes huvud. Hon har inte vaknat ännu."

"Finns det någon prognos?"

"Så vitt jag förstår vet vi ingenting förrän hon har vaknat. Men läkaren som opererat säger att han har gott hopp om att hon kommer att överleva om inga komplikationer tillstöter."

"Och Zalachenko?" undrade Mikael.

"Vem?" frågade Erlanders kollega, som ännu inte var insatt i de intrikata detaljerna i historien.

"Karl Axel Bodin."

"Jaså, ja han har också opererats under natten. Han har fått ett elakt hugg över ansiktet och ett annat alldeles under knäskålen. Han är illa tilltygad men det är inga livshotande skador."

Mikael nickade.

"Du ser trött ut", sa Sonja Modig.

"Jovars. Jag är inne på tredje dygnet med nästan ingen sömn."

"Han somnade faktiskt i bilen ned från Nossebro", sa Erlander.

"Orkar du dra hela historien från början?" undrade Holmberg. "Det känns som om det står ungefär 3-0 mellan privatspanarna och polisen."

Mikael log blekt.

"Det där är en replik som jag skulle vilja höra från Bublanski", sa han.

De satte sig i polishusets cafeteria för att äta frukost. Mikael ägnade en halvtimme åt att steg för steg förklara hur han pusslat ihop storyn om Zalachenko. När han var färdig satt poliserna eftertänksamt tysta.

"Det finns några hål i din historia", sa slutligen Jerker Holmberg.

"Förmodligen", sa Mikael.

"Du förklarar inte hur du kom i besittning av den här hemligstämplade Säporapporten om Zalachenko."

Mikael nickade.

"Jag hittade den i går hemma hos Lisbeth Salander när jag äntligen tagit reda på var hon gömde sig. Hon hittade den i sin tur gissningsvis i advokat Nils Bjurmans sommarstuga."

"Du har alltså hittat Salanders gömställe", sa Sonja Modig.

Mikael nickade.

"Och?"

"Den adressen får ni lista ut själva. Lisbeth har lagt ned stor möda på att skaffa sig en hemlig adress och jag tänker inte vara den som läcker."

Modig och Holmberg mulnade en aning.

"Mikael … det är faktiskt en mordutredning", sa Sonja Modig.

"Och du har ännu inte riktigt förstått att Lisbeth Salander är oskyldig och att polisen har kränkt hennes integritet på ett sätt som saknar motstycke. Lesbisk satanistliga, var får ni allt ifrån? Om hon vill berätta för er var hon är bosatt så är jag övertygad om att hon kommer att göra det."

"Men det finns en annan sak som jag inte riktigt begriper", insisterade Holmberg. "Hur kommer Bjurman in i historien överhuvudtaget? Du säger att det var han som satte igång hela historien genom att kontakta Zalachenko och be honom döda Salander … men varför skulle han göra det?"

Mikael tvekade en lång stund.

"Min gissning är att han anlitade Zalachenko för att röja undan Lisbeth Salander. Avsikten var att hon skulle hamna i det där lagret i Nykvarn."

"Han var hennes förvaltare. Vad skulle han ha för motiv att röja henne ur vägen?"

"Det är komplicerat."

"Förklara."

"Han hade ett jävligt bra motiv. Han hade gjort något som Lisbeth kände till. Hon var ett hot mot hela hans framtid och välstånd."

"Vad hade han gjort?"

"Jag tror att det är bäst att Lisbeth själv får förklara orsaken."

Han mötte Holmbergs blick.

"Låt mig gissa", sa Sonja Modig. "Bjurman hade gjort något mot sin skyddsling."

Mikael nickade.

"Ska jag gissa på att han utsatt henne för någon form av sexuellt övergrepp?"

Mikael ryckte på axlarna och avstod från kommentarer.

"Du känner inte till tatueringen på Bjurmans mage?"

"Tatuering?"

"En amatörmässig tatuering med ett budskap tvärs över hela magen ... *Jag är ett sadistiskt svin, ett kräk och en våldtäktsman.* Vi har grubblat över vad det handlade om."

Mikael gapskrattade plötsligt.

"Vad är det?"

"Jag har funderat över vad Lisbeth gjorde för att hämnas. Men hör ni ... det här vill jag inte diskutera med er, av samma skäl som tidigare. Det handlar om hennes integritet. Det är Lisbeth som har blivit utsatt för ett brott. Det är hon som är offret. Det är hon som ska avgöra vad hon vill berätta för er. Sorry."

Han såg nästan urskuldande ut.

"Våldtäkter ska polisanmälas", sa Sonja Modig.

"Jag håller med. Men den här våldtäkten ägde rum för två år sedan och Lisbeth har ännu inte pratat med polisen om saken. Vilket antyder att hon inte ämnar göra det. Jag kan vara hur oense som helst med henne i sakfrågan men det är hon som bestämmer. Dessutom ..."

"Ja?"

"Hon har ingen större orsak att anförtro sig åt polisen. Sist hon försökte förklara vilket svin Zalachenko var blev hon inspärrad på mentalsjukhus."

FÖRUNDERSÖKNINGSLEDAREN RICHARD Ekström hade fjärilar i magen då han strax före nio på fredagsmorgonen bad spaningsledaren Jan Bublanski att slå sig ned på andra sidan skrivbordet. Ekström satte glasögonen till rätta och strök sig över det välansade hakskägget. Han upplevde situationen som kaotisk och hotfull. Under en månads tid hade han varit förundersökningsledaren som jagat Lisbeth Salander. Han hade vitt och brett beskrivit henne som en sinnessjuk och allmänfarlig psykopat. Han hade läckt information som skulle ha gynnat honom i en framtida rättegång. Allt hade sett så bra ut.

Det hade inte rått någon tvekan i hans sinne om att Lisbeth Salander verkligen var skyldig till trippelmord och att rättegången skulle ha blivit en promenadseger, en ren propagandaföreställning med honom själv i huvudrollen. Sedan hade allting gått på tok och helt plötsligt satt han med en helt annan mördare och ett kaos som inte tycktes ha någon ände. *Förbannade Salander.*

"Ja, det här var ju en jobbig soppa vi har hamnat i", sa han. "Vad har du fått fram på morgonen?"

"Det har gått rikslarm på Ronald Niedermann, men han är fortfarande på fri fot. Han är just nu bara lyst för mordet på polisman Gunnar Andersson, men jag antar att vi även bör lysa honom för de tre morden här i Stockholm. Du kanske kan ordna en presskonferens."

Bublanski lade till förslaget om en presskonferens på pin kiv. Ekström hatade presskonferenser.

"Jag tror att vi avvaktar med presskonferens just nu", sa Ekström snabbt.

Bublanski såg noga till att han inte log.

"Det här är ju i första hand en sak för Göteborgspolisen", förtydligade Ekström.

"Nåja, vi har Sonja Modig och Jerker Holmberg på plats i Göteborg och har inlett ett samarbete ..."

"Vi avvaktar med presskonferens till dess att vi vet mer", avgjorde Ekström med skarp röst. "Det jag vill veta är hur säker du är på att Niedermann verkligen är inblandad i morden här i Stockholm."

"Som polis är jag övertygad. Däremot ligger vi inte så bra till i bevisläget. Vi har inga vittnen till morden och det finns ingen riktigt bra teknisk bevisning. Magge Lundin och Sonny Nieminen från Svavelsjö MC vägrar uttala sig och låtsas att de aldrig hört talas om Niedermann. Däremot åker han dit för mordet på polisman Gunnar Andersson."

"Just det", sa Ekström. "Det är polismordet som är intressant just nu. Men säg mig ... finns det något som tyder på att Salander i alla fall är inblandad i morden på något sätt? Kan man tänka sig att hon och Niedermann gemensamt har utfört morden?"

"Det tvivlar jag på. Och jag skulle nog inte ventilera den teorin offentligt."

"Men hur är hon då inblandad?"

"Det här är en extremt komplicerad historia. Precis som Mikael Blomkvist påstod från början handlar det om den här figuren Zala ... Alexander Zalachenko."

Vid namnet Mikael Blomkvist ryste åklagare Ekström synbart.

"Zala är en avhoppad och uppenbarligen samvetslös rysk lönnmördare från det kalla kriget, fortsatte Bublanski. Han kom hit på 1970-talet och blev Lisbeth Salanders pappa. Han har hållits under armarna av en fraktion inom Säpo som har mörkat då han begått brott. En polis på Säpo såg också till att Lisbeth Salander spärrades in på en barnpsykiatrisk klinik då hon var 13 år och hotade att spräcka hemligheten om Zalachenko."

"Du förstår att detta är en aning svårsmält. Det är knappast en historia vi kan gå ut med. Om jag förstått saken rätt så är allt detta om Zalachenko kvalificerat hemliga uppgifter."

"Inte desto mindre är det sanningen. Jag har dokumentation."

"Kan jag få titta på den."

Bublanski sköt över mappen med polisutredningen från 1991. Ekström betraktade eftertänksamt stämpeln som angav att dokumentet var en kvalificerat hemlig uppgift och diarienumret som han på en gång identifierade som tillhörande Säkerhetspolisen. Han bläddrade snabbt igenom den närmare hundra sidor tjocka pappersbunten och läste några stycken på måfå. Till sist lade han rapporten åt sidan.

"Vi måste försöka tona ned det här en smula så att situationen inte helt glider oss ur händerna. Lisbeth Salander spärrades alltså in på dårhus därför att hon försökte döda sin far ... den här Zalachenko. Och nu har hon slagit en yxa i huvudet på sin pappa. Det måste i alla fall rubriceras som dråpförsök. Och hon måste gripas för att ha skjutit Magge Lundin i Stallarholmen."

"Du får gripa vem du vill, men jag skulle gå försiktigt fram om jag var du."

"Det kommer ju att bli en skandal av enorma mått om hela den här historien med Säpo läcker ut."

Bublanski ryckte på axlarna. Hans arbetsbeskrivning bestod i att utreda brott, inte att hantera skandaler.

"Den här jäveln från Säpo, Gunnar Björck. Vad vet vi om hans roll?"

"Han är en av huvudaktörerna. Han är sjukskriven för diskbråck och bor nere i Smådalarö för tillfället."

"Okej ... vi håller tyst om Säpo så länge. Nu handlar det om ett polismord och inget annat. Vår uppgift är inte att skapa förvirring."

"Det blir nog svårt att tysta ned."

"Hur menar du?"

"Jag har skickat Curt Svensson för att plocka in Björck till förhör." Bublanski tittade på sitt armbandsur. "Det torde ske ungefär just nu."

"Vad?"

"Jag hade egentligen planerat att själv få nöjet att åka ned till Smådalarö, men det här polismordet har kommit emellan."

"Jag har inte gett något tillstånd att gripa Björck."

"Det är riktigt. Men det är inget anhållande. Jag plockar in honom till förhör."

"Jag tycker inte om det här."

Bublanski lutade sig framåt och såg nästan förtrolig ut.

"Richard ... så här är det. Lisbeth Salander har utsatts för en serie rättsövergrepp som började då hon redan var barn. Jag tänker inte låta detta fortgå. Du kan välja att plocka bort mig som spaningsledare, men i så fall kommer jag att vara tvungen att skriva ett skarpt PM om saken."

Richard Ekström såg ut som om han hade svalt något surt.

GUNNAR BJÖRCK, SJUKSKRIVEN från sin tjänst som biträdande chef för utlänningsroteln vid Säkerhetspolisen, öppnade dörren till sommarhuset i Smådalarö och tittade upp på en kraftig, blond och kortsnaggad man i svart skinnjacka.

"Jag söker Gunnar Björck."

"Det är jag."

"Curt Svensson, länskriminalen."

Mannen höll upp sin legitimation.

"Ja?"

"Du är ombedd att följa med in till Kungsholmen för att bistå polisen i utredningen om Lisbeth Salander."

"Eh ... det måste föreligga något misstag."

"Det är inget misstag", sa Curt Svensson.

"Du förstår inte. Jag är också polis. Jag tror att du bör kontrollera den här saken med din chef."

"Det är min chef som vill prata med dig."

"Jag måste ringa och ..."

"Du kan ringa från Kungsholmen."

Gunnar Björck kände plötsligt hur han resignerade.

Det har hänt. Jag kommer att bli indragen. Jävla förbannade Blomkvist. Förbannade Salander.

"Är jag gripen?" frågade han.

"Inte för ögonblicket. Men vi kan nog ordna den saken om du vill."

"Nej ... nej, jag följer självklart med. Det är klart att jag vill bistå kollegorna i den öppna verksamheten."

"Så bra", sa Curt Svensson och följde med in. Han höll ett vakande öga på Gunnar Björck då denne hämtade ytterkläder och stängde av kaffebryggaren.

KLOCKAN ELVA PÅ förmiddagen kunde Mikael Blomkvist konstatera att hans hyrbil fortfarande stod parkerad bakom en lada vid infarten till Gosseberga, men att han var så utmattad att han inte orkade åka och hämta den, och än mindre på ett trafiksäkert sätt köra den någon längre sträcka. Han bad kriminalinspektör Marcus Erlander om råd och Erlander ordnade generöst så att en kriminaltekniker från Göteborg körde ned bilen på hemvägen.

"Se det som en kompensation för hur du blev behandlad i natt."

Mikael nickade och tog taxi till City Hotel på Lorensbergsgatan intill Avenyn. Han bokade ett enkelrum för en natt för 800 kronor och gick omedelbart till sitt rum och klädde av sig. Han satte sig naken på sängöverkastet och plockade fram Lisbeth Salanders Palm Tungsten T3 från innerfickan i jackan och vägde den i handen. Han var fortfarande häpen att handdatorn inte tagits i beslag då kommissarie Thomas Paulsson kroppsvisiterade honom, men Paulsson hade utgått från att det var Mikaels dator, och i praktisk bemärkelse hade han aldrig förts till häktet och avvisiterats. Han funderade en kort stund och placerade den därefter i det fack i sin datorväska där han förvarade Lisbeths cd-skiva, som var märkt *Bjurman* och som Paulsson också missat. Han var medveten om att han rent lagtekniskt undanhöll bevismaterial, men det var föremål som Lisbeth med stor sannolikhet inte ville skulle hamna i orätta händer.

Han startade sin mobiltelefon, konstaterade att batteriet var på upphällningen och pluggade in laddaren. Han ringde ett samtal till sin syster advokat Annika Giannini.

"Hej syrran."

"Vad har du med nattens polismord att göra?" frågade hon omedelbart.

Han förklarade kortfattat vad som hade hänt.

"Okej. Salander ligger alltså på intensiven."

"Det stämmer. Vi vet inte hur allvarligt skadad hon är förrän hon vaknar, men hon kommer att behöva en advokat."

Annika Giannini funderade en stund.

"Tror du att hon vill ha mig?"

"Förmodligen vill hon inte ha någon advokat alls. Hon är inte typen som ber någon om hjälp."

"Det låter som om hon skulle behöva en brottmålsadvokat. Låt mig titta på den dokumentation du har."

"Prata med Erika Berger och be henne om en kopia."

Så fort Mikael avslutat samtalet med Annika Giannini ringde han Erika Berger. Hon svarade inte på mobilen och han slog istället hennes nummer på *Millenniums* redaktion. Det var Henry Cortez som svarade.

"Erika är ute någonstans", sa Henry.

Mikael förklarade kortfattat vad som hade hänt och bad Henry

Cortez vidarebefordra informationen till *Millenniums* chefredaktör.

"Okej. Vad ska vi göra?" sa Henry.

"Ingenting i dag", sa Mikael. "Jag måste sova. Jag kommer upp till Stockholm i morgon om inget oförutsett inträffar. *Millennium* kommer att ge sin version i nästa nummer och det är nästan en månad till dess."

Han avslutade samtalet och kröp ned i sängen och somnade inom trettio sekunder.

BITRÄDANDE LÄNSPOLISMÄSTARE MONICA Spångberg knackade med en penna mot kanten av sitt glas med Ramlösa och bad om tystnad. Tio personer satt samlade runt konferensbordet på hennes tjänsterum i polishuset. Det var tre kvinnor och sju män. Samlingen bestod av chefen för våldsroteln, biträdande chefen för våldsroteln, tre kriminalinspektörer inklusive Marcus Erlander, samt Göteborgspolisens pressansvarige. Till mötet hade också kallats förundersökningsledare Agneta Jervas från åklagarmyndigheten samt kriminalinspektörerna Sonja Modig och Jerker Holmberg från Stockholmspolisen. De sistnämnda inkluderades för att visa god samarbetsvilja med kollegorna från huvudstaden och möjligen för att visa hur en riktig polisutredning gick till.

Spångberg, som ofta var ensam kvinna i en manlig omgivning, hade inte rykte om sig att slösa tid på formaliteter och älskvärda fraser. Hon förklarade att länspolismästaren befann sig på tjänsteresa till en EuroPol-konferens i Madrid, att han avbrutit resan då han fått bud om att en polisman mördats, men att han inte förväntades komma hem förrän sent på kvällen. Därefter vände hon sig direkt till chefen för våldsroteln, Anders Pehrzon, och bad denne summera läget.

"Det är nu drygt tio timmar sedan kollegan Gunnar Andersson mördades på Nossebrovägen. Vi känner till namnet på mördaren, Ronald Niedermann, men vi saknar ännu bild på personen i fråga."

"Vi har en drygt tjugo år gammal bild på honom i Stockholm. Vi har fått den av Paolo Roberto, men den är nästan oanvändbar", sa Jerker Holmgren.

"Okej. Den polisbil som han tillgrep hittades som bekant i Alingsås i morse. Den stod parkerad på en tvärgata ungefär 350 meter från järnvägsstationen. Vi har inte fått in några rapporter om bilstölder i området på morgonen."

"Spaningsläget?"

"Vi har span på tåg som anländer till Stockholm och Malmö. Vi har gått ut med rikslarm och vi har informerat polisen i Norge och Danmark. Vi har just nu ungefär trettio poliser som arbetar direkt med utredningen och naturligtvis håller hela kåren ögonen öppna."

"Inga spår?"

"Nej. Inte ännu. Men en person med Niedermanns särpräglade utseende bör inte vara omöjlig att få korn på."

"Är det någon som vet hur det står till med Fredrik Torstensson?" frågade en av kriminalinspektörerna från våldet.

"Han ligger på Sahlgrenska. Han är svårt skadad ungefär som efter en bilolycka. Det är svårt att tro att en människa kunnat åstadkomma sådana skador med händerna. Förutom benbrott och krossade revben så har han en skadad nackkota och det finns en risk för att han kan komma att bli delvis förlamad."

Alla begrundade kollegans belägenhet under några sekunder innan Spångberg åter tog till orda. Hon vände sig till Erlander.

"Vad hände egentligen i Gosseberga?"

"Thomas Paulsson hände i Gosseberga."

Ett samfällt stönande hördes från flera av deltagarna i mötet.

"Kan ingen pensionera honom. Han är ju en jävla vandrande katastrof."

"Jag känner mycket väl till Paulsson", sa Monica Spångberg skarpt. "Men jag har inte hört några klagomål på honom det senaste ... tja, inte på två år."

"Polismästaren däruppe är ju gammal bekant till Paulsson och har väl försökt hjälpa till genom att hålla en skyddande hand över honom. I all välmening, vill säga, och det är ingen kritik mot honom. Men i natt betedde sig Paulsson så besynnerligt att flera kollegor rapporterade saken."

"På vilket sätt?"

Marcus Erlander sneglade på Sonja Modig och Jerker Holmberg. Han var uppenbart generad över att skylta med brister i organisationen inför kollegorna från Stockholm.

"Det mest besynnerliga var väl att han satte en kollega från tekniska att göra en inventering av vad som fanns i vedboden där vi hittade den här Zalachenko."

"Inventering av vedboden?" undrade Spångberg.

"Ja ... alltså ... han ville veta exakt hur många vedträn som fanns där. För att rapporten skulle bli korrekt."

En pregnant tystnad uppstod runt konferensbordet innan Erlander hastigt fortsatte.

"Nu på morgonen har det framkommit att Paulsson går på åtminstone två psykofarmaka som heter Xanor och Efexor. Han borde egentligen ha varit sjukskriven men har mörkat sitt tillstånd för kollegorna."

"Vilket tillstånd?" frågade Spångberg skarpt.

"Exakt vad han lider av vet jag förstås inte – läkaren har ju tystnadsplikt – men den psykofarmaka han äter är dels kraftigt ångestdämpande och dels uppiggande. Han var helt enkelt på lyset under natten."

"Herregud", sa Spångberg med eftertryck. Hon såg ut som det åskväder som dragit över Göteborg under morgontimmarna. "Jag vill ha hit Paulsson för ett samtal. Nu."

"Det blir nog lite svårt. Han klappade ihop på morgonen och har tagits in på sjukhus för överansträngning. Vi hade helt enkelt maximal otur att han råkade befinna sig i rotation."

"Får jag fråga", sa chefen för våldsroteln. "Paulsson grep alltså Mikael Blomkvist under natten?"

"Han har lämnat en rapport och gjort anmälan om förolämpning, våldsamt motstånd mot tjänsteman och olaga vapeninnehav."

"Vad säger Blomkvist?"

"Han erkänner förolämpning men hävdar att det var nödvärn. Han menar att motståndet bestod i ett skarpt verbalt försök att hindra Torstensson och Andersson att åka och finka Niedermann på egen hand och utan förstärkning."

"Vittnen?"

"Det är ju poliserna Torstensson och Andersson. Låt mig säga att jag inte tror ett dyft på Paulssons anmälan om våldsamt motstånd. Det är en typisk motanmälan för att avvärja framtida klagomål från Blomkvist."

"Men Blomkvist hade alltså på egen hand övermannat Niedermann?" frågade åklagare Agneta Jervas.

"Medelst vapenhot."

"Så Blomkvist hade ett vapen. Då skulle gripandet av Blomkvist i alla fall ha någon substans. Var fick han vapnet ifrån?"

"Det vill inte Blomkvist uttala sig om utan att först ha fått prata med en advokat. Men Paulsson grep Blomkvist då han försökte *överlämna* vapnet till polisen."

"Får jag komma med ett informellt förslag?" sa Sonja Modig försiktigt.

Alla tittade på henne.

"Jag har träffat Mikael Blomkvist vid flera tillfällen under utredningens gång och min bedömning är att han är en rätt omdömesgill person trots att han är journalist. Jag antar att det är du som ska fatta beslut om åtal ..." Hon tittade på Agneta Jervas som nickade. "I så fall – det här med förolämpning och motstånd är ju bara dumheter så det antar jag att du kommer att avskriva automatiskt."

"Förmodligen. Men olaga vapeninnehav är lite allvarligare."

"Jag skulle föreslå att du vilar på hanen. Blomkvist har pusslat ihop den här historien på egen hand och ligger långt före oss inom polisen. Vi har större nytta av att hålla oss väl med honom och samarbeta än att släppa loss honom att avrätta hela poliskåren i massmedia."

Hon tystnade. Efter några sekunder harklade sig Marcus Erlander. Om Sonja Modig kunde sticka ut hakan så ville han inte vara sämre.

"Jag instämmer faktiskt. Jag uppfattar också Blomkvist som en omdömesgill person. Jag har även bett honom om ursäkt för behandlingen han utsattes för i natt. Han verkar vara beredd att låta udda vara jämnt.

Dessutom har han integritet. Han har spårat Lisbeth Salanders bostad men vägrar att tala om var den finns. Han är inte rädd för att ta en offentlig diskussion med polisen ... och han befinner sig ju i en position där hans röst kommer att väga lika tungt i massmedia som vilken anmälan som helst från Paulsson."

"Men han vägrar att lämna information om Salander till polisen?"

"Han säger att det får vi fråga Lisbeth om."

"Vad är det för vapen?" frågade Jervas.

"Det är en Colt 1911 Government. Serienumret är okänt. Jag har skickat vapnet till tekniska och vi vet ännu inte om det använts i något brottsligt sammanhang i Sverige. Om så är fallet så kommer ju saken i ett lite annorlunda läge."

Monica Spångberg höjde pennan.

"Agneta, du avgör själv om du vill inleda en förundersökning mot Blomkvist. Jag föreslår att du inväntar rapporten från tekniska. Låt oss gå vidare. Den här figuren Zalachenko ... vad kan ni från Stockholm berätta om honom?"

"Saken är den att så sent som i går eftermiddag hade vi aldrig hört talas om vare sig Zalachenko eller Niedermann", svarade Sonja Modig.

"Jag trodde att ni jagade en lesbisk satanistliga i Stockholm", sa en av Göteborgspoliserna. Några av de andra drog på munnen. Jerker Holmberg inspekterade sina naglar. Det var Sonja Modig som fick ta frågan.

"Oss emellan kan jag väl nämna att vi har vår egen 'Thomas Paulsson' på roteln och detta med en lesbisk satanistliga är snarast ett sidospår som härstammar från det hållet."

Sonja Modig och Jerker Holmberg ägnade därefter en dryg halvtimme åt att berätta vad som framkommit i utredningen.

När de var klara uppstod en lång tystnad runt bordet.

"Om det här med Gunnar Björck stämmer kommer Säpo att få det hett om öronen", fastslog slutligen biträdande chefen för våldsroteln.

Alla nickade. Agneta Jervas lyfte handen.

"Om jag förstår saken rätt bygger era misstankar till stor del på antaganden och indicier. Som åklagare är jag lite orolig över det faktiska bevisläget."

"Vi är medvetna om det", sa Jerker Holmberg. "Vi tror att vi vet vad som hände i stora drag, men det är en hel del frågetecken som måste rätas ut."

"Jag har förstått att ni är sysselsatta med utgrävningar i Nykvarn utanför Södertälje", sa Spångberg. "Hur många mord handlar den här historien om egentligen?"

Jerker Holmberg blinkade trött.

"Vi började med tre mord i Stockholm – det är de mord som Lisbeth Salander varit lyst för, alltså advokat Bjurman, journalisten Dag Svensson och doktoranden Mia Bergman. I samband med lagret i Nykvarn har vi hittills hittat tre gravar. Vi har identifierat en känd langare och småtjuv som låg styckad i en grav. Vi har hittat en ännu oidentifierad kvinna i grav två. Och vi har inte hunnit gräva ut den tredje graven ännu. Den tycks vara av äldre datum. Dessutom har Mikael Blomkvist gjort en koppling till mordet på en prostituerad kvinna i Södertälje för några månader sedan."

"Så med polisman Gunnar Andersson i Gosseberga handlar det om minst åtta mord ... det är ju en fasansfull statistik. Misstänker vi den här Niedermann för samtliga mord? Han skulle alltså vara en fullkomlig vettvilling och massmördare."

Sonja Modig och Jerker Holmberg utbytte blickar. Nu handlade det om i vilken utsträckning de skulle binda sig till påståenden. Till sist tog Sonja Modig ordet.

"Även om den faktiska bevisningen saknas så lutar nog jag och min chef, alltså kriminalinspektör Jan Bublanski, åt att Blomkvist har helt rätt då han påstår att de tre första morden har utförts av Niedermann. Det skulle innebära att Salander är oskyldig. Vad gäller gravarna i Nykvarn så är Niedermann bunden till platsen genom kidnappningen av Salanders väninna Miriam Wu. Det råder ingen tvekan om att hon stod på tur att få en fjärde gravplats. Men den aktuella lagerbyggnaden ägs av en släkting till ledaren för Svavelsjö MC och innan vi ens hunnit identifiera kvarlevorna får vi nog vänta med slutsatser."

"Den där småtjuven ni har identifierat ..."

"Kenneth Gustafsson, 44 år, känd langare och problembarn sedan tonåren. Spontant skulle jag gissa på att det handlar om en intern uppgörelse av något slag. Svavelsjö MC är inblandat i allsköns brottslighet, däribland distribution av metamfetamin. Det kan alltså vara en skogskyrkogård för folk som kommit på kant med Svavelsjö MC. Men ..."

"Ja?"

"Den här prostituerade flickan som mördades i Södertälje ... hon heter Irina Petrova, 22 år."

"Okej."

"Obduktionen visade att hon utsatts för synnerligen rå misshandel och hade skador av det slag som återfinns hos någon som blivit ihjälslagen med ett basebollträ eller liknande. Men skadorna var tvetydiga och patologen kunde inte ange något särskilt redskap som använts. Blomkvist gjorde faktiskt en ganska skarp iakttagelse. Irina Petrova hade skador som mycket väl kan ha tillfogats med bara händerna ..."

"Niedermann?"

"Det är ett rimligt antagande. Bevisning saknas ännu."

"Hur går vi vidare?" undrade Spångberg.

"Jag måste konferera med Bublanski, men ett naturligt nästa steg är väl att hålla förhör med Zalachenko. Från vår sida är vi intresserade av att höra vad han vet om morden i Stockholm och från er sida handlar det ju om att fånga Niedermann."

En av kriminalinspektörerna från Göteborgsvåldet lyfte ett finger.

"Får jag fråga ... vad har vi hittat på den där gården i Gosseberga?"

"Väldigt lite. Vi har hittat fyra handeldvapen. En Sig Sauer som var isärtagen och höll på att oljas in på köksbordet. En polsk P-83 Wanad på golvet bredvid kökssoffan. En Colt 1911 Government – det är den pistol som Blomkvist försökte överlämna till Paulsson. Och slutligen en Browning kaliber 22, vilket närmast är en leksakspistol i den samlingen. Vi misstänker att det är det vapen som Salander blivit skjuten med eftersom hon ännu lever med en kula i hjärnan."

"Något mer?"

"Vi har beslagtagit en väska med drygt 200 000 kronor. Väskan fanns i ett rum på övervåningen som nyttjades av Niedermann."

"Och ni är säkra på att det är hans rum?"

"Tja, han har klädstorlek XXL. Zalachenko är möjligen medium."

"Finns det något som binder Zalachenko till brottslig verksamhet?" undrade Jerker Holmberg.

Erlander skakade på huvudet.

"Det beror förstås på hur vi tolkar vapenbeslagen. Men bortsett från vapnen och att Zalachenko hade en mycket avancerad kameraövervakning av gården så har vi inte hittat något som skiljer gården i Gosseberga från vilket bondhus som helst. Det är ett mycket spartanskt möblerat hus."

Strax före tolv knackade en uniformerad polis på och lämnade ett papper till biträdande länspolismästare Monica Spångberg. Hon höll upp ett finger.

"Vi har fått in ett larm om ett försvinnande i Alingsås. En 27-årig tandsköterska vid namn Anita Kaspersson lämnade sin bostad klockan 07.30 på morgonen. Hon lämnade ett barn på dagis och skulle därefter ha anlänt till sin arbetsplats före åtta. Vilket hon aldrig gjorde. Hon arbetar hos en privat tandläkare med mottagning ungefär 150 meter från den plats där den stulna polisbilen hittades."

Erlander och Sonja Modig tittade samtidigt på sina armbandsur.

"Då har han fyra timmars försprång. Vad är det för bil?"

"En mörkblå Renault årsmodell 1991. Här är numret."

"Skicka rikslarm på bilen på en gång. Vid det här laget kan han vara var som helst mellan Oslo, Malmö och Stockholm."

Efter ytterligare en stunds prat avslutade de konferensen med beslutet att Sonja Modig och Marcus Erlander tillsammans skulle höra Zalachenko.

HENRY CORTEZ RYNKADE ögonbrynen och följde Erika Berger med blicken då hon sneddade ut från sitt rum och försvann in i pentryt. Hon kom ut några sekunder senare med en mugg kaffe och återvände till sitt rum. Hon stängde dörren.

Henry Cortez kunde inte riktigt sätta fingret på vad som var fel. *Millennium* var en liten arbetsplats av det slag där medarbetarna kom nära varandra. Han hade arbetat deltid på tidningen i fyra år och under den tiden hade han upplevt några fenomenala stormar, inte minst den period då Mikael Blomkvist hade avtjänat tre månaders fängelse för förtal och tidningen så när hade gått under. Han hade upplevt morden på medarbetaren Dag Svensson och dennes flickvän Mia Bergman.

Under alla stormar hade Erika Berger varit en klippa som inget tycktes kunna bringa ur fattningen. Han var inte förvånad över att Erika Berger hade ringt och väckt honom tidigt på morgonen och satt honom och Lottie Karim i arbete. Salanderaffären hade rämnat och Mikael Blomkvist hade blivit inblandad i ett polismord i Göteborg. Så långt var allt klart. Lottie Karim hade parkerat sig i polishuset och försökte få några vettiga besked. Henry hade ägnat morgonen åt att ringa och försöka pussla ihop vad som hade hänt under natten. Blomkvist svarade inte på telefon men tack vare en rad källor hade Henry en relativt god bild av vad som hade utspelats under natten.

Däremot hade Erika Berger varit själsligt frånvarande under hela förmiddagen. Det var ytterst sällsynt att hon stängde dörren till sitt rum. Det skedde nästan enbart då hon hade besök eller arbetade intensivt med något problem. Denna morgon hade hon inte haft några besök och hon arbetade inte. När Henry vid några tillfällen knackat på för att rapportera nyheter hade han hittat henne i stolen vid fönstret där hon satt försjunken i tankar och till synes håglöst tittade på folkströmmen nere på Götgatan. Hon lyssnade bara förstrött på hans rapporter.

Något var på tok.

Dörrklockan avbröt hans funderingar. Han gick och öppnade och där stod Annika Giannini. Henry Cortez hade träffat Mikael Blomkvists syster vid flera tillfällen tidigare, men kände henne inte närmare.

"Hej Annika", sa han. "Mikael är inte här i dag."

"Jag vet. Jag vill träffa Erika."

Erika Berger tittade upp från sin stol vid fönstret och samlade sig snabbt då Henry släppte in Annika.

"Hej", sa hon. "Mikael är inte här i dag."

Annika log.

"Jag vet det. Jag är här för Björcks Säporapport. Micke har bett mig titta på den för att eventuellt representera Salander."

Erika nickade. Hon reste sig och hämtade en pärm från skrivbordet.

Annika tvekade en stund, halvt om halvt på väg att lämna rummet. Sedan ändrade hon sig och satte sig mitt emot Erika.

"Okej, vad är det för fel med dig då?"

"Jag ska sluta på *Millennium*. Och jag har inte kunnat berätta för Mikael. Han har varit så insnärjd i den här Salanderhistorien att det aldrig funnits tillfälle och jag kan inte berätta för de andra förrän jag berättat för honom och nu mår jag för jävligt."

Annika Giannini bet sig i underläppen.

"Och nu berättar du för mig istället. Vad ska du göra?"

"Jag blir chefredaktör på *Svenska Morgon-Posten*."

"Hoppsan. I så fall vore ju gratulationer på sin plats istället för gråt och tandagnisslan."

"Men det var inte så här jag hade tänkt sluta på *Millennium*. Mitt i ett jävla kaos. Det kom som en blixt från en klar himmel och jag kan inte säga nej. Jag menar, det är en chans som aldrig återkommer. Men jag fick erbjudandet just innan Dag och Mia blev skjutna och det har varit sådan röra här att jag har mörkat. Och nu har jag dåligt samvete som fan."

"Jag förstår. Och nu är du rädd för att berätta för Micke."

"Jag har inte berättat för någon. Jag trodde att jag inte skulle börja på SMP förrän efter sommaren och att det fortfarande skulle finnas tid att berätta. Men nu vill de att jag börjar så fort som möjligt."

Hon tystnade och betraktade Annika och såg nästan gråtfärdig ut.

"Det här blir i praktiken min sista vecka på *Millennium*. Nästa vecka är jag bortrest och sedan ... jag måste ha någon veckas semester för att ladda. Men den första maj börjar jag på SMP."

"Och vad skulle ha hänt om du blivit överkörd av en bil? Då skulle de ha stått utan chefredaktör med en minuts varsel."

Erika tittade upp.

"Men jag har inte blivit överkörd av en bil. Jag har medvetet mörkat i flera veckor."

"Jag förstår att det är ett jobbigt läge men jag har en känsla av att Micke och Christer och de andra nog reder upp situationen. Däremot tycker jag att du ska berätta för dem på en gång."

"Jo, men din förbannade brorsa är i Göteborg i dag. Han sover och svarar inte i telefon."

"Jag vet. Det är få personer som är så bra på att undvika att svara i telefon som Mikael. Men det här handlar inte om dig och Micke. Jag vet att ni jobbat ihop i tjugo år eller så och att ni strulat och haft er, men du måste tänka på Christer och de andra på redaktionen."

"Men Mikael kommer att ..."

"Micke kommer att gå i taket. Jovisst. Men om han inte kan hantera situationen att du efter tjugo år soppat till det lite för dig så är han inte värd tiden du lagt ned på honom."

Erika suckade.

"Ryck upp dig nu. Kalla in Christer och de andra på redaktionen. Nu."

CHRISTER MALM SATT omtumlad några sekunder när Erika Berger hade samlat medarbetarna i *Millenniums* lilla konferensrum. Redaktionsmötet hade utlösts med några minuters varsel precis då han hade varit på väg att göra en tidig fredagssorti. Han sneglade på Henry Cortez och Lottie Karim som var precis lika överraskade som han. Redaktionssekreteraren Malin Eriksson hade inte heller vetat något, liksom reportern Monica Nilsson och marknadschefen Sonny Magnusson. Den ende som saknades i uppställningen var Mikael Blomkvist som befann sig i Göteborg.

Herregud. Mikael känner inte till något, tänkte Christer Malm. *Jag undrar hur han kommer att reagera.*

Sedan insåg han att Erika Berger hade slutat tala och att det var knäpptyst i konferensrummet. Han ruskade på huvudet och reste sig och gav Erika en kram och en puss på kinden.

"Grattis, Ricky", sa han. "Chefredaktör för SMP. Det är verkligen inget uselt kliv från den här lilla skutan."

Henry Cortez vaknade till liv och tog upp en spontan applåd. Erika höll upp händerna.

"Stopp", sa hon. "Jag förtjänar ingen applåd i dag."

Hon gjorde en kort paus och granskade medarbetarna på den lilla redaktionen.

"Hör ni ... jag är fruktansvärt ledsen att det blivit på det här sättet. Jag ville berätta för flera veckor sedan, men det drunknade i kaoset efter morden. Mikael och Malin har jobbat som besatta och det har bara inte varit läge. Och därför har vi hamnat här."

Malin Eriksson insåg med förfärande klarsyn hur underbemannad redaktionen egentligen var och hur fruktansvärt tomt det skulle bli utan Erika. Vad som än hände eller vilket kaos som än utbröt så hade hon varit den klippa Malin hade kunnat luta sig mot, alltid orubblig i stormen. Tja ... inte konstigt att Morgondraken rekryterat henne. Men vad skulle hända nu? Erika hade alltid varit en nyckelperson på *Millennium*.

"Det finns några saker vi måste klargöra. Jag begriper också att det här kommer att skapa oro på redaktionen. Det har verkligen inte varit min avsikt, men nu är det som det är. För det första: jag kommer inte helt att överge *Millennium*. Jag kommer att kvarstå som delägare och delta i styrelsemöten. Däremot kommer jag naturligtvis inte att ha något inflytande i det redaktionella arbetet – det skulle kunna skapa intressekonflikter."

Christer Malm nickade tankfullt.

"För det andra: jag slutar formellt den sista april. Men det här blir i praktiken min sista arbetsdag. Nästa vecka är jag bortrest som ni vet, det har varit planerat länge. Och jag har beslutat att jag inte kommer tillbaka för att styra och ställa några dagar i skarven."

Hon tystnade en kort stund.

"Nästa nummer ligger klart i datorn. Det är småsaker att fixa.

Det blir mitt sista nummer. Därefter måste en annan chefredaktör ta över. Jag städar mitt skrivbord i kväll."

Tystnaden var kompakt.

"Vem som blir ny chefredaktör efter mig är ett beslut som måste avhandlas och beslutas i styrelsen. Men det måste diskuteras bland er på redaktionen också."

"Mikael", sa Christer Malm.

"Nej. Aldrig Mikael. Han är den i särklass sämste chefredaktör ni kan välja. Han är perfekt som ansvarig utgivare och skitbra på att slå hål på och knyta ihop omöjliga texter som ska publiceras. Han är bromsklossen. Chefredaktören måste vara den som satsar offensivt. Mikael har dessutom en tendens att begrava sig i sina egna historier och vara helt frånvarande i veckor ibland. Han är bäst då det hettar till, men han är sagolikt usel på rutinarbete. Det vet ni alla."

Christer Malm nickade.

"*Millennium* har fungerat därför att du och Mikael har balanserat varandra."

"Men inte bara därför. Ni kommer väl ihåg när Mikael satt uppe i Hedestad och tjurade i nästan ett helt jävla år. Då fungerade *Millennium* utan honom, precis som tidningen måste fungera utan mig nu."

"Okej. Vad är din plan?"

"Mitt val vore att du tog över som chefredaktör, Christer ..."

"Aldrig i livet." Christer Malm slog ifrån sig med båda händerna.

"... men eftersom jag vet att du kommer att säga nej så har jag en annan lösning. Malin. Du går in som tillförordnad chefredaktör från och med i dag."

"Jag?!" sa Malin.

"Exakt du. Du har varit skitbra som redaktionssekreterare."

"Men jag ..."

"Gör ett försök. Jag städar mitt skrivbord i kväll. Du kan flytta in på måndag morgon. Majnumret är nästan klart – det har vi redan slitit med. I juni är det dubbelnummer och sedan är vi lediga en månad. Om det inte fungerar så får styrelsen hitta någon annan i augusti. Henry, du får gå upp på heltid och ersätta Malin som redaktionssekreterare. Sedan måste ni rekrytera någon ny medarbetare. Men det är ert och styrelsens val."

Hon tystnade en kort stund och betraktade eftertänksamt församlingen.

"En sak till. Jag börjar på en annan tidning. SMP och *Millennium* är för all del inte konkurrenter i praktisk bemärkelse men det betyder att jag inte vill veta ett dugg mer än jag redan vet om innehållet i nästa nummer. Allt sådant tar ni med Malin från och med nu."

"Hur gör vi med den här Salanderstoryn?" undrade Henry Cortez.

"Ta det med Mikael. Jag har kunskap om Salander, men jag lägger den storyn i malpåse. Den kommer inte att gå till SMP."

Erika kände plötsligt en enorm lättnad.

"Det var allt", sa hon och avslutade mötet, reste sig och gick tillbaka till sitt kontor utan övriga kommentarer.

Millenniums redaktion satt kvar i tystnad. Det var först en timme senare som Malin Eriksson knackade på dörren till Erikas rum.

"Hallå där."

"Ja?" undrade Erika.

"Personalen vill säga något."

"Vad?"

"Här utanför."

Erika reste sig och gick till dörren. De hade dukat upp med tårta och fredagskaffe.

"Jag tänkte att vi får ha en riktig fest och fira av dig så småningom", sa Christer Malm. "Men tills vidare får kaffe och tårta duga."

Erika Berger log för första gången den dagen.

KAPITEL 3
FREDAG 8 APRIL-LÖRDAG 9 APRIL

ALEXANDER ZALACHENKO HADE varit vaken i åtta timmar då Sonja Modig och Marcus Erlander kom på besök vid sjutiden på kvällen. Han hade genomgått en tämligen omfattande operation vid vilken en väsentlig del av kindbenet justerats och fixerats med titanskruvar. Hans huvud var så inpaketerat att enbart hans vänstra öga syntes. En läkare hade förklarat att yxhugget hade krossat kindbenet och skadat pannbenet samt skalat loss en stor del av köttet på högra sidan av ansiktet och rubbat ögonhålan. Skadorna orsakade honom stor smärta. Zalachenko hade fått stora doser smärtstillande men var ändå någorlunda redig och kunde prata. Polisen fick dock inte trötta ut honom.

"God kväll, herr Zalachenko", hälsade Sonja Modig. Hon presenterade sig och kollegan Erlander.

"Jag heter Karl Axel Bodin", sa Zalachenko mödosamt mellan sammanpressade tänder. Hans röst var lugn.

"Jag vet precis vem du är. Jag har läst din meritförteckning hos Säpo."

Vilket inte var helt sant eftersom Säpo ännu inte lämnat ut ett enda papper om Zalachenko.

"Det var länge sedan", sa Zalachenko. "Numera är jag Karl Axel Bodin."

"Hur mår du?" fortsatte Modig. "Är du i stånd att föra ett samtal?"

"Jag vill anmäla ett brott. Jag har blivit utsatt för mordförsök av min dotter."

"Vi vet det. Den saken kommer i sinom tid att utredas", sa Erlander. "Men just nu har vi mer angelägna saker att tala om."

"Vad kan vara mer angeläget än ett mordförsök?"

"Vi vill höra dig upplysningsvis om tre mord i Stockholm, minst tre mord i Nykvarn samt en kidnappning."

"Jag känner inte till något om detta. Vem har blivit mördad?"

"Herr Bodin, vi misstänker på goda grunder att din kompanjon, 35-årige Ronald Niedermann, är skyldig till dessa handlingar", sa Erlander. "I natt mördade Niedermann dessutom en polis från Trollhättan."

Sonja Modig blev lite överraskad över att Erlander gjorde Zalachenko till viljes genom att använda namnet Bodin. Zalachenko vred huvudet en aning så att han kunde se Erlander. Hans röst mjuknade en aning.

"Det var … tråkigt att höra. Jag vet inget om vad Niedermann sysslar med. Jag har inte mördat någon polis. Jag blev själv utsatt för ett mordförsök i natt."

"Ronald Niedermann är för närvarande efterspanad. Har du någon aning om var han skulle kunna tänkas gömma sig?"

"Jag vet inte i vilka kretsar han rör sig. Jag …" Zalachenko tvekade några sekunder. Hans röst blev förtrolig. "Jag måste erkänna … oss emellan … att jag ibland varit orolig över Niedermann."

Erlander böjde sig fram en aning.

"Hur menar du?"

"Jag har upptäckt att han kan vara en våldsam person. Jag är faktiskt rädd för honom."

"Du menar att du känt dig hotad av Niedermann?" undrade Erlander.

"Just precis. Jag är en gammal man. Jag kan inte försvara mig."

"Kan du förklara din relation till Niedermann?"

"Jag är handikappad." Zalachenko pekade på sin fot. "Det här är andra gången min dotter försöker mörda mig. Jag anlitade Niedermann som hjälpreda för många år sedan. Jag trodde att han kunde skydda mig ... men i själva verket har han tagit över mitt liv. Han kommer och går som han vill, jag har inget att säga till om."

"Och vad hjälper han dig med?" bröt Sonja Modig in. "Att göra sådant som du själv inte klarar av?"

Zalachenko gav Sonja Modig en lång blick med sitt enda synliga öga.

"Jag har förstått att hon kastade in en brandbomb i din bil för över tio år sedan", sa Sonja Modig. "Kan du förklara vad som gav henne impulsen att göra det?"

"Det får du fråga min dotter om. Hon är sinnessjuk."

Hans röst var åter fientlig.

"Du menar att du inte kan tänka dig något skäl till att Lisbeth Salander angrep dig 1991."

"Min dotter är sinnessjuk. Det finns dokumentation på det."

Sonja Modig lade huvudet på sned. Hon noterade att Zalachenko svarade betydligt mera aggressivt och fientligt då hon ställde frågorna. Hon blev medveten om att Erlander hade noterat samma sak. *Okej ... Good cop, bad cop.* Sonja Modig höjde rösten.

"Du tror inte att hennes handlande kunde ha något att göra med att du hade misshandlat hennes mor så allvarligt att modern fick bestående hjärnskador?"

Zalachenko betraktade Sonja Modig med ett lugnt ansiktsuttryck.

"Det där är bara skitprat. Hennes mor var en hora. Det var förmodligen någon av hennes kunder som spöade henne. Jag råkade bara komma förbi."

Sonja Modig höjde ögonbrynen.

"Så du är helt oskyldig?"

"Naturligtvis."

"Zalachenko ... låt mig se om jag har förstått dig rätt. Du förnekar alltså att du misshandlade din dåvarande flickvän Agneta Sofia Salander, Lisbeth Salanders mor, trots att det är föremål för en mångordig hemligstämplad utredning av din dåvarande handledare på Säpo, Gunnar Björck."

"Jag har aldrig blivit dömd för något. Jag har inte ens varit åtalad. Jag kan inte rå för vad någon stolle på Säkerhetspolisen fantiserar om i sina rapporter. Om jag var misstänkt borde det väl åtminstone ha hållits ett förhör med mig."

Sonja Modig satt mållös. Zalachenko såg faktiskt ut som om han log bakom bandagen.

"Jag vill alltså lämna en anmälan mot min dotter. Hon har försökt döda mig."

Sonja Modig suckade.

"Jag börjar plötsligt förstå varför Lisbeth Salander känner ett behov av att drämma en yxa i skallen på dig."

Erlander harklade sig.

"Förlåt, herr Bodin ... vi kanske skulle återgå till vad du vet om Ronald Niedermanns förehavanden."

SONJA MODIG RINGDE till kriminalinspektör Jan Bublanski från korridoren utanför Zalachenkos rum.

"Ingenting", sa hon.

"Ingenting?" upprepade Bublanski.

"Han har lämnat polisanmälan mot Lisbeth Salander för grov misshandel och mordförsök. Han påstår att han inte har något med morden i Stockholm att göra."

"Och hur förklarar han att Lisbeth Salander har blivit nedgrävd på hans tomt i Gosseberga?"

"Han säger att han har varit förkyld och mest sovit hela dagen. Om Salander har blivit skjuten i Gosseberga så måste det vara något som Ronald Niedermann hittat på."

"Okej. Vad har vi?"

"Hon sköts med en Browning kaliber 22. Det är därför hon lever. Vi har hittat vapnet. Zalachenko erkänner att det är hans vapen."

"Jaha. Han vet med andra ord att vi kommer att hitta hans fingeravtryck på vapnet."

"Just det. Men han säger att sist han såg vapnet låg det i hans skrivbordslåda."

"Alltså har förmodligen den förträfflige Ronald Niedermann tagit vapnet medan Zalachenko sov och skjutit Salander. Kan vi bevisa motsatsen?"

Sonja Modig funderade några sekunder innan hon svarade.

"Han är förtrogen med svensk lagstiftning och polisens metoder. Han erkänner inte ett dugg och han har Niedermann som bonde-offer. Jag vet faktiskt inte vad vi kan bevisa. Jag har bett Erlander skicka hans kläder till tekniska och undersöka om det finns krut-stänk, men han kommer förmodligen att hävda att han övningssköt med vapnet för två dagar sedan."

LISBETH SALANDER KÄNDE en doft av mandel och etanol. Det var som om hon hade sprit i munnen och hon försökte svälja men upp-levde att tungan kändes bortdomnad och paralyserad. Hon försökte öppna ögonen men förmådde inte. Hon hörde avlägset en röst som tycktes tala till henne men hon kunde inte uppfatta orden. Sedan hörde hon rösten klart och tydligt.

"Jag tror att hon håller på att vakna."

Hon kände att någon rörde vid hennes panna och försökte vifta bort den närgångna handen. I samma ögonblick upplevde hon en in-tensiv smärta i sin vänstra skuldra. Hon slappnade av.

"Hör du mig?"

Gå din väg.

"Kan du öppna ögonen?"

Vad är det för jävla idiot som tjatar.

Till sist slog hon upp ögonen. Först såg hon bara besynnerliga ljuspunkter, innan en skepnad framträdde mitt i synfältet. Hon för-sökte fokusera blicken men skepnaden vek hela tiden undan. Det kändes som om hon hade en praktfylla och som om sängen hela ti-den tiltade baklänges.

"Strstlln", sa hon.

"Vad sa du?"

"Diot", sa hon.

"Det låter bra. Kan du öppna ögonen igen."

Hon slog upp ögonen i två smala springor. Hon såg ett främmande ansikte och memorerade varje detalj. En blond man med extremt blå ögon och skevt kantigt ansikte någon decimeter från hennes ansikte.

"Hej. Jag heter Anders Jonasson. Jag är läkare. Du befinner dig på sjukhus. Du har blivit skadad och håller på att vakna upp efter en operation. Vet du vad du heter?"

"Pschalandr", sa Lisbeth Salander.

"Okej. Kan du göra mig en tjänst. Kan du räkna till tio."

"Ett två fyra ... nej ... tre fyra fem sex ..."

Sedan somnade hon igen.

Doktor Anders Jonasson var dock nöjd med den respons han fått. Hon hade sagt sitt namn och börjat räkna. Det antydde att hon fortfarande hade förståndsgåvorna någorlunda intakta och inte skulle vakna upp som ett kolli. Han antecknade uppvakningstiden till 21.06, drygt sexton timmar efter att han avslutat operationen. Han hade sovit större delen av dagen och åkt tillbaka till Sahlgrenska vid sjutiden på kvällen. Han var egentligen ledig men hade skrivbordsarbete att hinna i kapp med.

Och han hade inte kunnat låta bli att gå förbi på intensiven och titta till den patient vars hjärna han hade rotat i tidigt på morgonen.

"Låt henne sova ett tag till, men håll noga koll på hennes EEG. Jag är rädd för att det kan bli svullnad eller blödningar i hjärnan. Hon tycktes ha skarp smärta i axeln då hon försökte röra armen. Om hon vaknar får ni ge henne två milligram morfin i timmen."

Han kände sig besynnerligt upprymd då han gick ut genom huvudentrén på Sahlgrenska.

KLOCKAN VAR STRAX före två på morgonen då Lisbeth Salander vaknade igen. Hon öppnade långsamt ögonen och såg en ljuskägla i taket. Efter flera minuter vred hon huvudet och blev medveten om att hon hade en stödkrage runt nacken. Hon kände en dov huvudvärk och en skarp smärta i skuldran då hon försökte flytta kroppsvikten. Hon blundade.

Sjukhus, tänkte hon omedelbart. *Vad gör jag här?*

Hon kände sig extremt utmattad.

Först hade hon svårt att fokusera tankarna. Sedan kom spridda minnesbilder tillbaka.

Under några sekunder greps hon av panik då minnesfragment av hur hon hade grävt sig upp ur en grav strömmade över henne. Sedan bet hon ihop tänderna hårt och koncentrerade sig på att andas. Hon konstaterade att hon levde. Hon var inte riktigt säker på om det var bra eller dåligt.

Lisbeth Salander mindes inte riktigt vad som hade hänt, men hon kom ihåg en dimmig mosaik av bilder från vedboden och hur hon ursinnigt svingat en yxa och träffat sin pappa i ansiktet. Zalachenko. Hon visste inte om han levde eller var död.

Hon kunde inte riktigt komma ihåg vad som hade hänt med Niedermann. Hon hade en vag känsla av att hon var häpen över att han hade sprungit för sitt liv och hon begrep inte varför.

Plötsligt mindes hon att hon hade sett Kalle Jävla Blomkvist. Hon var inte säker på om hon hade drömt det hela, men hon mindes ett kök – det måste ha varit köket i Gosseberga – och att hon tyckte sig ha sett honom komma fram till henne. *Jag måste ha hallucinerat.*

Händelserna i Gosseberga kändes redan mycket avlägsna eller möjligen som en befängd dröm. Hon koncentrerade sig på nuet.

Hon var skadad. Det behövde ingen berätta för henne. Hon lyfte den högra handen och trevade över sitt huvud. Hon var kraftigt bandagerad. Sedan mindes hon plötsligt. Niedermann. Zalachenko. Gubbjäveln hade också haft en pistol. En Browning, kaliber 22. Vilket i jämförelse med nästan alla andra handeldvapen var att betrakta som tämligen harmlöst. Det var därför hon levde.

Jag blev skjuten i huvudet. Jag kunde sticka in fingret i ingångshålet och röra vid min hjärna.

Hon var förvånad över att hon levde. Hon konstaterade att hon kände sig märkligt oengagerad och egentligen inte brydde sig. Om döden var den svarta tomhet hon just vaknat från så var döden inget att oroa sig för. Hon skulle aldrig märka skillnaden.

Med denna esoteriska fundering slöt hon ögonen och somnade om igen.

HON HADE BARA slumrat i några minuter då hon hörde rörelse och slog upp ögonlocken i en smal strimma. Hon såg en sköterska i vit uniform böja sig över henne. Hon slöt ögonen och låtsades sova.

"Jag tror att du är vaken", sa sköterskan.

"Mmm", sa Lisbeth Salander.

"Hej, jag heter Marianne. Förstår du vad jag säger?"

Lisbeth försökte nicka men insåg att hennes huvud var fixerat i stödkragen.

"Nej, försök inte röra dig. Du behöver inte vara rädd. Du har blivit skadad och har opererats."

"Kan jag få vatten."

Marianne gav henne vatten att dricka ur ett sugrör. Medan hon drack registrerade hon att ytterligare en person dök upp på hennes vänstra sida.

"Hej Lisbeth. Hör du mig?"

"Mmm", svarade Lisbeth.

"Jag är doktor Helena Endrin. Vet du var du befinner dig?"

"Sjukhus."

"Du befinner dig på Sahlgrenska sjukhuset i Göteborg. Du har blivit opererad och befinner dig på intensivvårdsavdelningen."

"Mm."

"Du behöver inte vara rädd."

"Jag har blivit skjuten i huvudet."

Doktor Endrin tvekade en sekund.

"Det stämmer. Kommer du ihåg vad som hände?"

"Gubbjäveln hade en pistol."

"Eh ... ja, just det."

"Kaliber 22."

"Jaså. Det visste jag inte."

"Hur illa skadad är jag?"

"Du har en bra prognos. Du har varit illa däran men vi tror att du har goda chanser att bli helt återställd."

Lisbeth övervägde informationen. Sedan fixerade hon doktor Endrin med blicken. Hon noterade att hon såg suddigt.

"Vad hände med Zalachenko?"

"Vem?"

"Gubbjäveln. Lever han?"

"Du menar Karl Axel Bodin."

"Nej. Jag menar Alexander Zalachenko. Det är hans riktiga namn."

"Det vet jag inget om. Men den äldre man som kom in samtidigt som du är illa tilltygad men utom fara."

Lisbeths hjärta sjönk en aning. Hon övervägde läkarens ord.

"Var finns han?"

"Han finns i rummet intill. Men nu ska du inte bry dig om honom. Du ska bara koncentrera dig på att själv bli frisk."

Lisbeth slöt ögonen. Hon funderade ett ögonblick på om hon skulle orka resa sig ur sängen, hitta ett användbart vapen och avsluta det hon påbörjat. Sedan sköt hon bort tankarna. Hon orkade knappt hålla ögonlocken öppna. Hon hade med andra ord misslyckats i sin föresats att döda Zalachenko. *Han kommer att komma undan igen.*

"Jag vill undersöka dig en kort stund. Sedan ska du få sova", sa doktor Endrin.

MIKAEL BLOMKVIST VAKNADE plötsligt och utan förklaring. Under några sekunder visste han inte var han befann sig, innan han kom ihåg att han hade bokat in sig på City Hotel. Det var kolmörkt i rummet. Han tände sänglampan och tittade på klockan. Halv tre på morgonen. Han hade sovit i femton timmar utan avbrott.

Han klev upp och gick till toaletten och urinerade. Sedan funderade han en kort stund. Han visste att han inte skulle kunna somna om och gick och ställde sig under duschen. Sedan satte han på sig jeans och en vinröd collegetröja som skulle behöva gå ett varv genom en tvättmaskin. Han var våldsamt hungrig och ringde ned till receptionen och frågade om han kunde beställa kaffe och en smörgås vid denna tidiga morgonstund. Det gick bra.

Han satte på sig loafers och kavaj och gick ned till receptionen och köpte en kaffe och en inplastad rågkaka med ost och leverpastej som han tog med sig tillbaka till rummet. Samtidigt som han åt startade han sin iBook och pluggade in kabeln i bredbandsjacket. Han gick in på Aftonbladets nätupplaga. Gripandet av Lisbeth Salander var inte oväntat deras största nyhet. Nyhetsrapporteringen präglades fortfarande av förvirring, men var åtminstone inne på rätt spår. 37-årige Ronald Niedermann jagades för polismordet och polisen ville även höra honom i samband med morden i Stockholm. Polisen hade ännu inte sagt något om Lisbeth Salanders status och Zalachenko var inte namngiven. Han omtalades endast som en 66-årig markägare bosatt i Gosseberga och det var tydligt att media ännu hade uppfattningen att han möjligen var ett offer.

När Mikael läst färdigt öppnade han mobilen och konstaterade att han hade tjugo olästa meddelanden. Tre av dessa var maningar att ringa Erika Berger. Två var från Annika Giannini. Fjorton var meddelanden från reportrar på olika tidningar. Ett var från Christer Malm som kärnfullt sms:at till honom: *Det är bäst att du tar första bästa tåg hem.*

Mikael rynkade ögonbrynen. Det var ett ovanligt meddelande för att komma från Christer Malm. Sms:et hade avsänts klockan sju föregående kväll. Han kvävde en impuls att ringa och väcka någon klockan tre på morgonen. Istället kollade han SJ:s tidtabell på nätet och konstaterade att första tåget till Stockholm gick 05.20.

Han öppnade ett nytt Worddokument. Därefter tände han en cigarett och satt stilla i tre minuter och stirrade på den blanka skärmen. Slutligen höjde han fingrarna och började skriva.

[Hennes namn är Lisbeth Salander och Sverige har lärt känna henne genom polisens presskonferenser och kvällstidningarnas rubriker. Hon är 27 år gammal och 150 centimeter lång. Hon har beskrivits som psykopat, mördare och lesbisk satanist. Det har knappt funnits någon gräns för de fantasier som saluförts om henne. I detta nummer berättar *Millennium* historien om hur statstjänstemän konspirerade mot Lisbeth Salander för att skydda en patologiskt sjuk mördare.]

Han skrev långsamt och gjorde få ändringar i det första utkastet. Han arbetade koncentrerat i femtio minuter och åstadkom under denna tid drygt två A4 som huvudsakligen var en rekapitulering om

den natt då han hittade Dag Svensson och Mia Bergman och var-
för polisen fokuserat på Lisbeth Salander som tänkt mördare. Han
citerade kvällstidningarnas rubriker om lesbiska satanister och för-
hoppningarna att morden innehöll kittlande BDSM-sex.

Slutligen kastade han en blick på klockan och slog hastigt ihop
locket på sin iBook. Han packade sin väska och gick ned till recep-
tionen och checkade ut. Han betalade med kreditkort och tog en
taxi till Göteborgs central.

MIKAEL BLOMKVIST GICK omedelbart till restaurangvagnen och
beställde kaffe och smörgås Därefter öppnade han sin iBook igen
och läste igenom den text han hunnit skriva under morgontimmen.
Han befann sig så mitt inne i formuleringarna av Zalachenkohisto-
rien att han inte observerade kriminalinspektör Sonja Modig förrän
hon harklade sig och frågade om hon fick göra honom sällskap. Han
tittade upp och slog igen datorn.

"På väg hem?" frågade Modig.

Han nickade.

"Du med, förstår jag."

Hon nickade.

"Min kollega stannar kvar ett dygn till."

"Har du hört något om Lisbeth Salanders tillstånd? Jag har sovit
sedan vi skildes åt."

"Hon vaknade upp först i går kväll. Men läkarna tror att hon kom-
mer att klara sig och bli återställd. Hon har haft en ofattbar tur."

Mikael nickade. Han insåg plötsligt att han inte hade varit orolig
för henne. Han hade utgått från att hon skulle överleva. Allt annat
var otänkbart.

"Har något annat av intresse hänt?" frågade han.

Sonja Modig betraktade honom tveksamt. Hon undrade hur
mycket hon kunde anförtro åt reportern, som ju faktiskt kände till
mer om historien än hon själv gjorde. Å andra sidan hade hon satt
sig vid hans bord och drygt hundra reportrar hade förmodligen re-
dan listat ut vad som pågick i polishuset.

"Jag vill inte bli citerad", sa hon.

"Jag frågar bara av personligt intresse."

Hon nickade och förklarade att polisen jagade Ronald Niedermann på bred front över hela landet och särskilt i Malmötrakten.

"Och Zalachenko. Har ni hört honom?"

"Ja, vi har hört honom."

"Och?"

"Jag kan inte berätta."

"Kom igen, Sonja. Jag kommer att veta exakt vad ni pratat om ungefär en timme efter att jag kommit upp på redaktionen i Stockholm. Och jag kommer inte att skriva ett ord av det du berättar för mig."

Hon tvekade en lång stund innan hon mötte hans blick.

"Han har lämnat en anmälan mot Lisbeth Salander för att hon ska ha försökt mörda honom. Hon kommer kanske att häktas för grov misshandel alternativt mordförsök."

"Och hon kommer med stor sannolikhet att åberopa nödvärnsrätten."

"Jag hoppas det", sa Sonja Modig.

Mikael tittade skarpt på henne.

"Det där lät inte riktigt polisiärt", sa han avvaktande.

"Bodin ... Zalachenko är hal som en ål och har svar på alla frågor. Jag är helt övertygad om att det förhåller sig mer eller mindre som du berättade för oss i går. Det betyder att Salander har utsatts för ett oavbrutet rättsövergrepp som pågått sedan hon var 12 år gammal."

Mikael nickade.

"Det är den story jag kommer att publicera", sa han.

"Den storyn kommer inte att bli populär i vissa läger."

Hon tvekade ytterligare en stund. Mikael avvaktade.

"Jag pratade med Bublanski för en halvtimme sedan. Han säger inte så mycket, men förundersökningen mot Salander för morden på dina vänner tycks vara nedlagd. Fokus har flyttats till Niedermann."

"Vilket betyder att ..."

Han lät frågan sväva mellan dem. Sonja Modig ryckte på axlarna.

"Vem kommer att ha hand om utredningen av Salander?"

"Det vet jag inte. Historien i Gosseberga ligger väl i första hand på Göteborg. Men jag skulle gissa att någon i Stockholm får i uppdrag att sammanställa allt material inför ett åtal."

"Jag förstår. Ska vi slå vad om att utredningen kommer att överföras till Säpo."

Hon skakade på huvudet.

Strax före Alingsås lutade sig Mikael fram mot henne.

"Sonja ... jag tror att du förstår vartåt det barkar. Om Zalachenkohistorien blir offentlig kommer det att bli en skandal av stora mått. Säpo-aktivister har samverkat med en psykiatriker för att spärra in Salander på dårhus. Det enda de kan göra är att benhårt hävda att Lisbeth Salander faktiskt är sinnessjuk och att tvångsomhändertagandet 1991 var befogat."

Sonja Modig nickade.

"Jag kommer att göra allt för att sätta krokben för sådana planer. Jag menar att Lisbeth Salander är lika klok som du och jag. Udda, javisst, men hennes förståndsgåvor kan inte ifrågasättas."

Sonja Modig nickade. Mikael gjorde en paus och lät det han sagt sjunka in.

"Jag skulle ha behov av någon på insidan som jag kan lita på", sa han.

Hon mötte hans blick.

"Jag är inte kompetent att avgöra om Lisbeth Salander är psykiskt sjuk", svarade hon.

"Nej, men du är kompetent att bedöma om hon utsätts för ett rättsövergrepp eller inte."

"Vad är det du föreslår?"

"Jag säger inte att du ska tjalla på kollegorna, men jag vill att du ger mig information om du upptäcker att Lisbeth håller på att utsättas för ett nytt rättsövergrepp."

Sonja Modig var tyst.

"Jag vill inte att du ska skvallra om utredningstekniska detaljer eller något sådant. Använd ditt eget omdöme. Men jag behöver veta vad som händer med åtalet mot Lisbeth Salander."

"Det låter som ett bra sätt att få sparken."

"Du är en källa. Jag kommer aldrig någonsin att namnge dig eller sätta dig i klistret."

Han plockade upp en anteckningsbok och skrev en e-postadress.

"Det här är en anonym hotmailadress. Om du vill berätta något kan du använda den adressen. Du bör inte använda din vanliga offentliga adress. Du bör skapa ett eget tillfälligt konto på hotmail."

Hon tog emot adressen och stoppade den i innerfickan på sin kavaj. Hon lovade ingenting.

KRIMINALINSPEKTÖR MARCUS ERLANDER vaknade klockan sju på lördagsmorgonen av att telefonen ringde. Han hörde röster från TV:n och kände doften av kaffe från köket där hans hustru kommit igång med morgonbestyren. Han hade kommit hem till lägenheten i Mölndal ett på natten och sovit i drygt fem timmar. Dessförinnan hade han varit igång i nästan precis tjugotvå timmar. Han var följaktligen långt ifrån utsövd då han sträckte sig efter telefonluren.

"Mårtensson, span, nattjouren. Har du hunnit vakna?"

"Nej", svarade Erlander. "Jag har knappt hunnit somna. Vad har hänt?"

"Nyheter. Anita Kaspersson har hittats."

"Var?"

"Alldeles utanför Seglora söder om Borås."

Erlander visualiserade en karta i huvudet.

"Söderut", sa han. "Han tar småvägar. Han måste ha kört riksväg 180 över Borås och svängt söderut. Har vi larmat Malmö?"

"Och Helsingborg, Landskrona och Trelleborg. Och Karlskrona. Jag tänker på färjan österut."

Erlander reste sig och gnuggade sig i nacken.

"Han har nästan ett dygns försprång nu. Han kan redan vara ute ur landet. Hur hittades Kaspersson?"

"Hon bankade på en dörr till en villa vid infarten till Seglora."

"Vad?"

"Hon bankade ..."

"Jag hörde. Du menar att hon lever?"

"Förlåt. Jag är trött och uttrycker mig inte helt koncentrerat. Anita Kaspersson snubblade in i Seglora klockan 03.10 i morse och sparkade på dörren till en villa och skrämde upp en barnfamilj som låg och sov. Hon var barfota, kraftigt nedkyld och hade händerna bundna på ryggen. Hon befinner sig just nu på sjukhuset i Borås där hon återförenats med sin make."

"Det var som fan. Jag tror att vi alla hade utgått från att hon inte längre befann sig i livet."

"Ibland blir man överraskad."

"Positivt överraskad."

"Då är det dags för de tråkiga nyheterna. Biträdande länspolismästare Spångberg har varit här sedan fem i morse. Hon beordrar dig att skyndsamt vakna och åka till Borås och förhöra Kaspersson."

EFTERSOM DET VAR lördag morgon antog Mikael att *Millenniums* redaktion skulle vara obefolkad. Han ringde Christer Malm då X2000 passerade Årstabron och frågade vad som föranlett hans sms.

"Har du fått frukost?" undrade Christer Malm.

"Tågfrukost."

"Okej. Kom hem till mig så ska jag fixa något stadigare."

"Vad handlar det om?"

"Jag berättar då du kommer."

Mikael tog tunnelbanan till Medborgarplatsen och promenerade till Allhelgonagatan. Det var Christers pojkvän Arnold Magnusson som öppnade. Hur mycket Mikael än försökte kunde han aldrig frigöra sig från känslan att han tittade på en reklamaffisch för något. Arnold Magnusson hade en bakgrund på Dramaten och var en av Sveriges mest eftertraktade skådespelare. Det var alltid lika störande att möta honom i verkligheten. Mikael brukade inte vara imponerad av kändisar, men just Arnold Magnusson hade ett så karaktäristiskt utseende och var så förknippad med vissa roller i filmer och TV, särskilt rollen som den koleriske men rättrådige kriminalkommissarie Gunnar Frisk i en omåttligt populär TV-serie, att Mikael ständigt förväntade sig att han skulle bete sig som Gunnar Frisk.

"Tjena Micke", sa Arnold.

"Hej", sa Mikael.

"Köket", sa Arnold och släppte in honom.

Christer Malm serverade nygräddade våfflor med hjortronsylt och nybryggt kaffe. Det vattnades i munnen på Mikael redan innan han hunnit sätta sig och han kastade sig över fatet. Christer Malm frågade vad som hade hänt i Gosseberga. Mikael rekapitulerade detaljerna. Han var inne på tredje våfflan innan han kom sig för att fråga vad som var på gång.

"Vi har fått ett litet problem på *Millennium* medan du varit i Göteborg", sa han.

Mikael höjde ögonbrynen.

"Vad då?"

"Inget allvarligt. Men Erika Berger har blivit chefredaktör på *Svenska Morgon-Posten*. Hon gick sin sista arbetsdag på *Millennium* i går."

MIKAEL BLEV SITTANDE med en våffla halvvägs till munnen. Det tog flera sekunder innan vidden av budskapet helt hade sjunkit in.

"Varför har hon inte berättat det tidigare?" undrade han slutligen.

"Därför att hon ville berätta det för dig först av alla och du har sprungit omkring och varit oanträffbar i flera veckor nu. Förmodligen ansåg hon att du hade tillräckligt med problem med Salanderhistorien. Eftersom hon ville berätta för dig först av alla har hon följaktligen inte berättat något för oss andra heller och dagarna har lagts till varandra ... Tja. Helt plötsligt satt hon i en situation av rekorddåligt samvete och mådde jävligt illa. Och vi har inte märkt ett dugg."

Mikael blundade.

"Fan", sa han.

"Jag vet. Nu blev det istället så att du är den siste på redaktionen som får veta något. Jag ville få en chans att berätta det för dig så att du förstår vad som har hänt och inte tror att någon gått bakom ryggen på dig."

"Det tror jag inte. Men jösses. Skitkul att hon fått jobbet om hon nu vill jobba åt SMP ... men vad fan gör vi på redaktionen?"

"Vi gör Malin till tillförordnad chefredaktör från och med nästa nummer."

"Malin?"

"Om inte du vill bli chefredaktör ..."

"Nej, för helvete."

"Jag trodde väl det. Alltså blir Malin chefredaktör."

"Och vem ska bli redaktionssekreterare?"

"Henry Cortez. Han har varit hos oss i fyra år och är inte precis grön praktikant längre."

Mikael övervägde förslagen.

"Har jag något att säga till om?" undrade han.

"Nä", sa Christer Malm.

Mikael skrattade torrt.

"Okej. Det får bli som ni beslutat. Malin är tuff men osäker. Henry skjuter från höften lite för ofta. Vi får hålla ett öga på dem."

"Vi får göra det."

Mikael satt tyst. Han tänkte att det skulle bli jävligt tomt utan Erika och att han inte var säker på hur det skulle bli på tidningen i framtiden.

"Jag måste ringa till Erika och ..."

"Nä, det tror jag inte att du behöver."

"Hur så?"

"Hon sover på redaktionen. Gå och väck henne eller nåt."

MIKAEL HITTADE EN djupt sovande Erika Berger på bäddsoffan på hennes rum på redaktionen. Hon hade använt natten till att tömma bokhyllor och skrivbord på personliga tillhörigheter och papper hon ville spara. Hon hade fyllt fem flyttkartonger. Mikael betraktade henne en lång stund från dörröppningen innan han gick in och satte sig på sängkanten och väckte henne.

"Varför i herrans namn går du inte över till mig och sover om du nu ska sova på jobbet", sa han.

"Hej, Mikael", sa hon.

"Christer har berättat."

Hon började säga något när han lutade sig ned och kysste henne på kinden.

"Är du arg?"

"Vanvettigt", sa han torrt.

"Jag är ledsen. Jag kunde bara inte säga nej till erbjudandet. Men det känns helt fel och som om jag lämnar er andra på *Millennium* i skiten i ett väldigt jobbigt läge."

"Jag är nog inte rätt person att kritisera dig för att överge skutan. För två år sedan gick jag härifrån och lämnade dig i skiten i ett läge som var betydligt jobbigare än i dag."

"Det ena har inte med det andra att göra. Du tog en paus. Jag slutar för gott och jag har mörkat. Jag är så ledsen."

Mikael var tyst en stund. Sedan log han blekt.

"När det är dags så är det dags. *A woman's gotta do what a woman's gotta do and all that crap.*"

Erika log. Det var de ord hon hade använt mot honom då han flyttat till Hedeby. Han sträckte fram handen och rufsade henne vänskapligt i håret.

"Att du vill sluta på det här dårhuset begriper jag, men att du vill bli chef på Sveriges mest knastertorra gubbtidning kommer ta ett tag att smälta."

"Det finns rätt många tjejer som jobbar där."

"Äsch. Kolla ledarsidan. Det är ju anno dazumal hela vägen. Du måste vara spritt språngande masochist. Ska vi gå och dricka kaffe?"

Erika satte sig upp.

"Jag måste få veta vad som har hänt i Göteborg i natt."

"Jag håller på att skriva storyn", sa Mikael. "Men det kommer att bli rena rama kriget när vi publicerar."

"Inte vi. Ni."

"Jag vet. Vi kommer att publicera den i samband med rättegången. Men jag antar att du inte tänker ta storyn med dig till SMP. Faktum är att jag vill att du ska skriva en sak om Zalachenkohistorien innan du slutar på *Millennium*."

"Micke, jag ..."

"Din sista ledare. Du kan skriva den när du har lust. Den kommer förmodligen inte att publiceras före rättegången, när det nu kan bli."

"Det är kanske ingen bra idé. Vad ska den handla om?"

"Moral", sa Mikael Blomkvist. "Och storyn om att en av våra medarbetare mördades därför att staten inte gjorde sitt jobb för femton år sedan."

Han behövde inte förklara mer. Erika Berger visste exakt vilken ledare han ville ha. Hon övervägde saken en kort stund. Hon hade faktiskt varit kapten på skutan då Dag Svensson mördats. Hon kände sig plötsligt mycket bättre till mods.

"Okej", sa hon. "Den sista ledaren."

KAPITEL 4
LÖRDAG 9 APRIL – SÖNDAG 10 APRIL

KLOCKAN ETT PÅ lördagseftermiddagen hade åklagare Martina Fransson i Södertälje funderat färdigt. Skogskyrkogården i Nykvarn var en eländig soppa och kriminalavdelningen hade ackumulerat en oerhörd mängd övertid sedan onsdagen då Paolo Roberto hade haft sin boxningsmatch med Ronald Niedermann i lagerbyggnaden där. Det handlade om minst tre mord på personer som blivit nedgrävda i terrängen, grovt människorov och grov misshandel av Lisbeth Salanders väninna Miriam Wu och slutligen mordbrand. Till Nykvarn kopplades incidenten i Stallarholmen, som egentligen låg i Strängnäs polisdistrikt i Södermanlands län, men där Carl-Magnus Lundin från Svavelsjö MC var en nyckelperson. Lundin låg för närvarande på sjukhuset i Södertälje med gipsad fot och stålskena i käken. Och i vilket fall gick samtliga brott under länspolisen, vilket innebar att det var Stockholm som skulle få sista ordet.

Under fredagen hade häktningsförhandling hållits. Lundin var med säkerhet kopplad till Nykvarn. Sent omsider hade det klarlagts att lagret ägdes av företaget Medimport, som i sin tur ägdes av en Anneli Karlsson, 52 år och bosatt i Puerto Banus, Spanien. Hon var kusin till Magge Lundin, saknade brottsregister och tycktes i sammanhanget närmast fungera som målvakt.

Martina Fransson slog ihop mappen med förundersökningen. Den var fortfarande i begynnelsestadiet och skulle kompletteras med åtskilliga hundra sidor innan det var dags för rättegång. Men redan nu måste Martina Fransson fatta beslut i några frågor. Hon tittade på kollegorna från polisen.

"Vi har tillräckligt för att väcka åtal mot Lundin för delaktighet i kidnappningen av Miriam Wu. Paolo Roberto har identifierat honom som mannen som körde skåpbilen. Jag kommer också att häkta honom som på sannolika skäl delaktig i mordbranden. Vi avvaktar med åtalen om delaktighet i morden på de tre personer vi grävt upp på tomten, åtminstone till dess att alla är identifierade."

Poliserna nickade. Det var det besked de hade väntat sig.

"Hur gör vi med Sonny Nieminen?"

Martina Fransson bläddrade upp Nieminen i dokumentationen på skrivbordet.

"Det är en herre med en imponerande meritförteckning. Rån, olaga vapeninnehav, misshandel, grov misshandel, dråp och narkotikabrott. Han greps alltså tillsammans med Lundin vid Stallarholmen. Jag är fullständigt övertygad om att han är inblandad – det vore osannolikt om han inte var det. Men problemet är att vi inte har något som vi kan fästa på honom."

"Han säger att han aldrig har varit i lagret i Nykvarn och att han bara följde med Lundin på en tur med motorcyklarna", sa den kriminalinspektör som hållit i Stallarholmen för Södertäljes räkning. "Han påstår att han inte hade en aning om vad Lundin hade för ärende till Stallarholmen."

Martina Fransson undrade om hon på något sätt kunde peta över ärendet till åklagare Richard Ekström i Stockholm.

"Nieminen vägrar uttala sig om vad som hände men förnekar kraftigt att han varit delaktig i brott", fortsatte kriminalinspektören.

"Nej, det verkar ju snarast som om han och Lundin var brottsoffer i Stallarholmen", sa Martina Fransson och trummade irriterat med fingertopparna.

"Lisbeth Salander", tillade hon med uppenbart tvivel i rösten. "Alltså, vi talar om en flicka som ser ut som om hon knappt kommit in i puberteten och som är 150 centimeter lång och knappast besitter den kroppsstyrka som fordras för att bemästra Nieminen och Lundin."

"Om hon inte var beväpnad. Med en pistol kan hon kompensera för en hel del av sin bräckliga fysik."

"Men det stämmer inte riktigt med rekonstruktionen."

"Nej. Hon använde tårgas och sparkade Lundin i skrevet och ansiktet med sådant ursinne att hon krossade en testikel och därefter käkbenet. Skottet i foten måste ha kommit efter misshandeln. Men jag har svårt att tro på att det var hon som var beväpnad."

"SKL har identifierat vapnet som Lundin blev skjuten med. Det är en polsk P-83 Wanad med Makarovammunition. Den hittades i Gosseberga utanför Göteborg och har Salanders fingeravtryck på sig. Vi kan nästan förutsätta att hon förde med sig pistolen till Gosseberga."

"Jo. Men serienumret visar att pistolen stals för fyra år sedan vid ett inbrott i en vapenbutik i Örebro. Tjuvarna åkte dit så småningom, men hade gjort sig av med vapnen. Det var en lokal talang med narkotikaproblem som umgicks i kretsarna kring Svavelsjö MC. Jag skulle mycket hellre vilja placera pistolen hos antingen Lundin eller Nieminen."

"Det kan ju vara så enkelt att Lundin bar pistolen och att Salander avväpnade honom och att ett skott brann av som träffade honom i foten. Jag menar, uppsåtet kan i vilket fall inte ha varit att döda honom eftersom han faktiskt lever."

"Eller så sköt hon honom i foten av sadistiska skäl. Vad vet jag. Men hur hanterade hon Nieminen? Han har inga synbara skador."

"Han har faktiskt en skada. Han har två små brännsår på bröstkorgen."

"Och?"

"Gissningsvis en elpistol."

"Så Salander skulle ha varit beväpnad med elpistol, tårgas och pistol. Hur mycket väger alltsammans ... Nej, jag är rätt säker på att Lundin eller Nieminen hade med sig vapnet och att hon tog det ifrån dem. Exakt hur det gick till då Lundin blev skjuten kan vi inte riktigt få klarhet i innan någon av de inblandade börjar prata."

"Okej."

"Men nuläget är alltså att Lundin är häktad av de skäl jag nämnde tidigare. Däremot har vi inte ett dugg på Nieminen. Alltså tänker jag försätta honom på fri fot i eftermiddag."

SONNY NIEMINEN VAR på ett miserabelt humör då han lämnade häktet på polishuset i Södertälje. Han var även så torr i munnen att hans första anhalt blev en tobaksaffär där han köpte en Pepsi som han halsade på stående fot. Han handlade också ett paket Lucky Strike och en dosa Göteborgs Rapé. Han öppnade mobiltelefonen och kontrollerade batteriet och slog därefter numret till Hans-Åke Waltari, 33 år och *Sergeant at Arms* för Svavelsjö MC, därmed nummer tre i den interna hierarkin. Han hörde fyra signaler gå fram innan Waltari svarade.

"Nieminen. Jag är ute."

"Grattis."

"Var är du?"

"Nyköping."

"Och vad fan gör du i Nyköping?"

"Vi fattade beslut om att ligga lågt när du och Magge greps och till dess att vi visste bättre hur landet låg."

"Nu vet du hur landet ligger. Var är alla?"

Hans-Åke Waltari förklarade var de kvarvarande fem medlemmarna i Svavelsjö MC befann sig. Förklaringen gjorde inte Sonny Nieminen vare sig lugn eller nöjd.

"Och vem fan sköter butiken medan ni gömmer er som kärringar."

"Det där är inte rättvist. Du och Magge drar iväg på något jävla jobb som vi inte har en aning om och helt plötsligt är ni inblandade i en eldstrid med den där jävla efterlysta subban och Magge är skjuten och du är gripen. Sedan gräver snuten upp lik i vårt lager i Nykvarn."

"Och?"

"Och vi började undra om du och Magge dolt någonting för oss andra."

"Och vad fan skulle det vara? Det är vi som tar in jobben till firman."

"Men jag har inte hört ett ord om att lagret också var en skogskyrkogård. Vilka är döingarna?"

Sonny Nieminen hade en skarp replik på tungan men hejdade sig. Hans-Åke Waltari var en trög jävel, men läget var inte det allra bästa att starta ett gräl. Nu handlade det om att snabbt konsolidera styrkorna. Efter att ha nekat sig igenom fem polisförhör var det heller inte särskilt smart att basunera ut någon bekräftelse på att han hade kunskap om ämnet i en mobiltelefon två hundra meter från polishuset.

"Skit i döingarna", sa han. "Det där har jag ingen aning om. Men Magge sitter i skiten. Han kommer att sitta inne ett tag och i hans frånvaro är det jag som basar."

"Okej. Vad händer nu?" undrade Waltari.

"Vem håller ett öga på egendomen om ni alla gått under jorden?"

"Benny Karlsson stannade och håller ställningarna i klubbhuset. Polisen gjorde husrannsakan samma dag som ni greps. De hittade ingenting."

"Benny K", utbrast Nieminen. "Benny K är för fan en rookie som knappt är torr bakom öronen."

"Lugn. Han har sällskap av den där blonda fan som du och Magge brukar umgås med."

Sonny Nieminen blev plötsligt iskall. Han såg sig hastigt omkring och promenerade några meter bort från dörren till tobaksaffären.

"Vad sa du?" frågade han med låg röst.

"Den där blonda saten som du och Magge umgås med dök upp och ville ha hjälp med ett gömställe."

"Men för helvete, Waltari, han är ju lyst i hela jävla Sverige för polismord."

"Ja ... det var därför han ville ha ett gömställe. Vad skulle vi göra? Han är ju din och Magges kompis."

Sonny Nieminen blundade i tio sekunder. Ronald Niedermann hade gett Svavelsjö MC åtskilligt med jobb och goda förtjänster i flera års tid. Men han var absolut ingen vän. Han var en farlig jävel och en psykopat och dessutom en psykopat som polisen jagade med blåslampa. Sonny Nieminen litade inte en sekund på Ronald Niedermann. Det allra bästa vore om han dök upp med en kula i skallen. Då skulle polisuppvaktningen i alla fall avta en smula.

"Så vad har ni gjort av honom?"

"Benny K har hand om honom. Han tog ut honom till Viktor."

Viktor Göransson var klubbens kassör och finansielle expert, bosatt strax utanför Järna. Göransson hade gymnasieexamen i ekonomi och hade inlett sin karriär som finansiell rådgivare till en jugoslavisk krogkung innan ligan åkte dit för grov ekonomisk brottslighet. Han hade träffat Magge Lundin på Kumla i början av 1990-talet. Han var den ende i Svavelsjö MC som gick klädd i slips och kavaj.

"Waltari, sätt dig i bilen och möt mig i Södertälje. Hämta mig utanför pendeltågsstationen om fyrtiofem minuter."

"Jaha. Varför så bråttom?"

"Därför att vi måste få grepp om situationen så snabbt som möjligt."

HANS-ÅKE WALTARI sneglade förstulet på Sonny Nieminen som satt moltyst medan de körde ut till Svavelsjö. Till skillnad från Magge Lundin brukade Nieminen aldrig vara särskilt lättsam att ha att göra med. Han var bildskön och såg vek ut men var en lättantändlig och farlig jävel, särskilt då han hade druckit. För ögonblicket var han nykter, men Waltari kände en oro inför framtiden med Nieminen som ledare. Magge hade alltid på något sätt kunnat få Nieminen att foga sig. Han undrade hur framtiden skulle gestalta sig med Nieminen som tillförordnad klubbpresident.

Benny K syntes inte till i klubbhuset. Nieminen gjorde två försök att ringa honom på mobilen, men fick inget svar.

De åkte hem till Nieminens gård, drygt en kilometer från klubbhuset. Polisen hade gjort husrannsakan där, men inte hittat något av värde för utredningen i samband med Nykvarn. Polisen hade inte hittat något som styrkte kriminell belastning alls, varför Nieminen befann sig på fri fot.

Han duschade och bytte kläder medan Waltari tålmodigt väntade i köket. Därefter promenerade de drygt 150 meter in i skogen bakom Nieminens gård och skrapade bort jordlagret som täckte en ytligt begravd kista innehållande sex handeldvapen, varav en AK5, en större mängd ammunition och drygt två kilo sprängämnen. Det var Nieminens lilla vapenförråd. Två av vapnen i kistan var polska P-83 Wanader. De stammade från samma parti som det vapen Lisbeth Salander hade tagit från Nieminen i Stallarholmen.

Nieminen sköt ifrån sig tanken på Lisbeth Salander. Det var ett obehagligt ämne. I cellen i polishuset i Södertälje hade han gång på gång för sitt inre spelat upp scenen då han och Magge Lundin hade anlänt till Nils Bjurmans sommarstuga och hittat Salander på gårdsplanen.

Händelseutvecklingen hade varit helt oförutsägbar. Han hade åkt ut tillsammans med Magge Lundin för att bränna ned advokat Bjurmans förbannade sommarstuga. De hade åkt på instruktion av den där förbannade blonde jäveln. Och de hade snubblat över den förbannade Salander – ensam, 150 centimeter lång och mager som en sticka. Nieminen undrade hur många kilo hon egentligen vägde. Sedan hade allt gått på tok och exploderat i en våldsorgie som ingen av de två hade varit förberedd på.

Rent tekniskt kunde han förklara händelseförloppet. Salander hade haft en tårgaspatron som hon tömt i Magge Lundins ansikte. Magge borde ha varit förberedd men var inte det. Hon sparkade honom två gånger och det behövs inte särskilt mycket muskelstyrka för att sparka av ett käkben. Hon överrumplade honom. Det kunde förklaras.

Men sedan tog hon även honom, Sonny Nieminen, mannen som fullvuxna och vältränade karlar tvekade att ge sig in i ett bråk med. Hon rörde sig så snabbt. Han hade kämpat för att få fram sitt vapen. Hon hade slagit ut honom lika förnedrande lättsamt som om hon vispat en mygga åt sidan. Hon hade en elpistol. Hon hade ...

Han mindes nästan ingenting när han vaknade, Magge Lundin var skjuten i foten och polisen anlände. Efter ett visst palaver mellan Strängnäs och Södertälje hamnade han i finkan i Södertälje. Och hon hade stulit Magge Lundins Harley-Davidson. Hon hade skurit bort Svavelsjö MC:s logga från hans skinnjacka – själva den symbol som gjorde att folk vek åt sidan i krogkön och som gav honom en status som en vanlig Svensson inte ens kunde begripa. Hon hade förnedrat honom.

Sonny Nieminen kokade plötsligt inombords. Han hade tigit sig igenom polisförhören. Han skulle aldrig någonsin kunna berätta om vad som hade hänt i Stallarholmen. Fram till det ögonblicket hade Lisbeth Salander inte betytt ett dugg för honom. Hon var ett litet sidoprojekt som Magge Lundin sysslade med – återigen på uppdrag av den förbannade Niedermann. Nu hatade han henne med en passion som förvånade honom. Han brukade vara kylig och analyserande men han visste att någon gång i framtiden skulle han få möjlighet att ge igen och utplåna skamfläcken. Men först måste han få ordning i det kaos som Salander och Niedermann tillsammans åstadkommit för Svavelsjö MC.

Nieminen plockade upp de bägge kvarvarande polska vapnen, laddade och gav det ena till Waltari.

"Har vi någon plan?"

"Vi ska åka och ta ett prat med Niedermann. Han är inte en av oss och han har aldrig varit gripen av polisen tidigare. Jag vet inte hur han kommer att reagera om han grips, men om han pratar så kan han sätta dit oss alla. Då åker vi in så det visslar om det."

"Du menar att vi ska ..."

Nieminen hade redan bestämt sig för att Niedermann måste bort, men insåg att det inte var läge att skrämma upp Waltari förrän de var på plats.

"Jag vet inte. Men vi måste känna honom på pulsen. Om han har en plan och kan försvinna utomlands snabbt som fan så kan vi hjälpa honom på traven. Men så länge han riskerar att gripas av polisen är han ett hot mot oss."

DET VAR MÖRKT på Viktor Göranssons gård utanför Järna då Nieminen och Waltari i skymningen styrde upp på gårdsplanen. Redan detta var olycksbådande. De satt kvar i bilen och avvaktade en stund.

"De kanske är ute", föreslog Waltari.

"Visst. De har gått på krogen med Niedermann", sa Nieminen och öppnade bildörren.

Ytterdörren var olåst. Nieminen tände takbelysningen. De gick från rum till rum. Det var välstädat och prydligt, vilket förmodligen var hennes förtjänst, vad hon nu hette, kvinnan som Göransson bodde ihop med.

De hittade Viktor Göransson och hans sambo i källaren, instuvade i ett tvättutrymme.

Nieminen böjde sig ned och betraktade liken. Han sträckte fram ett finger och kände på kvinnan vars namn han inte kom ihåg. Hon var iskall och likstel. Det betydde att de hade varit döda i kanske tjugofyra timmar.

Nieminen behövde inget utlåtande från patologen för att avgöra hur de hade dött. Hennes nacke hade knäckts genom att huvudet vridits 180 grader. Hon var fullt påklädd i t-tröja och jeans och hade inga övriga skador som Nieminen kunde se.

Viktor Göransson var däremot endast iklädd kalsonger. Han var ohyggligt sönderslagen och hade blånader och blodsutgjutelser över hela kroppen. Bägge hans armar var knäckta och spretade som förvridna grankvistar i alla riktningar. Han hade utsatts för en långdragen misshandel som definitionsmässigt var att betrakta som tortyr. Han hade slutligen dödats med, så vitt Nieminen kunde bedöma, ett kraftigt slag mot strupen. Struphuvudet var djupt intryckt i halsen.

Sonny Nieminen reste sig och gick uppför källartrappan och ut genom ytterdörren. Waltari följde efter. Nieminen gick tvärs över gårdsplanen och till ladugården femtio meter bort. Han sköt upp haspen och öppnade dörren.

Han hittade en mörkblå Renault av årsmodell 1991.

"Vad har Göransson för bil?" undrade Nieminen.

"Han kör en Saab."

Nieminen nickade. Han fiskade upp nycklar från jackfickan och öppnade en dörr längst inne i ladugården. Han behövde bara kasta en blick omkring sig för att veta att han var för sent ute. Ett tungt vapenskåp stod vidöppet.

Nieminen gjorde en grimas.

"Drygt 800 000 kronor", sa han.

"Vad?" undrade Waltari.

"Drygt 800 000 kronor hade Svavelsjö MC i det där skåpet. Våra pengar."

Tre personer hade känt till var Svavelsjö MC förvarade handkassan i väntan på investeringar och tvätt. Viktor Göransson, Magge Lundin och Sonny Nieminen. Niedermann var på flykt. Han behövde kontanter. Han visste att det var Göransson som tog hand om pengarna.

Nieminen drog igen dörren och gick långsamt ut ur ladugården. Han grubblade intensivt medan han försökte överblicka katastrofen. En del av Svavelsjö MC:s tillgångar fanns i form av värdepapper som han själv kunde komma åt och ytterligare en del kunde rekonstrueras med hjälp av Magge Lundin. Men en stor del av placeringarna fanns bara i Göranssons huvud, om han inte hade gett tydliga instruktioner till Magge Lundin. Vilket Nieminen tvivlade på – Magge hade aldrig varit någon ekonominisse. Nieminen uppskattade mellan tummen och pekfingret att Svavelsjö MC hade förlorat uppåt sextio procent av sina tillgångar i och med Göranssons frånfälle. Det var ett förödande slag. Framför allt behövdes kontanterna för att sköta de dagliga utgifterna.

"Vad gör vi nu?" undrade Waltari.

"Nu går vi och tipsar polisen om vad som har hänt här."

"Tipsar polisen?"

"Ja, för fan. Mina fingeravtryck finns inne i huset. Jag vill att Göransson och hans fitta hittas så snabbt som möjligt så att rättsmedicin kan fastställa att de dog medan jag satt häktad."

"Jag förstår."

"Bra. Leta rätt på Benny K. Jag vill prata med honom. Om han fortfarande lever, vill säga. Och sedan ska vi leta rätt på Ronald Niedermann. Varenda kontakt vi har i klubbarna runt om i Norden ska hålla ögonen öppna efter honom. Jag vill ha den jävelns huvud på ett fat. Han åker förmodligen omkring i Göranssons Saab. Skaffa fram registreringsnumret."

NÄR LISBETH SALANDER vaknade var klockan två på lördagseftermiddagen och en läkare höll på att peta på henne.

"God morgon", sa han. Jag heter Benny Svantesson och är läkare. Har du ont?"

"Ja", sa Lisbeth Salander.

"Du kommer att få smärtstillande alldeles strax. Men först vill jag undersöka dig."

Han klämde och petade och fingrade på hennes sargade kropp. Lisbeth hann bli kraftigt irriterad innan han slutade, men bestämde sig för att hon kände sig så utmattad att det var bättre att hålla tyst än att inleda vistelsen på Sahlgrenska med ett gräl.

"Hur mår jag?" frågade hon.

"Det ska nog ordna sig", sa läkaren och gjorde några anteckningar innan han reste sig.

Vilket var föga upplysande.

När han hade gått kom en sköterska och hjälpte Lisbeth med ett bäcken. Därefter fick hon sova igen.

ALEXANDER ZALACHENKO, ALIAS Karl Axel Bodin, intog en lunch bestående av flytande föda. Även små rörelser i ansiktsmusklerna orsakade våldsamma smärtor i käken och kindbenet och att tugga var inte att tänka på. Under nattens operation hade två titanskruvar placerats i käkbenet.

Smärtan var dock inte värre än att han kunde hantera den. Zalachenko var van vid smärta. Inget kunde motsvara den smärta han hade upplevt i flera veckor och månader femton år tidigare sedan han brunnit som en fackla i bilen på Luntmakargatan. Eftervården hade varit ett enda långt maratonlopp av plågor.

Läkarna hade beslutat att han förmodligen var utom all fara men att han var allvarligt skadad och att han med hänsyn till sin ålder skulle ligga kvar på intensivvårdsavdelningen i ett par dagar.

Under lördagen tog han emot fyra besök.

Vid tiotiden återkom kriminalinspektör Erlander. Denna gång hade Erlander lämnat den där näbbgäddan Sonja Modig hemma och hade istället sällskap av den betydligt mer sympatiske kriminalinspektören Jerker Holmberg. De ställde ungefär samma frågor om Ronald Niedermann som föregående kväll. Han hade sin historia klar och gjorde inga misstag. När de började ansätta honom med frågor om hans eventuella inblandning i trafficking och annan brottslig verksamhet förnekade han åter all kännedom. Han var sjukpensionär och visste inte vad de talade om. Han skyllde allt på Ronald Niedermann och erbjöd sig att på alla sätt bistå med hjälp för att lokalisera den flyende polismördaren.

Dessvärre var det förstås inte så mycket han i praktiken kunde hjälpa till med. Han hade ingen aning om i vilka kretsar Niedermann umgicks och vem han kunde förväntas söka skydd hos.

Vid elvatiden fick han ett kort besök från en representant för åklagarmyndigheten som formellt tillkännagav att han var misstänkt för delaktighet i grov misshandel alternativt mordförsök på Lisbeth Salander. Zalachenko svarade med att tålmodigt förklara att han var ett brottsoffer och att det i själva verket var Lisbeth Salander som hade försökt mörda honom. Åklagarmyndigheten erbjöd honom rättshjälp i form av en offentlig försvarare. Zalachenko sa att han skulle tänka på saken.

Vilket han inte hade för avsikt att göra. Han hade redan en advokat och hans första ärende på morgonen hade varit att ringa och be denne att snarast infinna sig. Martin Thomasson var följaktligen dagens tredje gäst vid sjukbädden. Han släntrade in med en obekymrad min, drog handen genom sitt blonda hårsvall, justerade glasögonen och skakade hand med sin klient. Han var lönnfet och väldigt charmerande. Han var visserligen misstänkt för att ha sprungit ärenden åt den jugoslaviska maffian, vilket ännu var föremål för utredning, men han hade också rykte om sig att vinna sina mål.

Zalachenko hade fått tips om Thomasson genom en affärsbekant fem år tidigare då han hade behov av att omstrukturera vissa fonder knutna till ett litet finansföretag i Liechtenstein som han ägde. Det var inga dramatiska summor men Thomassons handlag hade varit utomordentligt och Zalachenko hade besparat sig en beskattning. Zalachenko hade därefter anlitat Thomasson vid ytterligare ett par tillfällen. Thomasson förstod att pengarna stammade från kriminell verksamhet, vilket inte tycktes bekymra honom. Till sist hade Zalachenko beslutat att hela verksamheten skulle omstruktureras i ett nytt företag som ägdes av honom själv och Niedermann. Han hade gått till Thomasson med förslaget att advokaten skulle ingå som en tredje tyst partner och sköta den finansiella biten. Thomasson hade utan vidare accepterat.

"Jaha, herr Bodin, det här ser ju inte särskilt trevligt ut."

"Jag har utsatts för grov misshandel och mordförsök", sa Zalachenko.

"Jag ser det. En viss Lisbeth Salander om jag förstått saken rätt."

Zalachenko sänkte rösten.

"Vår partner Niedermann har som du förstått soppat till det för sig."

"Jag har förstått det."

"Polisen misstänker att jag är inblandad i saken ..."

"Vilket du naturligtvis inte är. Du är ett offer och det är viktigt att vi på en gång ser till att den bilden förankras i massmedia. Fröken Salander har ju redan fått en del negativ publicitet ... Jag tar hand om den saken."

"Tack."

"Men låt mig på en gång säga att jag inte är brottmålsadvokat. Du kommer att behöva specialisthjälp här. Jag ska ordna en advokat som du kan lita på."

DAGENS FJÄRDE BESÖK anlände klockan elva på lördagskvällen och lyckades ta sig förbi sköterskorna genom att visa legitimation och ange att han hade ett brådskande ärende. Han visades till Zalachenkos rum. Patienten låg fortfarande vaken och grubblade.

"Mitt namn är Jonas Sandberg", hälsade han och sträckte fram en hand som Zalachenko ignorerade.

Det var en man i 35-årsåldern. Han hade sandfärgat hår och var ledigt klädd i jeans, rutig skjorta och skinnjacka. Zalachenko betraktade honom under tystnad i femton sekunder.

"Jag undrade just när någon av er skulle dyka upp."

"Jag arbetar på RPS/Säk", sa Jonas Sandberg och visade sin legitimation.

"Knappast", sa Zalachenko.

"Förlåt?"

"Du är kanske anställd på RPS/Säk, men det är knappast dem du jobbar åt."

Jonas Sandberg var tyst en kort stund och såg sig omkring i rummet. Han drog fram besöksstolen.

"Jag kommer så sent på kvällen för att inte väcka uppmärksamhet. Vi har diskuterat hur vi kan hjälpa dig och vi måste komma till någon sorts klarhet om vad som ska ske. Jag är helt enkelt här för att få höra din version och förstå dina intentioner så att vi kan utarbeta en gemensam strategi."

"Och hur hade du tänkt dig att den strategin ska se ut?"

Jonas Sandberg betraktade eftertänksamt mannen i sjukbädden. Till sist slog han ut med händerna.

"Herr Zalachenko ... jag är rädd för att en process har kommit i rörelse där skadeverkningarna är svåra att överblicka. Vi har diskuterat situationen. Graven i Gosseberga och det faktum att Salander hade blivit skjuten tre gånger är svårt att bortförklara. Men allt hopp är inte ute. Konflikten mellan dig och din dotter kan förklara din rädsla för henne och varför du vidtog så dramatiska mått och steg. Men jag är rädd för att det kommer att bli en tid i fängelse."

Zalachenko kände sig plötsligt upprymd och skulle ha brustit ut i skratt om detta inte varit fullständigt omöjligt med tanke på det skick han befann sig i. Det blev en svag krusning på läpparna. Allt annat orsakade en alltför kraftig smärta.

"Så det är vår gemensamma strategi?"

"Herr Zalachenko. Ni är medveten om begreppet skadekontroll. Det är nödvändigt att vi kommer fram till något gemensamt. Vi kommer att göra allt som står i vår makt för att bistå med advokat och sådant, men vi behöver ditt samarbete och vissa garantier."

"Du ska få en garanti av mig. Ni ska se till att det här försvinner." Han slog ut med handen. "Niedermann är er syndabock och jag garanterar att han inte kommer att hittas."

"Det finns teknisk bevisning som ..."

"Skit i den tekniska bevisningen. Det är en fråga om hur utredningen görs och hur fakta presenteras. Min garanti är följande ... om ni inte trollar bort det här så kommer jag att bjuda in media till en presskonferens. Jag kan namn, datum, händelser. Jag behöver väl inte påminna dig om vem jag är."

"Du förstår inte ..."

"Jag förstår mycket väl. Du är en springpojke. Hälsa din chef vad jag har sagt. Han kommer att förstå. Hälsa honom att jag har kopior på ... allt. Jag kan sänka er."

"Vi måste försöka komma överens."

"Det här samtalet är slut. Spring iväg härifrån. Och säg åt dem att nästa gång ska de skicka en vuxen karl som jag kan diskutera med."

Zalachenko vred huvudet så att han förlorade ögonkontakten med sin besökare. Jonas Sandberg betraktade Zalachenko ett kort ögonblick. Sedan ryckte han på axlarna och reste sig. Han var nästan framme vid dörren då han hörde Zalachenkos röst igen.

"En sak till."

Sandberg vände sig om.

"Salander."

"Vad är det med henne?"

"Hon måste bort."

"Hur menar du?"

Sandberg såg för en sekund så orolig ut att Zalachenko måste le trots att smärtan skar genom käken.

"Jag begriper att ni sillmjölkar är för finkänsliga för att döda henne och att ni inte har resurser att klara av det heller. Vem skulle göra det ... du? Men hon måste bort. Hennes vittnesmål måste ogiltigförklaras. Hon ska in på anstalt på livstid."

LISBETH SALANDER HÖRDE fotstegen i korridoren utanför sitt rum. Hon kunde inte uppfatta namnet Jonas Sandberg och hade aldrig tidigare hört hans fotsteg.

Däremot hade hennes dörr stått öppen hela kvällen då sköterskorna besökte henne med ungefär tio minuters mellanrum. Hon hade hört honom anlända och förklara för en sköterska, strax utanför hennes dörr, att han måste träffa herr Karl Axel Bodin i ett brådskande ärende. Hon hade hört honom legitimera sig men inga ord hade växlats som gav någon ledtråd till hans namn eller vari legitimationen bestod.

Sköterskan hade bett honom vänta medan hon gick och kontrollerade om herr Karl Axel Bodin var vaken. Lisbeth Salander drog slutsatsen att legitimationen måste vara övertygande.

Hon konstaterade att sköterskan gick till vänster i korridoren och att hon behövde ta sjutton steg för att nå fram till sin destination och att den manlige besökaren kort därefter behövde fjorton steg för att avverka samma sträcka. Det gav ett medianvärde på 15,5 steg. Hon uppskattade steglängden till 60 centimeter, vilket multiplicerat med 15,5 betydde att Zalachenko befann sig i ett rum som låg 930 centimeter till vänster i korridoren. Okej, låt säga drygt tio meter. Hon uppskattade att bredden på hennes rum var ungefär fem meter, vilket skulle betyda att Zalachenko befann sig två dörrar bort från henne.

Enligt de gröna siffrorna i digitalklockan på nattduksbordet varade besöket i ganska precis nio minuter.

ZALACHENKO LÅG VAKEN länge efter att Jonas Sandberg hade lämnat honom. Han antog att det inte var hans verkliga namn eftersom svenska amatörspioner enligt hans erfarenhet hade en särskild fixering vid att använda täcknamn även då detta inte var det minsta nödvändigt. I vilket fall var Jonas (eller vad han nu hette) den första indikationen på att Sektionen hade tagit notis om hans belägenhet. Med tanke på den mediala uppmärksamheten torde det ha varit svårt att undgå. Besöket var dock även en bekräftelse på att situationen utgjorde en källa till oro. Vilket den borde göra.

Han vägde för- och nackdelar, radade upp möjligheter och förkastade alternativ. Han var fullt på det klara med att saker och ting hade gått fullständigt på tok. I en idealisk tillvaro skulle han i detta ögonblick befinna sig i sitt hem i Gosseberga, Ronald Niedermann vara i trygghet utomlands och Lisbeth Salander ligga nedgrävd i ett hål i marken. Även om han rationellt begrep vad som hade hänt, kunde han för sitt liv inte begripa hur hon hade klarat av att gräva sig upp ur graven, ta sig till hans gård och förstöra hans tillvaro med två yxhugg. Hon var sanslöst resursstark.

Däremot förstod han mycket väl vad som hade hänt med Ronald Niedermann och varför han hade sprungit för sitt liv istället för att göra processen kort med Salander. Han visste att någonting inte var riktigt rätt i Niedermanns huvud, att han såg syner – spöken. Mer än en gång hade han fått ingripa vid tillfällen då Niedermann agerat irrationellt och legat hopkurad i skräck.

Detta oroade Zalachenko. Han var övertygad om att eftersom Ronald Niedermann ännu inte hade gripits så hade han fungerat rationellt under dygnen efter flykten från Gosseberga. Förmodligen skulle han söka sig till Tallinn, där han kunde söka skydd bland kontakter i Zalachenkos kriminella imperium. Det som oroade honom var att han aldrig kunde förutsäga när Niedermann skulle paralyseras. Om det skedde under flykten skulle han begå misstag och begick han misstag skulle han åka dit. Han skulle inte ge sig frivilligt och det innebar att poliser skulle dö och sannolikt att Niedermann själv skulle dö.

Denna tanke bekymrade Zalachenko. Han ville inte att Niedermann skulle dö. Niedermann var hans son. Å andra sidan var det ett beklagligt faktum att Niedermann inte fick gripas levande. Niedermann hade aldrig tidigare varit häktad och Zalachenko kunde inte förutspå hur han skulle reagera i en förhörssituation. Han misstänkte att Niedermann dessvärre inte skulle klara av att hålla tyst. Följaktligen var det en fördel om han dödades av polisen. Han skulle sörja sin son men alternativet var värre. Det innebar att Zalachenko själv skulle tillbringa återstoden av sitt liv i fängelse.

Men det var nu fyrtioåtta timmar sedan Niedermann inlett flykten och han hade ännu inte gripits. Det var bra. Det var en indikation på att Niedermann fungerade och en Niedermann som fungerade var oslagbar.

Långsiktigt fanns en annan oro. Han undrade hur Niedermann

skulle klara sig på egen hand om hans far inte fanns där för att leda honom framåt i tillvaron. Under åren hade han noterat att om han slutade att ge instruktioner eller gav Niedermann alltför fria tyglar att själv fatta beslut så kunde han glida in i en håglöst passiv tillvaro av obeslutsamhet.

Zalachenko konstaterade – för vilken gång i ordningen visste han inte – att det var synd och skam att hans son hade dessa egenheter. Ronald Niedermann var utan tvekan en mycket begåvad människa som ägde de fysiska egenskaper som gjorde honom till en formidabel och fruktad människa. Han var dessutom en utmärkt och kallsinnig organisatör. Hans problem var att han helt saknade ledarinstinkt. Han behövde ständigt någon som talade om för honom vad han skulle organisera.

Men allt detta låg för ögonblicket utanför hans kontroll. Nu handlade det om Zalachenko själv. Hans belägenhet var prekär, kanske mer prekär än någonsin tidigare.

Han hade inte upplevt advokat Thomassons besök tidigare under dagen som särskilt betryggande. Thomasson var och förblev en företagsjurist och hur effektiv han än var i det avseendet så var han inte mycket att luta sig emot i det här läget.

Det andra var Jonas Sandbergs besök. Sandberg utgjorde en väsentligt starkare livlina. Men den livlinan kunde också vara en snara. Han måste spela sina kort väl och han måste ta kontroll över situationen. Kontroll betydde allt.

Och slutligen hade han sina egna resurser att lita till. För ögonblicket behövde han läkarvård. Men om ett par dagar, kanske en vecka, skulle han ha återhämtat sig. Om saker och ting ställdes på sin spets så hade han kanske bara sig själv att lita till. Det innebar att han måste försvinna, mitt framför näsan på de poliser som kretsade runt honom. Han skulle behöva ett gömställe, pass och kontanter. Allt detta kunde Thomasson förse honom med. Men först måste han bli frisk nog att orka fly.

Klockan ett tittade nattsköterskan till honom. Han låtsades sova. När hon drog igen dörren satte han sig mödosamt upp i sängen och svängde benen över sängkanten. Han satt stilla en lång stund och testade sitt balanssinne. Sedan satte han försiktigt ned sin vänstra fot på golvet. Yxhugget hade turligt nog träffat hans redan sargade högerben. Han sträckte sig efter protesen som fanns i ett skåp intill sängen och fäste den på benstumpen. Därefter reste han sig. Han tyngde på det vänstra oskadade benet och provade att sätta ned det högra benet. När han förde över tyngden skar en intensiv smärta genom benet.

Han bet ihop tänderna och tog ett kliv. Han skulle behöva sina kryckor men han var övertygad om att sjukhuset strax skulle erbjuda honom sådana. Han tog stöd mot väggen och linkade fram till dörren. Det tog honom flera minuter och han var tvungen att stå stilla och bemästra smärtan efter varje steg.

Han vilade på ett ben och sköt upp dörren i en smal springa och tittade ut i korridoren. Han såg ingen och stack ut huvudet ytterligare en bit. Han hörde svaga röster till vänster och vred huvudet. Det rum där nattsköterskorna fanns låg ungefär tjugo meter längre ned på andra sidan av korridoren.

Han vred huvudet till höger och såg utgången i slutet av korridoren.

Tidigare under dagen hade han frågat om Lisbeth Salanders tillstånd. Han var trots allt hennes far. Sköterskorna hade uppenbarligen instruktioner att inte diskutera patienterna. En sköterska hade neutralt sagt att hennes tillstånd var stabilt. Men hon hade omedvetet kastat en kort blick åt vänster i korridoren.

I något av rummen mellan hans eget och sköterskornas avdelning fanns Lisbeth Salander.

Han drog försiktigt igen dörren och linkade tillbaka till sängen och plockade av sig protesen. Han var genomsvettig när han äntligen gled ned under täcket.

KRIMINALINSPEKTÖR JERKER HOLMBERG återvände till Stockholm vid lunchtid på söndagen. Han var trött, hungrig och kände sig utsliten. Han tog tunnelbanan till Rådhuset och promenerade upp till polishuset på Bergsgatan och vidare till kriminalinspektör Jan Bublanskis rum. Sonja Modig och Curt Svensson hade redan anlänt. Bublanski hade sammankallat mötet mitt på söndagen därför att han visste att förundersökningsledaren Richard Ekström var upptagen på annat håll.

"Tack för att ni ville komma in", sa Bublanski. "Jag tror att det är dags att vi har ett samtal i lugn och ro för att försöka få rätsida på det här eländet. Jerker, har du något nytt att komma med?"

"Inget som jag inte redan dragit på telefon. Zalachenko ger inte efter en millimeter. Han är oskyldig till allt och har inget att bidra med. Bara det att ..."

"Ja?"

"Du hade rätt Sonja. Han är en av de mest otäcka människor jag någonsin träffat. Det låter fånigt att säga det. Poliser ska inte resonera i sådana termer, men det är något skrämmande under hans kalkylerande yta."

"Okej", harklade sig Bublanski. "Vad vet vi? Sonja?"

Hon log svalt.

"Privatspanarna har vunnit den här ronden. Jag kan inte hitta Zalachenko i något offentligt register, medan en Karl Axel Bodin är född 1942 i Uddevalla. Hans föräldrar var Marianne och Georg Bodin. De har funnits, men avled i en olycka 1946. Karl Axel Bodin växte upp hos en morbror bosatt i Norge. Det finns alltså inga uppgifter om honom före 1970-talet då han flyttade hem till Sverige. Mikael Blomkvists story att han är en avhoppad GRU-agent från Ryssland tycks omöjlig att verifiera, men jag är benägen att tro att han har rätt."

"Och vad betyder det?"

"Det är uppenbart att han försetts med falsk identitet. Det måste ha skett med myndigheters goda minne."

"Säpo alltså?"

"Blomkvist påstår det. Men exakt hur det gått till vet jag inte. Det förutsätter att födelsebevis och en rad andra papper förfalskats och placerats i offentliga svenska register. Jag vågar inte uttala mig om det legala i den hanteringen. Det beror förmodligen på vem som fattat beslutet. Men för att göra det legalt måste beslutet i det närmaste ha fattats på regeringsnivå."

En viss tystnad lägrade sig i Bublanskis tjänsterum medan de fyra kriminalinspektörerna övervägde implikationerna.

"Okej", sa Bublanski. "Vi är fyra korkade snutar. Om regeringen är inblandad så tänker jag inte kalla dem till förhör."

"Hmm", sa Curt Svensson. "Det skulle eventuellt kunna leda till en konstitutionell kris. I USA kan man kalla regeringsmedlemmar till förhör i en vanlig domstol. I Sverige måste man gå via konstitutionsutskottet."

"Vad vi däremot skulle kunna göra är att fråga chefen", sa Jerker Holmberg.

"Fråga chefen?" undrade Bublanski.

"Thorbjörn Fälldin. Han var statsminister."

"Okej. Vi brummar upp till var det nu är han bor och frågar förre statsministern om han har fejkat identitetshandlingar för en avhoppad rysk spion. Jag tror inte det."

"Fälldin bor i Ås i Härnösands kommun. Jag kommer några kilometer därifrån. Min pappa är centerpartist och känner Fälldin väl. Jag har träffat honom flera gånger både som barn och vuxen. Det är en otvungen person."

Tre kriminalinspektörer tittade förbluffade på Jerker Holmberg.

"Du känner Fälldin", sa Bublanski tveksamt.

Holmberg nickade. Bublanski trutade med läpparna.

"Ärligt talat ...", sa Holmberg. "Det skulle kunna lösa ett antal problem om vi fick förre statsministern att komma med en redogörelse så att vi vet var vi står i allt detta. Jag kan åka upp och prata med honom. Säger han inget så säger han inget. Och pratar han så sparar vi kanske en hel del tid."

Bublanski övervägde förslaget. Sedan skakade han på huvudet. I ögonvrån såg han att både Sonja Modig och Curt Svensson nickade eftertänksamt.

"Holmberg ... det är bra att du erbjuder dig, men jag tror att vi lägger den idén på hyllan så länge. Tillbaka till fallet. Sonja."

"Enligt Blomkvist kom Zalachenko hit 1976. Så vitt jag kan förstå finns det bara en person han kan ha fått den informationen från."

"Gunnar Björck", sa Curt Svensson.

"Vad har Björck sagt till oss?" frågade Jerker Holmberg.

"Inte mycket. Han hänvisar till sekretess och säger att han inte kan diskutera något utan tillstånd från sina överordnade."

"Och vilka är hans överordnade?"

"Det vägrar han att säga."

"Så vad händer med honom?"

"Jag grep honom för brott mot sexköpslagen. Vi har en utmärkt dokumentation genom Dag Svensson. Ekström var synnerligen upprörd, men i och med att jag hade upprättat en anmälan så riskerar han problem om han lägger ned förundersökningen", sa Curt Svensson.

"Jaha. Brott mot sexköpslagen. Det kan väl ge dagsböter, antar jag."

"Förmodligen. Men vi har honom i systemet och kan kalla honom till förhör igen."

"Men nu är vi alltså inne på Säkerhetspolisens område och tafsar. Det skulle kunna skapa en viss turbulens."

"Problemet är att inget av det som skett nu hade kunnat ske om inte Säkerhetspolisen på ett eller annat sätt varit inblandad. Det är möjligt att Zalachenko var en verklig rysk spion som hoppade av och fick politisk asyl. Det är också möjligt att han arbetade för Säpo som kunskapare eller källa, eller vilken titel man nu ska ge honom, och att det fanns orsak att ge honom en falsk identitet och anonymitet. Men det finns tre problem. För det första är den utredning som gjordes 1991 och som ledde till att Lisbeth Salander spärrades in olaglig. För det andra har Zalachenkos verksamhet sedan dess inte ett dugg med rikets säkerhet att göra. Zalachenko är en helt vanlig gangster och med stor sannolikhet delaktig i flera mord och annan brottslighet. Och för det tredje råder det ingen tvekan om att Lisbeth Salander sköts och begravdes på hans tomt i Gosseberga."

"Apropå det, jag skulle väldigt gärna vilja läsa den famösa utredningen", sa Jerker Holmberg.

Bublanski mulnade.

"Ekström lade beslag på den i fredags och då jag bad att få tillbaka den så sa han att han skulle göra en kopia, vilket han dock aldrig gjorde. Istället ringde han tillbaka och sa att han hade pratat med Riksåklagaren och att det föreligger ett problem. Enligt RÅ innebär hemligstämpeln att utredningen inte får spridas och inte kopieras. Riksåklagaren har begärt in alla kopior till dess att saken är utredd. Det innebar att Sonja fick buda in den kopia hon hade."

"Så vi har inte utredningen längre?"

"Nej."

"Fan", sa Holmberg. "Det här känns inte bra."

"Nej", sa Bublanski. "Men framför allt innebär det att någon agerar emot oss och dessutom agerar väldigt snabbt och effektivt. Utredningen var ju det som äntligen satte oss på rätt spår."

"Och då måste vi avgöra vem som agerar mot oss", sa Holmberg.

"Ett ögonblick", sa Sonja Modig. "Vi har Peter Teleborian också. Han har bidragit till vår egen utredning genom att profilera Lisbeth Salander."

"Just det", sa Bublanski med mörkare röst. "Och vad sa han?"

"Han var väldigt orolig för hennes säkerhet och ville henne väl. Men när allt snack var över sa han att hon var livsfarlig och potentiellt skulle göra motstånd. Vi har baserat en hel del av vårt tänk på det han sa."

"Och han jagade också upp Hans Faste en hel del", sa Holmberg. "Har vi hört något från Faste förresten?"

"Han har tagit ledigt", svarade Bublanski kort. "Frågan är nu hur vi går vidare."

De ägnade de kommande två timmarna åt att diskutera möjligheter. Det enda praktiska beslut som fattades var att Sonja Modig skulle återvända till Göteborg nästkommande dag för att höra om Lisbeth Salander hade något att säga. När de slutligen bröt upp gjorde Sonja Modig och Curt Svensson sällskap ned till garaget.

"Jag kom bara att tänka på ..." Curt Svensson hejdade sig.

"Ja?" undrade Modig.

"Det var bara det att när vi pratade med Teleborian så var du den enda i gruppen som ställde frågor och kom med invändningar."

"Jaha."

"Ja ... alltså. Bra instinkt", sa han.

Curt Svensson var inte känd för att sprida beröm omkring sig och det var definitivt första gången han sagt något positivt eller uppmuntrande till Sonja Modig. Han lämnade henne häpen vid hennes bil.

KAPITEL 5
SÖNDAG 10 APRIL

MIKAEL BLOMKVIST HADE tillbringat lördagsnatten i säng med Erika Berger. De hade inte ägnat sig åt sex utan bara legat och pratat. En väsentlig del av samtalet hade gått åt till att reda ut detaljerna i Zalachenkohistorien. Sådant var förtroendet mellan Mikael och Erika att han inte för en sekund lät sig hejdas av att Erika skulle börja på en konkurrerande tidning. Och Erika själv hade inte minsta avsikt att sno historien. Det var *Millennium*s scoop och möjligen kände hon en viss frustration över att inte kunna vara redaktör för det numret. Det skulle ha varit ett nöjsamt sätt att avsluta åren på *Millennium*.

De talade även om framtiden och vad den nya situationen skulle innebära. Erika var fast besluten att behålla sitt delägarskap i *Millennium* och kvarstå i styrelsen. Däremot insåg de båda att hon självklart inte kunde ha någon insyn i det löpande redaktionella arbetet.

"Ge mig några år på draken ... vem vet. Jag kanske återkommer till *Millennium* bortåt pensionen", sa hon.

Och de diskuterade sitt eget komplicerade förhållande till varandra. De var överens om att i praktiken skulle inget förändras mer än att de naturligtvis inte skulle träffas fullt så ofta i fortsättningen. Det skulle bli som på 1980-talet innan *Millennium* hade startat och då de fortfarande hade skilda arbetsplatser.

"Vi får väl helt enkelt börja boka tid", konstaterade Erika med ett svagt leende.

PÅ SÖNDAGSMORGONEN TOG de ett hastigt avsked innan Erika åkte hem till sin man Greger Backman.

"Jag vet inte vad jag ska säga", sa Erika. "Men jag känner igen alla tecken på att du är mitt inne i en story och att allt annat kommer i andra hand. Vet du om att du beter dig som en psykopat då du jobbar."

Mikael log och gav henne en kram.

När hon hade gått ägnade han morgonen åt att ringa Sahlgrenska sjukhuset och försöka få ett besked om Lisbeth Salanders tillstånd. Ingen ville berätta något för honom, och till sist ringde han kriminalinspektör Marcus Erlander som förbarmade sig och förklarade att Lisbeths tillstånd efter omständigheterna var gott och att läkarna var försiktigt optimistiska. Han frågade om han fick besöka henne. Erlander svarade att Lisbeth Salander var häktad på åklagarbeslut och att hon inte fick ta emot besök, men att frågan ännu var akademisk. Hennes tillstånd var sådant att hon ännu inte ens kunnat förhöras. Mikael utverkade ett löfte från Erlander att denne skulle ringa honom om hennes tillstånd försämrades.

Då Mikael kontrollerade samtalslistan på sin mobil kunde han konstatera att han hade fyrtiotvå obesvarade samtal och sms från olika journalister som desperat försökt få tag på honom. Nyheten att det var han som hade hittat Lisbeth Salander och larmat Räddningstjänsten och att han därmed var intimt förknippad med händelseutvecklingen hade det senaste dygnet varit föremål för dramatiska spekulationer i media.

Mikael raderade alla meddelanden från reportrarna. Istället ringde han till sin syster Annika Giannini och bokade söndagslunch.

Därefter ringde han till Dragan Armanskij, verkställande direktör och operativ chef för säkerhetsföretaget Milton Security. Han nådde honom på mobilen i bostaden på Lidingö.

"Du har i varje fall en förmåga att skapa rubriker", sa Armanskij torrt.

"Förlåt att jag inte ringde dig tidigare i veckan. Jag fick ett meddelande om att du sökte mig men jag hade inte riktigt tid ..."

"Vi har haft en egen utredning igång på Miltons. Och jag förstod från Holger Palmgren att du hade information. Men det verkar som om du låg några mil före oss."

Mikael tvekade en stund om hur han skulle formulera sig.

"Kan jag lita på dig?" frågade han.

Armanskij tycktes häpen över frågan.

"I vilket avseende menar du?"

"Står du på Salanders sida eller inte? Kan jag lita på att du vill hennes bästa?"

"Jag är hennes vän. Som du vet är det inte med nödvändighet samma sak som att hon är min vän."

"Jag vet. Men vad jag frågar är om du är beredd att ställa dig i hennes ringhörna och ta en sluggermatch med hennes fiender. Det kommer att bli åtskilliga ronder i den här fighten."

Armanskij tänkte över saken.

"Jag står på hennes sida", svarade han.

"Kan jag ge dig information och diskutera saker med dig utan att behöva frukta att det läcker vidare till polisen eller någon annan?"

"Jag kan inte bli inblandad i något kriminellt", sa Armanskij.

"Det var inte det jag frågade om."

"Du kan absolut lita på mig så länge du inte avslöjar att du bedriver brottslig verksamhet eller något sådant."

"Gott nog. Vi måste träffas."

"Jag kommer in till stan i kväll. Middag?"

"Nej, jag har inte tid. Däremot skulle jag vara tacksam om vi kunde träffas i morgon kväll. Du och jag och kanske ytterligare några personer skulle behöva slå oss ned och prata."

"Du är välkommen upp på Miltons. Ska vi säga klockan 18.00?"

"En sak till ... jag ska träffa min syster Annika Giannini om två timmar. Hon överväger att åta sig att vara Lisbeths advokat, men hon kan självfallet inte jobba gratis. Jag kan betala en del av hennes arvode ur egen ficka. Kan Milton Security bidra?"

"Lisbeth kommer att behöva en extremt bra brottmålsadvokat. Din syster är nog ett olämpligt val, om du ursäktar. Jag har redan pratat med Miltons chefsjurist och han kommer att leta fram en lämplig advokat. Jag tänker mig Peter Althin eller någon liknande."

"Fel. Lisbeth behöver en helt annan sorts advokat. Du kommer att förstå vad jag menar när vi hunnit prata. Men kan du satsa pengar i hennes försvar om det skulle behövas?"

"Jag hade redan tänkt att Milton skulle anlita en advokat ..."

"Betyder det ja eller nej? Jag vet vad som hände med Lisbeth. Jag vet ungefär vilka som ligger bakom. Jag vet varför. Och jag har en anfallsplan."

Armanskij skrattade.

"Okej. Jag ska lyssna på ditt förslag. Om jag inte gillar det så drar jag mig ur."

"HAR DU FUNDERAT på mitt förslag om att du ska representera Lisbeth Salander?" frågade Mikael så fort han pussat sin syster på kinden och de fått sina smörgåsar och sitt kaffe.

"Ja. Och jag måste säga nej. Du vet att jag inte är en brottmålsadvokat. Även om hon nu går fri från morden hon jagats för så blir det en hel räcka med åtalspunkter. Hon kommer att behöva någon med en helt annan sorts tyngd och erfarenhet än jag."

"Du har fel. Du är advokat och du är erkänt kunnig i kvinnorättsfrågor. Jag påstår att du är exakt den advokat hon behöver."

"Mikael ... jag tror inte att du riktigt förstår vad det innebär. Det här är ett komplicerat brottmål och inget enkelt fall av kvinnomisshandel eller sexuellt ofredande. Om jag åtar mig att försvara henne så kan det leda till en katastrof."

Mikael log.

"Jag tror att du har missat poängen. Om Lisbeth till exempel hade åtalats för morden på Dag och Mia så skulle jag ha anlitat en advokat typ Silbersky eller någon tung brottmålsadvokat. Men den här rättegången kommer att handla om helt andra saker. Och du är den mest perfekta advokat jag kan tänka mig."

Annika Giannini suckade.

"Det är bäst att du förklarar."

De pratade i nästan två timmar. När Mikael hade förklarat färdigt var Annika Giannini övertalad. Och Mikael lyfte sin mobil och ringde återigen Marcus Erlander i Göteborg.

"Hej. Blomkvist igen."

"Jag har inga nyheter om Salander", sa Erlander irriterat.

"Vilket jag antar är goda nyheter i det här läget. Däremot har jag nyheter om henne."

"Jaså?"

"Ja. Hon har en advokat som heter Annika Giannini. Hon sitter mitt emot mig och jag ger luren till henne."

Mikael sträckte mobilen över bordet.

"God dag. Jag heter Annika Giannini och har blivit ombedd att representera Lisbeth Salander. Jag måste följaktligen komma i kontakt med min klient så att hon kan godkänna mig som sin försvarare. Och jag måste få telefonnummer till åklagaren."

"Jag förstår", sa Erlander. "Så vitt jag förstår har en offentlig försvarare redan kontaktats."

"Bra. Har någon frågat Lisbeth Salander om hennes åsikt?"

Erlander tvekade.

"Ärligt talat har vi ännu inte haft möjlighet att växla ett ord med henne. Vi hoppas kunna prata med henne i morgon om hennes tillstånd tillåter det."

"Så bra. Då säger jag här och nu att till dess att fröken Salander säger något annat så kan ni betrakta mig som hennes advokat. Ni kan inte hålla något förhör med henne utan att jag är närvarande. Ni kan hälsa på henne och ställa frågan om hon accepterar mig som advokat eller inte. Är det förstått?"

"Ja", sa Erlander med en suck. Han var osäker på vad som egentligen gällde rent juridiskt. Han funderade en stund. "Vi vill i första hand ställa en fråga till Salander om hon har någon information om var polismördaren Ronald Niedermann befinner sig. Är det okej att fråga henne om det även om du inte är närvarande?"

Annika Giannini tvekade.

"Okej ... ni kan höra henne upplysningsvis om hon kan hjälpa polisen med att lokalisera Niedermann. Men ni får inte ställa några frågor som handlar om eventuella åtal eller anklagelser mot henne. Är vi överens?"

"Jag tror det."

MARCUS ERLANDER GICK direkt från sitt skrivbord och en trappa upp och knackade på dörren hos förundersökningsledaren Agneta Jervas. Han återgav innehållet i det samtal han haft med Annika Giannini.

"Jag visste inte att Salander hade en advokat."

"Inte jag heller. Men Giannini har anlitats av Mikael Blomkvist. Det är inte säkert att Salander vet något om det."

"Men Giannini är inte brottmålsadvokat. Hon sysslar med kvinno-rätt. Jag lyssnade på ett föredrag av henne en gång, hon är skärpt men absolut olämplig i det här målet."

"Det är i alla fall Salanders sak att avgöra."

"Det är möjligt att jag måste bestrida det i domstol i så fall. För Salanders egen skull måste hon få en riktig försvarare och inte någon kändis som jagar löpsedlar. Hmm. Salander är ju dessutom omyndigförklarad. Jag vet inte vad som gäller."

"Hur ska vi göra?"

Agneta Jervas funderade en stund.

"Det här är en soppa. Jag är inte säker på vem som kommer att ha hand om målet när allt kommer omkring, det kanske flyttas till Ekström i Stockholm. Men hon måste ha en advokat. Okej ... fråga henne om hon vill ha Giannini."

NÄR MIKAEL KOM hem vid femtiden på eftermiddagen slog han upp sin iBook och tog upp tråden i den text han hade börjat formulera på hotellet i Göteborg. Han arbetade i sju timmar till dess att han hade identifierat de värsta hålen i storyn. Det återstod fortfarande en del research. En fråga som han inte kunde besvara utifrån den befintliga dokumentationen var exakt vilka på Säpo, förutom Gunnar Björck, som hade konspirerat för att spärra in Lisbeth Salander på dårhus. Han hade heller inte nystat upp frågan om exakt vilket förhållande Björck och psykiatrikern Peter Teleborian hade till varandra.

Vid midnatt stängde han av datorn och gick och lade sig. För första gången på flera veckor kände han att han kunde slappna av och sova lugnt. Storyn var under kontroll. Hur många frågetecken som än återstod hade han redan tillräckligt med material för att utlösa en lavin av rubriker.

Han kände en impuls att ringa till Erika Berger och uppdatera henne om läget. Sedan insåg han att hon var borta från *Millennium*. Det var plötsligt svårt att sova.

MANNEN MED DEN bruna portföljen steg försiktigt av 19.30-tåget från Göteborg på Stockholms central och stod en kort stund stilla i folkhavet medan han orienterade sig. Han hade inlett resan från Laholm strax efter åtta på morgonen genom att åka till Göteborg, där han gjort ett uppehåll för att äta lunch med en gammal vän innan han återupptagit färden till Stockholm. Han hade inte besökt Stockholm på två år, och hade egentligen inte planerat att någonsin igen besöka huvudstaden. Trots att han hade bott där i större delen av sitt yrkesverksamma liv kände han sig alltid som en främmande fågel i Stockholm, en känsla som tilltagit för varje besök han gjort sedan han pensionerades.

Han promenerade långsamt genom centralstationen, handlade kvällstidningarna och två bananer på Pressbyrån och betraktade fundersamt två muslimska kvinnor i slöja som hastade förbi honom. Han hade inget emot kvinnor i slöja. Det var inte hans problem om folk ville klä ut sig. Däremot stördes han av att de nödvändigtvis måste klä ut sig mitt i Stockholm.

Han promenerade drygt tre hundra meter till Freys Hotel intill Bobergs gamla posthus på Vasagatan. Det var det hotell han alltid bodde på vid de numera sällsynta Stockholmsbesöken. Det var centralt och propert. Dessutom var det billigt, en förutsättning då han själv bekostade resan. Han hade reserverat rummet dagen innan och presenterade sig som Evert Gullberg.

Så fort han kommit upp på rummet uppsökte han toaletten. Han hade kommit till den ålder då han var tvungen att uppsöka toaletten titt som tätt. Det var flera år sedan han sovit en hel natt utan att vakna och behöva gå upp och kissa.

Efter toalettbesöket tog han av sig hatten, en smalbrättad mörk-grön engelsk filthatt, och lossade på slipsknuten. Han var 184 centimeter lång och vägde sextioåtta kilo, vilket innebar att han var mager och spensligt byggd. Han var klädd i en pepitarutig kavaj och mörkgrå byxor. Han öppnade den bruna portföljen och packade upp två skjortor, en reservslips och underkläder, vilka han placerade i byrån på rummet. Därefter hängde han upp ytterrocken och kavajen på hängaren i skåpet bakom rumsdörren.

Det var för tidigt för att gå och lägga sig. Det var för sent för att han skulle orka ge sig ut på någon kvällspromenad, en sysselsättning som han i vilket fall inte skulle finna trivsam. Han satte sig i den obligatoriska stolen på hotellrummet och tittade sig omkring. Han knäppte på TV:n men vred ned volymen så att han inte behövde höra ljud. Han funderade på att ringa till receptionen och beställa kaffe men beslutade sig för att det var för sent. Istället öppnade han barskåpet och hällde upp en miniatyrflaska Johnny Walker med några droppar vatten. Han öppnade kvällstidningarna och läste noga allt som skrivits under dagen om jakten på Ronald Niedermann och fallet Lisbeth Salander. Efter en stund plockade han fram ett anteckningsblock med skinnpärm och gjorde några minnesanteckningar.

FÖRE DETTA BYRÅDIREKTÖREN vid Säkerhetspolisen Evert Gullberg var 78 år gammal och hade officiellt varit pensionär i fjorton år. Men så är det med gamla spioner. De dör aldrig, de glider bara in i skuggorna.

Strax efter krigsslutet, då Gullberg var 19 år, hade han sökt sig till en karriär i flottan. Han gjorde sin militärtjänst som befälselev och blev därefter antagen till officersutbildning. Men istället för en traditionell placering till sjöss, som han hade förväntat sig, placerades han i Karlskrona som signalspanare vid flottans underrättelsetjänst. Han hade inga svårigheter att förstå behovet av signalspaning, som alltså handlade om att lista ut vad som pågick på andra sidan Östersjön. Däremot uppfattade han arbetet som långtråkigt och ointressant. Genom försvarets tolkskola fick han dock lära sig ryska och polska. Dessa språkkunskaper var en av anledningarna till att han 1950 rekryterades till Säkerhetspolisen. Det var på den tid då den oklanderligt korrekte Georg Thulin basade över statspolisens tredje rotel. Då han började uppgick hemliga polisens sammanlagda budget till 2,7 miljoner kronor och den totala personalstyrkan var noga räknat nittiosex personer.

När Evert Gullberg formellt gick i pension 1992 uppgick Säkerhetspolisens budget till lite mer än 350 miljoner kronor, och han visste inte hur många anställda Firman hade.

Gullberg hade tillbringat sitt liv i hans majestäts hemliga tjänst, eller möjligen i det socialdemokratiska folkhemmets hemliga tjänst. Vilket var ironiskt eftersom han troget val efter val alltid hade röstat på moderaterna, förutom år 1991 då han medvetet röstade mot moderaterna eftersom han ansåg att Carl Bildt var en realpolitisk katastrof. Det året hade han istället modlöst röstat på Ingvar Carlsson. Åren med Sveriges bästa regering hade också besannat hans värsta farhågor. Moderatregeringen hade tillträtt i en tid då Sovjetunionen kollapsat, och enligt hans mening hade knappast någon regim varit sämre rustad att möta och fånga upp de nya politiska möjligheter inom spionagets konst som framträdde i Österled. Bildtregeringen hade tvärtom av ekonomiska skäl skurit ned Sovjetbyrån och istället satsat på internationellt tjafs i Bosnien och Serbien – precis som om Serbien någonsin skulle hota Sverige. Resultatet blev att möjligheten att långsiktigt plantera informatörer i Moskva hade gått om intet, och den dag klimatet än en gång skulle hårdna – vilket enligt Gullberg var ofrånkomligt – så skulle återigen orimliga politiska krav ställas på Säkerhetspolisen och den militära underrättelsetjänsten, precis som om de kunde trolla fram agenter efter behov.

GULLBERG HADE BÖRJAT sin karriär på ryssbyrån på statspolisens tredje rotel och efter två år bakom ett skrivbord hade han gjort sina första trevande fältstudier som flygattaché med kaptens rang vid svenska ambassaden i Moskva 1952–1953. Märkligt nog följde han en annan känd spion i fotspåren. Några år tidigare hade hans post varit besatt av den inte helt obekante flygofficeren överste Stig Wennerström.

Tillbaka i Sverige hade Gullberg arbetat för kontraspionaget och tio år senare var han en av de yngre säkerhetspoliserna som under den operative chefen Otto Danielsson grep Wennerström och förde honom till ett livstidsstraff på Långholmen.

När hemliga polisen omorganiserades under Per Gunnar Vinge 1964 och blev Rikspolisstyrelsens säkerhetsavdelning, RPS/Säk, hade personalökningen inletts. Då hade Gullberg arbetat på Säkerhetspolisen i fjorton år och blivit en av de betrodda veteranerna.

Gullberg hade aldrig någonsin använt beteckningen Säpo om Säkerhetspolisen. Han använde uttrycket RPS/Säk i formella sammanhang och enbart Säk i informella sammanhang. Bland kollegor kunde han också referera till verksamheten som Företaget eller Firman eller rätt och slätt Avdelningen – men aldrig någonsin som Säpo. Orsaken var enkel. Firmans viktigaste uppgift var under många år så kallad personalkontroll, det vill säga undersökningar och registrering av svenska medborgare som kunde misstänkas hysa kommunistiska och landsförrädiska åsikter. På Firman användes begreppen kommunist och landsförrädare synonymt. Det sedermera vedertagna begreppet Säpo var faktiskt något som den potentiellt landsförrädiska kommunisttidningen *Clarté* hade myntat som ett skällsord för polisens kommunistjägare. Och följaktligen använde varken Gullberg eller någon annan veteran uttrycket Säpo. Han kunde för sitt liv inte begripa varför hans forne chef P.G. Vinge hade döpt sina memoarer till just *Säpochef 1962–70*.

Det var omorganiseringen 1964 som kom att avgöra Gullbergs framtida karriär.

RPS/Säk innebar att hemliga statspolisen förvandlades till vad som i promemoriorna från justitiedepartementet beskrevs som en modern polisorganisation. Detta innebar nyanställningar. Det ständiga behovet av ny personal innebar oändliga inkörningsproblem, vilket i en expanderande organisation innebar att Fienden fick dramatiskt förbättrade möjligheter att placera agenter inom avdelningen. Detta innebar i sin tur att den interna säkerhetskontrollen måste skärpas – hemliga polisen kunde inte längre vara en intern klubb bestående av före detta officerare där alla kände alla och där den vanligaste meriten vid nyrekrytering var att fadern var officer.

1963 hade Gullberg överförts från kontraspionaget till personalkontrollen, vilken fått ökad betydelse i kölvattnet av avslöjandet av Stig Wennerström. Under den tiden lades grunden till det åsiktsregister som mot 1960-talets slut omfattade drygt 300 000 svenska medborgare med olämpliga politiska sympatier. Men personalkontrollen av svenska medborgare i allmänhet var en sak – frågan var hur säkerhetskontrollen på RPS/Säk egentligen skulle utformas.

Wennerström hade utlöst en lavin av interna bryderier hos hemliga statspolisen. Om en överste på Försvarsstaben kunde arbeta för ryssarna – han var dessutom regeringens rådgivare i ärenden som rörde kärnvapen och säkerhetspolitik – kunde man då vara säker på att ryssarna inte hade en lika centralt placerad agent inom Säkerhetspolisen? Vem skulle garantera att chefer och mellanchefer på Firman inte egentligen arbetade för ryssarna. Kort sagt – vem skulle spionera på spionerna?

I augusti 1964 kallades Gullberg till ett eftermiddagssammanträde hos biträdande chefen för Säkerhetspolisen, byrådirektör Hans Wilhelm Francke. I mötet deltog förutom han två personer från Firmans ledande skikt, biträdande kanslichefen och budgetchefen. Innan dagen var över hade Gullbergs liv fått en ny mening. Han hade blivit utvald. Han hade fått en ny befattning som chef för en nyinrättad rotel med arbetsnamnet Särskilda sektionen, förkortat SS. Hans första åtgärd var att döpa om den till Särskilda analysgruppen. Det höll några minuter till dess att budgetchefen påpekade att SA inte var stort bättre än SS. Organisationens slutliga namn blev Sektionen för särskild analys, SSA, och i dagligt tal Sektionen, till skillnad från Avdelningen eller Firman som syftade på hela Säkerhetspolisen.

SEKTIONEN VAR FRANCKES idé. Han kallade det den sista försvarslinjen. En ultrahemlig grupp som fanns på strategiska platser inom Firman, men som var osynlig och inte dök upp i promemorior eller budgetanslag och som därmed inte kunde infiltreras. Deras uppgift – att vaka över nationens säkerhet. Han hade makt att göra det möjligt. Han behövde budgetchefen och kanslichefen för att skapa den dolda strukturen, men de var alla soldater av den gamla skolan och vänner från dussintals skärmytslingar med Fienden.

Det första året bestod hela organisationen av Gullberg och tre handplockade medarbetare. Under de följande tio åren ökade Sektionen till som mest elva personer, varav två var administrativa sekreterare av den gamla skolan och återstoden var professionella spionjägare. Det var en platt organisation. Gullberg var chef. Alla andra var medarbetare som träffade chefen i stort sett varje dag. Effektivitet premierades mer än prestige och byråkratisk formalia.

Formellt var Gullberg underställd en lång rad personer i hierarkin under Säkerhetspolisens kanslichef, till vilken han skulle lämna månatliga rapporter, men i praktiken hade Gullberg fått en unik position med extraordinära maktbefogenheter. Han, endast han, kunde besluta att sätta den allra högsta Säpoledningen under luppen. Han kunde, om han så behagade, vända ut och in på självaste Per Gunnar Vinges liv. (Vilket han också gjorde.) Han kunde inleda egna undersökningar eller genomföra telefonavlyssningar utan att behöva förklara sitt syfte eller ens rapportera detta till högre ort. Hans förebild blev den amerikanske spionlegenden James Jesus Angleton, som hade en snarlik position inom CIA och som han dessutom kom att lära känna personligen.

Organisatoriskt blev Sektionen en mikroorganisation inom Avdelningen, utanför, över och vid sidan om hela den övriga säkerhetspolisen. Detta fick också geografiska konsekvenser. Sektionen hade kontor på Kungsholmen, men av säkerhetsskäl flyttades i praktiken hela Sektionen utanför huset, till en privat elvarumsvåning på Östermalm. Våningen byggdes diskret om till ett befäst kontor som aldrig var obemannat eftersom trotjänaren och sekreteraren Eleanor Badenbrink inhystes som permanentboende i två av lägenhetens rum närmast entrén. Badenbrink var en ovärderlig resurs som Gullberg hade absolut förtroende för.

Organisatoriskt försvann Gullberg och hans medarbetare från all offentlighet – de finansierades genom en "särskild fond" men existerade inte någonstans i den formella säkerhetspolitiska byråkrati som redovisades till Rikspolisstyrelsen eller Justitiedepartementet. Inte ens chefen för RPS/Säk kände till de hemligaste av de hemliga som hade i uppdrag att hantera det känsligaste av det känsliga.

Vid 40 års ålder befann sig Gullberg följaktligen i en situation där han inte behövde förklara sig för någon levande människa och kunde inleda undersökningar om precis vem som helst.

Redan från början stod det klart för Gullberg att Sektionen för särskild analys skulle riskera att bli en politiskt känslig grupp. Arbetsbeskrivningen var milt sagt vagt hållen och den skriftliga dokumentationen var ytterst knapphändig. I september 1964 undertecknade statsminister Tage Erlander ett direktiv som innebar att budgetmedel skulle avsättas för Sektionen för särskild analys, vilken hade i uppgift att hantera särskilt känsliga utredningar av vikt för rikets säkerhet. Det var ett av tolv liknande ärenden som biträdande chefen för RPS/Säk, Hans Wilhelm Francke, föredrog under ett eftermiddagsmöte. Handlingen hemligstämplades omedelbart och infördes i det likaledes hemligstämplade särskilda diariet på RPS/Säk.

Statsministerns namnteckning innebar dock att Sektionen var en juridiskt godkänd institution. Sektionens första årsbudget uppgick till 52 000 kronor. Att budgeten lades så lågt ansåg Gullberg själv var ett genidrag. Det innebar att skapandet av Sektionen framstod som ett rent dussinärende.

I en vidare bemärkelse innebar statsministerns namnteckning att han hade godkänt att det existerade ett behov av en grupp som kunde svara för "intern personalkontroll". Samma namnteckning kunde dock tolkas som att statsministern hade gett sitt godkännande till upprättandet av en grupp som även kunde svara för kontroll av "särskilt känsliga personer" utanför Säk, till exempel av statsministern själv. Det var det sistnämnda som skapade potentiellt allvarliga politiska problem.

EVERT GULLBERG KONSTATERADE att hans Johnny Walker hade tagit slut i glaset. Han var inte särskilt begiven på alkohol, men det hade varit en lång dag och en lång resa och han ansåg sig befinna sig i ett skede i livet där det var ovidkommande om han beslutade sig för att ta en eller två whisky och att han gott och väl kunde fylla på glaset om han hade lust. Han hällde upp en miniatyrflaska Glenfiddich. Det känsligaste av alla ärenden var förstås Olof Palme.

Gullberg mindes varje detalj av valdagen 1976. För första gången i modern historia hade Sverige fått en borgerlig regering. Dessvärre var det Thorbjörn Fälldin som blev statsminister, inte Gösta Bohman som var en man av den gamla skolan och oändligt mycket bättre lämpad. Men framför allt var Palme slagen och därmed kunde Evert Gullberg andas ut.

Palmes lämplighet som statsminister hade varit föremål för fler än ett lunchsamtal i de allra hemligaste korridorerna på RPS/Säk. 1969 hade Per Gunnar Vinge fått sparken sedan han satt ord på den åsikt som delades av många inom Avdelningen – nämligen övertygelsen att Palme kanske var inflytelseagent för den ryska spionorganisationen KGB. Vinges åsikt var inte kontroversiell i det klimat som rådde inom Firman. Dessvärre hade han öppet dryftat saken med landshövding Ragnar Lassinantti vid ett besök i Norrbotten. Lassinantti hade höjt ögonbrynen två gånger och därefter informerat regeringskansliet med följden att Vinge fick kallelse om att inställa sig till ett enskilt samtal.

Till Evert Gullbergs förtrytelse hade frågan om Palmes eventuella rysskontakter aldrig fått något svar. Trots ihärdiga försök att fastställa sanningen och finna de avgörande bevisen – the smoking gun – hade Sektionen aldrig någonsin funnit minsta belägg för att så var fallet. I Gullbergs ögon tydde detta inte på att Palme eventuellt var oskyldig utan möjligen på att han var en särdeles förslagen och intelligent spion som inte frestades att begå de misstag som andra ryska spioner hade gjort. Palme fortsatte att gäcka dem år efter år. 1982 hade Palmefrågan åter aktualiserats då han återvänt som statsminister. Sedan föll skotten på Sveavägen och frågan blev för evigt akademisk.

1976 HADE VARIT ett problematiskt år för Sektionen. Inom RPS/Säk – bland det fåtal personer som faktiskt kände till Sektionens existens – hade en viss kritik uppstått. Under de gångna tio åren hade sammanlagt sextiofem tjänstemän inom Säkerhetspolisen fått respass ur organisationen på grund av förmodad politisk opålitlighet. I flertalet fall var dokumentationen dock av det slag att inget kunde bevisas, vilket resulterat i att vissa högre chefer börjat mumla om att medarbetarna i Sektionen var paranoida konspirationsteoretiker.

Gullberg kokade fortfarande inombords då han mindes ett av de ärenden som Sektionen handlagt. Det gällde en person som anställdes inom RPS/Säk 1968 och som Gullberg personligen hade bedömt som synnerligen olämplig. Hans namn var kriminalinspektör Stig Bergling, löjtnant i svenska armén som sedermera visade sig vara överste i den ryska militära underrättelsetjänsten GRU. Vid fyra tillfällen under de kommande åren försökte Gullberg se till att Bergling fick sparken och vid varje tillfälle ignorerades hans framstötar. Först 1977 vände det då Bergling blev föremål för misstankar även utanför Sektionen. Det var så dags. Bergling blev den största skandalen i svensk säkerhetspolis historia.

Kritiken mot Sektionen hade tilltagit under första halvan av 1970-talet, och vid mitten av decenniet hade Gullberg hört flera propåer om att budgeten skulle minska och till och med förslag om att verksamheten var onödig.

Sammantaget innebar kritiken att Sektionens framtid ifrågasattes. Detta år prioriterades terroristhot inom RPS/Säk, vilket i alla avseenden var en spionmässigt trist historia som huvudsakligen handlade om förvirrade ungdomar i samarbete med arabiska eller propalestinska element. Det stora spörsmålet inom Säkerhetspolisen var frågan om huruvida personalkontrollen skulle få särskilda anslag för att granska utländska medborgare bosatta i Sverige, eller om detta även fortsättningsvis skulle vara en exklusiv fråga för utlänningsroteln.

Ur denna något esoteriska byråkratidiskussion hade ett behov uppstått för Sektionen att knyta en betrodd medarbetare till verksamheten som kunde förstärka dess kontroll, faktiskt spionage, mot medarbetarna på utlänningsroteln.

Valet föll på en ung medarbetare som arbetat på RPS/Säk sedan

1970 och vars bakgrund och politiska trovärdighet var av den beskaffenheten att han ansågs kunna platsa bland medarbetarna i Sektionen. På sin fritid var han medlem i en organisation som kallades Demokratisk Allians och som av socialdemokratiska massmedia beskrevs som högerextrem. På Sektionen var detta ingen belastning. Tre andra medarbetare var faktiskt också medlemmar i Demokratisk Allians, och Sektionen hade haft stor betydelse för att Demokratisk Allians alls hade bildats. De bidrog även till en mindre del av finansieringen. Det var genom denna organisation som den nye medarbetaren uppmärksammades och rekryterades till Sektionen. Hans namn var Gunnar Björck.

FÖR EVERT GULLBERG var det en osannolikt lyckosam slump att just den dagen, valdagen 1976, när Alexander Zalachenko hoppade av till Sverige och promenerade in på Norrmalms polisstation och begärde asyl, så var det junioren Gunnar Björck som i egenskap av handläggare på Utlänningsroteln tog emot honom. En agent som redan var knuten till de hemligaste av de hemliga.

Björck var alert. Han insåg omedelbart Zalachenkos betydelse och avbröt förhöret och stuvade in avhopparen i ett rum på Hotel Continental. Det var följaktligen till Evert Gullberg och inte till sin formelle chef på utlänningsroteln som Gunnar Björck ringde för att slå larm. Telefonsamtalet kom vid den tidpunkt då vallokalerna hade stängt och alla prognoser pekade på att Palme skulle förlora. Gullberg hade just kommit hem och satt på TV:n för att följa valvakan. Han hade först tvivlat på det besked som den upphetsade junioren framförde. Därefter hade han åkt ned till Continental, mindre än 250 meter bort från det hotellrum han för ögonblicket befann sig i, för att ta kommandot över Zalachenkoaffären.

I DET ÖGONBLICKET hade Evert Gullbergs liv förändrats radikalt. Ordet sekretess hade fått en helt ny innebörd och tyngd. Han insåg behovet av att skapa en ny struktur kring avhopparen.

Han valde automatiskt att inkludera Gunnar Björck i Zalachenkogruppen. Det var ett klokt och rimligt beslut eftersom Björck ju redan kände till Zalachenkos existens. Det var bättre att ha honom på insidan än som en säkerhetsrisk på utsidan. Det innebar att Björck förflyttades från sin officiella post på utlänningsroteln till ett skrivbord i våningen på Östermalm.

I den dramatik som uppstod hade Gullberg valt att från början endast informera en person inom RPS/Säk, nämligen kanslichefen som redan hade insyn i Sektionens verksamhet. Kanslichefen hade suttit på nyheten i flera dygn innan han förklarat för Gullberg att avhoppet var så stort att chefen för RPS/Säk måste informeras, och att även regeringen måste informeras.

Den nyligen tillträdde chefen för RPS/Säk hade vid den tiden kännedom om Sektionen för särskild analys, men hade bara en vag uppfattning om vad Sektionen egentligen sysslade med. Han hade tillträtt för att städa upp efter IB-affären och var redan på väg till en högre befattning inom den polisiära hierarkin. Chefen för RPS/Säk hade i förtroliga samtal med kanslichefen fått veta att Sektionen var en hemlig grupp som tillsatts av regeringen, som stod utanför den egentliga verksamheten och som det inte skulle ställas frågor om. Eftersom chefen vid den tiden var en man som absolut inte ställde frågor som kunde generera obehagliga svar nickade han förstående och accepterade att det fanns något som kallades SSA och att han inte hade med saken att göra.

Gullberg var inte förtjust i tanken på att informera chefen om Zalachenko men accepterade verkligheten. Han underströk det absoluta behovet av total sekretess och fick medhåll och utfärdade sådana instruktioner att inte ens chefen för RPS/Säk kunde diskutera ämnet på sitt tjänsterum utan att vidta särskilda försiktighetsåtgärder. Det beslutades att Zalachenko skulle hanteras av Sektionen för särskild analys.

Att informera den avgående statsministern var uteslutet. På grund av den karusell som vidtagit i samband med regeringsskiftet var den tillträdande statsministern fullt sysselsatt med att utse ministrar och förhandla med övriga borgerliga partier. Det var först en månad efter regeringsbildningen som chefen för RPS/Säk tillsammans med Gullberg åkte till Rosenbad och informerade den nytillsatte statsministern. Gullberg hade in i det sista protesterat mot att regeringen alls skulle informeras men chefen för RPS/Säk hade stått på sig – det var konstitutionellt oförsvarligt att inte informera statsministern. Under mötet hade Gullberg använt all sin förmåga för att så vältaligt som möjligt övertyga statsministern om vikten av att informationen om Zalachenko inte spreds utanför statsministerns eget tjänsterum – att varken utrikesministern eller försvarsministern eller någon annan medlem i regeringen fick informeras.

Fälldin hade blivit skakad av nyheten att en rysk toppagent sökt asyl i Sverige. Statsministern hade börjat tala om att han faktiskt av rena rättviseskäl var tvungen att ta upp saken med åtminstone ledarna för de övriga två regeringspartierna. Gullberg hade varit beredd på denna invändning och spelat ut det tyngsta kort han hade till förfogande. Han hade svarat genom att lågmält förklara att om så skedde såg han sig tvungen att omedelbart inlämna sin avskedsansökan. Det var ett hot som Fälldin hade tagit intryck av. Implicit innebar det att statsministern skulle bära det personliga ansvaret om historien skulle läcka ut och ryssarna skicka en dödspatrull för att likvidera Zalachenko. Och om den person som ansvarade för Zalachenkos säkerhet hade sett sig nödtvungen att avgå så skulle ett sådant avslöjande bli en politisk och medial katastrof för statsministern.

Fälldin, ännu färsk och osäker i sin roll som statsminister, hade böjt sig. Han hade godkänt ett direktiv som omedelbart infördes i det hemliga diariet och som innebar att Sektionen skulle svara för Zalachenkos säkerhet och debriefing, samt att informationen om Zalachenko inte fick lämna statsministerns tjänsterum. Fälldin hade därmed undertecknat ett direktiv som i praktiken visade att han var informerad men som också innebar att han aldrig fick diskutera saken. Han skulle kort sagt glömma Zalachenko.

Fälldin hade dock insisterat på att ytterligare en person i hans kansli, en handplockad statssekreterare, skulle informeras och fungera som kontaktperson i ärenden som rörde avhopparen. Med detta lät sig Gullberg nöja. Han skulle inte ha några problem att hantera en statssekreterare.

Chefen för RPS/Säk var nöjd. Zalachenkoärendet var nu konstitutionellt säkrat, vilket i detta fall innebar att chefen hade ryggen fri. Gullberg var också nöjd. Han hade lyckats skapa en karantän som innebar att han kontrollerade informationsflödet. Han, ensam, kontrollerade Zalachenko.

När Gullberg återkom till sitt tjänsterum på Östermalm satte han sig vid sitt skrivbord och upprättade för hand en lista över de personer som hade kunskap om Zalachenko. Listan bestod av honom själv, Gunnar Björck, den operative chefen på Sektionen Hans von Rottinger, biträdande chefen Fredrik Clinton, Sektionens sekreterare Eleanor Badenbrink samt två medarbetare som hade till uppgift att sammanställa och fortlöpande analysera den underrättelseinformation som Zalachenko kunde bidra med. Sammanlagt sju personer som under de kommande åren skulle utgöra en särskild Sektion inom Sektionen. Han tänkte på dem som Inre Gruppen.

Utanför Sektionen var kunskapen känd av chefen för RPS/Säk, biträdande chefen och kanslichefen. Därutöver var statsministern och en statssekreterare informerade. Sammanlagt tolv personer. Aldrig tidigare hade en hemlighet av denna dignitet varit känd av en så utvald skara.

Därefter mulnade Gullberg. Hemligheten var också känd av en trettonde person. Björck hade haft sällskap av juristen Nils Bjurman. Att göra Bjurman till medarbetare i Sektionen var uteslutet. Bjurman var inte en riktig säkerhetspolis – han var snart sagt inte mer än praktikant på RPS/Säk – och han förfogade inte över den kunskap och kompetens som erfordrades. Gullberg övervägde olika alternativ men valde därefter att försiktigt lotsa ut Bjurman ur historien. Han hotade med livstids fängelse för landsförräderi om Bjurman andades så mycket som en stavelse om Zalachenko, han använde mutor i form av löften om framtida uppdrag och slutligen smicker som ökade Bjurmans egen känsla av betydelse. Han såg till att Bjurman fick anställning på en välrenommerad advokatbyrå och därefter att han fick en ström av uppdrag som höll honom sysselsatt. Det enda problemet var att Bjurman var så medioker att han faktiskt inte förmådde utnyttja sina möjligheter. Han lämnade advokatbyrån efter tio år och öppnade egen praktik, vilken så småningom blev ett advokatkontor med en anställd vid Odenplan.

Under de kommande åren höll Gullberg Bjurman under diskret men ständig övervakning. Det var först i slutet av 1980-talet han släppte bevakningen av Bjurman, då Sovjetunionen var på väg att falla och Zalachenko inte längre var ett prioriterat ärende.

FÖR SEKTIONEN HADE Zalachenko först varit ett löfte om ett genombrott i gåtan Palme, ett ärende som ständigt sysselsatte Gullberg. Palme hade följaktligen varit ett av de första ämnen Gullberg ventilerat i den långa debriefingen.

Förhoppningarna hade dock snart grusats eftersom Zalachenko aldrig hade opererat i Sverige och inte hade någon riktig kunskap om landet. Däremot hade Zalachenko hört rykten om en "Röd springare", en högt uppsatt svensk eller möjligen skandinavisk politiker som arbetade för KGB.

Gullberg upprättade en lista av namn som fogades till Palme. Där fanns Carl Lidbom, Pierre Schori, Sten Andersson, Marita Ulvskog och ytterligare ett antal personer. I resten av sitt liv skulle Gullberg gång på gång återkomma till den listan och alltid bli svaret skyldig.

Gullberg var plötsligt en spelare bland de stora pojkarna. Han hälsades med respekt i den exklusiva klubb av utvalda krigare som alla kände varandra och där kontakterna gick via personlig vänskap och förtroende – inte genom officiella kanaler och byråkratiska regler. Han fick träffa självaste James Jesus Angleton och han fick dricka whisky på en diskret klubb i London med chefen för MI-6. Han blev en av de stora.

YRKETS BAKSIDA VAR att han aldrig skulle kunna berätta om sina framgångar, inte ens i postuma memoarer. Och ständigt närvarande fanns rädslan att Fienden skulle notera hans resor och att han skulle få ögonen på sig – att han själv ofrivilligt skulle leda ryssarna till Zalachenko.

I det avseendet var Zalachenko sin egen värste fiende.

Under det första året hade Zalachenko varit bosatt i en anonym lägenhet som ägdes av Sektionen. Han existerade inte i något register eller i någon offentlig handling, och inom Zalachenkogruppen hade de trott att de hade gott om tid innan de måste planera hans framtid. Först våren 1978 fick han ett pass i namnet Karl Axel Bodin och en mödosamt skapad legend – en fiktiv men verifierbar bakgrund i svenska register.

Då var det redan för sent. Zalachenko hade gått ut och knullat den där jävla horan Agneta Sofia Salander, född Sjölander, och han hade obekymrat presenterat sig under sitt verkliga namn – Zalachenko. Gullberg ansåg att det inte stod riktigt rätt till i huvudet på Zalachenko. Han misstänkte att den ryske avhopparen snarast ville bli avslöjad. Det var som om han behövde en estrad. Det var svårt att annars förklara hur han kunde vara så in i helvete korkad.

Det var horor, det var perioder av överdrivet alkoholbruk och det var incidenter av våld och bråk med krogvakter och andra. Vid tre tillfällen greps Zalachenko av svensk polis för fylleri och vid två tillfällen i samband med krogbråk. Och varje gång fick Sektionen diskret gripa in och kvittera ut honom och se till att papper försvann och att diarier ändrades. Gullberg satte Gunnar Björck som överrock. Björcks jobb bestod i att nästan dygnet runt dadda avhopparen. Det var svårt, men det fanns inga alternativ.

Allt hade kunnat gå bra. I början av 1980-talet hade Zalachenko lugnat sig och börjat anpassa sig. Men han gav aldrig upp horan Salander – och än värre, han hade blivit pappa till Camilla och Lisbeth Salander.

Lisbeth Salander.

Gullberg uttalade namnet med en känsla av obehag.

Redan när flickorna var i 9–10-årsåldern hade Gullberg haft en känsla i maggropen om Lisbeth Salander. Att hon inte var normal behövde han inte vara psykiatriker för att begripa. Gunnar Björck hade rapporterat att hon var trotsig, våldsam och aggressiv mot Zalachenko och att hon dessutom inte verkade vara det minsta rädd för honom. Hon sa sällan något, men hon markerade på tusen andra sätt sitt missnöje med sakernas tillstånd. Hon var ett problem i vardande, men exakt hur gigantiskt detta problem skulle bli kunde inte

Gullberg föreställa sig i sin vildaste fantasi. Det han fruktade mest var att situationen i familjen Salander skulle leda till en social utredning som skulle fokusera på Zalachenko. Gång på gång vädjade han till Zalachenko att bryta med familjen och försvinna ur deras närhet. Zalachenko lovade men bröt alltid sitt löfte. Han hade andra horor. Han hade gott om horor. Men efter några månader var han alltid tillbaka hos Agneta Sofia Salander.

Förbannade Zalachenko. En spion som lät kuken styra sitt känsloliv var naturligtvis ingen bra spion. Men det var som om Zalachenko stod över alla normala regler, eller åtminstone ansåg att han stod över reglerna. Om han åtminstone hade kunnat dra över horan utan att nödvändigtvis också behöva puckla på henne varenda gång de träffades så hade det väl varit en sak, men som saken nu utvecklades så utövade Zalachenko upprepad grov misshandel av sin flickvän. Han tycktes till och med ta det som en roande utmaning mot sina övervakare i Zalachenkogruppen att spöa henne bara för att retas och se dem våndas.

Att Zalachenko var en sjuk jävel hyste Gullberg inga tvivel om, men han befann sig inte i den situationen att han kunde välja och vraka bland avhoppade GRU-agenter. Han hade bara en enda avhoppare, och han var dessutom medveten om sin betydelse för Gullberg.

Gullberg suckade. Zalachenkogruppen hade fått rollen som städpatrull. Det gick inte att förneka. Zalachenko visste att han kunde ta sig friheter och att de snällt skulle reda ut problemen efter honom. Och när det gällde Agneta Sofia Salander utnyttjade han dessa möjligheter bortom bristningsgränsen.

Det saknades inte varningar. Då Lisbeth Salander nyss hade fyllt tolv år hade hon knivhuggit Zalachenko. Skadorna var inte allvarliga men han fördes till S:t Görans sjukhus och Zalachenkogruppen var tvungna att utföra ett omfattande städarbete. Den gången hade Gullberg haft ett Mycket Allvarligt Samtal med Zalachenko. Han hade gjort fullständigt klart att Zalachenko aldrig någonsin fick ta kontakt med familjen Salander igen, och Zalachenko hade lovat. Han hade hållit löftet i mer än ett halvår innan han åkte hem till Agneta Sofia Salander och misshandlade henne så grovt att hon hamnade på vårdhem resten av livet.

Att Lisbeth Salander var en mordlysten psykopat som skulle tillverka en brandbomb var dock något som Gullberg inte hade kunnat föreställa sig. Den dagen hade varit ett kaos. En labyrint av utredningar hägrade och hela Operation Zalachenko – rentav hela Sektionen – hade hängt på en mycket skör tråd. Om Lisbeth Salander pratade så riskerade Zalachenko att avslöjas. Om Zalachenko avslöjades så skulle dels en rad operationer i Europa under de gångna femton åren riskera att haverera, dels skulle Sektionen riskera att utsättas för en offentlig granskning. Vilket till varje pris måste förhindras.

Gullberg var orolig. En offentlig granskning skulle få IB-affären att framstå som en dokusåpa. Om Sektionens arkiv öppnades skulle en rad omständigheter som inte var helt förenliga med konstitutionen blottläggas, för att inte tala om deras mångåriga övervakning av Palme och andra kända socialdemokrater. Det var ett känsligt ämne bara några år efter Palmemordet. Det skulle ha resulterat i brottsutredningar mot Gullberg och flera andra anställda inom Sektionen. Än värre – galna journalister skulle utan minsta tvekan lansera teorin att Sektionen låg bakom Palmemordet, vilket i sin tur skulle leda till ytterligare en labyrint av avslöjanden och anklagelser. Det värsta var att Säkerhetspolisens ledning hade förändrats så kraftigt att inte ens högsta chefen för RPS/Säk kände till Sektionens existens. Alla kontakter med RPS/Säk stannade det året på den nye biträdande kanslichefens bord, och denne var sedan tio år fast medlem i Sektionen.

DET HADE RÅTT en stämning av panik och ångest bland medarbetarna i Zalachenkogruppen. Det var faktiskt Gunnar Björck som kommit med lösningen i form av en psykiatriker vid namn Peter Teleborian.

Teleborian hade knutits till RPS/Säk:s avdelning för kontraspionage i ett helt annat ärende, nämligen för att fungera som konsult i samband med att kontraspionaget granskade en misstänkt industrispion. Det hade funnits skäl att i ett känsligt skede i utredningen försöka avgöra hur personen ifråga skulle agera i händelse av att han utsattes för stress. Teleborian var en ung lovande psykiatriker som inte talade mumbo jumbo utan som kom med konkreta och handfasta råd. Dessa råd ledde till att Säk kunde avstyra ett självmord och att spionen i fråga kunde vändas till en dubbelagent som skickade desinformation till sina uppdragsgivare.

Efter Salanders attack mot Zalachenko hade Björck försiktigt knutit Teleborian som extraordinär konsult till Sektionen. Och nu behövdes han mer än någonsin.

Lösningen på problemet hade ju varit så enkel. Karl Axel Bodin kunde försvinna in i rehabiliteringsvården. Agneta Sofia Salander försvann in på långvården, obotligt hjärnskadad. Alla polisiära utredningar samlades på RPS/Säk och överfördes via biträdande kanslichefen till Sektionen.

Peter Teleborian hade nyligen fått en tjänst som biträdande överläkare på S:t Stefans barnpsykiatriska klinik i Uppsala. Allt som behövdes var en rättspsykiatrisk utredning som Björck och Teleborian författade tillsammans och därefter ett kort och inte särskilt kontroversiellt beslut i en tingsrätt. Det handlade bara om hur allt presenterades. Konstitutionen hade inget med saken att göra. Det handlade trots allt om rikets säkerhet. Det måste folk förstå.

Och att Lisbeth Salander var sinnessjuk var ju uppenbart. Några år på en sluten psykiatrisk anstalt skulle säkert bara göra henne gott. Gullberg hade nickat och gett klartecken till operationen.

ALLA PUSSELBITAR HADE fallit på plats och det hade skett i en tid då Zalachenkogruppen i vilket fall var på väg att upplösas. Sovjetunionen hade upphört att existera och Zalachenkos storhetstid var definitivt en del av det förflutna. Han hade ett bäst före-datum som med marginal redan passerats.

Zalachenkogruppen hade istället utverkat ett generöst avgångsvederlag ur en av Säkerhetspolisens fonder. De hade gett honom bästa tänkbara rehabiliteringsvård och med en suck av lättnad ett halvår senare kört Karl Axel Bodin till Arlanda och gett honom en enkelbiljett till Spanien. De hade gjort klart för honom att från det ögonblicket gick Zalachenko och Sektionen skilda vägar. Det hade varit ett av Gullbergs allra sista ärenden. En vecka senare gick han med ålderns rätt i pension och överlät sin plats till tronföljaren Fredrik Clinton. Gullberg anlitades endast som konsult och rådgivare i känsliga frågor. Han hade stannat i Stockholm i ytterligare tre år och nästan dagligen arbetat på Sektionen, men uppdragen blev färre och han avvecklade långsamt sig själv. Han hade återvänt till sin hemstad Laholm och gjort en del arbeten på distans. De första åren hade han regelbundet rest till Stockholm, men även dessa resor blev mer och mer sällsynta.

Han hade slutat tänka på Zalachenko. Ända till den morgon han vaknade och hittade Zalachenkos dotter på varenda löpsedel, misstänkt för trippelmord.

Gullberg hade följt nyhetsrapporteringen med en känsla av förvirring. Han begrep mycket väl att det knappast var någon slump att Salander hade haft Bjurman som övervakare, men han kunde inte se någon omedelbar fara för att den gamla Zalachenkohistorien skulle komma upp till ytan. Salander var sinnessjuk. Att hon iscensatt en mordorgie förvånade honom inte. Däremot hade han inte ens reflekterat över att Zalachenko kunde ha en koppling till spelet förrän han satt på morgonnyheterna och fått händelserna i Gosseberga serverade. Det var då han hade börjat ringa samtal och slutligen löst en tågbiljett till Stockholm.

Sektionen stod inför sin allra värsta kris sedan den dag han grundat organisationen. Allt hotade att rämna.

ZALACHENKO SLÄPADE SIG till toaletten och urinerade. Sedan Sahlgrenska sjukhuset hade försett honom med kryckor kunde han röra sig. Han hade ägnat söndagen och måndagen åt korta träningspass. Han hade fortfarande djävulskt ont i käken och kunde endast inta flytande föda, men han kunde nu resa sig upp och gå kortare sträckor.

Han var van vid kryckor efter att ha levt med en protes i snart femton år. Han övade sig i konsten att förflytta sig ljudlöst med kryckorna och vandrade fram och tillbaka i rummet. Varje gång hans höger-fot nuddade i golvet sköt en intensiv smärta genom benet.

Han bet ihop tänderna. Han tänkte på att Lisbeth Salander be-fann sig i ett rum i hans omedelbara närhet. Det hade tagit honom hela dagen att lista ut att hon befann sig två dörrar till höger om hans rum.

Vid två på natten, tio minuter efter nattsköterskans senaste besök, var allt tyst och stilla. Zalachenko reste sig mödosamt och famlade efter sina kryckor. Han gick bort till dörren och lyssnade men kunde inte höra något. Han sköt upp dörren och gick ut i korridoren. Han hörde svag musik från sköterskeexpeditionen. Han förflyttade sig ända bort till utgången i slutet av korridoren och sköt upp dörren och spanade ut i trapphuset. Där fanns hissar. Han gick tillbaka ge-nom korridoren. Då han passerade Lisbeth Salanders rum stannade han och vilade mot kryckorna i en halv minut.

SKÖTERSKORNA HADE STÄNGT hennes dörr den natten. Lisbeth Salander slog upp ögonen då hon hörde ett svagt skrapande ljud från korridoren. Hon kunde inte identifiera ljudet. Det lät som om någon försiktigt drog något i korridoren. En stund var det alldeles tyst och hon undrade om hon inbillat sig. Efter halvannan minut hörde hon ljudet igen. Det avlägsnade sig. Hennes känsla av obehag ökade.

Zalachenko finns någonstans därute.

Hon kände sig fjättrad i sängen. Det kliade under stödkragen. Hon kände en intensiv lust att resa sig. Så småningom lyckades hon sätta sig upp i sängen. Det var ungefär allt hon orkade med. Hon sjönk tillbaka och lade huvudet på kudden.

Efter en stund trevade hon över stödkragen och hittade de knap-par som höll ihop kragen. Hon knäppte upp och släppte kragen på golvet. Plötsligt gick det lättare att andas.

Hon önskade att hon hade haft ett vapen inom räckhåll eller att hon hade haft kraft nog att resa sig och göra sig av med honom en gång för alla.

Till sist reste hon sig på armbågen. Hon tände nattbelysningen och såg sig omkring i rummet. Hon kunde inte se något som kunde användas som vapen. Sedan föll hennes blick på ett sköterskebord vid väggen tre meter från hennes säng. Hon konstaterade att någon hade lämnat en blyertspenna på bordet.

Hon väntade till dess att nattsköterskan hade gått ronden, vilket tycktes ske ungefär en gång i halvtimmen denna natt. Hon antog att den minskade tillsynsfrekvensen antydde att läkarna hade beslutat att hon var i bättre kondition jämfört med tidigare i helgen då hon hade haft besök var femtonde minut eller ännu oftare. Själv kände hon ingen märkbar skillnad.

När hon var ensam samlade hon kraft och satte sig upp och svängde benen över sängkanten. Hon hade elektroder fasttejpade som registrerade hennes puls och andning, men kablarna gick åt samma håll som pennan. Hon ställde sig försiktigt och svajade plötsligt, helt ur balans. En sekund kändes det som om hon skulle svimma, men hon tog stöd mot sängen och fokuserade blicken på bordet framför sig. Hon tog tre svajande steg och sträckte fram handen och nådde pennan.

Hon backade tillbaka till sängen. Hon var fullständigt utmattad.

Efter en stund orkade hon dra på sig täcket. Hon höll upp pennan och kände på spetsen. Det var en helt vanlig blyertspenna i trä. Den var nyvässad och sylvass. Den kunde hjälpligt duga som stickvapen mot ansikte eller ögon.

Hon lade pennan lätt tillgänglig intill höften och somnade.

KAPITEL 6
MÅNDAG 11 APRIL

PÅ MÅNDAGSMORGONEN KLEV Mikael Blomkvist upp strax efter nio och ringde till Malin Eriksson som just kommit in till *Millenniums* redaktion.

"Hej chefredaktören", sa han.

"Jag känner mig chockad över att Erika är borta och att ni vill ha mig som ny chefredaktör."

"Jaså?"

"Hon är borta. Hennes skrivbord är tomt."

"Då är det väl en bra idé att ägna dagen åt att flytta in i hennes rum."

"Jag vet inte hur jag ska bära mig åt. Jag känner mig väldigt obekväm."

"Gör inte det. Alla är överens om att du är bästa valet i den här situationen. Och du kan alltid komma till mig och Christer."

"Tack för förtroendet."

"Äsch", sa Mikael. "Jobba på som vanligt. Under den närmaste tiden tar vi problemen som de kommer."

"Okej. Vad vill du?"

Han förklarade att han tänkte stanna hemma och skriva hela dagen. Malin blev plötsligt medveten om att han rapporterade till henne på samma sätt som han – antog hon – hade informerat Erika Berger om vad han sysslade med. Hon förväntades kommentera. Eller gjorde hon det?

"Har du några instruktioner till oss?"

"Nä. Tvärtom, om du har instruktioner till mig får du ringa. Jag håller i Salanderknäcket som tidigare och bestämmer vad som sker där, men i allt annat som rör tidningen är det du som har bollen. Fatta beslut. Jag kommer att backa upp dig."

"Och om jag fattar fel beslut?"

"Om jag ser eller hör något så tar jag ett prat med dig. Men då ska det vara något särskilt. I normala fall finns det inget beslut som är hundra procent rätt eller fel. Du kommer att fatta dina beslut, som kanske inte är identiska med vad Erika Berger skulle ha beslutat. Och om jag fattade beslut så skulle det bli en tredje variant. Men det är dina beslut som gäller nu."

"Okej."

"Om du är en bra chef så kommer du att ventilera frågorna med andra. I första hand med Henry och Christer, därefter med mig och till sist tar vi upp knepiga frågor på redaktionsmötet."

"Jag ska göra mitt bästa."

"Bra."

Han satte sig i soffan i vardagsrummet med sin iBook i knäet och arbetade utan paus hela måndagen. När han var klar hade han ett grovt första utkast på två texter om sammanlagt tjugoen sidor. Den delen av storyn fokuserade på mordet på medarbetaren Dag Svensson och hans sambo Mia Bergman – vad de arbetade med, varför de sköts och vem som var mördaren. Han uppskattade mellan tummen och pekfingret att han skulle tvingas producera ytterligare ungefär fyrtio sidor text till sommarens temanummer. Och han måste besluta sig för hur han skulle kunna beskriva Lisbeth Salander i texten utan att kränka hennes integritet. Han visste saker om henne som hon för sitt liv inte ville offentliggöra.

EVERT GULLBERG åt måndagsfrukost bestående av en enda brödskiva och en kopp svart kaffe i Freys cafeteria. Han tog därefter taxi till Artillerigatan på Östermalm. Klockan 09.15 på morgonen ring-

de han på porttelefonen, presenterade sig och blev omedelbart in-
släppt. Han åkte till sjätte våningen där han togs emot vid hissen av
Birger Wadensjöö, 54 år. Den nye chefen för Sektionen.

Wadensjöö hade varit en av de yngsta rekryterna på Sektionen då
Gullberg hade gått i pension. Han var inte säker på vad han tyckte
om honom.

Han önskade att den handlingskraftige Fredrik Clinton fortfaran-
de hade funnits där. Clinton hade efterträtt Gullberg och varit chef
för Sektionen fram till 2002 då diabetes och kärlsjukdomar mer eller
mindre tvingat honom i pension. Gullberg hade ingen riktig känsla
för vilket virke Wadensjöö var gjord av.

"Hej Evert", sa Wadensjöö och skakade hand med sin forne chef.
"Bra att du tog dig tid att komma upp."

"Jag har inte så mycket mer än tid", sa Gullberg.

"Du vet hur det är. Vi har varit dåliga på att hålla kontakten med
gamla trotjänare."

Evert Gullberg ignorerade detta påpekande. Han tog av till väns-
ter och gick in i sitt gamla tjänsterum och slog sig ned vid ett runt
konferensbord vid fönstret. Wadensjöö (antog han) hade hängt upp
reproduktioner av Chagall och Mondrian på väggarna. På sin tid
hade Gullberg haft planritningar av historiska skepp som Kronan
och Wasa på väggen. Han hade alltid drömt om sjön och han var
faktiskt marinofficer i grunden, även om han inte tillbringat mer än
några korta månader under militärtjänsten till sjöss. Datorer hade
tillkommit. I övrigt såg rummet nästan exakt likadant ut som då han
hade slutat. Wadensjöö serverade kaffe.

"De andra kommer strax", sa han. "Jag tänkte att vi kunde växla
några ord först."

"Hur många på Sektionen är kvar från min tid."

"Bortsett från mig – endast Otto Hallberg och Georg Nyström
här inne på kontoret. Hallberg går i pension i år och Nyström fyl-
ler 60. Annars är det mest nya rekryter. Du har väl träffat några av
dem tidigare."

"Hur många arbetar för Sektionen i dag?

"Vi har omorganiserat en smula."

"Jaså?"

"I dag finns sju heltidare här på Sektionen. Vi har alltså skurit ned. Men i övrigt har Sektionen hela trettioen medarbetare inom RPS/ Säk. De flesta av dem kommer aldrig hit utan sköter sina normala jobb och har arbetet för oss som en diskret kvällssyssla."

"Trettioen medarbetare."

"Plus sju. Det var faktiskt du som skapade det systemet. Vi har bara finslipat det och talar i dag om en intern och en extern organisation. När vi rekryterar någon får de tjänstledigt en period och går i skola hos oss. Det är Hallberg som håller i undervisningen. Grundutbildningen är sex veckor. Vi håller till ute på Örlogsskolan. Därefter åker de tillbaka in i sin normala befattning på RPS/Säk, men nu med tjänstgöring hos oss."

"Jaha."

"Det är faktiskt ett utomordentligt system. De flesta medarbetarna har inte en aning om varandras existens. Och här på Sektionen fungerar vi mest som rapportmottagare. Det är samma regler som gäller från din tid. Vi ska vara en platt organisation."

"Operativ enhet?"

Wadensjöö rynkade ögonbrynen. På Gullbergs tid hade Sektionen haft en liten operativ enhet bestående av fyra personer under befäl av den slipade Hans von Rottinger.

"Nja, inte precis. Rottinger dog ju för fem år sedan. Vi har en yngre talang som gör en del fältarbete men vanligen använder vi någon från den externa organisationen om det behövs. Dessutom har det blivit mer tekniskt komplicerat att till exempel ordna en telefonavlyssning eller att gå in i en lägenhet. Numera finns larm och otyg överallt."

Gullberg nickade.

"Budget?" undrade han.

"Vi har drygt elva miljoner per år totalt. En tredjedel går till löner, en tredjedel till underhåll och en tredjedel till verksamheten."

"Budgeten har alltså minskat?"

"En smula. Men vi har mindre personalstyrka vilket betyder att verksamhetsbudgeten faktiskt ökat."

"Jag förstår. Berätta hur vårt förhållande till Säk ser ut."

Wadensjöö skakade på huvudet.

"Kanslichefen och budgetchefen tillhör oss. Formellt är väl kanslichefen den ende som har insyn i vår verksamhet. Vi är så hemliga att vi inte existerar. Men i verkligheten känner ett par biträdande chefer till vår existens. De gör sitt bästa för att inte höra talas om oss."

"Jag förstår. Vilket betyder att om det uppstår problem så kommer den nuvarande Säpoledningen att få en obehaglig överraskning. Hur är det med försvarsledningen och regeringen?

"Försvarsledningen kopplade vi bort för ungefär tio år sedan. Och regeringar kommer och går."

"Så vi är helt ensamma om det börjar blåsa?"

Wadensjöö nickade.

"Det är nackdelen med det här arrangemanget. Fördelen är ju uppenbar. Men våra arbetsuppgifter har också förändrats. Det är ett nytt realpolitiskt läge i Europa sedan Sovjetunionen föll. Vårt arbete handlar faktiskt allt mindre om att identifiera spioner. Nu handlar det om terrorism, men framför allt om att bedöma personers politiska lämplighet i känsliga befattningar."

"Det är vad det alltid handlat om."

Det knackade på dörren. Gullberg noterade en prydligt klädd man i 60-årsåldern och en yngre man i jeans och kavaj.

"Hej grabbar. Det här är Jonas Sandberg. Han har arbetat här i fyra år och står för operativa insatser. Det var honom jag berättade om. Och det här är Georg Nyström. Ni har träffats tidigare.

"Hej Georg", sa Gullberg.

De skakade hand. Därefter vände sig Gullberg till Jonas Sandberg.

"Och var kommer du ifrån?" undrade Gullberg och betraktade Jonas Sandberg.

"Närmast från Göteborg", sa Sandberg skämtsamt. "Jag har hälsat på honom."

"Zalachenko ...", sa Gullberg.

Sandberg nickade.

"Slå er ned, mina herrar", sa Wadensjöö.

"BJÖRCK", SA GULLBERG och rynkade ögonbrynen när Wadensjöö tände en cigarill. Han hade hängt av sig kavajen och lutat sig bakåt i stolen vid konferensbordet. Wadensjöö kastade ett öga på Gullberg och slogs av hur otroligt mager gubben hade blivit.

"Han greps alltså för brott mot sexköpslagen i fredags", sa Georg Nyström. "Ärendet har ännu inte gått till åtal, men han har i princip erkänt och slunkit hem till sig igen med svansen mellan benen. Han bor ute i Smådalarö medan han är sjukskriven. Media har inte uppmärksammat det än."

"Björck var en gång i tiden en av de absolut bästa vi hade här på Sektionen", sa Gullberg. "Han hade en nyckelroll i Zalachenkoaffären. Vad har hänt med honom sedan jag gick i pension?"

"Han är väl en av de ytterst få interna medarbetarna som gått från Sektionen tillbaka till den externa verksamheten. Han var ju ute och fladdrade även på din tid."

"Jo, han behövde lite vila och ville vidga sina vyer. Han var tjänstledig från Sektionen i två år på 1980-talet då han arbetade som underrättelseattaché. Då hade han arbetat som en dåre med Zalachenko nästan dygnet runt från 1976 och framåt och jag bedömde det som att han verkligen behövde en paus. Han var borta mellan 1985 och 1987, då han kom tillbaka hit."

"Man kan väl säga att han slutade på Sektionen 1994 då han gick till den externa organisationen. 1996 blev han biträdande chef på utlänningsroteln och hamnade i en svår sits där han faktiskt måste arbeta väldigt mycket med sina ordinarie sysslor. Han har naturligtvis hållit kontakten med Sektionen hela tiden och jag kan väl också säga att vi haft regelbundna samtal ungefär en gång i månaden ända fram till den sista tiden."

"Han är alltså sjuk."

"Det är inget allvarligt, men mycket smärtsamt. Han har diskbråck. Han har haft upprepade besvär de senaste åren. För två år sedan var han sjukskriven i fyra månader. Och sedan insjuknade han igen i augusti i fjol. Han skulle ha börjat arbeta igen första januari, men sjukskrivningen har förlängts och nu handlar det huvudsakligen om att vänta på operation."

"Och han har tillbringat sjukledigheten med att springa hos horor", sa Gullberg.

"Ja, han är ju ogift och horbesöken har väl pågått stadigt i många år, om jag förstått saken rätt", sa Jonas Sandberg som fram till dess hade suttit helt tyst i närmare en halvtimme. "Jag har läst Dag Svenssons manuskript."

"Jaha. Men kan någon förklara för mig vad som egentligen har hänt?"

"Så vitt vi kan förstå så måste det vara Björck som satt igång hela den här karusellen. Det är enda sättet att förklara hur utredningen från 1991 kunde hamna i advokat Bjurmans händer."

"Som också tillbringar sin tid med att springa hos horor?" undrade Gullberg.

"Inte vad vi vet. Han förekommer i varje fall inte i Dag Svenssons material. Däremot var han ju Lisbeth Salanders förvaltare."

Wadensjöö suckade.

"Det får väl sägas vara mitt fel. Du och Björck nitade ju Salander 1991 då hon åkte in på psyket. Vi hade räknat med att hon skulle vara borta betydligt längre, men hon hade ju fått en god man, advokat Holger Palmgren, som faktiskt lyckades få ut henne. Hon placerades i en fosterfamilj. Då hade du redan gått i pension."

"Vad hände sedan?"

"Vi höll koll på henne. Hennes syster, Camilla Salander, hade under tiden placerats i ett fosterhem i Uppsala. Då de var 17 år började Lisbeth Salander plötsligt gräva i sitt förflutna. Hon sökte Zalachenko och betade av alla offentliga register hon kunde hitta. På något sätt, vi är inte säkra på hur det gick till, fick hon information om att hennes syster visste var Zalachenko fanns."

"Stämmer det?"

Wadensjöö ryckte på axlarna.

"Jag har faktiskt ingen aning. Syskonen hade inte träffats på flera år, då Lisbeth Salander spårade upp sin syster och försökte förmå henne att berätta vad hon visste. Det slutade i ett stormgräl och ett präktigt slagsmål mellan syskonen."

"Jaha?"

"Vi höll noga koll på Lisbeth under de här månaderna. Vi hade också informerat Camilla Salander om att hennes syster var våldsam och sinnessjuk. Det var hon som tog kontakt med oss efter Lisbeths plötsliga besök, vilket innebar att vi ökade spaningen mot henne."

"Systern var alltså din informatör?"

"Camilla Salander var livrädd för sin syster. I vilket fall väckte Lisbeth Salander uppmärksamhet på andra håll också. Hon hade flera gräl med folk från socialnämnden och vi gjorde bedömningen att hon fortfarande utgjorde ett hot mot Zalachenkos anonymitet. Sedan skedde den där incidenten i tunnelbanan."

"Hon angrep en pedofil ..."

"Just. Hon var uppenbarligen våldsbenägen och psykiskt störd. Vi tyckte att det skulle vara lugnast för alla parter om hon försvann in på något vårdhem igen och tog så att säga tillfället i akt. Det var Fredrik Clinton och von Rottinger som agerade. De anlitade Peter Teleborian igen och drev en strid genom ombud i tingsrätten för att åter få henne institutionaliserad. Holger Palmgren var Salanders ombud och mot alla odds valde domstolen att gå på hans linje – mot att hon ställdes under förvaltarskap."

"Men hur blev Bjurman inblandad?"

"Palmgren fick en stroke hösten 2002. Salander är fortfarande ett ärende som vi flaggar bevakning på då hon dyker upp i något dataregister, och jag såg till att Bjurman blev hennes nye förvaltare. Notera – han hade ingen aning om att hon var Zalachenkos dotter. Avsikten var helt enkelt att om hon började dilla om Zalachenko så skulle han reagera och slå larm."

"Bjurman var en idiot. Han skulle aldrig ha haft något med Zalachenko att göra och än mindre med hans dotter." Gullberg tittade på Wadensjöö. "Det var ett allvarligt misstag."

"Jag vet", sa Wadensjöö. "Men det kändes helt rätt då och jag kunde ju inte drömma om ..."

"Var finns systern i dag? Camilla Salander?"

"Vi vet inte. När hon var 19 år packade hon en väska och lämnade fosterfamiljen. Vi har inte hört ett ljud från henne sedan dess. Hon är försvunnen."

"Okej, fortsätt ..."

"Jag har en källa inom den öppna polisen som har pratat med åklagare Richard Ekström", sa Sandberg. "Han som håller i utredningen, kriminalinspektör Bublanski, tror att Bjurman våldtog Salander."

Gullberg betraktade Sandberg med oförställd häpnad. Sedan strök han sig eftertänksamt över hakan.

"Våldtog?" sa han.

"Bjurman hade en tatuering tvärs över magen med texten 'Jag är ett sadistiskt svin, ett kräk och en våldtäktsman'."

Sandberg lade en färgbild från obduktionen på bordet. Gullberg betraktade storögt Bjurmans mage.

"Och den skulle alltså Zalachenkos dotter ha gett honom?"

"Det är svårt att förklara situationen annars. Men hon är uppenbarligen inte ofarlig. Hon spöade skiten ur de två huliganerna från Svavelsjö MC."

"Zalachenkos dotter", upprepade Gullberg. Han vände sig till Wadensjöö. "Vet du vad, jag tycker att du ska ta och rekrytera henne."

Wadensjöö såg så häpen ut att Gullberg var tvungen att tillägga att han skämtade.

"Okej. Låt oss ha det som arbetshypotes att Bjurman våldtog henne och att hon hämnades. Vad mer?"

"Den ende som kan svara på exakt vad som hände är förstås Bjurman själv och det blir lite svårt eftersom han är död. Men saken är alltså den att han inte borde ha haft en aning om att hon var Zalachenkos dotter, det framgår ju inte i något offentligt register. Men någonstans under resans gång upptäckte Bjurman kopplingen."

"Men för helvete, Wadensjöö, hon kände ju till vem som var hennes pappa och kunde ha berättat det för Bjurman när som helst."

"Jag vet. Vi ... jag tänkte helt enkelt snett i det ärendet."

"Det är oförlåtligt inkompetent", sa Gullberg.

"Jag vet. Och jag har sparkat mig själv i ändan ett dussin gånger. Men Bjurman var en av de få som kände till Zalachenkos existens och min tanke var att det var bättre om han upptäckte att hon var Zalachenkos dotter än att en helt okänd förvaltare gjorde samma upptäckt. Hon kunde ju i praktiken ha berättat det för vem som helst."

Gullberg drog sig i örsnibben.

"Nåja ... fortsätt."

"Allt är hypoteser", sa Georg Nyström milt. "Men vår gissning är att Bjurman förgrep sig på Salander och att hon slog tillbaka och ordnade den där ..." Han pekade på tatueringen på obduktionsbilden.

"Sin pappas dotter", sa Gullberg. Han hade ett stänk av beundran i rösten.

"Med resultatet att Bjurman tog kontakt med Zalachenko för att hantera dottern. Zalachenko har ju som bekant orsak att hata Lisbeth Salander mer än de flesta. Och Zalachenko lade i sin tur ut ärendet på entreprenad hos Svavelsjö MC och den här Niedermann som han umgås med."

"Men hur fick Bjurman kontakt ..." Gullberg tystnade. Svaret var uppenbart.

"Björck", sa Wadensjöö. "Den enda förklaringen till hur Bjurman kunde hitta Zalachenko är att Björck gav honom den informationen."

"Helvete", sa Gullberg.

LISBETH SALANDER KÄNDE ett växande obehag förenat med stark irritation. På morgonen hade två sköterskor kommit och bäddat om åt henne. De hade omedelbart hittat blyertspennan.

"Hoppsan. Hur har den hamnat här", sa en av sköterskorna och stoppade pennan i sin ficka medan Lisbeth betraktade henne med mord i blicken.

Lisbeth var åter vapenlös och dessutom så kraftlös att hon inte orkade protestera.

Hon hade tillbringat helgen med att må dåligt. Hon hade en fruktansvärd huvudvärk och fick kraftigt smärtstillande medel. Hon hade en dov smärta i skuldran som plötsligt kunde skära som en kniv då hon rörde sig oförsiktigt eller flyttade kroppsvikten. Hon låg på rygg och med stödkrage runt nacken. Stödkragen skulle sitta kvar i ytterligare några dygn till dess att såret i huvudet hade börjat läka. Under söndagen hade hon feber uppgående till som mest 38,7 grader. Doktor Helena Endrin konstaterade att hon hade en infektion i kroppen. Hon var med andra ord inte frisk. Vilket Lisbeth inte behövde en termometer för att räkna ut.

Hon konstaterade att hon återigen låg fjättrad i en statlig bädd, även om det denna gång saknades en sele som höll henne på plats. Vilket hade varit överflödigt. Hon orkade inte ens sätta sig upp, än mindre dra iväg på någon utflykt.

Vid lunchtid på måndagen fick hon besök av doktor Anders Jonasson. Han såg bekant ut.

"Hej. Kommer du ihåg mig?"

Hon skakade på huvudet.

"Du var rätt omtöcknad, men det var jag som väckte dig efter operationen. Och det var jag som opererade dig. Jag ville bara höra hur du mår och om allting är bra."

Lisbeth Salander betraktade honom med stora ögon. Att allting inte var bra borde vara uppenbart.

"Jag hörde att du tog av dig nackstödet i natt."

Hon nickade.

"Vi hade ju inte satt på kragen för skojs skull utan för att du skulle hålla huvudet i stillhet medan läkningsprocessen kom igång."

Han betraktade den tystlåtna flickan.

"Okej", sa han slutligen. "Jag ville bara titta till dig."

Han var framme vid dörren då han hörde hennes röst.

"Jonasson, var det va?"

Han vände sig om och log häpet mot henne.

"Det stämmer. Om du kommer ihåg mitt namn så måste du ha varit mer alert än jag trodde."

"Och det var du som opererade ut kulan?"

"Det stämmer."

"Kan du berätta för mig hur jag mår? Jag får inget vettigt svar från någon."

Han gick tillbaka till hennes säng och såg henne i ögonen.

"Du har haft tur. Du blev skjuten i huvudet men tycks inte ha skadat något vitalt område. Den risk du löper just nu är att du får blödningar i hjärnan. Det är därför vi vill att du ska hålla dig i stillhet. Du har en infektion i kroppen. I det fallet tycks det vara såret i skuldran som är boven i dramat. Det är möjligt att vi måste operera på nytt om vi inte kan häva infektionen med antibiotika. Du kommer att ha en smärtsam tid framför dig medan läkningsprocessen pågår. Men som det ser ut nu har jag gott hopp om att du kommer att bli helt återställd."

"Kan det här ge upphov till hjärnskador?"

Han tvekade innan han nickade.

"Ja, den risken finns. Men alla tecken tyder på att du klarat dig bra. Sedan finns det en möjlighet att du får en ärrbildning i hjärnan som skapar problem, till exempel att du utvecklar epilepsi eller något annat otyg. Men ärligt talat, allt sådant är spekulationer. Just nu ser det bra ut. Du läker. Och dyker det upp problem under resans gång så får vi hantera det. Är det ett tillräckligt tydligt svar?"

Hon nickade.

"Hur länge måste jag ligga så här?"

"Du menar på sjukhus. Det kommer att dröja ett par veckor i alla fall innan vi släpper dig."

"Nej, jag menar hur lång tid innan jag kan resa mig och börja gå och röra mig?"

"Det vet jag inte. Det beror på läkningen. Men räkna med minst två veckor till innan vi kan börja med någon form av fysisk terapi."

Hon betraktade honom allvarligt en lång stund.

"Du råkar inte ha en cigarett?" undrade hon.

Anders Jonasson skrattade spontant och skakade på huvudet.

"Ledsen. Det är rökförbud här inne. Men jag kan se till att du får nikotinplåster eller nikotintuggummi."

Hon funderade en kort stund innan hon nickade. Sedan tittade hon på honom igen.

"Hur är det med gubbjäveln?"

"Vem? Du menar ..."

"Han som kom in samtidigt som jag."

"Ingen vän till dig, antar jag. Jovars. Han kommer att överleva och har faktiskt varit uppe och gått omkring med kryckor. Rent fysiskt är han värre tilltygad än du och har en mycket smärtsam ansiktsskada. Om jag har förstått saken rätt drämde du en yxa i skallen på honom."

"Han försökte döda mig", sa Lisbeth med låg röst.

"Det låter ju inte bra. Jag måste gå. Vill du att jag ska komma och hälsa på dig igen?"

Lisbeth Salander funderade en stund. Sedan nickade hon kort. När han hade stängt dörren tittade hon eftertänksamt upp i taket. Zalachenko har fått kryckor. Det var det ljudet jag hörde i natt.

JONAS SANDBERG, SOM var yngst i församlingen, fick gå ut och ordna lunch. Han återkom med sushi och lättöl och serverade runt konferensbordet. Evert Gullberg kände en nostalgisk ilning. Precis så hade det varit på hans tid då någon operation gick in i ett kritiskt skede och arbetet skedde dygnet runt.

Skillnaden, konstaterade han, var väl möjligen att på hans tid var det ingen som skulle komma på den befängda idén att beställa rå fisk till lunch. Han önskade att Sandberg hade beställt köttbullar med mos och lingon. Men han var å andra sidan inte hungrig och kunde utan samvetskval skjuta sushin åt sidan. Han åt en brödbit och drack mineralvatten.

De fortsatte diskussionen över maten. De hade kommit till den punkt då de var tvungna att summera läget och besluta om åtgärder. Det var beslut som brådskade.

"Jag kände aldrig Zalachenko", sa Wadensjöö. "Hur var han?"

"Precis som han är i dag, antar jag", svarade Gullberg. "Rasande intelligent med närmast fotografiskt minne för detaljer. Men enligt min mening ett jävla svin. Och en smula sinnessjuk, skulle jag tro."

"Jonas, du träffade honom i går. Vad är din slutsats?" undrade Wadensjöö.

Jonas Sandberg lade ned besticken.

"Han har kontrollen. Jag har redan berättat om hans ultimatum. Antingen trollar vi bort det hela eller så spräcker han Sektionen."

"Hur fan kan han tro att vi kan trolla bort något som valsats fram och tillbaka i massmedia?" undrade Georg Nyström.

"Det handlar inte om vad vi kan göra eller inte göra. Det handlar om hans behov att kunna kontrollera oss", sa Gullberg.

"Vad är din bedömning? Kommer han att göra det? Prata med media?" undrade Wadensjöö.

Gullberg svarade långsamt.

"Det är nästan omöjligt att svara på. Zalachenko kommer inte med tomma hot, och han kommer att göra det som är bäst för honom själv. I den bemärkelsen är han förutsägbar. Om det gynnar honom att prata med media ... om han kan få amnesti eller straffnedsättning så kommer han att göra det. Eller om han känner sig sviken och vill jävlas."

"Oavsett konsekvenserna?"

"Speciellt oavsett konsekvenserna. För honom handlar det om att visa sig tuffare än oss alla."

"Men även om Zalachenko pratar så är det inte säkert att han blir trodd. För att leda något i bevis måste de komma över vårt arkiv. Han känner inte till den här adressen."

"Vill du ta risken? Säg att Zalachenko pratar. Vem kommer att prata sedan? Vad gör vi om Björck vidimerar hans historia? Och Clinton som sitter i sin dialysapparat ... vad händer om han blir religiös och bitter på allt och alla. Tänk om han vill avge en syndabekännelse? Tro mig, om någon börjar prata så är det slut med Sektionen."

"Så ... vad ska vi göra?"

Tystnaden lägrade sig runt bordet. Det var Gullberg som tog upp tråden.

"Problemet består av flera delar. För det första kan vi vara överens om vad konsekvenserna blir om Zalachenko pratar. Hela det jävla konstitutionella Sverige skulle störta in över våra huvuden. Vi skulle bli utplånade. Jag gissar att flera anställda vid Sektionen skulle få fängelse."

"Verksamheten är juridiskt legal, vi arbetar faktiskt på uppdrag av regeringen."

"Snacka inte skit", sa Gullberg. "Du vet lika väl som jag att ett luddigt formulerat papper som skrevs i mitten av 1960-talet inte är värt ett vitten i dag.

"Jag skulle gissa att ingen av oss vill få reda på exakt vad som skulle hända om Zalachenko pratar", lade han till.

Det blev tyst igen.

"Alltså måste utgångspunkten vara att förmå Zalachenko att hålla tyst", sa Georg Nyström till sist.

Gullberg nickade.

"Och för att kunna förmå honom att hålla tyst måste vi kunna erbjuda honom något substantiellt. Problemet är att han är oberäknelig. Han skulle lika gärna kunna bränna oss av ren elakhet. Vi måste fundera på hur vi kan hålla honom i schack."

"Och kraven ...", sa Jonas Sandberg. "Att vi trollar bort det här och att Salander hamnar på psyket."

"Salander kan vi hantera. Det är Zalachenko som är problemet. Men det för oss till den andra delen – begränsning av skadeverkningarna. Teleborians utredning från 1991 har läckt ut och den är potentiellt ett lika stort hot som Zalachenko."

Georg Nyström harklade sig.

"Så fort vi insåg att utredningen var ute och hade hamnat hos polisen vidtog jag åtgärder. Jag gick genom juristen Forelius på RPS/Säk som fick kontakta Riksåklagaren. RÅ har beordrat att utredningen ska samlas in från polisen – att den inte får spridas eller kopieras."

"Hur mycket vet RÅ?" undrade Gullberg.

"Inte ett dugg. Han agerar på en officiell begäran från RPS/Säk, det rör kvalificerat hemligt material och RÅ har inget val. Han kan inte agera på något annat sätt."

"Okej. Vilka har läst rapporten inom polisen?"

"Den fanns i två kopior som lästs av Bublanski, hans kollega Sonja Modig och slutligen förundersökningsledaren Richard Ekström. Vi kan väl utgå från att ytterligare två poliser ..." Nyström bläddrade upp sina anteckningar. "En Curt Svensson och en Jerker Holmberg åtminstone känner till innehållet."

"Alltså fyra poliser och en åklagare. Vad vet vi om dem?"

"Åklagare Ekström, 42 år. Betraktas som en stjärna i stigande.

Han har varit utredare på Justitie och fått en del uppmärksammade mål. Nitisk. PR-medveten. Karriärist."

"Sosse?" undrade Gullberg.

"Förmodligen. Men han är inte aktiv."

"Bublanski är alltså spaningsledare. Jag såg honom på en presskonferens i TV. Han verkade inte trivas framför kamerorna."

"Han är 52 och har en utomordentlig meritförteckning men också ett rykte om sig att vara en tvärvigg. Han är jude och rätt ortodox."

"Och den här kvinnan ... vem är hon?"

"Sonja Modig. Gift, 39 år, tvåbarnsmamma. Har gjort en rätt snabb karriär. Jag pratade med Peter Teleborian som beskrev henne som emotionell. Hon ifrågasatte hela tiden."

"Okej."

"Curt Svensson är en tuffing. 38 år. Kommer från Gängenheten i Söderort och uppmärksammades då han sköt ihjäl ett bus för ett par år sedan. Frikänd på alla punkter i utredningen. Det var förresten honom Bublanski skickade för att gripa Gunnar Björck."

"Jag förstår. Håll dödsskjutningen i minne. Om det finns orsak att kasta tvivel över Bublanskis grupp så kan vi alltid lyfta fram honom som en olämplig polis. Jag antar att vi har kvar relevanta mediekontakter ... Och den sista killen?"

"Jerker Holmberg. 55 år. Kommer från Norrland och är egentligen specialist på brottsplatsutredningar. Han hade erbjudande om kommissarieutbildning för ett par år sedan men sa nej. Han tycks trivas på sitt jobb."

"Är någon av dem politiskt aktiv?"

"Nej. Holmbergs pappa var kommunalråd för centern på 1970-talet."

"Hmm. Det verkar ju vara en beskedlig grupp. Ska vi förmoda att de är rätt sammansvetsade. Kan vi isolera dem på något sätt?"

"Det finns en femte polis som också är inblandad", sa Nyström. "Hans Faste, 47 år. Jag har snappat upp att det har utbrutit en kraftig schism mellan Faste och Bublanski. Det är så allvarligt att Faste sjukskrivit sig."

"Vad vet vi om honom?"

"Jag får blandade reaktioner då jag frågar. Har en lång merit-förteckning och inga riktiga anmärkningar i protokollet. Ett proffs. Men han är svår att ha att göra med. Och det verkar som om bråket med Bublanski handlar om Lisbeth Salander."

"Hur?"

"Faste verkar ha snöat in på storyn om en lesbisk satanistliga som tidningarna skrivit om. Han gillar verkligen inte Salander och tycks ta det som en personlig förolämpning att hon existerar. Han står för-modligen bakom hälften av ryktena. Jag hörde från en tidigare kol-lega att han har svårt att samarbeta med kvinnor i allmänhet."

"Intressant", sa Gullberg. Han funderade en stund. "Eftersom tid-ningarna redan har skrivit om en lesbisk liga kan det finnas orsak att spinna vidare på den tråden. Det bidrar ju inte precis till att stärka Salanders trovärdighet.

"Poliserna som läst Björcks utredning är alltså ett problem. Kan vi isolera dem på något sätt?" undrade Sandberg.

Wadensjöö tände en ny cigarill.

"Det är ju Ekström som är förundersökningsledare ..."

"Men det är Bublanski som styr", sa Nyström.

"Jo, men han kan inte gå emot administrativa beslut." Wadensjöö såg fundersam ut. Han tittade på Gullberg. "Du har större erfaren-het än jag, men hela den här historien har så många trådar och ut-löpare ... Det tycks mig som om det vore en klok sak att få bort Bu-blanski och Modig från Salander."

"Det är bra, Wadensjöö", sa Gullberg. "Och det är exakt vad vi ska göra. Bublanski är spaningsledare i utredningen om mordet på Bjurman och det där paret i Enskede. Salander är inte längre aktu-ell i det sammanhanget. Nu handlar det om den här tysken Nieder-mann. Alltså får Bublanski och hans team fokusera på att jaga Nie-dermann."

"Okej."

"Salander är inte längre deras ärende. Sedan har vi utredningen om Nykvarn ... det är ju tre äldre mord. Där finns en koppling till Niedermann. Utredningen ligger nu nere i Södertälje men bör slås ihop till en enda utredning. Alltså bör Bublanski ha händerna fulla ett tag. Vem vet ... han kanske griper den här Niedermann."

"Hmm."

"Den här Faste ... kan han förmås komma tillbaka i tjänst? Han låter som en lämplig person att utreda misstankarna mot Salander."

"Jag förstår hur du tänker", sa Wadensjöö. "Det handlar alltså om att förmå Ekström att separera de två ärendena. Men det här förutsätter att vi kan kontrollera Ekström."

"Det borde inte vara ett så stort problem", sa Gullberg. Han sneglade på Nyström som nickade.

"Jag kan ta hand om Ekström", sa Nyström. "Jag gissar att han sitter och önskar att han aldrig hört talas om Zalachenko. Han lämnade ifrån sig Björcks rapport så fort Säk bad om det och har redan sagt att han naturligtvis kommer att hörsamma alla aspekter som har någon bäring på rikets säkerhet."

"Vad tänker du göra?" undrade Wadensjöö misstänksamt.

"Låt mig bygga upp ett scenario", sa Nyström. "Jag antar att vi helt enkelt på ett fint sätt förklarar för honom vad han måste göra om han vill undvika att hans karriär får ett abrupt slut."

"Det är den tredje biten som är det allvarliga problemet", sa Gullberg. "Polisen hittade inte Björcks utredning på egen hand ... de fick den av en journalist. Och media är som ni alla förstår ett problem i det här sammanhanget. *Millennium*."

Nyström slog upp sitt anteckningsblock.

"Mikael Blomkvist", sa han.

Alla vid bordet hade hört talas om Wennerströmaffären och kände till namnet Mikael Blomkvist.

"Dag Svensson, journalisten som mördades, arbetade åt *Millennium*. Han höll på med en story om trafficking. Det var så han zoomade in på Zalachenko. Det var Mikael Blomkvist som hittade honom mördad. Dessutom känner han Lisbeth Salander och har trott på hennes oskuld hela tiden."

"Hur fan kan han känna Zalachenkos dotter ... det verkar vara en alltför stor slump."

"Vi tror inte att det är en slump", sa Wadensjöö. "Vi tror att Salander på något sätt är länken mellan dem alla. Vi kan inte riktigt förklara hur, men det är det enda rimliga."

Gullberg satt tyst och ritade några koncentriska ringar i sitt block. Till sist tittade han upp.

"Jag måste få fundera på det här en stund. Jag tar en promenad. Vi träffas igen om en timme."

GULLBERGS UTFLYKT VARADE i nästan fyra timmar och inte i en timme som han begärt. Han promenerade bara i drygt tio minuter innan han hittade ett café som serverade en massa konstiga former av kaffe. Han beställde en vanlig slät kopp svart bryggmalet och satte sig vid ett hörnbord nära entrén. Han grubblade intensivt och försökte bena upp de olika aspekterna av problemet. Med jämna mellanrum antecknade han något enstaka minnesord i en kalender.

Efter halvannan timme hade en plan börjat ta form.

Det var ingen bra plan, men efter att han vridit och vänt på alla möjligheter insåg han att problemet fordrade drastiska åtgärder.

Som tur var fanns de mänskliga resurserna tillgängliga. Det var genomförbart.

Han reste sig och hittade en telefonkiosk och ringde Wadensjöö.

"Vi får skjuta upp mötet ett tag till", hälsade han. "Jag måste göra ett ärende. Kan vi återsamlas klockan fjorton noll noll?"

Därefter gick Gullberg ned till Stureplan och viftade på en taxi. Han hade egentligen inte råd med sådan lyx på sin magra statstjänstemannapension, men å andra sidan befann han sig i en ålder då han inte längre hade orsak att spara till några utsvävningar. Han angav en adress i Bromma.

När han så småningom hade blivit avsläppt på den adress han uppgett promenerade han ett kvarter söderut och ringde på dörren till ett mindre egnahem. En kvinna i 40-årsåldern öppnade.

"God dag. Jag söker Fredrik Clinton."

"Vem får jag hälsa från?"

"En gammal kollega."

Kvinnan nickade och visade in honom i vardagsrummet där Fredrik Clinton långsamt reste sig från en soffa. Han var bara 68 år men såg ut att vara väsentligt äldre. Diabetes och problem med kranskärl hade satt sina tydliga spår.

"Gullberg", sa Clinton häpet.

De betraktade varandra en lång stund. Därefter omfamnade de två gamla spionerna varandra.

"Jag trodde inte att jag skulle få se dig igen", sa Clinton. "Jag antar att det är det där som lockat fram dig."

Han pekade på kvällstidningens framsida som hade en bild av Ronald Niedermann och rubriken "Polismördaren jagas i Danmark".

"Hur mår du?" undrade Gullberg.

"Jag är sjuk", sa Clinton.

"Jag ser det."

"Om jag inte får en ny njure så kommer jag att dö snart. Och sannolikheten att jag ska få en ny njure är tämligen liten."

Gullberg nickade.

Kvinnan kom fram till vardagsrumsdörren och frågade om Gullberg ville ha något.

"Kaffe, tack", sa han. När hon försvann vände han sig till Clinton. "Vem är kvinnan?"

"Min dotter."

Gullberg nickade. Det var fascinerande att trots den intima gemenskapen under så många år på Sektionen så hade nästan ingen av medarbetarna umgåtts på fritiden. Gullberg kände till varje medarbetares minsta karaktärsdrag, styrkor och svagheter, men han hade bara en vag aning om deras familjeförhållanden. Clinton hade varit Gullbergs kanske allra närmaste medarbetare i tjugo år. Han visste att Clinton hade varit gift och hade barn. Men han kände inte till dotterns namn, hans tidigare frus namn eller var Clinton brukade tillbringa semestern. Det var som om allting utanför Sektionen var heligt och inte fick diskuteras.

"Vad vill du?" undrade Clinton.

"Får jag fråga vad du anser om Wadensjöö?"

Clinton skakade på huvudet.

"Jag lägger mig inte i."

"Det var inte det jag frågade om. Du känner honom. Han jobbade med dig i tio år."

Clinton skakade på huvudet igen.

"Det är han som styr Sektionen i dag. Vad jag tycker är ointressant."

"Klarar han det?"

"Han är ingen idiot."

"Men ...?"

"Analytiker. Väldigt bra på pussel. Instinkt. Lysande administratör som fått budgeten att gå ihop och på ett sätt som vi inte trodde var möjligt."

Gullberg nickade. Det betydelsefulla var den egenskap Clinton inte nämnde.

"Är du redo att återgå i tjänst?"

Clinton tittade upp på Gullberg. Han tvekade en lång stund.

"Evert ... jag tillbringar nio timmar varannan dag i en dialysapparat på sjukhuset. Jag kan inte gå i trappor utan att nästan få andnöd. Jag har ingen ork. Ingen ork alls."

"Jag behöver dig. En sista operation."

"Jag kan inte."

"Du kan. Och du kan tillbringa nio timmar varannan dag på dialysen. Du kan åka hiss istället för att gå i trappor. Jag kan ordna så att någon bär dig på bår fram och tillbaka om det behövs. Jag behöver din hjärna."

Clinton suckade.

"Berätta", sa han.

"Vi står just nu inför en extremt komplicerad situation där det fordras operativa insatser. Wadensjöö har en ung snorvalp, Jonas Sandberg, som utgör hela den operativa avdelningen, och jag tror inte att Wadensjöö har stake att göra det som måste göras. Han kanske är en jävel på att trolla med budgeten, men han är rädd för att ta operativa beslut och han är rädd för att blanda in Sektionen i det fältarbete som är nödvändigt."

Clinton nickade. Han log blekt.

"Operationen måste ske på två skilda fronter. En bit handlar om

Zalachenko. Jag måste få honom att ta reson och jag tror jag vet hur jag ska bära mig åt. Den andra biten måste skötas härifrån Stockholm. Problemet är att det inte finns någon på Sektionen som kan hålla i det. Jag behöver dig för att ta kommandot. En sista insats. Jag har en plan. Jonas Sandberg och Georg Nyström gör fotarbetet. Du styr operationen."

"Du förstår inte vad du begär."

"Jo ... jag förstår vad jag begär. Och du måste själv avgöra om du ställer upp eller inte. Men antingen får vi gamla gubbar rycka in och göra vår bit, eller så kommer Sektionen inte att existera om ett par veckor."

Clinton lade armbågen på soffkarmen och vilade huvudet mot handflatan. Han funderade i två minuter.

"Berätta om din plan", sa han slutligen.

Evert Gullberg och Fredrik Clinton talade i två timmar.

WADENSJÖÖ SPÄRRADE UPP ögonen när Gullberg återkom tre minuter i två med Fredrik Clinton i släptåg. Clinton såg ut som ett skelett. Han tycktes ha svårt att gå och svårt att andas och vilade med en hand på Gullbergs skuldra.

"Vad i all världen ...", sa Wadensjöö.

"Låt oss återuppta mötet", sa Gullberg kort.

De samlades åter vid bordet i Wadensjöös chefsrum. Clinton sjönk tyst ned på den stol som erbjöds.

"Ni känner alla Fredrik Clinton", sa Gullberg.

"Ja", svarade Wadensjöö. "Frågan är vad han gör här."

"Clinton har beslutat att återgå i aktiv tjänst. Han kommer att leda Sektionens operativa avdelning till dess att den nuvarande krisen är över."

Gullberg höll upp en hand och avbröt Wadensjöös protest innan han ens hunnit formulera den.

"Clinton är trött. Han kommer att behöva assistans. Han måste regelbundet besöka sjukhus för att få dialys. Wadensjöö, du anlitar två personliga assistenter som kan bistå honom med allt praktiskt. Men låt detta vara helt klart: Vad det gäller den här affären är det

Clinton som fattar alla operativa beslut."

Han tystnade och väntade. Ingen protest hördes.

"Jag har en plan. Jag tror att vi kan ro iland det här, men vi måste agera snabbt så att tillfällena inte springer ifrån oss", sa han. "Sedan handlar det om hur beslutsamma ni är på Sektionen nu för tiden."

Wadensjöö upplevde att det låg en utmaning i vad Gullberg sa.

"Berätta."

"För det första: polisen har vi redan behandlat. Vi gör precis som vi sa. Vi försöker isolera dem i fortsatt utredning i ett sidospår i jakten på Niedermann. Det blir Georg Nyströms jobb. Vad som än händer så är Niedermann inte betydelsefull. Vi ser till att Faste får i uppdrag att utreda Salander."

"Det är förmodligen inte så knepigt", sa Nyström. "Jag tar helt enkelt ett diskret prat med åklagare Ekström."

"Om han sätter sig på tvären ..."

"Jag tror inte att han kommer att göra det. Han är karriärist och ser till vad som gynnar honom själv. Men jag kan förmodligen hitta en hävstång om det skulle knipa. Han skulle avsky att bli indragen i en skandal."

"Bra. Steg två är *Millennium* och Mikael Blomkvist. Det är därför Clinton återgått i tjänst. Där fordras extraordinära åtgärder."

"Det här kommer jag förmodligen inte att gilla", sa Wadensjöö.

"Förmodligen inte, men *Millennium* kan inte manipuleras på samma enkla sätt. Däremot bygger hotet från dem på en enda sak, nämligen Björcks polisrapport från 1991. Som läget är nu antar jag att utredningen finns på två ställen, möjligen tre. Lisbeth Salander hittade rapporten men Mikael Blomkvist fick på något sätt tag på den. Det betyder att det fanns någon sorts kontakt mellan Blomkvist och Salander under den tid hon var på rymmen."

Clinton höll upp ett finger och yttrade sina första ord sedan han anlänt.

"Det säger också något om vår motståndares karaktär. Blomkvist är inte rädd för att ta risker. Tänk på Wennerströmaffären."

Gullberg nickade.

"Blomkvist gav utredningen till sin chefredaktör Erika Berger som i sin tur budade den till Bublanski. Det betyder att hon också har läst den. Vi kan utgå från att de har gjort en säkerhetskopia. Jag gissar att Blomkvist har en kopia och att en kopia finns på redaktionen."

"Det låter rimligt", sa Wadensjöö.

"*Millennium* är en månadstidning vilket innebär att de inte kommer att publicera i morgon. Vi har alltså tid på oss. Men bägge dessa rapporter måste vi få tag på. Och här kan vi inte gå genom Riksåklagaren."

"Jag förstår."

"Det handlar alltså om att inleda en operativ verksamhet och att göra inbrott hos både Blomkvist och på *Millenniums* redaktion. Klarar du av att organisera det, Jonas?"

Jonas Sandberg sneglade på Wadensjöö.

"Evert, du måste kanske förstå att ... vi gör inte sådana saker längre", sa Wadensjöö. "Det är en ny tid som handlar mer om dataintrång och teleövervakning och sådant. Vi har inte resurser att ha en operativ verksamhet."

Gullberg lutade sig fram över bordet.

"Wadensjöö. Då får du ordna resurser för en operativ verksamhet snabbt som fan. Hyr in folk utifrån. Hyr in ett gäng flåbusar från juggemaffian som knackar Blomkvist i huvudet om det behövs. Men de där två kopiorna måste samlas in. Om de inte har kopiorna så har de ingen dokumentation och därmed kan de inte bevisa ett dyft. Om ni inte klarar det så kan du sitta här med tummen i röven till dess att konstitutionsutskottet knackar på dörren."

Gullbergs och Wadensjöös blickar möttes en lång stund.

"Jag kan ta hand om det", sa plötsligt Jonas Sandberg.

Gullberg sneglade på juniorn.

"Är du säker på att du klarar av att organisera en sådan sak?"

Sandberg nickade.

"Bra. Från och med nu är Clinton din chef. Det är honom du tar order från."

Sandberg nickade.

"Det kommer att handla en hel del om övervakning. Den operativa avdelningen måste förstärkas", sa Nyström. "Jag har några namnförslag. Vi har en kille i den externa organisationen – han arbetar på personskyddet på Säk och heter Mårtensson. Han är orädd och lovande. Jag har länge övervägt att ta honom hit till den interna organisationen. Jag har till och med funderat på om han skulle kunna bli min efterträdare."

"Det låter bra", sa Gullberg. "Clinton får avgöra."

"Jag har en annan nyhet", sa Georg Nyström. "Jag är rädd för att det kan finnas en tredje kopia."

"Var?"

"Jag har under eftermiddagen fått veta att Lisbeth Salander har fått en advokat. Hennes namn är Annika Giannini. Hon är syster till Mikael Blomkvist."

Gullberg nickade.

"Du har rätt. Blomkvist har gett sin syster en kopia. Allt annat vore orimligt. Vi måste med andra ord sätta alla tre – Berger, Blomkvist och Giannini – under lupp en tid framöver."

"Berger tror jag inte att vi behöver bekymra oss för. Det har gått ut ett pressmeddelande i dag om att hon blir ny chefredaktör på *Svenska Morgon-Posten*. Hon har inte längre något med *Millennium* att göra."

"Okej. Men kolla henne i alla fall. Vad gäller *Millennium* måste vi ha telefonavlyssning, möjlighet att avlyssna deras bostäder och förstås redaktionen. Vi måste kontrollera deras e-post. Vi måste veta vem de träffar och vilka de pratar med. Och vi vill väldigt gärna veta upplägget på deras avslöjande. Och framför allt måste vi kunna lägga beslag på rapporten. En hel del detaljer, med andra ord."

Wadensjöö lät tveksam.

"Evert, du ber oss bedriva operativ verksamhet mot en tidningsredaktion. Det är något av det farligaste vi kan göra."

"Du har inget val. Antingen får du kavla upp ärmarna eller så är det dags att någon annan tar över som chef här."

Utmaningen hängde som ett moln över bordet.

"Jag tror att jag kan hantera *Millennium*", sa Jonas Sandberg till sist. "Men inget av detta löser grundproblemet. Vad gör vi med din Zalachenko? Om han pratar är alla andra ansträngningar förgäves."

Gullberg nickade långsamt.

"Jag vet. Det är min bit av operationen. Jag tror att jag har ett argument som kommer att övertyga Zalachenko att hålla tyst. Men det fordrar en del förberedelser. Jag åker ned till Göteborg redan i eftermiddag."

Han tystnade och såg sig omkring i rummet. Sedan spände han ögonen i Wadensjöö.

"Clinton fattar de operativa besluten i min frånvaro", sa han.

Efter en stund nickade Wadensjöö.

FÖRST PÅ MÅNDAGSKVÄLLEN bedömde doktor Helena Endrin i samråd med sin kollega Anders Jonasson att Lisbeth Salanders tillstånd var så stabilt att hon kunde ta emot besök. Hennes första besökare var två kriminalinspektörer som fick femton minuter på sig att ställa frågor till henne. Hon betraktade de två poliserna under tystnad då de kom in i hennes rum och drog fram stolar.

"Hej. Mitt namn är kriminalinspektör Marcus Erlander. Jag arbetar på våldsroteln här i Göteborg. Det här är min kollega Sonja Modig från polisen i Stockholm."

Lisbeth Salander hälsade inte. Hon rörde inte en min. Hon kände igen Modig som en av snutarna i Bublanskis grupp. Erlander log svalt mot henne.

"Jag har förstått att du inte brukar växla många ord med myndigheter. Då vill jag upplysa dig om att du inte behöver säga något alls. Däremot skulle jag vara tacksam om du kunde ta dig tid att lyssna. Vi har flera ärenden och inte lång tid att avhandla dem på i dag. Det kommer fler tillfällen framöver."

Lisbeth Salander sa ingenting.

"Då vill jag för det första upplysa dig om att din vän Mikael Blomkvist har uppgett till oss att en advokat vid namn Annika Giannini är villig att representera dig och att hon är insatt i ärendet. Han säger att han redan nämnt hennes namn för dig i något sammanhang. Jag måste få en bekräftelse från dig om att så är fallet, och jag vill veta om du önskar att advokat Giannini kommer ned till Göteborg för att biträda dig."

Lisbeth Salander sa ingenting.

Annika Giannini. Mikael Blomkvists syster. Han hade nämnt henne i ett meddelande. Lisbeth hade inte reflekterat över att hon behövde en advokat.

"Jag är ledsen, men jag måste helt enkelt be dig svara på den frågan. Det räcker med ett ja eller nej. Om du säger ja kommer åklagaren här i Göteborg att ta kontakt med advokat Giannini. Om du säger nej kommer en domstol att utse en offentlig försvarare åt dig. Vilket vill du?"

Lisbeth Salander övervägde förslaget. Hon antog att hon faktiskt skulle behöva en advokat, men att få Kalle Jävla Blomkvists syster som försvarsadvokat var magstarkt. Han skulle må då. Å andra sidan var en okänd offentlig försvarare knappast bättre. Till sist öppnade hon munnen och raspade fram ett enda ord.

"Giannini."

"Bra. Tack för det. Då har jag en fråga till dig. Du behöver inte säga ett ord innan din advokat finns på plats, men denna fråga rör inte dig eller ditt välbefinnande så vitt jag kan förstå. Polisen spanar nu efter 37-årige tyske medborgaren Ronald Niedermann som är efterlyst för mord på en polis."

Lisbeth rynkade ett ögonbryn. Det var nyheter för henne. Hon hade inte en aning om vad som hade hänt sedan hon drämt yxan i Zalachenkos skalle.

"Från Göteborgs sida vill vi gripa honom så fort som möjligt. Min kollega här från Stockholm vill dessutom höra honom i samband med de tre mord som du tidigare har varit misstänkt för. Vi ber dig alltså om hjälp. Vår fråga till dig är om du har någon aning ... om du kan ge oss någon som helst hjälp med att lokalisera honom."

Lisbeth flyttade misstänksamt blicken från Erlander till Modig och tillbaka igen.

De vet inte att han är min bror.

Därefter undrade hon om hon ville se Niedermann gripen eller inte. Helst ville hon ta honom med till ett hål i marken i Gosseberga och begrava honom. Slutligen ryckte hon på axlarna. Vilket hon inte skulle ha gjort eftersom en skarp smärta omedelbart sköt genom den vänstra skuldran.

"Vad är det för dag?" undrade hon.

"Måndag."

Hon tänkte efter.

"Första gången jag hörde namnet Ronald Niedermann var torsdag i förra veckan. Jag spårade honom till Gosseberga. Jag har ingen aning om var han befinner sig eller vart han kan tänkas fly. Min gissning är att han snabbt kommer att försöka sätta sig i säkerhet utomlands."

"Varför tror du att han tänker fly utomlands?"

Lisbeth funderade.

"Därför att medan Niedermann var ute och grävde en grav till mig sa Zalachenko att uppmärksamheten hade blivit lite för stor och att det redan var planerat att Niedermann skulle åka utomlands en tid."

Så många ord hade Lisbeth Salander inte växlat med en polis sedan hon var tolv år gammal.

"Zalachenko ... det är alltså din far."

Det har de i alla fall listat ut. Kalle Jävla Blomkvist förmodligen.

"Då måste jag upplysa dig om att din far lämnat en polisanmälan om att du försökt mörda honom. Ärendet ligger just nu hos åklagaren som ska ta ställning till ett eventuellt åtal. Vad som däremot föreligger redan nu är att du är anhållen för grov misshandel. Du slog en yxa i skallen på Zalachenko."

Lisbeth sa ingenting. Det blev en lång tystnad. Sedan lutade sig Sonja Modig fram och talade med låg röst.

"Jag vill bara säga att vi inom polisen inte sätter så stor tilltro till Zalachenkos historia. Ta ett allvarligt samtal med din advokat så kan vi återkomma senare."

Erlander nickade. Poliserna reste sig.

"Tack för hjälpen med Niedermann", sa Erlander.

Lisbeth var förvånad över att poliserna hade uppträtt korrekt och nästan vänligt. Hon undrade över Sonja Modigs replik. Det måste finnas någon baktanke, konstaterade hon.

KAPITEL 7
MÅNDAG 11 APRIL-TISDAG 12 APRIL

KVART I SEX på måndagskvällen slog Mikael Blomkvist ihop locket på sin iBook och reste sig från köksbordet hemma i lägenheten på Bellmansgatan. Han satte på sig en jacka och promenerade till Milton Securitys kontor vid Slussen. Han tog hissen upp till receptionen på tredje våningen och blev omedelbart visad till ett konferensrum. Han kom exakt klockan sex och var sist att anlända.

"Hej Dragan", sa han och skakade hand. "Tack för att du ville stå som värd för det här informella mötet."

Han såg sig omkring i rummet. Församlingen bestod förutom honom och Dragan Armanskij av Annika Giannini, Holger Palmgren och Malin Eriksson. Från Miltons sida deltog även förre kriminalinspektören Sonny Bohman som på Armanskijs uppdrag följt Salanderutredningen sedan dag ett.

Holger Palmgren gjorde sin första utflykt på mer än två år. Hans läkare, doktor A. Sivarnandan, hade varit allt annat än förtjust i tanken att släppa ut honom från Ersta rehabiliteringshem, men Palmgren hade insisterat. Han hade fått färdtjänst och sällskap av sin personliga skötare Johanna Karolina Oskarsson, 39 år, vars lön betalades ur en fond som mystiskt hade upprättats för att ge Palmgren bästa tänkbara vård. Karolina Oskarsson väntade vid ett cafébord utanför konferensrummet. Hon hade en bok med sig. Mikael stängde dörren.

"Ni som inte känner henne – Malin Eriksson är ny chefredaktör på *Millennium*. Jag bad henne sitta med på det här mötet eftersom det vi kommer att diskutera också påverkar hennes jobb."

"Okej", sa Armanskij. "Vi är här. Jag är idel öra."

Mikael ställde sig vid Armanskijs whiteboard och plockade upp en tuschpenna. Han såg sig omkring.

"Det här är nog det knasigaste jag varit med om", sa han. "När det är över ska jag bilda en ideell förening. Jag ska kalla den för Riddarna av det stolliga bordet, och dess syfte ska vara att arrangera en årlig middag där vi snackar skit om Lisbeth Salander. Ni är alla medlemmar."

Han gjorde en paus.

"Så här ser verkligheten ut", sa han och började skriva stolpar på Armanskijs whiteboard. Han pratade i drygt trettio minuter. Diskussionen pågick i närmare tre timmar.

EVERT GULLBERG SATTE sig med Fredrik Clinton då konferensen formellt hade avslutats. De talade med låg röst i några minuter innan Gullberg reste sig. De gamla vapenbröderna skakade hand.

Gullberg tog taxi tillbaka till Freys Hotel och hämtade sina kläder och checkade ut och tog ett eftermiddagståg till Göteborg. Han valde första klass och fick en hel kupé för sig själv. När han passerade Årstabron plockade han upp en kulspetspenna och ett block med brevpapper. Han funderade en stund och började skriva. Han fyllde ungefär halva papperet med text innan han hejdade sig och rev ut arket ur blocket.

Förfalskade dokument var inte hans avdelning eller expertis, men i just detta fall förenklades uppgiften av att de brev han höll på att formulera skulle vara signerade av honom själv. Problemet var att inte ett ord som formulerades skulle vara sant.

När han passerade Nyköping hade han kasserat ytterligare ett stort antal utkast, men han började få ett hum om hur breven skulle formuleras. Då han anlände till Göteborg hade han tolv brev han var nöjd med. Han såg noga till att hans fingeravtryck var tydliga på brevpapperet.

På Göteborgs central lyckades han hitta en kopieringsapparat och gjorde kopior på breven. Därefter köpte han kuvert och frimärken och lade breven i postlådan som skulle tömmas 21.00.

Gullberg tog taxi till City Hotel på Lorensbergsgatan där Clinton redan hade bokat rum åt honom. Han kom således att bo på samma hotell som Mikael Blomkvist hade övernattat på några dygn tidigare. Han gick omedelbart till sitt rum och sjönk ned på sängen. Han var oändligt trött och insåg att han endast hade ätit två skivor bröd under dagen. Han var fortfarande inte hungrig. Han klädde av sig och sträckte ut sig i sängen och somnade nästan omedelbart.

LISBETH SALANDER VAKNADE med ett ryck då hon hörde dörren öppnas. Hon visste omedelbart att det inte var någon av nattsköterskorna. Hon öppnade ögonen i två smala springor och såg siluetten med kryckorna i dörröppningen. Zalachenko stod stilla och betraktade henne i ljuset som silade in från korridorens belysning.

Utan att röra sig vred hon ögonen så att hon såg digitalklockan visa 03.10.

Hon flyttade blicken några millimeter och såg vattenglaset på kanten av sängbordet. Hon fixerade glaset och beräknade avståndet. Hon skulle precis nå det utan att behöva flytta kroppen.

Det skulle ta en bråkdel av en sekund att sträcka ut armen och med en beslutsam rörelse slå av toppen av glaset mot den hårda kanten av sängbordet. Det skulle ta en halv sekund att köra upp eggen i strupen på Zalachenko om han lutade sig över henne. Hon kalkylerade med andra alternativ men kom till insikt om att det var hennes enda möjliga vapen.

Hon slappnade av och väntade.

Zalachenko stod kvar i dörröppningen i två minuter utan att röra sig.

Sedan drog han försiktigt igen dörren. Hon hörde det svaga skrapande ljudet från kryckorna då han tyst avlägsnade sig från hennes rum.

Efter fem minuter reste hon sig på armbågen och sträckte sig efter glaset och drack en lång klunk. Hon satte benen över sängkanten och plockade loss elektroderna från arm och bröstkorg. Hon ställde sig vingligt och svajade. Det tog henne någon minut att få kontroll över kroppen. Hon haltade bort till dörren och lutade sig mot väggen och hämtade andan. Hon var kallsvettig. Sedan blev hon iskallt arg.

Fuck you, Zalachenko. Låt oss avsluta det här.

Hon behövde ett vapen.

I nästa ögonblick hörde hon snabba klackar i korridoren.

Fan. Elektroderna.

"Vad i herrans namn gör du uppe?" utbrast nattsköterskan.

"Jag måste ... gå ... på toaletten", sa Lisbeth Salander andfått.

"Lägg dig omedelbart."

Hon greppade Lisbeths hand och stödde henne tillbaka till sängen. Därefter hämtade hon ett bäcken.

"När du behöver gå på toaletten ska du ringa på oss. Det är det den där knappen är till för", sa sköterskan.

Lisbeth sa ingenting. Hon koncentrerade sig på att försöka pressa ur sig några droppar.

MIKAEL BLOMKVIST VAKNADE halv elva på tisdagen, duschade, satte på kaffet och slog sig därefter ned vid sin iBook. Efter mötet på Milton Security föregående kväll hade han gått hem och arbetat till fem på morgonen. Han kände äntligen att storyn började ta form. Zalachenkos biografi var fortfarande svävande – allt han hade att gå på var den information han utpressat Björck att avslöja och de detaljer som Holger Palmgren hade kunnat fylla i. Storyn om Lisbeth Salander var i det närmaste färdig. Han förklarade steg för steg hur hon hade drabbats av ett gäng kalla krigare på RPS/Säk och spärrats in på barnpsyk för att inte spräcka hemligheten om Zalachenko.

Han var nöjd med texten. Han hade en kanonstory som skulle bli en kioskvältare och som dessutom skulle skapa problem långt upp i den statliga byråkratin.

Han tände en cigarett medan han funderade.

Han såg två stora hål som han måste fylla. Det ena var hanterbart. Han måste ta itu med Peter Teleborian och han såg fram emot uppgiften. När han var klar med Teleborian skulle den kände barnpsykiatrikern vara en av Sveriges mest avskydda män. Det var det ena.

Det andra problemet var betydligt mer komplicerat.

Sammansvärjningen mot Lisbeth Salander – han tänkte på dem som Zalachenkoklubben – fanns inom Säkerhetspolisen. Han kände till ett namn, Gunnar Björck, men Gunnar Björck kunde omöjligen vara den ende ansvarige. Det måste finnas en grupp, en avdelning av något slag. Det måste finnas chefer, ansvariga och en budget. Problemet var att han inte hade en aning om hur han skulle bära sig åt för att kunna identifiera dessa personer. Han visste inte var han skulle börja. Han hade bara en rudimentär uppfattning om hur Säpos organisation såg ut.

Under måndagen hade han inlett researchen genom att skicka Henry Cortez till en rad antikvariat på Södermalm med uppgiften att köpa varje bok som i något avseende handlade om Säkerhetspolisen. Cortez hade kommit hem till Mikael Blomkvist vid fyratiden på måndagseftermiddagen med sex böcker. Mikael betraktade traven på bordet.

Spionage i Sverige av Mikael Rosquist (Tempus, 1988); *Säpochef 1962–70* av Per Gunnar Vinge (W&W, 1988); *Hemliga makter* av Jan Ottosson och Lars Magnusson (Tiden, 1991); *Maktkamp om Säpo* av Erik Magnusson (Corona, 1989); *Ett uppdrag* av Carl Lidbom (W&W, 1990), samt – en smula överraskande – *An Agent in Place* av Thomas Whiteside (Ballantine, 1966) som handlade om Wennerströmaffären. Den på 1960-talet alltså, inte hans egen Wennerströmaffär på 2000-talet.

Han hade tillbringat merparten av natten till tisdagen med att läsa eller åtminstone skumma de böcker som Henry Cortez hade hittat. När han läst färdigt gjorde han några konstateranden. För det första tycktes flertalet böcker om Säkerhetspolisen som någonsin skrivits ha utkommit i slutet av 1980-talet. En sökning på internet visade att det inte fanns någon aktuell litteratur att tala om i ämnet.

För det andra tycktes det inte finnas någon begriplig översikt av den svenska hemliga polisens verksamhet genom åren. Det var möjligen förståeligt om man betänkte att många ärenden var hemligstämplade och därför svåra att skriva om, men det tycktes inte existera någon enda institution, forskare eller media som kritiskt granskade Säpo.

Han noterade även det säregna att det inte fanns någon litteraturförteckning i någon av de böcker Henry Cortez hade hittat. Fotnoter bestod istället ofta av hänvisningar till artiklar i kvällspressen eller privata intervjuer med någon pensionerad Säpoist.

Boken *Hemliga makter* var fascinerande men behandlade till stor del tiden före och under andra världskriget. P.G. Vinges memoarer uppfattade Mikael som en propagandabok skriven i självförsvar av en hårt kritiserad och avskedad Säpochef. *An Agent in Place* innehöll så många konstigheter om Sverige redan i första kapitlet att han rätt och slätt dumpade boken i papperskorgen. De enda böckerna med uttalad ambition att beskriva Säkerhetspolisens arbete var *Maktkamp om Säpo* och *Spionage i Sverige*. Där fanns data, namn och byråkrati. Särskilt Erik Magnussons bok uppfattade han som mycket läsvärd. Även om den inte erbjöd svar på några av hans omedelbara frågor gav den en god uppfattning om hur Säpo hade sett ut och vad organisationen sysslat med under forna decennier.

Den största överraskningen var dock *Ett uppdrag* av Carl Lidbom, som beskrev de problem den forne Parisambassadören tampades med då han på regeringens uppdrag utredde Säpo i kölvattnet av Palmemordet och Ebbe Carlsson-affären. Mikael hade aldrig tidigare läst något av Carl Lidbom och överraskades av det ironiska språket som blandades med knivskarpa iakttagelser. Men inte heller Carl Lidboms bok förde Mikael närmare svaret på hans frågor, även om han började få en aning om vad han hade att tampas med.

Efter att ha funderat en stund öppnade han mobilen och ringde Henry Cortez.

"Hej Henry. Tack för gårdagens fotarbete."

"Hmm. Vad vill du?"

"Lite mer fotarbete."

"Micke, jag har ett jobb att sköta. Jag har blivit redaktionssekreterare."

"Ett utmärkt karriärsteg."

"Vad vill du?"

"Genom åren har det gjorts ett antal offentliga utredningar om Säpo. Carl Lidbom gjorde en. Det måste finnas åtskilliga sådana utredningar."

"Jaha."

"Ta hem allt du kan hitta från Riksdagen – budgetar, SOU, interpellationer och sådant. Och beställ Säpos årsberättelser så långt tillbaka i tiden du kan komma."

"Yes, massa."

"Bra. Och Henry …"

"Ja?"

"… jag behöver det inte förrän i morgon."

LISBETH SALANDER ÄGNADE dagen åt att grubbla över Zalachenko. Hon visste att han befann sig två rum ifrån henne, att han strök omkring i korridoren på nätterna och att han hade kommit till hennes rum klockan 03.10 på morgonen.

Hon hade spårat honom till Gosseberga med uppsåt att döda honom. Hon hade misslyckats, med följden att Zalachenko levde och befann sig mindre än tio meter från henne. Hon satt i skiten. Hur mycket kunde hon inte riktigt överblicka, men hon antog att hon skulle behöva rymma och diskret försvinna utomlands om hon inte ville riskera att bli inspärrad på något dårhus med Peter Teleborian som dörrvakt igen.

Problemet var förstås att hon knappt hade ork nog att ens sätta sig upp i sängen. Hon noterade förbättringar. Huvudvärken kvarstod men kom i vågor istället för att vara konstant. Smärtan i skuldran låg under ytan och bröt fram då hon försökte röra sig.

Hon hörde fotsteg utanför dörren och såg en sköterska öppna dörren och släppa in en kvinna i svarta byxor, vit blus och mörk kavaj. Det var en söt smal kvinna med mörkt hår och kort pojkfrisyr. Hon utstrålade ett förnöjt självförtroende. Hon hade en svart portfölj i handen. Lisbeth såg omedelbart att hon hade samma ögon som Mikael Blomkvist.

"Hej Lisbeth. Jag heter Annika Giannini", sa hon. "Får jag komma in?"

Lisbeth betraktade henne uttryckslöst. Hon hade plötsligt inte minsta lust att möta Mikael Blomkvists syster och ångrade att hon sagt ja till förslaget att hon skulle bli hennes advokat.

Annika Giannini klev in och stängde dörren efter sig och drog fram en stol. Hon satt tyst i några sekunder och betraktade sin klient.

Lisbeth Salander såg för eländig ut. Hennes huvud var ett bandagerat paket. Hon hade enorma purpurfärgade blåmärken runt båda ögonen och blod i ögonvitorna.

"Innan vi börjar diskutera någonting måste jag få veta om du verkligen vill att jag ska vara din advokat. Jag är vanligen bara inblandad i civilmål där jag representerar våldtäktsoffer eller misshandelsoffer. Jag är inte brottmålsadvokat. Däremot har jag satt mig in i detaljerna i ditt fall och jag vill väldigt gärna representera dig om jag får. Jag ska också säga att Mikael Blomkvist är min bror – jag tror att du redan vet det – och att han och Dragan Armanskij betalar mitt arvode."

Hon väntade en stund men eftersom hon inte fick någon reaktion från sin klient fortsatte hon.

"Om du vill ha mig som din advokat kommer jag att arbeta för dig. Jag arbetar alltså inte för min bror eller för Armanskij. Jag kommer även att få bistånd i brottmålsdelen av din gamle förvaltare Holger Palmgren. Han är en tuffing som släpat sig upp från sin sjuksäng för att hjälpa dig."

"Palmgren?" sa Lisbeth Salander.

"Ja."

"Har du träffat honom?"

"Ja. Han kommer att vara min rådgivare."

"Hur mår han?"

"Han är fly förbannad men verkar märkligt nog inte oroad för dig."

Lisbeth Salander log ett skevt leende. Det var det första sedan hon landat på Sahlgrenska sjukhuset.

"Hur mår du?" frågade Annika Giannini.

"Som en påse skit", sa Lisbeth Salander.

"Okej. Vill du ha mig som försvarare. Armanskij och Mikael betalar mitt arvode och ..."

"Nej."

"Vad menar du?"

"Jag betalar själv. Jag vill inte ha ett öre från Armanskij och Kalle Blomkvist. Däremot kan jag inte betala dig förrän jag får tillgång till internet."

"Jag förstår. Vi löser den frågan när vi kommer dit och det allmänna kommer i vilket fall att betala merparten av min lön. Du vill alltså att jag ska representera dig?"

Lisbeth Salander nickade kort.

"Bra. Då ska jag börja med att framföra ett meddelande från Mikael. Han uttrycker sig kryptiskt men säger att du kommer att förstå vad han menar."

"Jaha?"

"Han säger att han har berättat det mesta för mig utom några saker. Det första rör de färdigheter som han upptäckte i Hedestad."

Mikael vet att jag har fotografiskt minne ... och att jag är hacker. Han har hållit tyst om det.

"Okej."

"Det andra är cd-skivan. Jag vet inte vad han syftar på, men han säger att det är något som du måste avgöra om du vill berätta för mig eller inte. Förstår du vad han syftar på?"

Cd-skivan med filmen som visade Bjurmans våldtäkt.

"Ja."

"Okej ..."

Annika Giannini blev plötsligt tveksam.

"Jag är lite irriterad på min bror. Trots att han har anlitat mig berättar han bara vad som passar honom. Tänker du också mörka saker för mig?"

Lisbeth funderade.

"Jag vet inte."

"Vi kommer att behöva prata med varandra en hel del. Jag hinner inte stanna och prata med dig just nu eftersom jag ska träffa åklagare Agneta Jervas om fyrtiofem minuter. Jag var bara tvungen att få bekräftat från dig att du verkligen vill ha mig som din advokat. Jag ska också ge dig en instruktion ..."

"Jaha."

"Det är följande. Om jag inte är närvarande ska du inte säga ett enda ord till polisen, vad de än frågar om. Även om de provocerar dig och anklagar dig för olika saker. Kan du lova mig det?"

"Utan större ansträngning", sa Lisbeth Salander.

EVERT GULLBERG HADE varit helt utmattad efter måndagens ansträngning och vaknade först klockan nio på förmiddagen, vilket var nästan fyra timmar senare än normalt. Han gick till badrummet och tvättade sig och borstade tänderna. Han stod länge och betraktade sitt ansikte i spegeln innan han släckte lampan och klädde på sig. Han valde den enda återstående rena skjortan ur den bruna portföljen och satte på sig en brunmönstrad slips.

Han gick ned till hotellets frukostmatsal och drack en slät kopp kaffe och åt en skiva rostat ljust bröd med en ostskiva och en liten klick apelsinmarmelad. Han drack ett stort glas mineralvatten.

Därefter gick han till hotellobbyn och ringde till Fredrik Clintons mobiltelefon från en kortautomat.

"Det är jag. Lägesrapport?"

"Rätt oroligt."

"Fredrik, orkar du med det här?"

"Ja, det är som förr i tiden. Synd bara att Hans von Rottinger inte lever. Han var bättre på att planera operationer än jag."

"Du och han var jämbördiga. Ni kunde ha bytt av varandra när som helst. Vilket ni faktiskt gjorde rätt ofta."

"Det handlar om fingertoppskänsla. Han var alltid ett strå vassare."

"Hur ligger ni till?"

"Sandberg är mer skärpt än vi trodde. Vi har plockat in extern hjälp i form av Mårtensson. Han är en springpojke, men han är användbar. Vi har lyssning på Blomkvists hemtelefon och mobil. Under dagen kommer vi att ta hand om telefonerna för Giannini och *Millennium*. Vi är igång och tittar på planritningarna för kontor och lägenheter. Vi kommer att gå in snarast."

"Du måste först lokalisera var alla kopior finns ..."

"Det har jag redan gjort. Vi har haft en ofattbar tur. Annika Giannini ringde Blomkvist klockan tio i morse. Hon frågade specifikt om hur många kopior som finns i omlopp och det framgick av samtalet att Mikael Blomkvist har den enda kopian. Berger tog en kopia på rapporten men skickade den till Bublanski."

"Bra. Vi har ingen tid att förlora."

"Jag vet. Men det måste ske i ett svep. Om vi inte plockar in alla kopior av Björcks rapport samtidigt så kommer vi att misslyckas."

"Jag vet."

"Det är lite komplicerat eftersom Giannini åkte till Göteborg i morse. Jag har skickat ett team externa medarbetare efter henne. De flyger ned just nu."

"Bra."

Gullberg kom inte på något mer att säga. Han stod tyst en lång stund."

"Tack, Fredrik", sa han till sist.

"Tack själv. Det här är roligare än att sitta och förgäves vänta på en njure."

De sa adjö till varandra. Gullberg betalade hotellräkningen och gick ut på gatan. Bollen var i rullning. Nu handlade det bara om att koreografin måste vara exakt.

Han började med att promenera till Park Avenue Hotel där han bad att få använda faxen. Han ville inte göra det på det hotell där han hade bott. Han faxade de brev han författat på tåget dagen innan. Därefter gick han ut på Avenyn och sökte en taxi. Han stannade vid en papperskorg och rev sönder de fotokopior han gjort på sina brev.

ANNIKA GIANNINI SAMTALADE med åklagare Agneta Jervas i femton minuter. Hon ville veta vilka anklagelser åklagaren ämnade rikta mot Lisbeth Salander, men förstod snart att Jervas var osäker på vad som skulle hända.

"Just nu nöjer jag mig med att häkta henne på punkten grov misshandel alternativt mordförsök. Jag syftar alltså på Lisbeth Salanders yxhugg mot sin far. Jag utgår från att du kommer att åberopa nödvärnsrätten."

"Kanske."

"Men ärligt talat är polismördaren Niedermann min prioritering just nu."

"Jag förstår."

"Jag har varit i kontakt med Riksåklagaren. Nu pågår diskussioner om att alla åtal mot din klient kommer att samlas under en åklagare i Stockholm och knytas ihop med det som har skett där."

"Jag förutsätter att det kommer att flyttas till Stockholm."

"Bra. I vilket fall måste jag få möjlighet att hålla ett förhör med Lisbeth Salander. När kan det ske?"

"Jag har ett utlåtande från hennes läkare Anders Jonasson. Han uppger att Lisbeth Salander inte är i stånd att delta i förhör på flera dagar ännu. Bortsett från hennes fysiska skador är hon kraftigt drogad av smärtstillande."

"Jag har fått ett liknande besked. Du kanske förstår att det är frustrerande för mig. Jag upprepar att min prioritering just nu är Ronald Niedermann. Din klient säger att hon inte vet var han gömmer sig."

"Vilket är med sanningen överensstämmande. Hon känner inte Niedermann. Hon lyckades identifiera honom och spåra honom."

"Okej", sa Agneta Jervas.

EVERT GULLBERG HADE en blomsterkvist i handen då han klev in i hissen på Sahlgrenska samtidigt som en korthårig kvinna i mörk kavaj. Han höll artigt upp hissdörren och lät henne gå först till receptionen på avdelningen.

"Jag heter Annika Giannini. Jag är advokat och ska träffa min klient Lisbeth Salander igen."

Evert Gullberg vred huvudet och tittade häpet på den kvinna han släppt ut ur hissen. Han flyttade blicken och tittade på hennes portfölj medan sköterskan kontrollerade Gianninis legitimation och konsulterade en lista.

"Rum 12", sa sköterskan.

"Tack. Jag har redan varit där, så jag hittar."

Hon tog sin portfölj och försvann ut ur Gullbergs synfält.

"Kan jag hjälpa dig?" undrade sköterskan.

"Ja tack, jag vill lämna dessa blommor till Karl Axel Bodin."

"Han får inte ta emot besök."

"Jag vet det, jag vill bara lämna blommorna."

"Det kan vi ta hand om."

Gullberg hade tagit blommorna med sig mest för att ha en ursäkt. Han ville få en uppfattning om hur avdelningen såg ut. Han tackade och gick mot utgången. På vägen passerade han Zalachenkos dörr, rum 14 enligt Jonas Sandberg.

Han väntade ute i trapphuset. Genom glasrutan i dörren såg han sköterskan komma med den blombukett han just lämnat och försvinna in i Zalachenkos rum. När hon återvände till sin plats sköt Gullberg upp dörren och gick snabbt bort till rum 14 och klev in.

"Hej Alexander", sa han.

Zalachenko tittade häpet på sin oannonserade gäst.

"Jag trodde att du var död vid det här laget", sa han.

"Inte än", sa Gullberg.

"Vad vill du?" frågade Zalachenko.

"Vad tror du?"

Gullberg drog fram besöksstolen och slog sig ned.

"Förmodligen se mig död."

"Jo, det vore tacknämligt. Hur kunde du vara så in i helvete korkad. Vi har gett dig ett helt nytt liv och du hamnar här."

Om Zalachenko hade kunnat le så skulle han ha gjort det. Svenska säkerhetspolisen bestod enligt hans uppfattning av amatörer. Till dessa räknade han Evert Gullberg och Sven Jansson, alias Gunnar Björck. För att inte tala om en komplett idiot som advokat Nils Bjurman.

"Och nu måste vi än en gång krafsa ut dig ur glöden."

Uttrycket gick inte riktigt hem hos den svårt brännskadade Zalachenko.

"Kom inte med några moralkakor. Fixa ut mig härifrån."

"Det var det jag ville diskutera med dig."

Han lyfte upp sin portfölj ur knäet, plockade fram ett tomt anteckningsblock och slog upp en blank sida. Sedan tittade han forskande på Zalachenko.

"En sak jag är nyfiken på – skulle du verkligen bränna oss efter allt vi gjort för dig?"

"Vad tror du?"

"Det beror på hur galen du är."

"Kalla mig inte galen. Jag är en överlevare. Jag gör det jag måste göra för att överleva."

Gullberg skakade på huvudet.

"Nej, Alexander, du gör vad du gör därför att du är ond och rutten. Du ville ha besked från Sektionen. Jag är här för att lämna det. Vi kommer inte att lyfta ett finger för att hjälpa dig den här gången."

Zalachenko såg för första gången osäker ut.

"Du har inget val", sa han.

"Det finns alltid ett val", sa Gullberg.

"Jag kommer att ..."

"Du kommer inte att göra någonting alls."

Gullberg tog ett djupt andetag och stack ned handen i ytterfacket på sin bruna portfölj och drog upp en Smith & Wesson 9 millimeter med guldpläterad kolv. Vapnet var en present han hade fått från engelska underrättelsetjänsten tjugofem år tidigare – resultatet av ett ovärderligt stycke information som han hade plockat ur Zalachenko och förvandlat till hårdvaluta i form av namnet på en stenograf vid engelska MI-5 som i god philbysk anda arbetade för ryssarna.

Zalachenko såg häpen ut. Han skrattade till.

"Och vad ska du göra med den? Skjuta mig? Du kommer att tillbringa resten av ditt miserabla liv i fängelse."

"Det tror jag inte", sa Gullberg.

Zalachenko var plötsligt osäker på om Gullberg bluffade eller inte.

"Det kommer att bli en skandal av enorma proportioner."

"Det tror jag inte heller. Det blir några rubriker. Men om en vecka är det ingen som ens kommer ihåg namnet Zalachenko."

Zalachenkos ögon smalnade.

"Ditt jävla svin", sa Gullberg med en sådan kyla i rösten att Zalachenko frös till is.

Han kramade avtryckaren och placerade skottet mitt i pannan just då Zalachenko började svänga sin protes över sängkanten. Zalachenko kastades bakåt mot kudden. Han sprattlade spasmiskt några gånger innan han blev stilla. Gullberg såg att en blomma av röda stänk hade formats på väggen bakom sängens huvudända. Det ringde i hans öron efter knallen och han gnuggade sig automatiskt i örongången med sitt fria pekfinger.

Därefter reste han sig och gick fram till Zalachenko och satte mynningen mot tinningen och kramade avtryckaren ytterligare två gånger. Han ville vara säker på att gubbjäveln verkligen var död.

LISBETH SALANDER SATTE sig upp med ett ryck när det första skottet föll. Hon kände en intensiv smärta skjuta genom skuldran. När de två följande skotten föll försökte hon få benen över sängkanten.

Annika Giannini hade bara samtalat med Lisbeth i några minuter när de hörde skotten. Hon satt först paralyserad och försökte begripa varifrån den skarpa knallen kom. Lisbeth Salanders reaktion fick henne att inse att något var i görningen.

"Ligg still", skrek Annika Giannini. Hon satte automatiskt handflatan mitt på Lisbeth Salanders bröstkorg och tryckte burdust ned sin klient i sängen med sådan kraft att luften gick ur Lisbeth Salander.

Därefter gick Annika snabbt genom rummet och drog upp dörren. Hon såg två sköterskor som springande närmade sig ett rum två dörrar längre ned i korridoren. Den första av sköterskorna tvärstannade på tröskeln. Annika hörde henne skrika "Nej, låt bli" och såg henne därefter ta ett steg tillbaka och kollidera med den andra sköterskan.

"Han är beväpnad. Spring."

Annika såg de två sköterskorna öppna dörren och ta skydd i rummet närmast Lisbeth Salander.

I nästa ögonblick såg hon den gråhårige magre mannen i den pepitarutiga kavajen komma ut i korridoren. Han hade en pistol i handen. Annika identifierade honom som den man hon hade åkt hiss tillsammans med några minuter tidigare.

Därefter möttes deras blickar. Han såg förvirrad ut. Sedan såg hon honom vrida vapnet i hennes riktning och ta ett steg framåt. Hon drog in huvudet och smällde igen dörren och såg sig desperat omkring. Hon hade ett högt sköterskebord omedelbart intill sig och drog fram det till dörren i en enda rörelse och kilade fast bordsskivan under handtaget.

Hon hörde rörelse och vred huvudet och såg att Lisbeth Salander just höll på att kravla sig ur sängen igen. Hon tog några snabba kliv över golvet och slog armarna runt sin klient och lyfte henne. Hon rev loss elektroder och dropp när hon bar henne till toaletten och satte henne på toalettlocket. Hon vände sig om och låste toalettdörren. Därefter grävde hon fram mobiltelefonen ur kavajfickan och slog 112 till larmcentralen.

EVERT GULLBERG GICK fram till Lisbeth Salanders rum och försökte trycka ned handtaget. Det var blockerat av något. Han kunde inte rubba handtaget en millimeter.

En kort stund stod han obeslutsamt kvar utanför dörren. Han visste att Annika Giannini fanns i rummet och han undrade om en kopia av Björcks rapport fanns i hennes väska. Han kunde inte komma in i rummet och han hade inte krafter att forcera dörren.

Men det ingick inte i planen. Clinton skulle ta hand om hotet från Giannini. Hans jobb var bara Zalachenko.

Gullberg såg sig omkring i korridoren och insåg att han var iakttagen av två dussin sköterskor, patienter och besökare som tittade ut genom dörröppningar. Han höjde pistolen och avlossade ett skott mot en tavla som hängde på väggen i slutet av korridoren. Hans publik försvann som genom ett trollslag.

Han kastade en sista blick på den stängda dörren och gick därefter beslutsamt tillbaka till Zalachenkos rum och stängde dörren. Han satte sig i besöksstolen och betraktade den ryske avhopparen som hade varit en sådan intim del av hans eget liv i så många år.

Han satt stilla i nästan tio minuter innan han hörde rörelse i korridoren och insåg att polisen hade anlänt. Han tänkte inte på något särskilt.

Sedan höjde han pistolen en sista gång, riktade den mot sin tinning och kramade avtryckaren.

SOM SITUATIONEN UTVECKLADE sig framgick vådan av att begå självmord på Sahlgrenska sjukhuset. Evert Gullberg forslades i ilfart till sjukhusets traumaenhet där doktor Anders Jonasson tog emot honom och omedelbart satte in ett batteri av livsfunktionsuppehållande åtgärder.

För andra gången på mindre än en vecka utförde Jonasson en akut operation vid vilken han plockade ut en helmantlad kula från mänsklig hjärnvävnad. Efter fem timmars operation var Gullbergs tillstånd kritiskt. Men han var fortfarande vid liv.

Evert Gullbergs skador var dock betydligt allvarligare än de skador som Lisbeth Salander hade åsamkats. I flera dygn svävade han mellan liv och död.

MIKAEL BLOMKVIST BEFANN sig på Kaffebar på Hornsgatan då han hörde radionyheterna meddela att den ännu ej namngivne 66-årige man som misstänktes för mordförsök på Lisbeth Salander hade skjutits till döds på Sahlgrenska sjukhuset i Göteborg. Han satte ned kaffekoppen, lyfte sin datorväska och hastade iväg mot redaktionen på Götgatan. Han korsade Mariatorget och svängde precis upp på S:t Paulsgatan då hans mobil pep. Han svarade i farten.

”Blomkvist.”

”Hej, det är Malin.”

”Jag hörde på nyheterna. Vet vi vem som sköt?”

”Inte än. Henry Cortez jagar.”

”Jag är på väg in. Uppe om fem minuter.”

Mikael möttes i dörren på *Millennium* av Henry Cortez som var på väg ut.

”Ekström ska ha presskonferens klockan 15.00”, sa Henry. ”Jag åker ned till Kungsholmen.”

"Vad vet vi?" ropade Mikael efter honom.

"Malin", sa Henry och försvann.

Mikael styrde in på Erika Bergers ... fel, på Malin Erikssons rum. Hon pratade i telefon och antecknade febrilt på en gul post it-lapp. Hon vinkade avvärjande till honom. Mikael gick ut till pentryt och hällde upp kaffe med mjölk i två muggar som var märkta KDU och SSU. Då han återvände till Malins rum avslutade hon just samtalet. Han gav henne SSU.

"Okej", sa Malin. "Zalachenko sköts till döds klockan 13.15 i dag."

Hon tittade på Mikael.

"Jag pratade just med en sköterska på Sahlgrenska. Hon säger att mördaren är en äldre man, typ 70-årsåldern, som kom för att lämna blommor till Zalachenko några minuter före mordet. Mördaren sköt Zalachenko i huvudet med flera skott och sköt därefter sig själv. Zalachenko är död. Mördaren lever fortfarande och opereras just nu."

Mikael andades ut. Allt sedan han hörde nyheten på Kaffebar hade han haft hjärtat i halsgropen och en panikartad känsla av att Lisbeth Salander skulle ha hållit i vapnet. Det skulle verkligen ha varit en komplikation i hans plan.

"Har vi något namn på han som sköt?" frågade han.

Malin skakade på huvudet just som telefonen ringde igen. Hon tog samtalet och av konversationen förstod han att det var en frilans i Göteborg som Malin skickat till Sahlgrenska. Han vinkade till henne och gick till sitt eget rum och slog sig ned.

Det kändes som om det var första gången på flera veckor som han alls hade varit på sin arbetsplats. Han hade en trave med oöppnad post som han beslutsamt sköt åt sidan. Han ringde till sin syster.

"Giannini."

"Hej. Det är Mikael. Har du hört om vad som har hänt på Sahlgrenska?"

"Det kan man väl säga."

"Var är du?"

"På Sahlgrenska. Den jäveln siktade på mig."

Mikael satt mållös i flera sekunder innan han förstod vad hans syster sagt.

"Vad fan ... var du där?"

"Ja. Det var det jävligaste jag varit med om i hela mitt liv."

"Är du skadad?"

"Nej. Men han försökte komma in i Lisbeths rum. Jag blockerade dörren och låste in oss på muggen."

Mikael kände plötsligt hur världen rubbades ur balans. Hans syster hade nästan ...

"Hur är det med Lisbeth?" undrade han.

"Hon är oskadd. Eller, jag menar, hon blev i alla fall inte skadad i dagens drama."

Han andades ut en aning.

"Annika, vet du något om mördaren?"

"Inte ett dugg. Det var en äldre man, prydligt klädd. Jag tyckte att han såg förvirrad ut. Jag har aldrig sett honom förr, men jag åkte hiss upp hit med honom ett par minuter före mordet."

"Och Zalachenko är med säkerhet död?"

"Ja. Jag hörde tre skott och enligt vad jag snappat upp här sköts han i huvudet alla tre gångerna. Men det har varit ett rent kaos här med tusen poliser och utrymning av en avdelning där svårt skadade och sjuka människor ligger som inte kan utrymmas. När polisen kom var det någon som ville förhöra Salander innan de begrep hur illa däran hon faktiskt är. Jag fick ta till brösttoner."

KRIMINALINSPEKTÖR MARCUS ERLANDER såg Annika Giannini genom öppningen till Lisbeth Salanders rum. Advokaten hade mobiltelefonen tryckt mot örat och han väntade på att hon skulle avsluta samtalet.

Fortfarande två timmar efter mordet rådde ett organiserat kaos i korridoren. Zalachenkos rum var avspärrat. Läkare hade försökt ge första hjälpen omedelbart efter skotten men snart gett upp ansträngningarna. Zalachenko hade varit bortom all hjälp. Hans kvarlevor hade forslats till patologen och brottsplatsundersökningen pågick som bäst.

Erlanders mobil ringde. Det var Fredrik Malmberg på span.

"Vi har en säker identifikation av mördaren", hälsade Malmberg. "Han heter Evert Gullberg och är 78 år gammal."

78 år. En ålderstigen mördare.

"Och vem fan är Evert Gullberg?"

"Pensionär. Bosatt i Laholm. Han har titeln affärsjurist. Jag har fått påringning från RPS/Säk som berättat att man nyligen inlett en förundersökning mot honom."

"När och varför?"

"När vet jag inte. Varför är på grund av att han haft ovanan att skicka snurriga och hotfulla brev till offentliga personer."

"Som till exempel?"

"Justitieministern."

Marcus Erlander suckade. En tok alltså. En rättshaverist.

"Säpo fick på morgonen samtal från flera tidningar som fått brev från Gullberg. Justitie hörde också av sig sedan den här Gullberg uttryckligen dödshotat Karl Axel Bodin."

"Jag vill ha kopior på breven."

"Från Säpo?"

"Ja, för helvete. Åk upp till Stockholm och hämta dem fysiskt om det behövs. Jag vill ha dem på mitt skrivbord när jag kommer tillbaka till polishuset. Vilket blir om någon timme."

Han funderade en sekund och lade därefter till en fråga.

"Var det Säpo som ringde dig?"

"Jag sa ju det."

"Jag menar, det var de som ringde till dig och inte tvärtom?"

"Ja. Just det."

"Okej", sa Marcus Erlander och stängde mobilen.

Han undrade vad som flugit i Säpo eftersom de plötsligt fått för sig att självmant ta kontakt med den öppna polisen. I vanliga fall brukade det vara nästan omöjligt att få ett ljud ur dem.

WADENSJÖÖ SLÄNGDE BRYSKT upp dörren till det rum på Sektionen som Fredrik Clinton använde som vilorum. Clinton satte sig försiktigt upp.

"Vad i helvete är det som pågår?" skrek Wadensjöö. "Gullberg har mördat Zalachenko och därefter skjutit sig själv i huvudet."

"Jag vet", sa Clinton.

"Du vet?" utbrast Wadensjöö.

Wadensjöö var högröd i ansiktet och såg ut som om han tänkte få en hjärnblödning.

"Han har ju för fan skjutit sig själv. Han har försökt begå självmord. Är han sinnesrubbad?"

"Han lever alltså?"

"I nuläget ja, men han har massiva skador i hjärnan."

Clinton suckade.

"Så synd", sa han med sorg i rösten.

"Synd?!" utbrast Wadensjöö. "Gullberg är ju sinnessjuk. Förstår du inte vad ..."

Clinton klippte av honom.

"Gullberg har cancer i magen, tjocktarmen och urinblåsan. Han har varit döende i flera månader nu och hade i bästa fall ett par månader kvar."

"Cancer?"

"Han har burit med sig det där vapnet det senaste halvåret, fast besluten att använda det då smärtan blev outhärdlig och innan han blev ett förnedrat vårdpaket. Nu fick han göra en sista insats för Sektionen. Han gick i stor stil."

Wadensjöö var nästan mållös.

"Du visste att han tänkte döda Zalachenko."

"Självfallet. Hans uppdrag var att se till att Zalachenko aldrig fick möjlighet att prata. Och som du vet kan man inte hota honom eller resonera med honom."

"Men förstår du inte vilken skandal det här kan bli? Är du lika rubbad som Gullberg?"

Clinton reste sig mödosamt. Han tittade Wadensjöö rakt i ögonen och gav honom en bunt faxkopior.

"Det var ett operativt beslut. Jag sörjer min vän, men jag kommer förmodligen att följa honom alldeles strax. Men detta med skandal ... En före detta skattejurist har skrivit uppenbart sinnesförvirrade och paranoida brev till tidningar, polis och justitie. Här har du ett exempel på breven. Gullberg anklagar Zalachenko för allt från Palmemordet till att han försöker förgifta Sveriges befolkning med klor. Breven är uppenbart sinnessjuka och har skrivits med bitvis oläslig handstil och med versaler, understrykningar och utropstecken. Jag gillar hans sätt att skriva i marginalen."

Wadensjöö läste breven med stigande förvåning. Han tog sig för pannan. Clinton tittade på honom.

"Vad som än händer så kommer Zalachenkos död inte att ha något med Sektionen att göra. Det är en förvirrad och dement pensionär som avlossade skotten."

Han gjorde en paus.

"Det viktiga är att från och med nu så måste du rätta in dig i ledet. *Don't rock the boat.*"

Han spände blicken i Wadensjöö. Det var plötsligt stål i sjuklingens ögon.

"Det du måste förstå är att Sektionen är det svenska totalförsvarets spjutspets. Vi är den sista försvarslinjen. Vårt jobb är att vaka över landets säkerhet. Allt annat är oviktigt."

Wadensjöö stirrade på Clinton med tvivel i ögonen.

"Vi är de som inte finns. Vi är de som ingen tackar. Vi är de som måste fatta de beslut som ingen annan klarar av att fatta … allra minst politikerna."

Han hade förakt i rösten då han uttalade det sista ordet.

"Gör som jag säger så kanske Sektionen överlever. Men för att det ska ske måste vi använda beslutsamhet och hårda nypor."

Wadensjöö kände paniken växa.

HENRY CORTEZ ANTECKNADE febrilt allt som sades från podiet på presskonferensen i polishuset på Kungsholmen. Det var åklagare Richard Ekström som inledde konferensen. Han förklarade att det på morgonen beslutats att utredningen rörande polismordet i Gosseberga, för vilket en Ronald Niedermann var efterlyst, skulle ligga på en åklagare i Göteborgs domsaga, men att övrig utredning rörande Niedermann skulle handhas av Ekström själv. Niedermann var alltså misstänkt för morden på Dag Svensson och Mia Bergman. Inget nämndes om advokat Bjurman. Däremot hade Ekström även att utreda och väcka åtal mot Lisbeth Salander för misstankar om en lång rad brott.

Han förklarade att han hade beslutat att gå ut med information med anledning av vad som inträffat i Göteborg under dagen, vilket alltså innebar att Lisbeth Salanders far Karl Axel Bodin hade skjutits till döds. Den direkta orsaken till presskonferensen var att han ville dementera uppgifter som redan framförts i media och som han fått emotta ett flertal samtal om.

"Utifrån de uppgifter som för ögonblicket finns tillgängliga kan jag säga att Karl Axel Bodins dotter, som alltså är anhållen för mordförsök på sin far, inte har något med morgonens händelser att göra."

"Vem var mördaren?" skrek en reporter från *Dagens Eko*.

"Den man som klockan 13.15 avlossade de dödande skotten mot Karl Axel Bodin och därefter försökte begå självmord är identifierad. Han är en 78-årig pensionär som under en längre tid vårdats för en dödlig sjukdom och psykiska problem i samband med detta."

"Har han någon koppling till Lisbeth Salander?"

"Nej. Vi kan med bestämdhet dementera detta. De två har aldrig träffats och känner inte varandra. Den 78-årige mannen är en tragisk figur som agerat på egen hand och efter egna tydligen paranoida vanföreställningar. Säkerhetspolisen hade nyligen inlett en undersökning mot honom på grund av att han skrivit en mängd förvirrade brev till kända politiker och massmedia. Så sent som denna morgon har brev från 78-åringen kommit till tidningar och myndigheter i vilka han dödshotar Karl Axel Bodin."

"Varför har inte polisen gett Bodin skydd?"

"Breven som rörde honom sändes i går kväll och anlände alltså i princip i samma stund som mordet utfördes. Det fanns ingen rimlig marginal att agera på."

"Vad heter 78-åringen?"

"Vi vill i nuläget inte gå ut med denna information förrän hans närmaste hunnit underrättas."

"Vad har han för bakgrund?"

"Enligt vad jag har förstått nu på morgonen så har han tidigare arbetat som revisor och skattejurist. Han är pensionär sedan femton år. Utredningen pågår fortfarande men som ni förstår av breven han skickar så är det en tragedi som kanske hade kunnat förhindras om samhället hade varit mer alert."

"Har han hotat andra personer?"

"Jag har fått den informationen, ja, men känner ej till närmare detaljer."

"Vad betyder detta för målet mot Lisbeth Salander?"

"För närvarande ingenting, vi har alltså Karl Axel Bodins eget vittnesmål till poliserna som förhörde honom och vi har en omfattande teknisk bevisning mot henne."

"Hur är det med uppgifterna om att Bodin ska ha försökt mörda sin dotter?"

"Detta är föremål för utredning men det föreligger kraftiga misstankar om att så var fallet. Så vitt vi kan se i nuläget handlar det om djupa motsättningar i en tragiskt splittrad familj."

Henry Cortez såg tankfull ut. Han kliade sig i örat. Han noterade att reporterkollegorna antecknade lika febrilt som han gjorde.

GUNNAR BJÖRCK KÄNDE en närmast manisk panik då han hörde nyheten om skotten på Sahlgrenska. Han hade fruktansvärda smärtor i ryggen.

Han satt först obeslutsam i över en timme. Därefter lyfte han luren och försökte ringa sin gamle beskyddare Evert Gullberg i Laholm. Han fick inget svar.

Han lyssnade på nyheterna och fick därigenom en summering av vad som hade sagts på polisens presskonferens. Zalachenko skjuten av en 78-årig rättshaverist.

Herregud. 78 år.

Han försökte på nytt förgäves ringa Evert Gullberg.

Till sist tog paniken och oron överhanden. Han kunde inte stanna i sin lånade bostad i Smådalarö. Han kände sig inringad och utsatt. Han behövde tid att tänka. Han packade en väska med kläder, smärtstillande medicin och toalettsaker. Han ville inte använda sin

telefon utan haltade till en telefonkiosk vid den lokala livsmedels-
butiken och ringde till Landsort och bokade ett rum i den gamla
lotsutkiken. Landsort var världens ände och få människor skulle
söka honom där. Han bokade för två veckor.

Han sneglade på armbandsuret. Han var tvungen att skynda sig
för att hinna med sista färjan och återvände hem så snabbt som
hans ömmande rygg förmådde bära honom. Han gick direkt in i kö-
ket och kontrollerade att kaffebryggaren var avslagen. Därefter gick
han till hallen för att hämta väskan. Han råkade kasta en blick in i
vardagsrummet och stannade häpet.

Först begrep han inte vad han såg.

Taklampan hade på något mystiskt sätt tagits ned och placerats på
soffbordet. I dess ställe hängde en lina i takkroken, alldeles ovanför
en pall som brukade stå i köket.

Björck tittade oförstående på snaran.

Sedan hörde han rörelse bakom sig och kände hur han blev svag
i knävecken.

Han vände sig långsamt om.

De var två män i 35-årsåldern. Han uppfattade att de hade syd-
europeiskt utseende. Han hann inte reagera när de milt grep honom
under vardera armhålan och lyfte honom och promenerade bak-
länges med honom till pallen. När han försökte göra motstånd skar
smärtan som en kniv genom ryggen. Han var nästan paralyserad när
han kände hur han lyftes upp på pallen.

JONAS SANDBERG HADE sällskap av en 49-årig man som gick
under smeknamnet Falun och som i sin ungdom varit yrkeskrimi-
nell inbrottstjuv och sedermera omskolat sig till låssmed. Hans von
Rottinger från Sektionen hade 1986 engagerat Falun i en operation
som handlade om att forcera dörrarna till ledaren för en anarkistisk
sammanslutning. Falun hade därefter med jämna mellanrum anlitats
fram till mitten av 1990-talet innan den sortens operationer avtog.
Det var Fredrik Clinton som tidigt på morgonen blåst liv i förbin-
delsen och kontrakterat Falun för ett uppdrag. Falun tjänade 10 000
kronor skattefritt på cirka tio minuters jobb. I gengäld hade han för-

bundit sig att inte stjäla något från den lägenhet som var föremål för operationen; Sektionen var trots allt inte en kriminell verksamhet.

Falun visste inte exakt vem Clinton representerade, men han antog att det hade något med det militära att göra. Han hade läst Guillou. Han ställde inga frågor. Däremot kändes det bra att vara tillbaka i selen igen efter så många års tystnad från uppdragsgivaren.

Hans jobb var att öppna dörren. Han var expert på att bryta sig in och han hade en dyrkpistol. Ändå tog det fem minuter att forcera låsen till Mikael Blomkvists lägenhet. Därefter väntade Falun ute i trapphuset medan Jonas Sandberg klev över tröskeln.

"Jag är inne", sa Sandberg i en handsfree.

"Bra", svarade Fredrik Clinton i hans öronsnäcka. "Lugnt och försiktigt. Beskriv vad du ser."

"Jag befinner mig i hallen med garderob och hatthylla till höger och badrum till vänster. Lägenheten i övrigt består av ett enda stort rum på cirka femtio kvadrat. Det finns ett litet barkök till höger."

"Finns det något arbetsbord eller ..."

"Han tycks arbeta vid köksbordet eller i vardagsrumssoffan ... vänta."

Clinton väntade.

"Ja. Det finns en pärm på köksbordet med Björcks rapport. Det verkar vara originalet."

"Bra. Finns något annat intressant på bordet?"

"Böcker. P.G. Vinges memoarer. *Maktkamp om Säpo* av Erik Magnusson. Ett halvdussin sådana böcker."

"Någon dator?"

"Nej."

"Något säkerhetsskåp?"

"Nej ... inte vad jag kan se."

"Okej. Ta tid på dig. Gå igenom lägenheten meter för meter. Mårtensson rapporterar att Blomkvist fortfarande är på redaktionen. Du har väl handskar på dig?"

"Självklart."

MARCUS ERLANDER FICK en pratstund med Annika Giannini då ingen av dem pratade i mobiltelefon. Han gick in på Lisbeth Salanders rum och sträckte fram handen och presenterade sig. Därefter hälsade han på Lisbeth Salander och frågade hur hon mådde. Lisbeth Salander sa ingenting. Han vände sig till Annika Giannini.

"Jag måste be att få ställa några frågor."

"Jaha."

"Kan du berätta vad som hände?"

Annika Giannini beskrev vad hon hade upplevt och hur hon hade agerat fram till dess att hon hade barrikaderat sig på toaletten tillsammans med Lisbeth Salander. Erlander såg tankfull ut. Han sneglade på Lisbeth Salander och sedan åter på hennes advokat.

"Du tror alltså att han kom fram till det här rummet."

"Jag hörde honom då han försökte trycka ned handtaget?"

"Och det är du säker på. Man kan lätt få för sig saker och ting när man är skrämd eller upphetsad."

"Jag hörde honom. Han såg mig. Han riktade vapnet mot mig."

"Tror du att han försökte skjuta även dig?"

"Det vet jag inte. Jag drog in skallen och blockerade dörren."

"Vilket var klokt gjort. Och ännu klokare att du lyfte in din klient på toaletten. De här dörrarna är så tunna att kulorna förmodligen hade gått rakt igenom om han hade skjutit. Det jag försöker begripa är om han gick till angrepp mot dig personligen eller om han bara reagerade på att du tittade på honom. Du var närmast i korridoren."

"Det stämmer."

"Uppfattade du att han kände dig eller kanske kände igen dig?"

"Nej, inte direkt."

"Kan han ha känt igen dig från tidningarna? Du har ju varit citerad angående flera uppmärksammade fall."

"Det är möjligt. Det kan jag inte svara på."

"Och du hade aldrig sett honom tidigare?"

"Jag såg honom i hissen då jag åkte upp hit."

"Det visste jag inte. Pratade ni med varandra?"

"Nej. Jag kastade ett öga på honom i kanske en halv sekund. Han hade en bukett blommor i ena handen och en portfölj i den andra."

"Hade ni ögonkontakt?"

"Nej. Han tittade rakt fram."

"Klev han in först eller klev han in efter dig?"

Annika funderade.

"Vi klev nog in mer eller mindre samtidigt."

"Såg han förvirrad ut eller ..."

"Nej. Han stod stilla med sina blommor."

"Vad hände sedan?"

"Jag klev ur hissen. Han klev ur samtidigt och jag gick för att besöka min klient."

"Gick du direkt hit?"

"Ja ... nej. Det vill säga, jag gick till receptionen och legitimerade mig. Åklagaren har ju lagt besöksförbud på min klient."

"Var befann sig den här mannen då?"

Annika Giannini tvekade.

"Jag är inte riktigt säker. Han kom efter mig, antar jag. Jo, vänta ... Han gick ut ur hissen först men stannade och höll upp dörren för mig. Jag kan inte svära på det, men jag tror att han också gick till receptionen. Jag var bara snabbare på foten än han."

En artig pensionerad mördare, tänkte Erlander.

"Jo, han gick till receptionen", medgav han. "Han pratade med sköterskan och lämnade blombuketten. Men detta såg du alltså inte?"

"Nej. Det har jag inget minne av."

Marcus Erlander funderade en stund men kunde inte komma på något mer att fråga om. En känsla av frustration gnagde i honom. Han hade upplevt den känslan tidigare och lärt sig att tolka det som en påringning av hans instinkt.

Mördaren hade identifierats som 78-årige Evert Gullberg, tidigare revisor och eventuellt företagskonsult och skattejurist. En man i hög ålder. En man som Säpo nyligen inlett en förundersökning mot därför att han var en tok som skrev hotfulla brev till kändisar.

Hans polisiära erfarenhet var att det fanns gott om dårar, sjukligt besatta människor som förföljde kändisar och sökte kärlek genom att bosätta sig i skogsdungen utanför deras villa. Och när kärleken inte besvarades kunde den snabbt övergå i oförsonligt hat. Där fanns stalkers som reste från Tyskland och Italien för att uppvakta en 21-årig sångerska i ett känt popband och som sedan blev irriterade över att hon inte omedelbart ville inleda ett förhållande med dem. Där fanns rättshaverister som ältade verkliga eller inbillade oförrätter och som kunde uppträda nog så hotfullt. Där fanns rena psykopater och besatta konspirationsteoretiker med förmåga att urskilja förborgade budskap som undgick den normala världen.

Det fanns även gott om exempel på att somliga av dessa dårar kunde gå från fantasi till handling. Var inte mordet på Anna Lindh just en sådan tokig människas impuls? Kanske. Kanske inte.

Men kriminalinspektör Marcus Erlander gillade absolut inte tanken på att en psykiskt sjuk före detta skattejurist eller vad tusan han nu varit skulle vandra in på Sahlgrenska sjukhuset med en blomsterbukett i ena handen och en pistol i den andra och avrätta en person som för ögonblicket var föremål för en omfattande polisutredning – hans utredning. En man som i offentliga register hette Karl Axel Bodin men som enligt Mikael Blomkvist hette Zalachenko och var en avhoppad rysk jävla agent och mördare.

Zalachenko var i bästa fall ett vittne och i värsta fall inblandad i en hel serie mord. Erlander hade haft möjlighet att genomföra två korta förhör med Zalachenko och inte vid något tillfälle hade han för en sekund trott på dennes bedyranden om oskuld.

Och hans mördare hade visat intresse för Lisbeth Salander eller åtminstone för hennes advokat. Han hade försökt ta sig in i hennes rum.

Och därefter försökt begå självmord genom att skjuta sig i huvudet. Enligt läkarna var han uppenbarligen så illa däran att han också sannolikt lyckats i sitt uppsåt, även om kroppen ännu inte hade insett att det var dags att stänga av. Det fanns orsak att förmoda att Evert Gullberg aldrig skulle ställas inför en domare.

Marcus Erlander gillade inte läget. Inte för ett ögonblick. Men han hade inga belägg för att Gullbergs skott hade varit något annat än vad de såg ut att vara. I vilket fall beslutade han sig för att ta det säkra för det osäkra. Han tittade på Annika Giannini.

"Jag har beslutat att Lisbeth Salander ska flyttas till ett annat rum. Det finns ett rum i stickkorridoren till höger om receptionen som ur säkerhetssynpunkt är väsentligt bättre än detta. Där det finns fri uppsikt dygnet runt från receptionen och sköterskornas arbetsrum. Besöksförbud råder för alla utom dig. Ingen får gå in till henne utan tillstånd eller utan att vara känd läkare eller sköterska här på Sahlgrenska. Och jag kommer att se till att det finns bevakning utanför hennes rum dygnet runt."

"Tror du att det finns ett hot mot henne?"

"Jag har inget som tyder på det. Men i det här fallet vill jag inte ta några risker."

Lisbeth Salander lyssnade uppmärksamt till samtalet mellan sin advokat och sin polisiäre motståndare. Hon var imponerad över att Annika Giannini svarade så exakt och redigt och med sådan detaljrikedom. Hon var ännu mer imponerad av advokatens sätt att agera kallt under stress.

I övrigt hade hon haft en vansinnig huvudvärk sedan Annika ryckt upp henne ur sängen och burit in henne på toaletten. Instinktivt ville hon ha så lite med personalen att göra som möjligt. Hon tyckte inte om att behöva be om hjälp eller visa tecken på svaghet. Men huvudvärken var så överväldigande att hon hade svårt att tänka redigt. Hon sträckte ut handen och ringde på en sköterska.

ANNIKA GIANNINI HADE planerat besöket i Göteborg som en prolog till ett långvarigt arbete. Hon hade planerat att bekanta sig med Lisbeth Salander, förhöra sig om hennes verkliga tillstånd och göra en första skiss till den strategi hon och Mikael Blomkvist snickrat ihop inför den framtida juridiska processen. Hon hade ursprungligen tänkt återvända till Stockholm redan under kvällen, men den dramatiska utvecklingen på Sahlgrenska hade inneburit att hon ännu inte haft tid att hålla något samtal med Lisbeth Salander. Hennes klient var i betydligt sämre kondition än hon hade trott då läkarna förklarat att hennes tillstånd var stabilt. Hon plågades även av svår huvudvärk och hög feber, vilket föranledde en läkare vid namn Helena Endrin att ordinera kraftigt smärtstillande, antibiotika och vila. Så fort hennes klient flyttats till ett nytt rum och en polis stod posterad på plats blev Annika följaktligen utsparkad.

Hon muttrade och tittade på klockan som hade hunnit bli halv fem. Hon tvekade. Hon kunde antingen åka hem till Stockholm med påföljden att hon kanske var tvungen att åka tillbaka redan nästa dag. Eller så kunde hon stanna över natten och riskera att hennes klient var för sjuk för att orka med besök också nästkommande dag. Hon hade inte bokat hotellrum och hon var i vilket fall en lågbudgetadvokat som representerade utsatta kvinnor utan större ekonomiska resurser, så hon brukade undvika att belasta räkningen med dyra hotellräkningar. Hon ringde först hem och därefter till Lillian Josefsson, advokatkollega, medlem i Kvinnors nätverk och gammal studiekamrat. De hade inte träffats på två år och kvittrade med varandra en kort stund innan Annika kom fram till sitt ärende.

"Jag är i Göteborg", sa Annika. "Jag hade tänkt åka hem i kväll men det har hänt saker i dag som innebär att jag måste stanna över natten. Skulle det gå bra om jag kom och våldgästade dig?"

"Vad kul. Snälla, kom och våldgästa mig. Vi har ju inte setts på evigheter."

"Jag stör inte?"

"Nej, naturligtvis inte. Jag har flyttat. Numera bor jag på en tvärgata till Linnégatan. Jag har gästrum. Och vi kan gå på krogen och fnittra i kväll."

"Om jag orkar", sa Annika. "Vilken tid passar?"

De kom överens om att Annika skulle komma vid sextiden.

Annika tog bussen till Linnégatan och tillbringade den kommande timmen på en grekisk restaurang. Hon var utsvulten och beställde ett grillspett med sallad. Hon satt länge och funderade över dagens händelser. Hon var lite skakig då adrenalinet hade hunnit sjunka undan men hon var nöjd med sig själv. I farans stund hade hon agerat utan tvekan, effektivt och samlat. Hon hade gjort de rätta valen utan att ens tänka på det. Det var en skön känsla att ha fått den insikten om sig själv.

Efter en stund plockade hon upp sin filofax från portföljen och slog upp anteckningsdelen. Hon läste koncentrerat. Hon var fylld av tvekan inför det som hennes bror hade förklarat för henne. Det hade låtit logiskt då, men i själva verket gapade stora hål i planen. Men hon tänkte inte backa.

Klockan sex betalade hon och promenerade till Lillian Josefssons bostad på Olivedalsgatan och slog den portkod hon hade fått av sin väninna. Hon kom in i ett trapphus och började leta efter hissen då attacken kom som en blixt från en klar himmel. Hon hade ingen förvarning om att något var på gång förrän hon brutalt och med våldsam kraft knuffades rakt in i tegelväggen innanför porten. Hon slog pannan mot väggen och kände en blixtrande smärta.

I nästa ögonblick hörde hon steg som snabbt avlägsnade sig och hur porten öppnades och stängdes. Hon kom på fötter och förde handen till pannan och såg blod i sin handflata. Vad i helvete. Hon tittade sig förvirrat omkring och gick ut på gatan. Hon såg en skymt av en ryggtavla som svängde runt hörnet vid Sveaplan. Hon stod häpet stilla i någon minut.

Sedan insåg hon att hennes portfölj saknades och att hon just blivit rånad. Det tog några sekunder innan betydelsen sjönk in i hennes medvetande. Nej. Zalachenkomappen. Hon kände chocken sprida sig från mellangärdet och tog några tveksamma steg efter den flyende mannen. Hon stannade nästan omedelbart. Det var lönlöst. Han var redan borta.

Hon satte sig långsamt på trottoarkanten.

Sedan flög hon upp och grävde i sin jackficka. Filofaxen. Tack gode gud. Hon hade stoppat den i kavajfickan istället för i väskan då hon lämnade restaurangen. Den innehöll utkastet till hennes strategi i fallet Lisbeth Salander, punkt för punkt.

Hon rusade tillbaka till porten och slog på nytt koden, tog sig in och sprang uppför trapporna till fjärde våningen och hamrade på Lillian Josefssons dörr.

KLOCKAN HADE HUNNIT bli närmare halv sju innan Annika hade hämtat sig så pass att hon kunde ringa till Mikael Blomkvist. Hon hade fått en blåtira och ett blödande jack i ögonbrynet. Lillian Josefsson hade rengjort med sårsprit och plåstrat om. Nej, Annika ville inte åka till sjukhus. Ja, hon ville gärna ha en kopp te. Först då började hon tänka rationellt igen. Hennes första åtgärd blev att ringa till sin bror.

Mikael Blomkvist befann sig fortfarande på *Millenniums* redaktion där han jagade information om Zalachenkos mördare tillsammans med Henry Cortez och Malin Eriksson. Han lyssnade med stigande bestörtning på Annikas redogörelse för vad som hade hänt.

"Är du okej?" frågade han.

"Blåtira. Jag är okej när jag hunnit lugna mig."

"Ett jävla rån?"

"De tog min portfölj med Zalachenkomappen jag fick av dig. Den är borta."

"Ingen fara, jag kan kopiera upp en ny."

Han avbröt sig och kände plötsligt nackhåren resa sig. Först Zalachenko. Sedan Annika.

"Annika ... jag ringer tillbaka."

Han slog ihop sin iBook och stoppade den i axelväskan och lämnade utan ett ord redaktionen i högsta fart. Han joggade hem till Bellmansgatan och uppför trapporna.

Dörren var låst.

Så fort han kom in i lägenheten såg han att den blå pärmen han lämnat på köksbordet saknades. Han brydde sig inte om att leta. Han visste exakt var den hade funnits då han gick från lägenheten. Han sjönk långsamt ned på en stol vid köksbordet medan tankarna rusade genom huvudet.

Någon hade varit inne i hans lägenhet. Någon höll på att sopa igen spåren efter Zalachenko.

Både hans egen och Annikas kopia saknades.

Bublanski hade fortfarande rapporten.

Eller hade han det?

Mikael reste sig och gick fram till sin telefon när han hejdade sig med handen på telefonluren. Någon hade varit inne i hans lägenhet. Han betraktade plötsligt telefonen med största misstänksamhet och trevade i kavajfickan efter sin mobil. Han blev stående med mobilen i handen.

Hur lätt är det att avlyssna ett mobilsamtal?

Han lade långsamt ned mobilen bredvid sin fasta telefon och såg sig omkring.

Jag har att göra med proffs. Hur svårt är det att bugga en lägenhet?

Han satte sig vid köksbordet igen.

Han tittade på sin datorväska.

Hur svårt är det att läsa e-post? Lisbeth Salander gör det på fem minuter.

HAN FUNDERADE EN lång stund innan han gick tillbaka till telefonen och ringde till sin syster i Göteborg. Han formulerade sig noga.

"Hej ... hur är det med dig?"

"Jag är okej, Micke."

"Berätta vad som hände från det att du kom till Sahlgrenska och fram till att överfallet ägde rum."

Det tog tio minuter för henne att redogöra för dagen. Mikael diskuterade inte implikationerna av det hon berättade, men sköt in frågor till dess att han var nöjd. Han framstod som en orolig bror samtidigt som hans hjärna tickade på ett helt annat plan medan han rekonstruerade hållpunkterna.

Hon bestämde sig för att stanna i Göteborg halv fem på kvällen och ringde ett mobilsamtal till sin väninna och fick adress och portkod. Rånaren väntade inne i trappuppgången prick klockan sex.

Hennes mobil var avlyssnad. Det var det enda rimliga.

Vilket bara kunde betyda att han själv också var avlyssnad.

Allt annat vore korkat.

"Men de tog Zalachenkomappen", upprepade Annika.

Mikael tvekade en stund. Den som hade stulit pärmen visste redan att den var stulen. Det var naturligt att berätta det för Annika Giannini på telefon.

"Min med", sa han.

"Va?"

Han förklarade att han hade sprungit hem och att den blå pärmen på hans köksbord saknades.

"Okej", sa Mikael med dyster röst. "Det är en katastrof. Zalachenkomappen är borta. Det var den tyngsta biten i bevisföringen."

"Micke ... jag är ledsen."

"Jag med", sa Mikael. "Satan! Men det är inte ditt fel. Jag borde ha offentliggjort rapporten samma dag som jag hittade den."

"Vad gör vi nu?"

"Jag vet inte. Det här är det värsta som kunde ha hänt. Det här stjälper hela vårt upplägg. Vi har inte tillstymmelse till bevis mot Björck och Teleborian."

De pratade i ytterligare två minuter innan Mikael avrundade samtalet.

"Jag vill att du kommer upp till Stockholm i morgon", sa han.

"Sorry. Jag måste träffa Salander."

"Träffa henne på förmiddagen. Kom upp på eftermiddagen. Vi måste slå oss ned och fundera på vad vi ska göra."

NÄR HAN AVSLUTAT samtalet satt Mikael stilla i soffan och tittade framför sig. Sedan spred sig ett leende över hans ansikte. Den som lyssnade på samtalet visste nu att *Millennium* hade förlorat Gunnar Björcks utredning från 1991 och korrespondensen mellan Björck och tokdoktorn Peter Teleborian. De visste att Mikael och Annika var förtvivlade.

Så mycket hade Mikael lärt sig av föregående natts studier av Säkerhetspolisens historia att desinformation var grunden för all spionverksamhet. Och han hade just planterat desinformation som på sikt kunde visa sig vara ovärderlig.

Han öppnade datorväskan och plockade fram den kopia han hade gjort för Dragan Armanskijs räkning men som han ännu inte hunnit lämna ifrån sig. Det var det enda återstående exemplaret. Det tänkte han inte slarva bort. Tvärtom tänkte han omedelbart kopiera upp den i åtminstone fem exemplar och sprida ut på lämpliga ställen.

Sedan kastade han en blick på sitt armbandsur och ringde till *Mil-*

*lennium*s redaktion. Malin Eriksson var fortfarande kvar men höll på att stänga för dagen.

"Varför försvann du så brådstörtat?"

"Kan du vara snäll och vänta en stund till. Jag kommer tillbaka och det är en grej jag måste dra med dig innan du försvinner."

Han hade ännu inte hunnit tvätta på flera veckor. Samtliga skjortor låg i tvättkorgen. Han packade rakhyveln och *Maktkamp om Säpo* tillsammans med det enda återstående exemplaret av Björcks utredning. Han promenerade till Dressmann och köpte fyra skjortor, två par byxor och tio par kalsonger och tog kläderna med sig upp på redaktionen. Malin Eriksson väntade medan han tog en snabb dusch. Hon undrade vad som var på gång.

"Någon har brutit sig in hos mig och stulit Zalachenkorapporten. Någon överföll Annika i Göteborg och stal hennes exemplar. Jag har belägg för att hennes telefon är avlyssnad, vilket förmodligen innebär att min telefon, kanske din telefon och kanske *Millennium*s alla telefoner är buggade. Och jag misstänker att om någon gör sig besvär med att bryta sig in i min lägenhet så vore de korkade om de inte passade på att bugga lägenheten också."

"Jaha", sa Malin Eriksson med matt röst. Hon sneglade på sin mobil som låg på skrivbordet framför henne.

"Jobba på som vanligt. Använd mobilen men släpp ingen information på den. I morgon ska vi informera Henry Cortez."

"Okej. Han gick för en timme sedan. Han lämnade en trave med SOU på ditt skrivbord. Men vad gör du här ..."

"Jag tänker sova på *Millennium* i natt. Om de sköt Zalachenko, stal rapporterna och buggade min lägenhet i dag så är chansen stor att de just börjat komma igång och inte hunnit med redaktionen. Det har varit folk här hela dagen. Jag vill inte att redaktionen ska stå tom under natten."

"Du tror att mordet på Zalachenko ... Men mördaren var ett 78 år gammalt psykfall."

"Jag tror inte ett dugg på en sådan slump. Någon håller på att sopa igen spåren efter Zalachenko. Jag skiter fullständigt i vem den där 78-åringen är och hur många dårbrev han har skrivit till ministrar. Han var en lejd mördare av något slag. Han kom dit i syfte att döda Zalachenko ... och kanske Lisbeth Salander."

"Men han begick ju självmord, eller försökte i alla fall. Vilken lejd mördare gör det?"

Mikael funderade en stund. Han mötte chefredaktörens blick

"Någon som är 78 år och kanske inte har något att förlora. Han är inblandad i det här och när vi grävt färdigt kommer vi att kunna bevisa det."

Malin Eriksson betraktade uppmärksamt Mikaels ansikte. Hon hade aldrig tidigare sett honom så kyligt orubblig. Hon rös plötsligt. Mikael såg hennes reaktion.

"En sak till. Nu är vi inte längre inblandade i en match med ett gäng kriminella utan med en statlig myndighet. Det här kommer att bli tufft."

Malin nickade.

"Jag hade inte räknat med att det skulle gå så här långt. Malin, om du vill dra dig ur så säg bara till."

Hon tvekade en stund. Hon undrade vad Erika Berger skulle ha sagt. Sedan skakade hon trotsigt på huvudet.

DEL 2

HACKER REPUBLIC

1-22 MAJ

En irländsk lag från år 697 förbjuder kvinnor att vara militärer – vilket antyder att kvinnor tidigare *hade* varit militärer. Folkgrupper som vid olika tillfällen i historien hållit sig med kvinnliga soldater är bland annat araber, berber, kurder, rajputer, kineser, filippinier, maorier, papuaner, australiensiska aboriginer, mikronesier och amerikanska indianer.

Det finns en rik flora av legender om fruktade kvinnliga krigare från antikens Grekland. Dessa berättelser omtalar kvinnor som tränades i krigskonst, vapenbruk och fysiska umbäranden från barndomen. De levde separerade från männen och drog ut i krig med egna regementen. Berättelserna innehåller inte sällan inslag som antyder att de besegrade männen på slagfältet. Amasoner förekommer i grekisk litteratur i till exempel *Iliaden* av Homeros drygt 700 år före Kristus.

Det var också grekerna som myntade uttrycket *amasoner*. Ordet betyder bokstavligen "utan bröst". Det förklaras att i syfte att enklare kunna spänna en pilbåge så togs det högra bröstet bort. Även om ett par av historiens viktigaste grekiska läkare, Hippokrates och Galenos, lär ska ha varit överens om att denna operation ökade förmågan att använda vapen, så är det tveksamt om sådana operationer verkligen utfördes. Däri finns ett förborgat språkligt frågetecken – det är oklart om prefixet "a" i "amason" verkligen betyder "utan" och det har föreslagits att det i själva verket betyder motsatsen – att en amason var en kvinna med särskilt stora bröst. Det finns heller inte ett enda exempel på något museum som visar en bild, amulett eller staty som föreställer en kvinna som saknar höger bröst, vilket annars borde ha varit ett vanligt förekommande motiv om legenden om bröstoperationer hade varit korrekt.

KAPITEL 8
SÖNDAG 1 MAJ-MÅNDAG 2 MAJ

ERIKA BERGER DROG ett djupt andetag innan hon sköt upp hissdörren och klev in på *Svenska Morgon-Postens* redaktion. Klockan var kvart över tio på förmiddagen. Hon var propert klädd i svarta byxor, röd jumper och mörk kavaj. Det var strålande första majväder och på vägen genom stan hade hon konstaterat att arbetarrörelsen höll på att samlas och att hon själv inte hade gått i ett demonstrationståg på drygt tjugo år.

En kort stund stod hon alldeles ensam och osynlig vid hissdörrarna. Första dagen på det nya stället. Från sin plats vid entrén kunde hon se en stor del av centralredaktionen med nyhetsdesken i centrum. Hon höjde blicken en aning och såg glasdörrarna till chefredaktörens rum som under kommande år skulle bli hennes arbetsplats.

Hon var inte helt övertygad om att hon var rätt person att leda den oformliga organisation som utgjorde *Svenska Morgon-Posten*. Det var ett gigantiskt kliv från *Millennium* med fem anställda till en dagstidning med åttio journalister och ytterligare drygt nittio personer i form av administration, teknisk personal, layoutare, fotografer, annonssäljare, distribution och allt annat som hör tidningsmakeri till. Dessutom tillkom ett förlag, ett produktionsbolag och ett förvaltningsbolag. Sammanlagt drygt 230 personer.

En kort stund undrade hon om allting inte var ett enormt misstag.

Sedan upptäckte den äldre av de två receptionisterna vem som hade kommit in på redaktionen och klev ut från disken och sträckte fram handen.

"Fru Berger. Välkommen till SMP."

"Jag heter Erika. Hej."

"Beatrice. Välkommen. Ska jag visa vägen till chefredaktör Morander ... ja, alltså, avgående chefredaktör, ska jag väl säga."

"Tack, men han sitter i glasburen där borta", sa Erika och log. "Jag tror att jag hittar. Men tack för vänligheten."

Hon promenerade raskt genom redaktionen och noterade att sorlet minskade en aning. Hon kände plötsligt allas blickar på sig. Hon stannade framför den halvtomma nyhetsdesken och nickade vänligt.

"Vi får hinna hälsa ordentligt på varandra om en stund", sa hon och gick vidare och knackade på karmen vid glasdörren.

Avgående chefredaktör Håkan Morander var 59 år gammal och hade tillbringat tolv år i glasburen på SMP:s redaktion. Precis som Erika Berger hade han en gång handplockats utifrån – han hade alltså gjort samma första promenad som hon nyss gjort. Han tittade förvirrat upp på henne, kastade en blick på sitt armbandsur och reste sig.

"Hej Erika", hälsade han. "Jag trodde att du skulle börja på måndag."

"Jag stod inte ut att sitta hemma en dag till. Så här är jag."

Morander sträckte fram handen.

"Välkommen. Det ska bli förbannat skönt att du tar över."

"Hur mår du?" frågade Erika.

Han ryckte på axlarna i samma ögonblick som Beatrice från växeln kom in med kaffe och mjölk.

"Det känns som om jag går på halvfart redan. Jag vill egentligen inte prata om det. Man går omkring och känner sig som en tonåring och odödlig i hela livet och sedan har man plötsligt väldigt lite tid kvar. Och en sak är säker – jag tänker inte slösa bort den tiden i den här glasburen."

Han gnuggade sig omedvetet över bröstkorgen. Han hade hjärt- och kärlproblem, vilket var orsaken till hans plötsliga avgång och att Erika började flera månader tidigare än ursprungligen aviserat.

Erika vände sig om och tittade ut över redaktionens kontorslandskap. Det var halvtomt. Hon såg en reporter och en fotograf på väg mot hissen och bevakningen av första maj.

"Om jag stör eller om du är upptagen i dag så kan jag smita iväg."

"Mitt jobb i dag är att skriva en ledare på 4 500 tecken om första maj-demonstrationerna. Jag har skrivit så många att jag kan göra det i sömnen. Om sossarna vill inleda krig med Danmark så måste jag förklara varför de har fel. Om sossarna vill undvika krig med Danmark måste jag förklara varför de har fel."

"Danmark?" undrade Erika.

"Tja, en del av budskapet på första maj måste handla om konflikten i integrationsfrågan. Och sossarna har förstås fel, vad de än säger."

Han skrattade plötsligt.

"Det låter cyniskt."

"Välkommen till SMP."

Erika hade aldrig haft någon åsikt om chefredaktör Håkan Morander. Han var en anonym makthavare bland eliten av chefredaktörer. När hon läst hans ledare hade han framstått som tråkig och konservativ och expert på skatteverulans, som en typisk liberal yttrandefrihetsivrare, men hon hade aldrig tidigare träffat honom eller pratat med honom.

"Berätta om jobbet", sa hon.

"Jag slutar sista juni. Vi går parallellt två månader. Du kommer att upptäcka positiva saker och negativa saker. Jag är cyniker, så jag ser väl mest de negativa sakerna."

Han reste sig och ställde sig bredvid henne vid glaset.

"Du kommer att upptäcka att du kommer att ha ett antal motståndare därute – dagchefer och veteraner bland redigerare som skapat sina egna små imperier och har en egen klubb som du inte kan bli medlem i. De kommer att försöka tänja gränserna och driva igenom sina egna rubriker och vinklingar, och du måste ha väldigt hårda nypor för att kunna stå emot."

Erika nickade.

"Du har nattcheferna Billinger och Karlsson ... de är ett kapitel för sig. De avskyr varandra och går gudskelov inte skift tillsammans, men de beter sig som om de är både ansvariga utgivare och chefredaktörer. Du har Anders Holm som är nyhetschef och som du kommer att ha en hel del att göra med. Ni kommer säkerligen att ha några duster. I själva verket är det han som gör SMP varje dag. Du har några reportrar som är divor och några som egentligen borde pensioneras."

"Finns det inga bra medarbetare?"

Morander skrattade plötsligt.

"Jo. Men du måste själv bestämma vilka som du kommer överens med. Vi har några reportrar därute som är riktigt, riktigt bra."

"Ledningen?"

"Magnus Borgsjö är styrelseordförande. Det var ju han som rekryterade dig. Han är charmig, lite av den gamla skolan och lite förnyare, men framför allt är han den person som bestämmer. Du har några styrelseledamöter, flera från ägarfamiljen, som mest tycks sitta av tiden och några som fladdrar omkring som styrelseproffs."

"Det låter som om du inte är så nöjd med styrelsen?"

"Det finns en uppdelning. Du ger ut tidningen. De sköter ekonomin. De ska inte lägga sig i innehållet i tidningen, men det dyker alltid upp situationer. Ärligt talat, Erika, det här kommer att bli tufft."

"Varför det?"

"Upplagan har sjunkit med nästan 150 000 exemplar sedan glansdagarna på 1960-talet och SMP börjar närma sig den gräns då det blir olönsamt. Vi har rationaliserat och skurit ned över 180 tjänster sedan 1980. Vi har gått över till tabloid – vilket vi borde ha gjort för tjugo år sedan. SMP tillhör fortfarande de stora tidningarna, men det behövs inte mycket för att vi ska börja betraktas som en B-tidning. Om vi inte redan gör det."

"Varför valde de då mig?" sa Erika.

"Därför att medelåldern på de som läser SMP är 50 plus och till-växten av 20-åringar är nästan noll. SMP måste förnyas. Och reso-nemanget i styrelsen var att plocka in den mest osannolike chefre-daktör som de kunde föreställa sig."

"En kvinna?"

"Inte bara en kvinna. Den kvinna som krossade Wennerströms imperium och som hyllas som den undersökande journalistikens drottning med ett rykte om sig att vara tuff som ingen annan. Tänk själv. Det är oemotståndligt. Om inte du kan förnya tidningen så kan ingen göra det. SMP anställer alltså inte enbart Erika Berger utan framför allt ryktet om Erika Berger."

NÄR MIKAEL BLOMKVIST lämnade Café Copacabana intill Kvar-tersbion vid Hornstull var klockan strax efter två på eftermiddagen. Han satte på sig solglasögon och svängde upp på Bergsunds strand på väg till tunnelbanan och såg nästan omedelbart den grå Volvon parkerad alldeles runt hörnet. Han passerade utan att sänka farten och konstaterade att det var samma nummerskylt och att bilen var tom.

Det var sjunde gången han observerat samma bil de senaste fyra dygnen. Han visste inte om bilen hade funnits i närheten av honom långt tidigare, och att han alls hade lagt märke till den var en ren slump. Första gången han noterat bilen hade den stått parkerad i närheten av hans port på Bellmansgatan på onsdagsmorgonen då han promenerade till *Milleniums* redaktion. Han hade råkat fästa blicken på nummerplåten som började med bokstäverna KAB och hade reagerat eftersom det var namnet på Alexander Zalachenkos vilande företag, Karl Axel Bodin AB. Förmodligen skulle han inte ha reflekterat vidare på saken om det inte hade varit för det faktum att han sett samma bil och samma nummerskylt bara några timmar senare då han åt lunch med Henry Cortez och Malin Eriksson vid Medborgarplatsen. Den gången stod Volvon parkerad på en tvärga-ta till *Milleniums* redaktion.

Han undrade vagt om han höll på att bli paranoid men då han se-nare på eftermiddagen besökte Holger Palmgren på rehabiliteringshemmet i Ersta hade den grå Volvon stått på gästparkeringen. Det var inte en slump. Mikael Blomkvist började hålla sin omgivning under uppsikt. Han var inte förvånad då han åter såg bilen morgonen därpå.

Inte vid något tillfälle hade han observerat någon förare. Ett samtal till bilregistret gav dock informationen att bilen var registrerad på en Göran Mårtensson, 40 år och bosatt på Vittangigatan i Vällingby. En stunds research resulterade i informationen att Göran Mårtensson hade titeln företagskonsult och var ägare till en enskild firma som huserade i en postbox på Fleminggatan på Kungsholmen. Mårtensson hade en i sammanhanget intressant meritförteckning. Vid 18 års ålder, 1983, hade han gjort sin värnplikt vid kustjägarna och därefter tagit anställning inom Försvarsmakten. Han hade avancerat till löjtnant innan han 1989 tog avsked och sadlade om och började studera på Polishögskolan i Solna. Mellan 1991 och 1996 arbetade han vid Stockholmspolisen. 1997 hade han försvunnit från yttre tjänst och 1999 hade han registrerat sin enskilda firma.

Säpo, alltså.

Mikael bet sig i underläppen. En strävsamt undersökande journalist kunde bli paranoid för mindre. Mikael drog slutsatsen att han stod under diskret övervakning men att denna var så klumpigt utförd att han faktiskt hade lagt märke till den.

Eller var den klumpig? Den enda orsaken till att han noterat bilen var den besynnerliga nummerskylten som av en slump betydde något för honom. Hade det inte varit för KAB skulle han inte bevärdigat bilen med en blick.

Under fredagen hade KAB lyst med sin frånvaro. Mikael var inte helt säker, men han trodde att han möjligen hade haft sällskap av en röd Audi den dagen, men han hade misslyckats med att se bilnumret. På lördagen hade dock Volvon varit tillbaka.

EXAKT TJUGO SEKUNDER efter att Mikael Blomkvist hade lämnat Café Copacabana höjde Christer Malm sin digitala Nikon och tog en serie på tolv bilder från sin plats i skuggan på Café Rossos uteservering på andra sidan gatan. Han fotograferade de två män som kom ut från caféet strax efter Mikael och följde i hans kölvatten förbi Kvartersbion.

Den ene mannen var i obestämd yngre medelålder och hade blont hår. Den andre verkade något äldre med tunt rödblont hår och mörka solglasögon. Bägge var klädda i jeans och mörka skinnjackor.

De skildes vid den grå Volvon. Den äldre av männen öppnade bildörren medan den yngre följde efter Mikael Blomkvist till fots mot tunnelbanan.

Christer Malm sänkte kameran och suckade. Han hade ingen aning om varför Mikael tagit honom åt sidan och enträget bett honom promenera runt kvarteret vid Copacabana på söndagseftermiddagen för att undersöka om han kunde hitta en grå Volvo med det aktuella registreringsnumret. Han hade fått instruktionen att placera sig så att han kunde fotografera den person som enligt Mikael med stor sannolikhet skulle öppna bildörren strax efter tre. Samtidigt skulle han hålla ögonen öppna efter någon som eventuellt skuggade Mikael Blomkvist.

Det lät som upptakten till en typisk Blomkvistare. Christer Malm var aldrig riktigt säker på om Mikael Blomkvist var paranoid av naturen eller om han hade paranormala gåvor. Sedan händelserna i Gosseberga hade Mikael blivit extremt sluten och allmänt svår att kommunicera med. Detta var för all del inget ovanligt då Mikael arbetade på någon intrikat story – Christer hade upplevt exakt samma slutna besatthet och hemlighetsmakeri i samband med Wennerströmhistorien – men denna gång var det tydligare än någonsin.

Däremot hade Christer inga svårigheter att konstatera att Mikael Blomkvist mycket riktigt var skuggad. Han undrade vilket nytt helvete som var under uppsegling och som med stor sannolikhet skulle ta *Millenniums* tid, krafter och resurser i anspråk. Christer Malm ansåg att det inte var ett bra läge att blomkvista sig då tidningens chefredaktör hade deserterat till Den Stora Draken och *Millenniums* mödosamt rekonstruerade stabilitet plötsligt var hotad.

Men han hade å andra sidan inte gått i något demonstrationståg med undantag för Prideparaden på minst tio år och hade inget bättre för sig denna första maj-söndag än att göra Mikael till viljes. Han reste sig och släntrade efter den man som skuggade Mikael Blomkvist. Vilket inte ingick i instruktionen. Å andra sidan förlorade han mannen ur sikte redan uppe på Långholmsgatan.

EN AV MIKAEL BLOMKVISTS första åtgärder då han kommit till insikt om att hans telefon sannolikt var avlyssnad hade varit att skicka ut Henry Cortez att köpa begagnade mobiltelefoner. Cortez hade hittat ett billigt restparti Ericsson T10 för en spottstyver. Mikael öppnade anonyma kontantkortskonton på Comviq. Reservtelefonerna fördelades på honom själv, Malin Eriksson, Henry Cortez, Annika Giannini, Christer Malm och Dragan Armanskij. De användes bara för samtal som de absolut inte ville skulle avlyssnas. Normal telefontrafik skulle ske på de vanliga offentliga numren. Vilket innebar att alla fick släpa med sig två mobiler.

Mikael åkte från Copacabana till *Millennium* där Henry Cortez hade helgjouren. Sedan mordet på Zalachenko hade Mikael upprättat en jourlista som innebar att *Millennium*s redaktion alltid var bemannad och att någon sov där på nätterna. Jourlistan omfattade honom själv, Henry Cortez, Malin Eriksson och Christer Malm. Varken Lottie Karim, Monica Nilsson eller marknadschefen Sonny Magnusson var medräknade. De hade inte ens blivit tillfrågade. Lottie Karim var notoriskt mörkrädd och skulle inte för sitt liv ha accepterat att sova ensam på redaktionen. Monica Nilsson var minst av allt mörkrädd, men jobbade som en dåre med sina ämnen och var av den typen som gick hem då arbetsdagen var slut. Och Sonny Magnusson var 61 år och hade inget med det redaktionella att göra och skulle snart gå på semester.

"Något nytt?" undrade Mikael.

"Inget särskilt", sa Henry Cortez. "Nyheterna i dag handlar förstås om första maj."

Mikael nickade.

"Jag kommer att sitta här i ett par timmar. Ta ledigt och kom tillbaka vid niotiden i kväll."

När Henry Cortez hade försvunnit gick Mikael till sitt skrivbord och plockade upp den anonyma mobilen. Han ringde till frilansjournalisten Daniel Olofsson i Göteborg. *Millennium* hade under åren publicerat flera texter av Olofsson, och Mikael hade stort förtroende för hans journalistiska förmåga att sopa ihop grundmaterial.

"Hej Daniel. Mikael Blomkvist här. Är du ledig?"

"Jo."

"Jag har ett researchjobb jag behöver få gjort. Du kan fakturera för fem dagar och det kommer inte att resultera i någon text. Eller rättare sagt – du får gärna skriva en text i ämnet så publicerar vi, men det är alltså bara research vi är ute efter."

"Shoot."

"Det är lite känsligt. Du får inte diskutera det här med någon utom mig, och du får bara kommunicera med mig via hotmail. Jag vill inte att du ens ska säga att du gör research på uppdrag av *Millennium*."

"Det här låter kul. Vad är du ute efter?"

"Jag vill att du ska göra ett arbetsplatsreportage från Sahlgrenska sjukhuset. Vi kallar reportaget *Cityakuten* och det ska spegla skillnaden mellan verkligheten och TV-serien. Jag vill att du besöker och följer arbetet på akuten och intensiven under ett par dagar. Pratar med läkare, sköterskor och städpersonal och alla som jobbar där. Hur är arbetsvillkoren? Vad gör de? Allt sådant. Bilder, naturligtvis."

"Intensiven?" undrade Olofsson.

"Just det. Jag vill att du fokuserar på eftervården av svårt skadade patienter i Korridor 11C. Jag vill veta hur korridoren ser ut på planritning, vilka som jobbar där, hur de ser ut och vad de har för bakgrund."

"Hmm", sa Daniel Olofsson. Om jag inte tar fel så vårdas en viss Lisbeth Salander på 11C."

Han var inte tappad bakom en vagn.

"Säger du det?" sa Mikael Blomkvist. "Intressant. Ta reda på vilket rum hon finns i och vad som finns i omgivande rum och vilka rutinerna kring henne är."

"Jag anar att det här reportaget kommer att handla om något helt annat", sa Daniel Olofsson.

"Som sagt ... Jag vill bara ha den research du tar fram."

De utbytte hotmailadresser.

LISBETH SALANDER LÅG på rygg på golvet på sitt rum på Sahlgrenska då syster Marianne öppnade dörren.

"Hmm", sa syster Marianne och markerade därigenom sina dubier om det lämpliga i att ligga på golvet på intensivvårdsavdelningen. Men hon accepterade att det var patientens enda rimliga motionsplats.

Lisbeth Salander var genomsvettig och hade ägnat trettio minuter åt att försöka göra armhävningar och tänjningar och situps enligt de rekommendationer som hennes terapeut hade lämnat. Hon hade ett schema på en lång rad rörelser hon skulle utföra varje dag för att stärka muskulaturen i skuldra och höft efter operationen tre veckor tidigare. Hon andades tungt och kände sig helt ur form. Hon blev snabbt trött och det stramade och värkte i axeln vid minsta ansträngning. Däremot var hon tveklöst på bättringsvägen. Huvudvärken som hade plågat henne den första tiden efter operationen hade avklingat och uppträdde endast sporadiskt.

Hon ansåg att hon var så pass frisk att hon utan tvekan hade kunnat lämna sjukhuset eller åtminstone linka ut från sjukhuset om det hade varit möjligt, vilket det inte var. Dels hade läkarna ännu inte deklarerat att hon var frisk, och dels var dörren till hennes rum ständigt låst och bevakad av en inhyrd jävla torped från Securitas, som satt placerad i en stol ute i korridoren.

Däremot var hon tillräckligt frisk för att ha omplacerats till en vanlig rehabiliteringsavdelning. Efter några turer fram och tillbaka hade dock polis och sjukhusledning kommit överens om att Lisbeth skulle kvarstanna i rum 18 tills vidare. Orsaken var att rummet var enkelt att bevaka, att det fanns ständig bemanning i närheten och att rummet låg avsides i slutet av den L-formade korridoren. Det hade följaktligen varit enklare att tills vidare behålla henne i korridor 11C, där personalen var säkerhetsmedveten efter mordet på Zalachenko och redan kände till problematiken kring hennes person, än att flytta henne till en helt ny avdelning med allt vad det innebar av förändrade rutiner.

Hennes vistelse på Sahlgrenska var i vilket fall en fråga om ytterligare några veckor. Så fort läkarna skrev ut henne skulle hon flyttas till Kronobergshäktet i Stockholm i väntan på rättegång. Och den person som beslutade när detta var dags var doktor Anders Jonasson.

Det hade dröjt hela tio dagar efter skotten i Gosseberga innan doktor Jonasson gett tillstånd för polisen att genomföra ett första ordentligt förhör, vilket i Annika Gianninis ögon var alldeles utmärkt. Anders Jonasson hade dessvärre även satt käppar i hjulet för Annikas egen åtkomst till sin klient. Vilket var irriterande.

Efter tumultet i samband med mordet på Zalachenko hade han gjort en stor utvärdering av Lisbeth Salanders tillstånd och då vägt in det faktum att Lisbeth Salander rimligen måste vara utsatt för en stor portion stress med tanke på att hon varit misstänkt för trippelmord. Anders Jonasson hade ingen aning om hennes eventuella skuld eller oskuld, och som läkare var han heller inte det minsta intresserad av svaret på den frågan. Han gjorde bara bedömningen att Lisbeth Salander var utsatt för stress. Hon hade blivit skjuten tre gånger, och en av kulorna hade träffat henne i hjärnan och så när dödat henne. Hon hade feber som inte ville ge med sig och hon hade kraftig huvudvärk.

Han hade valt det säkra för det osäkra. Mordmisstänkt eller inte så var hon hans patient och hans uppgift var att sörja för hennes snara tillfrisknande. Han utfärdade därför ett besöksförbud som inte hade någon anknytning till åklagarens juridiskt motiverade besöksförbud. Han ordinerade medicinering och fullständig vila.

Eftersom Anders Jonasson ansåg att total isolering var ett så inhumant sätt att bestraffa människor att det faktiskt gränsade till tortyr och att ingen människa mådde bra av att vara helt åtskild från sina vänner, beslutade han att Lisbeth Salanders advokat Annika Giannini skulle tjänstgöra som ställföreträdande vän. Jonasson hade ett allvarligt samtal med Annika Giannini och förklarade att hon skulle få tillträde till Lisbeth Salander en timme varje dag. Under denna tid fick hon besöka henne, samtala med henne eller bara sitta tyst och hålla henne sällskap. Samtalen skulle dock i görligaste mån inte handla om Lisbeth Salanders världsliga problem och stundande juridiska bataljer.

"Lisbeth Salander har blivit skjuten i huvudet och är faktiskt allvarligt skadad", förklarade han. "Jag tror att hon är utom fara, men det finns alltid risk för att blödningar uppstår eller att komplikationer tillstöter. Hon behöver vila och hon måste få läka. Först därefter kan hon börja ta itu med sina juridiska problem."

Annika Giannini hade förstått logiken i doktor Jonassons resonemang. Hon förde några allmänna samtal med Lisbeth Salander och gav en antydan om hur hennes och Mikaels strategi såg ut, men under den första tiden hade hon ingen möjlighet att gå in i några detaljerade resonemang. Lisbeth Salander var helt enkelt så drogad och utmattad att hon ofta somnade mitt i deras samtal.

DRAGAN ARMANSKIJ GRANSKADE Christer Malms bildserie av de två män som hade följt efter Mikael Blomkvist från Copacabana. Bilderna var knivskarpa.

"Nej", sa han. "Jag har aldrig sett dem tidigare."

Mikael Blomkvist nickade. De träffades i Armanskijs arbetsrum på Milton Security på måndagsmorgonen. Mikael hade gått in i byggnaden genom garaget.

"Den äldre är alltså Göran Mårtensson som äger Volvon. Han har följt efter mig som ett dåligt samvete i åtminstone en vecka, men det kan förstås ha pågått längre."

"Och du påstår att han är Säpo."

Mikael pekade på den bakgrund han satt ihop om Mårtenssons karriär. Den talade för sig själv. Armanskij tvekade. Han upplevde motstridiga känslor inför Blomkvists avslöjande.

Det var en sak att statliga hemliga poliser alltid gjorde bort sig. Det var sakernas naturliga tillstånd inte bara för Säpo utan för sannolikt alla världens underrättelsetjänster. För guds skull, franska hemliga polisen hade skickat ett team attackdykare till Nya Zeeland för att spränga Greenpeacefartyget Rainbow Warrior. Vilket måste betraktas som världshistoriens mest korkade underrättelseoperation, möjligen med undantag för president Nixons inbrott i Watergate. Med så korkad befälsordning var det inte att undra på att skandaler uppstod. Framgångarna rapporteras aldrig. Däremot kastade sig media över säkerhetspolisen då något otillbörligt eller korkat eller misslyckat ägde rum och med all den klokskap som efterhandskunskap ger.

Armanskij hade aldrig begripit svensk medias förhållande till Säpo.

Å ena sidan betraktade media Säpo som en förträfflig källa, och nästan vilken ogenomtänkt politisk dumhet som helst resulterade i braskande rubriker. Säpo misstänker att ... Ett uttalande från Säpo var en tung källa i rubriken.

Å andra sidan ägnade sig media och politiker av varierande kulör åt att med sällsynt grundlighet avrätta Säpoister som spionerade på svenska medborgare när de blev ertappade. Däri låg något så motsägelsefullt att Armanskij vid tillfällen hade konstaterat att varken politiker eller media var riktigt kloka.

Armanskij hade inte något emot att Säpo existerade. Någon måste ha ansvar för att se till att nationalbolsjevikiska dårfinkar som förläst sig på Bakunin, eller vem fan sådana nynazister nu läste, inte totade ihop en bomb av konstgödsel och olja och placerade den i en skåpbil utanför Rosenbad. Alltså behövdes Säpo, och Armanskij ansåg att lite småspionerande inte alltid var av ondo, så länge syftet var att värna medborgarnas allmänna trygghet.

Problemet var förstås att en organisation som har till uppgift att spionera på medborgare måste stå under den mest rigida offentliga kontroll och att det måste finnas en exceptionellt hög grad av konstitutionell insyn. Problemet med Säpo var att det var nästan omöjligt för politiker och riksdagsmän att få insyn, ens då statsministern tillsatte en särskild utredare som på papperet skulle ha tillgång till allt. Armanskij hade fått låna Carl Lidboms bok *Ett uppdrag* och läst den med stigande förvåning. I USA skulle ett tiotal ledande Säpoister omedelbart ha häktats för obstruktion och tvingats paradera inför något offentligt utskottsförhör i kongressen. I Sverige var de till synes oåtkomliga.

Fallet Lisbeth Salander visade att något var sjukt inom organisationen men när Mikael Blomkvist hade kommit över och gett honom en säker mobiltelefon hade Dragan Armanskijs första reaktion varit att Blomkvist var paranoid. Först då han satt sig in i detaljerna och studerat Christer Malms bilder hade han motvilligt konstaterat att Blomkvist hade fog för sina misstankar. Vilket inte bådade gott utan antydde att den konspiration som femton år tidigare drabbat Lisbeth Salander inte varit en tillfällighet.

Det var helt enkelt för många sammanträffanden för att det skulle vara en slump. Låt gå för att Zalachenko kunde bli mördad av en tokig rättshaverist. Men inte i samma stund som både Mikael Blomkvist och Annika Giannini blev bestulna på det dokument som utgjorde grundstenen i bevisbördan. Det var ett elände. Och dessutom gick stjärnvittnet Gunnar Björck iväg och hängde sig.

"Okej", sa Armanskij och samlade ihop Mikaels dokumentation. "Är vi överens om att jag tar det här vidare till min kontakt?"

"Det är alltså en person som du säger att du litar på."

"Jag vet att det är en person med hög moral och stor demokratisk vandel."

"Inom Säpo", sa Mikael Blomkvist med uppenbart tvivel i rösten.

"Vi måste vara överens. Både jag och Holger Palmgren har accepterat din plan och samarbetar med dig. Men jag hävdar att vi inte klarar av den här saken helt på egen hand. Vi måste hitta allierade inom byråkratin om det här inte ska ta en ände med förskräckelse."

"Okej", nickade Mikael motvilligt. "Jag är så van att alltid avsluta mitt engagemang i det ögonblick Millennium går i tryck. Jag har aldrig tidigare lämnat ut information om en story innan den är publicerad."

"Men det har du redan gjort i det här fallet. Du har redan berättat för mig, för din syster och för Palmgren."

Mikael nickade.

"Och du har gjort det därför att även du inser att det här ärendet finns långt bortom en rubrik i din tidning. I det här fallet är du inte en objektiv reporter utan en aktör i händelseutvecklingen."

Mikael nickade.

"Och som aktör behöver du hjälp för att lyckas i dina målsättningar."

Mikael nickade. Han hade i vilket fall inte berättat hela sanningen för vare sig Armanskij eller Annika Giannini. Han hade fortfarande hemligheter som han delade med Lisbeth Salander. Han skakade hand med Armanskij.

KAPITEL 9
ONSDAG 4 MAJ

TRE DAGAR EFTER att Erika Berger tillträtt som praktiserande chefredaktör på SMP avled chefredaktör Håkan Morander vid lunchtid. Han hade suttit i glasburen hela morgonen medan Erika tillsammans med redaktionssekreteraren Peter Fredriksson haft ett möte med sportredaktionen för att hon skulle få hälsa på medarbetare och sätta sig in i hur de arbetade. Fredriksson var 45 år gammal och liksom Erika Berger relativt ny på SMP. Han hade bara arbetat på tidningen i fyra år. Han var tystlåten, allmänt kompetent och behaglig, och Erika hade redan bestämt att hon till stor del skulle förlita sig på Fredrikssons insikter då hon tog kommandot över skutan. Hon ägnade en stor del av sin tid åt att bedöma vilka hon kunde lita på och som hon omedelbart tänkte knyta till sin nya regim. Fredriksson var definitivt en av kandidaterna. När de återkom till centraldesken såg de Håkan Morander resa sig och komma fram till dörren i glasburen.

Han såg häpen ut.

Sedan böjde han sig tvärt framåt och grep ryggstödet på en kontorsstol i några sekunder innan han föll till golvet.

Han var död innan ambulansen ens hunnit anlända.

Det rådde en förvirrad stämning på redaktionen på eftermiddagen. Styrelseordförande Borgsjö anlände vid tvåtiden och samlade medarbetarna till en kort minnesstund. Han pratade om hur Morander hade vigt de sista femton åren av sitt liv åt tidningen och om det pris journalistiken ibland kräver. Han höll en tyst minut. När den var över såg han sig osäkert omkring som om han inte riktigt visste hur han skulle fortsätta.

Att människor dör på sin arbetsplats är ovanligt – till och med sällsynt. Människor ska ha godheten att dra sig tillbaka för att dö. De ska försvinna in i pension eller sjukvården och plötsligt bli föremål för samtal i lunchrummet någon dag. Hörde du förresten att gamle Karlsson dog i fredags. Jo, det var hjärtat. Facket ska skicka blommor till begravningen. Att dö mitt på sin arbetsplats och inför medarbetarnas ögon var påträngande på ett helt annat sätt. Erika noterade den chock som hade lägrat sig över redaktionen. SMP stod utan roder. Hon insåg plötsligt att flera medarbetare sneglade på henne. Det okända kortet.

Utan att vara ombedd och utan att riktigt veta vad hon skulle säga harklade hon sig, tog ett halvt kliv framåt och talade med hög och fast stämma.

"Jag kände Håkan Morander i sammanlagt tre dagar. Det är en kort tid, men utifrån det lilla jag hann se av honom kan jag ärligt säga att jag gärna hade fått möjlighet att lära känna honom bättre."

Hon gjorde en paus då hon i ögonvrån såg att Borgsjö tittade på henne. Han verkade förvånad över att hon alls yttrat sig. Hon tog ytterligare ett kliv framåt. Le inte. Du får inte le. Då ser du osäker ut. Hon höjde rösten en aning.

"Moranders hastiga bortgång kommer att skapa problem här på redaktionen. Jag skulle ha efterträtt honom först om två månader och förlitade mig på att jag skulle få tid att ta del av hans erfarenheter."

Hon märkte att Borgsjö öppnade munnen för att säga någonting.

"Nu kommer det inte att ske och vi kommer att uppleva en tid av omställningar. Men Morander var chefredaktör för en dagstidning och den här tidningen ska utkomma även i morgon. Nu är det nio timmar kvar till sista tryck och fyra timmar kvar innan ledarsidan går. Får jag fråga er ... vem bland medarbetarna var Moranders bäste vän och närmast förtrogne?"

En kort tystnad uppstod då medarbetarna sneglade på varandra. Till sist hörde Erika en stämma från vänster.

"Det var nog jag."

Gunnar Magnusson, 61 år, redaktionssekreterare på ledarsidan och medarbetare på SMP sedan trettiofem år.

"Någon måste sätta sig ned och skriva en runa över Morander. Jag kan inte göra det ... det vore förmätet av mig. Orkar du med att skriva den texten?"

Gunnar Magnusson tvekade en stund men nickade sedan.

"Jag tar det", sa han.

"Vi använder hela ledarsidan och ställer allt annat material."

Gunnar nickade.

"Vi behöver bilder ..." Hon sneglade till höger och upptäckte bildchefen Lennart Torkelsson. Han nickade.

"Vi behöver komma igång med arbetet. Det kommer kanske att gunga en smula under den närmaste tiden. Då jag behöver hjälp med att fatta beslut kommer jag att rådfråga er och förlita mig på er kompetens och erfarenhet. Ni vet hur den här tidningen görs, medan jag fortfarande har en tid i skolbänken framför mig."

Hon vände sig till redaktionssekreteraren Peter Fredriksson.

"Peter, jag förstod från Morander att du var en människa han hade stort förtroende för. Du får bli min mentor under den närmaste tiden och dra ett lite tyngre lass än vanligt. Jag kommer att be dig vara min rådgivare. Är det okej med dig?"

Han nickade. Vad annat kunde han göra?

Hon vände sig åter till ledarsidan.

"En sak till ... Morander satt och skrev sin ledare tidigare i förmiddags. Gunnar, kan du gå in i hans dator och se efter om den blev klar? Även om den inte är helt avslutad så publicerar vi den i alla fall. Det var Håkan Moranders sista ledare och det vore synd och skam att inte publicera den. Den tidning vi gör i dag är fortfarande Håkan Moranders tidning."

Tystnad.

"Om det är några av er som behöver ta en paus för att vara för er själva och tänka en stund, gör det utan att känna dåligt samvete. Ni vet alla vad vi har för deadlines."

Tystnad. Hon noterade att några nickade ett halvt godkännande.

"*Go to work boys and girls*", sa hon med låg stämma.

JERKER HOLMBERG SLOG ut med händerna i en hjälplös gest. Jan Bublanski och Sonja Modig såg tvivlande ut. Curt Svensson såg neutral ut. Alla tre granskade resultatet av den förundersökning som Holmberg hade avslutat på morgonen.

"Ingenting?" sa Sonja Modig. Hon lät undrande.

"Ingenting", sa Holmberg och skakade på huvudet. "Patologens slutrapport kom nu på morgonen. Det finns inget som tyder på något annat än självmord genom hängning."

Alla flyttade blicken till de fotografier som tagits i vardagsrummet i sommarhuset i Smådalarö. Allt pekade på att Gunnar Björck, biträdande chef på Säkerhetspolisens utlänningsrotel, självmant hade klivit upp på en pall, fäst en snara i lampkroken och lagt den runt sin egen hals och med stor beslutsamhet sparkat pallen flera meter ifrån sig. Patologen var tveksam om den exakta tidpunkten för dödens inträffande, men hade slutligen fastslagit eftermiddagen den 12 april. Björck hade hittats den 17 april av ingen mindre än Curt Svensson. Detta hade skett sedan Bublanski vid upprepade tillfällen försökt få kontakt med Björck och slutligen irriterat skickat Svensson att plocka in honom igen.

Någon gång under dessa dagar hade lampkroken i taket gett vika för tyngden och Björcks kropp hade rasat ned i golvet. Svensson hade sett kroppen genom ett fönster och slagit larm. Bublanski och andra som kom till platsen hade från början bedömt det som en brottsplats och uppfattat det som att Björck hade blivit garrotterad av någon. Det var först den tekniska undersökningen som senare på dagen hittade lampkroken. Jerker Holmberg hade fått uppdrag att utreda hur Björck hade dött.

"Det finns ingenting som tyder på brott eller att Björck inte var ensam vid tillfället", sa Holmberg.

"Lampan ..."

"Taklampan har fingeravtryck från ägaren till huset – som satte upp den för två år sedan – och Björck själv. Det antyder att han har lyft ned lampan."

"Varifrån kommer snaran?"

"Från flaggstången på bakgården. Någon hade skurit av drygt två meter lina. Det låg en morakniv på fönsterbrädet utanför altandörren. Enligt ägaren till huset är det hans kniv. Den brukar finnas i en verktygslåda under diskbänken. Björcks fingeravtryck finns på både skaftet och bladet samt på verktygslådan."

"Hmm", sa Sonja Modig.

"Vad var det för knopar?" undrade Curt Svensson.

"Vanliga kärringknutar. Själva strypsnaran är bara en ögla. Det är möjligen det enda som är lite anmärkningsvärt. Björck var seglingskunnig och visste hur man slår riktiga knopar. Men vem vet hur mycket en människa som tänker begå självmord bryr sig om formen på knoparna."

"Droger?"

"Enligt den toxologiska rapporten hade Björck spår av kraftigt smärtstillande tabletter i blodet. Det är receptbelagd medicin av ett slag som Björck fått utskrivet. Han hade även spår av alkohol men ingen promillehalt att tala om. Han var med andra ord mer eller mindre nykter."

"Patologen skriver att det fanns skrapsår."

"Ett tre centimeter långt skrapsår på utsidan av vänster knä. En rispa. Jag har funderat på det men det kan ha uppstått på ett dussin olika sätt ... till exempel att han stött emot en stolskant eller liknande."

Sonja Modig höll upp ett foto som visade Björcks deformerade ansikte. Snaran hade skurit in så djupt att själva linan inte kunde ses under hudvecket. Ansiktet såg groteskt svullet ut.

"Vi kan fastslå att han förmodligen hängt i flera timmar, förmodligen närmare ett dygn, innan kroken gav vika. Allt blod finns dels i huvudet, där strypsnaran gjorde att blodet inte kunde rinna ned i kroppen, dels i lägre extremiteter. Då kroken brast slog han emot kanten av vardagsrumsbordet med bröstkorgen. Där har en djup krosskada uppkommit. Men detta sår uppstod långt efter att han redan avlidit."

"Jävla sätt att dö på", sa Curt Svensson.

"Jag vet inte det. Snaran var så tunn att den skar in djupt och stoppade blodtillförseln. Han torde ha varit medvetslös inom några sekunder och död inom en eller två minuter."

Bublanski slog med avsmak ihop förundersökningen. Han gillade inte det här. Han gillade absolut inte att både Zalachenko och Björck tycktes ha dött samma dag. Den ene skjuten av en tokig rättshaverist och den andre för egen hand. Men inga spekulationer i världen kunde ändra det faktum att brottsplatsundersökningen inte gav minsta stöd för teorin att någon hade bistått Björcks hädanfärd.

"Han stod under stor press", sa Bublanski. "Han visste att Zalachenkoaffären var på väg att uppdagas och att han själv riskerade att åka dit för brott mot sexköpslagen och hängas ut i media. Jag undrar vad han var mest rädd för. Han var sjuk och hade haft kronisk smärta en lång tid … Jag vet inte. Jag skulle ha uppskattat om han hade lämnat ett brev eller något."

"Många som begår självmord skriver aldrig något avskedsbrev."

"Jag vet. Okej. Vi har inget val. Vi lägger Björck till handlingarna."

ERIKA BERGER KUNDE inte förmå sig att omedelbart sätta sig på Moranders stol i glasburen och skjuta hans personliga ägodelar åt sidan. Hon gjorde upp med Gunnar Magnusson att prata med Moranders familj om att änkan, när det var lämpligt, skulle göra ett besök och sortera ut det som tillhörde henne.

Istället lät hon rensa en yta vid centraldesken mitt i redigeringshavet där hon ställde upp sin laptop och tog kommandot. Det var kaotiskt. Men tre timmar efter att hon i flygande fläng tagit över rodret på SMP gick ledarsidan i tryck. Gunnar Magnusson hade satt ihop en fyrspaltare om Håkan Moranders livsgärning. Sidan var uppbyggd runt ett porträtt av Morander i centrum, hans oavslutade ledare till vänster och en serie bilder i underkant. Den skevade layoutmässigt men hade ett emotionellt genomslag som gjorde dessa brister acceptabla.

Strax före sex på kvällen gick Erika igenom rubrikerna på ettan och diskuterade texter med redigeringschefen då Borgsjö kom fram till henne och rörde vid hennes axel. Hon tittade upp.

"Kan jag få växla några ord?"

De promenerade till kaffeautomaten i lunchrummet.

"Jag ville bara säga att jag är väldigt nöjd med hur du tog kommandot i dag. Jag tror att du överraskade oss alla."

"Jag hade inte så stort val. Men det kommer att halta innan jag är varm i kläderna."

"Det är vi medvetna om."

"Vi?"

"Jag menar både personalen och styrelsen. I synnerhet styrelsen. Men efter vad som har hänt i dag är jag mer än någonsin övertygad om att du är helt rätt val. Du kom hit i grevens tid och du har tvingats ta kommandot i en mycket besvärlig situation."

Erika rodnade nästan. Det hade hon inte gjort sedan hon var fjorton år.

"Får jag komma med ett gott råd ..."

"Naturligtvis."

"Jag hörde att du hade ett meningsutbyte om rubriksättningen med Anders Holm, nyhetschefen."

"Vi var oense om vinklingen i texten om regeringens skatteförslag. Han lade in en åsikt i rubriken på nyhetsplats. Där ska vi rapportera neutralt. Åsikterna ska komma på ledarsidan. Och medan jag är inne på det – jag kommer att skriva ledare då och då, men jag är som sagt inte partipolitiskt aktiv och vi måste lösa frågan om vem som blir chef för ledarredaktionen."

"Magnusson får ta över tills vidare", sa Borgsjö.

Erika Berger ryckte på axlarna.

"Mig kvittar det vem ni utser. Men det bör vara en person som tydligt står för tidningens åsikter."

"Jag förstår. Det jag ville säga är att du nog får ge Holm lite svängrum. Han har jobbat på SMP länge och varit nyhetschef i femton år. Han vet vad han gör. Han kan vara en tvärvigg men är praktiskt taget oumbärlig."

"Jag vet. Morander berättade det. Men när det gäller nyhetspolicy får han nog rätta in sig i ledet. När allt kommer omkring så anställde ni mig för att förnya tidningen."

Borgsjö nickade eftertänksamt.

"Okej. Vi får lösa problemen efterhand som de dyker upp."

ANNIKA GIANNINI VAR både trött och irriterad då hon på onsdagskvällen klev ombord på X2000 på Göteborgs central för att återvända till Stockholm. Hon kände sig som om hon hade bosatt sig på X2000 den gångna månaden. Familjen hade hon knappt hunnit träffa alls. Hon hämtade kaffe i restaurangvagnen och gick till sin plats och slog upp mappen med anteckningar från det senaste samtalet med Lisbeth Salander. Vilket också var orsaken till att hon var trött och irriterad.

Hon mörkar, tänkte Annika Giannini. Den lilla idioten berättar inte sanningen för mig. Och Micke mörkar också något. Gudarna vet vad de sysslar med.

Hon konstaterade också att eftersom hennes bror och hennes klient inte hade kommunicerat med varandra så måste konspirationen – om det nu var en sådan – vara en tyst överenskommelse som föll sig naturligt. Hon förstod inte vad det handlade om men antog att det rörde något som Mikael Blomkvist trodde var viktigt att dölja.

Hon fruktade att det var en fråga om moral, vilket var hans svaga sida. Han var Lisbeth Salanders vän. Hon kände sin bror och visste att han var lojal bortom enfaldens gräns mot människor som han en gång definierat som vänner, även om vännen var omöjlig och hade käpprätt fel. Hon visste också att Mikael kunde acceptera många dumheter men att det existerade en outtalad gräns som inte fick överskridas. Exakt var denna gräns låg tycktes variera från person till person, men hon visste att Mikael vid några tillfällen fullständigt brutit med personer som tidigare varit nära vänner därför att de hade gjort något som han uppfattade som omoraliskt eller oacceptabelt. Vid sådana tillfällen blev han rigid. Brytningen var total och för evigt och helt odiskutabel. Mikael svarade inte ens i telefon även om vederbörande ringde för att be om förlåtelse på sina bara knän.

Vad som rörde sig i Mikael Blomkvists huvud begrep Annika Giannini. Vad som däremot skedde hos Lisbeth Salander hade hon ingen aning om. Ibland trodde hon att det stod helt stilla däruppe.

Av Mikael hade hon förstått att Lisbeth Salander kunde vara lynnig och extremt reserverad mot sin omgivning. Ända till dess att hon träffat Lisbeth Salander hade Annika trott att det skulle vara ett övergående stadium och att det var en fråga om att vinna hennes förtroende. Men Annika konstaterade att efter en månads samtal – låt gå för att de första två veckorna hade gått till spillo därför att Lisbeth Salander inte orkade med samtal – så var konversationen i långa partier högst ensidig.

Annika hade också noterat att Lisbeth Salander tidvis tycktes befinna sig i djup depression och inte hade minsta intresse av att reda ut sin situation och sin framtid. Det verkade som om Lisbeth Salander helt enkelt inte begrep eller inte brydde sig om att Annikas enda möjlighet att ge henne ett fullgott försvar berodde av om hon hade tillgång till alla fakta. Hon kunde inte arbeta i mörker.

Lisbeth Salander var trulig och fåordig. Hon gjorde långa tankepauser och formulerade sig exakt då hon sa något. Ofta svarade hon inte alls, och ibland svarade hon plötsligt på en fråga som Annika ställt flera dagar tidigare. I samband med polisförhören hade Lisbeth Salander suttit mol tyst i sängen och tittat framför sig. Med ett undantag hade hon inte växlat ett enda ord med poliserna. Undantaget var de tillfällen kriminalinspektör Marcus Erlander hade ställt frågor om vad hon kände till om Ronald Niedermann; då hade hon tittat på honom och sakligt besvarat varje fråga. Så fort han bytte ämne hade hon tappat intresset och stirrat framför sig.

Annika var förberedd på att Lisbeth inte skulle säga någonting till polisen. Hon pratade av princip inte med myndigheter. Vilket i detta fall var av godo. Trots att Annika formellt med jämna mellanrum uppmanade sin klient att besvara frågor från polisen var hon innerst inne mycket nöjd med Salanders kompakta tystnad. Orsaken var enkel. Det var en konsekvent tystnad. Den innehöll inga lögner som hon kunde beslås med och inga motsägelsefulla resonemang som skulle se illa ut i rättegången.

Men även om Annika var förberedd på tystnaden så förvånades hon över att den var så orubblig. När de var ensamma hade hon frågat varför Lisbeth så närmast demonstrativt vägrade prata med polisen.

"De kommer att förvränga det jag säger och använda det mot mig."

"Men om du inte förklarar dig så kommer du att bli dömd."

"Då får det bli på det viset. Jag har inte orsakat den här soppan. Och vill de döma mig för den så är det inte mitt problem."

För Annika hade Lisbeth Salander långsamt berättat nästan allt som hade hänt i Stallarholmen, även om Annika oftast fått dra orden ur henne. Allt utom en sak. Hon förklarade inte hur det kom sig att Magge Lundin fick en kula i foten. Hur mycket hon än frågade och tjatade så tittade Lisbeth Salander bara oblygt på henne och log sitt skeva leende.

Hon hade också berättat vad som hände i Gosseberga. Men hon hade inte sagt något om varför hon hade spårat sin far. Hade hon kommit dit för att mörda sin pappa – vilket åklagaren hävdade – eller för att tala honom till rätta? Juridiskt sett var skillnaden himmelsvid.

Då Annika tog upp hennes förre förvaltare advokat Nils Bjurman blev Lisbeth än mer fåordig. Hennes vanliga svar var att det inte var hon som sköt honom och att det heller inte ingick i åtalet mot henne.

Och när Annika kom in på själva grundbulten i hela händelseförloppet, doktor Peter Teleborians roll 1991, förvandlades Lisbeth till kompakt tystnad.

Det här håller inte, konstaterade Annika. *Om inte Lisbeth har förtroende för mig så kommer vi att förlora rättegången. Jag måste prata med Mikael.*

LISBETH SALANDER SATT på sängkanten och tittade ut genom fönstret. Hon kunde se fasaden på andra sidan parkeringen. Hon hade suttit ostörd och orörlig i över en timme sedan Annika Giannini rest sig och i vredesmod slängt igen dörren efter sig. Hon hade huvudvärk igen men den var mild och avlägsen. Däremot kände hon sig illa till mods.

Hon var irriterad på Annika Giannini. Ur en praktisk synvinkel kunde hon begripa varför hennes advokat ständigt tjatade om detaljer ur hennes förflutna. Rent rationellt förstod hon varför Annika måste ha alla fakta. Men hon hade inte minsta lust att prata om sina känslor eller sitt agerande. Hon ansåg att hennes liv var hennes privata ensak. Det var inte hennes fel att hennes far var en patologiskt sjuk sadist och mördare. Det var inte hennes fel att hennes bror var en massmördare. Och gudskelov var det ingen som visste att han var hennes bror, vilket annars med stor sannolikhet också skulle läggas henne till last i den psykiatriska utvärdering som förr eller senare skulle göras. Det var inte hon som hade mördat Dag Svensson och Mia Bergman. Det var inte hon som hade utsett en förvaltare som visade sig vara ett svin och en våldtäktsman.

Ändå var det hennes liv som skulle vändas ut och in och hon som skulle tvingas förklara sig och be om förlåtelse för att hon försvarat sig.

Hon ville vara i fred. Och när allt kom omkring så var det hon som måste leva med sig själv. Hon förväntade sig inte att någon skulle vara hennes vän. Annika Jävla Giannini stod troligen på hennes sida, men det var en professionell vänskap, eftersom hon var hennes advokat. Kalle Jävla Blomkvist fanns därute någonstans – Annika var fåordig om sin bror och Lisbeth frågade aldrig. Hon förväntade sig inte att han skulle göra alltför många knop då mordet på Dag Svensson var löst och han hade fått sin story.

Hon undrade vad Dragan Armanskij ansåg om henne efter allt som hade hänt.

Hon undrade hur Holger Palmgren uppfattade situationen.

Enligt Annika Giannini hade bägge placerat sig i hennes ringhörna, men det var bara ord. De kunde inte göra någonting för att lösa hennes privata problem.

Hon undrade vad Miriam Wu kände för henne.

Hon undrade vad hon kände för sig själv och kom till insikt om att hon mest kände likgiltighet inför hela sitt liv.

Hon stördes plötsligt av att Securitasvakten satte nyckeln i låset och släppte in doktor Anders Jonasson.

"God kväll, fröken Salander. Och hur mår du i dag då?"

"Okej", svarade hon.

Han kontrollerade hennes journal och konstaterade att hon var feberfri. Hon hade vant sig vid hans besök som skedde ett par gånger i veckan. Av alla människor som hanterade henne och petade på henne var han den ende som hon kände ett mått av förtroende för. Inte vid något tillfälle hade hon upplevt att han sneglat konstigt på henne. Han besökte hennes rum, småpratade en stund och undersökte hur hennes kropp mådde. Han ställde inga frågor om Ronald Niedermann eller Alexander Zalachenko eller om hon var galen eller varför polisen höll henne inlåst. Han tycktes bara vara intresserad av hur hennes muskler fungerade, hur läkningen i hennes hjärna framskred och hur hon mådde i största allmänhet.

Dessutom hade han bokstavligen rotat i hennes hjärna. Någon som rotat i hennes hjärna måste behandlas med respekt, ansåg hon. Hon insåg till sin förvåning att hon upplevde besöken från Anders Jonasson som behagliga trots att han petade på henne och analyserade hennes feberkurvor.

"Är det okej om jag förvissar mig om det?"

Han gjorde den vanliga undersökningen av henne genom att titta på hennes pupiller och lyssna på hennes andning och mäta hennes puls och kontrollera hennes sänka.

"Hur mår jag?" frågade hon.

"Du är helt klart på bättringsvägen. Men du måste arbeta hårdare med gymnastik. Och du kliar på sårskorpan på huvudet. Sluta med det."

Han gjorde en paus.

"Får jag ställa en personlig fråga?"

Hon sneglade på honom. Han väntade till dess att hon nickade.

"Den där draken du har tatuerad ... jag har inte sett hela tatueringen, men jag konstaterar att den är väldigt stor och täcker en stor del av din rygg. Varför skaffade du dig den?"

"Har du inte sett den?"

Han log plötsligt.

"Jag menar att jag har sett den skymta, men när du var helt utan kläder i mitt sällskap så var jag fullt sysselsatt med att stoppa blödningar och operera ut kulor ur dig och sådant."

"Varför frågar du?"

"Av ren nyfikenhet."

Lisbeth Salander funderade en lång stund. Till sist tittade hon på honom.

"Jag skaffade den av ett privat skäl som jag inte vill berätta om."

Anders Jonasson begrundade svaret och nickade tankfullt.

"Okej. Förlåt att jag frågade."

"Vill du titta på den?"

Han såg förvånad ut.

"Jo. Varför inte."

Hon vände ryggen mot honom och drog linnet över huvudet. Hon ställde sig så att ljuset från fönstret föll på hennes rygg. Han konstaterade att draken täckte ett område på den högra sidan av ryggen. Den började på skuldran långt uppe vid axeln och slutade med en svans en bit ned på höften. Den var vacker och professionellt gjord. Den såg ut som ett riktigt konstverk.

Efter en stund vred hon på huvudet.

"Nöjd?"

"Den är vacker. Men det måste ha gjort helvetiskt ont."

"Ja", erkände hon. "Det gjorde ont."

ANDERS JONASSON LÄMNADE Lisbeth Salanders sjukrum något konfunderad. Han var nöjd med hur hennes fysiska rehabilitering framskred. Men han blev inte klok på den besynnerliga flickan i rummet. Man behövde ingen magisterexamen i psykologi för att dra slutsatsen att hon inte mådde särskilt bra rent själsligt. Hennes ton mot honom var hövlig, men fylld av sträv misstänksamhet. Han hade också förstått att hon var hövlig mot övrig personal men att hon inte sa ett ljud då polisen kom på besök. Hon var extremt hårt sluten inom ett skal och markerade hela tiden distans till omgivningen.

Polisen hade låst in henne och en åklagare ämnade åtala henne för mordförsök och grov misshandel. Han var förbryllad över att en så liten och späd flicka hade besuttit den fysiska styrka som behövdes för den sortens grova våldsbrottslighet, särskilt som våldet riktat sig mot fullvuxna män.

Han hade frågat om hennes drake mest för att hitta ett personligt ämne han kunde prata med henne om. Han var egentligen inte intresserad av varför hon smyckat sig på detta överdrivna sätt, men han antog att om hon hade valt att prägla sin kropp med en så stor tatuering så hade den en speciell betydelse för henne. Alltså var det ett bra ämne att inleda ett samtal med.

Han hade tagit för vana att besöka henne ett par gånger i veckan. Besöken låg egentligen utanför hans schema och det var doktor Helena Endrin som var hennes läkare. Men Anders Jonasson var chef för traumaenheten och han var omåttligt nöjd med den insats han hade gjort natten då Lisbeth Salander rullats in på akuten. Han hade fattat rätt beslut då han valde att avlägsna kulan och så vitt han kunde se hade hon inga sviter i form av minnesluckor, nedsatta kroppsliga funktioner eller andra handikapp efter skottskadan. Om hennes tillfrisknande fortsatte på samma sätt skulle hon lämna sjukhuset med ett ärr i huvudsvålen men utan andra komplikationer. Vilka ärr som bildats i hennes själ kunde han inte uttala sig om.

Han promenerade till sitt kontorsrum och upptäckte att en man i mörk kavaj stod lutad mot väggen vid hans dörr. Han hade tovigt hår och ett välansat skägg.

”Doktor Jonasson?”

”Ja.”

”Hej, mitt namn är Peter Teleborian. Jag är överläkare på S:t Stefans psykiatriska klinik i Uppsala.”

”Jo, jag känner igen dig.”

”Bra. Jag skulle behöva ett privat samtal med dig en stund om du har tid.”

Anders Jonasson låste upp dörren till sitt rum.

"Vad kan jag hjälpa till med?" undrade Anders Jonasson.

"Det gäller en av dina patienter. Lisbeth Salander. Jag behöver få besöka henne."

"Hmm. I så fall måste du begära tillstånd hos åklagaren. Hon är häktad och belagd med besöksförbud. Sådana besök måste också anmälas i förväg hos Salanders advokat ..."

"Ja ja, jag vet. Jag tänkte att vi skulle slippa gå genom all byråkrati i det här fallet. Jag är läkare och då kan du utan vidare ge mig tillträde till henne av rent medicinska skäl."

"Jo, det skulle kanske kunna motiveras. Men jag förstår inte riktigt sammanhanget."

"Jag var i flera år Lisbeth Salanders psykiatriker då hon var institutionaliserad på S:t Stefans i Uppsala. Jag följde henne fram tills hon fyllde 18 år då tingsrätten släppte ut henne i samhället, om än under förvaltarskap. Jag bör kanske nämna att jag självfallet motsatte mig det. Sedan dess har hon fått driva vind för våg och resultatet ser vi i dag."

"Jag förstår", sa Anders Jonasson.

"Jag känner fortfarande ett stort ansvar för henne och skulle alltså vilja få möjlighet att utvärdera hur stor försämring som ägt rum de senaste tio åren."

"Försämring?"

"Jämfört med då hon fick kvalificerad vård som tonåring. Jag tänkte att vi kunde hitta en lämplig lösning här, läkare emellan."

"Medan jag har det i färskt minne ... Du kanske kan hjälpa mig med en sak som jag inte riktigt förstår, läkare emellan, alltså. Då hon togs in här på Sahlgrenska föranstaltade jag en stor medicinsk utvärdering av henne. En kollega beställde fram den rättsmedicinska utredningen om Lisbeth Salander. Den var författad av en doktor Jesper H. Löderman."

"Det stämmer. Jag var handledare för Jesper då han doktorerade."

"Jag förstår. Men jag noterar att den rättsmedicinska utredningen är väldigt vag."

"Jaså."

"Den innehåller ingen diagnos utan verkar mest vara en akademisk studie av en tigande patient."

Peter Teleborian skrattade.

"Jo, hon är inte lätt att ha att göra med. Som framgår av utredningen så vägrade hon konsekvent att delta i samtal med Löderman. Det resulterade i att han av nödvändighet tvingades uttrycka sig vagt. Vilket var helt korrekt av honom."

"Jag förstår. Men rekommendationen var i alla fall att hon skulle institutionaliseras."

"Det bygger på hennes tidigare historia. Vi har ju en mångårig sammanlagd erfarenhet av hennes sjukdomsbild."

"Och det är det jag inte riktigt förstår. Då hon togs in här försökte vi beställa fram hennes journal från S:t Stefans. Men vi har ännu inte fått den."

"Jag är ledsen. Men den är hemligstämplad genom tingsrättsbeslut."

"Jag förstår. Och hur ska vi på Sahlgrenska kunna ge henne god omvårdnad om vi inte får tillgång till hennes journal? Det är ju faktiskt vi som har medicinskt ansvar för henne nu."

"Jag har haft hand om henne sedan hon var tolv år gammal och jag tror inte att det finns någon annan läkare i Sverige med samma insikt i hennes sjukdomsbild."

"Vilken är ...?"

"Lisbeth Salander lider av en allvarlig psykisk störning. Som du vet är psykiatri ingen exakt vetenskap. Jag vill ogärna binda mig vid en exakt diagnos. Men hon har uppenbara vanföreställningar med tydliga paranoida schizofrena drag. I bilden ingår även perioder av manodepression, och hon saknar empati."

Anders Jonasson studerade doktor Peter Teleborian i tio sekunder innan han slog ut med händerna.

"Jag ska inte argumentera diagnos med doktor Teleborian, men har du aldrig övervägt en betydligt enklare diagnos?"

"Hur så?"

"Till exempel Aspergers syndrom. Jag har för all del inte gjort någon psykiatrisk utvärdering av henne, men om jag spontant skulle göra en gissning så ligger det nära till hands med någon form av autism. Det skulle förklara hennes oförmåga att relatera till sociala konventioner."

"Jag är ledsen, men Aspergerpatienter brukar inte sätta eld på sina föräldrar. Tro mig, jag har aldrig tidigare träffat en så tydligt definierad sociopat."

"Jag uppfattar henne som sluten, men inte som en paranoid sociopat."

"Hon är extremt manipulativ", sa Peter Teleborian. "Hon visar vad hon tror att du vill se."

Anders Jonasson rynkade omärkligt sina ögonbryn. Helt plötsligt gick Peter Teleborian tvärt emot hans egen samlade bedömning av Lisbeth Salander. Om det var något han inte uppfattade henne som så var det manipulativ. Tvärtom – hon var en människa som orubbligt höll distans till omgivningen och inte visade några emotioner alls. Han försökte jämka ihop den bild som Teleborian målade upp med den bild han själv hade fått av Lisbeth Salander.

"Och du har sett henne under en kort tid då hon varit nödtvunget passiv på grund av sina skador. Jag har sett hennes våldsamma utbrott och oresonliga hat. Jag har ägnat många år åt att försöka hjälpa Lisbeth Salander. Det är därför jag är här. Jag föreslår ett samarbete mellan Sahlgrenska och S:t Stefans."

"Vilken sorts samarbete talar du om?"

"Du har hand om hennes fysiska problem och jag är övertygad om att det är den allra bästa vård hon kan få. Men jag känner en stor oro för hennes psykiska tillstånd och jag vill gärna komma in i ett tidigt stadium. Jag är beredd att erbjuda all hjälp jag kan bistå med."

"Jag förstår."

"Jag behöver få besöka henne för att i första hand göra en utvärdering av hennes tillstånd."

"Jag förstår. Dessvärre kan jag inte hjälpa dig."

"Förlåt?"

"Som jag sa tidigare är hon häktad. Om du vill inleda en psykiatrisk behandling av henne måste du vända dig till åklagare Jervas som fattar beslut i sådana ärenden, och det måste ske i samråd med hennes advokat Annika Giannini. Om det är fråga om en rättspsykiatrisk utredning så måste tingsrätten ge dig ett uppdrag."

"Det var just hela den byråkratiska gången jag ville undvika."

"Jo, men jag är ansvarig för henne, och om hon ska ställas inför rätta inom en snar framtid måste vi ha klara papper på alla åtgärder vi har vidtagit. Alltså måste vi ha denna byråkratiska gång."

"Jag förstår. Då kan jag avslöja att jag redan har fått en förfrågan från åklagare Richard Ekström i Stockholm om att göra en rättspsykiatrisk utredning. Det kommer att bli aktuellt i samband med rättegången."

"Så bra. Då kommer du att få besökstillstånd utan att vi behöver tumma på reglementet."

"Men medan vi ägnar oss åt byråkrati finns en risk för att hennes tillstånd ständigt försämras. Jag är bara intresserad av hennes hälsa."

"Det är jag med", sa Anders Jonasson. "Och oss emellan kan jag notera att jag inte ser några tecken på att hon skulle vara psykiskt sjuk. Hon är illa tilltygad och befinner sig i en pressad situation. Men jag uppfattar absolut inte att hon skulle vara schizofren eller lida av paranoida tvångsföreställningar."

DOKTOR PETER TELEBORIAN använde ytterligare en lång stund åt att försöka förmå Anders Jonasson att ändra sitt beslut. När han sent omsider insåg att det var fruktlöst reste han sig tvärt och tog adjö.

Anders Jonasson satt en lång stund och betraktade fundersamt den stol Teleborian suttit i. Det var för all del inte ovanligt att andra läkare kontaktade honom med råd eller synpunkter på behandlingen. Men det rörde nästan uteslutande patienter med en läkare som redan svarade för någon form av pågående behandling. Han hade aldrig tidigare varit med om att en psykiatriker landat som ett flygande tefat och närmast insisterat på att han skulle få tillträde till en patient utanför all reguljär byråkrati och som han uppenbarligen inte behandlat på många år. Efter en stund sneglade Anders Jonasson på sitt armbandsur och konstaterade att det var strax före sju på kvällen. Han lyfte telefonen och ringde till Martina Karlgren, den psykolog och jourhavande medmänniska som Sahlgrenska erbjöd traumapatienter.

"Hej. Jag antar att du har gått för dagen. Stör jag?"

"Ingen fara. Jag är hemma och gör inget särskilt."

"Jag är lite fundersam. Du har pratat med vår patient Lisbeth Salander. Kan du berätta vad du har för intryck av henne."

"Tja, jag har besökt henne tre gånger och erbjudit henne samtal. Hon har vänligt men bestämt avböjt."

"Vad är ditt intryck av henne?"

"Hur menar du?"

"Martina, jag vet att du inte är psykiatriker, men du är en klok och förståndig människa. Vad har du fått för intryck av henne?"

Martina Karlgren tvekade en stund.

"Jag är inte säker på hur jag ska besvara frågan. Jag träffade henne två gånger då hon var relativt nyinkommen och var så illa däran att jag inte fick någon riktig kontakt med henne. Sedan besökte jag henne för ungefär en vecka sedan på begäran av Helena Endrin."

"Varför bad Helena dig att besöka henne?"

"Lisbeth Salander håller på att tillfriskna. Hon ligger huvudsakligen och stirrar upp i taket. Doktor Endrin ville att jag skulle titta till henne."

"Och vad hände?"

"Jag presenterade mig. Vi pratade i ett par minuter. Jag frågade hur hon mådde och om hon kände behov av att ha någon att prata med. Hon sa att hon inte gjorde det. Jag frågade om jag kunde hjälpa henne med något. Hon bad mig smuggla in ett paket cigaretter."

"Var hon irriterad eller fientlig?"

Martina Karlgren funderade en stund.

"Nej, det vill jag inte påstå. Hon var lugn men höll en stor distans. Jag uppfattade hennes bön om att jag skulle smuggla cigaretter mer som ett skämt än som en seriös begäran. Jag frågade om hon ville läsa något, om jag kunde ge henne böcker av något slag. Det ville hon först inte, men sedan frågade hon om jag hade några vetenskapliga tidskrifter som handlade om genetik och hjärnforskning.”

”Om vad?”

”Genetik.”

”Genetik?”

”Ja. Jag sa att det fanns några populärvetenskapliga böcker i ämnet i vårt bibliotek. Det var hon inte intresserad av. Hon sa att hon hade läst böcker i ämnet tidigare och nämnde några standardverk som jag aldrig hade hört talas om. Hon var alltså mera intresserad av ren forskning i ämnet.”

”Jaså?” sa Anders Jonasson förbluffat.

”Jag sa att vi nog inte hade så avancerade böcker i patientbiblioteket – vi har ju mer Philip Marlowe än vetenskaplig litteratur – men att jag skulle se om jag kunde rota fram något.”

”Gjorde du det?”

”Jag gick upp och lånade några exemplar av *Nature* och *New England Journal of Medicine*. Hon blev nöjd och tackade för att jag gjort mig besvär.”

”Men det är ju tämligen avancerade tidskrifter som mest innehåller uppsatser och ren forskning.”

”Hon läser dem med stort intresse.”

Anders Jonasson satt mållös en kort stund.

”Hur bedömer du hennes psykiska tillstånd?”

”Sluten. Hon har inte diskuterat något som helst privat med mig.”

”Uppfattar du henne som psykiskt sjuk, manodepressiv eller paranoid?”

”Nej, inte alls. I så fall skulle jag ha slagit larm. Hon är förvisso egen och hon har stora problem och befinner sig i ett tillstånd av stress. Men hon är lugn och saklig och tycks kunna hantera sin situation.”

”Okej.”

”Varför frågar du? Har något hänt?”

”Nej, ingenting har hänt. Jag blir bara inte klok på henne.”

KAPITEL 10
LÖRDAG 7 MAJ-TORSDAG 12 MAJ

MIKAEL BLOMKVIST LADE ifrån sig mappen med den research han hade fått från frilansaren Daniel Olofsson i Göteborg. Han tittade tankfullt ut genom fönstret och betraktade strömmen av människor på Götgatan. Det var en av de saker han tyckte allra bäst om med sitt rum. Götgatan var fylld av liv dygnet runt och då han satt vid fönstret kände han sig aldrig riktigt isolerad eller ensam.

Han kände sig stressad, trots att han inte hade något brådskande ärende. Han hade envetet arbetat vidare med de texter som han ämnade fylla sommarnumret av *Millennium* med men hade sent omsider insett att materialet var så omfattande att inte ens ett temanummer var tillräckligt. Han hade hamnat i samma situation som i Wennerströmaffären och hade beslutat att publicera texterna som bok. Han hade redan material för drygt 150 sidor och räknade med att hela boken skulle bli omkring 300–350 sidor.

Den enkla delen var klar. Han hade beskrivit morden på Dag Svensson och Mia Bergman och berättat om hur det kom sig att han själv var den person som hittade deras kroppar. Han hade förklarat varför Lisbeth Salander blev misstänkt. Han använde ett helt kapitel på trettiosju sidor till att slakta dels medias skriverier om Lisbeth, dels åklagare Richard Ekström och indirekt hela polisutredningen. Efter moget övervägande hade han mildrat sin kritik mot Bublanski och hans kollegor. Han gjorde det efter att ha studerat en video från Ekströms presskonferens, där det framstod som uppenbart att Bublanski var extremt obekväm och uppenbart missnöjd med Ekströms snabba slutsatser.

Efter den inledande dramatiken hade han gått tillbaka i tiden och beskrivit Zalachenkos ankomst till Sverige, Lisbeth Salanders uppväxt och händelserna som ledde fram till att hon spärrades in på S:t Stefans i Uppsala. Han ägnade stor omsorg åt att fullkomligt förinta doktor Peter Teleborian och framlidne Gunnar Björck. Han presenterade den rättspsykiatriska utredningen från 1991 och förklarade varför Lisbeth Salander hade blivit ett hot mot anonyma statstjänstemän som hade tagit det till sin uppgift att skydda den ryske avhopparen. Han återgav stora delar av korrespondensen mellan Teleborian och Björck.

Vidare beskrev han Zalachenkos nya identitet och verksamhetsområde som heltidsgangster. Han beskrev medhjälparen Ronald Niedermann, kidnappningen av Miriam Wu och Paolo Robertos ingripande. Slutligen hade han summerat upplösningen i Gosseberga, som ledde till att Lisbeth Salander sköts och begravdes, och förklarat hur det kom sig att en polisman mördades alldeles i onödan då Niedermann redan var infångad.

Därefter hade storyn blivit mer trögflytande. Mikaels problem var att berättelsen fortfarande hade avsevärda luckor. Gunnar Björck hade inte agerat ensam. Bakom hela händelseförloppet måste finnas en större grupp med resurser och inflytande. Allt annat var orimligt. Men till sist hade han dragit slutsatsen att den rättsvidriga hanteringen av Lisbeth Salander inte kunde vara sanktionerad av regeringen eller Säkerhetspolisens ledning. Bakom denna slutsats låg inte ett överdrivet förtroende för statsmakterna utan tilltro till den mänskliga naturen. En operation av det slaget hade aldrig kunnat hemlighållas om det funnits politisk förankring. Någon skulle ha haft en gås oplockad med någon och skvallrat, varefter media skulle ha hittat Salanderaffären flera år tidigare.

Han tänkte sig Zalachenkoklubben som en liten anonym grupp aktivister. Problemen var bara att han inte kunde identifiera någon av dem, utom möjligen Göran Mårtensson, 40 år, polisman på hemlig befattning som ägnade sig åt att skugga Mikael Blomkvist.

Tanken var att boken skulle ligga färdigtryckt för att kunna distribueras samma dag som rättegången mot Lisbeth Salander inleddes. Tillsammans med Christer Malm planerade han för en pocketutgåva som skulle plastas in och skickas ut tillsammans med ett prishöjt sommarnummer av *Millennium*. Han hade fördelat arbetsuppgifter på Henry Cortez och Malin Eriksson som skulle producera texter om Säkerhetspolisens historia, IB-affären och liknande.

Att det skulle bli en rättegång mot Lisbeth Salander stod nu klart.

Åklagare Richard Ekström hade väckt åtal för grov misshandel i fallet Magge Lundin och grov misshandel alternativt mordförsök i fallet Karl Axel Bodin, alias Alexander Zalachenko.

Något rättegångsdatum var ännu inte satt, men från journalistkollegor hade Mikael snappat upp informationen att Ekström planerade en rättegång i juli, lite beroende på Lisbeth Salanders hälsotillstånd. Mikael förstod avsikten. En rättegång under högsommaren väcker alltid mindre uppmärksamhet än en rättegång under andra tider på året.

Han rynkade pannan och tittade ut genom fönstret i sitt arbetsrum på *Millennium*s redaktion.

Det är inte över. Konspirationen mot Lisbeth fortsätter. Det är det enda sättet att förklara avlyssnade telefoner, överfallet på Annika Giannini, stölden av Salanderrapporten från 1991. Och kanske mordet på Zalachenko.

Men han saknade bevis.

Tillsammans med Malin Eriksson och Christer Malm hade Mikael fattat beslutet att Millennium förlag även skulle ge ut Dag Svenssons bok om trafficking inför rättegången. Det var bättre att presentera hela paketet på en gång, och det fanns ingen orsak att avvakta med utgivningen. Tvärtom – boken skulle aldrig kunna väcka motsvarande intresse vid någon annan tidpunkt. Malin hade huvudansvaret för slutredigeringen av Dag Svenssons bok medan Henry Cortez bistod Mikael med skrivandet av boken om Salanderaffären. Lottie

Karim och Christer Malm (mot sin vilja) hade därmed blivit tillfälliga redaktionssekreterare på *Millennium*, med Monica Nilsson som enda tillgänglig reporter. Resultatet av denna ökade arbetsbörda var att hela *Millenniums* redaktion gick på knäna och att Malin Eriksson kontrakterade flera frilansare för att producera texter. Det skulle bli kostsamt, men de hade inget val.

Mikael gjorde en anteckning på en gul post it-lapp att han måste reda ut rättigheterna till boken med Dag Svenssons familj. Han hade tagit reda på att Dag Svenssons föräldrar var bosatta i Örebro och var enda arvtagare. I praktiken behövde han inget tillstånd för att ge ut boken i Dag Svenssons namn, men han ämnade i alla fall åka till Örebro och personligen besöka dem för att få deras godkännande. Han hade skjutit upp det därför att han hade haft för mycket att stå i, men det var hög tid att klara av den detaljen.

DÄREFTER ÅTERSTOD BARA hundra andra detaljer. Några av dessa handlade om hur han skulle hantera Lisbeth Salander i texterna. För att slutgiltigt kunna avgöra det var han tvungen att få ett personligt samtal med henne, och ett godkännande att berätta sanningen, eller åtminstone delar av sanningen. Och det personliga samtalet kunde han inte få eftersom Lisbeth Salander var häktad med besöksförbud.

I det avseendet var Annika Giannini heller ingen hjälp. Hon följde slaviskt det regelverk som gällde och hade inte för avsikt att vara Mikael Blomkvists springflicka med hemliga meddelanden. Inte heller berättade Annika något om vad hon och hennes klient diskuterade annat än de bitar som handlade om konspirationen mot henne och där Annika behövde hjälp. Det var frustrerande men korrekt. Mikael hade följaktligen ingen aning om ifall Lisbeth hade avslöjat för Annika att hennes förre förvaltare hade våldtagit henne och att hon hade hämnats genom att tatuera ett uppseendeväckande budskap på hans mage. Så länge inte Annika tog upp saken så kunde Mikael heller inte göra det.

Men framför allt utgjorde Lisbeth Salanders isolering ett genuint problem. Hon var dataexpert och hacker, vilket Mikael kände till men inte Annika. Mikael hade lovat Lisbeth att aldrig avslöja hennes hemlighet och han hade hållit sitt löfte. Problemet var att han själv nu hade stort behov av hennes kunskaper i ämnet.

Alltså måste han på något sätt etablera kontakt med Lisbeth Salander.

Han suckade och öppnade Daniel Olofssons mapp igen och plockade fram två papper. Det ena var ett utdrag ur passregistret föreställande en Idris Ghidi, född 1950. Det var en man med mustasch, olivfärgad hy och svart hår med grå tinningar.

Det andra papperet var Daniel Olofssons summering av Idris Ghidis bakgrund.

Ghidi var kurdisk flykting från Irak. Daniel Olofsson hade grävt fram väsentligt mer information om Idris Ghidi än om någon annan anställd. Förklaringen till denna informationsdiskrepans var att Idris Ghidi under en tid hade väckt medial uppmärksamhet och förekom i flera texter i Mediearkivet.

Född 1950 i staden Mosul i norra Irak hade Idris Ghidi utbildat sig till ingenjör och varit en del av det stora ekonomiska språnget på 1970-talet. 1984 hade han börjat arbeta som lärare på byggnadstekniska gymnasiet i Mosul. Han var inte känd som politisk aktivist. Dessvärre var han kurd och per definition potentiellt kriminell i Saddam Husseins Irak. I oktober 1987 greps Idris Ghidis far misstänkt för kurdisk aktivism. Någon precisering av vari detta brott bestod angavs inte. Han avrättades som landsförrädare, troligen i januari 1988. Två månader senare hämtades Idris Ghidi av irakiska hemliga polisen då han just inlett en lektion i hållfasthetslära för brokonstruktioner. Han fördes till ett fängelse utanför Mosul där han under loppet av elva månader utsattes för omfattande tortyr i syfte att få honom att erkänna. Exakt vad han förväntades erkänna begrep aldrig Idris Ghidi och följaktligen fortsatte tortyren.

I mars 1989 betalade en farbror till Idris Ghidi en summa motsvarande 50 000 svenska kronor till den lokale ledaren för Baathpartiet, vilket fick anses som tillräcklig kompensation för den skada den irakiska staten åsamkats av Idris Ghidi. Två dagar senare frigavs han och överlämnades i sin farbrors vård. Vid frigivningen vägde han trettionio kilo och var oförmögen att gå. Inför frigivningen hade hans vänstra höft krossats av en slägga, så att han inte skulle kunna springa omkring och hitta på fler ofog i framtiden.

Idris Ghidi svävade mellan liv och död i flera veckor. När han långsamt hade återhämtat sig flyttade hans farbror honom till en gård i en by sextio kilometer från Mosul. Han hämtade nya krafter under sommaren och blev tillräckligt stark för att åter lära sig att gå hjälpligt med kryckor. Han var helt på det klara med att han aldrig skulle bli återställd. Frågan var bara vad han skulle göra i framtiden. I augusti fick han plötsligt besked att hans två bröder hade gripits av hemliga polisen. Han skulle aldrig återse dem. Han antog att de låg begravda under någon sandhög utanför Mosul. I september fick hans farbror veta att Idris Ghidi åter söktes av Saddam Husseins polis. Han fattade då beslutet att vända sig till en anonym parasit som mot en ersättning av motsvarande 30 000 kronor förde Idris Ghidi över gränsen till Turkiet och med hjälp av ett falskt pass vidare till Europa.

Idris Ghidi landade på Arlanda i Sverige den 19 oktober 1989. Han kunde inte ett ord svenska men hade fått instruktioner om att besöka passpolisen och omedelbart begära politisk asyl, vilket han gjorde på bristfällig engelska. Han transporterades till en flyktingförläggning i Upplands-Väsby där han tillbringade de närmast följande två åren, till dess att invandrarverket beslutade att Idris Ghidi saknade tillräckligt starka skäl för att få uppehållstillstånd i Sverige.

Vid det laget hade Ghidi lärt sig svenska och fått läkarhjälp för sin söndertrasade höft. Han hade opererats två gånger och kunde röra sig utan kryckor. Under tiden hade Sjöbodebatten hållits i Sverige, flyktingförläggningar hade utsatts för attentat och Bert Karlsson hade grundat partiet Ny demokrati.

Den direkta orsaken till att Idris Ghidi figurerade i Mediearkivet var att han i elfte timmen fick en ny advokat som gick ut i media och redogjorde för hans situation. Andra kurder i Sverige engagerade sig i fallet Idris Ghidi, däribland medlemmar i den stridbara familjen Baksi. Protestmöten hölls och petitioner till invandrarminister Birgit Friggebo formulerades. Detta fick så stor medieuppmärksamhet att invandrarverket ändrade sitt beslut och Ghidi fick uppehålls- och arbetstillstånd i kungadömet Sverige. I januari 1992 lämnade han flyktingförläggningen i Upplands-Väsby som en fri man.

Efter frigivningen från flyktingförläggningen vidtog en ny procedur för Idris Ghidi. Han måste hitta ett arbete samtidigt som han ännu gick i sjukterapi för sin sargade höft. Idris Ghidi upptäckte snart att det faktum att han var en välutbildad byggnadsingenjör med fleråriga meriter och goda akademiska betyg inte betydde ett dyft. Under de kommande åren arbetade han som tidningsbud, diskare, städare och taxichaufför. Arbetet som tidningsbud var han tvungen att säga upp sig från. Han kunde helt enkelt inte gå i trappor i den takt som erfordrades. Arbetet som taxichaufför gillade han bortsett från två saker. Han hade absolut ingen lokalkännedom om vägnätet i Stockholms län och han kunde inte sitta stilla i mer än någon timme åt gången innan smärtan i höften blev outhärdlig.

I maj 1998 flyttade Idris Ghidi till Göteborg. Orsaken var att en avlägsen släkting förbarmade sig över honom och erbjöd en fast anställning på ett städföretag. Idris Ghidi var oförmögen att arbeta heltid och fick en halvtid som chef för ett städlag på Sahlgrenska sjukhuset som företaget hade kontrakt med. Han hade rutiner och ett lätt arbete som innebar att han sex dagar i veckan svabbade golven i ett antal korridorer, däribland korridor 11 C.

Mikael Blomkvist läste Daniel Olofssons summering och studerade porträttet av Idris Ghidi från passregistret. Därefter loggade han in på Mediearkivet och plockade ut flera av de artiklar som legat till grund för Olofssons summering. Han läste uppmärksamt och funderade därefter en lång stund. Han tände en cigarett. Rökförbudet på redaktionen hade snabbt luckrats upp då Erika Berger flyttat ut. Henry Cortez hade till och med helt öppet lämnat en askkopp på sitt skrivbord.

Slutligen plockade Mikael upp den A4 som Daniel Olofsson hade producerat om doktor Anders Jonasson. Han läste texten med pannan i djupaste veck.

MIKAEL BLOMKVIST KUNDE inte se bilen med nummerskylten KAB och hade ingen känsla av att han var övervakad, men han tog det säkra för det osäkra då han på måndagen promenerade från Akademibokhandeln till sidoingången av NK och direkt ut genom huvudingången. Den som kunde hålla någon under uppsikt inne på NK måste vara övermänsklig. Han stängde av bägge sina mobiltelefoner och promenerade via Gallerian till Gustav Adolfs torg, förbi riksdagshuset och in i Gamla stan. Så vitt han kunde se följde ingen efter honom. Han tog omvägar på smågator till dess att han kom till rätt adress och knackade på dörren till Svartvitt förlag.

Klockan var halv tre på eftermiddagen. Mikael kom oanmäld, men redaktör Kurdo Baksi var inne och sken upp då han såg Mikael Blomkvist.

"Hallå där", sa Kurdo Baksi hjärtligt. "Varför hälsar du aldrig på numera?"

"Jag hälsar ju på nu", sa Mikael.

"Ja, men det är minst tre år sedan sist."

De skakade hand.

Mikael Blomkvist hade känt Kurdo Baksi sedan 1980-talet. Mikael hade varit en av de personer som bistått Kurdo Baksi med praktisk hjälp då denne drog igång tidningen *Svartvitt* genom en upplaga som piratkopierades nattetid på LO. Kurdo hade ertappats av den blivande pedofiljägaren Per-Erik Åström på Rädda Barnen, som på 1980-talet hade varit utredningssekreterare på LO. Åström hade kommit in i kopieringsrummet sent en natt, hittat travar av sidor från *Svartvitts* första nummer tillsammans med en märkbart dämpad Kurdo Baksi. Åström hade tittat på den illa layoutade framsidan och sagt att så kunde ju för fan inte en tidning se ut. Han hade därefter designat den logga som kom att bli *Svartvitts* tidningshuvud i femton år innan tidskriften gick i graven och blev bokförlaget Svartvitt. Vid denna tid hade Mikael betat av en avskyvärd period som informationsnisse på LO – hans enda inhopp i informationsbranschen. Per-Erik Åström hade övertalat honom att läsa korrektur och bistå Svartvitt med viss redigeringshjälp. Sedan dess hade Kurdo Baksi och Mikael Blomkvist varit vänner.

Mikael Blomkvist slog sig ned i en soffa medan Kurdo Baksi hämtade kaffe från en automat i korridoren. De pratade strunt en stund på det sätt som man gör då man inte träffats på ett tag, men avbröts gång på gång av att Kurdos mobil ringde och han förde korta samtal på kurdiska eller möjligen turkiska eller arabiska eller något annat språk som Mikael inte begrep. Så hade det alltid varit vid tidigare besök på Svartvitt förlag. Folk ringde från hela världen för att prata med Kurdo.

"Käre Mikael, du ser bekymrad ut. Vad har du på hjärtat?" undrade Kurdo Baksi slutligen.

"Kan du stänga av mobilen i fem minuter så vi får tala ostört."

Kurdo stängde av mobilen.

"Okej ... jag behöver en tjänst. En viktig tjänst och det måste ske omedelbart och får inte diskuteras utanför detta rum."

"Berätta."

"1989 kom en kurdisk flykting vid namn Idris Ghidi till Sverige från Irak. När han hotades av utvisning fick han hjälp av din familj, vilket ledde till att han så småningom fick uppehållstillstånd. Jag vet inte om det var din pappa eller någon annan i familjen som hjälpte honom."

"Det var min farbror Mahmut Baksi som hjälpte Idris Ghidi. Jag känner Idris. Vad är det med honom?"

"Han arbetar just nu i Göteborg. Jag behöver hans hjälp att göra ett enkelt jobb. Jag är villig att betala honom."

"Vad är det för jobb?"

"Har du förtroende för mig, Kurdo?"

"Naturligtvis. Vi har alltid varit vänner."

"Jobbet jag behöver få utfört är udda. Mycket udda. Jag vill inte berätta vari jobbet består, men jag försäkrar dig att det inte på något sätt är olagligt eller kommer att skapa problem för dig eller för Idris Ghidi."

Kurdo Baksi betraktade uppmärksamt Mikael Blomkvist.

"Jag förstår. Och du vill inte berätta vad det handlar om."

"Ju färre som vet vad, desto bättre. Det jag behöver din hjälp med är en introduktion så att Idris är villig att lyssna på vad jag har att säga."

Kurdo funderade en kort stund. Sedan gick han till sitt skrivbord

och öppnade en kalender. Han sökte i någon minut innan han hitta-
de Idris Ghidis telefonnummer. Därefter lyfte han telefonluren. Sam-
talet fördes på kurdiska. Mikael såg på Kurdos ansiktsuttryck att
det inleddes med sedvanliga hälsningsfraser och småprat. Därefter
blev han allvarlig och förklarade sitt ärende. Efter en stund vände
han sig till Mikael.

"När vill du träffa honom?"

"Fredag eftermiddag om det går bra. Fråga om jag får besöka ho-
nom i bostaden."

Kurdo pratade vidare en kort stund innan han avslutade samtalet.

"Idris Ghidi bor i Angered", sa Kurdo Baksi. "Har du adres-
sen?"

Mikael nickade.

"Han är hemma vid fem på fredag eftermiddag. Du är välkommen
att besöka honom."

"Tack, Kurdo", sa Mikael.

"Han arbetar på Sahlgrenska sjukhuset som städare", sa Kurdo
Baksi.

"Jag vet det", sa Mikael.

"Jag har ju inte kunnat undgå att läsa i tidningarna om att du är
inblandad i den här Salanderhistorien."

"Det är riktigt."

"Hon blev skjuten."

"Just det."

"Jag har för mig att hon ligger på Sahlgrenska."

"Det är också riktigt."

Kurdo Baksi var inte heller tappad bakom en vagn.

Han begrep att Blomkvist var i färd med att åstadkomma något
fuffens, vilket var vad han var känd för att göra. Han hade känt Mi-
kael sedan 1980-talet. De hade aldrig varit bästa vänner men hade
heller aldrig varit ovänner, och Mikael hade alltid ställt upp om Kur-
do bett om en tjänst. Genom åren hade de druckit ett och annat glas
öl tillsammans om de stött ihop på någon fest eller krog.

"Kommer jag att bli indragen i något som jag borde känna till?"
undrade Kurdo.

"Du kommer inte att bli indragen. Din roll har bara varit att göra mig tjänsten att presentera mig för en av dina bekanta. Och jag upprepar ... jag kommer inte att be Idris Ghidi göra något som är illegalt."

Kurdo nickade. Denna försäkran räckte för honom. Mikael reste sig.

"Jag är skyldig dig en tjänst."

"Vi är alltid skyldiga varandra tjänster", sa Kurdo Baksi.

HENRY CORTEZ LADE ned telefonluren och trummade så ljudligt med fingrarna mot skrivbordskanten att Monica Nilsson irriterat höjde ett ögonbryn och blängde på honom. Hon konstaterade att han satt djupt försjunken i egna tankar. Hon kände sig irriterad i största allmänhet och beslutade sig för att inte låta det gå ut över honom.

Monica Nilsson visste att Blomkvist tisslade och tasslade med Cortez och Malin Eriksson och Christer Malm om Salanderhistorien, medan hon själv och Lottie Karim förväntades sköta grovjobbet med nästa nummer av en tidning som inte hade något riktigt ledarskap sedan Erika Berger slutat. Malin var nog bra men hon var orutinerad och saknade den tyngd som Erika Berger hade haft. Och Cortez var en pojkspoling.

Monica Nilssons irritation berodde inte på att hon kände sig förbigången eller ville ha deras jobb – det var det sista hon ville. Hennes jobb bestod i att hålla rätt på regering, riksdag och statliga verk för *Milleniums* räkning. Det var ett jobb hon trivdes med och kunde utan och innan. Dessutom hade hon fullt upp med andra åtaganden som att skriva en kolumn i en facktidning varje vecka och diverse frivilligarbete för Amnesty International och annat. I detta ingick inte att bli chefredaktör för *Millennium* och arbeta minst tolv timmar om dagen och offra helger och ledigheter.

Däremot upplevde hon att något hade förändrats på *Millennium*. Tidningen kändes plötsligt främmande. Och hon kunde inte sätta fingret på vad som var fel.

Mikael Blomkvist var som alltid oansvarig och försvann på sina mystiska resor och kom och gick som han ville. Han var för all del delägare i *Millennium* och kunde själv bestämma vad han ville göra, men lite jävla ansvar borde kunna utkrävas.

Christer Malm var den andre kvarvarande delägaren och han var ungefär lika behjälplig som då han var på semester. Han var utan tvekan begåvad och hade kunnat gå in och ta över redaktörskapet då Erika varit på semester eller upptagen, men han fixade mest vad andra redan beslutat. Han var briljant när det gällde grafisk formgivning och presentationer, men han var helt efterbliven då det handlade om att planera en tidning.

Monica Nilsson rynkade ögonbrynen.

Nej, hon var orättvis. Det som irriterade henne var att någonting hade hänt på redaktionen. Mikael jobbade ihop med Malin och Henry, och alla andra stod på något sätt utanför. De hade bildat en inre cirkel och stängde in sig på Erikas rum ... på Malins rum, och kom ut tystlåtna. Under Erika hade tidningen alltid varit ett kollektiv. Monica begrep inte vad som hade hänt, men hon begrep att hon hölls utanför.

Mikael jobbade på Salanderstoryn och läckte inte ett ljud om vad den handlade om. Det var å andra sidan inte ovanligt. Han hade inte läckt någonting om Wennerströmstoryn heller – inte ens Erika hade vetat – men den här gången hade han Henry och Malin som förtrogna.

Monica var kort sagt irriterad. Hon behövde semester. Hon behövde komma bort ett tag. Hon såg Henry Cortez dra på sig manchesterkavajen.

"Jag sticker ut en sväng", sa han. "Kan du säga till Malin att jag blir borta i två timmar."

"Vad händer?"

"Jag tror att jag kanske har korn på en story. En riktigt bra story. Om toalettstolar. Jag vill kolla några grejer, men om det här går i lås har vi en bra text till juninumret."

"Toalettstolar?" undrade Monica Nilsson och tittade efter honom.

ERIKA BERGER BET ihop tänderna och lade långsamt ned texten om den stundande rättegången mot Lisbeth Salander. Det var ett kort stycke, tvåspaltare, avsedd för sidan fem med inrikesnyheter. Hon betraktade manuskriptet i en minut och trutade med läpparna. Klockan var 15.30 och det var torsdag. Hon hade arbetat på SMP i tolv dagar. Hon lyfte telefonluren och ringde till nyhetschefen Anders Holm.

"Hej. Det är Berger. Kan du leta rätt på reportern Johannes Frisk och komma till mitt rum med honom per omgående."

Hon lade på luren och väntade tålmodigt till dess att Holm släntrade in i glasburen med Johannes Frisk i släptåg. Erika tittade på sitt armbandsur.

"Tjugotvå", sa hon.

"Va?" sa Holm.

"Tjugotvå minuter. Det tog tjugotvå minuter för dig att resa dig från redigeringsbordet, promenera femton meter till Johannes Frisks skrivbord och masa dig hit med honom."

"Du sa inte att det brådskade. Jag sitter rätt upptagen."

"Jag sa inte att det inte var brådskande. Jag sa att du skulle hämta Johannes Frisk och komma in på mitt rum. Jag sa per omgående och då menade jag per omgående, inte i kväll eller nästa vecka eller när du behagar lyfta häcken från din stol."

"Du, jag anser att ..."

"Stäng dörren."

Hon väntade till dess att Anders Holm hade dragit igen dörren bakom sig. Erika studerade honom under tystnad. Han var utan tvekan en synnerligen kompetent nyhetschef och hans roll bestod i att se till att SMP:s sidor varje dag fylldes med rätt text som var begripligt sammansatt och presenterad i den ordning och med det utrymme som beslutats av morgonmötet. Anders Holm jonglerade således ett kolossalt antal arbetsuppgifter varje dag. Och han gjorde det utan att tappa någon boll.

Problemet med Anders Holm var att han konsekvent ignorerade de beslut som Erika Berger fattade. I två veckor hade hon försökt hitta en formel för att kunna samarbeta med honom. Hon hade vänligt resonerat, provat direkta order, uppmuntrat honom att tänka om på egen hand och på det hela taget gjort allt för att han skulle förstå hur hon ville att tidningen skulle utformas.

Inget hade hjälpt.

Den text som hon förkastade på eftermiddagen hamnade i alla fall i tidningen någon gång på kvällen då hon gått hem. *Det var en text som föll och vi fick en lucka som jag var tvungen att fylla med något.*

Den rubrik som Erika beslutat skulle användas ratades plötsligt och ersattes med något helt annat. Det var inte alltid fel val, men det gjordes utan att hon konsulterades. Det gjordes demonstrativt och utmanande.

Det var alltid småsaker. Redaktionsmötet klockan 14.00 flyttades plötsligt fram till 13.50 utan att hon informerades, och merparten av besluten var redan avklarade då hon sent omsider kom till mötet. *Förlåt ... jag glömde i hastigheten att meddela dig.*

Erika Berger kunde för sitt liv inte begripa varför Anders Holm hade antagit denna attityd till henne, men hon konstaterade att mjuka samtal och vänliga reprimander inte fungerade. Hon hade hittills inte tagit upp en diskussion inför andra medarbetare på redaktionen utan försökt begränsa sin irritation till enskilda förtroliga samtal. Det hade inte givit något resultat och därför var det dags att uttrycka sig tydligare, denna gång inför medarbetaren Johannes Frisk, vilket borgade för att innehållet i samtalet skulle spridas över redaktionen.

"Det första jag gjorde då jag började var att säga att jag hade ett särskilt intresse för allt som hade med Lisbeth Salander att göra. Jag förklarade att jag ville ha information om alla planerade artiklar i förväg och att jag ville titta på och godkänna allt som skulle publiceras. Jag har påmint dig om detta vid åtminstone ett dussin tillfällen och senast på redaktionsmötet i fredags. Vilken del av instruktionen är det som du inte begriper?"

"Alla texter som är planerade eller under produktion finns på dag-PM på intranätet. De skickas alltid till din dator. Du är hela tiden informerad."

"Skitsnack. Då jag fick SMP i brevlådan i morse hade vi en trespaltare om Salander och utvecklingen i ärendet kring Stallarholmen på bästa nyhetsplats."

"Det var Margareta Orrings text. Hon är frilans och lämnade först vid sjutiden i går kväll."

"Margareta Orring ringde med artikelförslaget redan klockan elva i går förmiddag. Du godkände och lade ut uppdraget på henne vid halv tolv. Du sa inte ett ord om det vid 14-mötet."

"Det finns i dag-PM."

"Jaha, så här står det i dag-PM: 'Margareta Orring, intervju med åklagare Martina Fransson. Re: narkotikabeslag i Södertälje'.

"Grundstoryn var alltså en intervju med Martina Fransson angående ett beslag av anabola steroider som en prospect i Svavelsjö MC gripits för."

"Just det. Och inte ett ord i dag-PM om Svavelsjö MC eller att intervjun skulle vinkla upp sig på Magge Lundin och Stallarholmen och därmed om utredningen om Lisbeth Salander."

"Jag antar att det kom upp under intervjun ..."

"Anders, jag kan inte begripa varför, men du står här och ljuger mig rakt upp i ansiktet. Jag har pratat med Margareta Orring som skrev texten. Hon förklarade tydligt för dig vad hennes intervju skulle fokusera på."

"Jag beklagar, men jag begrep nog inte att fokus skulle vara på Salander. Nu fick jag en text sent på kvällen. Vad skulle jag göra, ställa hela storyn? Orring lämnade en bra text."

"Där är vi överens. Det är en utmärkt story. Det blir därmed din tredje lögn på ungefär lika många minuter. Orring lämnade nämligen klockan 15.20, alltså långt innan jag gick hem vid sextiden."

"Berger, jag gillar inte din ton."

"Så bra. Då kan jag upplysa dig om att jag varken uppskattar din ton eller dina undanflykter och dina lögner."

"Det låter på dig som om du tror att jag driver någon sorts konspiration mot dig."

"Du har fortfarande inte besvarat frågan. Och punkt två: i dag dyker den här texten av Johannes Frisk upp på mitt skrivbord. Jag kan inte påminna mig att vi hade någon diskussion om detta på 14-

mötet. Hur kommer det sig att en av våra reportrar har ägnat dagen åt att arbeta med Salander utan att jag känner till det?"

Johannes Frisk skruvade på sig. Han höll klokt nog tyst.

"Alltså ... vi gör en tidning och det måste finnas hundratals texter som du inte känner till. Vi har rutiner här på SMP som vi alla måste anpassa oss efter. Jag har inte tid och möjlighet att särbehandla vissa texter."

"Jag har inte bett dig att särbehandla vissa texter. Jag har krävt att jag för det första ska vara informerad om allt som har bäring på fallet Salander, och för det andra att jag ska godkänna allt som publiceras i ämnet. Alltså, än en gång, vilken del av den instruktionen är det som du inte förstått?"

Anders Holm suckade och anlade en plågad min.

"Okej", sa Erika Berger. "Då ska jag uttrycka mig ännu tydligare. Jag tänker inte tjafsa med dig om detta. Får se om du förstår följande budskap. Om detta upprepas en gång till så kommer jag att lyfta dig som nyhetschef. Det kommer att låta pang bom och bli ett jävla liv, men sedan sitter du och redigerar familjesidan eller seriesidan eller något liknande. Jag kan inte ha en nyhetschef som jag inte kan lita på eller samarbeta med och som ägnar sig åt att undergräva mina beslut. Har du förstått?"

Anders Holm slog ut med händerna i en gest som antydde att han ansåg att Erika Bergers anklagelser var vettlösa.

"Har du förstått? Ja eller nej?"

"Jag hör vad du säger."

"Jag frågade om du förstått. Ja eller nej?"

"Tror du verkligen att du kan komma undan med det. Den här tidningen kommer ut därför att jag och andra kuggar i maskineriet sliter livet ur oss. Styrelsen kommer att ..."

"Styrelsen kommer att göra som jag säger. Jag är här för att förnya tidningen. Jag har ett noga formulerat uppdrag som vi förhandlade fram och som innebär att jag har rätt att göra långtgående redaktionella förändringar på chefsnivå. Jag kan göra mig av med dödköttet och rekrytera nytt blod utifrån om jag så önskar. Och Holm, du börjar allt mer att framstå som dödkött för mig."

Hon tystnade. Anders Holm mötte hennes blick. Han såg rasande ut.

"Det var allt", sa Erika Berger. "Jag föreslår att du noga tänker igenom vad vi har pratat om i dag.

"Jag tänker inte ..."

"Det är upp till dig. Det var allt. Gå nu."

Han vände på klacken och försvann ut ur glasburen. Hon såg honom försvinna genom redaktionshavet i riktning mot kafferummet. Johannes Frisk reste sig och gjorde en ansats till att följa efter.

"Inte du, Johannes. Stanna kvar och sitt ned."

Hon plockade upp hans text och ögnade igenom den ytterligare en gång.

"Du går på ett vikariat, har jag förstått."

"Ja. Jag har varit här i fem månader och det här är sista veckan."

"Hur gammal är du?"

"27."

"Jag beklagar att du hamnade i korsdraget mellan mig och Holm. Berätta om den här storyn."

"Jag fick ett tips i morse och tog det till Holm. Han sa att jag skulle följa upp det."

"Okej. Storyn handlar om att polisen nu undersöker en misstanke om att Lisbeth Salander har varit inblandad i försäljning av anabola steroider. Har den här storyn någon koppling till gårdagens text från Södertälje där också anabola dök upp?"

"Inte vad jag vet, det är möjligt. Den här grejen om anabola har att göra med hennes koppling till boxare. Paolo Roberto och hans bekanta."

"Kör Paolo Roberto med anabola?"

"Vad ... nej, naturligtvis inte. Det är mera boxningsmiljön det handlar om. Salander brukar träna boxning med ett antal skummisar på en klubb på Söder. Men det är alltså polisens vinkling. Inte min. Och där någonstans har någon tanke dykt upp om att hon kan vara inblandad i försäljning av anabola."

"Så det finns alltså ingen substans alls i storyn mer än ett löst rykte?"

"Det är inget rykte att polisen tittar på den möjligheten. Om de har rätt eller fel vet jag inget om."

"Okej, Johannes. Då vill jag att du ska veta att det jag diskuterar med dig nu inte har något att göra med mitt förhållande till Anders Holm. Jag tycker att du är en utmärkt reporter. Du skriver bra och du har öga för detaljer. Det här är kort sagt en bra story. Mitt enda problem är att jag inte tror på innehållet i den."

"Jag kan försäkra dig om att den är helt korrekt."

"Och jag ska förklara för dig varför det finns ett grundläggande fel med storyn. Varifrån kom tipset?"

"Från en källa inom polisen."

"Vem?"

Johannes Frisk tvekade. Det var en automatisk respons. Precis som alla andra journalister i hela världen var han ovillig att nämna namnet på sin källa. Å andra sidan var Erika Berger chefredaktör och därmed en av de få personer som kunde kräva honom på den informationen."

"En polis på våldsroteln som heter Hans Faste."

"Var det han som ringde dig eller du som ringde honom?"

"Han ringde mig."

Erika Berger nickade.

"Varför tror du han ringde dig?"

"Jag har intervjuat honom ett par gånger under jakten på Salander. Han vet vem jag är."

"Och han vet att du är 27 år gammal och vikarie och att du är användbar då han vill placera information som åklagaren vill ha ut."

"Jo, allt det där förstår jag. Men jag fick ett tips från polisutredningen och åker och fikar med Faste och han berättar det här. Han är korrekt citerad. Vad ska jag göra?"

"Jag är övertygad om att du citerat korrekt. Det som skulle ha hänt är att du skulle ha tagit informationen till Anders Holm som skulle ha knackat på dörren till mitt rum och förklarat läget och tillsammans skulle vi ha beslutat vad som skulle ske."

"Jag förstår. Men jag ..."

"Du lämnade materialet till Holm som är nyhetschef. Du handlade korrekt. Det var hos Holm det brast. Men låt oss analysera din text. För det första, varför vill Faste att den här informationen ska läcka ut?"

Johannes Frisk ryckte på axlarna.

"Betyder det att du inte vet eller att du inte bryr dig?"

"Jag vet inte."

"Okej. Om jag påstår att den här storyn är lögnaktig och att Salander inte har ett dugg med anabola steroider att göra, vad säger du då?"

"Jag kan inte bevisa motsatsen."

"Exakt. Så det innebär att du menar att man ska publicera en story som kanske är lögnaktig bara för att vi inte har kunskap om motsatsen."

"Nej, vi har ett journalistiskt ansvar. Men det blir ju en balansgång. Vi kan inte avstå från att publicera då vi har en källa som faktiskt uttryckligen påstår något."

"Filosofi. Vi kan ställa frågan varför källan vill ha ut den informationen. Låt mig därmed förklara varför jag har gett order om att allt som handlar om Salander ska dras över mitt skrivbord. Jag har nämligen specialkunskap om ämnet som ingen annan här på SMP har. Rättsredaktionen är informerad om att jag besitter denna kunskap och inte kan diskutera den med dem. *Millennium* kommer att publicera en story som jag är kontraktsbunden att inte avslöja för SMP, trots att jag arbetar här. Jag fick informationen i egenskap av chefredaktör för *Millennium* och just nu befinner jag mig mellan två stolar. Förstår du hur jag menar?"

"Jo."

"Och min kunskap från *Millennium* innebär att jag tveklöst kan fastslå att den här storyn är lögnaktig och har till syfte att skada Lisbeth Salander inför den kommande rättegången."

"Det är svårt att skada Lisbeth Salander med tanke på alla avslöjanden som redan gjorts om henne ..."

"Avslöjanden som till största delen är lögnaktiga och förvrängda. Hans Faste är en av de centrala källorna till alla påståenden om att Lisbeth Salander är en paranoid och våldsbenägen lesbian som ägnar sig åt satanism och BDSM-sex. Och media har köpt Fastes kampanj helt enkelt därför att det är en till synes seriös källa och det är alltid kul att skriva om sex. Och nu fortsätter han med en ny vinkel som kommer att ligga henne till last i det allmänna medvetandet och som han vill att SMP ska hjälpa till att sprida. Sorry, men inte på mitt skift."

"Jag förstår."

"Gör du? Bra. Då kan jag sammanfatta allt jag säger i en enda mening. Din arbetsbeskrivning som journalist är att ifrågasätta och kritiskt granska – inte att okritiskt upprepa påståenden som kommer från aldrig så centralt placerade spelare inom byråkratin. Glöm aldrig det. Du är en jättebra skribent, men den talangen är helt värdelös om du glömmer arbetsbeskrivningen."

"Ja."

"Jag tänker ställa den här historien."

"Okej."

"Den håller inte. Jag tror inte på innehållet."

"Jag förstår."

"Det betyder inte att jag misstror dig."

"Tack."

"Därför tänker jag skicka tillbaka dig till skrivbordet med ett förslag till en ny story."

"Jaså."

"Det hänger ihop med mitt kontrakt med *Millennium*. Jag kan alltså inte röja vad jag känner till om Salanderhistorien. Samtidigt är jag chefredaktör för en tidning som riskerar att slira ordentligt eftersom redaktionen inte har den information som jag har."

"Hmm."

"Och så kan vi ju inte ha det. Det här är en unik situation och rör enbart Salander. Jag har därför beslutat att plocka en reporter som jag styr åt rätt håll så att vi inte står med brallorna nere då *Millennium* publicerar."

"Och du tror att *Millennium* kommer att publicera något anmärkningsvärt om Salander?"

"Jag tror inte. Jag vet. *Millennium* sitter på ett scoop som kommer att vända upp och ned på Salanderhistorien, och det driver mig till vansinne att jag inte kan gå ut med den storyn. Men det är helt enkelt omöjligt."

"Men du påstår att du ratar min text därför att du vet att den inte stämmer ... Det betyder att du redan nu sagt att det finns något i storyn som alla andra reportrar missat."

"Exakt."

"Förlåt, men det är svårt att tro att hela Mediesverige har gått på en sådan mina ..."

"Lisbeth Salander har varit föremål för ett mediedrev. Där upphör normala regler att gälla och vilket nonsens som helst kan placera sig på ett löp."

"Så du säger att Salander inte är vad hon tycks vara."

"Försök med tanken att hon är oskyldig till det hon anklagats för, att den bild av henne som målats upp på löpen är trams och att det finns helt andra krafter i rörelse än som hittills framkommit."

"Du påstår att det är så?"

Erika Berger nickade.

"Och det betyder att det jag just försökte få publicerat är en del av en fortsatt kampanj mot henne."

"Exakt."

"Men du kan inte tala om vad storyn går ut på?"

"Nej."

Johannes Frisk kliade sig i huvudet en stund. Erika Berger väntade till dess att han hade tänkt färdigt.

"Okej ... vad vill du att jag ska göra?"

"Gå tillbaka till ditt skrivbord och börja fundera på en annan story. Du behöver inte stressa, men strax innan rättegången börjar vill jag kunna gå ut med en lång text, kanske ett helt uppslag som granskar sanningshalten i alla påståenden som gjorts om Lisbeth Salander. Börja med att läsa igenom alla pressklipp och sätt upp en lista på vad som sagts om henne och beta av påståendena ett efter ett."

"Jaha ..."

"Tänk som en reporter. Undersök vem som sprider storyn, varför den sprids och vems intresse det gagnar."

"Men jag är nog inte kvar på SMP då rättegången startar. Det här är som sagt sista veckan på mitt vikariat."

Erika öppnade en plastficka från en skrivbordslåda och lade ett papper framför Johannes Frisk.

"Jag har redan förlängt vikariatet med tre månader. Du jobbar veckan ut på ordinarie tjänst och inställer dig här på måndag."

"Jaha ..."

"Om du vill ha ett fortsatt vik på SMP vill säga?"

"Naturligtvis."

"Du är kontrakterad att göra grävjobb utanför det ordinarie redaktionella arbetet. Du jobbar direkt under mig. Du ska specialbevaka Salanderrättegången för SMP:s räkning."

"Nyhetschefen kommer att ha synpunkter ..."

"Oroa dig inte för Holm. Jag har pratat med chefen för rättsredaktionen och gjort upp så att det inte uppstår någon krock där. Men du kommer att gräva i bakgrunden, inte i nyhetsrapporteringen. Låter det bra?"

"Kanon."

"Då så ... då var vi klara. Vi syns på måndag."

Hon viftade ut honom ur glasburen. Då hon tittade upp såg hon Anders Holm betrakta henne från andra sidan av centraldesken. Han slog ned blicken och låtsades att han inte såg henne.

KAPITEL 11
FREDAG 13 MAJ-LÖRDAG 14 MAJ

MIKAEL BLOMKVIST SÅG noga till att han inte var övervakad då han tidigt på fredagsmorgonen promenerade från *Millennium*s redaktion till Lisbeth Salanders gamla bostad på Lundagatan. Han måste åka till Göteborg och träffa Idris Ghidi. Problemet var att arrangera en transport som var säker och där han inte skulle kunna observeras eller lämna några spår. Han hade efter moget övervägande beslutat att rata tåget eftersom han inte ville använda kreditkort. Vanligen brukade han låna Erika Bergers bil, vilket dock inte längre var möjligt. Han hade funderat på att be Henry Cortez eller någon annan hyra en bil, men hamnade hela tiden i att ett pappersspår skulle uppstå.

Slutligen kom han på den uppenbara lösningen. Han gjorde ett större kontantuttag från en bankomat på Götgatan. Han använde Lisbeth Salanders nycklar för att öppna dörren till hennes vinröda Honda som stått övergiven utanför hennes bostad sedan i mars. Han justerade sätet och konstaterade att bensintanken var halvfull. Slutligen backade han ut och styrde mot E4:an via Liljeholmsbron.

Han parkerade på en sidogata till Avenyn i Göteborg klockan 14.50. Han åt en sen lunch på det första café han passerade. Klockan 16.10 tog han spårvagnen till Angered och klev av i centrum. Det tog tjugo minuter att leta rätt på den adress där Idris Ghidi var bosatt. Han var drygt tio minuter sen till det avtalade mötet.

Idris Ghidi haltade. Han öppnade dörren, skakade hand med Mikael Blomkvist och bjöd in honom i ett spartanskt möblerat vardagsrum. På en byrå intill det bord där han bjöd Mikael att sitta ned fanns ett dussin inramade fotografier som Mikael studerade.

"Min familj", sa Idris Ghidi.

Idris Ghidi talade med en kraftig brytning. Mikael misstänkte att han inte skulle överleva ett folkpartistiskt språktest.

"Är det dina bröder?"

"Mina två bröder längst till vänster mördades av Saddam på 1980-talet liksom min far i mitten. Mina två farbröder mördades av Saddam på 1990-talet. Min mor dog 2000. Mina tre systrar lever. De är bosatta utomlands. Två i Syrien och min lillasyster i Madrid."

Mikael nickade. Idris Ghidi hällde upp turkiskt kaffe.

"Kurdo Baksi hälsar."

Idris Ghidi nickade.

"Förklarade han vad jag ville dig?"

"Kurdo sa att du ville anlita mig för ett jobb, men inte vad det handlade om. Låt mig från början säga att jag inte tar jobbet om det är något olagligt. Jag har inte råd att bli inblandad i något sådant."

Mikael nickade.

"Det finns inget olagligt i det jag kommer att be dig göra, men det är ovanligt. Själva arbetet kommer att pågå i ett par veckor framöver och arbetsuppgiften måste skötas varje dag. Å andra sidan tar det bara drygt en minut per dag att utföra sysslan. För detta är jag villig att betala dig tusen kronor i veckan. Pengarna får du i handen ur min ficka och jag kommer inte att anmäla det till skattemyndigheterna."

"Jag förstår. Vad är det jag ska göra?"

"Du arbetar som städare på Sahlgrenska sjukhuset."

Idris Ghidi nickade.

"En av dina arbetsuppgifter består i att varje dag – eller sex dagar i veckan om jag förstått saken rätt – städa i korridor 11C, vilket är intensivvårdsavdelningen."

Idris Ghidi nickade.

"Det här är vad jag vill att du ska göra."
Mikael Blomkvist lutade sig fram och förklarade sitt ärende.

ÅKLAGARE RICHARD EKSTRÖM betraktade sin gäst tankfullt. Det var tredje gången han träffade kommissarie Georg Nyström. Han såg ett fårat ansikte som inramades av kort grått hår. Georg Nyström hade först besökt honom dagarna efter mordet på Zalachenko. Han hade visat en legitimation som vidimerade att han arbetade för RPS/Säk. De hade fört ett långt och lågmält samtal.

"Det är viktigt att du förstår att jag på inget sätt försöker påverka hur du beslutar att agera eller hur du sköter ditt arbete", sa Nyström.

Ekström nickade.

"Jag understryker också att du under inga omständigheter får ge offentlighet åt den information jag ger dig."

"Jag förstår", sa Ekström.

Om sanningen skulle fram så måste Ekström erkänna att han inte riktigt förstod, men han ville inte framstå som en idiot genom att ställa alltför många frågor. Han hade förstått att Zalachenko var ett ärende som måste behandlas med största möjliga försiktighet. Han hade också förstått att Nyströms besök var helt informella, om än förankrade hos höga vederbörande inom Säkerhetspolisen.

"Det handlar om människors liv", hade Nyström förklarat redan vid det första mötet. "Från Säkerhetspolisens sida är allt som rör sanningen om Zalachenkoärendet hemligstämplat. Jag kan bekräfta att han är en avhoppad före detta agent för det sovjetiska militära spionaget och en av nyckelpersonerna i ryssarnas offensiv mot Västeuropa på 1970-talet."

"Jaha ... det är vad Mikael Blomkvist tydligen påstår."

"Och i det fallet har Mikael Blomkvist helt rätt. Han är journalist och har snubblat över en av det svenska totalförsvarets hemligaste ärenden genom tiderna."

"Han kommer att publicera."

"Naturligtvis. Han representerar massmedia med alla dess fördelar och nackdelar. Vi lever i en demokrati och kan självfallet inte påverka vad massmedia skriver. Nackdelen i det här fallet är förstås att Blomkvist bara känner till en bråkdel av sanningen om Zalachenko, och mycket av det han känner till är felaktigt."

"Jag förstår."

"Vad Blomkvist inte begriper är att om sanningen om Zalachenko blir känd så kommer ryssarna att kunna identifiera våra informatörer och källor i Ryssland. Det betyder att människor som riskerat sina liv för demokratin riskerar att dödas."

"Men är inte Ryssland numera en demokrati? Jag menar om det här hade varit under kommunisttiden ..."

"Det där är illusioner. Det handlar om människor som gjort sig skyldiga till spionage mot Ryssland – och det finns ingen regim i världen som skulle acceptera det, även om det skedde för många år sedan. Och flera av dessa källor är fortfarande aktiva ..."

Några sådana agenter existerade inte, men det kunde inte åklagare Ekström veta. Han var tvungen att tro Nyström på hans ord. Och han kunde inte hjälpa att han också faktiskt var smickrad över att informellt få ta del av information som var något av det mest hemligstämplade som fanns i Sverige. Han var vagt överraskad över att den svenska säkerhetspolisen hade kunnat penetrera det ryska försvaret på det sätt som Nyström antydde, och han förstod att detta naturligtvis var information som absolut inte fick spridas.

"Då jag fick uppdraget att ta kontakt med dig så hade vi gjort en stor utvärdering av dig", sa Nyström.

Förförelsen handlade alltid om att hitta människans svagheter. Åklagare Ekströms svaghet var hans övertygelse om sin egen betydelse och att han naturligtvis som alla andra människor uppskattade smicker. Det handlade om att få honom att känna sig utvald.

"Och vi konstaterade att du är en människa som åtnjuter stort förtroende inom polisen ... och förstås i regeringskretsar", tillade Nyström.

Ekström såg belåten ut. Att icke namngivna människor i regeringskretsar hade *förtroende* för honom var information som utan att något sades antydde att han kunde räkna med tacksamhet om han spelade sina kort väl. Det bådade gott för den framtida karriären.

"Jag förstår ... och vad är det egentligen du vill?"

"Mitt uppdrag är enkelt uttryckt att så diskret som möjligt bistå dig med kunskap. Du förstår naturligtvis hur osannolikt komplicerad den här historien har blivit. Å ena sidan pågår en förundersökning i laga ordning där du är huvudansvarig. Ingen ... varken regeringen eller Säkerhetspolisen eller någon annan, får lägga sig i hur du sköter den förundersökningen. Ditt jobb består i att hitta sanningen och åtala de skyldiga. Det är en av de viktigaste funktionerna som existerar i en rättsstat."

Ekström nickade.

"Å andra sidan vore det en nationell katastrof av närmast ofattbara proportioner om hela sanningen om Zalachenko läckte ut."

"Så vad är avsikten med ditt besök?"

"För det första är det min uppgift att göra dig medveten om det känsliga läget. Jag tror inte att Sverige har befunnit sig i ett mer utsatt läge sedan andra världskriget. Man skulle kunna säga att Sveriges öde i viss mån nu vilar i dina händer."

"Vem är din chef?"

"Jag är ledsen, men jag kan inte avslöja namnet på de personer som arbetar med det här ärendet. Låt mig bara fastslå att mina instruktioner kommer från högsta tänkbara ort."

Herregud. Han agerar på order av regeringen. Men det kan inte uttalas eftersom det skulle bli en politisk katastrof.

Nyström såg att Ekström svalde betet.

"Vad jag däremot kan göra är att vara dig behjälplig med information. Jag har mycket vidsträckta befogenheter att utifrån mitt eget omdöme inviga dig i material som är något av det hemligaste vi har i detta land."

"Jaha."

"Det betyder att då du har frågor om något, vad det än är, så är det mig du ska vända dig till. Du ska inte tala med någon annan inom Säkerhetspolisen utan enbart med mig. Mitt uppdrag består i att vara din guide i denna labyrint, och om det hotar att uppstå kollisioner mellan olika intressen så ska vi hjälpas åt att hitta lösningar."

"Jag förstår. I så fall måste jag väl säga att jag är tacksam över att du och dina kollegor är villiga att underlätta för mig på det här sättet."

"Vi vill att rättsprocessen ska ha sin gång trots att det är ett svårt läge."

"Bra. Jag försäkrar dig om att jag kommer att vara ytterst diskret. Det är ju inte första gången jag hanterar sekretessbelagd information ..."

"Nej, det känner vi mycket väl till."

Ekström hade haft dussintals frågor som Nyström noga antecknat och därefter försökt besvara så långt han kunde. Vid detta tredje besök skulle Ekström få svar på flera av de frågor som han hade ställt. Den viktigaste av dessa frågor var vad som var sanning om Björcks rapport från 1991.

"Det där är ett bekymmer", sa Nyström.

Han såg bekymrad ut.

"Jag kanske ska börja med att förklara att sedan denna rapport kom upp till ytan så har vi haft en analysgrupp i arbete nästan dygnet runt med uppgift att utröna exakt vad som har hänt. Och nu börjar vi komma till den punkt då vi kan dra slutsatser. Och detta är mycket obehagliga slutsatser."

"Det kan jag förstå, den där rapporten hävdar ju att Säkerhetspolisen och psykiatrikern Peter Teleborian konspirerade för att placera Lisbeth Salander på psyket."

"Om det vore så väl", sa Nyström och log svagt.

"Väl?"

"Jo. Om det var på det viset så vore ju saken enkel. Då hade ett brott begåtts som skulle kunna leda till åtal. Problemet är att denna rapport inte överensstämmer med de rapporter som finns arkiverade hos oss."

"Hur menar du?"

Nyström plockade upp en blå mapp och öppnade den.

"Det jag har här är den verkliga rapport som Gunnar Björck skrev 1991. Här finns även originalhandlingarna till korrespondensen mellan honom och Teleborian som vi har i arkivet. Problemet är att de två versionerna inte överensstämmer med varandra."

"Förklara."

"Det eländiga är ju att Björck gick och hängde sig. Vi antar att det beror på de avslöjanden om hans sexuella snedsprång som han stod inför. *Millennium* tänkte hänga ut honom. Det drev honom in i en så djup förtvivlan att han valde att ta sitt eget liv."

"Ja ..."

"Originalrapporten är en utredning om Lisbeth Salanders försök att mörda sin pappa, Alexander Zalachenko, med en brandbomb. De första trettio sidorna av utredningen som Blomkvist hittade överensstämmer med originalet. Dessa sidor innehåller inget märkligt. Det är först på sidan 33 där Björck drar slutsatser och gör rekommendationer som diskrepansen uppstår."

"Hur då?"

"I originalversionen ger Björck fem tydliga rekommendationer. Vi behöver inte sticka under stol med att det handlar om att tona ned Zalachenkoärendet i media och liknande. Björck föreslår att Zalachenkos rehabilitering – han var ju svårt brännskadad – ska ske utomlands. Och liknande saker. Han föreslår även att Lisbeth Salander ska erbjudas bästa tänkbara psykiatriska omvårdnad."

"Jaha ..."

"Problemet är att ett antal meningar ändrats på ett mycket subtilt sätt. På sidan 34 finns ett stycke där Björck tycks föreslå att Salander ska stämplas som psykotisk för att hon inte ska vara trovärdig om någon börjar ställa frågor om Zalachenko."

"Och detta påstående finns inte i originalrapporten?"

"Precis. Gunnar Björck föreslog aldrig något sådant. Det hade dessutom varit rättsvidrigt. Han föreslog att hon skulle få den omvårdnad hon faktiskt behövde. I Blomkvists kopia har detta blivit en konspiration."

"Kan jag få läsa originalet?"

"Var så god. Men jag måste ta rapporten med mig då jag går. Och innan du läser den, låt mig fästa din uppmärksamhet på bilagan med den efterföljande korrespondensen mellan Björck och Teleborian. Den är nästan genomgående ett rent falsarium. Här handlar det inte om subtila ändringar utan om grova förfalskningar."

"Förfalskningar?"

"Jag tror att det är det enda användbara ordet i sammanhanget. Originalet visar att Peter Teleborian fick i uppdrag av tingsrätten att göra en rättspsykiatrisk undersökning av Lisbeth Salander. Inget av detta är märkligt. Lisbeth Salander var tolv år gammal och hade försökt döda sin pappa med en brandbomb; det vore anmärkningsvärt om det *inte* resulterade i en psykiatrisk utredning."

"Det är ju sant."

"Om du hade varit åklagare så antar jag att du också skulle ha begärt både en social och en psykiatrisk utredning."

"Förvisso."

"Teleborian var ju redan då en känd och respekterad barnpsykiatriker och hade dessutom arbetat inom rättsmedicin. Han fick uppdraget och gjorde en helt normal utredning och kom till slutsatsen att Lisbeth Salander var psykiskt sjuk ... jag behöver inte gå in på de facktekniska termerna."

"Okej ..."

"Detta meddelade Teleborian i en rapport som han skickade till Björck och som därefter föredrogs tingsrätten som beslutade att Salander skulle vårdas på S:t Stefans."

"Jag förstår."

"I Blomkvists version saknas helt den utredning som Teleborian gjorde. I dess ställe finns en korrespondens mellan Björck och Teleborian som antyder att Björck instruerar honom att fejka en sinnesundersökning."

"Och du menar att detta är ett falsarium?"

"Utan tvekan."

"Men vem skulle ha intresse av att göra en sådan förfalskning?"

Nyström lade ned rapporten och rynkade ögonbrynen.

"Nu kommer du till själva kärnfrågan."

"Och svaret är ...?"

"Vi vet inte. Det är denna fråga som vår analysgrupp arbetar mycket hårt med att försöka besvara."

"Kan det vara Blomkvist som fantiserat ihop något?"

Nyström skrattade.

"Nja, det var väl en av våra första tankar också. Men vi tror inte det. Vi tror att förfalskningen gjordes för länge sedan, troligen nästan samtidigt som originalrapporten skrevs."

"Jaså?"

"Och det leder till obehagliga slutsatser. Den som gjorde förfalskningen var mycket väl insatt i ärendet. Och dessutom hade förfalskaren tillgång till samma skrivmaskin som Gunnar Björck använde."

"Du menar ..."

"Vi vet inte *var* Björck skrev utredningen. Det kan ha varit på en skrivmaskin i hemmet eller på hans arbetsplats eller någon annanstans. Vi kan tänka oss två alternativ. Antingen att den som gjorde förfalskningen var någon inom psykiatrin eller rättsmedicin som av någon anledning ville skandalisera Teleborian. Eller så gjordes förfalskningen av helt andra syften av någon inom Säkerhetspolisen."

"Varför?"

"Detta skedde 1991. Det kan ha varit en rysk agent inom RPS/Säk som fått upp spåret på Zalachenko. Den möjligheten innebär att vi för närvarande granskar ett stort antal gamla personalfiler."

"Men om KGB hade fått reda på ... då borde detta ha läckt för flera år sedan."

"Rätt tänkt. Men glöm inte bort att det var just under denna tid som Sovjetunionen föll och KGB upplöstes. Vi vet inte vad som gick på tok. Det kanske var en planerad operation som skrinlades. En sak som KGB var mästare på var dokumentförfalskning och desinformation."

"Men vad skulle KGB ha för syfte med en sådan förfalskning ..."

"Det vet vi inte heller. Men ett uppenbart syfte vore naturligtvis att skandalisera den svenska regeringen."

Ekström nöp sig i underläppen.

"Så det du säger är att den medicinska bedömningen av Salander är korrekt?"

"O ja. Utan tvekan. Salander är spritt språngande galen, för att uttrycka det lite slarvigt. Det behöver du inte betvivla. Åtgärden att ta in henne på en sluten anstalt var helt korrekt."

"TOALETTSTOLAR", SA TILLFÖRORDNADE chefredaktören Malin Eriksson tveksamt. Hon lät som om hon trodde att Henry Cortez drev med henne.

"Toalettstolar", upprepade Henry Cortez och nickade.

"Du vill göra en story om toalettstolar. I *Millennium*?"

Monica Nilsson garvade plötsligt och opassande. Hon hade sett hans illa dolda entusiasm då han släntrade in till fredagsmötet och hon kände igen alla tecken på en journalist som hade en story i ugnen.

"Okej, förklara."

"Det är mycket enkelt", sa Henry Cortez. "Sveriges i särklass största industri är byggbranschen. Det är en industri som i praktiken inte kan flytta utomlands även om Skanska låtsas ha ett kontor i London och sådant. Kåkarna ska i alla fall byggas i Sverige."

"Jaha, men det är inget nytt."

"Nä. Men vad som är halvnytt är att byggbranschen ligger ett par ljusår efter all annan industri i Sverige då det gäller att skapa konkurrenskraft och effektivitet. Om Volvo skulle bygga bilar på samma sätt så skulle den senaste årsmodellen av Volvo kosta runt en eller två miljoner kronor styck. För all normal industri handlar det om att pressa priser. För byggindustrin är det tvärtom. De skiter i att pressa priser vilket innebär att kvadratmeterpriset ökar och att staten subventionerar med skattepengar för att det inte ska bli helt orimligt."

"Finns det en story i det där?"

"Vänta. Det är komplicerat. Om låt säga prisutvecklingen på hamburgare hade varit likadan sedan 1970-talet så skulle en Big Mac kosta drygt hundrafemtio spänn eller mer. Vad det skulle kosta med frittar och en cola vill jag inte ens tänka på, men min lön här på *Millennium* skulle nog inte räcka så värst långt. Hur många vid det här bordet skulle gå på McDonald's och köpa en burgare för en hundring?"

Ingen sa något.

"Förståndigt. Men då NCC smäller upp några plåtcontainrar i Gåshaga på Lidingö så tar de ut tio- eller tolvtusen i månadshyra för en trea. Hur många av er betalar det?"

"Jag har inte råd", sa Monica Nilsson.

"Nä. Men du bor redan i en tvåa vid Danvikstull som din farsa köpte till dig för tjugo år sedan och som du skulle få, säg, en och en halv mille för om du sålde. Men vad gör en 20-åring som vill flytta hemifrån? De har inte råd. Alltså bor de i andra eller tredje hand eller hemma hos morsan tills de blir pensionärer."

"Var kommer toalettstolarna in i bilden?" undrade Christer Malm.

"Jag kommer till det. Frågan är då varför bostäder är så förbannat dyra? Jo, eftersom de som beställer husen inte vet hur de ska beställa. Enkelt uttryckt ringer ett kommunalt bostadsföretag upp ett byggföretag typ Skanska och säger att de vill beställa 100 lägenheter och frågar vad det kostar. Och Skanska räknar på saken och kommer tillbaka och säger att det kostar typ 500 miljoner kronor. Vilket innebär att kvadratmeterpriset ligger på X antal kronor och att det kommer att kosta tio papp i månaden om du vill flytta in. För till skillnad från McDonald's så kan du inte bestämma dig för att avstå från att bo någonstans. Alltså får du betala vad det kostar."

"Snälla Henry ... kom till saken."

"Jamen, det är ju det som är saken. Varför kostar det tio papp att flytta till de där jävla schabraken i Hammarbyhamnen? Jo, därför att byggföretagen skiter i att pressa priserna. Kunden måste i alla fall betala. En av de stora kostnaderna är material till bygget. Handeln med byggmaterial går genom grossister som sätter sina egna priser. Eftersom det inte finns någon riktig konkurrens där kostar ett badkar 5 000 kronor i Sverige. Samma badkar av samma tillverkare kostar 2 000 kronor i Tyskland. Det finns ingen rimlig merkostnad som kan förklara prisskillnaden."

"Okej."

"En hel del av det här finns att läsa i en rapport från regeringens byggkostnadsdelegation som var aktiv i slutet av 1990-talet. Sedan dess har inte mycket hänt. Ingen förhandlar med byggföretagen om det orimliga i prisbilden. Beställarna betalar snällt vad det kostar och priset betalas till sist av hyresgästerna eller skattebetalarna."

"Henry, toalettstolarna?"

"Det lilla som har hänt sedan Byggkostnadsdelegationen har hänt på lokalplanet, huvudsakligen utanför Stockholm. Det finns beställare som tröttnat på de höga byggpriserna. Ett typexempel är Karlskronahem som bygger billigare än någon annan, helt enkelt genom att köpa upp materialet själva. Och dessutom har Svensk Handel lagt sig i. De tycker att byggmaterialpriserna är fullkomligt vansinniga och försöker därför underlätta för beställarna att ta hem billigare likvärdiga produkter. Och det ledde till en liten clash på Byggmässan i Älvsjö för ett år sedan. Svensk Handel hade plockat hit en kille från Thailand som krängde toalettstolar för drygt 500 kronor styck."

"Jaha? Och?"

"Närmaste konkurrent var ett svenskt grossistföretag som heter Vitavara AB och som säljer riktiga blågula toalettstolar för 1 700 spänn styck. Och begåvade beställare ute i kommunerna börjar klia sig i huvudet och undra varför de pröjsar 1 700 spänn då de kan få en likvärdig dasstol från Thailand för 500 spänn."

"Kanske bättre kvalité?" frågade Lottie Karim.

"Nix. Likvärdig produkt."

"Thailand", sa Christer Malm. "Det luktar barnarbete och sådant. Vilket kan förklara det låga priset."

"Nix", svarade Henry Cortez. "Barnarbete finns inom främst textilindustrin och inom souvenirindustrin i Thailand. Och pedofilhandeln förstås. Det här är riktig industri. FN håller ett öga på barnarbete och jag har kollat upp företaget. De har skött sig. Det här är alltså ett stort, modernt och respektabelt industriföretag i vitvarubranschen."

"Jaha ... då snackar vi alltså låglöneländer, vilket innebär att du riskerar att skriva en artikel som pläderar för att svensk industri ska bli utkonkurrerad av thailändsk industri. Sparka svenska jobbare och lägg ned företagen här och importera från Thailand. Du får inga poäng hos LO, direkt."

Ett leende spred sig över Henry Cortez ansikte. Han lutade sig bakåt och såg oförskämt mallig ut.

"Nix", sa han. "Gissa var Vitavara AB tillverkar sina toalettstolar för 1 700 spänn styck?"

En tystnad lägrade sig över redaktionen.

"Vietnam", sa Henry Cortez.

"Det är inte sant", sa chefredaktör Malin Eriksson.

"Yep", sa Henry. "De har tillverkat toalettstolar på legoarbete därnere i åtminstone tio år. Svenska jobbare fick sparken redan på 1990-talet."

"Åh fan."

"Men här kommer poängen. Om vi importerade direkt från fabriken i Vietnam så skulle priset ligga på drygt 390 spänn. Gissa hur man kan förklara prisskillnaden mellan Thailand och Vietnam."

"Säg inte att ..."

Henry Cortez nickade. Hans leende var bredare än ansiktet.

"Vitavara AB lägger ut jobben på något som heter Fong Soo Industries. De står på FN:s lista över företag som åtminstone vid en undersökning år 2001 utnyttjade barnarbetskraft. Men huvuddelen av arbetarna är straffångar."

Malin Eriksson log plötsligt.

"Det här är bra", sa hon. "Det här är riktigt bra. Du kommer nog att bli journalist när du blir stor. Hur snabbt kan du ha storyn klar?"

"Två veckor. Jag har en hel del internationell handel att kolla upp. Och sedan behöver vi en *bad guy* till storyn, så jag vill kolla vilka som äger Vitavara AB."

"Så vi skulle kunna köra i juninumret?" frågade Malin hoppfullt.

"No problem."

KRIMINALINSPEKTÖR JAN BUBLANSKI betraktade åklagare Richard Ekström uttryckslöst. Mötet hade varat i fyrtio minuter och Bublanski kände en intensiv lust att sträcka sig fram och gripa det exemplar av Svea Rikes Lag som låg på kanten av Ekströms skrivbord och drämma det i åklagarens huvud. Han undrade stillsamt vad som skulle hända om han gjorde det. Det skulle onekligen bli rubriker i kvällstidningarna och sannolikt resultera i ett åtal för misshandel. Han sköt bort tanken. Själva poängen med den socialiserade människan var att inte ge efter för den sortens impulser oavsett hur provokativt motparten betedde sig. Och det var ju faktiskt oftast i samband med att någon gett efter för sådana impulser som kriminalinspektör Bublanski brukade kallas in.

"Då så", sa Ekström. "Jag uppfattar det som att vi är överens."

"Nej, vi är inte överens", svarade Bublanski och reste sig. "Men du är förundersökningsledare."

Han muttrade för sig själv då han svängde in i korridoren till sitt tjänsterum och samlade ihop kriminalinspektörerna Curt Svensson och Sonja Modig som utgjorde hans personalresurs denna eftermiddag. Jerker Holmberg hade opassande nog beslutat att ta ut två semesterveckor.

"Mitt rum", sa Bublanski. "Ta med kaffe."

När de hade bänkat sig öppnade Bublanski sitt block med minnesanteckningar från mötet med Ekström.

"Läget just nu är att vår förundersökningsledare har lagt ned alla åtal gentemot Lisbeth Salander med avseende på de mord hon varit efterlyst för. Hon ingår alltså inte längre i förundersökningen vad oss anbelangar."

"Det får väl trots allt ses som ett steg framåt", sa Sonja Modig.

Curt Svensson sa som vanligt ingenting.

"Jag är inte så säker på det", sa Bublanski. "Salander är fortfarande misstänkt för grov brottslighet i samband med Stallarholmen och Gosseberga. Men detta ingår inte längre i vår utredning. Vi ska koncentrera oss på att hitta Niedermann och att utreda skogskyrkogården i Nykvarn."

"Jag förstår."

"Men det står nu klart att Ekström ska åtala Lisbeth Salander. Fallet är överfört till Stockholm och en helt separat utredning har tillsatts."

"Jaså?"

"Och gissa vem som ska utreda Salander?"

"Jag fruktar det värsta."

"Hans Faste är tillbaka i tjänst. Han ska vara Ekström behjälplig i utredningen om Salander."

"Det är fan inte klokt. Faste är helt olämplig att utreda någonting alls om Salander."

"Jag vet. Men Ekström har ett bra argument. Han har varit sjukskriven sedan ... hmm, kollapsen i april, och det här är ett bra och enkelt fall för honom att fokusera på."

Tystnad.

"Alltså ska vi överlämna allt material om Salander till honom i eftermiddag."

"Och den här historien om Gunnar Björck och Säpo och utredningen 1991 ..."

"Ska hanteras av Faste och Ekström."

"Jag gillar inte det här", sa Sonja Modig.

"Inte jag heller. Men Ekström är chef och han har förankring längre upp i byråkratin. Med andra ord är vårt jobb fortfarande att hitta mördaren. Curt, hur ligger vi till?"

Curt Svensson skakade på huvudet.

"Niedermann är fortfarande som uppslukad av jorden. Jag måste erkänna att jag under alla år som polis aldrig har varit med om ett liknande fall. Vi har inte en enda tipsare som känner till honom eller tycks ha en aning om var han befinner sig."

"Skumt", sa Sonja Modig. "Men han är alltså efterlyst för polismordet i Gosseberga, för ett fall av grov misshandel av en polis, för mordförsök på Lisbeth Salander och för grovt människorov och misshandel av tandsköterskan Anita Kaspersson. Samt för morden på Dag Svensson och Mia Bergman. I samtliga dessa fall finns god teknisk bevisning."

"Det räcker en bit. Hur går det med utredningen om Svavelsjö MC:s finansielle expert?"

"Viktor Göransson och hans sambo Lena Nygren. Vi har teknisk bevisning som binder Niedermann till platsen. Fingeravtryck och DNA från Göranssons kropp. Niedermann skrapade knogarna rätt rejält under misshandeln."

"Okej. Något nytt om Svavelsjö MC?"

"Sonny Nieminen har tillträtt som chef medan Magge Lundin sitter häktad i väntan på rättegång för kidnappningen av Miriam Wu. Ryktet går att Nieminen utfäst en stor belöning till den som tipsar om var Niedermann befinner sig."

"Vilket endast gör det märkligare att han inte blivit hittad. Hur är det med Göranssons bil?"

"Eftersom vi hittade Anita Kasperssons bil på Göranssons gård tror vi att Niedermann bytte fordon. Vi har inte något spår efter bilen."

"Så den fråga vi måste ställa oss är alltså om Niedermann fortfarande trycker någonstans i Sverige – i så fall var och hos vem – eller om han redan hunnit sätta sig i säkerhet utomlands. Vad tror vi?"

"Vi har inget som tyder på att han försvunnit utomlands, men det är ju absolut det enda logiska."

"Var har han i så fall dumpat bilen?"

Både Sonja Modig och Curt Svensson skakade på huvudena. Polisarbete var i nio fall av tio ganska okomplicerat då det handlade om spaningar efter en efterlyst namngiven person. Det handlade om att skapa en logisk kedja och börja nysta. Vilka var hans kompisar? Vem hade han suttit på kåken tillsammans med? Var bor hans flickvän? Vem brukade han gå ut och supa till med? I vilket område användes hans mobil senast? Var finns hans fordon? I slutet av den kedjan skulle den efterspanade återfinnas.

Problemet med Ronald Niedermann var att han inte hade några kompisar, saknade flickvän, aldrig hade suttit på kåken och saknade känd mobiltelefon.

En stor del av spaningarna hade följaktligen inriktat sig på att hitta Viktor Göranssons bil som Ronald Niedermann förmodades använda. Det skulle ge en indikation på var sökandet borde fortsätta. Ursprungligen hade de förväntat sig att bilen skulle dyka upp inom några dygn, förmodligen på någon parkeringsplats i Stockholm. Trots rikslarm lyste dock fordonet med sin frånvaro.

"Om han befinner sig utomlands ... var är han då?"

"Han är tysk medborgare, så det naturliga vore ju att han sökte sig till Tyskland."

"Han är efterlyst i Tyskland. Han tycks inte ha haft någon kontakt med sina gamla vänner i Hamburg."

Curt Svensson viftade med handen.

"Om hans plan var att dra till Tyskland ... Varför skulle han i så fall åka till Stockholm? Borde han inte åka mot Malmö och Öresundsbron eller någon av färjorna?"

"Jag vet. Och Marcus Erlander i Göteborg fokuserade spaningarna åt det hållet de första dygnen. Polisen i Danmark är informerad om Göranssons bil, och vi kan med säkerhet säga att han inte åkt någon av färjorna."

"Men han åkte till Stockholm och Svavelsjö MC där han slog ihjäl deras kassör och – får vi förmoda – försvann med en okänd summa pengar. Vad skulle nästa steg vara?"

"Han måste ut ur Sverige", sa Bublanski. "Det naturliga vore någon av färjorna över till Baltikum. Men Göransson och hans sambo mördades sent på natten den 9 april. Det betyder att Niedermann kan ha tagit färjan nästkommande morgon. Vi fick larmet drygt sexton timmar efter att de dog och har haft span på bilen sedan dess."

"Om han tagit färjan på morgonen borde Göranssons bil ha stått parkerad vid någon av färjehamnarna", konstaterade Sonja Modig.

Curt Svensson nickade.

"Kan det vara så enkelt att vi inte hittat Göranssons bil därför att Niedermann kört ut ur landet norrut via Haparanda? En lång omväg runt Bottenviken, men på sexton timmar borde han ha hunnit passera gränsen till Finland."

"Jo, men därefter måste han dumpa bilen någonstans i Finland och vid det här laget borde den ha hittats av kollegorna där."

De satt tysta en lång stund. Till sist reste sig Bublanski och ställde sig vid fönstret.

"Både logik och odds talar emot det, men Göranssons bil är fortfarande försvunnen. Kan han ha hittat ett gömställe där han bara ligger och trycker, en sommarstuga eller..."

"Knappast en sommarstuga. Vid den här tiden på året är varenda husägare ute och ser över sina stugor."

"Och knappast något med anknytning till Svavelsjö MC. Det är nog de sista han vill stöta ihop med."

"Och därmed bör hela den undre världen vara utesluten ... Någon flickvän vi inte känner till?"

De hade gott om spekulationer men inga fakta att gå på.

NÄR CURT SVENSSON hade gått för dagen gick Sonja Modig tillbaka till Jan Bublanskis rum och knackade på dörrposten. Han viftade in henne.

"Har du tid två minuter?"

"Vad?"

"Salander."

"Okej."

"Jag gillar inte det här upplägget med Ekström och Faste och en ny rättegång. Du har läst Björcks utredning. Jag har läst Björcks utredning. Hon blev kvaddad 1991 och det vet Ekström. Vad fan är på gång?"

Bublanski tog av sig läsglasögonen och stoppade dem i bröstfickan.

"Jag vet inte."

"Har du någon aning?"

"Ekström hävdar att Björcks utredning och korrespondensen med Teleborian är ett falsarium."

"Skitsnack. Om det var ett falsarium så skulle Björck ha sagt det då vi plockade in honom."

"Ekström säger att Björck vägrade tala om saken eftersom det var ett hemligstämplat ärende. Jag fick kritik för att jag gick händelserna i förväg och plockade in honom."

"Jag börjar tycka allt sämre om Ekström."

"Han är klämd från flera håll."

"Det är ingen ursäkt."

"Vi har inte monopol på sanningen. Ekström hävdar att han har fått belägg för att rapporten är ett falsarium – det existerar ingen verklig utredning med det diarienumret. Han säger också att förfalskningen är skicklig och att innehållet är en blandning av sanning och fantasi."

"Vilken del var sanning och vilken del var fantasi?"

"Ramberättelsen är någorlunda korrekt. Zalachenko är Lisbeth Salanders far och han var en knöl som misshandlade hennes mor. Problemet är det vanliga – modern ville aldrig göra polisanmälan och följaktligen pågick det i flera år. Björck hade i uppdrag att utreda vad som hände då Lisbeth försökte döda sin pappa med en brandbomb. Han korresponderade med Teleborian – men hela korrespondensen i den form vi sett är ett falsarium. Teleborian gjorde en helt vanlig psykiatrisk undersökning av Salander och konstaterade att hon var tokig, och en åklagare beslutade att inte driva målet mot henne vidare. Hon behövde vård och det fick hon på S:t Stefans."

"Om det nu är en förfalskning ... vem skulle i så fall ha gjort den och i vilket syfte?"

Bublanski slog ut med händerna.

"Driver du med mig?"

"Som jag har förstått saken kommer Ekström att kräva en stor sinnesundersökning av Salander igen."

"Det accepterar jag inte."

"Det är inte vårt bord längre. Vi är frikopplade från Salanderhistorien."

"Och Hans Faste är inkopplad ... Jan, jag kommer att gå till media om de där jävlarna ger sig på Salander en gång till ..."

"Nej, Sonja. Det ska du inte. För det första har vi inte tillgång till utredningen längre och därmed har du inga bevis för vad du påstår. Du kommer att framstå som en jävla paranoiker och därmed är din karriär över."

"Jag har fortfarande utredningen", sa Sonja Modig med låg röst. "Jag gjorde en kopia till Curt Svensson som jag aldrig hann ge honom då Riksåklagaren samlade in dem."

"Och om du läcker den utredningen så får du inte bara sparken utan gör dig dessutom skyldig till grovt tjänstefel och att ha läckt en sekretesskyddad utredning till media."

Sonja Modig satt tyst en sekund och betraktade sin chef.

"Sonja, du ska inte göra någonting. Lova mig det."

Hon tvekade.

"Nej, Jan, det kan jag inte lova. Det är något sjukt med hela den här historien."

Bublanski nickade.

"Jo. Det är sjukt. Men vi vet inte vilka som är våra fiender just nu."

Sonja Modig lade huvudet på sned.

"Tänker *du* göra någonting?"

"Det tänker jag inte diskutera med dig. Lita på mig. Det är fredagskväll. Gör helg. Gå hem med dig. Det här samtalet har aldrig ägt rum."

KLOCKAN VAR HALV två på lördagseftermiddagen då Securitasvakten Niklas Adamsson höjde blicken från boken om nationalekonomi som han skulle tenta på om tre veckor. Han hörde ljudet av de roterande borstarna i den lågmält brummande skurvagnen och konstaterade att det var svartskallen som haltade. Han brukade alltid hälsa artigt men var väldigt tystlåten och brukade inte skratta vid de tillfällen då han försökt skämta med honom. Han såg honom ta fram en Ajaxflaska och spreja två gånger på disken i receptionen och torka rent med en trasa. Därefter greppade han en mopp och svabbade några vinklar i receptionen som skurvagnens borstar inte kom åt. Niklas Adamsson satte ned näsan i sin bok igen och fortsatte att läsa.

Det dröjde tio minuter innan städaren hade arbetat sig fram till Adamssons plats i slutet av korridoren. De nickade till varandra. Adamsson reste sig och lät städaren ta golvet runt stolen utanför Lisbeth Salanders rum. Han hade sett städaren i stort sett varje dag han hade haft skiftet utanför hennes rum, men kunde för sitt liv inte komma ihåg namnet. Något svartskallenamn var det i vilket fall. Däremot kände Adamsson inget större behov av att kontrollera legitimationen. Dels skulle inte svartskallen städa inne i fångens rum – det sköttes på förmiddagen av två kvinnliga städare – och dels uppfattade han ingen större hotbild från den haltande städaren.

När städaren hade gjort korridorslutet låste han upp dörren närmast Lisbeth Salanders rum. Adamsson sneglade på städaren, men inte heller detta utgjorde något avsteg från de dagliga rutinerna. Städförrådet låg i slutet av korridoren. De kommande fem minuterna tömde han hinken, rengjorde borstar och fyllde upp städvagnen med plastpåsar till skräpkorgarna. Slutligen drog han in hela städvagnen i skrubben.

IDRIS GHIDI VAR medveten om Securitasvakten ute i korridoren. Det var en blond pojke i 25-årsåldern som brukade sitta där två eller tre dagar i veckan och som läste böcker i nationalekonomi. Ghidi drog slutsatsen att han arbetade deltid på Securitas samtidigt som han pluggade och att han var ungefär lika uppmärksam på omgivningen som en tegelsten.

Idris Ghidi undrade vad Adamsson skulle göra om någon verkligen försökte ta sig in i Lisbeth Salanders rum.

Idris Ghidi undrade också vad Mikael Blomkvist egentligen var ute efter. Han skakade på huvudet. Han hade förstås läst om journalisten i tidningarna och gjort kopplingen till Lisbeth Salander i 11C och förväntat sig att han skulle bli ombedd att smuggla in något till henne. I så fall skulle han vara tvungen att neka eftersom han inte hade tillträde till hennes rum och aldrig hade sett henne. Men vad han än hade förväntat sig så var det inte det erbjudande han fick.

Han kunde inte se något illegalt i uppdraget. Han sneglade genom dörrspringan och såg att Adamsson åter hade satt sig på stolen utanför dörren och läste sin bok. Han var nöjd med att absolut ingen människa fanns i närheten, vilket nästan alltid var fallet eftersom städskrubben låg i en återvändsgränd precis i slutet av korridoren. Han stack ned handen i fickan i städrocken och plockade upp en ny Sony Ericsson Z600 mobiltelefon. Idris Ghidi hade slagit upp telefonen i en annons och konstaterat att den kostade drygt 3 500 kronor i handeln och hade mobilmarknadens alla finesser.

Han kastade en blick på displayen och noterade att mobilen var påslagen men att ljudet var avstängt, både ringsignal och vibration. Sedan sträckte han sig på tå och skruvade loss en cirkelformad vit kåpa som var placerad i en ventil som ledde till Lisbeth Salanders rum. Han placerade mobilen utom synhåll inne i ventilen, precis som Mikael Blomkvist hade bett honom göra.

Hela proceduren tog ungefär trettio sekunder. Nästa dag skulle proceduren ta ungefär tio sekunder. Det han skulle göra då var att plocka ned mobilen och byta batteri och lägga tillbaka den i ventilen. Det gamla batteriet skulle han ta hem och ladda upp under natten.

Det var allt Idris Ghidi behövde göra.

Detta skulle dock inte hjälpa Salander. På hennes sida av väggen fanns ett galler fastskruvat. Hon skulle aldrig komma åt mobilen oavsett hur hon bar sig åt, om hon inte fick tag på en stjärnmejsel och en stege.

"Jag vet det", hade Mikael sagt. "Men hon ska aldrig röra mobilen."

Detta skulle Idris Ghidi göra varje dag till dess att Mikael Blomkvist meddelade att det inte längre var nödvändigt.

Och för detta arbete kunde Idris Ghidi kvittera ut tusen kronor i veckan direkt i fickan. Dessutom fick han behålla mobilen när jobbet var över.

Han skakade på huvudet. Han begrep naturligtvis att Mikael Blomkvist hade något fuffens på gång, men han kunde för sitt liv inte begripa vad det gick ut på. Att placera en mobiltelefon i en ventil i en låst städskrubb, påslagen men inte uppkopplad, var ett fuffens på en sådan nivå att Ghidi inte riktigt kunde begripa finessen. Om Blomkvist ville få möjlighet att kommunicera med Lisbeth Salander så vore det betydligt mer begåvat att muta någon av sköterskorna att smuggla in telefonen till henne. Det fanns liksom ingen logik i handlingen.

Ghidi skakade på huvudet. Å andra sidan hade han inget emot att göra Mikael Blomkvist den tjänsten så länge denne betalade honom tusen kronor i veckan. Och han tänkte inte ställa några frågor.

DOKTOR ANDERS JONASSON hejdade stegen en aning då han såg en man på 40 plus lutad mot gallergrindarna utanför porten till hans bostadsrätt på Hagagatan. Mannen såg vagt bekant ut och nickade igenkännande mot honom.

"Doktor Jonasson?"

"Ja, det är jag."

"Förlåt att jag besvärar dig så här på gatan utanför din bostad. Men jag ville inte söka upp dig på jobbet och jag skulle behöva få ett samtal med dig."

"Vad gäller saken och vem är du?"

"Mitt namn är Mikael Blomkvist. Jag är journalist och arbetar på tidskriften *Millennium*. Det rör Lisbeth Salander."

"Åh, nu känner jag igen dig. Det var du som larmade Räddningstjänsten då hon hittades ... Var det du som hade satt silvertejp på hennes skottsår?"

"Det var jag."

"Det var riktigt smart. Men jag är ledsen. Jag kan inte diskutera mina patienter med journalister. Du får vända dig till presstjänsten på Sahlgrenska som alla andra."

"Du missförstår mig. Jag vill inte ha upplysningar och jag är här i ett helt privat ärende. Du behöver inte säga ett ord till mig eller lämna någon information. Det är precis tvärtom. Jag vill ge dig information."

Anders Jonasson rynkade ögonbrynen.

"Snälla", bad Mikael Blomkvist. "Jag har inte för vana att antasta kirurger så här ute på gatan, men det är mycket viktigt att jag får prata med dig. Det finns ett café runt hörnet en bit ned på gatan. Kan jag få bjuda på kaffe?"

"Vad vill du prata om?"

"Om Lisbeth Salanders framtid och välbefinnande. Jag är hennes vän."

Anders Jonasson tvekade en lång stund. Han insåg att om det hade varit någon annan än Mikael Blomkvist – om en okänd människa kommit fram till honom på det sättet – så skulle han ha vägrat. Men det faktum att Blomkvist var en känd person innebar att Anders Jonasson kände sig någorlunda säker på att det inte handlade om något sattyg.

"Jag vill under inga omständigheter bli intervjuad och jag kommer inte att diskutera min patient."

"Det är helt okej", sa Mikael.

Anders Jonasson nickade slutligen kort och gjorde Blomkvist sällskap till det aktuella caféet.

"Vad gäller saken?" frågade han neutralt då de fått sina kaffekoppar. "Jag lyssnar men jag tänker inte kommentera någonting."

"Du är rädd att jag ska citera dig eller hänga ut dig i media. Låt mig då göra helt klart från början att det aldrig kommer att ske. Vad mig anbelangar så har det här samtalet inte ens ägt rum."

"Okej."

"Jag tänker be dig om en tjänst. Men innan jag gör det måste jag förklara exakt varför så att du kan ta ställning till om det är moraliskt acceptabelt för dig att göra mig den tjänsten."

"Jag gillar inte riktigt det här samtalet."

"Du behöver bara lyssna. Som Lisbeth Salanders läkare är det ditt jobb att sörja för hennes fysiska och själsliga hälsa. Som Lisbeth Salanders vän är det *min* uppgift att göra detsamma. Jag är inte läkare och kan följaktligen inte rota i hennes skalle och plocka ut kulor och sådant, men jag har en annan kompetens som är minst lika viktig för hennes välbefinnande."

"Jaha."

"Jag är journalist och jag har grävt fram sanningen om vad som har drabbat henne."

"Okej."

"Jag kan i allmänna ordalag berätta vad det handlar om, så får du själv göra en bedömning."

"Jaha."

"Jag ska kanske börja med att säga att Annika Giannini är Lisbeth Salanders advokat. Du har träffat henne."

Anders Jonasson nickade.

"Annika är min syster och det är jag som avlönar henne för att försvara Lisbeth Salander."

"Jaså."

"Att hon är min syster kan du kolla i folkbokföringen. Det här är en tjänst som jag inte kan be Annika göra. Hon diskuterar inte Lisbeth med mig. Hon har också tystnadsplikt och hon lyder under ett helt annat regelverk."

"Hmm."

"Jag antar att du har läst om Lisbeth i tidningarna."

Jonasson nickade.

"Hon har beskrivits som en psykotisk och sinnessjuk lesbisk massmördare. Allt det där är trams. Lisbeth Salander är inte psykotisk och hon är förmodligen lika klok som du och jag. Och hennes sexuella preferenser angår ingen."

"Om jag har förstått saken rätt har det skett en viss omvärdering. Nu är det istället den här tysken som nämns i samband med morden."

"Vilket är helt korrekt. Ronald Niedermann är skyldig och en fullkomligt samvetslös mördare. Däremot har Lisbeth fiender. Riktigt stora stygga fiender. Några av dessa fiender finns inom Säkerhetspolisen."

Anders Jonasson höjde tvivlande på ögonbrynen.

"Då Lisbeth var 12 år gammal spärrades hon in på en barnpsykiatrisk klinik i Uppsala därför att hon hade snubblat över en hemlighet som Säpo till varje pris försökte hemlighålla. Hennes far, Alexander Zalachenko som ju blev mördad på Sahlgrenska, är en avhoppad rysk spion, en relik från det kalla kriget. Han var också en kvinnomisshandlare som år efter år misshandlade Lisbeths mamma. Då Lisbeth var 12 år slog hon tillbaka och försökte döda Zalachenko med en bensinbomb. Det var därför hon blev inspärrad på barnpsyk."

"Jag förstår inte. Om hon försökte döda sin pappa kanske det fanns fog att ta in henne för psykiatrisk behandling."

"Min story – som jag kommer att publicera – är att Säpo visste vad som hade hänt men valde att skydda Zalachenko därför att han var en viktig källa till information. Alltså fejkade de en diagnos och såg till att Lisbeth blev inspärrad."

Anders Jonasson såg så tvivlande ut att Mikael log.

"Allt det jag berättar för dig nu kan jag dokumentera. Och jag kommer att skriva en utförlig text lagom till Lisbeths rättegång. Tro mig – det kommer att ta hus i helvete."

"Jag fattar."

"Jag kommer att avslöja och gå mycket hårt åt två läkare som sprungit Säpos ärenden och som hjälpt till att begrava Lisbeth på dårhus. Jag kommer skoningslöst att hänga ut dem. En av dessa läkare är en mycket känd och respekterad person. Men som sagt – jag har all dokumentation jag behöver."

"Jag förstår. Om en läkare har varit inblandad i något sådant är det en skam för hela kåren."

"Nej, jag tror inte på kollektiv skuld. Det är en skam för de inblandade. Detsamma gäller Säpo. Det finns säkert bra folk som arbetar på Säpo. Det här handlar om en grupp sekterister. När Lisbeth var 18 år försökte de återigen institutionalisera henne. Den här gången misslyckades de, men hon blev ställd under förvaltarskap. I rättegången kommer de återigen att försöka kasta så mycket skit som möjligt på henne. Jag – eller rättare sagt min syster – kommer att slåss för att Lisbeth blir frikänd och att hennes omyndighetsförklaring hävs."

"Okej."

"Men hon behöver ammunition. Det är alltså förutsättningarna för det här spelet. Jag kanske också bör nämna att det finns några poliser som faktiskt står på Lisbeths sida i den här striden. Men det gör inte den förundersökningsledare som åtalat henne."

"Nähä."

"Lisbeth behöver hjälp inför rättegången."

"Jaha. Men jag är inte advokat."

"Nej. Men du är läkare och du har tillgång till Lisbeth."

Anders Jonassons ögon smalnade.

"Det jag tänker be dig om är oetiskt och till och med möjligen att betrakta som ett lagbrott."

"Jaså."

"Men det är det moraliskt riktiga att göra. Hennes rättigheter kränks medvetet av de personer som borde svara för att skydda henne."

"Jaså."

"Jag kan ge ett exempel. Som du vet har Lisbeth besöksförbud och hon får inte läsa tidningar eller kommunicera med omvärlden. Åklagaren har dessutom drivit igenom yppandeförbud för hennes advokat. Annika har tappert hållit sig till reglementet. Däremot är åklagaren den huvudsakliga källan till läckor till journalister som fortsätter att skriva skit om Lisbeth Salander."

"Jaså?"

"Den här storyn till exempel." Mikael höll upp en veckogammal kvällstidning. "En källa inom utredningen hävdar att Lisbeth är otillräknelig, vilket resulterar i att tidningen bygger upp en rad spekulationer om hennes mentala tillstånd."

"Jag läste artikeln. Den är strunt."

"Så du anser inte att Salander är galen?"

"Det kan jag inte uttala mig om. Däremot vet jag att inga som helst psykiatriska utvärderingar har skett. Alltså är artikeln strunt."

"Okej. Men jag kan dokumentera att det är en polis som heter Hans Faste som arbetar för åklagare Ekström som läckt dessa uppgifter."

"Jaså."

"Ekström kommer att yrka på att rättegången ska ske bakom lyckta dörrar, vilket innebär att ingen utomstående kommer att kunna granska och värdera bevismaterialet mot henne. Men vad värre är ... i och med att åklagaren isolerat Lisbeth så kommer hon inte att kunna göra den research som krävs för att hon ska kunna sköta sitt försvar."

"Om jag har förstått saken rätt så ska den saken skötas av hennes advokat."

"Lisbeth är som du säkert begripit vid det här laget en mycket speciell person. Hon har hemligheter som jag känner till men som jag inte kan avslöja för min syster. Däremot kan Lisbeth välja om hon vill använda sig av det försvaret i rättegången."

"Jaha."

"Och för att kunna göra det så behöver Lisbeth det här."

Mikael lade Lisbeth Salanders Palm Tungsten T3 handdator och en batteriladdare på cafébordet mellan dem.

"Det här är det viktigaste vapen Lisbeth har i sin arsenal. Hon behöver den."

Anders Jonasson tittade misstänksamt på handdatorn.

"Varför inte lämna den till hennes advokat?"

"Därför att det är endast Lisbeth som vet hur hon ska komma åt bevismaterialet."

Anders Jonasson satt tyst en lång stund utan att röra handdatorn.

"Låt mig berätta om doktor Peter Teleborian för dig", sa Mikael och plockade upp den pärm där han samlat allt viktigt material.

De satt kvar i över två timmar och pratade lågmält.

KLOCKAN VAR STRAX efter åtta på lördagskvällen då Dragan Armanskij lämnade kontoret vid Milton Security och promenerade till Söderförsamlingens synagoga på S:t Paulsgatan. Han knackade på, presenterade sig och blev insläppt av rabbinen själv.

"Jag har gjort upp om att träffa en bekant här", sa Armanskij.

"En trappa upp. Jag ska visa vägen."

Rabbinen erbjöd en kippa som Armanskij tveksamt satte på sig. Han var uppfostrad i en muslimsk familj där bärande av kippa och besök i den judiska synagogan inte ingick i den dagliga ritualen. Han kände sig besvärad med kippan på huvudet.

Jan Bublanski hade också kippa.

"Hej Dragan. Tack för att du tog dig tid. Jag har lånat ett rum av rabbinen så att vi kan tala ostört."

Armanskij slog sig ned mitt emot Bublanski.

"Jag antar att du har goda skäl för det här hemlighetsmakeriet."

"Jag ska inte dra det här i långbänk. Jag vet att du är vän till Lisbeth Salander."

Armanskij nickade.

"Jag vill veta vad du och Blomkvist kokat ihop för att hjälpa Salander."

"Varför tror du att vi kokat ihop något?"

"Därför att åklagare Richard Ekström har frågat mig ett dussin gånger om hur mycket insyn ni på Milton Security egentligen hade i Salanderutredningen. Han frågar inte för skojs skull utan för att han är orolig för att du ska ställa till med något som kan ge mediala återverkningar."

"Hmm."

"Och om Ekström är orolig så beror det på att han vet eller fruktar att du har något på gång. Eller åtminstone gissar jag att han talat med någon som fruktar det."

"Någon?"

"Dragan, låt oss inte leka kurragömma. Du vet att Salander utsattes för ett övergrepp 1991, och jag fruktar att hon kommer att utsättas för ett nytt övergrepp när rättegången börjar."

"Du är polis i en demokrati. Om du har någon information bör du agera."

Bublanski nickade.

"Jag tänker agera. Frågan är hur."

"Berätta vad du vill ha sagt."

"Jag vill veta vad du och Blomkvist kokat ihop. Jag antar att ni inte sitter och rullar tummarna."

"Det är komplicerat. Hur vet jag att jag kan lita på dig?"

"Det finns en utredning från 1991 som Mikael Blomkvist hittade ..."

"Jag känner till den."

"Jag har inte längre tillgång till rapporten."

"Inte jag heller. Båda de exemplar som Blomkvist och hans syster hade har förkommit."

"Förkommit?" undrade Bublanski.

"Blomkvists exemplar stals vid ett inbrott i hans lägenhet, och Annika Gianninis kopia försvann vid ett överfallsrån i Göteborg. Allt detta skedde samma dag som Zalachenko mördades."

Bublanski satt tyst en lång stund.

"Varför har vi inte hört något om den saken?"

"Som Mikael Blomkvist uttryckte det: det finns bara ett rätt tillfälle att publicera och ett oändligt antal fel tillfällen."

"Men ni ... han tänker publicera?"

Armanskij nickade kort.

"En attack i Göteborg och ett inbrott här i Stockholm. Samma dag. Det betyder att våra motståndare är välorganiserade", sa Bublanski.

"Dessutom ska jag kanske nämna att vi har belägg för att Gianninis telefon avlyssnas."

"Det är någon som begår ett stort antal lagbrott här."

"Frågan är alltså vilka som är våra motståndare", sa Dragan Armanskij.

"Det är min tanke också. Ytterst sett är det alltså Säpo som har intresse av att tysta ned Björcks rapport. Men Dragan ... vi talar om svensk säkerhetspolis. Det är en statlig myndighet. Jag kan inte tro att detta skulle vara något som är sanktionerat från Säpo. Jag tror inte ens att Säpo har kompetens att göra något sådant här."

"Jag vet. Jag har också svårt att smälta det här. För att inte nämna det faktum att någon går in på Sahlgrenska och skjuter skallen av Zalachenko."

Bublanski var tyst. Armanskij hamrade in den sista spiken.

"Och samtidigt går Gunnar Björck och hänger sig."

"Så ni tror att det handlar om organiserade mord. Jag känner Marcus Erlander som gjorde utredningen i Göteborg. Han hittar ingenting som tyder på att mordet var något annat än en sjuk människas impulshandling. Och vi har utrett Björcks dödsfall minutiöst. Allt tyder på att det var självmord."

Armanskij nickade.

"Evert Gullberg, 78 år gammal, cancersjuk och döende, behandlad för klinisk depression några månader före mordet. Jag har satt Fräklund på att gräva fram allt som går om Gullberg i offentliga dokument."

"Ja?"

"Han gjorde värnplikten i Karlskrona på 1940-talet och studerade juridik och blev så småningom skatterådgivare för den privata företagsamheten. Han hade ett kontor här i Stockholm i drygt trettio år, låg profil, privata kunder ... vilka de nu var. Pensionär 1991. Flyttade till hemstaden Laholm 1994 ... Ingenting anmärkningsvärt."

"Men?"

"Förutom några detaljer som förbryllar. Fräklund kan inte hitta en enda referens till Gullberg i något sammanhang. Han är aldrig omnämnd i någon tidning och det finns ingen som känner till vilka kunder han hade. Det är precis som om han aldrig existerat i yrkeslivet."

"Vad vill du ha sagt?"

"Säpo är den uppenbara kopplingen. Zalachenko var en rysk avhoppare och vem annars skulle ha tagit hand om honom än Säpo.

Sedan talar vi om möjlighet att organisera att Lisbeth Salander spärrades in på psyket 1991. För att inte tala om inbrott, överfall och telefonavlyssning femton år senare ... Men jag tror inte heller att Säpo ligger bakom det här. Mikael Blomkvist kallar dem för *Zalachenkoklubben* ... en liten grupp sekterister bestående av övervintrande kalla krigare som gömmer sig i någon skum korridor på Säpo."

Bublanski nickade.

"Så vad kan vi göra?"

KAPITEL 12
SÖNDAG 15 MAJ-MÅNDAG 16 MAJ

KOMMISSARIE TORSTEN EDKLINTH, chef för Säkerhetspolisens författningsskydd, nöp sig i örsnibben och betraktade tankfullt den verkställande direktören för det ansedda privata säkerhetsföretaget Milton Security som hux flux hade ringt och insisterat på att få bjuda på söndagsmiddag i hemmet på Lidingö. Armanskijs fru Ritva hade serverat en ljuvlig gryta. De hade ätit och konverserat artigt. Edklinth hade undrat vad Armanskij egentligen var ute efter. Efter middagen drog sig Ritva tillbaka till en TV-soffa och lämnade dem ensamma vid matbordet. Armanskij hade långsamt börjat berätta historien om Lisbeth Salander.

Edklinth snurrade långsamt på glaset med rödvin.

Dragan Armanskij var ingen stolle. Det visste han.

Edklinth och Armanskij hade känt varandra i tolv år, alltsedan en kvinnlig riksdagsledamot (v) hade fått en serie anonyma dödshot. Politikern hade anmält saken till partiets gruppledare i riksdagen, varefter riksdagens säkerhetsavdelning hade informerats. Hoten var skriftliga och vulgära och innehöll information av ett slag som antydde att den anonyme brevskrivaren faktiskt ägde en viss personkännedom om riksdagsledamoten. Historien blev därmed föremål för Säkerhetspolisens intresse. Medan utredningen pågick fick riksdagsledamoten skydd.

Personskyddet var på den tiden den budgetmässigt minsta roteln inom Säkerhetspolisen. Dess resurser var begränsade. Avdelningen svarar för skyddet av kungahuset och statsministern, och därutöver för enskilda ministrar och partiledare efter behov. Behoven överstiger oftast resurserna och i verkligheten saknar flertalet svenska politiker alla former av seriöst personskydd. Riksdagsledamoten fick bevakning i samband med några offentliga framträdanden, men övergavs efter arbetsdagens slut, det vill säga vid den tidpunkt då sannolikheten ökade att en tokstolle som ägnade sig åt att förfölja en viss person kunde förväntas slå till. Riksdagsledamotens misstro mot Säkerhetspolisens förmåga att skydda henne ökade snabbt.

Hon var bosatt i ett egnahem i Nacka. Då hon anlände hem sent en kväll efter en holmgång i finansutskottet upptäckte hon att någon hade brutit sig in genom altandörren, klottrat könsnedsättande epitet på väggarna i vardagsrummet samt onanerat i riksdagsledamotens sovrum. Hon lyfte därför luren och anlitade Milton Security att svara för hennes personskydd. Hon underrättade inte Säpo om detta beslut, och då hon nästföljande morgon skulle framträda på en skola i Täby uppstod en frontalkollision mellan statliga och privat inhyrda torpeder.

Vid den tiden var Torsten Edklinth tillförordnad biträdande chef på personskyddet. Instinktivt avskydde han situationen att privata huliganer skulle utföra uppgifter som statliga huliganer hade i uppgift att utföra. Han insåg även att riksdagsledamoten hade fog för sina klagomål – om inte annat så var hennes nedsölade säng bevis nog för bristen på statlig effektivitet. Istället för att börja mäta storlek besinnade sig Edklinth och bokade lunch med Milton Securitys chef Dragan Armanskij. De beslutade att situationen möjligen var allvarligare än vad Säpo först antagit och att det fanns orsak att skärpa skyddet runt politikern. Edklinth var också klok nog att inse att Armanskijs folk inte bara ägde den kompetens som erfordrades för jobbet – de hade minst lika god utbildning och troligen bättre teknisk utrustning. De löste problemet genom att Armanskijs folk fick hela ansvaret för närskyddet medan Säkerhetspolisen svarade för själva brottsutredningen och betalade notan.

De två männen upptäckte också att de tyckte rätt bra om varandra och hade lätt för att samarbeta, vilket sedan skedde vid ytterligare ett antal tillfällen under årens lopp. Edklinth hade följaktligen stor respekt för Dragan Armanskijs yrkeskompetens, och då denne bjöd på middag och bad om ett privat och förtroligt samtal så var han villig att lyssna.

Däremot hade han inte förväntat sig att Armanskij skulle placera en bomb med brinnande stubin i hans knä.

"Om jag förstår dig rätt så hävdar du att Säkerhetspolisen bedriver en rent kriminell verksamhet."

"Nej", sa Armanskij. "Då missförstår du mig. Jag påstår att några personer som är anställda inom Säkerhetspolisen bedriver en sådan verksamhet. Jag tror inte för en sekund att detta är sanktionerat av Säkerhetspolisens ledning eller att det har någon form av statligt godkännande."

Edklinth betraktade Christer Malms fotografier av mannen som klev in i en bil med en nummerplåt som började med bokstäverna KAB.

"Dragan ... det här är inget practical joke?"

"Jag önskar att det var ett skämt."

Edklinth funderade en stund.

"Och vad tusan förväntar du dig att jag ska göra åt saken?"

NÄSTKOMMANDE MORGON PUTSADE Torsten Edklinth omsorgsfullt sina glasögon medan han funderade. Han var en gråhårig man med stora öron och ett kraftfullt ansikte. För ögonblicket var dock ansiktet mer konfunderat än kraftfullt. Han befann sig på sitt tjänsterum i polishuset på Kungsholmen och hade tillbringat en avsevärd del av natten med att grubbla över hur han skulle hantera den information som Dragan Armanskij givit honom.

Det var inga angenäma funderingar. Säkerhetspolisen var den institution i Sverige som alla partier (nåja, nästan alla) påstod hade ett omistligt värde och som alla samtidigt tycktes misstro och spinna fantasifulla konspirationsteorier om. Skandalerna hade onekligen varit många, inte minst i det vänsterradikala 1970-talet då en del ...

konstitutionella missgrepp förvisso hade ägt rum. Men fem statliga och hårt kritiserade Säpoutredningar senare hade en ny generation tjänstemän vuxit fram. Det var en yngre skola av aktivister som rekryterades från den riktiga polisens ekonomirotlar, vapenrotlar och bedrägerirotlar – poliser som var vana att undersöka faktiska brott och inte politiska fantasier.

Säkerhetspolisen hade moderniserats och inte minst författningsskyddet hade fått en ny framträdande roll. Dess uppgift, som det formulerades i regeringens instruktion, var att förebygga och avslöja hot mot rikets inre säkerhet. Detta definierades som *olaglig verksamhet som syftar till att med våld, hot eller tvång ändra vårt statsskick, förmå beslutande politiska organ eller myndigheter att fatta beslut i en viss riktning eller hindra enskilda medborgare från att utöva sina grundlagsfästa fri- och rättigheter.*

Författningsskyddets uppgift var följaktligen att försvara svensk demokrati mot verkliga eller förmodade antidemokratiska anslag. Till dessa räknades främst anarkister och nazister. Anarkister därför att de envisades med att utföra civil olydnad i form av mordbränder mot pälsbutiker. Nazister därför att de var nazister och därmed per definition motståndare till demokrati.

Med juristutbildning i grunden hade Torsten Edklinth börjat som åklagare och därefter arbetat för Säkerhetspolisen i tjugoett år. Han hade först befunnit sig på fältet som administratör för personskyddet, och därefter på författningsskyddet där hans uppgifter växlat från analys till administrativt chefskap och så småningom byrådirektör. Han var med andra ord högste chef för den polisiära delen av försvaret av den svenska demokratin. Kommissarie Torsten Edklinth betraktade sig själv som demokrat. I den bemärkelsen var definitionen enkel. Konstitutionen fastställdes av riksdagen och hans uppgift var att se till att denna förblev intakt.

Svensk demokrati bygger på en enda lag och kan uttryckas i de tre bokstäverna YGL, vilket ska uttolkas som yttrandefrihetsgrundlagen. YGL fastslår den omistliga rätten att säga, tycka, tänka och tro vad som helst. Denna rättighet omfattar alla svenska medborgare från skogstokig nazist till stenkastande anarkist och alla däremellan.

Alla andra grundlagar, som till exempel regeringsformen, är endast praktiska utsmyckningar av yttrandefriheten. YGL är följaktligen den lag som demokratin står och faller med. Edklinth ansåg att hans mest primära uppgift bestod i att försvara svenska medborgares lagliga rätt att tycka och säga precis vad de ville, även om han inte för en sekund delade innehållet i deras tyckande och sägande.

Denna frihet innebär dock inte att allt är tillåtet, vilket vissa yttrandefrihetsfundamentalister, främst pedofiler och rasistiska grupper, försöker hävda i den kulturpolitiska debatten. All demokrati har sina begränsningar, och YGL:s begränsningar fastställs av tryckfrihetsförordningen, TF. Denna definierar i princip fyra inskränkningar i demokratin. Det är förbjudet att publicera barnpornografi och vissa sexuella våldsskildringar alldeles oavsett hur konstnärlig upphovsmannen anser att skildringen är. Det är förbjudet att uppvigla och mana till brott. Det är förbjudet att ärekränka och förtala en annan människa. Och det är förbjudet att bedriva hets mot folkgrupp.

Även TF har fastställts av riksdagen och utgör socialt och demokratiskt acceptabla inskränkningar av demokratin, det vill säga det sociala kontrakt som utgör ramverket för ett civiliserat samhälle. Kärnan i lagstiftningen innebär att ingen människa har rätt att mobba eller förnedra en annan människa.

Eftersom YGL och TF är lagar fordras en myndighet som kan garantera lagarnas efterlevnad. I Sverige är denna funktion fördelad på två institutioner, varav den ena, justitiekanslern, har i uppgift att åtala för brott mot TF.

I det avseendet var Torsten Edklinth ingalunda nöjd. Han ansåg att JK traditionellt var på tok för släpphänt med åtal mot vad som faktiskt var direkta brott mot den svenska konstitutionen. JK brukade svara att demokratins princip var så viktig att det endast var i yttersta nödfall som han hade att ingripa och väcka åtal. Denna attityd hade dock allt mer börjat ifrågasättas under senare år, inte minst sedan Svenska Helsingforskommitténs generalsekreterare Robert Hårdh hade låtit ta fram en rapport som granskade JK:s brist på initiativ under en rad år. Rapporten konstaterade att det var närmast omöjligt att åtala och få någon fälld för lagen om hets mot folkgrupp.

Den andra institutionen var Säkerhetspolisens avdelning författningsskyddet, och kommissarie Torsten Edklinth tog denna uppgift på största allvar. Han ansåg själv att det var den finaste och viktigaste post en svensk polis någonsin kunde uppbära, och han skulle inte byta sin utnämning mot någon annan post inom hela det juridiska eller polisiära Sverige. Han var helt enkelt den ende polisman i Sverige som hade i offentligt uppdrag att fungera som en politisk polis. Det var en grannlaga uppgift som fordrade stor klokskap och millimeterrättvisa, eftersom erfarenheter från alltför många länder visade att en politisk polis lätt kunde förvandlas till det största hotet mot demokratin.

Media och allmänhet trodde vanligen att författningsskyddet huvudsakligen hade i uppgift att hålla rätt på nazister och militanta veganer. Det var förvisso riktigt att den sortens yttringar var föremål för en väsentlig del av författningsskyddets intresse, men därutöver fanns en lång rad institutioner och företeelser som också hörde till avdelningens uppgifter. Om låt säga kungen eller överbefälhavaren fick för sig att parlamentarismen hade spelat ut sin roll och att riksdagen borde ersättas med militärdiktatur eller liknande skulle kungen eller överbefälhavaren snabbt bli föremål för författningsskyddets intresse. Och om en grupp poliser fick för sig att tänja på lagarna så till den milda grad att en individs grundlagsskyddade rättigheter inskränktes var det också författningsskyddets uppgift att reagera. I sådana allvarliga fall antogs utredningen dessutom ligga under Riksåklagaren.

Problemet var förstås att författningsskyddet nästan uteslutande hade en analyserande och granskande funktion och ingen operativ verksamhet. Det var därför huvudsakligen antingen den vanliga polisen eller andra avdelningar inom Säkerhetspolisen som ingrep då nazister skulle gripas.

Detta förhållande var i Torsten Edklinths ögon djupt otillfredsställande. Nästan alla normala länder håller sig med en självständig konstitutionsdomstol i en eller annan form, som bland annat har till uppgift att se till att myndigheter inte förgriper sig på demokratin. I Sverige sköts denna uppgift av justitiekanslern eller justitieombudsmannen, som dock endast har att rätta sig efter andra människors beslut. Om Sverige hade haft en konstitutionsdomstol så hade Lisbeth Salanders advokat omedelbart kunnat åtala svenska staten för brott mot hennes konstitutionella rättigheter. Domstolen skulle därmed kunna kräva alla papper på bordet och kalla vem som helst, inklusive statsministern, till förhör till dess att frågan var utredd. Som läget nu var kunde advokaten på sin höjd göra en anmälan till justitieombudsmannen som dock inte hade befogenhet att vandra in hos Säkerhetspolisen och börja kräva fram dokumentation.

Torsten Edklinth hade i många år varit en varm förespråkare för upprättandet av en konstitutionsdomstol. Han hade då enkelt kunnat hantera den information han fått ta emot av Dragan Armanskij genom att upprätta en polisanmälan och lämna dokumentationen till domstolen. Därmed skulle en obeveklig process sättas i rörelse.

Som läget nu förhöll sig saknade Torsten Edklinth juridiska befogenheter att inleda en förundersökning.

Han suckade och lade in en snus.

Om Dragan Armanskijs uppgifter var med sanningen överensstämmande hade alltså ett antal säkerhetspoliser i ledande befattning sett genom fingrarna med en rad grova brott mot en svensk kvinna, därefter falskeligen spärrat in hennes dotter på mentalsjukhus och slutligen gett frikort åt en före detta rysk toppspion att ägna sig åt vapenbrott, narkotikabrott och trafficking. Torsten Edklinth trutade med läpparna. Han ville inte ens börja räkna hur många enskilda lagbrott som faktiskt måste ha ägt rum under resans gång. För att inte tala om inbrott hos Mikael Blomkvist, överfall på Lisbeth Salanders advokat och möjligen – vilket Edklinth vägrade tro var sant – delaktighet i mordet på Alexander Zalachenko.

Det var en soppa som Torsten Edklinth inte kände minsta lust att bli inblandad i. Dessvärre hade han blivit det i samma ögonblick som Dragan Armanskij hade bjudit honom på middag.

Den fråga som han därmed måste besvara var hur han skulle hantera situationen. Formellt var svaret på frågan enkelt. Om Arman-skijs berättelse var sann så hade åtminstone Lisbeth Salander i allra högsta grad blivit fråntagen sin möjlighet att utöva sina grundlags-fästa fri- och rättigheter. Ur konstitutionell synvinkel öppnades ock-så ett ormbo av misstankar att beslutande politiska organ eller myn-digheter förmåtts fatta beslut i en viss riktning, vilket alltså berörde själva kärnan i författningsskyddets uppgifter. Torsten Edklinth var polis med kännedom om ett brott och hade därför skyldighet att kontakta en åklagare och lämna anmälan. Mer informellt var svaret inte fullt så enkelt. Det var rent ut sagt komplicerat.

KRIMINALINSPEKTÖR MONICA FIGUEROLA var trots sitt ovan-liga namn född i Dalarna i en släkt som huserat i Sverige sedan åt-minstone Gustav Vasas dagar. Hon var en kvinna som folk brukade lägga märke till. Det berodde på flera saker. Hon var 36 år gammal, blåögd och hela 184 centimeter lång. Hon hade kortklippt rågblont och självlockigt hår. Hon såg bra ut och klädde sig på ett sätt som hon visste gjorde henne attraktiv.

Och hon var exceptionellt vältränad.

Det sistnämnda kom sig av att hon hade varit friidrottare på elit-nivå i tonåren och så när kvalificerat sig till det svenska OS-lands-laget som 17-åring. Hon hade sedan dess upphört med friidrotten, men tränade fanatiskt på gym fem kvällar i veckan. Hon motio-nerade så ofta att endorfinerna fungerade som ett narkotiskt pre-parat som gav henne abstinensbesvär om hon upphörde med trä-ningen. Hon löptränade, lyfte skrot, spelade tennis, tränade karate och hade dessutom under drygt tio år ägnat sig åt body building. Denna extrema variant av kroppsförhärligande hade hon kraftigt dragit ned på två år tidigare då hon ägnat två timmar varje dag åt att lyfta skrot. Nu gjorde hon det bara en kort stund varje dag, men hennes allmänna träning var av sådant slag att hennes kropp var så muskulös att hon av illasinnade kollegor brukade kallas för Herr Figuerola. Då hon använde ärmlösa linnen eller sommarklän-ningar kunde ingen undgå att lägga märke till hennes biceps och skulderblad.

Något som förutom hennes kroppsbyggnad störde många av hennes manliga arbetskamrater var att hon dessutom var mer än ett *pretty face*. Hon hade gått ut gymnasiet med högsta betyg, utbildat sig till polis i 20-årsåldern och därefter tjänstgjort i nio år vid polisen i Uppsala samtidigt som hon läst juridik på fritiden. För skojs skull hade hon läst in en examen i statsvetenskap också. Hon hade inga problem att memorera och analysera kunskap. Hon läste sällan deckare eller annan förströelselitteratur. Däremot begravde hon sig med stort intresse i de mest skilda ämnen från internationell juridik till antikens historia.

Hos polisen hade hon gått från yttre patrulltjänst, vilket var en förlust för tryggheten på Uppsalas gator, till en tjänst som kriminalinspektör, först på våldet och därefter på den rotel som specialiserade sig på ekonomisk brottslighet. År 2000 hade hon sökt till Säkerhetspolisen i Uppsala och 2001 hade hon flyttat till Stockholm. Hon hade först arbetat på kontraspionaget men nästan omedelbart handplockats till författningsskyddet av Torsten Edklinth, som råkade känna Monica Figuerolas pappa och hade följt hennes karriär genom åren.

När Edklinth sent omsider beslutade att han faktiskt måste agera på Dragan Armanskijs information hade han funderat en stund och därefter lyft luren och kallat Monica Figuerola till sitt rum. Hon hade arbetat mindre än tre år på författningsskyddet, vilket innebar att hon fortfarande var mer en riktig polis än en skrivbordskrigare.

Hon var för dagen klädd i tajta blåjeans, turkosfärgade sandaler med en liten klack och en marinblå kavaj.

"Vad sysslar du med just nu?" hälsade Edklinth och bjöd henne att sitta ned.

"Vi håller på att följa upp rånet mot den där närlivsbutiken i Sunne för två veckor sedan."

Säkerhetspolisen ägnade sig förvisso inte åt att utreda rån mot livsmedelsbutiker. Sådant polisiärt basarbete låg uteslutande på den öppna polisen. Monica Figuerola var chef för en avdelning bestående av fem medarbetare på författningsskyddet som ägnade sig åt att analysera politisk brottslighet. Det viktigaste hjälpmedlet bestod av ett antal datorer som var kopplade till den öppna polisens incident-rapportering. I stort sett varje polisanmälan som rapporterades i något polisdistrikt i Sverige passerade de datorer som Monica Figuerola basade över. Datorerna hade en programvara som automatiskt scannade varje polisrapport och hade till uppgift att reagera på 310 specifika ord, till exempel svartskalle, skinnskalle, hakkors, invandrare, anarkist, Hitlerhälsning, nazist, nationaldemokrat, landsförrädare, judehora eller negerälskare. Om ett sådant nyckelord förekom i en polisrapport slog datorn larm och rapporten i fråga plockades fram och granskades manuellt. Beroende på sammanhang kunde därefter förundersökningen beställas in och vidare granskning förekomma.

Bland författningsskyddets uppgifter ingår att varje år publicera rapporten *Hot mot rikets säkerhet* som utgör den enda pålitliga statistiken över politisk brottslighet. Statistiken bygger uteslutande på anmälningar till lokala polismyndigheter. I fallet med rånet mot närlivsbutiken i Sunne hade datorn reagerat på tre nyckelord – invandrare, axelmärke och svartskalle. Två maskerade unga män hade medelst pistolhot rånat en närlivsbutik som ägdes av en invandrare. De hade kommit över en summa uppgående till 2 780 kronor samt en limpa cigaretter. En av rånarna hade en midjekort jacka med en svensk flagga som axelmärke. Den andre rånaren hade upprepade gånger skrikit jävla svartskalle åt butiksföreståndaren och tvingat denne att lägga sig ned på golvet.

Sammantaget var detta tillräckligt för att Figuerolas medarbetare skulle plocka fram förundersökningen och försöka utröna om rånarna hade anknytning till de lokala nazistgängen i Värmland och om rånet i så fall skulle kunna definieras som rasistisk brottslighet eftersom en rånare gett uttryck för rasistiska åsikter. Om så var fallet kunde rånet mycket väl utgöra en pinne i nästkommande års statistiska sammanställning, vilken därefter skulle analyseras och infogas i den europeiska statistik som EU:s kontor i Wien årligen sammanställde. Det kunde också visa sig att rånarna var scouter som köpt en Fröviksjacka med svenska flaggan och att det var en ren slump att butiksinnehavaren var invandrare och att ordet svartskalle förekom. Om så var fallet skulle Figuerolas avdelning stryka rånet från statistiken.

"Jag har en besvärlig uppgift till dig", sa Torsten Edklinth.

"Jaha", sa Monica Figuerola.

"Det är ett jobb som potentiellt kan innebära att du hamnar ordentligt i onåd och till och med att din karriär havererar."

"Jag förstår."

"Om du å andra sidan lyckas med din uppgift och saker och ting faller väl ut så kan det betyda en stor framgång i karriären. Jag tänker flytta över dig till författningsskyddets operativa enhet."

"Förlåt att jag påpekar det, men författningsskyddet har ingen operativ enhet."

"Jo", sa Torsten Edklinth. "Numera finns det en sådan enhet. Jag har grundat den enheten nu på morgonen. Den består för närvarande av en enda person. Det är du."

Monica Figuerola såg tveksam ut.

"Författningsskyddets uppgift är att försvara konstitutionen mot inre hot, vilket vanligen betyder nazister eller anarkister. Men vad gör vi om det visar sig att hotet mot konstitutionen kommer från vår egen organisation?"

Han ägnade den kommande halvtimmen åt att återge hela den historia som Dragan Armanskij hade gett honom föregående kväll.

"Vem är källan till dessa påståenden?" undrade Monica Figuerola.

"Oviktigt just nu. Fokusera på den information informatören har lämnat."

"Det jag undrar över är om du anser att källan är trovärdig."

"Jag har känt denna källa i många år och anser att källan har mycket hög trovärdighet."

"Det här låter ju faktiskt helt ... jag vet inte vad. Osannolikt är bara förnamnet."

Edklinth nickade.

"Som en spionroman", sa han.

"Vad förväntar du dig att jag ska göra?"

"Från och med nu är du frikopplad från alla andra uppgifter. Du har en enda uppgift – att undersöka sanningshalten i den här historien. Du ska antingen verifiera eller avfärda påståendena. Du rapporterar direkt till mig och inte till någon annan."

"Herregud", sa Monica Figuerola. "Jag förstår vad du menade med att det här kan innebära att jag hamnar i onåd."

"Ja. Men om historien är sann ... om endast en bråkdel av alla dessa påståenden är sanna så står vi inför en konstitutionell kris som vi måste hantera."

"Var ska jag börja? Hur ska jag bära mig åt?"

"Börja med det enklaste. Börja med att läsa den här utredningen som Gunnar Björck skrev 1991. Sedan ska du identifiera de personer som påstås övervaka Mikael Blomkvist. Enligt min källa ägs bilen av en Göran Mårtensson, 40 år, polis och bosatt på Vittangigatan i Vällingby. Därefter ska du identifiera den andra personen som finns på bilderna som Mikael Blomkvists fotograf tog. Den blonde yngre mannen här."

"Okej."

"Därefter ska du undersöka Evert Gullbergs bakgrund. Jag har aldrig hört talas om människan, men enligt min källa måste det finnas en koppling till Säkerhetspolisen."

"Så någon här på Säk skulle alltså ha beställt ett spionmord av en 78-årig gubbe. Jag tror inte på det."

"Inte desto mindre ska du göra kontrollen. Och utredningen ska ske i hemlighet. Innan du vidtar några åtgärder så vill jag bli informerad. Jag vill inte ha några ringar på vattnet."

"Det är en enorm utredning du beställer. Hur ska jag kunna göra det här på egen hand?"

"Det ska du inte. Du ska bara göra den här första kollen. Om du kommer tillbaka och säger att du har kollat och att du inte hittar något så är allt gott och väl. Om du hittar något misstänkt så får vi besluta hur vi ska gå vidare."

MONICA FIGUEROLA ÄGNADE sin lunchrast åt att lyfta skrot i polishusets gym. Själva lunchen bestod av svart kaffe och en smörgås med köttbullar och rödbetssallad som hon tog med sig tillbaka till sitt tjänsterum. Hon stängde dörren, städade av skrivbordet och började läsa Gunnar Björcks utredning medan hon åt sin smörgås. Hon läste också bilagan med korrespondens mellan Björck och doktor Peter Teleborian. Hon antecknade varje namn och varje enskild händelse i rapporten som skulle kunna verifieras. Efter två timmar reste hon sig och gick till kaffeautomaten och hämtade mera kaffe. Då hon lämnade sitt rum låste hon dörren, vilket ingick i de dagliga rutinerna på RPS/Säk.

Det första hon gjorde var att kontrollera diarienumret. Hon ringde till registratorn och fick beskedet att någon rapport med det aktuella diarienumret inte existerade. Hennes andra kontroll bestod i att konsultera ett mediearkiv. Det gav bättre utdelning. Bägge kvällstidningarna och en morgontidning hade rapporterat om en person som skadats allvarligt vid en bilbrand på Luntmakargatan det aktuella datumet 1991. Offret för olyckan var en icke namngiven medelålders man. En kvällstidning rapporterade att enligt ett vittne hade branden avsiktligt startats av en ung flicka. Det skulle alltså vara den famösa brandbomb som Lisbeth Salander kastade mot en rysk agent vid namn Zalachenko. Händelsen tycktes åtminstone ha ägt rum.

Gunnar Björck, som stod som rapportens upphovsman, var en verklig person. Han var en känd hög befattningshavare på utlänningsroteln, sjukskriven på grund av diskbråck och dessvärre avliden på grund av självmord.

Personalenheten kunde dock inte ge besked om vad Gunnar Björck hade sysslat med 1991. Uppgiften var sekretessbelagd även för andra medarbetare på Säk. Vilket var rutin.

Att Lisbeth Salander hade varit bosatt på Lundagatan år 1991 och tillbringat de närmast följande två åren på S:t Stefans barnpsykiatriska klinik var enkelt att verifiera. I dessa avsnitt tycktes verkligheten åtminstone inte motsäga rapportens innehåll.

Peter Teleborian var en känd psykiatriker som brukade synas i TV. Han hade arbetat på S:t Stefans 1991 och var i dag dess överläkare.

Monica Figuerola funderade en lång stund på betydelsen av rapporten. Därefter ringde hon till biträdande chefen på personalavdelningen.

"Jag har en intrikat fråga", förklarade hon.

"Vad?"

"Vi håller på med en analys på författningsskyddet där det handlar om att bedöma en persons trovärdighet och allmänna psykiska hälsa. Jag skulle behöva konsultera en psykiatriker eller annan kunskapare som är godkänd att få ta del av sekretesskyddad information. Doktor Peter Teleborian har nämnts för mig och jag vill veta om jag kan anlita honom."

Det dröjde en stund innan hon fick svar.

"Doktor Peter Teleborian har varit extern konsult för Säk vid ett par tillfällen. Han har säkerhetsklassats och du kan i allmänna ordalag diskutera sekretesskyddad information med honom. Men innan du vänder dig till honom måste du följa den byråkratiska proceduren. Din chef måste godkänna det hela och göra en formell begäran att få konsultera Teleborian."

Monica Figuerolas hjärta sjönk en aning. Hon hade verifierat något som inte kunde vara känt utanför en mycket begränsad skara. Peter Teleborian hade haft med RPS/Säk att göra. Därmed styrktes rapportens trovärdighet.

Hon lade ifrån sig rapporten och ägnade sig åt andra delar av den information som Torsten Edklinth försett henne med. Hon studerade Christer Malms bilder av de två personer som enligt uppgift hade skuggat Mikael Blomkvist från Café Copacabana den första maj.

Hon konsulterade bilregistret och konstaterade att Göran Mårtensson var en befintlig person som ägde en grå Volvo med det aktuella bilnumret. Därefter fick hon genom Säkerhetspolisens personalavdelning bekräftelse på att han var anställd på RPS/Säk. Det var den allra enklaste kontroll hon kunde göra och även denna information tycktes vara korrekt. Hennes hjärta sjönk ytterligare.

Göran Mårtensson arbetade på personskyddet. Han var livvakt. Han ingick i den grupp av medarbetare som vid flera tillfällen svarat för statsministerns säkerhet. Sedan några veckor var han dock tillfälligt utlånad till kontraspionaget. Tjänstledigheten hade inletts den 10 april, några dagar efter att Alexander Zalachenko och Lisbeth Salander hade förts till Sahlgrenska sjukhuset, men den sortens tillfälliga omplaceringar var inget ovanligt om det rådde personalbrist i något akut ärende.

Därefter ringde Monica Figuerola till biträdande chefen på kontraspionaget, en man som hon kände personligen och hade arbetat för under sin korta tid på avdelningen. Hon frågade om Göran Mårtensson sysslade med något viktigt eller om han kunde lånas över till en utredning på författningsskyddet.

Biträdande chefen på kontraspionaget var förbryllad. Monica Figuerola måste ha blivit felinformerad. Göran Mårtensson från personskyddet fanns inte utlånad till kontraspionaget. Ledsen.

Monica Figuerola lade ned telefonen och stirrade på luren i två minuter. På personskyddet trodde man att Mårtensson var utlånad till kontraspionaget. På kontraspionaget hade man inte alls lånat honom. Sådana transfereringar måste godkännas och handläggas av kanslichefen. Hon sträckte sig efter telefonluren för att ringa till kanslichefen men hejdade sig. Om man på personskyddet hade lånat ut Mårtensson så måste kanslichefen ha godkänt beslutet. Men Mårtensson fanns inte på kontraspionaget. Vilket kanslichefen måste vara medveten om. Och om Mårtensson var utlånad till någon avdelning som skuggade Mikael Blomkvist så måste kanslichefen känna till även det.

Torsten Edklinth hade sagt åt henne att inte skapa ringar på vattnet. Att fråga kanslichefen kunde följaktligen vara liktydigt med att kasta en väldigt stor sten i en liten ankdamm.

ERIKA BERGER SATTE sig bakom sitt skrivbord i glasburen strax efter halv elva på måndagsmorgonen och pustade ut. Hon var i stort behov av den kopp kaffe från automaten i fikarummet som hon just hämtat. Hon hade tillbringat de första arbetstimmarna med att beta av två möten. Det första var ett femton minuter långt morgonmöte där redaktionssekreterare Peter Fredriksson drog upp riktlinjerna för dagens arbete. Hon tvingades allt mer förlita sig på Fredrikssons omdöme i avsaknad av förtroende för Anders Holm.

Det andra var ett timslångt möte med styrelseordförande Magnus Borgsjö, SMP:s ekonomichef Christer Sellberg och budgetansvarige

Ulf Flodin. Mötet var en genomgång av en vikande annonsmarknad och sjunkande lösnummerförsäljning. Budgetchefen och ekonomichefen var överens om att åtgärder måste genomföras för att minska tidningens underskott.

"Vi klarade första kvartalet i år tack vare en marginell uppgång på annonsmarknaden och att två medarbetare gick i pension vid årsskiftet. Dessa tjänster är inte tillsatta", sa Ulf Flodin. "Vi kommer förmodligen att klara innevarande kvartal med ett marginellt underskott. Men det råder ingen tvekan om att gratistidningarna *Metro* och *Stockholm City* äter vidare på annonsmarknaden i Stockholm. Den enda prognos vi kan ge är att tredje kvartalet i år kommer att ge ett tydligt underskott."

"Och hur möter vi det?" frågade Borgsjö.

"Det enda rimliga alternativet är nedskärningar. Vi har inte skurit ned sedan 2002. Men jag uppskattar att före årsskiftet måste minst tio tjänster bort."

"Vilka tjänster då?" undrade Erika Berger.

"Vi får jobba med osthyvelsprincipen och plocka en tjänst här och en tjänst där. Sportredaktionen har just nu 6,5 tjänster. Där bör vi skära ned till fem heltider."

"Om jag har förstått saken rätt går sportredaktionen redan nu på knäna. Det innebär att vi måste skära ned sportbevakningen i sin helhet."

Flodin ryckte på axlarna.

"Jag lyssnar gärna på bättre förslag."

"Jag har inga bättre förslag, men principen är den att om vi skär bort personal så måste vi göra en tunnare tidning och om vi gör en tunnare tidning kommer antalet läsare att minska och därmed även antalet annonsörer."

"Den eviga onda cirkeln", sa ekonomichefen Sellberg.

"Jag är anställd för att vända den här utvecklingen. Det innebär att jag kommer att satsa offensivt på att förändra tidningen och göra den mer attraktiv för läsare. Men jag kan inte göra det om jag ägnar mig åt att hyvla bort personalen."

Hon vände sig till Borgsjö.

"Hur länge kan tidningen blöda? Hur stort underskott kan vi ta innan det vänder?"

Borgsjö trutade med läpparna.

"Sedan 1990-talets början har SMP ätit upp en stor del av gamla fonderade tillgångar. Vi har en aktieportfölj som minskat i värde med drygt trettio procent jämfört med för tio år sedan. En stor del av dessa fonder har använts till investeringar i datateknik. Det är alltså ofantligt stora utgifter vi haft."

"Jag noterar att SMP har utvecklat ett eget textredigeringssystem, det här som kallas AXT. Vad kostade det att utveckla?"

"Ungefär fem miljoner kronor."

"Jag begriper inte riktigt logiken här. Det finns billiga kommersiella program redan färdiga på marknaden. Varför har SMP satsat på att utveckla egna programvaror?"

"Ja du, Erika ... svara på det den som kan. Men det var förre teknikchefen som övertalade oss. Han menade att det skulle bli billigare i det långa loppet och att SMP dessutom skulle kunna sälja licenser för programmet till andra tidningar."

"Och har någon köpt programvaran?"

"Jo, faktiskt, en lokaltidning i Norge."

"Lysande", sa Erika Berger med torr röst. "Nästa fråga, vi sitter med PC-datorer som är fem sex år gamla ..."

"Det är uteslutet att göra någon investering i nya datorer det närmaste året", sa Flodin.

Diskussionen hade fortsatt. Erika började bli akut medveten om att hennes invändningar nonchalerades av Flodin och Sellberg. För dem var det nedskärningar som gällde, vilket var begripligt ur en budgetchefs och en ekonomidirektörs synvinkel och oacceptabelt från en nytillträdd chefredaktörs horisont. Det som irriterade henne var dock att de ständigt avfärdade hennes argument med vänliga leenden som fick henne att känna sig som en tonårig skolflicka inför ett läxförhör. Utan att ett enda otillbörligt ord uttalades hade de en attityd mot henne som var så klassisk att det nästan var underhållande. *Du ska inte bry din hjärna med så komplicerade saker, lilla stumpan.*

Borgsjö var ingen större hjälp. Han var avvaktande och lät de övriga deltagarna i mötet tala till punkt, men hon upplevde inte samma nedlåtande attityd från honom.

Hon suckade och kopplade upp sin laptop och öppnade e-posten. Hon hade fått nitton mail. Fyra av dessa var spam från någon som ville (a) att hon skulle köpa Viagra, (b) erbjuda henne cybersex med *The sexiest Lolitas on the net* mot en kostnad av endast fyra amerikanska dollar i minuten, (c) ett något grövre erbjudande om *Animal Sex, the Juiciest Horse Fuck in the Universe*, samt (d) prenumerera på det elektroniska nyhetsbrevet *mode.nu*, vilket producerades av ett slaskföretag som överöste marknaden med reklamerbjudanden och som aldrig slutade skicka eländet hur många gånger hon än undanbad sig reklam. Ytterligare sju mail bestod av så kallade Nigeriabrev från änkan till den förre riksbankschefen i Abu Dhabi som erbjöd henne fantastiska summor om hon bara ville bidra med ett mindre förtroendeskapande kapital och liknande trams.

Den återstående mailen bestod av morgon-PM, lunch-PM, tre mail från redaktionssekreterare Peter Fredriksson som uppdaterade henne om utvecklingen i dagens huvudstory, ett mail från hennes personlige revisor som ville ha ett möte för att stämma av förändringarna i lön efter flytten från *Millennium* till SMP, samt ett mail från hennes tandhygienist som påminde om att det var dags för kvartalsbesöket. Hon antecknade tiden i sin elektroniska kalender och insåg omedelbart att hon skulle vara tvungen att avboka eftersom hon hade en stor redaktionskonferens inplanerad den dagen.

Slutligen öppnade hon det sista mailet som hade avsändaren <centralred@smpost.se> och rubriken [För chefredaktörens kännedom]. Hon satte långsamt ned kaffekoppen.

[HORA! DU TROR ATT DU ÄR NÅGONTING DIN JÄVLA FITTA. DU SKA INTE TRO ATT DU KAN KOMMA OCH VARA STÖDDIG HÄR. DU SKA BLI KNULLAD I ÄNDAN MED EN SKRUVMEJSEL, HORA! JU FORTARE DU FÖRSVINNER DESTO BÄTTRE.]

Erika Berger höjde automatiskt blicken och sökte nyhetschefen Anders Holm. Han fanns inte vid sin plats och hon kunde inte se honom på redaktionen. Hon tittade på avsändaren och lyfte därefter luren och ringde till Peter Fleming, som var SMP:s teknikchef.

"Hej. Vem använder adressen <centralred@smpost.se>?"

"Ingen. Den adressen finns inte på SMP."

"Jag har just fått ett mail från just den adressen."

"Det är en fejk. Innehåller mailet virus?"

"Nej. Åtminstone har inte antivirusprogrammet reagerat."

"Okej. Adressen finns inte. Men det är mycket enkelt att fejka en till synes riktig adress. Det finns sajter på nätet som du kan sända genom."

"Går det att spåra ett sådant mail?"

"Det är nästan omöjligt även om personen i fråga är så dum att han skickar från sin privata hemdator. Man kan möjligen spåra IP-nummer till en server, men om han använder ett konto som han startat på till exempel hotmail så upphör spåret."

Erika tackade för informationen. Hon funderade en kort stund. Det var knappast första gången som hon fick ett hotfullt mail eller ett meddelande från en ren dårfink. Mailet syftade uppenbarligen på hennes nya arbete som chefredaktör på SMP. Hon undrade om det var någon galning som läst om henne i samband med Moranders död eller om avsändaren fanns i huset.

MONICA FIGUEROLA FUNDERADE länge och väl på hur hon skulle göra med Evert Gullberg. En fördel med att arbeta på författningsskyddet var att hon hade vidsträckta befogenheter att plocka fram nästan vilken polisutredning som helst i Sverige som kunde tänkas ha något med rasistisk eller politisk brottslighet att göra. Hon konstaterade att Alexander Zalachenko var invandrare och att det i hennes arbetsuppgifter bland annat ingick att granska våld mot utlandsfödda personer och avgöra om detta var rasistiskt motiverat eller inte. Hon hade följaktligen legitim rätt att ta del av utredningen om mordet på Zalachenko för att avgöra om Evert Gullberg hade anknytning till en rasistisk organisation eller om han hade gett uttryck för rasistiska påståenden i samband med mordet. Hon beställde fram utredningen och läste noga igenom den. Där återfann hon de brev som skickats till justitieministern och konstaterade att de förutom en rad rättshaveristiska och nedsättande personangrepp även innehöll orden svartskalleälskare och landsförrädare.

Därefter var klockan fem. Monica Figuerola låste in allt material i kassaskåpet på sitt tjänsterum, städade bort kaffemuggen, stängde datorn och stämplade ut. Hon promenerade raskt till ett gym vid S:t Eriksplan och ägnade den följande timmen åt lite mjuk styrketräning.

När hon var klar promenerade hon till sin tvåa på Pontonjärgatan, duschade och åt en sen men kostriktigt sammansatt middag. Hon övervägde en stund att ringa till Daniel Mogren som bodde tre kvarter längre ned på samma gata. Daniel var snickare och kroppsbyggare och hade i tre års tid varit hennes träningskompis av och till. De senaste månaderna hade de även träffats och haft kompissex.

Sex var för all del nästan lika tillfredsställande som ett hårt träningspass på gymmet, men vid mogna 30 plus, närmare 40 minus, hade Monica Figuerola börjat fundera över om hon trots allt inte borde börja intressera sig för en permanent man och en mer permanent livssituation. Kanske till och med barn. Dock ej med Daniel Mogren.

Efter en stunds övervägande beslutade hon sig för att hon egentligen inte hade lust att träffa någon. Istället gick hon och lade sig med en bok om antikens historia. Hon somnade strax före midnatt.

KAPITEL 13
TISDAG 17 MAJ

MONICA FIGUEROLA VAKNADE tio över sex på tisdagsmorgonen, sprang en lång löprunda längs Norr Mälarstrand, duschade och stämplade in på polishuset tio över åtta. Hon ägnade morgontimmen åt att sammanställa ett PM med de slutsatser hon dragit föregående dag.

Klockan nio anlände Torsten Edklinth. Hon gav honom tjugo minuter att klara av eventuell morgonpost och gick därefter till hans dörr och knackade på. Hon väntade tio minuter medan hennes chef läste hennes PM. Han läste de fyra A4-arken två gånger från början till slut. Till sist tittade han upp på henne.

"Kanslichefen", sa han eftertänksamt.

Hon nickade.

"Han måste ha godkänt utlåningen av Mårtensson. Han måste följaktligen veta att Mårtensson inte finns på kontraspionaget där han enligt personskyddet ska finnas."

Torsten Edklinth tog av sig glasögonen och plockade upp en pappersservett och putsade dem grundligt. Han funderade. Han hade träffat kanslichef Albert Shenke på möten och interna konferenser vid oräkneliga tillfällen men kunde inte påstå att han personligen kände honom särskilt väl. Det var en relativt kortvuxen person med tunt rödblont hår och ett midjemått som svällt ut under årens lopp.

Han visste att Shenke var drygt 55 år och att han hade arbetat vid RPS/Säk i åtminstone tjugofem år, eventuellt ännu längre. Han hade varit kanslichef det senaste decenniet och dessförinnan arbetat som biträdande kanslichef och på andra poster inom administrationen. Han uppfattade Shenke som en tystlåten person som kunde agera med hårda nypor om det behövdes. Edklinth hade ingen aning om vad Shenke sysslade med på fritiden, men han hade ett minne av att han vid något tillfälle sett honom i garaget i polishuset i fritidsklädsel och med golfklubbor över axeln. Han hade också vid ett tillfälle flera år tidigare av en slump stött ihop med Shenke på Operan.

"Det var en sak som slog mig", sa hon.

"Vad?"

"Evert Gullberg. Han gjorde militärtjänsten på 1940-talet och blev skattejurist och försvann in i dimmorna på 1950-talet."

"Ja?"

"Då vi resonerade om det här så pratade vi om honom som om han hade varit en lejd mördare."

"Jag vet att det låter långsökt, men ..."

"Det som slog mig var att det finns så lite bakgrund på honom att det verkar nästan fejkat. Både IB och Säk etablerade företag utanför huset på 1950- och 1960-talet."

Torsten Edklinth nickade.

"Jag undrade när du skulle tänka på den möjligheten."

"Jag skulle behöva tillstånd att gå in i personalfilerna från 1950-talet", sa Monica Figuerola.

"Nej", sa Torsten Edklinth och skakade på huvudet. "Vi kan inte gå in i arkivet utan tillstånd från kanslichefen och vi vill inte väcka uppmärksamhet förrän vi har mer på fötterna."

"Så hur tycker du att vi ska gå vidare?"

"Mårtensson", sa Edklinth. "Ta reda på vad han sysslar med."

LISBETH SALANDER STUDERADE vädringsfönstret i sitt låsta vårdrum då hon hörde nyckeln i dörren och doktor Anders Jonasson kom in. Klockan var efter tio på tisdagskvällen. Han avbröt hennes planerande för hur hon skulle kunna fly från Sahlgrenska.

Hon hade mätt vädringsventilen i fönstret och konstaterat att hennes huvud skulle kunna passera och att hon nog inte skulle ha nämnvärda problem att klämma igenom resten av kroppen. Det var tre våningar till marken men en kombination av sönderrivna lakan och en tre meter lång förlängningskabel till en golvlampa skulle lösa det problemet.

I tankarna hade hon planerat sin flykt steg för steg. Problemet var kläder. Hon hade trosor och landstingets nattskjorta och ett par plastsandaler som hon fått låna. Hon hade två hundra kronor i kontanter som hon hade fått av Annika Giannini för att kunna beställa godis från sjukhuskiosken. Det skulle räcka till billiga jeans och en t-tröja på Myrorna, förutsatt att hon kunde lokalisera Myrorna i Göteborg. Resten av pengarna måste räcka till ett telefonsamtal till Plague. Därefter skulle saker och ting lösa sig. Hon planerade att landa i Gibraltar inom några dygn efter sin flykt och därefter bygga upp en ny identitet någonstans i världen.

Anders Jonasson nickade och satte sig i besöksstolen. Hon satte sig på sängkanten.

"Hej Lisbeth. Förlåt att jag inte hunnit hälsa på dig under de senaste dagarna, men jag har haft ett elände på akuten och jag har dessutom blivit handledare för ett par unga läkare."

Hon nickade. Hon hade inte förväntat sig att doktor Anders Jonasson skulle göra särskilda besök hos henne.

Han plockade fram hennes journalanteckningar och studerade uppmärksamt hennes temperaturkurva och medicineringen. Han noterade att hon låg stadigt mellan 37 och 37,2 grader och att hon under den gångna veckan inte hade fått några huvudvärkstabletter.

"Det är doktor Endrin som är din läkare. Kommer du överens med henne?"

"Hon är okej", svarade Lisbeth utan större entusiasm.

"Är det okej om jag gör en koll?"

Hon nickade. Han plockade upp en pennlampa ur fickan och böjde sig fram och lyste i hennes ögon för att granska hur pupillerna drog ihop sig och utvidgades. Han bad henne att öppna munnen och granskade hennes hals. Därefter lade han försiktigt händerna runt hennes hals och vred hennes huvud fram och tillbaka och åt sidorna några gånger.

"Du har inga besvär i nacken?" frågade han.

Hon skakade på huvudet.

"Hur är det med huvudvärken?"

"Jag känner av den ibland, men det går över."

"Läkningsprocessen pågår fortfarande. Huvudvärken kommer att försvinna mer och mer."

Hon hade fortfarande så kort hår att han bara behövde vika en liten tofs åt sidan för att känna på ärret ovanför örat. Det läktes problemfritt men det fanns en liten sårskorpa kvar.

"Du har klöst på såret igen. Ge fan i det."

Hon nickade. Han fattade hennes vänstra armbåge och lyfte armen.

"Kan du höja armen på egen hand?"

Hon sträckte upp armen.

"Har du någon smärta eller obehag i skuldran?"

Hon skakade på huvudet.

"Stramar det?"

"En aning."

"Jag tror att du måste träna musklerna i skuldran lite mer."

"Det är svårt när man är inlåst."

Han log mot henne.

"Det kommer inte att vara för evigt. Gör du de där övningarna som terapeuten säger?"

Hon nickade.

Han plockade fram stetoskopet och tryckte det mot sin handled en stund för att värma upp det. Sedan satte han sig på sängkanten och knäppte upp hennes nattskjorta och lyssnade på hennes hjärta och mätte pulsen. Han bad henne böja sig framåt och placerade stetoskopet på hennes rygg för att lyssna på lungorna.

"Hosta."

Hon hostade.

"Okej. Du kan knäppa skjortan. Medicinskt är du mer eller mindre återställd."

Hon nickade. Hon förväntade sig att han därmed skulle resa sig och lova att återkomma om några dagar, men han satt kvar på stolen. Han satt tyst en lång stund och tycktes fundera på något. Lisbeth väntade tålmodigt.

"Vet du varför jag blev läkare?" frågade han plötsligt.

Hon skakade på huvudet.

"Jag kommer från en arbetarfamilj. Jag tänkte alltid att jag ville bli läkare. Jag hade faktiskt tänkt bli psykiatriker när jag var i tonåren. Jag var fasligt intellektuell."

Lisbeth betraktade honom med plötslig uppmärksamhet så fort han nämnde ordet psykiatriker.

"Men jag var inte säker på att jag skulle klara av studierna. Så när jag hade gått ut gymnasiet utbildade jag mig faktiskt till svetsare och jobbade som sådan i något år."

Han nickade som tecken på att han talade sanning.

"Jag tyckte att det var en god idé att ha något att falla tillbaka på om läkarstudierna skulle misslyckas. Och att vara svetsare är inte så himla stor skillnad mot att vara läkare. Det handlar om att lappa ihop saker och ting. Och nu jobbar jag här på Sahlgrenska och lappar ihop sådana som du."

Hon rynkade ögonbrynen och undrade misstänksamt om han drev med henne. Men han såg helt allvarlig ut.

"Lisbeth ... jag undrar ..."

Han var tyst i en så lång stund att Lisbeth nästan frågade vad han ville. Men hon behärskade sig och väntade ut honom.

"Jag undrar om du skulle bli arg på mig om jag bad att få ställa en privat och personlig fråga till dig. Jag vill fråga dig i egenskap av privatperson. Alltså inte som läkare. Jag kommer inte att anteckna ditt svar och jag kommer inte att diskutera det med någon annan människa. Du behöver inte svara om du inte vill."

"Vad?"

"Det är en närgången och personlig fråga."

Hon mötte hans blick.

"Sedan du blev inlåst på S:t Stefans i Uppsala då du var 12 år gammal har du vägrat att ens svara på tilltal då någon psykiatriker försökt prata med dig. Hur kommer det sig?"

Lisbeth Salanders ögon mörknade en aning. Hon betraktade Anders Jonasson med helt uttryckslösa ögon. Hon satt tyst i två minuter.

"Varför undrar du det?" frågade hon slutligen.

"Ärligt talat så är jag inte riktigt säker. Jag tror att jag försöker begripa något."

Hennes mun krusades en aning.

"Jag pratar inte med tokdoktorer därför att de aldrig lyssnar på vad jag säger."

Anders Jonasson nickade och skrattade plötsligt.

"Okej. Säg mig ... vad tycker du om Peter Teleborian?"

Anders Jonasson hade kastat ur sig namnet så oväntat att Lisbeth nästan ryckte till. Hennes ögon smalnade väsentligt.

"Vad fan är det här, tjugo frågor? Vad är du ute efter?"

Hennes röst lät plötsligt som sandpapper. Anders Jonasson böjde sig fram mot henne så långt att han nästan invaderade hennes personliga territorium.

"Därför att en ... vad var det för uttryck du använde ... tokdoktor vid namn Peter Teleborian som inte är helt okänd i min yrkeskår har varit på mig två gånger de senaste dagarna och försökt få till stånd en möjlighet att undersöka dig."

Lisbeth kände plötsligt en iskyla längs ryggraden.

"Tingsrätten kommer att utse honom att göra en rättspsykiatrisk utvärdering av dig."

"Och?"

"Jag tycker inte om Peter Teleborian. Jag har nekat honom tillträde. Vid det senaste tillfället dök han upp oanmäld här på avdelningen och försökte buffla sig in till dig via en sköterska."

Lisbeth knep ihop munnen.

"Hans agerande var en smula besynnerligt och lite för angeläget för att kännas riktigt bra. Alltså vill jag veta vad du tycker om honom."

Den här gången var det Anders Jonassons tur att tålmodigt vänta ut Lisbeth Salanders replik.

"Teleborian är ett kräk", svarade hon slutligen.

"Är det något personligt mellan er?"

"Det kan man säga."

"Jag har också haft ett samtal med en myndighetsperson som så att säga vill att jag släpper in Teleborian till dig."

"Och?"

"Jag frågade vad han hade för läkarkompetens att bedöma ditt tillstånd och bad honom dra åt fanders. Fast med ett mer diplomatiskt ordval."

"Okej."

"En sista fråga. Varför berättar du det här för mig?"

"Du frågade ju."

"Jo. Men jag är läkare och jag har studerat psykiatri. Så varför pratar du med mig? Ska jag tolka det som att du har ett visst mått av förtroende för mig?"

Hon svarade inte.

"Då väljer jag att tolka det på det sättet. Jag vill att du ska veta att du är min patient. Det betyder att jag jobbar för dig och inte för någon annan."

Hon tittade misstänksamt på honom. Han satt tyst en stund och betraktade henne. Sedan pratade han med ett lätt tonfall.

"Rent medicinskt är du mer eller mindre frisk. Du behöver ytterligare några veckors rehab. Men tyvärr är du väldigt frisk."

"Tyvärr?"

"Ja." Han log lättsamt mot henne. "Du mår på tok för bra."

"Vad menar du?"

"Det betyder att jag inte har några legitima skäl att hålla dig isolerad här och att åklagaren därmed snart kommer att kunna få dig överförd till ett häkte i Stockholm i väntan på rättegången om sex veckor. Jag skulle gissa att det kommer en sådan begäran redan nästa vecka. Och det betyder att Peter Teleborian kommer att få tillfälle att observera dig."

Hon satt helt stilla i sängen. Anders Jonasson såg distraherad ut och böjde sig fram och rättade till hennes kudde. Han pratade med en röst som om han funderade högt."

"Du har varken huvudvärk eller minsta feber, så doktor Endrin kommer troligen att skriva ut dig."

Han reste sig plötsligt.

"Tack för att du pratade med mig. Jag kommer och hälsar på dig igen innan du flyttas."

Han var ända framme vid dörren då hon talade.

"Doktor Jonasson."

Han vände sig mot henne.

"Tack."

Han nickade kort en gång innan han gick ut och låste dörren.

LISBETH SALANDER SATT länge och stirrade på den låsta dörren. Till sist lade hon sig bakåt och stirrade upp i taket.

Det var då hon upptäckte att hon hade något hårt under bakhuvudet. Hon lyfte på kudden och upptäckte till sin häpnad en liten tygpåse som definitivt inte hade funnits där tidigare. Hon öppnade påsen och stirrade oförstående på en Palm Tungsten T3 handdator och en batteriladdare. Sedan tittade hon närmare på datorn och upptäckte en liten repa i övre kanten. Hennes hjärta slog ett dubbelslag. Det är min Palm. Men hur ... Hon flyttade häpet blicken till den låsta dörren igen. Anders Jonasson var full av överraskningar. Hon var plötsligt upphetsad. Hon slog omedelbart på datorn och upptäckte lika snabbt att den var lösenordsskyddad.

Hon stirrade frustrerad på skärmen som blinkade uppfordrande. Och hur fan är det tänkt att jag ska ... Sedan tittade hon i tygpåsen och upptäckte en hopvikt pappersremsa i botten. Hon skakade ut remsan och vecklade upp den och läste en rad i prydlig handstil.

Du är hackern. Lista ut det! / Kalle B.

Lisbeth skrattade för första gången på flera veckor. Betalt för gammal ost. Hon funderade några sekunder. Sedan plockade hon upp den digitala pennan och skrev sifferkombinationen 9277, vilket motsvarade bokstäverna WASP på tangentbordet. Det var den kod som Kalle Jävla Blomkvist hade tvingats lista ut då han oinbjuden tog sig in i hennes lägenhet på Fiskargatan vid Mosebacke och utlöste inbrottslarmet.

Det fungerade inte.

Hon försökte med 52553 vilket motsvarade bokstäverna KALLE.

Det fungerade inte heller. Eftersom Kalle Jävla Blomkvist förmodligen avsåg att hon skulle använda datorn så hade han valt något enkelt lösenord. Han hade använt signaturen Kalle som han vanligen avskydde. Hon associerade. Hon funderade en stund. Det måste vara en förolämpning. Därefter slog hon 63663 vilket motsvarade ordet PIPPI.

Datorn gick snällt igång.

Hon fick upp en Smiley på skärmen med en pratbubbla:

[Se där – det var väl inte så svårt. Jag föreslår att du klickar på sparade dokument.]

Hon hittade omedelbart dokumentet <Hej Sally> längst upp i kön. Hon klickade och läste.

[Först av allt – det här är mellan dig och mig. Din advokat, alltså min syster Annika, har inte en aning om att du har tillgång till den här datorn. Så måste det förbli.

Jag vet inte hur mycket du förstår av vad som sker utanför ditt låsta rum, men besynnerligt nog (din karaktär till trots) har du ett antal lojala dumskallar som jobbar för dig. Då det här är över ska jag formellt grunda en ideell förening som jag ämnar kalla Riddarna kring det stolliga bordet. Föreningens enda uppgift ska vara att ha en årligen återkommande middag där vi roar oss med att bara prata skit om dig. (Nej – du är inte inbjuden.)

Nåväl. Till saken. Annika håller som bäst på att förbereda rättegången. Ett problem i det sammanhanget är förstås att hon jobbar för dig och håller sig med sådant där jävla integritetstjafs. Det betyder att hon inte berättar ens för mig vad du och hon diskuterar, vilket i det här sammanhanget är lite av ett handikapp. Som tur är tar hon förstås emot information.

Vi måste prata ihop oss, du och jag.

Använd inte min e-post.
Jag är kanske paranoid, men jag misstänker på goda grunder att jag inte är den ende som läser den. Om du vill leverera något ska du istället gå in på Yahoogruppen [Stolliga_Bordet]. ID Pippi och lösenordet är p9i2p7p7i. /Mikael]

Lisbeth läste Mikaels brev två gånger och tittade förbryllad på handdatorn. Efter en period av totalt datacelibat hade hon en omåttlig cyberabstinens. Hon undrade vilken stortå Kalle Jävla Blomkvist hade tänkt med då han smugglade in en dator till henne men glömde att hon behövde sin mobil för att kunna få kontakt med nätet.

Hon låg och funderade då hon plötsligt hörde steg i korridoren. Hon slog omedelbart av datorn och tryckte in den under kudden. När hon hörde nyckeln sättas i dörren insåg hon att tygpåsen och batteriladdaren fortfarande låg på sängbordet. Hon sträckte ut handen och slet ned påsen under täcket och tryckte upp kabelhärvan i skrevet. Hon låg passivt och tittade upp i taket då nattsköterskan kom in och hälsade vänligt och frågade hur det stod till med Lisbeth och om hon behövde något.

Lisbeth förklarade att hon mådde bra och att hon ville ha ett paket cigaretter. Denna begäran avslogs vänligt men bestämt. Hon fick ett paket nikotintuggummi. När sköterskan stängde dörren såg Lisbeth en skymt av Securitasvakten som satt posterad på en stol ute i korridoren. Lisbeth väntade till dess att hon hörde stegen avlägsna sig innan hon plockade upp handdatorn igen.

Hon slog på den och sökte kontakt med nätet.

Det var en nästan chockartad känsla då handdatorn plötsligt markerade att den hade hittat en koppling och låst den. *Kontakt med nätet. Omöjligt.*

Hon hoppade upp ur sängen så snabbt att hon kände smärta i den skadade höften. Hon såg sig häpet omkring i rummet. Hur? Hon gick en långsam runda och granskade varje vinkel och vrå ... *Nej, det finns ingen mobil i rummet.* Ändå hade hon kontakt med nätet. Sedan spred sig ett skevt leende över hennes ansikte. Kopplingen var radiostyrd och låst till en mobil genom Bluetooth som hade en räckvidd på tio till tolv meter. Hennes blick sökte sig till en ventil strax under taket.

Kalle Jävla Blomkvist hade planterat en telefon omedelbart utanför hennes rum. Det var den enda förklaringen.

Men varför inte smuggla in telefonen också ... *Naturligtvis. Batterierna.*

Hennes Palm behövde bara laddas var tredje dag eller så. En mobil som var påkopplad och som hon surfade hårt på skulle bränna ut batterierna snabbt. Blomkvist eller snarare någon som han hade anlitat och som fanns därute måste byta batterier med jämna mellanrum.

Däremot hade han naturligtvis skickat in batteriladdaren till hennes Palm. Den måste hon ha tillgänglig. Men det var enklare att gömma och hantera ett föremål än två. Han är inte så korkad i alla fall.

Lisbeth började med att bestämma hur hon skulle förvara handdatorn. Hon måste hitta ett gömställe. Det fanns eluttag vid dörren och i panelen på väggen bakom sängen. Det var den panelen som försörjde hennes sänglampa och digitalklocka med ström. Där fanns ett hålrum efter den radio som hade plockats bort. Hon log. Både batteriladdaren och handdatorn fick plats. Hon kunde använda strömkällan inne i sängbordet för att låta handdatorn stå på laddning under dagtid.

LISBETH SALANDER VAR lycklig. Hennes hjärta bultade kraftigt då hon för första gången på två månader startade handdatorn och gick ut på internet.

Att surfa på en Palm handdator med en pytteliten skärm och digitalpenna var inte samma sak som att surfa på en PowerBook med en 17-tumsskärm. *Men hon var uppkopplad.* Från sin säng på Sahlgrenska kunde hon nå precis hela världen.

Hon började med att gå in på en privat hemsida som gjorde reklam för tämligen ointressanta bilder av en okänd och inte särskilt kompetent amatörfotograf vid namn Gill Bates i Jobsville, Pennsylvania. Lisbeth hade vid ett tillfälle kontrollerat saken och konsta-

terat att orten Jobsville inte existerade. Trots detta hade Bates tagit
över 200 bilder av samhället och lagt ut i ett galleri med små tum-
naglar. Hon scrollade ned till bild 167 och klickade upp förstoring-
en. Bilden föreställde kyrkan i Jobsville. Hon satte pekaren på spet-
sen av spiran i kyrktornet och klickade. Hon fick omedelbart upp
ett pop up-fönster som efterlyste ID och lösen. Hon plockade fram
den digitala pennan och skrev ordet *Remarkable* i rutan för ID och
A(89)Cx#magnolia som lösenord.

Hon fick upp en ruta med texten [ERROR – You have the wrong
password] och en knapp med [OK – Try again]. Lisbeth visste att om
hon klickade på [OK – Try again] och försökte med ett nytt lösenord
så skulle hon bara få upp samma ruta igen – år efter år, oavsett hur
länge hon höll på. Istället klickade hon på bokstaven [O] i ordet [ER-
ROR].

Skärmen blev svart. Därefter öppnades en animerad dörr och nå-
gonting som såg ut som Lara Croft klev fram. En pratbubbla mate-
rialiserades med texten [WHO GOES THERE?].

Hon klickade på pratbubblan och skrev ordet *Wasp*. Hon fick
omedelbart svaret [PROVE IT – OR ELSE ...] medan den animerade
Lara Croft osäkrade en pistol. Lisbeth visste att det inte var ett helt
fiktivt hot. Om hon skrev fel lösenord tre gånger i rad skulle sidan
släckas ned och namnet Wasp strykas från medlemslistan. Hon tex-
tade prydligt lösenordet *MonkeyBusiness*.

Skärmen ändrade form igen och fick en blå bakgrund med texten:

[Welcome to Hacker Republic, citizen Wasp. It is 56 days since
your last visit. There are 10 citizens online. Do you want to (a)
Browse the Forum (b) Send a Message (c) Search the Archive (d)
Talk (e) Get laid?]

Hon klickade på ruta [(d) Talk] och gick därefter till menyraden [Who's
online?] och fick upp en förteckning med namnen Andy, Bambi, Da-
kota, Jabba, BuckRogers, Mandrake, Pred, Slip, SisterJen, SixOfO-
ne och Trinity.

<Hi gang>, skrev Wasp.

<Wasp. That really U?>, skrev SixOfOne omedelbart. <Look who's home>

<Var har du hållit hus?> frågade Trinity.

<Plague sa att du har något strul>, skrev Dakota.

Lisbeth var inte säker, men hon misstänkte att Dakota var en kvinna. De övriga medborgarna online, inklusive den som kallade sig SisterJen, var grabbar. Hacker Republic hade sammanlagt (sist hon var uppkopplad) sextiotvå medborgare varav fyra var tjejer.

<Hej Trinity>, skrev Lisbeth. <Hej alla>

<Varför hälsar du på Trin? Är det nåt på G och är det något fel på oss andra?> skrev Dakota.

<Vi har dejtat>, skrev Trinity. <Wasp umgås bara med intelligenta människor>

Han fick genast *abuse* från fem håll.

Av de sextiotvå medborgarna hade Wasp träffat två personer ansikte mot ansikte. Plague, som för ovanlighetens skull inte var online, var den ena. Trinity var den andra. Han var engelsman och bosatt i London. Två år tidigare hade hon träffat honom i några timmar då han bistått henne och Mikael Blomkvist i jakten på Harriet Vanger genom att göra en olaga avlyssning av en hemtelefon i den prydliga förorten St. Albans. Lisbeth fumlade med den klumpiga digitalpennan och önskade att hon haft ett tangentbord.

<Är du kvar?> frågade Mandrake.

Hon bokstaverade.

<Sorry. Har bara en Palm. Det går långsamt>

<Vad har hänt med din dator?> undrade Pred.

<Min dator är okej. Det är jag som har problem>

<Berätta för storebror>, skrev Slip.

<Jag är fängslad av staten>

<Vad? Varför?> kom det genast från tre chattare.

Lisbeth summerade sin belägenhet på fem rader vilket togs emot med ett bekymrat mumlande.

<Hur mår du?> undrade Trinity.

<Jag har ett hål i skallen>

<Jag märker ingen skillnad>, konstaterade Bambi.

<Wasp har alltid haft luft i skallen>, sa SisterJen, vilket följdes av en serie nedsättande tillmälen om Wasps förståndsgåvor. Lisbeth log. Konversationen återupptogs med ett inlägg av Dakota.
<Vänta. Detta är en attack mot en medborgare i Hacker Republic. Hur ska vi svara?>
<Kärnvapenattack mot Stockholm?> föreslog SixOfOne.
<Nej, det vore att gå till överdrift>, sa Wasp.
<En pytteliten bomb?>
<Släng dig i väggen, SixOO>
<Vi kan släcka Stockholm>, föreslog Mandrake.
<Virus som släcker regeringen?>

MEDBORGARNA I HACKER REPUBLIC var inte spridare av datavirus i allmänhet. Tvärtom – de var hackers och följaktligen oförsonliga motståndare till idioter som skickade datavirus som bara hade till syfte att sabotera nätet och haverera datorer. De var informationsnarkomaner och ville ha ett fungerande nät som de kunde hacka.

Däremot var förslaget att släcka den svenska regeringen inget tomt hot. Hacker Republic utgjorde en mycket exklusiv klubb med de bästa av de bästa, en elitstyrka som vilken försvarsmakt som helst skulle ha betalat enorma summor för att kunna använda i cybermilitära syften, om nu *the citizens* skulle kunna förmås känna den sortens lojalitet mot någon stat. Vilket inte var alltför sannolikt.

Men de var samtliga *Computer Wizards* och knappast okunniga i konsten att konstruera datavirus. De var heller inte nödbedda att genomföra speciella kampanjer om situationen så krävde. Några år tidigare hade en *citizen* i Hacker Rep, som i det civila var programutvecklare i Kalifornien, blivit blåst på ett patent av ett dotcom-företag på frammarsch och som dessutom hade fräckheten att dra medborgaren inför rätta. Detta föranledde samtliga aktivister i Hacker Rep att under ett halvår ägna en uppseendeväckande energi åt att hacka och förstöra varje dator som ägdes av företaget i fråga. Varenda affärshemlighet och mail – tillsammans med några fejkade dokument som kunde tolkas som att företagets vd ägnade sig åt skattebedrägerier – lades med förtjusning ut på nätet tillsammans med information om vd:ns hemliga älskarinna och bilder från en fest i Hollywood där vd:n snortade kokain. Företaget hade gått i konkurs efter ett halvår och ännu flera år senare ägnade sig några långsinta medlemmar av *folkmilisen* i Hacker Rep åt att med jämna mellanrum hemsöka den forne vd:n.

Om ett femtiotal av världens främsta hackers beslutade sig för att gemensamt gå till samordnat angrepp mot en stat skulle staten förmodligen överleva men inte utan kännbara problem. Kostnaderna skulle sannolikt räknas i miljarder om Lisbeth gav tummen upp. Hon funderade en stund.

<Inte just nu. Men om saker inte går som jag vill kanske jag ber om hjälp>

<Säg bara till>, sa Dakota.

<Det är länge sedan vi bråkade med en regering>, sa Mandrake.

<Jag har ett förslag som går ut på att reversera skatteinbetalningssystemet. Ett program som skulle vara skräddarsytt för ett litet land som Norge>, skrev Bambi.

<Bra, men Stockholm ligger i Sverige>, skrev Trinity.

<Skit samma. Man kan göra så här ...>

LISBETH SALANDER LUTADE sig tillbaka mot kudden och följde konversationen med ett skevt leende. Hon undrade varför hon, som hade så svårt att prata om sig själv med människor som hon träffade ansikte mot ansikte, helt obekymrat kunde lämna ut sina mest intima hemligheter till en samling fullkomligt okända tokstollar på internet. Men faktum var att om Lisbeth Salander hade en familj och en grupptillhörighet så var det tillsammans med just dessa kompletta galningar. Ingen av dem hade egentligen möjlighet att hjälpa henne med hennes problem med svenska staten. Men hon visste att om det behövdes så skulle de ägna väsentlig tid och energi åt lämpliga styrkedemonstrationer. Genom nätverket kunde hon också skaffa gömställen utomlands. Det var tack vare Plagues kontakter på nätet hon hade kunnat skaffa sig ett norskt pass i namnet Irene Nesser.

Lisbeth hade ingen aning om hur medborgarna i Hacker Rep såg ut och hon hade bara en vag uppfattning om vad de gjorde utanför nätet – medborgarna var notoriskt vaga om sina identiteter. Till exempel påstod SixOfOne att han var en svart, manlig amerikansk medborgare av katolsk härkomst bosatt i Toronto, Kanada. Han kunde lika gärna vara vit, kvinna, lutheran och bosatt i Skövde.

Den hon kände bäst var Plague – det var han som en gång hade introducerat henne i familjen, och ingen blev någonsin medlem i det exklusiva sällskapet utan synnerligen kraftiga rekommendationer. Den som blev medlem måste dessutom vara personligt bekant med någon annan medborgare – i hennes fall Plague.

På nätet var Plague en intelligent och socialt begåvad medborgare. I verkligheten var han en kraftigt överviktig och socialt störd 30-årig förtidspensionär bosatt i Sundbyberg. Han tvättade sig på tok för sällan och hans lägenhet luktade apa. Lisbeth brukade vara sparsam med besök hos honom. Det räckte bra med att bara umgås med honom på nätet.

Medan chatten fortfarande pågick laddade Wasp ned mail som kommit till hennes privata mailbox i Hacker Rep. Ett mail var från medlemmen Poison och innehöll en förbättrad version av hennes program *Asphyxia* 1.3 som låg tillgängligt för alla republikens medborgare i Arkivet. *Asphyxia* var ett program med vilket hon kunde kontrollera andra personers datorer på internet. Poison förklarade att han med framgång hade använt programmet och att hans uppdaterade version omfattade de senaste versionerna av Unix, Apple och Windows. Hon mailade en kort replik och tackade för uppgraderingen.

Under den kommande timmen, medan det började bli kväll i USA, hade ytterligare ett halvdussin *citizens* kommit online och hälsat Wasp välkommen hem och lagt sig i debatten. När Lisbeth slutligen loggade ut handlade diskussionen om huruvida den svenske statsministerns dator kunde förmås att sända artiga men fullständigt rubbade mail till andra regeringschefer i världen. En arbetsgrupp hade bildats för att bringa klarhet i frågan. Lisbeth avslutade med att bokstavera ett kort inlägg.

<Fortsätt prata men gör inget utan att jag har okejat. Jag återkommer när jag kan koppla upp mig>

Alla sa puss och kram och kramade och manade henne att vårda sitt hål i skallen.

NÄR LISBETH HADE loggat ut från Hacker Republic gick hon in på [www.yahoo.com] och loggade in på den privata nyhetsgruppen [Stolliga_Bordet]. Hon upptäckte att nyhetsgruppen hade två medlemmar; hon själv och Mikael Blomkvist. Mailboxen innehöll ett enda mail som skickats två dagar tidigare. Det hade titeln [Läs detta först].

[Hej Sally. Läget just nu är följande:
• Polisen har ännu inte hittat din bostad och har inte tillgång till dvd-skivan med Bjurmans våldtäkt. Skivan utgör mycket tung bevisning men jag vill inte lämna den till Annika utan ditt tillstånd. Jag har också nycklarna till din lägenhet och passet i namnet Irene Nesser.
• Däremot har polisen den ryggsäck du hade med dig till Gosseberga. Jag vet inte om den innehåller något olämpligt.]

Lisbeth funderade en stund. Nja. En halvtom kaffetermos, några äpplen och ett ombyte kläder. Det var lugnt.

[Du kommer att åtalas för grov misshandel alternativt dråpförsök på Zalachenko samt grov misshandel av Carl-Magnus Lundin från Svavelsjö MC i Stallarholmen – dvs. att du sköt honom i foten och sparkade av honom käkbenet. En pålitlig källa inom polisen uppger dock att bevisläget i båda fallen är en aning otydligt. Följande är viktigt:
(1) Innan Zalachenko blev skjuten nekade han till allt och påstod att det måste ha varit Niedermann som sköt dig och grävde ned dig i skogen. Han anmälde dig för dråpförsök. Åklagaren kommer att trycka på att det är andra gången du försöker döda Zalachenko.
(2) Varken Magge Lundin eller Sonny Nieminen har sagt ett ord om vad som hände i Stallarholmen. Lundin är gripen för kidnappningen av Miriam Wu. Nieminen är frisläppt.]

Lisbeth övervägde hans ord och ryckte på axlarna. Allt detta hade hon redan diskuterat med Annika Giannini. Det var ett uselt läge men inga nyheter. Hon hade öppenhjärtigt redogjort för allt som hade hänt i Gosseberga, men avstått från att berätta detaljer om Bjurman.

[I femton år skyddades Zala i stort sett oavsett vad han företog sig. Karriärer byggdes på Zalachenkos betydelse. Vid ett antal till-fällen hjälpte man Zala genom att städa upp efter hans härjningar. Allt detta är brottslig verksamhet. Svenska myndigheter hjälpte allt-så till att mörka brott mot individer.

Om detta blir känt kommer det att bli en politisk skandal som berör både borgerliga och socialdemokratiska regeringar. Det be-tyder framför allt att ett antal myndighetspersoner på Säpo kom-mer att hängas ut som understödjare av brottslig och omoralisk verksamhet. Även om de enskilda brotten är preskriberade så kom-mer det att bli skandal. Det handlar om tungviktare som i dag är pensionärer eller nära pensionen.

De kommer att göra allt för att minska skadeverkningarna och där blir du plötsligt än en gång en bricka i spelet. Den här gången handlar det dock inte om att de gör ett bondeoffer – nu handlar det om att de aktivt måste begränsa skadeverkningarna för egen del. Alltså måste du sättas dit.]

Lisbeth bet sig eftertänksamt i underläppen.

[Det fungerar så här: De vet att de inte kommer att kunna bevara hemligheten om Zalachenko länge till. Jag känner till storyn och jag är journalist. De vet att jag förr eller senare kommer att publicera. Nu spelar det inte så stor roll eftersom han är död. Nu slåss de istället för sin egen överlevnad. Följande punkter står därför högt på deras dagordning:

(1) De måste övertyga tingsrätten (det vill säga allmänheten) om att beslutet att låsa in dig på S:t Stefans 1991 var ett legitimt be-slut – att du verkligen var psykiskt sjuk.

(2) De måste separera "ärendet Lisbeth Salander" från "ärendet Zalachenko". De söker skapa en position där de kan säga att "jovisst, Zalachenko var ett kräk, men det hade inget att göra med beslutet att bura in hans dotter. Hon burades in därför att hon var sinnessjuk – alla andra påståenden är sjuka fantasier från bittra journalister. Nej, vi har inte bistått Zalachenko vid något brott – det är bara trams och fantasier från en sinnessjuk tonårsflicka."

(3) Problemet är förstås att om du frikänns i den kommande rättegången så betyder det att tingsrätten påstår att du inte är tokig, vilket alltså är ett belägg för att det var något skumt med inspärrningen 1991. Det betyder att de till varje pris måste kunna döma dig till sluten psykiatrisk vård. Om rätten fastslår att du är psykiskt sjuk så kommer medias intresse för att fortsätta att rota i Salanderaffären att avta. Media fungerar på det sättet.

Är du med?]

Lisbeth nickade för sig själv. Allt detta hade hon redan räknat ut. Problemet var att hon inte riktigt visste vad hon skulle göra åt saken.

[Lisbeth – på allvar – den här matchen kommer att avgöras i massmedia och inte i rättegångssalen. Dessvärre kommer rättegången av "integritetsskäl" att ske bakom lyckta dörrar.

Samma dag som Zalachenko mördades skedde ett inbrott i min lägenhet. Det finns inga brytmärken på dörren och inget har rörts eller ändrats – mer än en sak. Pärmen från Bjurmans sommarstuga med Gunnar Björcks utredning från 1991 försvann. Samtidigt blev min syster överfallen och hennes kopia stulen. Den pärmen är din viktigaste bevisning.

Jag har agerat som om vi har förlorat Zalachenkopapperen. I verkligheten hade jag en tredje kopia som jag skulle ge till Armanskij. Jag har kopierat upp den i flera exemplar och placerat ut kopiorna lite här och där.

Motståndarsidan i form av vissa myndighetspersoner och vissa psykiatriker ägnar sig förstås också åt att tillsammans med åklagare Richard Ekström förbereda rättegången. Jag har en källa som ger lite info om vad som är på gång, men jag misstänker att du har bättre möjligheter att hitta relevant information … I så fall brådskar det.

Åklagaren kommer att försöka få dig dömd till sluten psykiatrisk vård. Till sin hjälp har han din gamle bekant Peter Teleborian.

Annika kommer inte att kunna gå ut och bedriva mediekampanj på samma sätt som åklagarsidan kommer att läcka information som passar honom. Hennes händer är alltså bakbundna.

Däremot är jag inte behäftad med den sortens restriktioner. Jag kan skriva exakt vad jag vill – och jag har dessutom en hel tidning till mitt förfogande.

Två viktiga detaljer saknas.

1. För det första vill jag ha något som visar att åklagare Ekström i dag samarbetar med Teleborian på något otillbörligt sätt och att syftet än en gång är att placera dig på dårhus. Jag vill kunna gå ut i bästa TV-soffan och lägga fram dokumentation som förintar åklagarsidans argument.

2. För att kunna bedriva mediekrig mot Säpo måste jag offentligt kunna sitta och diskutera sådant som du förmodligen anser vara dina personliga angelägenheter. Anonymitet är vid det här laget ganska överspelat, med tanke på allt som skrivits om dig sedan i påskas. Jag måste kunna bygga upp en helt ny mediebild av dig – även om det i ditt tycke kränker din integritet – och helst med ditt godkännande. Förstår du vad jag menar?]

Hon öppnade arkivet på [Stolliga_Bordet]. Det innehöll tjugosex dokument i varierande storlek.

KAPITEL 14
ONSDAG 18 MAJ

MONICA FIGUEROLA KLEV upp klockan fem på onsdagsmorgonen och gjorde en ovanligt kort löprunda innan hon duschade och klädde sig i svarta jeans, vitt linne och tunn grå linnekavaj. Hon kokade kaffe som hon hällde upp i en termos och bredde smörgåsar. Hon satte också på sig ett hölster och plockade fram sin Sig Sauer från vapenskåpet. Strax efter sex startade hon sin vita Saab 9-5 och åkte till Vittangigatan i Vällingby.

Göran Mårtensson var bosatt på det översta planet i ett trevåningshus i förorten. Under tisdagen hade hon plockat fram allt hon kunde hitta om honom i offentliga arkiv. Han var ogift, vilket dock inte hindrade att han kunde vara sambo med någon. Han hade inga anmärkningar hos kronofogden, ingen större förmögenhet och tycktes inte leva något utsvävande liv. Han var sällan sjukskriven.

Det enda anmärkningsvärda med honom var att han hade licens för inte mindre än sexton skjutvapen. Tre av dessa var jaktgevär, medan övriga var handeldvapen av varierande slag. Så länge han hade licens var det förvisso inget brott, men Monica Figuerola hyste en välgrundad skepsis mot människor som samlade på sig stora mängder vapen.

Volvon med registreringsskylten som började med KAB stod på parkeringsplatsen ungefär fyrtio meter från den plats där Monica

Figuerola parkerade. Hon hällde upp en halv kopp svart kaffe i en pappersmugg och åt en baguette med sallad och ost. Därefter skalade hon en apelsin och sög länge på varje klyfta.

VID MORGONRONDEN VAR Lisbeth Salander hängig och hade svår huvudvärk. Hon begärde att få en Alvedon vilket hon fick utan diskussion.

Efter en timme hade huvudvärken förstärkts. Hon ringde på sköterskan och bad om ännu en Alvedon. Ej heller denna insats hjälpte. Vid lunchtid hade Lisbeth så ont i huvudet att sköterskan tillkallade doktor Endrin, som efter en kort undersökning föreskrev kraftigt smärtstillande tabletter.

Lisbeth placerade tabletterna under tungan och spottade ut dem så fort hon blev lämnad ensam.

Vid tvåtiden på eftermiddagen började hon spy. Detta upprepades vid tretiden.

Vid fyratiden kom doktor Anders Jonasson upp på avdelningen strax innan doktor Helena Endrin skulle gå hem. De konfererade en kort stund.

"Hon är illamående och har kraftig huvudvärk. Jag har gett henne Dexofen. Jag förstår inte riktigt vad som händer med henne ... Hon har ju utvecklats så bra den senaste tiden. Det kan vara en influensa av något slag ..."

"Har hon feber?" frågade doktor Jonasson.

"Nej, bara 37,2 för en timme sedan. Ingen sänka att tala om."

"Okej. Jag ska hålla ett öga på henne under natten."

"Nu går jag ju på semester i tre veckor", sa doktor Endrin. "Det blir du eller Svantesson som får ta hand om henne. Men Svantesson har inte haft så mycket med henne att göra ..."

"Okej. Jag sätter upp mig själv som hennes huvudläkare medan du är ledig."

"Bra. Om det är någon kris och du behöver hjälp kan du förstås ringa."

De gjorde ett kort besök tillsammans vid Lisbeths sjukbädd. Hon låg nedbäddad med täcket upp till nästippen och såg miserabel ut.

Anders Jonasson lade sin hand på hennes panna och konstaterade att den var fuktig.

"Jag tror att vi får göra en liten undersökning."

Han tackade doktor Endrin och sa god kväll till henne.

Vid femtiden upptäckte doktor Jonasson att Lisbeth hastigt hade utvecklat en temperatur på 37,8 grader, vilket bokfördes i hennes journal. Han besökte henne tre gånger under kvällen och noterade i journalen att temperaturen låg kvar kring 38 grader – för högt för att vara normalt och för lågt för att utgöra ett verkligt problem. Vid åttatiden beordrade han en skallröntgen.

När han fick röntgenplåtarna studerade han dem ingående. Han kunde inte observera något uppseendeväckande men konstaterade att det fanns ett knappt skönjbart mörkare parti i omedelbar anslutning till kulhålet. Han gjorde en noga genomtänkt och till intet förpliktigande formulering i hennes journal:

"Röntgenundersökningen ger ej underlag för definitiva slutsatser men tillståndet för patienten har uppenbarligen hastigt försämrats under dagen. Det kan ej uteslutas att det föreligger en mindre blödning som ej syns på röntgenbilderna. Patienten ska hållas i vila och under strikt observation den närmaste tiden."

ERIKA BERGER HADE fått tjugotre mail då hon anlände till SMP klockan halv sju på onsdagsmorgonen.

Ett av dessa mail hade avsändaren <redaktion-sr@sverigesradio. com>. Texten var kort. Den innehöll ett enda ord.

[HORA]

Hon suckade och höjde pekfingret för att radera mailet. I sista stund ändrade hon sig. Hon bläddrade tillbaka i kön för inkomna mail och öppnade mailet som hade kommit två dagar tidigare. Avsändaren hade varit <centralred@smpost.se>. *Hmm. Två mail med ordet hora och fejkade avsändare från massmedievärlden.* Hon skapade en ny folder som hon döpte till [MediaDåre] och sparade bägge mailen. Därefter tog hon itu med morgonens nyhets-PM.

GÖRAN MÅRTENSSON LÄMNADE bostaden klockan 07.40 på morgonen. Han satte sig i sin Volvo och körde in mot city men svängde över Stora Essingen och Gröndal in på Södermalm. Han körde Hornsgatan och tog sig till Bellmansgatan via Brännkyrkagatan. Han svängde vänster in på Tavastgatan vid puben Bishop's Arms och parkerade precis på hörnet.

Monica Figuerola hade tur som en tokig. Just då hon kom fram till Bishop's Arms svängde en skåpbil ut och lämnade parkeringsplats vid trottoarkanten på Bellmansgatan. Hon stod med nosen precis vid korsningen av Bellmansgatan och Tavastgatan. Från sin plats på krönet framför Bishop's Arms hade hon en makalös utsikt över scenen. Hon såg en liten skymt av bakrutan på Mårtenssons Volvo på Tavastgatan. Rakt framför henne, i den extremt branta backen ned mot Pryssgränd, låg Bellmansgatan 1. Hon såg fasaden från sidan och kunde därmed inte se själva porten, men så fort någon klev ut på gatan kunde hon observera detta. Hon tvivlade inte på att det var denna adress som var orsaken till Mårtenssons besök i området. Det var Mikael Blomkvists port.

Monica Figuerola konstaterade att området runt Bellmansgatan 1 var en mardröm att bevaka. Den enda plats där porten i grytan nere på Bellmansgatan kunde observeras direkt var från promenaden och gångbron uppe på övre Bellmansgatan vid Mariahissen och Laurinska huset. Där fanns ingen plats för bilparkering och observatören stod naken på gångbron som en svala på en gammal telefonledning. Den plats vid korsningen av Bellmansgatan och Tavastgatan där Monica Figuerola parkerat var i princip den enda plats där hon kunde sitta i bilen och ha utsikt över hela området. Det var också en dålig plats eftersom en uppmärksam person lätt kunde se henne i bilen.

Hon vred huvudet. Hon ville inte lämna bilen och börja strosa omkring i området; hon var medveten om att hon var lätt att lägga märke till. I sin polisiära funktion hade hon utseendet mot sig.

Mikael Blomkvist kom ut genom porten klockan 09.10. Monica Figuerola antecknade tiden. Hon såg att hans blick svepte över gångbron på övre Bellmansgatan. Han började promenera uppför backen rakt mot henne.

Monica Figuerola öppnade handskfacket och vek upp en Stockholmskarta som hon placerade på passagerarsätet. Därefter öppnade hon ett anteckningsblock och plockade upp en penna ur kavajfickan, och tog upp sin mobiltelefon och låtsades prata. Hon höll huvudet nedböjt så att handen med telefonen dolde en del av hennes ansikte.

Hon såg att Mikael Blomkvist kastade en kort blick in på Tavastgatan. Han visste att han var övervakad och måste ha sett Mårtenssons bil, men han promenerade vidare utan att visa intresse för bilen. *Agerar lugnt och kallt. Somliga skulle ha ryckt upp bildörren och spöat skiten ur honom.*

I nästa ögonblick passerade han hennes bil. Monica Figuerola var fullt upptagen med att spåra någon adress på Stockholmskartan samtidigt som hon talade i mobilen, men hon kände att Mikael Blomkvist tittade på henne då han passerade. *Misstänksam mot allt i omgivningen.* Hon såg hans ryggtavla i backspegeln på passagerarsidan då han fortsatte ned mot Hornsgatan. Hon hade sett honom på TV ett par gånger men det var första gången hon såg honom i verkligheten. Han var klädd i blåjeans, t-tröja och en grå kavaj. Han hade en axelremsväska och gick med långa slängiga steg. En rätt vacker karl.

Göran Mårtensson dök upp vid hörnet av Bishop's Arms och följde Mikael Blomkvist med blicken. Han hade en ganska stor sportbag över axeln och avslutade just ett samtal på sin mobiltelefon. Monica Figuerola förväntade sig att han skulle följa efter Mikael Blomkvist, men till hennes förvåning korsade han gatan rakt framför hennes bil och svängde vänster nedför backen mot Mikael Blomkvists port. I nästa sekund passerade en man i blåställ Monica Figuerolas bil och slog följe med Mårtensson. *Hallå, var kom du ifrån?*

De stannade framför Mikael Blomkvists port. Mårtensson slog koden och de försvann in i trapphuset. *De tänker kontrollera lägenheten. Amatörernas afton. Vad tusan tror han att han sysslar med?*

Därefter lyfte Monica Figuerola blicken till backspegeln och hajade till när hon plötsligt såg Mikael Blomkvist igen. Han hade kommit tillbaka och stod ungefär tio meter bakom henne, precis så nära att han kunde följa Mårtensson och hans kumpan med ögonen över krönet i den branta backen ned mot Bellmansgatan 1. Hon betraktade hans ansikte. Han tittade inte på henne. Däremot hade han sett Göran Mårtensson försvinna in i porten. Efter en kort stund vände Blomkvist på klacken och fortsatte promenaden mot Hornsgatan. Monica Figuerola satt orörlig i trettio sekunder. *Han vet att han är övervakad. Han håller koll på omgivningen. Men varför agerar han inte? Normala människor skulle röra upp himmel och jord ... han planerar något.*

MIKAEL BLOMKVIST LADE på telefonen och betraktade eftertänksamt anteckningsblocket på skrivbordet. Bilregistret hade just upplyst honom om att den bil med en blond kvinna han observerat på krönet av Bellmansgatan ägdes av en Monica Figuerola, född 1969 och bosatt på Pontonjärgatan på Kungsholmen. Eftersom det var en kvinna som suttit i bilen så antog Mikael att det var Figuerola själv.

Hon hade talat i mobiltelefon och konsulterat en karta som låg uppslagen i passagerarsätet. Mikael hade ingen anledning att förmoda att hon hade något med Zalachenkoklubben att göra, men han registrerade varje avvikelse från det normala i sin omgivning och särskilt runt sin bostad.

Han höjde rösten och ropade in Lottie Karim.

"Vem är den här tjejen? Gräv fram passbild, var hon jobbar och allt du hittar om hennes bakgrund."

"Okej", sa Lottie Karim och gick tillbaka till sitt skrivbord.

SMP:S EKONOMICHEF CHRISTER Sellberg såg närmast förbluffad ut. Han sköt ifrån sig det A4-ark med nio korta punkter som Erika Berger hade lagt fram på budgetutskottets veckomöte. Budgetchefen Ulf Flodin såg bekymrad ut. Styrelseordföranden Borgsjö såg som alltid neutral ut.

"Det här är omöjligt", konstaterade Sellberg med ett artigt leende.

"Varför det?" undrade Erika Berger.

"Styrelsen kommer aldrig att gå med på detta. Detta går ju emot all rim och reson."

"Ska vi ta det från början", föreslog Erika Berger. "Jag är anställd för att göra SMP vinstdrivande igen. För att kunna göra det måste jag ha något att arbeta med. Eller hur?"

"Jo, men ..."

"Jag kan inte trolla fram innehållet i en dagstidning genom att sitta i glasburen och önska mig saker och ting."

"Du förstår inte de ekonomiska realiteterna."

"Det är möjligt. Men jag förstår tidningsmakeriet. Och verkligheten är sådan att de senaste femton åren har SMP:s sammanlagda personalstyrka minskat med 118 personer. Låt gå för att hälften av dessa är grafiker som ersatts av ny teknik och så vidare, men antalet textproducerande reportrar har minskat med hela 48 personer under denna tid."

"Det har varit nödvändiga nedskärningar. Om inte de ägt rum så hade tidningen varit nedlagd för länge sedan."

"Låt oss avvakta med vad som är nödvändigt och inte nödvändigt. De senaste tre åren har arton reportertjänster försvunnit. Dessutom har vi nu situationen att hela nio tjänster på SMP är vakanta och i viss mån täckta av tillfälliga vikarier. Sportredaktionen är grovt underbemannad. Där ska finnas nio anställda och i mer än ett år har två tjänster varit obesatta."

"Det handlar om att spara pengar. *Så enkelt är det.*"

"Kulturen har tre tjänster obesatta. Ekonomiredaktionen saknar en tjänst. Rättsredaktionen existerar i praktiken inte ... där har vi en redaktionschef som plockar reportrar från allmänredaktionen för varje uppdrag. Och så vidare. SMP har inte haft en seriös bevakning av verk och myndigheter på åtminstone åtta år. Där är vi helt beroende av frilansare och det material som TT producerar ... och som du vet lade TT ned sin verkredaktion för många år sedan. Det finns med andra ord inte en enda redaktion i Sverige som bevakar statliga verk och myndigheter."

"Tidningsbranschen befinner sig i ett utsatt läge ..."

"Verkligheten är den att antingen bör SMP läggas ned med omedelbar verkan eller så fattar styrelsen beslut att göra en offensiv satsning. Vi har i dag färre anställda som producerar mer text varje dag.

Texterna blir usla, ytliga och saknar trovärdighet. Alltså slutar folk att läsa SMP."

"Du förstår inte det här ..."

"Jag är trött på att höra att jag inte förstår det här. Jag är ingen praoelev som är här för att bli underhållen."

"Men ditt förslag är vansinnigt."

"Varför det?"

"Du föreslår att tidningen inte ska vara vinstdrivande."

"Hör du Sellberg, under det här året kommer du att dela ut en stor summa pengar som avkastning till tidningens tjugotre aktieägare. Till det kommer fullkomligt befängda bonusutdelningar, som kommer att kosta SMP närmare tio miljoner kronor, till nio personer som sitter i SMP:s styrelse. Du har gett dig själv en bonus på 400 000 kronor som belöning för att du administrerat nedskärningar på SMP. Det är för all del inte på långa vägar så stor bonus som diverse Skandiadirektörer roffat åt sig, men i mina ögon är du inte värd ett enda öre. Bonus ska utbetalas då du gjort något som stärkt SMP. I själva verket har dina nedskärningar försvagat SMP och fördjupat krisen."

"Det där är mycket orättvist. Styrelsen har godkänt varenda åtgärd jag föreslagit."

"Styrelsen har godkänt dina åtgärder därför att du garanterat en aktieutdelning varje år. Det är det som måste ta slut här och nu."

"Du föreslår alltså på fullaste allvar att styrelsen ska fatta beslut om att slopa alla aktieutdelningar och all bonus. Hur tror du att aktieägarna ska kunna gå med på det?"

"Jag föreslår ett nollvinstsystem i år. Det skulle innebära en besparing på närmare 21 miljoner kronor och möjlighet att kraftigt förstärka SMP:s personal och ekonomi. Jag föreslår också lönesänkningar för chefer. Jag har fått en månadslön på 88 000 kronor, vilket är fullständigt vansinne för en tidning som inte ens kan tillsätta tjänster på sportredaktionen."

"Du vill alltså sänka din egen lön? Är det någon sorts lönekommunism du förespråkar?"

"Snacka inte skit. Du har en lön på 112 000 kronor i månaden, om man räknar in din årsbonus. Det är sinnessjukt. Om tidningen var stabil och drog in en hiskelig profit så fick du gärna dela ut hur mycket du vill i bonus. Men det är inte läge för dig att höja din egen bonus i år. Jag föreslår en halvering rakt av av alla chefslöner."

"Det du inte begriper är att våra aktieägare är aktieägare därför att de vill tjäna pengar. Det kallas kapitalism. Om du föreslår att de ska förlora pengar så kommer de inte att vilja vara aktieägare längre."

"Jag föreslår inte att de ska förlora pengar, men det kan mycket väl komma till det läget också. Med ägarskap följer ansvar. Det är som du själv påpekar kapitalism som gäller här. SMP:s ägare vill göra en vinst. Men reglerna är sådana att marknaden avgör om det blir vinst eller förlust. Med ditt resonemang så vill du att reglerna för kapitalism ska gälla selektivt för anställda på SMP, men att aktieägarna och du själv ska undantas."

Sellberg suckade och himlade med ögonen. Han sökte hjälplöst Borgsjö med blicken. Borgsjö studerade fundersamt Erika Bergers niopunktsprogram.

MONICA FIGUEROLA VÄNTADE i fyrtionio minuter innan Göran Mårtensson och den okände mannen kom ut ur porten på Bellmansgatan 1. När de började promenera mot henne uppför backen höjde hon sin Nikon med 300 millimeters teleobjektiv och tog två bilder. Hon placerade kameran i handskfacket och började just sysselsätta sig med sin karta igen då hon råkade kasta en blick mot Mariahissen. Hon spärrade upp ögonen. Vid kanten av övre Bellmansgatan, precis vid sidan av porten till Mariahissen, stod en mörkhårig kvinna med en digitalkamera och filmade Mårtensson och hans kumpan. *Vad i helvete ... är det någon allmän spionkongress på Bellmansgatan?*

Mårtensson och den okände mannen skildes vid krönet utan att prata med varandra. Mårtensson gick till sin bil på Tavastgatan. Han startade motorn och svängde ut och försvann ur Monica Figuerolas synfält.

Hon flyttade blicken till backspegeln där hon såg ryggtavlan på mannen i blåställ. Hon höjde blicken och såg att kvinnan med kameran hade slutat filma och var på väg åt hennes håll framför Laurinska huset.

Krona eller klave? Hon visste redan vem Göran Mårtensson var och vad han sysslade med. Både mannen i blåställ och kvinnan med kameran var okända kort. Men om hon lämnade sin bil riskerade hon att bli observerad av kvinnan med kameran.

Hon satt stilla. I backspegeln såg hon mannen i blåstället svänga vänster in på Brännkyrkagatan. Hon avvaktade till dess att kvinnan med kameran kom fram till korsningen framför henne, men istället för att följa efter mannen i blåställ svängde hon 180 grader nedför branten mot Bellmansgatan 1. Monica Figuerola såg en kvinna i 35-årsåldern. Hon hade mörkt kortklippt hår och var klädd i mörka jeans och svart jacka. Så fort hon hunnit en bit nedför branten slet Monica Figuerola upp bildörren och sprang ned mot Brännkyrkagatan. Hon kunde inte se mannen i blåstället. I nästa sekund svängde en Toyota skåpbil ut från trottoarkanten. Monica Figuerola såg mannen i halvprofil och memorerade bilnumret. Och även om hon missade bilnumret så kunde hon i alla fall spåra honom. Bilens sidor gjorde reklam för Lars Faulsson Lås- och Nyckelservice samt ett telefonnummer.

Hon gjorde inget försök att springa tillbaka till sin bil för att följa efter Toyotan. Istället promenerade hon lugnt tillbaka. Hon kom upp till krönet precis i tid för att se kvinnan med kameran försvinna in i Mikael Blomkvists port.

Hon satte sig i sin bil och antecknade både bil- och telefonnummer för Lars Faulssons Lås och Nyckelservice. Därefter kliade hon sig i huvudet. Det var en fasligt mystisk trafik runt Mikael Blomkvists adress. Hon höjde blicken och såg taket på Bellmansgatan 1. Hon visste att Blomkvist hade en lägenhet i vindsvåningen, men på ritningarna från stadsbyggnadskontoret hade hon konstaterat att den låg på andra sidan av huset med gavelfönster mot Riddarfjärden och Gamla stan. En exklusiv adress i anrika kulturkvarter. Hon undrade om han var en skrytsam uppkomling.

Hon väntade i nio minuter innan kvinnan med kameran kom ut från porten. Istället för att återvända uppför branten till Tavastgatan fortsatte hon nedför backen och svängde höger runt hörnet på Pryssgränd. *Hmm.* Om hon hade en bil parkerad nere på Pryssgränd var Monica Figuerola hjälplöst förlorad. Men om hon rörde sig till fots hade hon bara en utgång från grytan – upp på Brännkyrkagatan vid Pustegränd närmare Slussen.

Monica Figuerola lämnade bilen och svängde vänster mot Slussen på Brännkyrkagatan. Hon var nästan framme vid Pustegränd då kvinnan med kameran svängde upp framför henne. Bingo. Hon följde henne förbi Hilton ut på Södermalmstorg framför Stadsmuseet vid Slussen. Kvinnan promenerade raskt och målmedvetet utan att se sig omkring. Monica Figuerola gav henne cirka trettio meter. Hon försvann in i entrén till tunnelbanan vid Slussen och Monica Figuerola ökade steglängden, men stannade då hon såg kvinnan gå till Pressbyråkiosken istället för att försvinna genom spärrarna.

Monica Figuerola betraktade kvinnan i kön till kiosken. Hon var drygt 170 centimeter lång och såg förhållandevis vältränad ut. Hon hade joggingskor. När hon stod med bägge fötterna stadigt planterade vid luckan till kiosken fick Monica Figuerola plötsligt en känsla av att det var en polis. Kvinnan köpte en dosa Catch Dry och återvände ut på Södermalmstorg och tog till höger över Katarinavägen.

Monica Figuerola följde efter. Hon var rätt säker på att kvinnan inte observerat henne. Kvinnan försvann runt hörnet ovanför McDonald's och Monica Figuerola hastade efter på ungefär fyrtio meters avstånd.

När hon kom runt hörnet var kvinnan spårlöst försvunnen. Monica Figuerola stannade häpet. *Jävlar.* Hon promenerade långsamt förbi portarna. Sedan föll hennes blick på en skylt. *Milton Security.*

Monica Figuerola nickade för sig själv och promenerade tillbaka till Bellmansgatan.

Hon körde upp till Götgatan där *Milleniums* redaktion fanns belägen och ägnade den följande halvtimmen åt att kryssa runt på gatorna kring redaktionen. Hon såg inte Mårtenssons bil. Vid lunchtid återvände hon till polishuset på Kungsholmen och tillbringade den närmast följande timmen med att lyfta skrot i gymmet.

"VI HAR ETT PROBLEM", sa Henry Cortez.

Malin Eriksson och Mikael Blomkvist tittade upp från manuskriptet till boken om fallet Zalachenko. Klockan var halv två på eftermiddagen.

"Sätt dig", sa Malin.

"Det gäller Vitavara AB, alltså företaget som tillverkar dasstolar i Vietnam som de säljer för 1 700 spänn stycket."

"Jaha. Vari består problemet?" undrade Mikael.

"Vitavara AB är ett helägt dotterföretag till SveaBygg AB."

"Jaha. Det är ju ett rätt stort företag."

"Jo. Styrelseordföranden heter Magnus Borgsjö och är styrelseproffs. Han sitter bland annat som styrelseordförande för *Svenska Morgon-Posten* och äger drygt tio procent av SMP."

Mikael tittade skarpt på Henry Cortez.

"Är du säker?"

"Jo. Erika Bergers chef är en jävla skurk som utnyttjar barnarbetare i Vietnam."

"Oops", sa Malin Eriksson.

REDAKTIONSSEKRETERARE PETER FREDRIKSSON såg ut att vara obehaglig till mods då han försiktigt knackade på dörren till Erika Bergers glasbur vid tvåtiden på eftermiddagen.

"Vad?"

"Äsch, det är lite pinsamt. Men en på redaktionen har fått mail från dig."

"Från mig?"

"Ja. Suck."

"Vad är det?"

Han gav henne några A4 med utskrivna mail som hade adresserats till Eva Carlsson, 26-årig vikarie på kultursidan. Avsändare var enligt brevhuvudet <erika.berger@smpost.se>.

[Älskade Eva. Jag vill smeka dig och kyssa dina bröst. Jag är varm av upphetsning och kan inte behärska mig. Jag ber dig att besvara mina känslor. Kan du träffa mig. Erika]

Eva Carlsson hade inte besvarat denna inledande propå, vilket resulterat i ytterligare två mail de närmast följande dagarna.

[Kära älskade Eva. Jag ber dig att inte stöta bort mig. Jag är galen av åtrå. Jag vill ha dig naken. Jag måste ha dig. Jag ska göra det skönt för dig. Du kommer aldrig att ångra dig. Jag kommer att kyssa varje centimeter av din nakna hud, dina vackra bröst och din ljuvliga grotta. /Erika]

[Eva. Varför svarar du inte? Var inte rädd för mig. Stöt inte bort mig. Du är ingen oskuld. Du vet vad det handlar om. Jag vill ha sex med dig och jag kommer att belöna dig rikligt. Om du är snäll mot mig så kommer jag att vara snäll mot dig. Du har frågat om förlängning av ditt vikariat. Det står i min makt att förlänga det och till och med omvandla det till en fast tjänst. Låt oss träffas i kväll klockan 21.00 vid min bil i parkeringsgaraget. Din Erika]

"Jaha", sa Erika Berger. "Och nu undrar hon om jag sitter här och skickar snuskiga förslag till henne."

"Inte precis ... jag menar ... äsch."

"Peter, tala ur skägget."

"Hon trodde kanske lite halvt om halvt på det första mailet eller blev i alla fall rätt häpen över det. Men sedan insåg hon ju att det här är helt knäppt och inte precis din stil och så ..."

"Så?"

"Tja, hon tycker att det är pinsamt och vet inte riktigt vad hon ska göra. Till saken hör väl att hon är rätt imponerad av dig och tycker bra om dig ... som chef alltså. Så hon kom till mig och bad om råd."

"Jag förstår. Och vad sa du till henne?"

"Jag sa att det här är någon som fejkat din adress och trakasserar henne. Eller möjligen er båda. Och så lovade jag att prata med dig om saken."

"Tack. Kan du vara snäll och skicka in henne till mig om tio minuter."

Erika använde tiden till att komponera ett alldeles eget mail.

[På förekommen anledning måste jag informera att en medarbetare på SMP har fått ett antal brev med e-post som tycks komma från mig. Breven innehåller sexuella anspelningar av grovt slag. Själv har jag fått mail med vulgärt innehåll från en avsändare som uppger sig vara "centralred" på SMP. Någon sådan adress finns som bekant inte på SMP.

Jag har konsulterat teknikchefen som uppger att det är mycket lätt att fejka en avsändaradress. Jag vet inte riktigt hur det går till, men det finns uppenbarligen sajter på internet där sådant kan åstadkommas. Jag måste dessvärre dra slutsatsen att någon sjuk människa ägnar sig åt detta.

Jag vill veta om ytterligare medarbetare har fått konstig e-post. Jag vill att de i så fall omedelbart hör av sig till redaktionssekreterare Peter Fredriksson. Om detta otyg fortsätter måste vi överväga en polisanmälan.

Erika Berger, chefredaktör]

Hon printade ut en kopia av mailet och tryckte därefter på sändknappen så att meddelandet gick ut till samtliga anställda inom SMP-koncernen. I samma ögonblick knackade Eva Carlsson på dörren.

"Hej, sitt ned", sa Erika. "Jag hör att du fått e-post från mig."

"Äsch, jag tror inte att det kommer från dig."

"För trettio sekunder sedan fick du i alla fall e-post från mig. Det här mailet har jag skrivit alldeles själv och skickat till samtliga medarbetare."

Hon gav Eva Carlsson den utprintade kopian.

"Okej. Jag förstår", sa Eva Carlsson.

"Jag beklagar att någon har utsett dig till måltavla för den här obehagliga kampanjen."

"Du behöver inte be om ursäkt för vad någon dårfink hittar på."

"Jag vill bara förvissa mig om att du inte har någon kvardröjande misstanke om att jag har något med dessa brev att göra."

"Jag har aldrig trott att det var du som skickade mailen."

"Okej, tack", sa Erika och log.

MONICA FIGUEROLA ÄGNADE eftermiddagen åt att samla information. Hon började med att beställa fram en passbild på Lars Faulsson för att verifiera att det var den person hon hade observerat i Göran Mårtenssons sällskap. Därefter gjorde hon en slagning i kriminalregistret och fick genast utdelning.

Lars Faulsson, 47 år gammal och känd under smeknamnet Falun, hade inlett sin karriär med bilstöld som 17-åring. På 1970- och 1980-talet hade han gripits vid två tillfällen och åtalats för inbrott, grov stöld och häleri. Han hade dömts till först ett lindrigt fängelsestraff och vid det andra tillfället till tre års fängelse. Han betraktades vid denna tid som *up and coming* i förbrytarkretsar och hade förhörts som misstänkt för åtminstone ytterligare tre inbrott varav ett var en relativt komplicerad och uppmärksammad kassaskåpskupp mot ett varuhus i Västerås. Efter avslutat fängelsestraff 1984 hade han hållit sig i skinnet – eller åtminstone inte begått någon kupp som resulterat i gripande och dom. Däremot hade han omskolat sig till låssmed (av alla yrken) och 1987 startat det egna företaget Lars Faulsson Lås- och Nyckelservice med en adress vid Norrtull.

Att identifiera den okända kvinna som hade filmat Mårtensson och Faulsson visade sig vara enklare än Monica hade föreställt sig. Hon ringde helt enkelt till receptionen hos Milton Security och förklarade att hon sökte en kvinnlig anställd som hon träffat för en tid sedan men som hon hade glömt namnet på. Hon kunde dock ge en god beskrivning av kvinnan i fråga. Receptionen upplyste henne om att det lät som Susanne Linder och kopplade henne vidare. Då Susanne Linder svarade i telefonen bad Monica Figuerola om ursäkt och förklarade att hon måste ha ringt fel nummer.

Hon gick in i folkbokföringen och konstaterade att det fanns arton Susanne Linder i Stockholms län. Tre av dessa var i 35-årsåldern. En var bosatt i Norrtälje, en i Stockholm och en i Nacka. Hon beställde fram deras passbilder och identifierade omedelbart den kvinna hon skuggat från Bellmansgatan som den Susanne Linder som var folkbokförd i Nacka.

Hon sammanfattade dagens övningar i ett PM och gick in till Torsten Edklinth.

VID FEMTIDEN LADE Mikael Blomkvist ihop Henry Cortez researchmapp och sköt den ifrån sig med avsmak. Christer Malm lade ned Henry Cortez utprintade text som han hade läst fyra gånger. Henry Cortez satt i soffan i Malin Erikssons rum och såg skuldmedveten ut.

"Kaffe", sa Malin och reste sig. Hon kom tillbaka med fyra muggar och kaffepannan.

Mikael suckade.

"Det är en snuskigt bra story", sa han. "Förstklassig research. Dokumentation hela vägen. Perfekt dramaturgi med en *bad guy* som svindlar svenska hyresgäster genom systemet – vilket är helt lagligt – men som är så jävla girig och korkad att han utnyttjar ett barnarbetarföretag i Vietnam."

"Dessutom bra skriven", sa Christer Malm. "Dagen efter att vi publicerat så kommer Borgsjö att vara persona non grata i svenskt näringsliv. TV kommer att nappa på den här texten. Han kommer att finnas där bredvid Skandiadirektörer och andra fifflare. Ett äkta scoop från *Millennium*. Bra gjort, Henry."

Mikael nickade.

"Men det här med Erika är smolk i glädjebägaren", sa han.

Christer Malm nickade.

"Men varför är det egentligen ett problem?" undrade Malin. "Det är ju inte Erika som är skurken. Vi måste väl få granska vilken styrelseordförande som helst, även om han råkar vara hennes chef."

"Det är ett jävla problem", sa Mikael.

"Erika Berger har inte slutat här", sa Christer Malm. "Hon äger trettio procent av *Millennium* och sitter i vår styrelse. Hon är till och med styrelseordförande fram till dess att vi kan välja Harriet Vanger på nästa styrelsemöte, vilket inte blir förrän i augusti. Och Erika jobbar åt SMP där hon också sitter i styrelsen och där hennes styrelseordförande kommer att hängas ut av oss."

Dyster tystnad.

"Så, vad fan gör vi?" undrade Henry Cortez. "Ska vi ställa texten?"

Mikael tittade Henry Cortez rakt i ögonen.

"Nej, Henry. Vi ska inte ställa texten. Vi jobbar inte på det sättet på *Millennium*. Men det här fordrar en del fotarbete. Vi kan inte bara dumpa det på Erika med en löpsedel."

Christer Malm nickade och viftade med ett finger.

"Vi sätter Erika på pottkanten så att det visslar om det. Hon har att välja mellan att sälja sin andel och omedelbart avgå ur *Millenniums* styrelse, eller att i värsta fall få sparken från SMP. I vilket fall kommer hon att hamna i en fruktansvärd intressekonflikt. Ärligt talat, Henry ... jag håller med Mikael om att vi ska publicera storyn, men det kan tänkas att vi blir tvungna att skjuta fram det en månad."

Mikael nickade.

"Därför att vi också sitter i en lojalitetskonflikt", sa han.

"Ska jag ringa henne?" undrade Christer Malm.

"Nej", sa Mikael. "Jag ringer henne och bokar ett möte. Typ i kväll."

TORSTEN EDKLINTH LYSSNADE uppmärksamt på Monica Figuerola då hon summerade cirkusen kring Mikael Blomkvists bostad på Bellmansgatan 1. Han kände att golvet gungade svagt.

"En anställd på RPS/Säk gick alltså in i Mikael Blomkvists port tillsammans med en före detta kassaskåpssprängare som omskolat sig till låssmed."

"Det är riktigt."

"Vad tror du att de gjorde i trapphuset?"

"Det vet jag inte. Men de var borta i fyrtionio minuter. En gissning är förstås att Faulsson öppnade dörren och att Mårtensson uppehöll sig i Blomkvists lägenhet."

"Och vad gjorde de där?"

"Det kan knappast ha handlat om att installera avlyssningsapparatur eftersom det bara tar en minut. Alltså måste Mårtensson ha ägnat sig åt att snoka igenom Blomkvists papper eller vad han nu har hemma hos sig."

"Men Blomkvist är förvarnad ... de stal ju Björcks rapport från hans hem."

"Just det. Han vet att han är övervakad, och han bevakar dem som bevakar honom. Han är kall."

"Hur så?"

"Han har en plan. Han samlar information och tänker hänga ut Göran Mårtensson. Det är det enda rimliga."

"Och sedan dök den här kvinnan Linder upp."

"Susanne Linder, 34 år gammal, bosatt i Nacka. Hon är före detta polis."

"Polis?"

"Hon gick ut polisskolan och arbetade sex år på Södermalmspiketen. Hon sa upp sig plötsligt. Det finns inget i hennes papper som förklarar varför. Hon var arbetslös några månader innan hon anställdes av Milton Security."

"Dragan Armanskij,", sa Edklinth tankfullt. "Hur länge var hon inne i fastigheten?"

"Nio minuter."

"Och gjorde vad då?"

"Gissningsvis – eftersom hon filmade Mårtensson och Faulsson på gatan – så dokumenterar hon deras aktiviteter. Det betyder att Milton Security jobbar ihop med Blomkvist och har placerat övervakningskameror i hans lägenhet eller i trapphuset. Hon gick förmodligen in för att tömma informationen i kamerorna."

Edklinth suckade. Zalachenkohistorien började bli omåttligt komplicerad.

"Okej. Tack. Gå hem. Jag måste fundera på det här."

Monica Figuerola gick till gymmet vid S:t Eriksplan och ägnade sig åt motion.

MIKAEL BLOMKVIST ANVÄNDE sin blå T10 reservtelefon från Ericsson då han slog numret till Erika Berger på SMP. Han avbröt därmed en diskussion som Erika just hade med redigerarna om på vilket sätt en text om internationell terrorism skulle vinklas.

"Nämen hej … vänta en sekund."

Erika lade handen över telefonluren och såg sig omkring.

"Jag tror att vi är klara", sa hon och gav några sista instruktioner om hur hon ville ha det. När hon var ensam i glasburen lyfte hon luren igen.

"Hej Mikael. Förlåt att jag inte hört av mig. Jag är bara helt överhopad med jobb och det är tusen saker att sätta sig in i."

"Jag har inte precis varit sysslolös", sa Mikael.

"Hur går det med Salandergrejen?"

"Bra. Men det var inte därför jag ringde. Jag måste träffa dig. I kväll."

"Jag önskar att jag kunde, men jag måste vara kvar till åttatiden. Och jag är dödstrött. Jag har varit igång sedan sex i morse."

"Ricky … jag pratar inte om att underhålla ditt sexliv. Jag måste prata med dig. Det är viktigt."

Erika tystnade en sekund.

"Vad handlar det om?"

"Vi drar det då vi ses. Men det är inget kul."

"Okej. Jag kommer hem till dig vid halvniotiden."

"Nej, inte hemma hos mig. Det är en lång historia, men min lägenhet är opasslig en tid framöver. Kom till Samirs gryta så tar vi en öl."

"Jag kör bil."

"Bra. Då dricker vi lättöl."

ERIKA BERGER VAR lätt irriterad då hon klev in på Samirs gryta vid halv nio. Hon hade dåligt samvete över att hon inte hade hört av sig med ett enda ord till Mikael sedan den dag hon vandrat in på SMP. Men hon hade aldrig haft så mycket att göra som nu.

Mikael Blomkvist höll upp handen från ett hörnbord vid fönstret. Hon dröjde på steget i dörren. Mikael kändes för en sekund som en vilt främmande människa, och hon upplevde att hon betraktade honom med nya ögon. *Vem är det där? Gud, jag är trött.* Sedan reste han sig och pussade henne på kinden, och hon insåg till sin förfäran att hon inte ens hade tänkt på honom på flera veckor och att hon saknade honom något alldeles vansinnigt. Det var precis som om tiden på SMP hade varit en dröm och hon plötsligt skulle vakna i soffan på *Millennium*. Det kändes overkligt.

"Hej Mikael."

"Hej chefredaktören. Har du ätit?"

"Klockan är halv nio. Jag har inte dina vidriga matvanor."

Sedan insåg hon att hon var dödligt hungrig. Samir kom fram med menyn och hon beställde en lättöl och en liten tallrik calamares och klyftpotatis. Mikael beställde couscous och en lättöl.

"Hur mår du?" frågade hon.

"Det är en intressant tid vi lever i. Jag har fullt upp."

"Hur är det med Salander?"

"Hon är en del av det intressanta."

"Micke, jag tänker inte rusa iväg med din story."

"Förlåt ... jag undviker inte att svara. Just nu är saker och ting en smula förvirrande. Jag berättar gärna, men det kommer att ta halva natten. Hur är det att vara chef på SMP?"

"Det är inte som *Millennium* precis."

Hon var tyst en stund.

"Jag somnar som ett utblåst ljus då jag kommer hem och när jag vaknar ser jag budgetkalkyler framför ögonen. Jag har saknat dig. Kan vi inte gå hem till dig och sova. Jag har inte ork att ha sex, men jag skulle gärna kura ihop mig och sova hos dig."

"Sorry Ricky. Min lägenhet är inget bra läge just nu."

"Varför inte? Har det hänt något?"

"Nja ... ett gäng har buggat lägenheten och lyssnar på varje ord jag säger därinne. Själv har jag installerat dold kameraövervakning som visar vad som sker då jag inte är hemma. Jag tror att vi ska bespara eftervärlden din nakna rumpa."

"Skämtar du?"

Han skakade på huvudet.

"Nej. Men det var inte därför jag absolut måste träffa dig."

"Vad har hänt? Du ser så konstig ut."

"Tja ... du har börjat på SMP. Och vi på *Millennium* har kommit över en story som kommer att sänka din styrelseordförande. Det handlar om utnyttjande av barnarbetare och politiska fångar i Vietnam. Jag tror att vi har hamnat i en intressekonflikt."

Erika lade ned gaffeln och stirrade på Mikael. Hon insåg omedelbart att Mikael inte skämtade.

"Så här är det", sa han. "Borgsjö är styrelseordförande och majoritetsägare i ett företag som heter SveaBygg, och som i sin tur har ett helägt dotterföretag som heter Vitavara AB. De tillverkar toalettstolar hos ett företag i Vietnam som är stämplat av FN för att utnyttja barnarbetskraft."

"Ta om det där."

Mikael drog i detalj den story som Henry Cortez hade pusslat ihop. Han öppnade sin axelväska och plockade fram en kopia av dokumentationen. Erika läste långsamt igenom Cortez artikel. Till sist tittade hon upp och mötte Mikaels ögon. Hon kände en oresonlig panik blandad med misstänksamhet.

"Hur fan kommer det sig att det första *Millennium* gör då jag slutat är att börja hårdkolla dem som sitter i SMP:s styrelse?"

"Det är inte så, Ricky."

Han förklarade hur storyn hade växt fram.

"Och hur länge har du känt till det här?"

"Sedan i eftermiddags. Jag känner en djup olust inför hela den här utvecklingen."

"Vad ska ni göra?"

"Jag vet inte. Vi måste publicera. Vi kan inte göra ett undantag bara för att det handlar om din chef. Men ingen av oss vill skada dig." Han slog ut med handen. "Vi är rätt förtvivlade. Inte minst Henry."

"Jag sitter fortfarande i *Millenniums* styrelse. Jag är delägare ... det kommer att uppfattas som ..."

"Jag vet precis hur det kommer att uppfattas. Du kommer att hamna i en dyngpöl på SMP."

Erika kände tröttheten välla över henne. Hon bet ihop tänderna och kvävde en impuls att be Mikael att tysta ned historien.

"Gud, förbannat", sa hon. "Det är inget tvivel om att storyn håller ...?"

Mikael skakade på huvudet.

"Jag ägnade hela kvällen åt att gå igenom Henrys dokumentation. Vi har Borgsjö färdig för slakt."

"Vad ska ni göra?"

"Vad skulle du ha gjort om vi hittat den här storyn för två månader sedan?"

Erika Berger betraktade uppmärksamt sin vän och älskare sedan mer än tjugo år. Sedan slog hon ned ögonen.

"Du vet vad jag skulle ha gjort."

"Det här är en katastrofal slump. Inget av det här är riktat mot dig. Jag är väldigt ledsen. Det är därför jag insisterade på det här mötet omgående. Vi måste besluta hur vi ska göra."

"Vi?"

"Så här ... den här storyn var avsedd att gå i juninumret. Jag har redan ställt den. Den kommer att publiceras allra tidigast i augusti och den kan skjutas fram ytterligare om du behöver det."

"Jag förstår."

Hennes röst fick en bitter ton.

"Jag föreslår att vi inte beslutar någonting alls i kväll. Du tar den här dokumentationen och går hem och funderar på saken. Gör ingenting förrän vi hunnit besluta om en gemensam strategi. Vi har tid på oss."

"Gemensam strategi?"

"Du måste antingen avgå ur *Millenniums* styrelse i god tid innan vi publicerar eller avgå från SMP. Men du kan inte sitta på bägge stolarna."

Hon nickade.

"Jag är så förknippad med *Millennium* att ingen kommer att tro att jag inte har ett finger med i spelet, hur mycket jag än avgår."

"Det finns ett alternativ. Du kan ta storyn till SMP och konfrontera Borgsjö och kräva hans avgång. Jag är övertygad om att Henry Cortez skulle gå med på det. Men gör absolut inget innan vi alla är överens."

"Jag börjar med att se till att den person som rekryterade mig får sparken."

"Jag beklagar."

"Han är ingen dålig människa."

Mikael nickade.

"Jag tror dig. Men han är girig."

Erika nickade. Hon reste sig.

"Jag åker hem."

"Ricky, jag ..."

Hon avbröt honom.

"Jag är bara dödstrött. Tack för att du förvarnade mig. Jag måste få tänka på vad det här betyder."

Mikael nickade.

Hon gick utan att pussa honom på kinden och lämnade honom med notan.

ERIKA BERGER HADE parkerat två hundra meter från Samirs gryta och hade kommit halvvägs då hon kände att hon hade så kraftig hjärtklappning att hon var tvungen att stanna och luta sig mot väggen vid en port. Hon mådde illa.

Hon stod länge och andades den svala majluften. Plötsligt insåg hon att hon hade arbetat i genomsnitt femton timmar om dagen sedan den första maj. Det var snart tre veckor. Hur skulle hon känna sig efter tre år? Hur hade Morander känt sig då han föll död ned mitt inne på redaktionen.

Efter tio minuter gick hon tillbaka till Samirs gryta och mötte Mikael precis då han kom ut genom dörren. Han stannade häpet.

"Erika ..."

"Säg inget, Mikael. Vi har varit vänner så länge att inget kan förstöra det. Du är min bästa vän och det här är precis som då du försvann till Hedestad för två år sedan, fast tvärtom. Jag känner mig pressad och olycklig."

Han nickade och slog armarna runt henne. Hon kände plötsligt tårar i ögonen.

"Tre veckor på SMP har redan knäckt mig", sa hon och skrattade.

"Såja. Det behövs nog lite mer för att knäcka Erika Berger."

"Din lägenhet är skit. Jag är för trött för att åka ända hem till Salt-sjöbaden. Jag kommer att somna vid ratten och köra ihjäl mig. Jag fattade just ett beslut. Jag tänker promenera ner till Scandic Crown och boka ett rum. Följ med."

Han nickade.

"Det heter Hilton numera."

"Skit samma."

DE PROMENERADE DEN korta sträckan. Ingen av dem sa något. Mikael höll armen runt hennes axel. Erika sneglade på honom och insåg att han var precis lika trött som hon.

De gick direkt till receptionen, bokade ett dubbelrum och beta-lade med Erikas kreditkort. De gick upp till rummet, klädde av sig, duschade och kröp ned i sängen. Erika hade muskelvärk som om hon hade sprungit Stockholm maraton. De kramades en stund och slocknade som utblåsta ljus.

Ingen av dem upplevde att de var övervakade. De märkte aldrig mannen som betraktade dem i hotellets entré.

KAPITEL 15
TORSDAG 19 MAJ-SÖNDAG 22 MAJ

LISBETH SALANDER ÄGNADE större delen av natten till torsdagen åt att läsa Mikael Blomkvists artiklar och de kapitel av hans bok som var någorlunda färdiga. Eftersom åklagare Ekström satsade på rättegång i juli hade Mikael satt en deadline för tryck till den 20 juni. Det innebar att Kalle Jävla Blomkvist hade drygt en månad på sig att avsluta skrivandet och täppa till alla hål i texten.

Lisbeth begrep inte hur han skulle hinna, men det var hans problem och inte hennes. Hennes problem var att besluta hur hon skulle förhålla sig till de frågor som han hade ställt.

Hon lyfte sin Palm Tungsten T3 och loggade in på [Stolliga_Bordet] och kontrollerade om han hade skrivit något nytt det gångna dygnet. Hon konstaterade att så inte var fallet. Därefter slog hon upp det dokument som han hade gett rubriken [Centrala frågor]. Hon kunde redan texten utantill men läste i alla fall igenom den ytterligare en gång.

Han skisserade den strategi som Annika Giannini redan hade dragit för henne. När Annika hade pratat med henne hade hon lyssnat med förstrött men distanserat intresse, ungefär som om det inte angick henne. Men Mikael Blomkvist kände till hemligheter om henne som Annika Giannini saknade. Han kunde därför presentera strategin på ett tyngre sätt. Hon gick ned till fjärde stycket.

[Den enda person som kan avgöra hur din framtid ska se ut är du själv. Det spelar ingen roll hur mycket Annika sliter för dig eller hur jag och Armanskij och Palmgren och andra stöder dig. Jag tänker inte försöka övertala dig att göra någonting. Du måste själv besluta hur du ska göra. Antingen vänder du rättegången till din fördel eller så låter du dem döma dig. Men om du ska vinna så måste du slåss.]

Hon stängde av och tittade upp i taket. Mikael bad henne om tillstånd att få berätta sanningen i sin bok. Han ämnade mörka avsnittet om Bjurmans våldtäkt. Han hade redan skrivit avsnittet och målade över skarven genom att fastslå att Bjurman hade inlett ett samarbete med Zalachenko som hade skurit sig då han tappade koncepterna och Niedermann sett sig tvungen att döda honom. Han gick inte in på Bjurmans motivbild.

Kalle Jävla Blomkvist komplicerade tillvaron för henne.

Hon funderade en lång stund.

När klockan var två på morgonen lyfte hon sin Palm Tungsten T3 och öppnade ordbehandlingsprogrammet. Hon klickade upp ett nytt dokument, plockade fram den elektroniska pennan och började klicka fram bokstäver på det digitala tangentbordet.

[Mitt namn är Lisbeth Salander. Jag föddes den 30 april 1978. Min mamma var Agneta Sofia Salander. Hon var 17 år när jag föddes. Min pappa var en psykopat, mördare och kvinnomisshandlare vid namn Alexander Zalachenko. Han hade tidigare arbetat som illegal operatör i Västeuropa för den sovjetiska militära underrättelsetjänsten GRU.]

Skrivandet gick långsamt eftersom hon måste klicka fram bokstav för bokstav. Hon formulerade varje mening i huvudet innan hon skrev ned den. Hon gjorde inte en enda ändring i den text hon hade skrivit. Hon arbetade fram till klockan fyra på morgonen då hon stängde av sin handdator och placerade den på laddning i håligheten på baksidan av sitt sängbord. Då hade hon producerat motsvarande två A4 med enkelt radavstånd.

ERIKA BERGER VAKNADE sju på morgonen. Hon kände sig långt ifrån utsövd, men hon hade sovit utan avbrott i åtta timmar. Hon kastade en blick på Mikael Blomkvist som fortfarande sov tungt.

Hon började med att sätta på mobilen och kontrollera om hon hade fått några meddelanden. Displayen visade att hennes man Greger Backman hade ringt henne elva gånger. Skit. Jag glömde ringa. Hon slog numret och förklarade var hon befann sig och varför hon inte hade kommit hem natten innan. Han var arg.

"Erika, gör aldrig om det där. Du vet att det inte har något med Mikael att göra, men jag har varit i upplösningstillstånd i natt. Jag var livrädd att något hade hänt. Du måste ringa och berätta om du inte kommer hem. Du får inte glömma en sådan sak."

Greger Backman var helt införstådd med att Mikael Blomkvist var hans frus älskare. Deras affär skedde med hans medgivande och goda minne. Men varje gång hon tidigare hade beslutat sig för att sova hos Mikael hade hon alltid ringt sin man först och förklarat läget. Den här gången hade hon gått till Hilton utan en tanke på något annat än att få sova.

"Förlåt", sa hon. "Jag däckade helt enkelt i går."

Han grymtade en stund.

"Var inte arg, Greger. Jag orkar inte med det just nu. Du kan få skälla på mig i kväll."

Han grymtade lite mindre och lovade att skälla då han fick tag på henne.

"Okej. Hur är det med Blomkvist?"

"Han sover." Hon skrattade plötsligt. "Tro det eller ej, men vi somnade inom fem minuter efter att vi lagt oss. Det har aldrig tidigare hänt."

"Erika, det där är allvarligt. Du borde kanske besöka en läkare."

När hon avslutat samtalet med sin man ringde hon till växeln på SMP och lämnade ett meddelande till redaktionssekreterare Peter Fredriksson. Hon förklarade att hon hade fått förhinder och skulle komma in lite senare än vanligt. Hon bad honom avboka ett tidigare planerat möte med kultursidans medarbetare.

Därefter letade hon rätt på sin axelremsväska och grävde fram en tandborste och gick till badrummet. Sedan gick hon tillbaka till sängen och väckte Mikael.

"Hej", mumlade han.

"Hej", sa hon. "Skynda dig till badrummet och vaska av dig och borsta tänderna."

"Va... vad?"

Han satte sig upp och såg sig så förvirrat omkring att hon fick lov att påminna honom om att han befann sig på Hilton vid Slussen. Han nickade.

"Så. Gå till badrummet."

"Varför?"

"Därför att så fort du kommer tillbaka vill jag ha sex med dig."

Hon tittade på sitt armbandsur.

"Och skynda dig. Jag har ett möte klockan elva och det tar åtminstone en halvtimme för mig att få på mig ansiktet. Och så måste jag hinna köpa ett rent linne på vägen till jobbet. Det ger oss bara drygt två timmar att ta igen en massa förlorad tid."

Mikael gick till badrummet.

JERKER HOLMBERG PARKERADE sin pappas Ford på gårdsplanen hos förre statsministern Thorbjörn Fälldin i Ås strax utanför Ramvik i Härnösands kommun. Han klev ur bilen och såg sig omkring. Det var torsdag förmiddag. Det duggregnade och fälten var ordentligt gröna. Vid 79 års ålder var Fälldin inte längre en aktiv jordbrukare och Holmberg undrade vem som sådde och skördade. Han visste att han var iakttagen från köksfönstret. Det tillhörde regelverket på landsbygden. Han var själv uppvuxen i Hälledal utanför Ramvik, några stenkast från Sandöbron, en av världens vackraste platser. Ansåg Jerker Holmberg.

Han promenerade upp till farstutrappan och knackade på.

Den förre centerledaren såg gammal ut, men han tycktes fortfarande vital och kraftfull.

"Hej Thorbjörn. Jag heter Jerker Holmberg. Vi har träffats förr, men det är några år sedan sist. Min pappa är Gustav Holmberg som satt i fullmäktige för centern på 1970- och 1980-talet."

"Hej. Jo, jag känner igen dig, Jerker. Du är väl polis nere i Stockholm, om jag inte misstar mig. Det måste vara en tio femton år sedan sist."

"Jag tror att det till och med är längre än så. Får jag komma in?" Han slog sig ned vid köksbordet medan Thorbjörn Fälldin hällde upp kaffe.

"Jag hoppas att allt är väl med din pappa. Det är inte därför du kommit?"

"Nej. Pappa mår bra. Han är ute och spikar tak i stugan."

"Hur gammal är han nu?"

"Han fyllde 71 för två månader sedan."

"Jaha", sa Fälldin och satte sig. "Så vad handlar det här besöket om då?"

Jerker Holmberg tittade ut genom köksfönstret och såg en skata slå sig ned intill hans bil och undersöka marken. Därefter vände han sig till Fälldin.

"Jag kommer objuden och med ett stort problem. Det är möjligt att när det här samtalet är över så kommer jag att få sparken från jobbet. Jag är alltså här å yrkets vägnar, men min chef, kriminalintendent Jan Bublanski på våldet i Stockholm, känner inte till det här besöket."

"Det låter allvarligt."

"Jag är alltså ute på mycket tunn is om mina överordnade skulle få reda på det här besöket."

"Jag förstår."

"Men jag är rädd för att om jag inte agerar så finns det risk för ett fruktansvärt rättsövergrepp, och det för andra gången i ordningen."

"Det är nog bäst att du förklarar."

"Det rör en man vid namn Alexander Zalachenko. Han var spion för ryska GRU och hoppade av till Sverige på valdagen 1976. Han fick asyl och började arbeta för Säpo. Jag har orsak att tro att du känner till den historien."

Thorbjörn Fälldin betraktade uppmärksamt Jerker Holmberg.

"Det här är en lång historia", sa Holmberg och började berätta om den förundersökning han varit inblandad i de senaste månaderna.

ERIKA BERGER VÄLTRADE sig över på mage och vilade huvudet mot knogarna. Hon log plötsligt.

"Mikael, har du aldrig funderat över om inte vi två egentligen är spritt språngande?"

"Hur så?"

"Åtminstone är det så för mig. Jag får ett omättligt begär efter dig. Jag känner mig som en galen tonåring."

"Jaha."

"Och sedan vill jag åka hem och ligga med min man."

Mikael skrattade.

"Jag känner en bra terapeut", sa han.

Hon petade honom i midjan med ett finger.

"Mikael, det börjar kännas som om det här med SMP var ett enda jävla stort misstag."

"Snack. Det är en jättechans för dig. Om någon kan blåsa liv i det kadavret så är det du."

"Ja, kanske det. Men det är just det som är problemet. SMP känns som ett kadaver. Och sedan droppade du den där godbiten om Magnus Borgsjö i går kväll. Jag begriper inte vad jag har där att göra."

"Låt saker och ting sätta sig."

"Jo. Men det här med Borgsjö är inte kul. Jag har inte den blekaste om hur jag ska hantera det."

"Jag vet inte heller. Men vi får fundera ut något."

Hon låg tyst en stund.

"Jag saknar dig."

Han nickade och tittade på henne.

"Jag saknar dig också", sa han.

"Hur mycket skulle det krävas för att du skulle komma över till SMP och bli nyhetschef?"

"Aldrig i livet. Är inte vad han nu heter Holm nyhetschef?"

"Jo. Men han är en idiot."

"Det har du rätt i."

"Känner du honom?"

"Jo visst. Jag jobbade tre månader som vikarie under honom i mitten av 1980-talet. Han är en skitstövel som spelar ut folk mot varandra. Dessutom ..."

"Dessutom vad då?"

"Äsch. Det var inget. Jag vill inte springa med skvaller."

"Säg."

"En tjej som hette Ulla-någonting som också var vikarie hävdade att han utsatte henne för sexuella trakasserier. Jag vet inte vad som var sant och falskt, men fackklubben gjorde inget och hon fick inte förlängt kontrakt som hade varit aktuellt."

Erika Berger tittade på klockan och suckade, slängde benen över sängkanten och försvann in i duschen. Mikael hade inte rört sig då hon kom ut och torkade sig och drog på sig kläderna.

"Jag ligger kvar en stund", sa han.

Hon pussade honom på kinden och vinkade och försvann.

MONICA FIGUEROLA PARKERADE tjugo meter från Göran Mårtenssons bil på Luntmakargatan, strax intill Olof Palmes gata. Hon såg Mårtensson promenera drygt sextio meter till automaten och betala parkeringsavgiften. Han gick till Sveavägen.

Monica Figuerola struntade i parkeringsavgiften. Hon skulle tappa bort honom om hon sprang och betalade. Hon följde efter Mårtensson upp till Kungsgatan där han vek av till vänster. Han försvann in på Kungstornet. Hon muttrade, men hade inget val och väntade tre minuter innan hon följde efter honom in på caféet. Han satt på bottenvåningen och samtalade med en man i 35-årsåldern. Han var blond och såg hyfsat vältränad ut. En snut, tänkte Monica Figuerola.

Hon identifierade honom som den man Christer Malm hade fotograferat utanför Copacabana på första maj.

Hon köpte en kaffe och satte sig i andra änden av fiket och slog upp Dagens Nyheter. Mårtensson och hans sällskap talade lågmält. Hon kunde inte höra ett ord av vad de sa. Hon tog upp sin mobiltelefon och låtsades ringa ett samtal – vilket var onödigt eftersom ingen av männen tittade på henne. Hon tog en bild med mobilen som hon visste skulle vara i 72 dpi och följaktligen av för låg kvalité för att vara publicerbar. Däremot kunde den användas som bevis för att mötet hade ägt rum.

Efter drygt femton minuter reste sig den blonde mannen och lämnade Kungstornet. Monica Figuerola svor invärtes. Varför hade hon inte stannat utanför. Hon skulle ha känt igen honom då han lämnade caféet. Hon ville resa sig och omedelbart ta upp jakten. Men Mårtensson satt lugnt kvar och avslutade sitt kaffe. Hon ville inte dra uppmärksamheten till sig genom att resa sig och följa efter hans oidentifierade sällskap.

Efter ungefär fyrtio sekunder reste sig Mårtensson och gick till toaletten. Så fort han stängt dörren kom Monica Figuerola på fötter och stegade ut på Kungsgatan. Hon spanade fram och tillbaka men den blonde mannen hade hunnit försvinna.

Hon gjorde en chansning och rusade upp till korsningen av Sveavägen. Hon kunde inte se honom någonstans och stressade ned i tunnelbanan. Det var hopplöst.

Hon gick tillbaka till Kungstornet. Mårtensson hade också försvunnit.

ERIKA BERGER SVOR besinningslöst då hon återkom till den plats två kvarter från Samirs gryta där hon hade parkerat sin BMW kvällen innan.

Bilen stod kvar. Men under natten hade någon punkterat samtliga fyra bildäck. Jävla förbannade pissråttor, svor hon för sig själv medan hon kokade.

Det fanns inte så många alternativ. Hon ringde bärgning och förklarade sin belägenhet. Hon hade inte tid att stanna och vänta, utan placerade bilnyckeln i avgasröret så att bärgarna kunde ta sig in i bilen. Därefter gick hon ned till Mariatorget och flaggade en taxi.

LISBETH SALANDER GICK in på Hacker Republics nätsida och konstaterade att Plague var inloggad. Hon pingade på honom.

<Hej Wasp. Hur är Sahlgrenska?>
<Rogivande. Jag behöver din hjälp>
<Kors>

\<Jag trodde aldrig att jag skulle fråga\>

\<Det måste vara allvarligt\>

\<Göran Mårtensson, bosatt i Vällingby. Jag behöver tillgång till hans dator\>

\<Okej\>

\<Allt material ska överföras till Mikael Blomkvist på *Millennium*\>

\<Okej. Jag fixar\>

\<Storebror har koll på Kalle Blomkvists telefon och förmodligen hans e-post. Du ska skicka allt material till en hotmailadress\>

\<Okej\>

\<Om jag inte finns tillgänglig kommer Blomkvist att behöva din hjälp. Han måste kunna kontakta dig\>

\<Hmm\>

\<Han är lite fyrkantig men du kan lita på honom\>

\<Hmm\>

\<Hur mycket vill du ha?\>

Plague var tyst några sekunder.

\<Har det här med din situation att göra?\>

\<Ja\>

\<Kan det hjälpa dig?\>

\<Ja\>

\<Då bjuder jag på det här\>

\<Tack. Men jag betalar alltid mina skulder. Jag kommer att behöva din hjälp fram till rättegången. Jag betalar 30 000\>

\<Har du råd?\>

\<Jag har råd\>

\<Okej\>

\<Jag tror att vi kommer att behöva Trinity. Tror du att du kan locka honom att komma till Sverige?\>

\<Och göra vad?\>

\<Det han är bäst på. Jag betalar honom standardarvode + omkostnader\>

\<Okej. Vem?\>

Hon förklarade vad hon ville ha gjort.

DOKTOR ANDERS JONASSON såg bekymrad ut då han på fredags-morgonen artigt betraktade en synnerligen irriterad kriminalinspek-tör Hans Faste på andra sidan skrivbordet.

"Jag beklagar", sa Anders Jonasson.

"Jag begriper inte det här. Jag trodde att Salander var återställd. Jag har kommit ned till Göteborg dels för att kunna förhöra henne och dels för att förbereda så att vi ska kunna flytta henne till en cell i Stockholm, där hon hör hemma."

"Jag beklagar", sa Anders Jonasson på nytt. "Jag vill väldigt gär-na bli av med henne, för vi har sannerligen inget överflöd av vård-platser. Men ..."

"Det kan inte vara så att hon simulerar?"

Anders Jonasson skrattade.

"Det tror jag inte är sannolikt. Du måste förstå följande. Lisbeth Salander har blivit skjuten i huvudet. Jag opererade ut en kula ur hennes hjärna och i det läget var det närmast ett lotteri om hon skul-le överleva eller inte. Hon överlevde och hennes prognos har varit utomordentligt tillfredsställande ... så bra att jag och mina kollegor förberedde oss för att skriva ut henne. Sedan inträffade en tydlig för-sämring i går. Hon klagade över kraftig huvudvärk och har plötsligt utvecklat feber som pendlar fram och tillbaka. I går kväll hade hon 38 graders feber och kräkningar vid två tillfällen. Under natten gick febern ned och hon var nästan feberfri och jag trodde att det var nå-got tillfälligt. Men då jag undersökte henne på morgonen hade hon gått upp till nästan 39 grader, vilket är allvarligt. Nu på dagen har febern åter minskat."

"Så vad är det för fel?"

"Det vet jag inte, men att hennes temperatur pendlar antyder att det inte är influensa eller något liknande. Exakt vad det beror på kan jag dock inte svara på, men det kan vara så enkelt att hon är al-lergisk mot någon medicin eller mot något annat som hon kommit i kontakt med."

Han plockade fram en bild i datorn och visade skärmen för Hans Faste.

"Jag har beordrat skallröntgen. Som du kan se finns ett mörkare parti här i omedelbar anslutning till hennes skottskada. Jag kan inte avgöra vad det är. Det kan vara ärrbildning i samband med läkningen, men det kan också vara en mindre blödning som har uppstått. Men till dess att vi har utrett vad det är för fel så kommer jag inte att släppa ut henne, hur angeläget det än är."

Hans Faste nickade uppgivet. Han visste bättre än att argumentera med en läkare eftersom de hade makt över liv och död och var det närmaste Guds ställföreträdare som fanns på jorden. Poliser möjligen undantagna. I vilket fall hade han varken kompetens eller kunskap att avgöra hur illa däran Lisbeth Salander var.

"Och vad händer nu?"

"Jag har beordrat fullständig vila och att hennes terapi avbryts – hon behöver sjukgymnastik på grund av skottskadorna i skuldran och höften."

"Okej … jag måste kontakta åklagare Ekström i Stockholm. Det här var lite av en överraskning. Vad kan jag säga till honom?"

"För två dagar sedan var jag beredd att godkänna en förflyttning kanske i slutet av denna vecka. Som läget är nu kommer det att dröja ytterligare en tid. Du får förbereda honom på att jag nog inte kommer att fatta något beslut inom den kommande veckan och att det kanske dröjer upp till två veckor innan ni får ta henne till häktet i Stockholm. Det beror alldeles på hur hon utvecklas."

"Rättegångsdatum är satt till i juli …"

"Om inget oförutsett inträffar så bör hon vara på benen i god tid till dess."

KRIMINALINSPEKTÖR JAN BUBLANSKI betraktade misstänksamt den muskulösa kvinnan på andra sidan cafébordet. De satt på utomhusserveringen nere på Norr Mälarstrand och drack kaffe. Det var fredag den 20 maj och sommarvarmt i luften. Hon hade legitimerat sig som Monica Figuerola från RPS/Säk och fångat upp honom klockan fem, precis då han var på väg hem. Hon hade föreslagit ett enskilt samtal över en kopp kaffe.

Bublanski hade först varit motsträvig och butter. Efter en stund hade hon tittat honom i ögonen och sagt att hon inte hade något officiellt uppdrag att förhöra honom och att han naturligtvis inte behövde säga något till henne om han inte ville. Han hade frågat vad hon hade för ärende och hon hade öppenhjärtigt förklarat att hon hade fått i uppdrag av sin chef att inofficiellt skapa sig en bild av vad som var sant och falskt i den så kallade Zalachenkohistorien, som stundom omnämndes som Salanderhistorien. Hon förklarade också att det inte var helt säkert att hon ens hade rätt att ställa frågor till honom och att han fick avgöra hur han ville göra.

"Vad vill du veta?" frågade Bublanski slutligen.

"Berätta vad du vet om Lisbeth Salander, Mikael Blomkvist, Gunnar Björck och Alexander Zalachenko. Hur passar bitarna ihop?"

De pratade i mer än två timmar.

TORSTEN EDKLINTH FUNDERADE länge och väl på hur han skulle gå vidare. Efter fem dagars spaningar hade Monica Figuerola gett honom en rad tydliga indikationer på att något var kolossalt på tok inom RPS/Säk. Han insåg behovet av att agera varsamt innan han hade tillräckligt på fötterna. Som situationen nu var befann han sig själv i en viss konstitutionell nöd eftersom han inte hade befogenhet att bedriva operativa utredningar i hemlighet och särskilt inte gentemot sina egna medarbetare.

Följaktligen måste han finna en formel som gjorde hans åtgärder legitima. I ett krisläge kunde han alltid hänvisa till sin polislegitimation och att det alltid var polismannens plikt att utreda brott – men nu var brottet av så extremt känslig konstitutionell natur att han sannolikt skulle få sparken om han trampade fel. Han tillbringade fredagen med enskilt grubbel på sitt tjänsterum.

De slutsatser han dragit var att Dragan Armanskij hade rätt, hur osannolikt det än kunde låta. Det existerade en konspiration inom RPS/Säk där ett antal personer agerade utanför eller vid sidan om den ordinarie verksamheten. Eftersom denna verksamhet pågått i många år – åtminstone sedan 1976 då Zalachenko anlände till Sverige – så måste verksamheten vara organiserad och sanktionerad uppifrån. Hur högt upp konspirationen ledde hade han ingen aning om.

Han präntade tre namn på ett block på skrivbordet.

Göran Mårtensson, personskyddet. Kriminalinspektör
Gunnar Björck, bitr. chef på utlänningsroteln. Avliden. (Självmord?)
Albert Shenke, kanslichef, RPS/Säk

Monica Figuerola hade dragit slutsatsen att åtminstone kanslichefen
måste ha hållit i trådarna då Mårtensson på personskyddet flyttades
till kontraspionaget utan att egentligen göra det. Han ägnade sig ju
åt att övervaka journalisten Mikael Blomkvist, vilket inte hade ett
dyft med kontraspionagets verksamhet att göra.

Till förteckningen skulle även fogas ytterligare namn utanför RPS/
Säk.

Peter Teleborian, psykiatriker
Lars Faulsson, låssmed

Teleborian hade anlitats av RPS/Säk som psykiatrisk konsult vid
några enstaka tillfällen i slutet av 1980-talet och början av 1990-
talet. Det hade skett vid noga räknat tre tillfällen, och Edklinth hade
granskat rapporterna från arkivet. Det första tillfället hade varit
extraordinärt: kontraspionaget hade identifierat en rysk informatör
inom svensk teleindustri, och spionens bakgrund ingav farhågor att
han eventuellt skulle vara självmordsbenägen i händelse av avslö-
jande. Teleborian hade gjort en uppseendeväckande bra analys som
innebar att informatören kunde vändas till att bli dubbelagent. De
övriga två tillfällen som Teleborian anlitats hade handlat om betyd-
ligt mindre utvärderingar, dels av en anställd inom RPS/Säk som
hade alkoholproblem, dels av ett märkligt sexuellt beteende hos en
diplomat från ett afrikanskt land.

Men varken Teleborian eller Faulsson – i synnerhet inte Faulsson
– hade någon tjänst inom RPS/Säk. Ändå var de genom sina upp-
drag knutna till ... till vad?

Konspirationen var intimt förbunden med framlidne Alexander
Zalachenko, avhoppad rysk GRU-operatör som enligt uppgift hade
anlänt till Sverige på valdagen 1976. Och som ingen hade hört talas
om. *Hur var det möjligt?*

Edklinth försökte föreställa sig vad som rimligen kunde ha hänt om han själv hade suttit i chefsposition på RPS/Säk 1976 då Zalachenko hade hoppat av. Hur skulle han ha agerat? Absolut sekretess. Det hade varit nödvändigt. Avhoppet kunde bara vara känt av en liten exklusiv krets om inte informationen skulle riskera att läcka tillbaka till ryssarna och ... Hur liten krets?

En operativ avdelning?

En okänd operativ avdelning?

Om allting hade varit koscher borde Zalachenko ha hamnat under kontraspionaget. Helst borde han ha hamnat under den militära underrättelsetjänsten, men de hade varken resurser eller kompetens att bedriva den sortens operativa verksamhet. Alltså Säk.

Men kontraspionaget hade aldrig haft honom. Björck var nyckeln; han hade uppenbarligen varit en av de personer som hanterat Zalachenko. Men Björck hade aldrig haft något med kontraspionaget att göra. Björck var ett mysterium. Formellt hade han haft en tjänst på utlänningsroteln sedan 1970-talet, men i verkligheten hade han knappt varit synlig på avdelningen förrän på 1990-talet då han plötsligt blev biträdande chef.

Ändå var Björck den huvudsakliga källan till Blomkvists information. Hur hade Blomkvist kunnat förmå Björck att avslöja sådan dynamit? För en journalist?

Hororna. Björck sprang hos tonåriga horor och *Millennium* tänkte avslöja honom. Blomkvist måste ha utpressat Björck.

Sedan kom Lisbeth Salander med i bilden.

Framlidne advokat Nils Bjurman hade arbetat på utlänningsroteln samtidigt som framlidne Björck. Det var de som tog hand om Zalachenko. Men vad gjorde de av honom?

Någon måste ha fattat besluten. Med en avhoppare av sådan dignitet måste ordern ha kommit från allra högsta ort.

Från regeringen. Det måste ha varit förankrat. Allt annat var otänkbart.

Eller hur?

Edklinth kände kalla kårar av obehag. Allt detta var formellt begripligt. En avhoppare av Zalachenkos dignitet måste behandlas med största möjliga sekretess. Det var vad han själv skulle ha beslutat. Det var vad regeringen Fälldin måste ha beslutat. Det var helt rimligt.

Men det som hände 1991 var orimligt. Björck hade anlitat Peter Teleborian för att spärra in Lisbeth Salander på ett mentalsjukhus för barn under förevändningen att hon var psykiskt sjuk. Det var ett brott. Det var ett så grovt brott att Edklinth fick nya kårar av obehag.

Någon måste ha fattat besluten. I det fallet kunde det helt enkelt inte vara regeringen ... Ingvar Carlsson hade varit statsminister, följd av Carl Bildt. Men ingen politiker skulle ens våga gå i närheten av ett sådant beslut som gick tvärt emot all lag och rättvisa och som skulle resultera i en katastrofal skandal om det någonsin blev känt.

Om regeringen var inblandad var Sverige inte en millimeter bättre än vilken diktatur som helst i världen.

Det var inte möjligt.

Och därefter händelserna på Sahlgrenska den 12 april. Zalachenko lämpligt mördad av en psykiskt sjuk rättshaverist i samma stund som ett inbrott skedde hos Mikael Blomkvist och Annika Giannini överfölls. I båda fallen stals Gunnar Björcks märkliga rapport från 1991. Det var information som Dragan Armanskij hade bidragit med helt *off the record*. Det förelåg ingen polisanmälan.

Och samtidigt går Gunnar Björck och hänger sig. Den person som Edklinth mer än någon annan önskade att han kunde ha ett allvarligt samtal med.

Torsten Edklinth trodde inte på en slump i ett sådant megaformat. Kriminalinspektör Jan Bublanski trodde inte på en sådan slump. Mikael Blomkvist trodde inte på det. Edklinth fattade filtpennan ytterligare en gång.

Evert Gullberg, 78 år. Skattejurist. ???

Vem fan var Evert Gullberg?

Han övervägde att ringa till chefen för RPS/Säk, men avhöll sig från det av den enkla anledningen att han inte visste hur högt upp i organisationen konspirationen sträckte sig. Han visste kort sagt inte vem han kunde lita på.

Efter att ha avfärdat möjligheten att vända sig till någon inom RPS/Säk funderade han en stund på att vända sig till den öppna polisen. Jan Bublanski var spaningsledare för utredningen om Ronald Niedermann och borde självfallet vara intresserad av all kringinformation. Men rent politiskt var det en omöjlighet.

Han kände en stor tyngd på sina axlar.

Slutligen återstod bara ett alternativ som var konstitutionellt riktigt och som möjligen kunde innebära ett skydd om han hamnade i politisk onåd i framtiden. Han måste vända sig till *chefen* och skaffa politisk förankring för det han sysslade med.

Han tittade på klockan. Strax före fyra på fredagseftermiddagen. Han lyfte telefonen och ringde justitieministern som han kände sedan flera år och hade träffat vid åtskilliga föredragningar på departementet. Han fick honom faktiskt på tråden redan inom fem minuter.

"Hej Torsten", hälsade justitieministern. "Det var länge sedan sist. Vad gäller saken?"

"Ärligt talat, jag tror att jag ringer för att undersöka hur stor trovärdighet jag har hos dig."

"Trovärdighet. Det var en lustig fråga. Vad mig anbelangar så har du stor trovärdighet. Vad föranleder en sådan fråga?"

"Den föranleds av en dramatisk och extraordinär begäran ... Jag måste få ett möte med dig och statsministern och det brådskar."

"Hoppsan."

"Om du ursäktar skulle jag gärna vänta med att förklara något tills vi kan slå oss ned och prata mellan fyra ögon. Jag har ett ärende på mitt bord som är så anmärkningsvärt att jag anser att både du och statsministern måste informeras."

"Det låter allvarligt."

"Det är allvarligt."

"Har det något med terrorister och hotbilder att göra ..."

"Nej. Det är allvarligare än så. Jag sätter hela mitt anseende och min karriär på spel genom att ringa till dig med denna begäran. Jag skulle inte föra det här samtalet om jag inte ansåg att situationen var så allvarlig att det var nödvändigt."

"Jag förstår. Därav din fråga om du är trovärdig eller inte ... Hur snabbt måste du träffa statsministern?"

"Redan i kväll om det är möjligt."

"Nu blir jag orolig."

"Du har dessvärre anledning att vara det."

"Hur lång tid kommer mötet att ta?"

Edklinth funderade.

"Det kommer nog att ta en timme att summera alla detaljer."

"Låt mig ringa tillbaka om en stund."

Justitieministern ringde tillbaka inom femton minuter och förklarade att statsministern hade möjlighet att ta emot Torsten Edklinth i sin bostad klockan 21.30 samma kväll. Edklinth hade handsvett då han lade på luren. *Okej ... i morgon bitti kan min karriär vara över.*

Han lyfte luren igen och ringde till Monica Figuerola.

"Hej Monica. Klockan 21.00 i kväll ska du inställa dig för tjänstgöring. Du ska vara prydligt klädd."

"Jag är alltid prydligt klädd", sa Monica Figuerola.

STATSMINISTERN BETRAKTADE CHEFEN för författningsskyddet med en blick som närmast kunde beskrivas som misstrogen. Edklinth fick en känsla av att kugghjul roterade med hög frekvens bakom statsministerns glasögon.

Statsministern flyttade blicken till Monica Figuerola som inte sagt något under den timslånga föredragningen. Han såg en ovanligt lång och muskulös kvinna som tittade tillbaka på honom med artigt förväntansfull blick. Därefter vände han sig till justitieministern som hade blivit aningen blek under tiden som föredragningen hade pågått.

Slutligen drog statsministern ett djupt andetag och tog av sig glasögonen och stirrade en lång stund i fjärran.

"Jag tror att vi behöver lite mer kaffe", sa han till sist.

"Ja tack", sa Monica Figuerola.

Edklinth nickade och justitieministern serverade från en bordstermos.

"Låt mig summera så att jag är absolut säker på att jag har förstått dig rätt", sa statsministern. "Du misstänker att det finns en konspiration inom Säkerhetspolisen som agerar utanför dess konstitutionella uppdrag och att denna konspiration under årens lopp har bedrivit något som kan betecknas som kriminell verksamhet."

Edklinth nickade.

"Och du kommer till mig därför att du inte har förtroende för Säkerhetspolisens ledning?"

"Nja", svarade Edklinth. "Jag beslutade att vända mig direkt till dig därför att den här sortens verksamhet bryter mot författningen, men jag känner inte till konspirationens syfte eller om jag misstolkat något. Verksamheten kanske i själva verket är legitim och sanktionerad från regeringen. Då riskerar jag att agera på felaktig eller missförstådd information och därmed röja en pågående hemlig operation."

Statsministern tittade på justitieministern. Bägge förstod att Edklinth garderade sig.

"Jag har aldrig hört talas om något liknande. Känner du till något om detta?"

"Absolut inte", svarade justitieministern. "Det finns ingenting i någon rapport från Säkerhetspolisen som jag har sett som skulle kunna ha någon bäring på detta."

"Mikael Blomkvist tror att det är en intern fraktion inom Säpo. Han kallar det för *Zalachenkoklubben.*"

"Jag har aldrig ens hört talas om att Sverige skulle ha tagit emot och underhållit någon rysk avhoppare av denna dignitet ... Han hoppade alltså av under Fälldinregeringen ..."

"Jag har svårt att tro att Fälldin skulle ha mörkat en sådan här sak", sa justitieministern. "Ett sådant avhopp borde ha varit en extremt prioriterad uppgift att lämna över till nästkommande regering."

Edklinth harklade sig.

"Den borgerliga regeringen lämnade över till Olof Palme. Det är ingen hemlighet att några av mina företrädare på RPS/Säk hade en besynnerlig uppfattning om Palme ..."

"Du menar att någon glömde bort att informera den socialdemokratiska regeringen ..."

Edklinth nickade.

"Jag vill påminna om att Fälldin satt två mandatperioder. Bägge gångerna sprack regeringen. Först lämnade han över till Ola Ullsten som hade en minoritetsregering 1979. Sedan sprack regeringen en gång till då moderaterna hoppade av och Fälldin regerade tillsammans med fp. Gissningsvis befann sig regeringskansliet i ett visst mått av kaos under överlämningarna. Det är till och med möjligt att en sådan sak som Zalachenko helt enkelt hölls inom en så snäv krets att statsminister Fälldin inte hade någon riktig insyn och att han därigenom aldrig hade något att överlämna till Palme."

"Vem är i så fall ansvarig?" sa statsministern.

Alla utom Monica Figuerola skakade på huvudet.

"Jag antar att det här ofrånkomligen kommer att läcka till massmedia", sa statsministern.

"Mikael Blomkvist och *Millennium* kommer att publicera. Vi befinner oss med andra ord i en tvångssituation."

Edklinth var noga med att lägga in ordet *vi*. Statsministern nickade. Han insåg situationens allvar.

"Då får jag börja med att tacka dig för att du kom till mig med detta ärende så snabbt som du gjorde. Jag brukar inte ta emot den här sortens snabbpåkallade besök, men justitieministern sa att du var en förståndig människa och att något extraordinärt måste ha inträffat om du ville besöka mig utanför alla normala kanaler."

Edklinth andades ut en aning. Vad som än hände skulle inte statsministerns vrede drabba honom.

"Nu måste vi bara besluta hur vi ska hantera detta. Har du några förslag?"

"Kanske", svarade Edklinth tveksamt.

Han förblev tyst så länge att Monica Figuerola harklade sig.

"Kan jag få säga någonting?"

"Var så god", sa statsministern.

"Om det är så att regeringen inte känner till denna operation så är den olaglig. Den som är ansvarig i sådana fall är brottslingen, det vill säga den eller de statstjänstemän som överträtt sina befogenheter. Om vi kan verifiera alla de påståenden som Mikael Blomkvist gör betyder det att en grupp anställda inom Säk har ägnat sig åt kriminell verksamhet. Detta problem faller därefter ut i två bitar."

"Hur menar du?"

"För det första måste frågan besvaras om hur detta har varit möjligt. Vems är ansvaret? Hur har en sådan konspiration kunnat uppstå inom ramen för en etablerad polisorganisation? Jag vill påminna om att jag själv arbetar för RPS/Säk, och jag är stolt över att göra det. Hur har det kunnat pågå så länge? Hur har verksamheten kunnat döljas och finansieras?"

Statsministern nickade.

"Vad gäller den biten kommer det att skrivas böcker om det här", fortsatte Monica Figuerola. "Men en sak är klar – det måste finnas en finansiering och det måste handla om åtminstone flera miljoner kronor årligen. Jag har tittat på Säkerhetspolisens budget och hittar inget som skulle kunna rubriceras som Zalachenkoklubben. Men som du vet finns det ett antal dolda fonder som kanslichefen och budgetchefen har insyn i men som jag inte kommer åt."

Statsministern nickade dystert. Varför skulle alltid Säpo vara en sådan mardröm att administrera?

"Den andra biten handlar om vilka som är inblandade. Eller mer exakt vilka personer som bör gripas."

Statsministern trutade med läpparna.

"Från min synvinkel är alla dessa frågor avhängiga det beslut du personligen fattar de närmaste minuterna."

Torsten Edklinth höll andan. Om han hade kunnat sparka Monica Figuerola på smalbenet skulle han ha gjort det. Hon hade plötsligt skurit genom all retorik och påstått att statsministern var personligen ansvarig. Han hade själv tänkt komma till samma slutsats, dock först efter en långvarig diplomatisk rundvandring.

"Vilket beslut tycker du att jag ska fatta?" undrade statsministern.

"Från vår sida har vi gemensamma intressen. Jag har arbetat på författningsskyddet i tre år och jag anser att det är en uppgift av central betydelse för svensk demokrati. Säkerhetspolisen har skött sig i konstitutionella sammanhang de senaste åren. Jag vill självfallet inte att skandalen ska drabba RPS/Säk. För oss är det viktigt att framhålla att detta handlar om en brottslig verksamhet som bedrivs av enskilda individer."

"Verksamhet av det slaget är definitivt inte sanktionerad av regeringen", sa justitieministern.

Monica Figuerola nickade och funderade några sekunder.

"Från er sida antar jag att det är angeläget att skandalen inte drabbar regeringen – vilket kommer att bli fallet om regeringen försöker mörka historien", sa hon.

"Regeringen brukar inte mörka brottslig verksamhet", sa justitieministern.

"Nej, men låt oss hypotetiskt anta att regeringen skulle vilja göra det. I så fall kommer det att bli en skandal av enorma mått."

"Fortsätt", sa statsministern.

"Situationen just nu kompliceras av att vi på författningsskyddet i praktiken är tvungna att bedriva en regelvidrig verksamhet för att alls kunna utreda den här historien. Vi vill alltså att det ska gå juridiskt och konstitutionellt rätt till."

"Det vill vi alla", sa statsministern.

"I så fall föreslår jag att du – i din egenskap av statsminister – beordrar författningsskyddet att snarast utreda denna härva. Ge oss en skriftlig order och ge oss de befogenheter som behövs."

"Jag är inte säker på att det du föreslår är lagligt", sa justitieministern.

"Jo. Det är lagligt. Regeringen har makt att vidta långtgående åtgärder i den händelse att konstitutionen hotas av ändring på ett illegitimt sätt. Om en grupp militärer eller poliser börjar bedriva en självständig utrikespolitik har de facto en statskupp ägt rum i landet."

"Utrikespolitik?" frågade justitieministern.

Statsministern nickade plötsligt.

"Zalachenko var avhoppare från främmande makt", sa Monica

Figuerola. "Den information han bidrog med lämnades enligt Mikael Blomkvist till utländska underrättelsetjänster. Om regeringen inte var informerad har en statskupp ägt rum."

"Jag förstår din tankegång", sa statsministern. "Låt mig nu säga mitt."

Statsministern reste sig och vandrade ett varv runt salongsbordet. Till sist stannade han framför Edklinth.

"Du har en begåvad medarbetare. Dessutom är hon rakt på sak."

Edklinth svalde och nickade. Statsministern vände sig till sin justitieminister.

"Ring din statssekreterare och rättschefen. I morgon bitti vill jag ha ett dokument som ger författningsskyddet extraordinära maktbefogenheter att agera i den här affären. Uppdraget består i att kartlägga sanningshalten i de påståenden vi diskuterat, samla dokumentation om dess omfattning samt identifiera de personer som är ansvariga eller inblandade."

Edklinth nickade.

"Dokumentet ska inte fastslå att du bedriver en förundersökning – jag kan ha fel men jag tror att det endast är Riksåklagaren som kan utse en förundersökningsledare i det här läget. Däremot kan jag ge dig i uppdrag att leda en enmansutredning för att utröna sanningen. Det du gör är alltså en SOU. Förstår du?"

"Ja. Men jag ber att få påpeka att jag faktiskt själv är gammal åklagare."

"Hmm. Vi får be rättschefen titta på det där och bestämma exakt vad som är formellt riktigt. Du är i vilket fall ensam ansvarig för denna utredning. Du utser själv de medarbetare du behöver. Om du hittar belägg för brottslig verksamhet ska du överlämna denna information till Riksåklagaren som beslutar om åtal."

"Jag måste slå upp exakt vad som gäller, men jag tror att du måste informera riksdagens talman och konstitutionsutskottet ... det här kommer att läcka snabbt", sa justitieministern.

"Med andra ord måste vi arbeta snabbt", sa statsministern.

"Hmm", sa Monica Figuerola.

"Vad?" undrade statsministern.

"Två problem återstår ... För det första kan *Millenniums* publicering kollidera med vår utredning, och för det andra så börjar rättegången mot Lisbeth Salander om ett par veckor."

"Kan vi ta reda på när *Millennium* kommer att publicera?"

"Vi kan möjligen fråga", sa Edklinth. "Det absolut sista vi vill göra är att lägga oss i medias verksamhet."

"Vad gäller den här flickan Salander ...", började justitieministern. Han funderade en stund. "Det vore förfärligt om hon utsatts för de övergrepp som *Millennium* hävdar ... kan det verkligen vara möjligt?"

"Jag fruktar det", sa Edklinth.

"I så fall måste vi se till att hon får upprättelse och framför allt att hon inte utsätts för ett nytt övergrepp", sa statsministern.

"Och hur ska det gå till?" undrade justitieministern. "Regeringen kan under inga omständigheter ingripa i ett pågående åtal. Det vore ett lagbrott."

"Kan vi prata med åklagaren ..."

"Nej", sa Edklinth. "Som statsminister får du inte påverka den juridiska processen i något avseende."

"Salander måste med andra ord gå sin match i rätten", sa justitieministern. "Först om hon förlorar rättegången och överklagar till regeringen kan regeringen ingripa för att benåda henne eller beordra RÅ att undersöka om det finns grund för ny rättegång."

Sedan lade han till en sak.

"Men det gäller alltså bara om hon döms till fängelse. Om hon döms till sluten psykiatrisk vård kan regeringen inte göra ett dyft. Då är det en medicinsk fråga, och statsministern besitter inte kompetens att avgöra om hon är frisk."

KLOCKAN TIO PÅ fredagskvällen hörde Lisbeth Salander nyckeln i dörren. Hon stängde omedelbart av handdatorn och stack in den under kudden. Då hon tittade upp såg hon Anders Jonasson stänga dörren.

"God kväll, fröken Salander", hälsade han. "Och hur mår du i kväll?"

"Jag har en sprängande huvudvärk och känner mig febrig", sa Lisbeth.

"Det låter ju inte bra."

Lisbeth Salander såg ut som om hon inte var nämnvärt plågad av vare sig feber eller huvudvärk. Doktor Anders Jonasson ägnade tio minuter åt att undersöka henne. Han konstaterade att febern under kvällen åter gått upp kraftigt."

"Det var ju tråkigt att vi skulle drabbas av detta då du tillfrisknat så bra de senaste veckorna. Nu kan jag dessvärre inte släppa dig på åtminstone drygt två veckor."

"Två veckor borde vara tillräckligt."

Han gav henne en lång blick.

AVSTÅNDET MELLAN LONDON och Stockholm landvägen är grovt räknat 180 mil, vilket i teorin tar ungefär tjugo timmar att avverka. I verkligheten hade det tagit närmare tjugo timmar att ens nå gränsen mellan Tyskland och Danmark. Himlen var fylld av blytunga åskmoln, och då mannen som kallades Trinity på måndagen befann sig mitt på Öresundsbron började det spöregna. Han saktade farten och slog på vindrutetorkarna.

Trinity ansåg att det var ett helvete att köra bil i Europa eftersom hela det kontinentala Europa envisades med att köra på fel sida av vägen. Han hade packat sin skåpbil på lördag morgon och tagit bilfärjan mellan Dover och Calais och därefter korsat Belgien via Liège. Han hade passerat tyska gränsen vid Aachen och därefter tagit Autobahn norrut mot Hamburg och vidare till Danmark.

Hans kompanjon Bob the Dog slumrade i baksätet. De hade turats om att köra, och bortsett från några timslånga stopp på matställen längs vägen hade de stadigt hållit omkring nittio kilometer i timmen. Skåpbilen var arton år gammal och förmådde inte prestera så mycket högre hastighet.

Det fanns enklare sätt att ta sig mellan London och Stockholm, men dessvärre var det osannolikt att han skulle kunna föra in drygt trettio kilo elektronisk utrustning i Sverige på en reguljär flight. Trots att de hade passerat sex nationsgränser under färden hade han inte blivit stoppad av en enda tullare eller passkontroll. Trinity var en varm anhängare av EU, vars regler förenklade hans kontinentala besök.

Trinity var 32 år gammal och född i staden Bradford, men hade bott i norra London sedan han var barn. Han hade en usel formell utbildning, en yrkesskola där han hade fått intyg på att han var utbildad teletekniker, och i tre år från det att han hade fyllt 19 hade han också arbetat som installatör för British Telecom.

I verkligheten hade han en teoretisk kunskap i elektronik och datavetenskap som innebar att han utan vidare kunde ge sig in i diskussioner där han överträffade vilken snobbig professor som helst i ämnet. Han hade levt med datorer sedan han var i 10-årsåldern och hade hackat sin första dator då han var 13. Det hade gett mersmak, och då han var 16 år gammal hade han utvecklats till den grad att han tävlade med de bästa i världen. Det fanns en period då han tillbringade varje vaken minut framför datorskärmen, skrev egna program och placerade försåtliga slingor på nätet. Han nästlade sig in hos BBC, hos engelska försvarsdepartementet och hos Scotland Yard. Han lyckades till och med, flyktigt, ta kommandot över en brittisk atomubåt på patrull i Nordsjön. Turligt nog hörde Trinity till det nyfikna snarare än det ondsinta slaget av datamarodörer. Hans fascination upphörde i det ögonblick han hade knäckt och skaffat sig tillträde till en dator och tillskansat sig dess hemligheter. På sin höjd utförde han ett eller annat practical joke, till exempel att ge instruktionen till en dator i atomubåten att föreslå att kaptenen skulle torka sig i röven då han bad om en positionsangivelse. Den sistnämnda incidenten gav upphov till en rad krismöten på försvarsministeriet, och efterhand började Trinity inse att det kanske inte var den klokaste av idéer att skryta med sina kunskaper, om staten menade allvar med hotelserna att döma hackers till mångåriga fängelsestraff.

Han utbildade sig till teletekniker eftersom han redan visste hur telefonnätet fungerade, konstaterade att det var hopplöst ålderdomligt och sadlade om till privat säkerhetskonsult som installerade larmsystem och tittade över inbrottsskydd. Till särskilt utvalda klienter kunde han också erbjuda sådana finesser som övervakning och telefonavlyssning.

Han var en av grundarna av Hacker Republic. Och Wasp var en av medborgarna.

Då han och Bob the Dog närmade sig Stockholm var klockan halv åtta på söndagskvällen. När de passerade IKEA vid Kungens kurva i Skärholmen öppnade Trinity sin mobiltelefon och slog ett nummer han memorerat.

"Plague", sa Trinity.

"Var är ni?"

"Du sa att jag skulle ringa då vi passerade IKEA."

Plague beskrev vägen till vandrarhemmet på Långholmen där han hade bokat in kollegorna från England. Eftersom Plague nästan aldrig lämnade sin lägenhet gjorde de upp om att träffas hemma hos honom klockan tio nästkommande morgon.

Efter en stunds eftertanke beslutade sig Plague för att göra en stor ansträngning och diska, torka rent och vädra ut innan gästerna anlände.

DEL 3

DISC CRASH

27 MAJ-6 JUNI

Historikern Diodorus från Sicilien, 100-talet f.Kr. (som av andra historiker anses opålitlig som källa), beskriver amasoner i Libyen, vilket på den tiden var ett samlingsnamn för hela Nordafrika väster om Egypten. Detta amasonvälde var en gynokrati, det vill säga enbart kvinnor fick inneha offentliga, inklusive militära, befattningar. Enligt legenden styrdes riket av en drottning Myrina, som med 30 000 kvinnliga soldater och 3 000 kvinnliga kavallerister svepte genom Egypten och Syrien och ända upp till Egeiska havet, och kuvade en rad manliga arméer längs vägen. När drottning Myrina slutligen stupade skingrades hennes armé.

Myrinas armé satte dock spår i regionen. Kvinnorna i Anatolien grep till vapen för att krossa en invasion från Kaukasus, sedan de manliga soldaterna utplånats i ett omfattande folkmord. Dessa kvinnor tränades i alla former av vapenbruk, däribland pilbåge, spjut, stridsyxa och lansar. De kopierade bronsbrynjor och rustningar från grekerna.

De avfärdade äktenskap som underkastelse. För att avla barn beviljades tjänstledighet, under vilken de hade samlag med slumpvis valda anonyma män från närliggande byar. Endast den kvinna som dödat en man i strid fick ge upp sin oskuld.

KAPITEL 16
FREDAG 27 MAJ-TISDAG 31 MAJ

MIKAEL BLOMKVIST LÄMNADE *Millenniums* redaktion halv elva på fredagskvällen. Han gick ned till bottenvåningen i trapphuset, men istället för att gå ut på gatan svängde han vänster och gick genom källarplanet och ut på innergården och genom grannfastighetens utgång mot Hökens gata. Han mötte en grupp ungdomar på väg från Mosebacke, men ingen ägnade honom någon uppmärksamhet. En övervakare skulle tro att han som vanligt övernattade på *Millenniums* redaktion. Han hade etablerat det mönstret redan i april. I själva verket var det Christer Malm som hade nattskiftet på redaktionen.

Han använde femton minuter till att promenera smågator och promenadvägar kring Mosebacke innan han styrde stegen till Fiskargatan 9. Han öppnade med rätt portkod och tog trapporna till takvåningen där han använde Lisbeth Salanders nycklar till hennes lägenhetsdörr. Han stängde av larmet. Han kände sig alltid lika förvirrad då han klev in i Lisbeth Salanders lägenhet som bestod av tjugoett rum, varav tre var möblerade.

Han började med att brygga en kanna kaffe och göra smörgåsar innan han gick in i Lisbeths arbetsrum och startade hennes Power-Book.

Från det ögonblick i mitten av april då Björcks rapport stulits och

Mikael hade blivit varse att han stod under övervakning hade han upprättat sitt privata högkvarter i Lisbeths bostad. Han hade överfört all väsentlig dokumentation till hennes skrivbord. Han tillbringade flera nätter i veckan i hennes lägenhet, sov i hennes säng och arbetade vid hennes dator. Hon hade tömt datorn på all information innan hon rest till Gosseberga för uppgörelsen med Zalachenko. Mikael gissade att hon förmodligen inte hade planerat att återvända. Han hade använt hennes systemskivor till att återställa datorn i fungerande skick.

Sedan april hade han inte ens pluggat in bredbandskabeln i sin egen dator. Han loggade upp sig på hennes bredband och startade ICQ och pingade upp den adress som hon skapat för honom och meddelat via yahoogruppen [Stolliga_Bordet].

<Hej Sally>
  <Berätta>
  <Jag har arbetat om de två kapitel vi diskuterade tidigare i veckan. Ny version ligger på Yahoo. Hur går det för dig?>
  <Klar med sjutton sidor. Lägger upp dem till Stolliga Bordet nu>
  Pling.
  <Okej. Har dem. Låt mig läsa så pratar vi sedan>
  <Jag har mer>
  <Vad?>
  <Jag har skapat ytterligare en yahoogrupp under namnet Riddarna>

Mikael log.

  <Okej. Riddarna av det Stolliga Bordet>
  <Lösen yacaraca12>
  <Okej>
  <Fyra medlemmar. Du, jag och Plague och Trinity>
  <Dina mystiska nätkompisar>
  <Gardering>
  <Okej>
  <Plague har kopierat information från åklagare Ekströms dator. Vi hackade den i april>

<Okej>

<Om jag förlorar handdatorn kommer han att hålla dig informerad>

<Bra. Tack>

Mikael kopplade ned ICQ och gick in på den nyskapade yahoogruppen [Riddarna]. Allt han hittade var en länk från Plague till en anonym http-adress som enbart bestod av siffror. Han kopierade in adressen i Explorer och slog returtangenten och kom genast in på en hemsida någonstans på internet som innehöll de sexton Gigabyte som utgjorde åklagare Richard Ekströms hårddisk.

Plague hade uppenbarligen gjort det enkelt för sig genom att kopiera Ekströms hårddisk rakt av. Mikael ägnade över en timme åt att sortera innehållet. Han ratade systemfiler, programvaror och oändliga mängder förundersökningar som tycktes sträcka sig flera år bakåt i tiden. Till sist laddade han ned fyra mappar. Tre av dessa var döpta till [FörUnd/Salander], [Slask/Salander] respektive [FörUnd/Niedermann]. Den fjärde mappen var en kopia av åklagare Ekströms mailfolder fram till klockan 14.00 föregående dag.

"Tack, Plague", sa Mikael Blomkvist för sig själv.

Han använde tre timmar till att läsa Ekströms förundersökning och strategi inför rättegången mot Lisbeth Salander. Inte oväntat kretsade mycket kring hennes mentala tillstånd. Ekström begärde en stor sinnesundersökning och hade skickat en mängd mail som syftade till att få henne överförd till Kronobergshäktet så fort som möjligt.

Mikael konstaterade att Ekströms spaningar efter Niedermann tycktes stå och stampa på en och samma fläck. Bublanski var spaningsledare. Han hade lyckats fastställa en viss teknisk bevisning mot Niedermann i fråga om morden på Dag Svensson och Mia Bergman, liksom i fallet med mordet på advokat Bjurman. Mikael Blomkvist hade själv vid tre långa förhör i april bidragit med en stor del av denna bevisning, och om Niedermann någonsin greps så skulle han tvingas vittna. Sent omsider hade DNA från några svettdroppar och två hårstrån från Bjurmans lägenhet kunnat paras ihop med

DNA från Niedermanns rum i Gosseberga. Samma DNA hade även återfunnits i riklig mängd på kvarlevorna av Svavelsjö MC:s finansielle expert Viktor Göransson.

Däremot hade Ekström förunderligt lite information om Zalachenko.

Mikael tände en cigarett, ställde sig vid fönstret och tittade ut mot Djurgården.

Ekström ledde för närvarande två förundersökningar som separerats från varandra. Kriminalinspektör Hans Faste var spaningsledare i alla ärenden som rörde Lisbeth Salander. Bublanski sysselsatte sig enbart med Niedermann.

Det naturliga för Ekström då namnet Zalachenko dök upp i förundersökningen hade varit att kontakta generaldirektören för Säkerhetspolisen och ställa frågor om vem Zalachenko egentligen var. Någon sådan kontakt kunde Mikael inte finna i Ekströms mail, diarium eller anteckningar. Däremot var det uppenbart att han hade en viss information om Zalachenko. Bland anteckningarna hittade han flera kryptiska formuleringar.

Salanderutredningen ett falsarium. Björcks original stämmer ej med Blomkvists version. Hemligstämpel.

Hmm. Därefter en serie anteckningar som hävdade att Lisbeth Salander var paranoid schizofren.

Korrekt att låsa in Salander 1991.

Det som länkade ihop utredningarna hittade Mikael i Lisbeth Salanders slask, det vill säga den kringinformation som åklagaren bedömt som irrelevant för förundersökningen och som följaktligen inte skulle dras i rättegången eller ingå i beviskedjan mot henne. Dit hörde i stort sett allt som hade med Zalachenkos förflutna att göra.

Utredningen var totalt undermålig.

Mikael undrade hur mycket av detta som var en slump och hur mycket som var arrangerat. Var gick gränsen? Och var Ekström medveten om att det existerade en gräns?

Eller kunde det vara så att någon medvetet försåg Ekström med trovärdig men vilseledande information?

Slutligen loggade han in på hotmail och använde de kommande

tio minuterna till att kontrollera ett halvdussin anonyma e-postkonton han skapat. Han hade troget kontrollerat den hotmailadress han hade gett till kriminalinspektör Sonja Modig varje dag. Han hade ingen större förhoppning om att hon skulle höra av sig. Han var därför milt förvånad då han knackade upp brevlådan och hittade ett mail från <ressallskap9april@hotmail.com>. Meddelandet bestod av en enda rad.

[Café Madeleine, övre plan, kl 11.00 lördag.]

Mikael Blomkvist nickade eftertänksamt.

PLAGUE PINGADE PÅ Lisbeth Salander vid midnatt och avbröt hennes skrivande mitt i en formulering om hennes liv med Holger Palmgren som förvaltare. Hon tittade irriterat på displayen.

<Vad vill du?>
  <Hej Wasp, trevligt att höra av dig också>
  <Ja ja. Vad?>
  <Teleborian>
Hon satte sig upp i sängen och tittade spänt på handdatorns skärm.
  <Berätta>
  <Trinity fixade det på rekordtid>
  <Hur?>
  <Tokdoktorn håller sig inte stilla. Han reser mellan Uppsala och Stockholm hela tiden och vi kan inte göra en *hostile takeover*>
  <Jag vet. Hur?>
  <Han spelar tennis två gånger i veckan. Drygt två timmar. Lämnade datorn i bilen i ett parkeringsgarage>
  <Aha>
  <Trinity hade inga problem att nollställa billarmet och plocka ut datorn. Han behövde bara trettio minuter att kopiera allt via Firewire och lägga in Asphyxia>
  <Var?>

Plague lämnade http-adressen till den server där han förvarade doktor Peter Teleborians hårddisk.

\<För att citera Trinity ... *This is some nasty shit*>

\<?>

\<Kolla hans hårddisk>

Lisbeth Salander kopplade ned Plague och gick ut på internet och letade rätt på den server som Plague angett. Hon ägnade de kommande tre timmarna åt att granska mapp efter mapp i Teleborians dator.

Hon hittade korrespondens mellan Teleborian och en person som hade en hotmailadress och skickade krypterade mail. Eftersom hon hade tillgång till Teleborians PGP-nyckel hade hon inga problem att läsa korrespondensen i klartext. Hans namn var Jonas, efternamn saknades. Jonas och Teleborian hade ett ohälsosamt intresse för Lisbeth Salanders brist på välbefinnande.

Yes ... vi kan bevisa att det finns en konspiration.

Men det som verkligen intresserade Lisbeth Salander var fyrtiosju mappar som innehöll 8 756 bilder föreställande grov barnpornografi. Hon öppnade bild efter bild efter bild som visade barn i uppskattningsvis åldern 15 år eller yngre. Ett antal bilder föreställde barn i mycket låg ålder. Merparten av bilderna föreställde flickor. Flera av bilderna var sadistiska.

Hon hittade länkar till åtminstone ett dussin personer i flera länder som bytte barnporr med varandra.

Lisbeth bet sig i underläppen. I övrigt var hennes ansikte uttryckslöst.

Hon mindes de nätter då hon var 12 år gammal och hade legat bältad i ett stimulifritt rum på S:t Stefans barnpsykiatriska klinik. Teleborian hade gång på gång kommit till dunklet i hennes rum och betraktat henne i nattlampans sken.

Hon visste. Han hade aldrig rört henne, men hon hade alltid vetat.

Hon förbannade sig själv. Hon skulle ha tagit itu med Teleborian för flera år sedan. Men hon hade förträngt honom och ignorerat hans existens.

Hon hade låtit honom hållas.

Efter en stund pingade hon upp Mikael Blomkvist på ICQ.

MIKAEL BLOMKVIST TILLBRINGADE natten i Lisbeth Salanders lägenhet på Fiskargatan. Först halv sju på morgonen stängde han av datorn. Han somnade med bilder av grov barnpornografi på näthinnan och vaknade kvart över tio och kastade sig upp ur Lisbeth Salanders säng, duschade och beställde en taxi som hämtade honom utanför Södra teatern. Han stannade på Birger Jarlsgatan fem minuter i elva och promenerade till Café Madeleine.

Sonja Modig väntade på honom framför en svart kopp kaffe.

"Hej", sa Mikael.

"Jag tar en stor risk här", sa hon utan att hälsa. "Jag får sparken och kan bli åtalad om det någonsin kommer ut att jag har träffat dig."

"Ingen kommer att få veta det från mig."

Hon verkade stressad.

"En kollega till mig besökte nyligen förre statsministern Thorbjörn Fälldin. Han åkte privat och hans jobb ligger också under yxan."

"Jag förstår."

"Jag kräver alltså anonymitetsskydd för oss båda."

"Jag vet inte ens vilken kollega du talar om."

"Jag kommer att berätta det. Jag vill att du lovar att ge honom källskydd."

"Du har mitt ord."

Hon sneglade på klockan.

"Har du bråttom?"

"Ja. Jag ska träffa min man och mina barn i Sturegallerian om tio minuter. Min man tror att jag är inne på jobbet."

"Och Bublanski vet inget om detta."

"Nej."

"Okej. Du och din kollega är källor och har fullständigt källskydd. Båda två. Det gäller till graven."

"Min kollega är Jerker Holmberg som du träffade nere i Göteborg. Hans pappa är centerpartist och Jerker känner Fälldin sedan

han var barn. Holmberg åkte på privat besök och frågade om Za-
lachenko."

"Jag förstår."

Mikaels hjärta bultade plötsligt kraftigt.

"Fälldin verkar vara en hygglig karl. Holmberg berättade om Za-
lachenko och bad att få veta vad Fälldin kände till om avhoppet.
Fälldin sa ingenting. Sedan berättade Holmberg om att vi misstän-
ker att Lisbeth Salander blev inspärrad på psyket av dem som skyd-
dade Zalachenko. Fälldin blev mycket upprörd."

"Jag förstår."

"Fälldin berättade att dåvarande chefen för Säpo och en kolle-
ga kom och besökte honom kort efter att han blivit statsminister.
De berättade en fantastisk spionhistoria om en rysk avhoppare som
kommit till Sverige. Fälldin fick veta att det var den känsligaste mili-
tära hemlighet som Sverige hade ... att det inte fanns något i hela det
svenska totalförsvaret som var ens i närheten i betydelse."

"Okej."

"Fälldin sa att han inte visste hur han skulle hantera ärendet. Han
var nybliven statsminister och det fanns ingen erfarenhet i regering-
en. Sossarna hade ju haft regeringsmakten i över fyrtio år. Han fick
veta att han hade det personliga ansvaret att ensam fatta beslut och
att om han konsulterade regeringskollegorna så skulle Säpo avsäga
sig ansvaret. Han upplevde det hela som obehagligt och visste helt
enkelt inte hur han skulle göra."

"Okej."

"Till sist ansåg han sig tvungen att göra som herrarna från Säpo
föreslog. Han utfärdade ett direktiv som gav Säpo ensamt omvård-
nad om Zalachenko. Han förband sig att aldrig diskutera ärendet
med någon. Fälldin fick aldrig ens veta namnet på avhopparen."

"Jag förstår."

"Därefter hörde Fälldin i stort sett ingenting om ärendet under
sina två mandatperioder. Däremot gjorde han något utomordentligt
klokt. Han insisterade på att en statssekreterare skulle invigas i hem-
ligheten och fungera som *go between* mellan regeringskansliet och
de som skyddade Zalachenko."

"Jaså?"

"Statssekreteraren heter Bertil K. Janeryd och är i dag 63 år och Sveriges generalkonsul i Amsterdam."

"Åh fan."

"Då Fälldin fått klart för sig hur allvarlig den här förundersökningen är så satte han sig och skrev ett brev till Janeryd."

Sonja Modig sköt ett kuvert över bordet.

Käre Bertil,
Den hemlighet vi båda skyddade under min regeringsperiod är nu föremål för mycket allvarliga frågetecken. Den person ärendet berörde är numera avliden och kan ej längre komma till skada. Däremot kan andra människor skadas.

Det är av stor vikt att vi får svar på nödvändiga frågor.

Den person som bär detta brev arbetar inofficiellt och har mitt förtroende. Jag ber dig att lyssna till hans historia och svara på de frågor han ställer.

Använd ditt omvittnat goda omdöme.

/TF

"Det här brevet syftar alltså på Jerker Holmberg."

"Nej. Holmberg bad Fälldin att inte skriva något namn. Han sa uttryckligen att han inte visste vem som skulle åka till Amsterdam."

"Du menar ..."

"Jag och Jerker har pratat igenom saken. Vi är redan ute på så tunn is att vi behöver paddlar snarare än isdubbar. Vi har absolut inget bemyndigande att åka till Amsterdam och förhöra generalkonsuln. Däremot kan du göra det."

Mikael vek ihop brevet och började stoppa det i kavajfickan då Sonja Modig grep hans hand. Hennes grepp var hårt.

"Information för information", sa hon. "Vi vill veta vad Janeryd berättar för dig."

Mikael nickade. Sonja Modig reste sig.

"Vänta. Du sa att Fälldin fick besök av två personer från Säpo. Den ene var Säpochefen. Vem var kollegan?"

"Fälldin träffade honom vid detta enda tillfälle och kunde inte komma ihåg hans namn. Det fördes inga anteckningar vid mötet. Han minns honom som en mager man med en smal mustasch. Däremot presenterades han som chefen för Sektionen för särskild analys eller något liknande. Fälldin tittade senare på en organisationsplan över Säpo och kunde inte hitta den avdelningen."

Zalachenkoklubben, tänkte Mikael.

Sonja Modig satte sig igen. Hon tycktes väga sina ord.

"Okej", sa hon till sist. "Med risk för att jag kommer att bli arkebuserad. Det fanns en anteckning som varken Fälldin eller besökarna tänkte på."

"Vad?"

"Fälldins besöksdiarium på Rosenbad."

"Och?"

"Jerker begärde fram diariet. Det är en offentlig handling."

"Och?"

Sonja Modig tvekade än en gång.

"Diariet anger bara att statsministern träffade Säpochefen plus en kollega för att diskutera allmänna frågor."

"Fanns det något namn?"

"Ja. E. Gullberg."

Mikael kände hur blodet rusade till huvudet.

"Evert Gullberg", sa han.

Sonja Modig såg sammanbiten ut. Hon nickade. Hon reste sig och gick.

MIKAEL BLOMKVIST SATT fortfarande kvar på Café Madeleine då han öppnade sin anonyma mobiltelefon och bokade en flygbiljett till Amsterdam. Planet gick från Arlanda klockan 14.50. Han promenerade till Dressmann på Kungsgatan och köpte en ren skjorta och ett ombyte underkläder, därefter gick han till apoteket i Klara där han köpte tandborste och toalettsaker. Han såg noga till att han inte var övervakad då han sprang till Arlanda Express. Han hann till flyget med tio minuter tillgodo.

18.30 checkade han in på ett luggslitet hotell i *Red Light district* drygt tio minuters promenad från centralstationen i Amsterdam.

Han tillbringade två timmar med att lokalisera Sveriges general-konsul i Amsterdam och fick telefonkontakt vid niotiden. Han använde all sin övertalningsförmåga och underströk att han hade ett ärende av högsta vikt som han var tvungen att diskutera utan dröjsmål. Konsuln gav slutligen med sig och gick med på att träffa Mikael klockan tio på söndagsmorgonen.

Därefter gick Mikael ut och åt en lätt middag på en restaurang intill hotellet. Han somnade redan vid elvatiden på kvällen.

GENERALKONSUL BERTIL K. JANERYD var föga talför då han bjöd på kaffe i sin privata bostad.

"Jaha ... Vad är det som är så angeläget?"

"Alexander Zalachenko. Den ryske avhopparen som kom till Sverige 1976", sa Mikael och överlämnade noten från Fälldin.

Janeryd såg häpen ut. Han läste brevet och lade det försiktigt åt sidan.

Mikael ägnade den kommande halvtimmen åt att förklara vari problemet bestod och varför Fälldin hade skrivit brevet.

"Jag ... jag kan inte diskutera det ärendet", sa Janeryd till sist.

"Jo, det kan du."

"Nej, jag kan bara diskutera det inför konstitutionsutskottet."

"Sannolikheten är stor att du kommer att få göra det. Men det står i brevet att du ska använda ditt omdöme."

"Fälldin är en hederlig människa."

"Jag har inte minsta tvivel om den saken. Och jag är inte ute efter vare sig dig eller Fälldin. Du behöver inte avslöja minsta militära hemlighet som Zalachenko eventuellt avslöjade."

"Jag känner inte till någon hemlighet. Jag visste inte ens att hans namn var Zalachenko ... Jag kände bara till honom under ett täcknamn."

"Vilket?"

"Han kallades Ruben."

"Okej."

"Jag kan inte diskutera det."

"Jo, det kan du", upprepade Mikael och satte sig till rätta. "Det är nämligen så att hela den här historien kommer att bli offentlig inom kort. Och när det sker så kommer media att antingen avrätta dig eller beskriva dig som en hederlig statstjänsteman som gjorde det bästa av en usel situation. Det var du som hade Fälldins uppdrag att vara mellanhanden mellan honom och dem som skötte Zalachenko. Det vet jag redan."

Janeryd nickade.

"Berätta."

Janeryd var tyst i nästan en minut.

"Jag fick aldrig någon information. Jag var ung ... jag visste inte hur jag skulle hantera saken. Jag träffade dem ungefär två gånger per år under de år det var aktuellt. Jag fick veta att Ruben ... Zalachenko var vid liv och hälsa, att han samarbetade och att den information han lämnade var ovärderlig. Jag fick aldrig veta detaljer. Jag hade *inte behov* av att få veta."

Mikael väntade.

"Avhopparen hade opererat i andra länder och visste ingenting om Sverige och därför blev han aldrig någon stor fråga för vår säkerhetspolitik. Jag informerade statsministern vid ett par tillfällen, men det fanns ofta inget att säga."

"Okej."

"De sa alltid att han hanterades på sedvanligt sätt och att den information han gav processades via våra vanliga kanaler. Vad skulle jag säga? Om jag frågade vad det innebar så log de och sa att det låg utanför min säkerhetsnivå. Jag kände mig som en idiot."

"Du reflekterade aldrig över att något var fel med arrangemanget?"

"Nej. Det var inget fel med arrangemanget. Jag förutsatte ju att Säpo visste vad de gjorde och hade nödvändig rutin och erfarenhet. Men jag kan inte diskutera saken."

Janeryd hade vid det laget diskuterat saken i flera minuter.

"Allt detta är oväsentligt. Det enda väsentliga just nu är en enda sak."

"Vad?"

"Namnen på de personer du träffade."

Janeryd tittade frågande på Mikael.

"De personer som skötte Zalachenko har gått långt utanför alla rimliga befogenheter. De har bedrivit grov kriminell verksamhet och måste bli föremål för förundersökning. Det är därför Fälldin skickade mig till dig. Fälldin kan inte namnen. Det var du som träffade dem."

Janeryd blinkade och bet ihop läpparna.

"Du träffade Evert Gullberg ... det var han som var huvudman."

Janeryd nickade.

"Hur många gånger träffade du honom?"

"Han var med vid samtliga möten utom ett. Det var ett tiotal möten under de år Fälldin var statsminister."

"Var träffades ni?"

"I lobbyn på något hotell. Oftast Sheraton. En gång på Amaranten på Kungsholmen och några gånger på Continentals pub."

"Och vilka fler var med på mötena?"

Janeryd blinkade resignerat.

"Det är så länge sedan ... jag kommer inte ihåg."

"Försök."

"Det var en ... Clinton. Som den amerikanske presidenten."

"Förnamn?"

"Fredrik Clinton. Honom träffade jag fyra fem gånger."

"Okej ... fler?"

"Hans von Rottinger. Honom kände jag till genom min mor."

"Din mor?"

"Ja, min mor kände familjen von Rottinger. Hans von Rottinger var en trevlig människa. Innan han plötsligt dök upp på ett möte tillsammans med Gullberg hade jag ingen aning om att han arbetade för Säpo."

"Det gjorde han inte", sa Mikael.

Janeryd bleknade.

"Han arbetade för något som hette Sektionen för särskild analys", sa Mikael. "Vad fick du veta om den gruppen?"

"Ingenting ... jag menar, det var ju de som hade hand om avhopparen."

"Jo. Men visst är det lustigt att de inte finns någonstans i Säpos organisationsplan?"

"Det är ju absurt ..."

"Ja, inte sant? Hur gick det till då ni bestämde möten? Ringde de dig eller ringde du dem?"

"Nej ... tid och plats för varje möte bestämdes på föregående möte."

"Vad hände om du behövde få kontakt med dem? Till exempel för att ändra mötestid eller något sådant."

"Jag hade ett telefonnummer att ringa."

"Vilket nummer?"

"Det kommer jag ärligt talat inte ihåg."

"Vem gick numret till?"

"Det vet jag inte. Jag använde aldrig numret."

"Okej. Nästa fråga ... vem lämnade du över till?"

"Hur menar du?"

"När Fälldin avgick. Vem tog din plats?"

"Det vet jag inte."

"Skrev du någon rapport?"

"Nej, allt var ju hemligt. Jag fick inte ens föra minnesanteckningar."

"Och du briefade aldrig någon efterträdare?"

"Nej."

"Så vad hände?"

"Tja ... Fälldin avgick ju och lämnade över till Ola Ullsten. Jag fick informationen att vi skulle avvakta till efter nästa val. Då blev Fälldin omvald och våra möten återupptogs. Sedan blev det val 1982 och sossarna vann. Och jag antar att Palme utsåg någon som efterträdde mig. Själv började jag på UD och blev diplomat. Jag blev stationerad i Egypten och därefter Indien."

Mikael fortsatte att ställa frågor i ytterligare några minuter men han var övertygad om att han redan fått allt som Janeryd hade att berätta. Tre namn.

Fredrik Clinton.

Hans von Rottinger.

Och Evert Gullberg – mannen som sköt Zalachenko.

Zalachenkoklubben.

Han tackade Janeryd för informationen och tog en taxi tillbaka till centralstationen. Det var först då han satt i taxin som han öppnade kavajfickan och stängde av bandspelaren. Han landade på Arlanda halv åtta på söndagskvällen.

ERIKA BERGER BETRAKTADE tankfullt bilden på skärmen. Hon höjde blicken och granskade den halvtomma redaktionen utanför glasburen. Anders Holm var ledig. Hon såg ingen som visade intresse för henne, vare sig öppet eller i smyg. Hon hade heller ingen orsak att misstänka att någon på redaktionen ville henne illa.

Mailet hade anlänt en minut tidigare. Avsändaren var <redax@aftonbladet.com>. *Varför just Aftonbladet?* Adressen var fejkad.

Dagens meddelande innehöll ingen text. Där fanns enbart en jpg-bild som hon öppnade i Photoshop.

Bilden var pornografisk och föreställde en naken kvinna med exceptionellt stora bröst och hundkoppel runt halsen. Hon stod på alla fyra och blev påsatt bakifrån.

Kvinnans ansikte var utbytt. Det var ingen skicklig retuschering, vilket förmodligen inte var avsikten. Istället för originalansiktet hade Erika Bergers ansikte klistrats in. Bilden var hennes egen gamla by-line från *Millennium* och kunde laddas ned från nätet.

I bildens nederkant hade ett ord textats med sprejfunktionen i Photoshop.

Hora.

Det var det nionde anonyma meddelande hon fått som innehöll ordet "hora" och som tycktes ha en avsändare på ett stort känt medieföretag i Sverige. Hon hade uppenbarligen fått en *cyber stalker* på halsen.

TELEFONAVLYSSNINGEN VAR ETT besvärligare kapitel än dataövervakningen. Trinity hade inga svårigheter med att lokalisera kabeln till åklagare Ekströms hemtelefon; problemet var förstås att

Ekström sällan eller aldrig använde den för arbetsrelaterade samtal. Han brydde sig inte ens om att försöka bugga Ekströms arbetstelefon i polishuset på Kungsholmen. Det skulle ha fordrat tillgång till det svenska kabelnätet i en utsträckning som Trinity inte hade. Däremot ägnade Trinity och Bob the Dog merparten av en vecka åt att identifiera och urskilja Ekströms mobiltelefon i bakgrundsbruset från närmare 200 000 andra mobiltelefoner inom en kilometerstor radie från polishuset.

Trinity och Bob the Dog använde en teknik som kallades Random Frequency Tracking System, RFTS. Tekniken var inte okänd. Den hade utvecklats av amerikanska National Security Agency, NSA, och fanns inbyggd i ett okänt antal satelliter som punktbevakade särskilt intressanta krishärdar och huvudstäder runt om i världen.

NSA förfogade över enorma resurser och använde en stor håv för att fånga upp ett stort antal mobilsamtal i en viss region samtidigt. Varje enskilt samtal separerades och processades digitalt genom datorer som var programmerade att reagera på vissa ord, till exempel terrorist eller kalasjnikov. Om ett sådant ord tycktes förekomma skickade datorn automatiskt ut ett larm, vilket innebar att någon operatör gick in manuellt och avlyssnade samtalet för att bedöma om det var av intresse eller inte.

Ett svårare problem var att identifiera en specifik mobiltelefon. Varje mobiltelefon har en egen unik signatur – ett fingeravtryck – i form av telefonnumret. Med exceptionellt känslig apparatur kunde NSA fokusera på ett specifikt område och urskilja och avlyssna mobilsamtal. Tekniken var enkel men inte hundraprocentigt säker. Utgående samtal var särskilt svåra att identifiera, medan däremot ett inkommande samtal enklare gick att identifiera eftersom det inleddes med just det fingeravtryck som skulle förmå den aktuella telefonen att snappa upp signalen.

Skillnaden mellan Trinitys och NSA:s ambitioner i avlyssnande var ekonomisk. NSA hade en årsbudget på flera miljarder amerikanska dollar, närmare 12 000 heltidsanställda agenter och tillgång till den absoluta spetsteknologin inom data och telefoni. Trinity hade sin skåpbil med motsvarande ungefär trettio kilo elektronisk utrustning varav en stor del bestod av hembyggen som Bob the Dog satt ihop. NSA kunde genom den globala satellitövervakningen fokusera extremt känsliga antenner mot en specifik byggnad var som helst i hela världen. Trinity hade en antenn som Bob the Dog konstruerat och som hade en effektiv räckvidd på cirka 500 meter.

Den teknik som Trinity förfogade över innebar att han måste parkera skåpbilen på Bergsgatan eller någon av de närliggande gatorna och mödosamt kalibrera utrustningen till dess att han identifierat det fingeravtryck som utgjorde åklagare Richard Ekströms mobilnummer. Eftersom han inte kunde svenska måste han dirigera samtalen via en annan mobil hem till Plague som stod för själva lyssnandet.

Under fem dygn hade en allt mer hålögd Plague lyssnat sig fördärvad på ett mycket stort antal samtal till och från polishuset och omgivande byggnader. Han hade hört brottstycken ur pågående utredningar, avslöjat planerade kärleksmöten och bandat ett stort antal samtal som innehöll ointressant nonsens. Sent på kvällen den femte dagen skickade Trinity en signal som en digitaldisplay omedelbart identifierade som åklagare Ekströms mobilnummer. Plague låste parabolantennen på den exakta frekvensen.

Tekniken med RFTS fungerade huvudsakligen på ingående samtal till Ekström. Trinitys parabol snappade helt enkelt upp den sökning av Ekströms mobilnummer som skickades i etern i hela Sverige.

I och med att Trinity kunde börja banda samtal från Ekström fick han även röstavtryck av Ekström som Plague kunde bearbeta.

Plague körde Ekströms digitaliserade röst genom ett program som hette VPRS och skulle uttolkas Voiceprint Recognition System. Han specificerade ett dussintal vanligt förekommande ord, till exempel "okej" eller "Salander". Då han hade fem separata exempel på ett ord kartlades det med avseende på den tid det tog att uttala, vilket röstdjup och frekvensomfång det hade, hur ändelsen betonades och ett dussin andra markörer. Resultatet blev en grafisk kurva. Därmed hade Plague möjlighet att även avlyssna utgående samtal från åklagare Ekström. Hans parabol lyssnade ständigt efter ett samtal där just Ekströms grafiska kurva för något av ett dussintal vanligt förekommande ord återkom. Tekniken var inte perfekt. Men uppskattningsvis femtio procent av alla samtal som Ekström ringde på sin mobil från någon plats i polishusets närmaste omgivning avlyssnades och bandades.

Dessvärre hade tekniken en uppenbar nackdel. Så fort åklagare Ekström lämnade polishuset upphörde möjligheten att avlyssna mobilen, för så vitt inte Trinity visste var han befann sig och kunde parkera i mobilens omedelbara närhet.

MED ORDER FRÅN högsta ort hade Torsten Edklinth äntligen kunnat upprätta en liten men legitim operativ avdelning. Han handplockade fyra medarbetare och valde medvetet yngre talanger med bakgrund i den öppna polisen som relativt nyligen rekryterats till RPS/Säk. Två hade bakgrund hos bedrägeriroteln, en hos finanspolisen och en kom från våldsroteln. De kallades in till Edklinths tjänsterum och fick en föredragning om uppdragets art och behovet av absolut sekretess. Han underströk att utredningen skedde på direkt begäran av statsministern. Monica Figuerola blev deras chef och styrde utredningen med en kraft som motsvarade hennes yttre.

Men utredningen gick långsamt, vilket till största delen berodde på att ingen var riktigt säker på vem eller vilka som skulle utredas. Vid mer än ett tillfälle övervägde Edklinth och Figuerola att helt sonika gripa Mårtensson och börja ställa frågor. Men vid varje sådant tillfälle beslutade de att avvakta. Ett gripande skulle innebära att hela utredningen blev vidöppen.

Först på tisdagen, elva dagar efter mötet med statsministern, knackade Monica Figuerola på dörren till Edklinths tjänsterum.

"Jag tror att vi har något."

"Sätt dig."

"Evert Gullberg."

"Ja?"

"En av våra spanare hade ett prat med Marcus Erlander som sköter utredningen om mordet på Zalachenko. Enligt Erlander tog RPS/Säk kontakt med Göteborgspolisen redan två timmar efter mordet och överlämnade information om Gullbergs hotbrev."

"Det var snabbt marscherat."

"Ja. Lite för snabbt. RPS/Säk faxade över nio brev till Göteborgspolisen, som Gullberg uppges ha författat. Det är bara ett problem med den saken."

"Vad?"

"Två av breven var ställda till justitiedepartementet – till justitieministern och demokratiministern."

"Jaha. Det vet jag redan."

"Jo, men brevet till demokratiministern diariefördes inte förrän nästkommande dag på departementet. Det anlände med en senare post."

Edklinth stirrade på Monica Figuerola. För första gången kände han verklig rädsla att alla hans misstankar skulle visa sig befogade. Monica Figuerola fortsatte obönhörligt.

"Med andra ord skickade RPS/Säk en faxkopia på ett hotbrev som ännu inte hade kommit fram till adressaten."

"Herregud", sa Edklinth.

"Det var en medarbetare på personskyddet som faxade breven."

"Vem?"

"Jag tror inte att han har något med saken att göra. Han fick breven på sitt skrivbord på morgonen och fick kort efter mordet i uppdrag att kontakta Göteborgspolisen."

"Vem gav honom det uppdraget?"

"Kanslichefens sekreterare."

"Herregud, Monica ... Förstår du vad det innebär?"

"Jo."

"Det betyder att RPS/Säk var inblandade i mordet på Zalachenko."

"Nej. Men det betyder definitivt att personer *inom* RPS/Säk hade kännedom om mordet innan det begicks. Frågan är bara vilka?"

"Kanslichefen ..."

"Ja. Men jag börjar misstänka att den här Zalachenkoklubben finns utanför huset."

"Hur menar du?"

"Mårtensson. Han flyttades från personskyddet och arbetar på egen hand. Vi har haft honom under övervakning på heltid den gångna veckan. Han har inte haft kontakt med någon inne i huset vad vi vet. Han får samtal på en mobiltelefon som vi inte kan avlyssna. Vi vet inte vilket nummer det är, men det är inte hans egen mobil. Han har träffat den där blonde mannen som vi inte kunnat identifiera än."

Edklinth lade pannan i djupa veck. I samma ögonblick knackade Anders Berglund på dörren. Han var den medarbetare som rekryterats till den nystartade operativa avdelningen och som tidigare arbetat inom Finanspolisen.

"Jag tror att jag har hittat Evert Gullberg", sa Berglund.

"Kom in", sa Edklinth.

Berglund lade ett kantstött svartvitt fotografi på skrivbordet. Edklinth och Figuerola betraktade bilden. Den föreställde en man som bägge omedelbart kände igen. Han fördes genom en dörröppning av två bastanta civilklädda poliser. Den legendariske spionöversten Stig Wennerström.

"Den här bilden kommer från Åhlén & Åkerlunds förlag och publicerades i tidningen *Se* på våren 1964. Den togs i samband med rättegången då Wennerström dömdes till livstids fängelse."

"Jaha."

"I bakgrunden ser du tre personer. Till höger kriminalkommissarie Otto Danielsson, som alltså var den som grep Wennerström."

"Ja ..."

"Titta på mannen som står snett till vänster bakom Danielsson."

Edklinth och Figuerola såg en lång man med en smal mustasch och hatt. Han påminde vagt om författaren Dashiell Hammett.

"Jämför ansiktet med den här passbilden på Gullberg. Han var 66 år då passbilden togs."

Edklinth rynkade ögonbrynen.

"Jag skulle nog inte kunna svära på att det är samma person ..."

"Men det kan jag", sa Berglund. "Vänd på bilden."

Baksidan hade en stämpel som förklarade att bilden tillhörde Åhlén & Åkerlunds förlag och att fotografens namn var Julius Estholm. Texten var skriven i blyerts. *Stig Wennerström flankerad av två poliser på väg in i Stockholms tingsrätt. I bakgrunden O. Danielsson, E. Gullberg och H.W. Francke.*

"Evert Gullberg", sa Monica Figuerola. "Han var RPS/Säk."

"Nä", sa Berglund. "Rent tekniskt sett var han inte det. Åtminstone inte då den här bilden togs."

"Jaså?"

"RPS/Säk grundades först fyra månader senare. På den här bilden tillhörde han fortfarande Hemliga statspolisen."

"Vem är H.W. Francke?" undrade Monica Figuerola.

"Hans Wilhelm Francke", sa Edklinth. "Han dog i början av 1990-talet men var biträdande chef för Hemliga statspolisen i slutet av 1950-talet och början av 1960-talet. Han var lite av en legend, precis som Otto Danielsson. Jag har faktiskt träffat honom ett par gånger."

"Jaså", sa Monica Figuerola.

"Han lämnade RPS/Säk i slutet av 1960-talet. Francke och P.G. Vinge kom aldrig överens och han fick väl närmast sparken då han var ungefär 50–55 år. Han öppnade eget."

"Öppnade eget?"

"Jo, han blev rådgivare i säkerhetsfrågor för den privata industrin. Han hade ett kontor vid Stureplan, men han höll också föreläsningar då och då vid internutbildningen på RPS/Säk. Det var så jag träffade honom."

"Jag förstår. Vad grälade Vinge och Francke om?"

"De drog inte jämt. Francke var lite av en cowboy som såg KGB-agenter överallt och Vinge var en byråkrat av den gamla skolan. Sedan fick ju Vinge sparken kort därefter, lite ironiskt, för att han trodde att Palme jobbade för KGB."

"Hmm", sa Monica Figuerola och betraktade bilden där Gullberg och Francke stod sida vid sida.

"Jag tror att det är dags att vi tar ett nytt samtal med justitie", sa Edklinth till henne.

"*Millennium* utkom i dag", sa Monica Figuerola.

Edklinth gav henne ett skarpt ögonkast.

"Inte ett ord om Zalachenkoaffären", sa hon.

"Det betyder att vi troligen har en månad på oss till nästa nummer. Skönt att veta. Men vi måste ta itu med Blomkvist. Han är som en osäkrad handgranat mitt i den här röran."

KAPITEL 17
ONSDAG 1 JUNI

MIKAEL BLOMKVIST FICK ingen förvarning om att någon befann sig i trapphuset då han svängde runt den sista kröken i trappan utanför sin vindsvåning på Bellmansgatan 1. Klockan var sju på kvällen. Han tvärstannade då han såg en blond kvinna med kort lockigt hår sitta på det översta trappsteget. Han identifierade henne omedelbart som Monica Figuerola, RPS/Säk, från den passbild Lottie Karim hade plockat fram.

"Hej Blomkvist", hälsade hon glatt och slog ihop en bok som hon hade suttit och läst. Mikael sneglade på boken och konstaterade att den var på engelska och handlade om antikens gudsuppfattning. Han höjde blicken och granskade sitt oväntade besök. Hon reste sig. Hon var klädd i en vit kortärmad sommarklänning och hade lagt en tegelröd skinnjacka över kanten av trappräcket.

"Vi skulle behöva prata med dig", sa hon.

Mikael Blomkvist betraktade henne. Hon var lång, längre än han, och intrycket förstärktes av att hon stod två trappsteg ovanför honom. Han betraktade hennes armar och sänkte blicken till hennes ben och insåg att hon hade betydligt mer muskler än han.

"Du tillbringar ett par timmar i veckan på gymmet", sa han.

Hon log och plockade fram sin legitimation.

"Jag heter ..."

"Du heter Monica Figuerola och är född 1969 och bosatt på Pontonjärgatan på Kungsholmen. Du är ursprungligen från Borlänge men har jobbat som polis i Uppsala. Sedan tre år jobbar du på RPS/ Säk, författningsskyddet. Du är träningsfanatiker och var en gång i tiden elitidrottare och kom så när med i svenska OS-laget. Vad vill du mig?"

Hon blev överraskad, men nickade och återhämtade sig snabbt.

"Så bra", sa hon med lätt röst. "Då vet du vem jag är och att du inte behöver vara rädd för mig."

"Inte?"

"Det är några som måste ha ett samtal med dig i lugn och ro. Eftersom din lägenhet och din mobil tycks vara avlyssnade och det finns orsak att vara diskret så har jag blivit skickad för att bjuda in dig."

"Och varför skulle jag åka någonstans med en människa som jobbar på Säpo?"

Hon funderade en stund.

"Tja ... du kan följa med på en vänlig personlig inbjudan eller om det känns bättre för dig så kan jag boja dig och ta med dig."

Hon log sött. Mikael Blomkvist log tillbaka.

"Du, Blomkvist ... jag begriper att du inte har särskilt många skäl att lita på någon som kommer från RPS/Säk. Men nu är det så här att alla som jobbar där inte är dina fiender och det finns väldigt goda skäl att du tar ett samtal med mina uppdragsgivare."

Han avvaktade.

"Så hur vill du ha det? Bojad eller frivilligt?"

"Jag har redan blivit bojad av polisen en gång i år. Det fyller min kvot. Vart ska vi?"

Hon körde en ny Saab 9-5 och hade parkerat runt hörnet nere på Pryssgränd. Då de klev in i bilen öppnade hon sin mobiltelefon och slog ett nummer på snabbvalet.

"Vi kommer om femton minuter", sa hon.

Hon sa åt Mikael Blomkvist att spänna fast säkerhetsbältet och tog vägen över Slussen ned till Östermalm och parkerade på en tvärgata till Artillerigatan. Hon satt stilla en sekund och betraktade honom.

"Blomkvist ... det här är ett vänligt upplockande. Du riskerar ingenting."

Mikael Blomkvist sa ingenting. Han väntade med omdömen till dess att han visste vad det handlade om. Hon slog portkoden. De tog hissen till fjärde våningen till en lägenhet med namnet Martinsson.

"Vi har bara lånat lägenheten för kvällens möte", sa hon och öppnade dörren. "Till höger, vardagsrummet."

Den förste Mikael såg var Torsten Edklinth, vilket inte var någon överraskning eftersom Säpo i allra högsta grad var inblandat i händelseförloppet och Edklinth var Monica Figuerolas chef. Att chefen för författningsskyddet hade besvärat sig med att hämta in honom antydde att någon var orolig.

Därefter såg han vid ett fönster en figur som vände sig mot honom. Justitieministern. Vilket var överraskande.

Sedan hörde han ett ljud från höger och såg en oerhört välbekant person resa sig ur en fåtölj. Han hade inte räknat med att Monica Figuerola skulle hämta honom till ett konspirativt kvällsmöte med statsministern.

"God kväll, herr Blomkvist", hälsade statsministern. "Förlåt att vi bad dig komma till det här mötet med så kort varsel, men vi har diskuterat situationen och är överens om att vi måste ha ett samtal med dig. Kan jag få bjuda på lite kaffe eller något att dricka?"

Mikael såg sig omkring. Han såg en matsalsmöbel i mörkt trä som var belamrad med glas, tomma kaffekoppar och resterna av en smörgåstårta. De måste ha suttit där några timmar redan.

"Ramlösa", sa han.

Monica Figuerola serverade. De slog sig ned i en soffgrupp medan hon höll sig i bakgrunden.

"Han kände igen mig och visste vad jag heter, var jag bor, var jag arbetar och att jag är träningsnarkoman", sa Monica Figuerola.

Statsministern tittade snabbt på Torsten Edklinth och därefter på Mikael Blomkvist. Mikael insåg plötsligt att han talade ur en styrkeposition. Statsministern behövde något av honom och hade förmodligen ingen aning om hur mycket Mikael Blomkvist visste eller inte visste.

"Jag försöker hålla rätt på aktörerna i den här soppan", sa Mikael med lätt röst.

Ska fan till att bluffa statsministern.

"Och hur kände du till Monica Figuerolas namn?" undrade Edklinth.

Mikael sneglade på chefen för författningsskyddet. Han hade ingen aning om vad som hade föranlett statsministern att boka ett hemligt möte med honom i en lånad lägenhet på Östermalm, men han kände sig inspirerad. Det kunde i praktiken inte ha gått till på så värst många sätt. Det var Dragan Armanskij som hade satt bollen i rullning genom att lämna informationen till en person som han hade förtroende för. Vilken måste ha varit Edklinth eller någon närstående. Mikael chansade.

"En gemensam bekant pratade med dig", sa han till Edklinth. "Du satte Figuerola på att utreda vad som var på gång och hon upptäckte att några Säpoaktivister bedriver olaga avlyssning och bryter sig in i min lägenhet och sådant. Det betyder att du har bekräftat Zalachenkoklubbens existens. Det gjorde dig så orolig att du kände ett behov att föra saken vidare, men du satt ett tag på tjänsterummet och visste inte riktigt åt vilket håll du skulle vända dig. Så du vände dig till justitieministern som vände sig till statsministern. Och nu sitter vi här. Vad vill ni?"

Mikael talade med en ton som antydde att han hade en centralt placerad källa och att han hade följt varje steg Edklinth tagit. Han såg att bluffen gick hem då Edklinths ögon vidgades. Han fortsatte.

"Zalachenkoklubben spionerar på mig, jag spionerar på dem och du spionerar på Zalachenkoklubben, och statsministern är vid det här laget både förbannad och orolig. Han vet att i slutet av det här samtalet väntar en skandal som regeringen kanske inte överlever."

Monica Figuerola log plötsligt, men dolde leendet genom att höja ett glas med Ramlösa. Hon förstod att Blomkvist bluffade, och hon visste hur han hade kunnat överraska henne med att känna till hennes namn och skonummer.

Han såg mig i bilen på Bellmansgatan. Han är väldigt vaksam. Han tog bilnumret och identifierade mig. Men resten är gissningar.

Hon sa ingenting.

Statsministern såg bekymrad ut.

"Är det vad som väntar?" undrade han. "En skandal som kommer att fälla regeringen?"

"Regeringen är inte mitt problem", sa Mikael. "Min arbetsbeskrivning består i att avslöja skit som Zalachenkoklubben."

Statsministern nickade.

"Och mitt jobb består i att leda landet i enlighet med konstitutionen."

"Vilket betyder att mitt problem i allra högsta grad är regeringens problem. Dock inte tvärtom."

"Kan vi sluta tala i cirklar. Varför tror du att jag har arrangerat det här mötet?"

"För att lista ut vad jag vet och vad jag tänker göra."

"Delvis rätt. Men mer exakt är att vi har hamnat i en konstitutionell kris. Låt mig först förklara att regeringen inte har ett dugg med den här saken att göra. Vi är fullständigt tagna på sängen. Jag har aldrig hört talas om den här ... det du kallar för Zalachenkoklubben. Justitieministern har aldrig hört ett ord om saken. Torsten Edklinth som har en hög befattning på RPS/Säk och har jobbat inom Säpo i många år har aldrig hört talas om den."

"Det är fortfarande inte mitt problem."

"Jag vet. Det vi vill veta är när du tänker publicera din text och gärna exakt vad du tänker publicera. Jag ställer den frågan. Den har inget med skadeverkningskontroll att göra."

"Inte?"

"Blomkvist, det absolut sämsta jag kunde göra i det här läget vore att försöka påverka innehållet i din story. Däremot tänker jag föreslå ett samarbete."

"Förklara."

"När vi nu fått bekräftat att det existerar en konspiration inom en exceptionellt känslig del av statsförvaltningen så har jag beordrat en utredning." Statsministern vände sig till justitieministern. "Kan du förklara exakt vad regeringens order är."

"Det är mycket enkelt. Torsten Edklinth har fått i uppdrag att omedelbart utreda om det går att bekräfta det här. Hans uppgift består i att samla information som kan överlämnas till Riksåklagaren som i sin tur har i uppgift att bedöma om åtal ska väckas. Det är alltså en mycket tydlig instruktion."

Mikael nickade.

"Edklinth har under kvällen rapporterat hur utredningen framskrider. Vi har haft en lång diskussion om konstitutionella ting – vi vill förstås att det ska gå rätt till."

"Naturligtvis", sa Mikael med en ton som antydde att han inte litade ett dugg på statsministerns utfästelser.

"Utredningen befinner sig nu i ett känsligt skede. Vi har ännu inte identifierat exakt vilka som är inblandade. Vi behöver tid att göra det. Och det är därför vi skickade Monica Figuerola för att bjuda in dig till det här mötet."

"Det gjorde hon med besked. Jag hade inte så mycket att välja på."

Statsministern rynkade ögonbrynen och sneglade på Monica Figuerola.

"Glöm det", sa Mikael. "Hon uppförde sig exemplariskt. Vad vill du?"

"Vi vill veta när du tänker publicera. Just nu bedrivs den här utredningen under stor sekretess, och om du agerar innan Edklinth är klar så kan du stjälpa hela målet."

"Hmm. Och när vill du att jag ska publicera? Efter nästa val?"

"Du bestämmer själv. Det är inget som jag kan påverka. Det jag ber dig om är att du berättar när du tänker publicera så att vi vet exakt vilken deadline vi har för utredningen."

"Jag förstår. Du talade om samarbete ..."

Statsministern nickade.

"Jag vill börja med att säga att jag i alla normala fall aldrig ens skulle ha drömt om att be en journalist komma till ett sådant här möte."

"I vanliga fall skulle du förmodligen ha gjort allt för att hålla journalister borta från ett sådant här möte."

"Ja. Men jag har förstått att du drivs av flera faktorer. Som journalist har du rykte om dig att inte lägga fingrarna emellan då det gäller korruption. I det här fallet finns inga motsättningar mellan oss."

"Inte?"

"Nej. Inte det minsta. Eller rättare sagt ... de motsättningar som finns är möjligen av juridisk karaktär, men inte vad gäller målsättning. Om den här Zalachenkoklubben existerar så är den inte bara en helt kriminell sammanslutning utan också ett hot mot rikets säkerhet. De måste stoppas och de ansvariga ställas till svars. På den punkten borde du och jag vara överens?"

Mikael nickade.

"Jag har förstått att du känner till mer om den här historien än någon annan. Vi föreslår att du delar med dig av din kunskap. Om detta vore en reguljär polisutredning kring ett vanligt brott skulle förundersökningsledaren kunna besluta att kalla dig till förhör. Men det här är som du förstår en extrem situation."

Mikael satt tyst och övervägde situationen en kort stund.

"Och vad får jag i gengäld om jag samarbetar?"

"Ingenting. Jag köpslår inte med dig. Om du vill publicera i morgon bitti så gör du det. Jag tänker inte bli inblandad i någon kohandel som kan vara konstitutionellt tveksam. Jag ber dig att samarbeta för nationens bästa."

"Ingenting kan vara rätt mycket", sa Mikael Blomkvist. "Låt mig förklara en sak ... jag är skitförbannad. Jag är så förbannad på staten och regeringen och Säpo och dessa jävla skitstövlar som helt utan grund spärrat in en 12-årig flicka på mentalsjukhus och sedan sett till att omyndigförklara henne."

"Lisbeth Salander har blivit ett regeringsärende", sa statsministern och log faktiskt. "Mikael, jag är personligen mycket upprörd över vad som har hänt henne. Och tro mig då jag säger att de ansvariga kommer att ställas till svars. Men innan vi kan göra det så måste vi veta vilka som är ansvariga."

"Du har dina problem. Mitt problem är att jag vill ha Lisbeth Salander frikänd och myndigförklarad."

"Det kan jag inte hjälpa dig med. Jag står inte över lagen och kan

inte dirigera vad åklagare och domstolar beslutar. Hon måste bli fri-
känd i en domstol."

"Okej", sa Mikael Blomkvist. "Du vill ha ett samarbete. Ge mig
insyn i Edklinths utredning så ska jag berätta när och vad jag tän-
ker publicera."

"Jag kan inte ge dig den insynen. Det vore att placera mig själv
i samma förhållande till dig som justitieministerns företrädare en
gång stod till en viss Ebbe Carlsson."

"Jag är inte Ebbe Carlsson", sa Mikael lugnt.

"Jag har förstått det. Däremot kan förstås Torsten Edklinth själv
avgöra vad han kan dela med sig av inom ramen för sitt uppdrag."

"Hmm", sa Mikael Blomkvist. "Jag vill veta vem Evert Gullberg
var."

En tystnad uppstod i soffgruppen.

"Evert Gullberg var förmodligen mångårig chef för den avdelning
inom RPS/Säk som du kallar för Zalachenkoklubben", sa Edklinth.

Statsministern tittade skarpt på Edklinth.

"Jag tror att han redan vet detta", sa Edklinth ursäktande.

"Det stämmer", sa Mikael. "Han började på Säpo på 1950-talet
och blev chef för något som kallas för Sektionen för särskild ana-
lys på 1960-talet. Det var han som hade hand om hela Zalachenko-
affären."

Statsministern skakade på huvudet.

"Du vet mer än du borde veta. Jag skulle bra gärna vilja veta hur
du har listat ut det. Men jag tänker inte fråga."

"Jag har hål i min story", sa Mikael. "Jag vill täppa igen de hålen.
Ge mig information så ska jag inte sätta krokben för er."

"Som statsminister kan jag inte lämna ut den informationen. Och
Torsten Edklinth balanserar på en mycket slak lina om han gör
det."

"Snacka inte skit. Jag vet vad ni vill ha. Du vet vad jag vill ha. Om
ni ger mig information så kommer jag att behandla er som källor,
med all den anonymitet som det innebär. Missförstå mig inte, jag
kommer att berätta sanningen som jag uppfattar den i mitt repor-
tage. Om du är inblandad så kommer jag att hänga ut dig och se till

att du aldrig någonsin blir återvald. Men i nuläget har jag inte orsak att tro att så är fallet."

Statsministern sneglade på Edklinth. Efter en kort stund nickade han. Mikael tog det som ett tecken på att statsministern just hade begått ett lagbrott – om än av det mer akademiska slaget – och gett sitt tysta medgivande till att Mikael skulle få ta del av sekretesskyddad information.

"Det här kan lösas ganska enkelt", sa Edklinth. "Jag är enmansutredare och bestämmer själv vilka medarbetare jag rekryterar till utredningen. Du kan inte vara anställd av utredningen eftersom det skulle innebära att du tvingades underteckna en tystnadsförsäkran. Men jag kan anlita dig som extern konsult."

ERIKA BERGERS LIV hade fyllts av oändliga möten och arbete dygnet runt då hon fått kliva i avlidne chefredaktör Håkan Moranders skor. Hon kände sig ständigt oförberedd, otillräcklig och oinsatt.

Det var först på onsdagskvällen, nästan två veckor efter att Mikael Blomkvist gett henne Henry Cortez researchmapp om styrelseordförande Magnus Borgsjö, som Erika hade tid att ta sig an problemet. När hon slog upp mappen insåg hon att hennes senfärdighet även berodde på att hon faktiskt inte ville ta itu med ärendet. Hon visste redan att hur hon än skulle hantera det så skulle det sluta med katastrof.

Hon kom hem till villan i Saltsjöbaden ovanligt tidigt vid sjutiden på kvällen, stängde av larmet i hallen och konstaterade förvånat att hennes make Greger Backman inte var hemma. Det tog henne en stund att komma ihåg att hon hade pussat honom extra ordentligt på morgonen därför att han skulle åka till Paris för att hålla några föreläsningar och att han inte skulle vara tillbaka förrän till helgen. Hon insåg att hon inte hade en aning om vem han skulle föreläsa för, vad föreläsningen skulle handla om eller när den hade blivit aktuell.

Alltså, förlåt, men jag har förlagt min make. Hon kände sig som en figur i en bok av doktor Richard Schwartz och undrade om hon behövde hjälp av en psykoterapeut.

Hon gick upp till övervåningen, tappade upp badvatten och klädde av sig. Hon tog researchmappen med sig till badkaret och tillbringade den nästkommande halvtimmen med att läsa igenom hela storyn. Då hon var färdig kunde hon inte låta bli att le. Henry Cortez skulle bli en formidabel murvel. Han var 26 år och hade arbetat på *Millennium* i fyra år, sedan han kom ut från journalistutbildningen. Hon kände en viss stolthet. Hela storyn om toalettstolarna och Borgsjö hade *Millenniums* signum från början till slut och varje rad var dokumenterad.

Men hon kände sig också dyster till mods. Magnus Borgsjö var en bra människa som hon faktiskt tyckte om. Han var lågmäld, lyhörd, hade charm och kändes prestigelös. Dessutom var han hennes chef och arbetsgivare. *Jävla Borgsjö. Hur fan kunde du vara så jävla dum.*

Hon funderade en stund på om det kunde finnas alternativa kopplingar eller förmildrande omständigheter och visste redan att det inte skulle gå att bortförklara.

Hon placerade researchmappen på fönsterbrädan och sträckte ut sig i badkaret och funderade.

Att *Millennium* skulle publicera storyn var ofrånkomligt. Hade hon själv fortfarande varit chefredaktör för tidningen skulle hon inte ha tvekat en sekund, och det faktum att *Millennium* hade läckt storyn till henne i förväg var bara en personlig gest som markerade att *Millennium* i görligaste mån ville mildra skadeverkningarna för henne personligen. Om situationen varit den omvända – om SMP hade hittat motsvarande skit om *Millenniums* styrelseordförande (vilket för all del råkade vara Erika Berger) så skulle hon inte heller ha tvekat om huruvida det skulle publiceras eller inte.

Publiceringen skulle skada Magnus Borgsjö allvarligt. Det allvarliga var egentligen inte att hans företag Vitavara AB beställt toalettstolar från ett företag i Vietnam som fanns på FN:s svarta lista över företag som exploaterar barnarbetare – och i det här fallet dessutom slavarbetskraft i form av straffångar. Och säkerligen skulle några av dessa straffångar kunna definieras som politiska fångar. Det allvarliga var att Magnus Borgsjö kände till dessa förhållanden och ändå valt att fortsätta att beställa toalettstolar från Fong Soo Industries. Det var en girighet som i kölvattnet av andra gangsterkapitalister, som Skandias avgångne vd, inte gick hem hos svenska folket.

Magnus Borgsjö skulle givetvis hävda att han inte känt till förhållandena på Fong Soo, men Henry Cortez hade god dokumentation i det avseendet och i det ögonblick Borgsjö försökte dra den valsen skulle han dessutom avslöjas som lögnare. I juni 1997 hade nämligen Magnus Borgsjö rest till Vietnam för att underteckna de första kontrakten. Han hade vid det tillfället tillbringat tio dagar i Vietnam och bland annat besökt företagets fabriker. Om han försökte påstå att han aldrig begrep att flera av de arbetare som fanns på fabriken bara var 12–13 år så skulle han framstå som en idiot.

Frågan om Borgsjös eventuella brist på kunskap avgjordes därefter helt i och med att Henry Cortez kunde bevisa att FN:s kommission mot barnarbete 1999 hade infogat Fong Soo Industries på listan över företag som utnyttjar barnarbetskraft. Detta hade därefter blivit föremål för tidningsartiklar samt att två av varandra oberoende ideella organisationer mot barnarbete, däribland den internationellt prestigefulla International Joint Effort Against Child Labour i London, hade skrivit en rad brev till företag som lade beställningar hos Fong Soo. Inte mindre än sju brev hade skickats till Vitavara AB. Två av dessa brev var adresserade till Magnus Borgsjö personligen. Organisationen i London hade med glädje lämnat dokumentationen till Henry Cortez och samtidigt påpekat att Vitavara AB inte vid något tillfälle hade svarat på breven.

Däremot hade Magnus Borgsjö rest till Vietnam ytterligare två gånger, 2001 och 2004, för att förnya kontrakten. Detta utgjorde dödsstöten. Alla möjligheter för Borgsjö att hänvisa till okunnighet upphörde därmed.

Den medieuppmärksamhet som skulle följa kunde bara leda till en sak. Om Borgsjö var klok gjorde han avbön och avgick från sina styrelseposter. Om han satte sig till motvärn skulle han förintas i processen.

Huruvida Borgsjö var eller inte var styrelseordförande i Vitavara AB brydde sig inte Erika Berger om. Det allvarliga för hennes vidkommande var att han även var ordförande för SMP. Publiceringen innebar att han skulle tvingas avgå. I en tid då tidningen balanserade på avgrunden och ett förnyelsearbete inletts, hade inte SMP råd att hålla sig med en ordförande med tvivelaktig vandel. Tidningen skulle lida skada. Följaktligen måste han bort från SMP.

För Erika Bergers vidkommande uppstod därmed två alternativa handlingslinjer.

Antingen kunde hon gå till Borgsjö, lägga korten på bordet och visa dokumentationen och därigenom förmå honom att själv dra slutsatsen att han måste avgå innan storyn publicerades.

Eller, om han trilskades, skulle hon blixtsammankalla styrelsen och informera om läget och tvinga styrelsen att ge honom sparken. Och om styrelsen inte gick på den linjen så skulle hon själv med omedelbar verkan tvingas avgå som chefredaktör för SMP.

När Erika Berger hade funderat så långt var badvattnet kallt. Hon duschade och torkade sig och gick till sovrummet och satte på sig en morgonrock. Därefter lyfte hon mobilen och ringde Mikael Blomkvist. Hon fick inget svar. Istället gick hon ned till bottenvåningen för att sätta på kaffet och för första gången sedan hon börjat på SMP undersöka om det eventuellt gick någon film på TV som hon kunde koppla av framför.

När hon passerade öppningen till vardagsrummet kände hon en skarp smärta i foten och tittade ned och upptäckte att hon blödde kraftigt. Hon tog ytterligare ett steg och smärtan skar genom hela foten. Hon hoppade på ett ben till en antik stol och satte sig. Hon lyfte foten och upptäckte till sin förfäran att en glasskärva hade trängt in i hennes trampdyna under hälen. Först blev hon matt. Sedan stålsatte hon sig och fattade tag i glasbiten och drog ut den. Det gjorde helvetiskt ont och blod formligen vällde ut ur såret.

Hon slet upp en byrålåda i hallen där hon hade scarfar och handskar och mössor. Hon hittade en scarf som hon snabbt lindade runt foten och knöt åt hårt. Den räckte inte och hon förstärkte med ytterligare ett improviserat förband. Blodflödet minskade något.

Hon tittade häpet på den blodiga glasbiten. *Hur har den hamnat där?* Sedan upptäckte hon flera glasbitar på hallgolvet. *Vad i helve-*

te ... Hon reste sig och kastade en blick in i vardagsrummet och såg att det stora perspektivfönstret med utsikt mot Saltsjön var krossat och att hela golvet var fyllt av glassplitter.

Hon backade till ytterdörren och satte på sig promenadskorna hon hade sparkat av sig då hon kom hem. Det vill säga, hon satte på sig den ena skon och satte ned den skadade fotens tår i den andra och hoppade mer eller mindre enbent in i vardagsrummet och betraktade förödelsen.

Sedan upptäckte hon tegelstenen mitt på vardagsrumsbordet.

Hon linkade fram till altandörren och gick ut på bakgården.

Någon hade sprejat ett ord på fasaden i meterhöga bokstäver.

HORA

KLOCKAN VAR STRAX efter nio på kvällen då Monica Figuerola höll upp bildörren för Mikael Blomkvist. Hon gick runt bilen och satte sig i förarsätet.

"Ska jag skjutsa hem dig eller vill du bli avsläppt någon annanstans?"

Mikael Blomkvist tittade tomt framför sig.

"Ärligt talat ... jag vet inte riktigt var jag befinner mig. Jag har aldrig pressat en statsminister förr."

Monica Figuerola skrattade till.

"Du skötte dina kort rätt bra", sa hon. "Jag hade ingen aning om att du hade en sådan talang för bluffpoker."

"Jag menade vartenda ord."

"Jo, men det jag syftade på var att du låtsades veta en hel del mer än du i själva verket vet. Det begrep jag när jag insåg hur du hade identifierat mig."

Mikael vred huvudet och tittade på hennes profil.

"Du tog mitt bilnummer då jag satt i backen utanför din bostad."

Han nickade.

"Du fick det att framstå som om du visste vad som diskuterats på statsministerns kansli."

"Varför sa du ingenting?"

Hon gav honom ett snabbt ögonkast och svängde ut på Grev Ture-gatan.

"Spelets regler. Jag borde inte ha placerat mig där. Men det fanns inget annat ställe där jag kunde parkera. Du håller järnkoll på omgivningen, eller hur?"

"Du satt med en karta i framsätet och pratade i telefon. Jag tog bilnumret och kollade rutinmässigt. Jag kollar alla bilar som jag reagerar på. Det är oftast nitlotter. I ditt fall upptäckte jag att du jobbade på Säpo."

"Jag höll koll på Mårtensson. Sedan upptäckte jag att du hade koll på honom genom Susanne Linder på Milton Security."

"Armanskij har satt henne på att dokumentera vad som händer kring min lägenhet."

"Och eftersom hon försvann in i din port så antar jag att Armanskij har placerat någon form av dold övervakning i din lägenhet."

"Det stämmer. Vi har en utmärkt video på hur de bryter sig in och går igenom mina papper. Mårtensson hade en portabel fotokopieringsapparat med sig. Har ni identifierat Mårtenssons kumpan?"

"Han är oviktig. Låssmed med ett kriminellt förflutet som förmodligen får betalt för att öppna din dörr."

"Namn?"

"Källskydd?"

"Självklart."

"Lars Faulsson. 47 år. Kallas Falun. Dömd för en kassaskåpskupp på 1980-talet och lite annat smått och gott. Har en butik vid Norrtull."

"Tack."

"Men låt oss spara hemligheterna till mötet i morgon."

Mötet hade avslutats i en överenskommelse som innebar att Mikael Blomkvist skulle besöka författningsskyddet nästkommande dag för att inleda ett informationsutbyte. Mikael funderade. De passerade just Sergels torg.

"Vet du vad? Jag är dödligt hungrig. Jag åt sen lunch vid tvåtiden i eftermiddags och hade tänkt fixa pasta då jag kom hem och blev upplockad av dig. Har du ätit?"

"Ett tag sedan."

"Kör oss till någon krog där man kan få anständig mat."

"All mat är anständig."

Han sneglade på henne.

"Jag trodde att du var en sådan där hälsokostfanatiker."

"Nej, jag är träningsfanatiker. Om man tränar så kan man äta vad man vill. Inom rimliga gränser, vill säga."

Hon bromsade in på Klarabergsviadukten och övervägde alternativen. Istället för att svänga ned mot Södermalm fortsatte hon rakt fram till Kungsholmen.

"Jag vet inte hur krogarna är på Söder, men jag känner till en utmärkt bosnisk krog vid Fridhemsplan. Deras burek är fantastisk."

"Låter bra", sa Mikael Blomkvist.

LISBETH SALANDER KLICKADE fram bokstav för bokstav i sin redogörelse. Hon hade arbetat i genomsnitt fem timmar varje dygn. Hon formulerade sig exakt. Hon var mycket noga med att mörka alla detaljer som kunde användas mot henne.

Det faktum att hon var inlåst hade blivit en välsignelse. Hon kunde arbeta närhelst hon var ensam i rummet och hon fick alltid en förvarning om att städa bort handdatorn då hon hörde skrammel från nyckelknippan eller en nyckel som sattes i låset.

[Då jag var på väg att låsa Bjurmans stuga utanför Stallarholmen anlände Carl-Magnus Lundin och Sonny Nieminen på motorcyklar. Eftersom de förgäves hade sökt mig en tid på uppdrag av Zalachenko/Niedermann var de förvånade att se mig på platsen. Magge Lundin klev av motorcykeln och förklarade att "jag tror att flatan behöver lite kuk". Både han och Nieminen uppträdde så hotfullt att jag var tvungen att tillämpa nödvärnsrätten. Jag lämnade platsen på Lundins motorcykel som jag sedan övergav vid mässan i Älvsjö.]

Hon läste igenom stycket och nickade godkänt. Det fanns ingen orsak att dessutom berätta att Magge Lundin hade kallat henne hora och att hon i och med detta hade böjt sig ned och plockat upp Sonny Nieminens P-83 Wanad och bestraffat Lundin genom att skjuta honom i foten. Det kunde polisen förmodligen räkna ut, men det var deras sak att bevisa att så var fallet. Hon ämnade inte underlätta deras arbete genom att erkänna något som skulle föranleda fängelsestraff för grov misshandel.

Texten hade vuxit till motsvarande trettiotre sidor och hon närmade sig slutet. Hon var i vissa partier synnerligen sparsam med detaljer och ägnade stor omsorg om att inte vid något tillfälle försöka presentera någon bevisning som kunde styrka något av de många påståenden hon framförde. Hon gick så långt att hon mörkade vissa uppenbara bevis och istället skruvade in texten på nästa länk i händelsekedjan.

Hon funderade en stund och scrollade tillbaka och läste igenom texten i det avsnitt där hon redogjorde för advokat Nils Bjurmans grova och sadistiska våldtäkt. Det var det avsnitt hon hade lagt mest tid på och ett av de få partier som hon hade omformulerat flera gånger innan hon var nöjd med slutresultatet. Avsnittet omfattade nitton rader i skildringen. Hon redogjorde sakligt för hur han hade slagit henne, vräkt ned henne på mage på sängen, tejpat igen hennes mun och handbojat henne. Hon fastslog därefter att han utfört upprepade sexuella våldshandlingar mot henne, vilka under nattens gång omfattade både anal och oral penetration. Hon redogjorde vidare för hur han vid ett tillfälle under våldtäkten hade lindat ett klädesplagg – hennes egen t-tröja – runt hennes hals och strypt henne under så lång stund att hon tillfälligt förlorat medvetandet. Därefter följde ytterligare några rader text där hon identifierade de redskap han använt under våldtäkten, vilket inkluderade en kort piska, en analplugg, en grov dildo och klämmor som han fäst på hennes bröstvårtor.

Hon rynkade pannan och studerade texten. Till sist lyfte hon den elektroniska pennan och knackade fram ytterligare några rader text.

[Under ett tillfälle då jag fortfarande hade munnen igentejpad kommenterade Bjurman det faktum att jag hade ett flertal tatueringar och piercningar, däribland en ring i vänster bröstvårta. Han frågade om jag gillade att bli piercad och lämnade därefter rummet en kort stund. Han återkom med en knappnål som han tryckte genom min högra bröstvårta.]

Efter att ha läst igenom den nya texten nickade hon godkännande. Den byråkratiska tonen gav texten en så surrealistisk prägel att den framstod som en orimlig fantasi.

Storyn lät helt enkelt inte trovärdig.

Vilket var Lisbeth Salanders avsikt.

I det ögonblicket hörde hon skrammel från Securitasvaktens nyckelknippa. Hon knäppte omedelbart av handdatorn och placerade den i nischen på baksidan av sängbordet. Det var Annika Giannini. Hon rynkade ögonbrynen. Klockan var efter nio på kvällen och Giannini brukade inte dyka upp så sent.

"Hej Lisbeth."

"Hej."

"Hur mår du?"

"Jag är inte färdig än."

Annika Giannini suckade.

"Lisbeth ... de har fastställt rättegångsdatum till den 13 juli."

"Det är okej."

"Nej, det är inte okej. Tiden rinner iväg och du anförtror dig inte åt mig. Jag börjar frukta att jag gjorde ett kolossalt misstag som åtog mig att vara din advokat. Om vi ska ha minsta chans så måste du lita på mig. Vi måste samarbeta."

Lisbeth studerade Annika Giannini en lång stund. Till sist lutade hon huvudet bakåt och tittade upp i taket.

"Jag vet hur vi ska göra nu", sa hon. "Jag har förstått Mikaels plan. Och han har rätt."

"Jag är inte så säker på det", sa Annika.

"Men jag är säker."

"Polisen vill förhöra dig igen. En Hans Faste från Stockholm."

"Låt honom förhöra mig. Jag kommer inte att säga ett ord."

"Du måste komma med en redogörelse."

Lisbeth tittade skarpt på Annika Giannini.

"Jag upprepar. Vi ska inte säga ett ord till polisen. När vi kommer till den där rättegångssalen ska åklagaren inte ha en stavelse från något förhör att falla tillbaka på. Allt de ska ha är den redogörelse som jag nu håller på att formulera och som i stora partier kommer att framstå som orimlig. Och den ska de få några dagar före rättegången."

"Och när ska du sätta dig med en penna och formulera den redogörelsen?"

"Du kommer att få den om några dagar. Men den ska inte gå till åklagaren förrän strax före rättegången."

Annika Giannini såg tveksam ut. Lisbeth gav henne plötsligt ett försiktigt skevt leende.

"Du pratar om förtroende. Kan jag lita på dig?"

"Naturligtvis."

"Okej, kan du smuggla in en handdator till mig så att jag kan hålla kontakt med folk via internet?"

"Nej. Naturligtvis inte. Om det upptäcktes skulle jag bli åtalad och förlora min advokatlicens."

"Men om någon annan smugglar in en sådan dator till mig, skulle du anmäla det till polisen?"

Annika höjde ögonbrynen.

"Om jag inte känner till den ..."

"Men om du känner till den. Hur skulle du agera?"

Annika funderade länge.

"Jag skulle blunda. Hur så?"

"Den här hypotetiska datorn kommer snart att skicka ett hypotetiskt mail till dig. När du läst det vill jag att du besöker mig igen."

"Lisbeth ..."

"Vänta. Det är så här. Åklagaren kör med en märkt kortlek. Jag befinner mig i underläge hur jag än bär mig åt och avsikten med rättegången är att få mig intagen på sluten psykiatrisk vård."

"Jag vet."

"Om jag ska överleva måste jag också slåss med ojusta metoder."
Till sist nickade Annika Giannini.

"Då du kom till mig första gången så hade du en hälsning från Mikael Blomkvist. Han sa att han hade berättat det mesta för dig med några undantag. Ett undantag var de färdigheter han upptäckt hos mig då vi var i Hedestad."

"Ja."

"Det han syftade på är att jag är jävligt bra på datorer. Så bra att jag kan läsa och kopiera vad som står i åklagare Ekströms dator."

Annika Giannini bleknade.

"Du kan inte bli inblandad i det. Du kan alltså inte använda det materialet i rättegången", sa Lisbeth.

"Nej, knappast."

"Alltså känner du inte till det."

"Okej."

"Däremot kan någon annan, låt säga din bror, publicera valda delar av det materialet. Det måste du väga in då du planerar vår strategi inför rättegången."

"Jag förstår."

"Annika, den här rättegången kommer att handla om vem som använder de tuffaste metoderna."

"Jag vet."

"Jag är nöjd med dig som min advokat. Jag litar på dig och jag behöver din hjälp."

"Hmm."

"Men om du sätter dig på tvären för att jag också använder oetiska metoder så kommer vi att förlora rättegången."

"Ja."

"Och i så fall vill jag veta det nu. Då måste jag avskeda dig och skaffa mig en annan advokat."

"Lisbeth, jag kan inte begå lagbrott."

"Du ska inte begå något brott. Men du måste blunda för att jag gör det. Kan du göra det?"

Lisbeth Salander väntade tålmodigt i nästan en minut innan Annika Giannini nickade.

"Bra. Låt mig berätta huvuddragen i vad min redogörelse kommer att innehålla."

De pratade i två timmar.

MONICA FIGUEROLA HADE haft rätt i att den bosniska restaurangens burek var fantastisk. Mikael Blomkvist sneglade försiktigt på henne då hon återkom från ett toalettbesök. Hon rörde sig graciöst som en balettdansös, men hade en kropp som ... Mikael kunde inte hjälpa att han blev fascinerad. Han undertryckte en impuls att sträcka fram handen och känna på hennes benmuskler.

"Hur länge har du tränat?" undrade han.

"Sedan jag var tonåring."

"Och hur många timmar i veckan lägger du ned på träningen?"

"Två timmar om dagen. Ibland tre."

"Varför? Jag menar, jag begriper varför man tränar, men ..."

"Du tycker att det är överdrivet."

"Jag vet inte riktigt vad jag menade."

Hon log och verkade inte alls irriterad av hans frågor.

"Du kanske bara är irriterad över att se en tjej med muskler och tycker att det är avtändande och ofeminint?"

"Nej. Inte alls. Det passar dig på något sätt. Du är väldigt sexig."

Hon skrattade igen.

"Jag håller på att träna ned mig nu. För tio år sedan körde jag stenhård body building. Det var kul. Men nu måste jag vara försiktig så att inte alla muskler förvandlas till fett och jag blir plufsig. Så numera lyfter jag skrot en gång i veckan och ägnar resten av tiden åt löpträning, badminton, simning eller något sådant. Det är mera motion än råträning."

"Okej."

"Orsaken till att jag tränar är att det är skönt. Det är ett vanligt fenomen bland extremtränare. Kroppen utvecklar ett smärtstillande medel som man blir beroende av. Efter ett tag får man abstinens om man inte springer varje dag. Det är en enorm kick av välbefinnande att ge precis allt. Nästan lika häftigt som bra sex."

Mikael skrattade.

"Du borde börja träna själv", sa hon. "Du fyller ut i midjan."

"Jag vet", sa han. "Ett ständigt dåligt samvete. Jag får ryck ibland och börjar springa och blir av med ett par kilo och sedan blir jag upptagen med något och hinner inte göra det på en månad eller två."

"Du har varit rätt upptagen de senaste månaderna."

Han blev plötsligt allvarlig. Sedan nickade han.

"Jag har läst en massa om dig de senaste två veckorna. Du klådde polisen med flera hästlängder då du spårade Zalachenko och identifierade Niedermann."

"Lisbeth Salander var snabbare."

"Hur bar du dig åt för att hitta till Gosseberga?"

Mikael ryckte på axlarna.

"Vanlig research. Det var inte jag som hittade honom utan vår redaktionssekreterare, eller numera chefredaktör Malin Eriksson som lyckades gräva fram honom genom bolagsregistret. Han satt i styrelsen för Zalachenkos företag KAB."

"Jag förstår."

"Varför blev du Säpoaktivist?" undrade han.

"Tro det eller ej, men jag är faktiskt något så otidsenligt som en demokrat. Jag menar att polisen behövs och att en demokrati behöver ett politiskt skyddsvärn. Därför är jag mycket stolt över att få arbeta åt författningsskyddet."

"Hmm", sa Mikael Blomkvist.

"Du gillar inte Säkerhetspolisen."

"Jag gillar inte institutioner som står över normal parlamentarisk kontroll. Det är en inbjudan till maktmissbruk alldeles oavsett hur goda intentionerna är. Varför är du intresserad av antikens gudstro?"

Hon höjde ögonbrynen.

"Du satt och läste en bok med den titeln i min trappuppgång."

"Ja visst ja. Ämnet fascinerar mig."

"Jaha."

"Jag är intresserad av ganska mycket. Jag har pluggat juridik och statskunskap under tiden som jag har varit polis. Och innan dess läste jag både idéhistoria och filosofi."

"Har du inga svaga sidor?"

"Jag läser inte skönlitteratur, går aldrig på bio och tittar bara på nyheter på TV. Du då. Varför blev du journalist?"

"För att det finns institutioner som Säpo där det saknas parlamentarisk insyn och som måste avslöjas med jämna mellanrum."

Mikael log.

"Ärligt talat, jag vet inte riktigt. Men egentligen är svaret detsamma som ditt. Jag tror på en konstitutionell demokrati, och den måste stundom värnas."

"Som du gjorde med finansmannen Hans-Erik Wennerström."

"Något åt det hållet."

"Du är ogift. Hänger du ihop med Erika Berger?"

"Erika Berger är gift."

"Okej. Så alla rykten om er är bara trams. Har du flickvän?"

"Ingen stadig."

"Så de ryktena är också sanna."

Mikael ryckte på axlarna och log igen.

CHEFREDAKTÖR MALIN ERIKSSON tillbringade kvällen till långt in på småtimmarna vid köksbordet i hemmet i Årsta. Hon satt böjd över utskrifter av *Millenniums* budget och var så upptagen att pojkvännen Anton efterhand gav upp försöken att föra ett normalt samtal med henne. Han diskade, lagade en sen nattmacka och gjorde kaffe. Därefter lämnade han henne i fred och satte sig framför en TV-repris av *CSI*.

Malin Eriksson hade aldrig tidigare i sitt liv ägnat sig åt något mer avancerat än en hushållsbudget, men hon hade suttit tillsammans med Erika Berger och månadsbokslut och hon begrep principerna. Nu hade hon plötsligt blivit chefredaktör och med detta kom även budgetansvar. Någon gång efter midnatt beslutade hon att vad som än hände skulle hon vara tvungen att få en bisittare som hon kunde bolla med. Ingela Oscarsson som skötte bokföringen en dag i veckan hade inget eget budgetansvar och var inte det minsta behjälplig då det gällde att fatta beslut om hur mycket en frilansare kunde avlönas med eller om de hade råd att köpa en ny laserskrivare utanför den summa som var avsatt för tekniska förbättringar. Det var i praktiken en löjlig situation – *Millennium* gick till och med med vinst, men gjorde det därför att Erika Berger ständigt hade balanserat på nollbudget. En så enkel sak som en ny färglaserskrivare för 45 000 kronor fick bli en svartvit skrivare för 8 000 kronor.

En sekund avundades hon Erika Berger. På SMP hade hon en budget där en sådan utgift skulle betraktas som kaffepengar.

Millenniums ekonomiska läge hade varit gott på den senaste årsstämman, men överskottet i budgeten stammade huvudsakligen från försäljningen av Mikael Blomkvists bok om Wennerströmaffären. Det överskott som avsatts för investeringar krympte oroväckande snabbt. En bidragande orsak var de utgifter som Mikael dragit på sig i samband med Salanderhistorien. *Millennium* hade inte de resurser som fordrades för att hålla en medarbetare på löpande budget med allehanda utgifter i form av hyrbilar, hotellrum, taxiresor, inköp av researchmaterial och mobiltelefoner och liknande.

Malin okejade en faktura från frilansaren Daniel Olofsson i Göteborg. Hon suckade. Mikael Blomkvist hade godkänt en summa av 14 000 kronor för en veckas research till en story som inte ens skulle publiceras. Ersättning till en Idris Ghidi i Göteborg ingick i budgeten för arvode till anonyma källor som inte fick namnges, vilket innebar att revisorn skulle kritisera avsaknaden av kvitton och att det fick bli ett ärende som måste godkännas av ett styrelsebeslut. *Millennium* betalade dessutom ett arvode till Annika Giannini, som visserligen skulle få pengar från det allmänna men som i alla fall behövde kontanter att betala tågbiljetter och annat med.

Hon lade ifrån sig pennan och betraktade de slutsummor som hon adderat fram. Mikael Blomkvist hade hänsynslöst bränt över 150 000 kronor på Salanderstoryn, helt utanför budget. Så kunde det inte fortsätta.

Hon insåg att hon var tvungen att prata med honom.

ERIKA BERGER TILLBRINGADE kvällen på akuten på Nacka sjukhus istället för i TV-soffan. Glasbiten hade skurit in så djupt att blödningen inte upphörde och vid undersökningen visade det sig att en avbruten spets av glasbiten fortfarande satt fast inne i hennes häl och måste avlägsnas. Hon fick lokalbedövning och därefter syddes såret med tre stygn.

Erika Berger svor sig igenom sjukhusbesöket och försökte med jämna mellanrum ringa till ömsom Greger Backman och ömsom Mikael Blomkvist. Varken hennes äkta man eller hennes älskare behagade dock svara. Vid tiotiden på kvällen hade hon foten i ett kraftigt bandage. Hon fick låna kryckor och tog taxi hem igen.

Hon ägnade en stund åt att linkande på fot och tåspets sopa rent på vardagsrumsgolvet och beställa ett nytt fönster från Glasakuten. Hon hade tur. Det hade varit en lugn kväll i city och Glasakuten anlände inom tjugo minuter. Sedan hade hon otur. Vardagsrumsfönstret var så stort att det glaset inte fanns i lager. Hantverkaren erbjöd sig att provisoriskt täcka fönstret med plywood, vilket hon tacksamt accepterade.

Medan plywood sattes på plats ringde hon till jourhavande på det privata säkerhetsföretaget NIP, vilket skulle uttydas Nacka Integrated Protection, och frågade varför i helvete husets påkostade inbrottslarm inte hade utlösts då någon singlade en tegelsten genom det största fönstret i den 250 kvadratmeter stora villan.

En bil från NIP kom för att titta på saken och det konstaterades att den tekniker som installerat larmet flera år tidigare tydligen hade glömt att koppla in trådarna från fönstren i vardagsrummet.

Erika Berger var mållös.

NIP erbjöd sig att åtgärda saken redan nästkommande morgon. Erika svarade att de inte skulle göra sig besvär. Hon ringde istället till Milton Securitys nattjour och förklarade sin belägenhet och att hon ville ha ett komplett larmpaket så snart som möjligt. *Ja, jag vet att kontrakt måste skrivas, men säg till Dragan Armanskij att Erika Berger ringde och se till att larm installeras på morgonen.*

Till sist ringde hon även till polisen. Hon fick beskedet att det inte fanns någon bil tillgänglig som kunde avvaras för att ta upp anmälan. Hon fick rådet att vända sig till närpolisstationen nästa dag. *Tack. Fuck off.*

Därefter satt hon ensam och kokade en lång stund innan adrenalinhalten började sjunka och hon insåg att hon skulle sova ensam i en olarmad kåk samtidigt som någon som kallade henne hora och visade våldstendenser strök omkring i terrängen.

En kort stund undrade hon om hon borde åka in till stan och tillbringa natten på hotell, men Erika Berger var nu en gång för alla en sådan människa som ogillade att bli utsatt för hotelser och än mer ogillade att böja sig för hot. *Ska fan till att låta någon jävla skithög köra ut mig ur mitt hem.*

Däremot vidtog hon vissa enkla försiktighetsåtgärder.

Mikael Blomkvist hade berättat för henne hur Lisbeth Salander hade hanterat seriemördaren Martin Vanger med en golfklubba. Hon gick följaktligen ut i garaget och ägnade tio minuter åt att leta reda på sin golfbag som hon inte hade sett på så där femton år. Hon valde den järnklubba som hade bäst schwung och placerade denna på bekvämt avstånd från sängen i sovrummet. Hon placerade en putter i hallen och en annan järnklubba i köket. Hon hämtade en hammare från verktygslådan i källaren och placerade den i badrummet intill sovrummet.

Hon plockade upp sin tårgasprej från axelremsväskan och ställde burken på nattduksbordet. Slutligen letade hon rätt på en gummikil, stängde sovrumsdörren och kilade fast den. Därefter hoppades hon nästan att den jävla idiot som kallade henne hora och smashade hennes fönster skulle vara dum nog att återkomma under natten.

När hon kände sig nöjaktigt förskansad var klockan ett på natten. Hon skulle vara på SMP klockan åtta. Hon konsulterade sin kalender och konstaterade att hon hade fyra möten inbokade med start klockan tio. Hennes fot ömmade kraftigt och hon haltade på tå. Hon klädde av sig och kröp ned i sängen. Hon ägde inget nattlinne och undrade om hon borde sätta på sig en t-tröja eller något, men eftersom hon hade sovit naken sedan hon var tonåring så beslutade hon att en tegelsten genom vardagsrumsfönstret inte skulle få ändra på hennes privata vanor.

Därefter låg hon förstås vaken och grubblade.

Hora.

Hon hade fått nio mail som alla innehöll ordet hora och som tycktes komma från olika källor inom media. Det första hade kommit från hennes egen redaktion, men avsändaren var falsk.

Hon klev upp ur sängen och hämtade sin nya Dell laptop som hon fått i och med anställningen på SMP.

Det första mailet – som också var det mest vulgära och hotfulla och där det föreslogs att hon skulle bli knullad med en skruvmejsel – hade kommit den 16 maj, tio dagar tidigare.

Mail två hade kommit två dagar senare, den 18 maj.

Därefter en veckas uppehåll innan e-breven började komma på nytt, nu med en periodicitet på ungefär tjugofyra timmar. Därefter attacken mot hennes hem. *Hora.*

Under tiden hade Eva Carlsson på kulturen fått tokiga mail som Erika själv till synes var upphovsman till. Och om Eva Carlsson fått tokig e-post så var det fullt möjligt att brevskrivaren hade varit flitig på andra håll också – att andra människor fått post från "henne" som hon inte kände till.

Det var en obehaglig tanke.

Det mest oroväckande var dock attacken mot huset i Saltsjöbaden.

Den innebar att någon hade gjort sig besvär med att ta sig dit, lokalisera hennes bostad och kasta en tegelsten genom fönstret. Angreppet var förberett – angriparen hade plockat med sig en sprejflaska med färg. I nästa ögonblick blev hon iskall när hon insåg att hon möjligen borde infoga ytterligare en attack i förteckningen. Hennes bil hade fått samtliga fyra däck punkterade då hon hade övernattat med Mikael Blomkvist på Hilton vid Slussen.

Slutsatsen var lika obehaglig som uppenbar. Hon hade en stalker efter sig.

Någonstans därute fanns nu en person som av okänd anledning ägnade sig åt att trakassera Erika Berger.

Att Erikas hem utsattes för en attack var begripligt – det låg där det låg och var svårt att gömma eller flytta. Men om hennes bil utsattes för en attack då den stod parkerad på en slumpvis vald gata på Södermalm innebar det att hennes stalker alltid fanns i hennes omedelbara närhet.

KAPITEL 18
TORSDAG 2 JUNI

ERIKA BERGER VAKNADE fem över nio av att mobilen ringde.

"God morgon, fröken Berger. Dragan Armanskij. Jag har förstått att något hänt under natten."

Erika förklarade vad som hade hänt och frågade om Milton Security kunde ersätta Nacka Integrated Protection.

"Vi kan i varje fall installera ett larm som fungerar", sa Armanskij sarkastiskt. "Problemet är att den närmaste bil vi har nattetid är Nacka centrum. Utryckningstid är ungefär trettio minuter. Om vi tar jobbet måste jag lägga ut ditt hus på entreprenad. Vi har ett samarbetsavtal med ett lokalt säkerhetsföretag, Adam Säkerhet i Fisksätra, som har en utryckningstid på tio minuter om allt fungerar."

"Det är bättre än NIP som inte dyker upp alls."

"Jag vill informera dig om att det är ett familjeföretag, bestående av pappa, två söner och ett par kusiner. Greker, bra folk, jag känner pappan sedan många år. De har täckning cirka 320 dagar per år. Dagar då de inte har möjlighet, på grund av semestrar eller annat, kommer att meddelas i förväg och då är det vår bil i Nacka som gäller."

"Det funkar för mig."

"Jag kommer att skicka en person nu på förmiddagen. Han heter David Rosin och är redan på väg ut till dig. Han kommer att göra en säkerhetsanalys. Han behöver dina nycklar om du inte är hemma och han måste ha ditt tillstånd att gå igenom huset från golv till vind. Han kommer att fotografera ditt hus, tomten och den närmaste omgivningen."

"Jag förstår."

"Rosin är mycket erfaren och vi kommer att lämna ett förslag på säkerhetsåtgärder. Vi kommer att ha en plan klar om några dagar. Det omfattar överfallslarm, brandsäkerhet, utrymning och intrångsskydd."

"Okej."

"Om något händer vill vi också att du ska veta vad du ska göra under de tio minuter det tar för bilen från Fisksätra att nå fram till dig."

"Ja."

"Redan i eftermiddag kommer vi att installera larmet. Därefter måste vi underteckna ett kontrakt."

Omedelbart efter samtalet med Dragan Armanskij insåg Erika att hon hade försovit sig. Hon lyfte mobilen och ringde till redaktionssekreterare Peter Fredriksson och förklarade att hon gjort sig illa och bad honom att avboka ett möte klockan tio.

"Mår du inte bra?" undrade han.

"Jag har skurit sönder foten", sa Erika. "Jag haltar in så fort jag kommit i ordning."

Hon började med att gå till toaletten som låg i anslutning till sovrummet. Sedan klädde hon sig i svarta byxor och lånade en toffel från sin man som hon kunde använda för den skadade foten. Hon valde en svart blus och hämtade kavajen. Innan hon plockade bort gummitriangeln från sovrumsdörren beväpnade hon sig med tårgaspatronen.

Hon gick vaksamt genom huset och satte på kaffebryggaren. Hon åt frukost vid köksbordet, hela tiden uppmärksam på ljud i omgivningen. Hon hade precis hällt upp en påtår då David Rosin från Milton Security knackade på dörren.

MONICA FIGUEROLA PROMENERADE till Bergsgatan och samlade sina fyra medarbetare till en tidig morgonkonferens.

"Vi har en deadline nu", sa Monica Figuerola. "Vårt arbete måste vara klart till den 13 juli då rättegången mot Lisbeth Salander startar. Det betyder att vi har en dryg månad på oss. Låt oss göra en avstämning och besluta vilka saker som är viktigast just nu. Vem vill börja?"

Berglund harklade sig.

"Den blonde mannen som träffar Mårtensson. Vem är han?"

Alla nickade. Konversationen kom igång.

"Vi har bilder på honom, men inte en aning om hur vi hittar honom. Vi kan inte gå ut med en efterlysning."

"Gullberg då? Det måste finnas en historia som går att spåra. Vi har honom inom Hemliga statspolisen från början av 1950-talet till 1964 då RPS/Säk grundades. Sedan försvinner han in i bakgrunden."

Figuerola nickade.

"Ska vi dra slutsatsen att Zalachenkoklubben var något som grundades 1964? Långt innan Zalachenko hade kommit hit, alltså."

"Syftet måste ha varit något annat ... en hemlig organisation inom organisationen."

"Det var efter Wennerström. Alla var paranoida."

"En sorts hemlig spionpolis?"

"Det finns faktiskt paralleller utomlands. I USA skapades en särskild grupp interna spionjägare inom CIA på 1960-talet. Den leddes av en James Jesus Angleton och höll nästan på att sabotera hela CIA. Angletons gäng var fanatiker och paranoida – de misstänkte varenda kotte inom CIA för att vara rysk agent. En effekt var att CIA:s verksamhet i stora avsnitt paralyserades."

"Men det är spekulationer ..."

"Var samlas gamla personalakter?"

"Gullberg finns inte i dem. Jag har redan kollat."

"Men budgeten då? En sådan operation måste finansieras på något sätt ..."

Diskussionen fortsatte fram till lunch då Monica Figuerola ursäktade sig och gick till gymmet för att få vara i fred och fundera.

ERIKA BERGER HALTADE in på SMP:s redaktion först vid lunchtid. Hon hade så ont i foten att hon överhuvudtaget inte kunde sätta ned fotsulan. Hon hoppade bort till glasburen och sjönk lättad ned i sin kontorsstol. Peter Fredriksson såg henne från sin plats vid centraldesken. Hon vinkade in honom.

"Vad har hänt?" undrade han.

"Jag trampade på en glasbit som gick av och fastnade inne i hälen."

"Det var ju inte så bra."

"Nej. Det var inte bra. Peter, har det kommit någon ny konstig e-post till någon?"

"Inte vad jag har hört."

"Okej. Håll öronen öppna. Jag vill veta om det sker något udda kring SMP."

"Hur menar du?"

"Jag är rädd för att det är någon dåre som håller på att skicka giftiga mail och som har utsett mig till sitt offer. Jag vill alltså veta om du snappar upp att något är på gång."

"Den typ av mail som Eva Carlsson fick?"

"Vad som helst som är udda. Själv har jag fått en drös tokiga mail som anklagar mig för att vara lite av varje och ger förslag på diverse perverterade saker som borde göras med mig."

Peter Fredriksson mulnade.

"Hur länge har det pågått?"

"Ett par veckor. Berätta nu. Vad ska det stå i tidningen i morgon?"

"Hmm."

"Vad då hmm?"

"Holm och chefen för rättsredaktionen är på krigsstigen."

"Jaha. Varför det?"

"På grund av Johannes Frisk. Du har förlängt hans vikariat och gett honom ett reportageuppdrag, och han vill inte berätta vad det handlar om."

"Han får inte berätta vad det handlar om. Mina order."

"Han säger det. Vilket betyder att Holm och rättsred är irriterade på dig."

"Jag förstår. Sätt upp ett möte med rättsredaktionen klockan tre i eftermiddag så ska jag förklara läget."

"Holm är rätt sur …"

"Jag är rätt sur på Holm, så det jämnar ut sig."

"Han är så sur att han klagat hos styrelsen."

Erika tittade upp. *Fan. Jag måste ta itu med Borgsjö.*

"Borgsjö kommer in i eftermiddag och vill ha ett möte med dig. Jag misstänker att det är Holms förtjänst."

"Okej. Vilken tid?"

"Klockan två."

Han började dra lunch-PM.

DOKTOR ANDERS JONASSON besökte Lisbeth Salander under lunchen. Hon sköt ifrån sig en tallrik med landstingets grönsaksstuvning. Som alltid gjorde han en kort undersökning av henne, men hon noterade att han hade slutat lägga ned sin själ i undersökningarna.

"Du är frisk", konstaterade han.

"Hmm. Du måste göra något åt maten på det här stället."

"Maten?"

"Kan du inte fixa en pizza eller något."

"Ledsen. Budgeten räcker inte till."

"Jag misstänkte det."

"Lisbeth. Vi kommer att ha en stor genomgång av ditt hälsotillstånd i morgon …"

"Jag förstår. Och jag är frisk."

"Du är tillräckligt frisk för att kunna flyttas till Kronobergshäktet i Stockholm."

Hon nickade.

"Jag skulle förmodligen kunna dra ut på flytten ytterligare någon vecka, men mina kollegor kommer att börja undra."

"Gör inte det."

"Säkert?"

Hon nickade.

"Jag är redo. Och det måste ske förr eller senare."

Han nickade.

"Dåså", sa Anders Jonasson. "Jag kommer att ge grönt ljus för flytten i morgon. Det betyder att du troligen kommer att flyttas ganska omgående."

Hon nickade.

"Det är möjligt att det blir aktuellt redan i helgen. Sjukhusledningen vill inte ha dig här."

"Det förstår jag."

"Eh ... alltså, din leksak ..."

"Den kommer att finnas i hålrummet bakom sängbordet."

Hon pekade.

"Okej."

De satt tysta en kort stund innan Anders Jonasson reste sig.

"Jag måste se till andra patienter som har större behov av min hjälp."

"Tack för allt. Jag är skyldig dig en tjänst."

"Jag har bara gjort mitt jobb."

"Nej. Du har gjort betydligt mer. Det ska jag inte glömma."

MIKAEL BLOMKVIST GICK in i polishuset på Kungsholmen genom porten på Polhemsgatan. Monica Figuerola tog emot honom och ledsagade honom upp till författningsskyddets lokaler. De sneglade på varandra under tystnad i hissen.

"Är det så klokt att jag visar mig här i polishuset?" undrade Mikael. "Någon kan ju få syn på mig och börja undra."

Monica Figuerola nickade.

"Det blir enda mötet här. I framtiden kommer vi att träffas i en liten kontorslokal vi hyrt vid Fridhemsplan. Vi får tillgång till den i morgon. Men det här är okej. Författningsskyddet är en liten och nästan självförsörjande enhet som ingen annan på RPS/Säk bryr sig om. Och vi finns på ett helt annat våningsplan än resten av Säpo."

Han nickade till Torsten Edklinth utan att skaka hand och hälsade på två medarbetare som uppenbarligen ingick i Edklinths utredning. De presenterade sig som Stefan och Anders. Mikael noterade att de inte nämnde några efternamn.

"Var börjar vi?" undrade Mikael.

"Vad sägs om att börja med att hälla upp lite kaffe … Monica?"

"Ja tack", sa Monica Figuerola.

Mikael noterade att chefen för författningsskyddet tvekade en sekund innan han reste sig och hämtade kaffekannan och tog den till konferensbordet där porslin redan var framdukat. Torsten Edklinth hade förmodligen avsett att Monica Figuerola skulle servera kaffet. Mikael konstaterade även att Edklinth log för sig själv, vilket Mikael tolkade som ett gott tecken. Sedan blev han allvarlig.

"Jag vet ärligt talat inte hur jag ska hantera den här situationen. Att en journalist sitter med på arbetsmöten inom Säkerhetspolisen är förmodligen unikt. Det vi talar om nu är alltså sådant som i många avseenden är hemligstämplade uppgifter."

"Jag är inte intresserad av militära hemligheter. Jag är intresserad av Zalachenkoklubben."

"Men vi måste hitta en balans. För det första ska medarbetarna här inte namnges i dina texter."

"Okej."

Edklinth tittade förvånat på Mikael Blomkvist.

"För det andra ska du inte prata med någon annan medarbetare än mig och Monica Figuerola. Det är vi som avgör vad vi kan berätta för dig."

"Om du har en lång lista på krav så borde du ha nämnt dem i går."

"I går hade jag inte hunnit tänka igenom saken."

"Då ska jag avslöja något för dig. Det här är förmodligen första och enda gången i min yrkesverksamma karriär som jag kommer att sitta och berätta innehållet i en opublicerad story för en polis. Så för att citera dig … jag vet ärligt talat inte hur jag ska hantera den här situationen."

En kort tystnad lägrade sig över bordet.

"Vi kanske …"

"Vad sägs om …"

Edklinth och Monica Figuerola började prata samtidigt och tystnade.

"Jag är ute efter Zalachenkoklubben. Ni vill åtala Zalachenkoklubben. Låt oss hålla oss till det", sa Mikael.

Edklinth nickade.

"Vad har ni?"

Edklinth förklarade vad Monica Figuerola och hennes gäng hade grävt fram. Han visade bilden av Evert Gullberg tillsammans med spionöversten Stig Wennerström.

"Bra. Jag vill ha en kopia av den bilden."

"Den finns i Åhlén & Åkerlunds arkiv", sa Monica Figuerola.

"Den finns på bordet framför mig. Med text på baksidan", sa Mikael.

"Okej. Ge honom en kopia", sa Edklinth.

"Det betyder att Zalachenko mördades av Sektionen."

"Mord och självmord av en man som själv var döende i cancer. Gullberg lever ännu, men läkarna ger honom högst några veckor. Han har sådana hjärnskador efter självmordsförsöket att han i princip är en grönsak."

"Och han var den person som var huvudansvarig för Zalachenko då han hoppade av."

"Hur vet du det?"

"Gullberg träffade statsminister Thorbjörn Fälldin sex veckor efter Zalachenkos avhopp."

"Kan du bevisa det?"

"Yep. Regeringskansliets besöksdiarium. Gullberg kom tillsammans med dåvarande chefen för RPS/Säk."

"Som numera är avliden."

"Men Fälldin lever och är beredd att berätta om saken."

"Har du ..."

"Nej, jag har inte pratat med Fälldin. Men någon annan har gjort det. Jag kan inte namnge personen. Källskydd."

Mikael förklarade hur Thorbjörn Fälldin hade reagerat på informationen om Zalachenko och hur han hade åkt till Holland och intervjuat Janeryd.

"Så Zalachenkoklubben finns någonstans i det här huset", sa Mikael och pekade på bilden.

"Delvis. Vi tror att det är en organisation inom organisationen.

Zalachenkoklubben kan inte existera utan bistånd från nyckelpersoner här i huset. Men vi tror att den så kallade Sektionen för särskild analys etablerade sig någonstans utanför huset."

"Så det fungerar alltså så att en person kan vara anställd av Säpo, få sin lön av Säpo och sedan i själva verket rapportera till en annan arbetsgivare."

"Ungefär så."

"Så vem i huset hjälper Zalachenkoklubben?"

"Det vet vi inte än. Men vi har några misstänkta."

"Mårtensson", föreslog Mikael.

Edklinth nickade.

"Mårtensson jobbar för Säpo och när han behövs hos Zalachenkoklubben blir han frikopplad från ordinarie jobb", sa Monica Figuerola.

"Hur kan det ske rent praktiskt?"

"Mycket bra fråga", sa Edklinth och log svagt. "Du skulle inte ha lust att börja jobba åt oss?"

"Aldrig i livet", sa Mikael.

"Jag skämtar bara. Men det är den naturliga frågan. Vi har en misstänkt, men vi kan inte leda misstankarna i bevis ännu."

"Låt se ... det måste vara någon med administrativa befogenheter."

"Vi misstänker kanslichefen Albert Shenke", sa Monica Figuerola.

"Och nu kommer vi till den första stötestenen", sa Edklinth. "Vi har gett dig ett namn, men uppgiften är odokumenterad. Hur tänker du förfara med den saken?"

"Jag kan inte publicera ett namn som jag inte har dokumentation på. Om Shenke är oskyldig kommer han att stämma Millennium för förtal."

"Bra. Då är vi överens. Det här samarbetet måste handla om förtroende oss emellan. Din tur. Vad har du?"

"Tre namn", sa Mikael. "De två första var medlemmar i Zalachenkoklubben på 1980-talet."

Edklinth och Figuerola lystrade genast.

"Hans von Rottinger och Fredrik Clinton. Rottinger är död. Clinton är pensionär. Men bägge ingick i kretsen närmast Zalachenko."

"Och det tredje namnet", bad Edklinth.

"Teleborian är länkad till en person som heter *Jonas*. Vi känner inte till efternamnet men vi vet att han är med i Zalachenkoklubben årgång 2005 ... Vi har faktiskt spekulerat lite om att det kan vara han som är med Mårtensson på bilderna från Copacabana."

"Och i vilket sammanhang har namnet Jonas dykt upp?"

"Lisbeth Salander har hackat Peter Teleborians dator, och vi kan följa korrespondens som visar hur Teleborian konspirerar med Jonas på samma sätt som han konspirerade med Björck 1991. Han ger Teleborian instruktioner. Och nu kommer vi till den andra stötestenen", sa Mikael och log mot Edklinth. "Jag kan dokumentera mina påståenden, men jag kan inte ge er dokumentationen utan att röja en källa. Ni får acceptera det jag säger."

Edklinth såg fundersam ut.

"Någon kollega till Teleborian i Uppsala kanske", undrade han.

"Okej. Vi börjar med Clinton och von Rottinger. Berätta vad du vet."

STYRELSEORDFÖRANDE MAGNUS BORGSJÖ tog emot Erika Berger på sitt rum intill styrelsens sammanträdesrum. Han såg bekymrad ut.

"Jag hörde att du gjort dig illa", sa han och pekade på hennes fot.

"Det går över", sa Erika och lutade kryckorna mot hans skrivbord då hon slog sig ned i hans besöksstol.

"Jaha, det är ju bra. Erika, du har nu varit här i en månad och jag ville att vi skulle få en chans att stämma av. Hur känns det?"

Jag måste diskutera Vitavara med honom. Men hur? När?

"Jag har börjat få grepp om läget. Det finns två sidor. Å ena sidan har SMP ekonomiska problem och budgeten håller på att strypa tidningen. Å andra sidan har SMP en otrolig mängd dödkött på redaktionen."

"Finns det inga positiva sidor?"

"Jo. En massa rutinerade proffs som vet hur jobbet ska göras.

Problemet är att vi har andra som inte låter dem göra jobbet."

"Holm har pratat med mig ..."

"Jag vet."

Borgsjö höjde ögonbrynen.

"Han har en hel del synpunkter på dig. Så gott som alla är negativa."

"Det är okej. Jag har en hel del synpunkter på honom också."

"Negativa? Det är inte bra om ni inte kan arbeta ihop ..."

"Jag har inga problem med att arbeta ihop med honom. Däremot har han problem med mig."

Erika suckade.

"Han driver mig till vansinne. Holm är rutinerad och tveklöst en av de mest kompetenta nyhetschefer jag har sett. Samtidigt är han en skitstövel. Han intrigerar och spelar ut folk mot varandra. Jag har jobbat i media i tjugofem år och aldrig stött på en liknande människa i chefsposition."

"Han måste ha hårda nypor för att klara av jobbet. Han är pressad från alla håll och kanter."

"Hårda nypor – ja. Men det betyder inte att han måste vara en idiot. Holm är dessvärre en katastrof och ett av de viktigaste skälen till att det är så gott som omöjligt att få medarbetarna att bedriva teamwork. Han tycks tro att hans arbetsbeskrivning består i att härska genom att söndra."

"Hårda ord."

"Jag ger Holm en månad till att komma på bättre tankar. Sedan lyfter jag bort honom som nyhetschef."

"Det kan du inte göra. Ditt jobb består inte i att slita sönder arbetsorganisationen."

Erika tystnade och studerade styrelseordföranden.

"Förlåt att jag påpekar det, men det var exakt det som du anställde mig för. Vi har till och med formulerat ett kontrakt som ger mig fria händer att genomföra de redaktionella förändringar som jag anser nödvändiga. Min arbetsbeskrivning består i att förnya tidningen och det kan jag bara göra genom att förändra organisationen och arbetsrutinerna."

"Holm har vigt sitt liv åt SMP."

"Jo. Och han är 58 år gammal och ska gå i pension om sex år och jag har inte råd att ha honom som belastning under den tiden. Missförstå mig inte, Magnus. Från och med det ögonblick jag satte mig i glasburen därnere så består min livsuppgift i att höja SMP:s kvalité och höja upplagan. Holm har att välja mellan att göra saker på mitt sätt eller göra något annat. Jag kommer att köra över precis vem som helst som står i vägen för den målsättningen eller som på annat sätt skadar SMP."

Fan ... jag måste ta det här med Vitavara. Borgsjö kommer att få sparken.

Borgsjö log plötsligt.

"Jag tror minsann att du också har hårda nypor."

"Ja, det har jag, och i det här fallet är det beklagligt eftersom det faktiskt inte borde behövas. Mitt jobb är att göra en bra tidning och det kan jag bara göra om jag har en ledning som fungerar och medarbetare som trivs."

Efter mötet med Borgsjö haltade Erika tillbaka till glasburen. Hon kände sig obehaglig till mods. Hon hade pratat med Borgsjö i fyrtiofem minuter utan att med ett enda ord föra Vitavara på tal. Med andra ord hade hon inte varit särskilt rak eller ärlig mot honom.

Då Erika Berger öppnade sin dator hade hon fått ett mail från <MikBlom@millennium.nu>. Eftersom hon mycket väl visste att någon sådan e-postadress inte existerade på *Millennium* hade hon inga svårigheter att räkna ut att det var ett nytt livstecken från hennes cyber stalker. Hon öppnade mailet.

[TROR DU ATT BORGSJÖ SKA KUNNA RÄDDA DIG, DIN LILLA HORA? HUR KÄNNS DET I FOTEN?]

Hon höjde blicken och tittade spontant ut över redaktionen. Hennes blick föll på Holm. Han tittade på henne. Sedan nickade han mot henne och log.

Det är någon på SMP som skriver mailen, tänkte Erika.

MÖTET PÅ FÖRFATTNINGSSKYDDET avslutades inte förrän efter klockan fem. De kom överens om att hålla ett nytt möte nästa vecka och att Mikael Blomkvist skulle vända sig till Monica Figuerola om han behövde få kontakt med RPS/Säk innan dess. Mikael tog sin datorväska och reste sig.

"Hur hittar jag ut härifrån?" undrade han.

"Du får nog inte springa omkring på egen hand", sa Edklinth.

"Jag tar ut honom", sa Monica Figuerola. "Dröj några minuter så får jag plocka ihop på mitt rum."

De gjorde sällskap genom Kronobergsparken mot Fridhemsplan.

"Så vad händer nu?" undrade Mikael.

"Vi håller kontakt", sa Monica Figuerola.

"Jag börjar tycka om att ha kontakt med Säpo", sa Mikael och log mot henne.

"Har du lust att äta middag senare i kväll?"

"Bosniska restaurangen igen?"

"Nä, jag har inte råd att äta ute varje kväll. Jag tänkte snarare något enkelt hemma hos mig."

Hon stannade och log mot honom.

"Vet du vad jag skulle vilja göra just nu?" sa Monica Figuerola.

"Nej."

"Jag har lust att ta hem dig nu och klä av dig."

"Det här kan bli krångligt."

"Jag vet. Jag tänker inte precis berätta för min chef."

"Vi vet inte hur den här storyn kommer att utvecklas. Vi kan hamna på motsatta sidor av barrikaden."

"Jag tar risken. Kommer du frivilligt eller måste jag boja dig?"

Han nickade. Hon tog honom under armen och styrde mot Pontonjärgatan. De var nakna inom trettio sekunder efter att de stängt hennes lägenhetsdörr.

DAVID ROSIN, SÄKERHETSKONSULT på Milton Security, väntade på Erika Berger då hon kom hem vid sjutiden på kvällen. Hennes fot ömmade kraftigt och hon linkade in i köket och sjönk ned på närmaste stol. Han hade bryggt kaffe och serverade henne.

"Tack. Ingår kaffekokning i Miltons serviceavtal?"

Han log artigt. David Rosin var en rundnätt man i 50-årsåldern med ett rött hakskägg.

"Tack för att jag fick låna köket under dagen."

"Det var det minsta jag kunde erbjuda. Hur är läget?"

"Under dagen har våra tekniker varit här och installerat ett riktigt larm. Jag ska visa hur det fungerar alldeles strax. Jag har också gått igenom din bostad från källare till vind och tittat på omgivningarna. Det som händer nu är att jag kommer att diskutera din situation med kollegor på Miltons, och om några dagar kommer vi att ha en analys som vi vill gå igenom med dig. Men i väntan på det finns en del saker vi bör diskutera."

"Okej."

"För det första måste vi underteckna lite formalia. Det slutgiltiga kontraktet ska vi formulera senare – det beror på vilka tjänster vi kommer överens om – men här finns en dokumentation på att du ger Milton Security i uppdrag att installera det larm vi har installerat under dagen. Det är ett ömsesidigt standardkontrakt som innebär att vi på Milton ställer vissa krav på dig och att vi ålägger oss vissa saker, däribland tystnadsplikt och liknande."

"Ni ställer krav på mig?"

"Ja. Ett larm är ett larm och betyder ingenting om det står en tokig människa med ett automatvapen i ditt vardagsrum. Om det ska vara meningsfullt med säkerhet så innebär det att vi vill att du och din make ska tänka på vissa saker och göra vissa rutinåtgärder. Jag ska gå igenom punkterna med dig."

"Okej."

"Jag ska inte föregripa den slutliga analysen, men så här uppfattar jag det allmänna läget. Du och din make bor i en villa. Ni har strand på baksidan av huset och några få stora villor i den närmaste omgivningen. Så vitt jag kunnat se har dina grannar inte särskilt bra uppsikt över ditt hus, det är relativt isolerat."

"Det stämmer."

"Det betyder att en inkräktare har goda möjligheter att närma sig din bostad utan att bli observerad."

"Grannarna till höger är bortresta stora delar av året, och till vänster bor ett äldre par som lägger sig ganska tidigt."

"Precis. Dessutom vänder husen gavlarna mot varandra. Det finns få fönster och liknande. Om en inkräktare går in på din tomt – det tar fem sekunder att svänga av från vägen och komma till baksidan av huset – så upphör insynen helt. Baksidan är omgärdad av en stor häck, garage och en stor fristående byggnad."

"Det är min makes ateljé."

"Han är konstnär, har jag förstått."

"Det stämmer. Vidare?"

"Den inkräktare som krossade fönstret och sprejade på fasaden kunde göra det helt ostört. Möjligen tog han en risk att ljudet av krossat glas kunde ha hörts och att någon reagerat, men huset är vinklat och ljudet fångas upp av fasaden."

"Jaha."

"Den andra biten är att du har ett stort hus på cirka 250 kvadrat och därtill kommer vind och källare. Det är elva rum fördelat på två våningar."

"Huset är ett monster. Det är Gregers föräldrahem som han fick överta."

"Det finns också mängder av olika sätt att ta sig in i huset. Via entrédörren, via altanen på baksidan, via verandan på övervåningen och via garaget. Dessutom finns fönster på bottenvåningen och sex källarfönster som var helt olarmade. Slutligen kan jag bryta mig in genom att använda brandstegen på baksidan av huset och gå in genom takluckan till vinden som bara är säkrad med en hasp."

"Det låter som om det är svängdörrar in i bostaden. Vad ska vi göra?"

"Det larm vi har installerat under dagen är provisoriskt. Vi ska komma tillbaka nästa vecka och göra en ordentlig installation med larm på varje fönster på bottenvåningen och i källaren. Det är alltså ditt intrångsskydd i händelse av att du och din make är bortresta."

"Okej."

"Men det aktuella läget har uppstått på grund av att du utsätts för ett direkt hot från en specifik individ. Det är betydligt allvarligare. Vi vet inte ett dugg om vem den personen är, vilka motiv han har och hur långt han är beredd att gå, men vi kan dra vissa slutsatser. Om det bara handlade om anonym hatpost skulle vi göra en lägre hotbedömning, men i det här fallet handlar det om en person som faktiskt har gjort sig besvär med att åka till din bostad – och det är rätt lång väg till Saltsjöbaden – och genomföra ett attentat. Det är synnerligen illavarslande."

"Det håller jag med om."

"Jag har pratat med Armanskij under dagen och vi är överens om att det finns en klar och tydlig hotbild."

"Jaha."

"Till dess att vi vet mer om den som hotar måste vi ta det säkra för det osäkra."

"Vilket betyder ..."

"För det första. Det larm vi har installerat under dagen innehåller två komponenter. Dels ett vanligt intrångslarm som är på då du inte är hemma, dels ett rörelsedetektorlarm för undervåningen som du måste sätta på då du befinner dig på övervåningen på nätterna."

"Okej."

"Det innebär krångel eftersom du måste stänga av larmet varje gång du går ned till bottenvåningen."

"Jag förstår."

"För det andra har vi bytt ut din sovrumsdörr i dag."

"Bytt sovrumsdörren?"

"Ja. Vi har installerat en säkerhetsdörr i stål. Oroa dig inte, den är vitmålad och ser ut som en vanlig sovrumsdörr. Skillnaden är att dörren automatiskt går i lås då du stänger den. För att öppna dörren från insidan behöver du bara trycka ned handtaget som på vilken dörr som helst. Men för att öppna dörren utifrån måste du slå en tresiffrig kod på en platta som sitter direkt på handtaget."

"Okej."

"Om du blir antastad i hemmet har du alltså ett säkert rum du kan barrikadera dig i. Det är stabila väggar och det kommer att ta en bra stund att bryta ned den dörren även om man har verktyg till hands. För det tredje ska vi installera kameraövervakning som innebär att du kan se vad som händer på bakgården och på bottenvåningen då du befinner dig i sovrummet. Det sker senare i veckan samtidigt som vi installerar rörelsedetektorer utanför huset."

"Suck. Det låter som om sovrummet inte kommer att vara en så romantisk plats i framtiden."

"Det är en liten monitor. Vi kan bygga in den i en garderob eller i ett skåp så du inte behöver ha den framme."

"Okej."

"Senare i veckan vill jag byta dörrar i arbetsrummet och i ett rum här nere också. Om något händer så ska du snabbt kunna söka skydd och låsa dörren medan du väntar på assistans."

"Ja."

"Om du utlöser inbrottslarmet av misstag så ska du omedelbart ringa till Miltons larmcentral och avboka utryckningen. För att avboka måste du kunna uppge ett lösenord som finns registrerat hos oss. Om du glömmer lösenordet sker utryckningen i alla fall och då kommer du att debiteras en summa pengar."

"Jag förstår."

"För det fjärde finns nu överfallslarm på fyra ställen här i huset. Här nere i köket, i hallen, i ditt arbetsrum på övervåningen och i ert sovrum. Överfallslarmet består av två knappar som du trycker in samtidigt och håller intryckta i tre sekunder. Du kan göra det med en hand, men du kan inte göra det av misstag."

"Jaha."

"Om överfallslarmet går innebär det tre saker. För det första rycker Miltons ut med bilar som kommer hit. Den närmaste bilen kommer från Adam Säkerhet i Fisksätra. Det är två stadiga knektar som är här inom tio till tolv minuter. Det andra är att en bil från Miltons kommer ned från Nacka. Där är utryckningstiden i bästa fall tjugo men troligare tjugofem minuter. För det tredje larmas polisen automatiskt. Det kommer med andra ord flera bilar till platsen med några minuters mellanrum."

"Okej."

"Ett överfallslarm går inte att avboka på samma sätt som du kan avboka intrångslarmet. Du kan alltså inte ringa och säga att det var ett misstag. Även om du möter oss på uppfarten och säger att det var ett misstag så kommer polisen att gå in i huset. Vi vill vara säkra på att ingen håller en pistol mot din makes huvud eller något sådant. Överfallslarmet ska du endast använda då det verkligen är fara på färde."

"Jag förstår."

"Det behöver inte vara ett fysiskt överfall. Det kan vara att någon försöker bryta sig in eller dyker upp på bakgården eller liknande. Om du känner dig det minsta hotad så ska du använda larmet, men du ska göra det med omdöme."

"Jag lovar."

"Jag noterar att du har golfklubbor placerade lite här och var i huset."

"Ja. Jag sov här ensam i går natt."

"Själv skulle jag ha tagit in på hotell. Jag har inga problem med att du vidtar försiktighetsåtgärder på egen hand. Men jag hoppas att du har klart för dig att med en golfklubba kan du med lätthet slå ihjäl en angripare."

"Hmm."

"Och om du gör det så kommer du med största sannolikhet att bli åtalad för dråp. Om du uppger att du ställt golfklubborna där i akt och mening att beväpna dig så kan det till och med rubriceras som mord."

"Så jag ska alltså ..."

"Säg inget. Jag vet vad du tänker säga."

"Om någon överfaller mig så tänker jag nog slå in skallen på den människan."

"Jag förstår dig. Men hela poängen med att anlita Milton Security är att du ska ha alternativ till det. Du ska kunna påkalla hjälp och framför allt ska du inte hamna i en situation där du måste slå in skallen på någon."

"Okej."

"Och vad gör du förresten med golfklubborna om han kommer med ett skjutvapen? Det säkerhet handlar om är att ligga ett steg före den som vill dig illa."

"Hur gör jag det om jag har en stalker efter mig?"

"Du ser till att han aldrig har en chans att komma dig inpå livet. I nuläget är det så att vi inte kommer att vara klara med installationerna här förrän om ett par dagar, och därefter måste vi också ha ett samtal med din make. Han måste vara lika säkerhetsmedveten som du."

"Jaha."

"Till dess vill jag egentligen inte att du ska bo här."

"Jag har ingen möjlighet att flytta någonstans. Min make är hemma om ett par dagar. Men både han och jag reser ganska ofta och är ensamma här tidvis."

"Jag förstår. Men det här handlar bara om några dagar till dess att vi har alla installationer på plats. Finns det ingen bekant du kan bo hos?"

Erika funderade ett ögonblick på Mikael Blomkvists lägenhet men kom ihåg att det inte var någon bra idé.

"Tack ... men jag vill nog bo här hemma."

"Jag var rädd för det. I så fall vill jag att du ska ha sällskap här under resten av veckan."

"Hmm."

"Har du någon bekant som kan komma och bo hos dig?"

"Säkert. Men inte halv åtta på kvällen om en galen mördare stryker omkring på bakgården."

David Rosin funderade en stund.

"Okej. Har du något emot att ha sällskap av en medarbetare på Miltons? Jag kan ringa ett samtal och höra om en tjej som heter Susanne Linder är ledig i kväll. Hon skulle säkert inte ha något emot att tjäna några extra hundralappar vid sidan om."

"Vad kostar det?"

"Det får du göra upp med henne. Det är alltså utanför alla formella avtal. Men jag vill faktiskt inte att du ska vara ensam."

"Jag är inte mörkrädd."

"Det tror jag inte heller. Då skulle du inte ha sovit här i går natt. Men Susanne Linder är dessutom före detta polis. Och det är bara högst tillfälligt. Om vi ska arrangera livvaktsskydd så blir det en helt annan sak – och det blir rätt dyrt."

David Rosins allvarliga tonläge påverkade henne. Erika Berger insåg plötsligt att han satt och nyktert diskuterade möjligheten att det förelåg ett hot mot hennes liv. Var det överdrivet? Skulle hon avfärda hans professionella oro? Varför hade hon i så fall alls ringt Milton Security och bett dem installera ett larm?

"Okej. Ring henne. Jag bäddar i gästrummet."

DET VAR FÖRST vid tiotiden på kvällen som Monica Figuerola och Mikael Blomkvist svepte lakan omkring sig, gick till hennes kök och snickrade ihop en kall pastasallad med tonfisk och bacon av rester i hennes kylskåp. De drack vatten till middagen. Monica Figuerola fnittrade plötsligt.

"Vad?"

"Jag misstänker att Edklinth skulle bli aningen störd om han såg oss just nu. Jag tror inte att han menade att jag skulle ha sex med dig då han sa att jag skulle hålla nära koll på dig."

"Det var du som startade det här. Jag hade att välja på att bli bojad eller komma med frivilligt."

"Jag vet. Men du var inte alltför svår att övertala."

"Du kanske inte är medveten om det, fast det tror jag, men du fullkomligt skriker sex. Vilken kille tror du kan motstå det?"

"Tack. Men fullt så sexig är jag inte. Och fullt så ofta har jag inte sex."

"Hmm."

"Det är sant. Jag brukar inte hamna i säng med särskilt många killar. Jag har halvt om halvt varit ihop med en kille under våren. Men det tog slut."

"Varför det?"

"Han var rätt gullig men det blev en sorts tröttsam armbrytartävling. Jag var starkare än han och det tålde han inte."

"Okej."

"Är du en sådan kille som kommer att vilja bryta arm med mig?"

"Du menar om jag är en kille som har problem med att du är

mera vältränad och fysiskt starkare än jag. Nej."

"Ärligt talat. Jag har märkt att ganska många killar är intresserade, men sedan börjar de utmana mig och vill hitta på olika sätt att dominera mig. Särskilt om de upptäcker att jag är snut."

"Jag tänker inte tävla med dig. Jag är bättre än du på det jag gör. Och du är bättre än jag på det du gör."

"Bra. Den attityden kan jag leva med."

"Varför raggade du upp mig?"

"Jag brukar ge efter för impulser. Och du var en sådan impuls."

"Okej. Men du är polis på Säpo av alla jävla ställen och mitt inne i en utredning där jag är en aktör ..."

"Du menar att det var oprofessionellt av mig. Du har rätt. Jag borde inte ha gjort det. Och jag skulle få stora problem om det blev allmänt känt. Edklinth skulle bli rasande."

"Jag ska inte skvallra."

"Tack."

De var tysta en stund.

"Jag vet inte vad det kommer att bli av det här. Du är en kille som brukar strula rätt mycket har jag förstått. Är det en riktig beskrivning?"

"Jo. Dessvärre. Och jag söker nog inte en stadig flickvän."

"Okej. Jag är varnad. Jag söker nog inte en stadig pojkvän heller. Kan vi hålla det här på ett vänskapligt plan?"

"Helst. Monica, jag ska inte berätta för någon att vi haft ihop det. Men om det vill sig illa kan jag hamna i en jävla konflikt med dina kollegor."

"Jag tror faktiskt inte det. Edklinth är renhårig. Och vi vill verkligen nita den här Zalachenkoklubben. Det verkar fullkomligt vettlöst om dina teorier stämmer."

"Vi får se."

"Du har haft ihop det med Lisbeth Salander också."

Mikael höjde blicken och såg på Monica Figuerola.

"Du ... jag är inte en öppen dagbok som alla får läsa. Min relation till Lisbeth angår ingen."

"Hon är Zalachenkos dotter."

"Ja. Och det måste hon leva med. Men hon är inte Zalachenko. Det är en jävla skillnad."

"Jag menade inte så. Jag undrade över ditt engagemang i den här historien."

"Lisbeth är min vän. Det räcker som förklaring."

SUSANNE LINDER FRÅN Milton Security var klädd i jeans, svart skinnjacka och löparskor. Hon anlände till Saltsjöbaden vid niotiden på kvällen och fick instruktioner av David Rosin och gick en runda i huset tillsammans med honom. Hon var beväpnad med laptop, fjäderbatong, tårgaspatron, handbojor och tandborste i en grön militärbag som hon packade upp i Erika Bergers gästrum. Därefter bjöd Erika Berger henne på kaffe.

"Tack för kaffet. Du kommer att tycka att jag är en gäst som du måste underhålla på alla sätt och vis. I själva verket är jag inte alls en gäst. Jag är ett nödvändigt ont som plötsligt finns i ditt liv, även om det bara är för ett par dagar. Jag jobbade som polis i sex år och har jobbat för Milton Security i fyra år. Jag är utbildad livvakt."

"Jaha."

"Det finns en hotbild mot dig och jag är här för att vara grindvakt så att du ska kunna sova i lugn och ro eller arbeta eller läsa en bok eller göra vad du har lust att göra. Om du har ett behov av att prata så lyssnar jag gärna. Annars har jag en bok med mig som jag kan sysselsätta mig med."

"Okej."

"Det jag menar är att du ska fortsätta med ditt liv och att du inte ska känna ett behov av att underhålla mig. Då blir jag bara ett störande inslag i din vardag. Så det bästa vore om du kunde se mig som en tillfällig arbetskamrat."

"Jag måste säga att jag är ovan vid den här situationen. Jag har blivit utsatt för hotelser tidigare då jag var chefredaktör för *Millennium*, men då var det på en yrkesmässig nivå. Här är det en jävligt obehaglig människa ..."

"Som har fått en *hang up* på just dig."

"Något åt det hållet."

"Om vi ska ordna ett riktigt livvaktsskydd för dig så kommer det att kosta väldigt mycket pengar och det måste du göra upp med Dragan Armanskij. Och om det ska vara lönt så måste det finnas en mycket tydlig och specifik hotbild. Det här är bara ett extraknäck för mig. Jag tar 500 spänn per natt för att sova här veckan ut istället för att sova hemma hos mig. Det är billigt och långt under vad jag skulle debitera om jag tog det här jobbet på uppdrag av Miltons. Är det okej med dig?"

"Det är helt okej."

"Om någonting händer så vill jag att du låser in dig i sovrummet och låter mig sköta tumultet. Ditt jobb är att trycka på överfallslarmet."

"Jag förstår."

"Jag menar allvar. Jag vill inte ha dig under fötterna om det blir något bråk."

ERIKA BERGER GICK och lade sig vid elvatiden på kvällen. Hon hörde klicket från låset då hon stängde sovrumsdörren. Hon klädde eftertänksamt av sig och kröp ned i sängen.

Trots att hon hade blivit manad att inte underhålla sin gäst så hade hon tillbringat två timmar med Susanne Linder vid köksbordet. Hon hade upptäckt att de kom alldeles utmärkt överens och att sällskapet hade varit otvunget. De hade diskuterat den psykologi som föranleder vissa män att förfölja kvinnor. Susanne Linder hade förklarat att hon struntade i psykologiskt mumbo jumbo. Hon menade att det viktiga var att stoppa dårarna och att hon trivdes mycket väl med sitt jobb på Milton Security eftersom hennes arbetsuppgifter till stor del handlade om att vara motåtgärd mot dårfinkar.

"Varför slutade du hos polisen?" undrade Erika Berger.

"Fråga hellre varför jag blev polis."

"Okej. Varför blev du polis?"

"Därför att då jag var sjutton år blev en nära väninna till mig rånad och våldtagen av tre sluskar i en bil. Jag blev polis för att jag hade en romantisk bild av att polisen var till för att hindra sådana brott."

"Ja ..."

"Jag kunde inte hindra ett jävla skit. Som polis kom jag alltid till platsen efter att ett brott begåtts. Jag pallade inte med den dumdryga jargongen i piketen. Och jag lärde mig snabbt att vissa brott inte utreds. Du är ett typexempel på det. Har du försökt ringa polisen om vad som hänt?"

"Jo."

"Och polisen ryckte ut?"

"Inte precis. Jag blev uppmanad att göra en anmälan på närpolisstationen."

"Okej. Då vet du. Nu jobbar jag för Armanskij och där kommer jag in i bilden innan brottet begåtts."

"Hotade kvinnor?"

"Jag jobbar med allt möjligt. Säkerhetsanalyser, livvaktsskydd, övervakning och sådant. Men det handlar ofta om människor som hotas och jag trivs väsentligt bättre där än hos polisen."

"Okej."

"Det finns förstås en nackdel."

"Vad då?"

"Vi ger bara hjälp till klienter som kan betala."

Då hon hade lagt sig funderade Erika Berger på vad Susanne Linder sagt. Alla människor har inte råd med säkerhet. Själv hade hon utan att blinka accepterat David Rosins förslag till ett flertal dörrbyten, hantverkare och dubbla larmsystem och allt annat. Summan för alla åtgärder skulle komma att kosta uppemot 50 000 kronor. Hon hade råd.

Hon funderade en stund på sin känsla att den som hotade henne hade något med SMP att göra. Personen i fråga hade vetat att hon gjort sig illa i foten. Hon funderade på Anders Holm. Hon tyckte inte om honom, vilket bidrog till hennes misstänksamhet mot honom, men nyheten att hon hade gjort sig illa i foten hade spridits snabbt från den sekund då hon kommit till redaktionen med kryckor.

Och hon måste ta itu med problemet med Borgsjö.

Hon satte sig plötsligt upp i sängen och rynkade ögonbrynen och såg sig omkring i sovrummet. Hon undrade var hon hade lagt Henry Cortez mapp om Borgsjö och Vitavara AB.

Erika reste sig och drog på sig morgonrocken och tog stöd av en krycka. Därefter öppnade hon sovrumsdörren och gick till sitt arbetsrum och tände takbelysningen. Nej, hon hade inte varit inne i arbetsrummet sedan hon ... hon hade läst mappen i badkaret kvällen innan. Hon hade lagt den på fönsterbrädet.

Hon gick till badrummet. Mappen låg inte i fönstret.

Hon stod stilla en lång stund och grubblade.

Jag klev upp ur badkaret och gick för att sätta på kaffe och trampade på glasbiten och fick annat att tänka på.

Hon hade inget minne av att hon hade sett mappen på morgonen. Hon hade inte flyttat mappen någon annanstans.

Plötsligt blev hon iskall. Hon ägnade de närmast följande fem minuterna åt att systematiskt söka igenom badrummet och vända upp och ned på papperstravar och tidningsbuntar i köket och i sovrummet. Till sist tvingades hon konstatera att mappen var borta.

Någon gång efter att hon trampade på glasbiten och innan David Rosin dök upp på morgonen så hade någon gått in i badrummet och tagit *Milleniums* material om Vitavara AB.

Sedan slog det henne att hon hade andra hemligheter i huset. Hon haltade snabbt tillbaka till sovrummet och öppnade understa byrålådan vid sin säng. Hennes hjärta sjönk som en sten. Alla människor har hemligheter. Hon samlade sina i byrån i sovrummet. Erika Berger skrev inte dagbok regelbundet, men det hade funnits perioder då hon gjort det. Där fanns sparade gamla kärleksbrev från tonåren.

Där fanns ett kuvert med bilder som hade varit kul när de togs men som inte lämpade sig för allmän publicering. Då Erika var i 25-årsåldern hade hon varit med i Club Xtreme som arrangerade privata dejtingfester för folk som lattjade med läder och lack. Där fanns bilder från fester då hon i nyktert tillstånd skulle påstå att hon inte hade sett riktigt klok ut.

Och mest katastrofalt – där fanns en video som tagits under en semester i början av 1990-talet då hon och hennes make hade varit gäster hos glaskonstnären Torkel Bollinger i hans sommarhus på Costa del Sol. Under semestern hade Erika upptäckt att hennes man hade en klar bisexuell läggning, och de hade bägge hamnat i säng med Torkel. Det hade varit en underbar semester. Videokameror hade fortfarande varit ett relativt nytt fenomen, och den film de lekfullt producerat var inte av det barntillåtna slaget.

Byrålådan var tom.

Hur fan kunde jag vara så jävla korkad?

På botten av lådan hade någon sprejat de välbekanta fyra bokstäverna.

KAPITEL 19
FREDAG 3 JUNI-LÖRDAG 4 JUNI

LISBETH SALANDER AVSLUTADE sin självbiografi vid fyratiden på fredagsmorgonen och skickade en kopia till Mikael Blomkvist på yahoogruppen [Stolliga_Bordet]. Därefter låg hon stilla i sängen och stirrade upp i taket.

Hon konstaterade att hon på valborgsmässoafton hade fyllt 27 år men att hon inte ens hade reflekterat över att det varit hennes födelsedag. Hon hade befunnit sig i fångenskap. Hon hade upplevt samma sak då hon låg på S:t Stefans barnpsykiatriska klinik, och om saker och ting inte gick hennes väg så fanns en risk att hon skulle uppleva åtskilliga födelsedagar framöver på något dårhus.

Vilket hon inte tänkte acceptera.

Förra gången hon suttit inspärrad hade hon knappt kommit upp i tonåren. Nu var hon vuxen och hade en annan kunskap och kompetens. Hon undrade hur lång tid det skulle ta för henne att rymma och sätta sig i säkerhet någonstans utomlands och skaffa en ny identitet och ett nytt liv.

Hon reste sig från sängen och gick till toaletten där hon tittade sig i spegeln. Hon haltade inte längre. Hon kände med handen på utsidan av höften där skottsåret hade läkts till ett ärr. Hon vred armarna och tänjde skuldran fram och tillbaka. Det stramade, men hon var i praktiken återställd. Hon knackade sig på huvudet. Hon antog att hennes hjärna inte hade tagit någon större skada av att bli perforerad av en helmantlad kula.

Hon hade haft tur som en tok.

Fram till dess att hon hade fått tillgång till sin handdator hade hon sysselsatt sig med att fundera ut hur hon skulle rymma från det låsta rummet på Sahlgrenska sjukhuset.

Därefter hade doktor Anders Jonasson och Mikael Blomkvist rubbat hennes planer genom att smuggla in handdatorn. Hon hade läst Mikael Blomkvists texter och grubblat. Hon hade gjort en konsekvensanalys och funderat över hans plan och vägt sina möjligheter. Hon hade beslutat att för en gångs skull göra som han föreslog. Hon skulle testa systemet. Mikael Blomkvist hade övertygat henne om att hon faktiskt inte hade något att förlora, och han erbjöd henne en möjlighet att rymma på ett helt annat sätt. Och om planen misslyckades skulle hon helt enkelt tvingas planera sin rymning från S:t Stefans eller något annat dårhus.

Det som faktiskt hade fått henne att fatta beslutet att spela Mikaels spel var hennes hämndlystnad.

Hon förlät inget.

Zalachenko, Björck och Bjurman var döda.

Men Teleborian levde.

Och det gjorde även hennes bror Ronald Niedermann. Även om han i princip inte var hennes problem. Han hade visserligen hjälpt till att mörda och begrava henne, men han kändes perifer. *Om jag springer ihop med honom någon gång får vi se, men till dess är han polisens problem.*

Men Mikael hade rätt i att det bakom konspirationen måste finnas andra okända ansikten som hade bidragit till att forma hennes liv. Hon måste få namn och personnummer på dessa anonyma ansikten.

Alltså hade hon beslutat sig för att följa Mikaels plan. Och alltså hade hon skrivit den nakna och osminkade sanningen om sitt liv i form av en knastertorr självbiografi på fyrtio sidor. Hon hade varit mycket noga med formuleringarna. Innehållet i varje mening var sant. Hon hade accepterat Mikaels resonemang att hon redan var uthängd i svensk massmedia med så groteska påståenden att en portion sann dårskap rimligen inte kunde skada hennes anseende.

Däremot var biografin ett falsarium i den bemärkelsen att hon knappast berättade *hela* sanningen om sig själv och om sitt liv. Det hade hon ingen anledning att göra.

Hon gick tillbaka till sängen och kröp ned under täcket. Hon kände en irritation som hon inte kunde definiera. Hon sträckte sig efter ett anteckningsblock som hon hade fått av Annika Giannini och som hon knappt hade använt. Hon slog upp första sidan där hon hade skrivit en enda rad.

$$(x^3+y^3=z^3)$$

Hon hade tillbringat flera veckor i Karibien den föregående vintern med att grubbla sig fördärvad på Fermats teorem. Då hon återkom till Sverige och innan hon blev indragen i jakten på Zalachenko hade hon fortsatt att leka med ekvationerna. Problemet var att hon hade en irriterande känsla av att hon hade sett en lösning ... *att hon hade upplevt en lösning.*

Men att hon inte kunde komma ihåg den.

Att inte komma ihåg något var ett okänt fenomen för Lisbeth Salander. Hon hade testat sig själv genom att gå in på nätet och plocka fram några slumpvis valda HTML-koder som hon läst i ett svep och memorerat och därefter återgivit exakt.

Hon hade inte förlorat sitt fotografiska minne som hon upplevde som en förbannelse.

Allt var som vanligt i huvudet.

Bortsett från detta att hon trodde sig minnas att hon hade sett en lösning på Fermats teorem men inte kunde komma ihåg hur, när eller var.

Det värsta var att hon inte kände något som helst intresse för gåtan. Fermats teorem fascinerade henne inte längre. Det var illavarslande. Det var precis så hon brukade fungera. Hon fascinerades av en gåta, men så fort hon hade löst den tappade hon intresset.

Och det var precis så hon kände för Fermat. Han var inte längre en djävul på hennes axel som pockade på uppmärksamhet och retade hennes intellekt. Det var en platt formel, några krumelurer på ett papper, och hon kände ingen som helst lust att ta itu med gåtan. Detta oroade henne. Hon lade ifrån sig anteckningsblocket.

Hon borde sova.

Istället plockade hon fram handdatorn igen och gick ut på nätet. Hon funderade en stund och gick därefter in på Dragan Armanskijs hårddisk som hon inte hade besökt sedan hon fick handdatorn. Armanskij samarbetade med Mikael Blomkvist men hon hade inte haft något omedelbart behov av att läsa om vad han sysslade med.

Hon läste förstrött hans e-post.

Sedan hittade hon den säkerhetsanalys som David Rosin hade formulerat om Erika Bergers bostad. Hon höjde ögonbrynen.

Erika Berger har en stalker efter sig.

Hon hittade ett PM från medarbetaren Susanne Linder som tydligen hade bott hos Erika Berger föregående natt och som hade mailat in en rapport sent under natten. Hon tittade på tidsangivelsen. Mailet hade skickats strax före tre på morgonen och rapporterade att Berger hade upptäckt att personliga dagböcker, brev och fotografier samt en video av högst personlig karaktär hade stulits från en byrå i hennes sovrum.

[Efter att ha diskuterat saken med fru Berger konstaterade vi att stölden måste ha skett under den tid hon befann sig på Nacka sjukhus efter att ha trampat på glasskärvan. Det gav ett gap på cirka 2,5 timmar då huset stod obevakat och det bristfälliga larmet från NIP ej var inkopplat. Vid alla övriga tidpunkter har antingen Berger eller David Rosin befunnit sig i huset till dess att stölden upptäcktes.

Det ger slutsatsen att hennes förföljare uppehöll sig i fru Bergers närhet och kunde observera att hon hämtades med taxi och möjligen också att hon haltade och var skadad i foten. Han passade då på att gå in i bostaden.]

Lisbeth kopplade ned Armanskijs hårddisk och stängde eftertänksamt av handdatorn. Hon upplevde motstridiga känslor.

Hon hade ingen orsak att älska Erika Berger. Hon mindes fortfarande den förnedring hon hade upplevt då hon sett henne försvinna med Mikael Blomkvist på Hornsgatan dagen före nyårsafton ett och ett halvt år tidigare.

Det hade varit hennes livs enfaldigaste ögonblick och hon skulle aldrig mer tillåta sig den sortens känslor.

Hon mindes det oresonliga hat hon hade känt och lusten att rusa i kapp dem och skada Erika Berger.

Pinsamt.

Hon var botad.

Men hon hade som sagt ingen orsak att älska Erika Berger.

Efter en stund undrade hon vad Bergers video av *högst personlig karaktär* innehöll. Hon hade själv en video av högst personlig karaktär som visade hur Nils Gubbslemmet Bjurman förgrep sig på henne. Och den fanns nu i Mikael Blomkvists händer. Hon undrade hur hon skulle ha reagerat om någon hade brutit sig in hos henne och stulit filmen. Vilket Mikael Blomkvist per definition faktiskt hade gjort, även om hans syfte inte hade varit att skada henne.

Hmm.

Knepigt.

DET HADE VARIT omöjligt för Erika Berger att sova under natten till fredagen. Hon haltade rastlöst fram och tillbaka genom villan medan Susanne Linder höll ett vakande öga på henne. Hennes ångest låg som en tung dimma i huset.

Vid halvtretiden på morgonen lyckades Susanne Linder övertala Berger att om inte sova så åtminstone lägga sig i sängen och vila. Hon hade dragit en suck av lättnad då Berger stängde sin sovrumsdörr. Hon hade öppnat sin laptop och sammanfattat vad som hade hänt i ett mail till Dragan Armanskij. Hon hade knappt hunnit peta iväg mailet förrän hon hörde att Erika Berger var uppe och rörde på sig igen.

Vid sjutiden på morgonen hade hon äntligen fått Erika Berger att ringa till SMP och sjukskriva sig för dagen. Erika Berger hade motvilligt gått med på att hon inte skulle vara till stor nytta på sin arbetsplats om ögonen gick i kors. Därefter hade hon somnat i soffan i vardagsrummet, framför det plywoodtäckta fönstret. Susanne Linder hade hämtat en filt och brett ut över henne. Hon hade därefter gjort kaffe till sig själv och ringt och pratat med Dragan Armanskij och förklarat sin närvaro på platsen och hur hon hade blivit inkallad av David Rosin.

"Jag har inte heller sovit en blund i natt", sa Susanne Linder.

"Okej. Stanna kvar hos Berger. Gå och lägg dig och sov ett par timmar", sa Armanskij.

"Jag vet inte hur vi ska fakturera ..."

"Det löser vi sedan."

Erika Berger sov till halv tre på eftermiddagen. Hon vaknade och hittade Susanne Linder sovande i en fåtölj i andra änden av vardagsrummet.

MONICA FIGUEROLA FÖRSOV sig på fredagsmorgonen och hade inte tid att springa någon morgonrunda innan hon skulle inställa sig på jobbet. Hon lastade Mikael Blomkvist för detta tillstånd, duschade och sparkade upp honom ur sängen.

Mikael Blomkvist åkte ned till *Millennium* där alla var överraskade att se honom uppe så tidigt. Han muttrade något och hämtade kaffe och samlade Malin Eriksson och Henry Cortez på sitt rum. De ägnade tre timmar åt att gå igenom texter för det kommande temanumret och stämma av hur bokproduktionen framskred.

"Dag Svenssons bok gick till tryckeriet i går", sa Malin. "Vi gör den i pocketformat."

"Okej."

"Tidningen kommer att bli *The Lisbeth Salander Story*", sa Henry Cortez. "De håller på att ändra datum, men rättegången är nu fastställd till onsdag den 13 juli. Vi kommer att ha tidningen tryckt till dess men ligger på distributionen till i mitten av veckan. Du bestämmer när den går ut."

"Bra. Då återstår bara boken om Zalachenko, vilken just nu är en mardröm. Titeln blir *Sektionen*. Första halvan av boken blir i praktiken det vi kör i *Millennium*. Morden på Dag Svensson och Mia Bergman är utgångspunkt och därefter jakten på Lisbeth Salander, Zalachenko och Niedermann. Andra halvan av boken blir det vi vet om Sektionen."

"Mikael, även om tryckeriet gör allt för oss så måste vi lämna tryckfärdiga original senast den sista juni", sa Malin. "Christer behöver åtminstone ett par dagar till layout. Vi har drygt två veckor på oss. Jag begriper inte hur vi ska hinna."

"Vi hinner inte gräva fram den fullständiga historien", medgav Mikael. "Men jag tror inte att vi skulle kunna göra det om vi så hade ett år på oss. Det vi ska göra i den här boken är att påstå vad som har hänt. Om vi saknar källa på något så skriver jag det. Om vi spekulerar så ska det framgå klart och tydligt. Vi skriver alltså vad som har hänt och som vi kan dokumentera, och så skriver vi vad vi tror kan ha hänt."

"Jävligt svajigt", sa Henry Cortez.

Mikael skakade på huvudet.

"Om jag säger att en Säpoaktivist bryter sig in i min lägenhet och att jag kan dokumentera det med en video så är det dokumenterat. Om jag säger att han gör det på uppdrag av Sektionen så är det spekulation, men i ljuset av alla avslöjanden vi gör så är det en rimlig spekulation. Förstår du?"

"Okej."

"Jag kommer inte att hinna skriva alla texter själv. Henry, jag har en lista på texter här som du måste snickra ihop. Det motsvarar drygt femtio sidor boktext. Malin, du är backup för Henry, precis som då vi redigerade Dag Svenssons bok. Alla tre namnen står som författare på omslaget. Är det okej med er?"

"Visst", sa Malin. "Men vi har en del andra problem."

"Vad?"

"Medan du har slitit med Zalachenkohistorien har vi en jävla massa jobb att göra här ..."

"Och du menar att jag inte finns tillgänglig?"

Malin Eriksson nickade.

"Du har rätt. Jag är ledsen."

"Var inte det. Vi vet alla att när du blir besatt av en story så finns inget annat. Men det funkar inte för oss andra. Det funkar inte för mig. Erika Berger hade mig att luta sig emot. Jag har Henry och han är ett ess, men han jobbar lika mycket på din story som du. Även om man räknar in dig så är vi helt enkelt två man kort på redaktionen."

"Okej."

"Och jag är inte Erika Berger. Hon hade en rutin som jag saknar. Jag håller på att lära mig jobbet. Monica Nilsson sliter häcken av sig. Och det gör Lottie Karim också. Men ingen hinner stanna upp och tänka."

"Det här är tillfälligt. Så fort rättegången startar ..."

"Nej, Mikael. Det är inte över då. När rättegången startar kommer det att bli ett rent helvete. Du minns hur det var under Wennerströmaffären. Det betyder att vi inte kommer att se dig på ungefär tre månader medan du snurrar runt i TV-sofforna."

Mikael suckade. Han nickade långsamt.

"Vad föreslår du?"

"Om vi ska klara *Millennium* under hösten måste vi nyanställa folk. Minst två personer, kanske fler. Vi har inte kapacitet för det vi försöker göra och ..."

"Och?"

"Och jag är inte säker på att jag vill göra det."

"Jag förstår."

"Jag menar det. Jag är en djävul på att vara redaktionssekreterare och det är en *piece of cake* med Erika Berger som chef. Vi sa att vi skulle prova över sommaren ... okej, vi har provat. Jag är ingen bra chefredaktör."

"Strunt", sa Henry Cortez.

Malin skakade på huvudet.

"Okej", sa Mikael. "Jag hör vad du säger. Men tänk på att det varit en extrem situation."

Malin log mot honom.

"Du kan se det här som klagomål från personalen", sa hon.

FÖRFATTNINGSSKYDDETS OPERATIVA ENHET ägnade fredagen åt att försöka få rätsida på den information de hade fått av Mikael Blomkvist. Två av medarbetarna hade flyttat till ett tillfälligt kontorsutrymme vid Fridhemsplan där all dokumentation samlades. Det var oläsligt eftersom det interna datasystemet låg i polishuset, vilket innebar att medarbetarna fick promenera fram och tillbaka några gånger varje dag. Även om det bara var tio minuter så var det ett irritationsmoment. Redan vid lunchtid hade de en omfattande dokumentation på att både Fredrik Clinton och Hans von Rottinger hade varit anknutna till Säkerhetspolisen på 1960-talet och början av 1970-talet.

von Rottinger kom ursprungligen från den militära underrättelsetjänsten och arbetade i flera år på den byrå som koordinerade Försvarsmakten med Säkerhetspolisen. Fredrik Clinton hade en bakgrund inom flygvapnet och hade börjat arbeta för Säkerhetspolisens personalkontroll 1967.

Bägge hade dock lämnat RPS/Säk i början av 1970-talet; Clinton 1971 och von Rottinger 1973. Clinton hade gått till det privata näringslivet som konsult och von Rottinger hade civilanställts för att göra utredningar åt det internationella atomenergiorganet. Han stationerades i London.

Det tog till långt in på eftermiddagen innan Monica Figuerola kunde knacka på hos Edklinth och förklara att Clintons och von Rottingers karriärer sedan de lämnat RPS/Säk med största sannolikhet var falsarier. Clintons karriär var svår att spåra. Att vara konsult för det privata näringslivet kan betyda i stort sett vad som helst och en sådan har ingen skyldighet att redovisa sin praktiska verksamhet för staten. Av deklarationer framgick att han tjänade bra med pengar; dessvärre tycktes hans klienter huvudsakligen bestå av anonyma företag baserade i Schweiz eller liknande länder. Följaktligen gick det inte riktigt att motbevisa att det var en bluff.

von Rottinger däremot hade aldrig någonsin satt sin fot på det kontor där han förväntades arbeta i London. 1973 hade nämligen den kontorsbyggnad där han antogs ha arbetat i själva verket rivits och ersatts med en utbyggnad av King's Cross Station. Det var sannolikt någon som gjort en tabbe då legenden etablerades. Under dagen hade Figuerolas team intervjuat flera pensionerade medarbetare vid internationella atomenergiorganet. Ingen av dessa hade någonsin hört talas om Hans von Rottinger.

"Då vet vi", sa Edklinth. "Då måste vi bara ta reda på vad de i själva verket gjorde."

Monica Figuerola nickade.

"Hur gör vi med Blomkvist?"

"Hur menar du?"

"Vi lovade att ge honom feedback om vad vi hittade om Clinton och Rottinger."

Edklinth funderade.

"Okej. Han kommer att gräva fram det där själv om han får hålla på ett tag. Bättre att vi håller oss väl med honom. Du kan ge honom det. Men använd ditt omdöme."

Monica Figuerola lovade. De ägnade några minuter åt att diskutera helgen. Monica hade två medarbetare som skulle arbeta vidare. Själv skulle hon vara ledig.

Hon stämplade därefter ut och gick till gymmet vid S:t Eriksplan och tillbringade två timmar med att ursinnigt ta igen förlorad träningstid. Hon var hemma vid sjutiden på kvällen, duschade, lagade en enkel middag och satte på TV:n för att lyssna på nyheterna. Vid halv åtta var hon redan rastlös och satte på sig joggingkläder. Hon stannade vid ytterdörren och kände efter. *Jävla Blomkvist.* Hon öppnade mobilen och ringde till hans T10.

"Vi har fått fram lite information om Rottinger och Clinton."

"Berätta", bad Mikael.

"Om du kommer över och hälsar på kan jag berätta."

"Hmm", sa Mikael.

"Jag har just bytt om till joggingkläder för att arbeta av lite överskottsenergi", sa Monica Figuerola. "Ska jag ge mig av eller ska jag vänta på dig?"

"Är det okej om jag dyker upp efter nio?"

"Det går alldeles utmärkt."

VID ÅTTATIDEN PÅ fredagskvällen fick Lisbeth Salander besök av doktor Anders Jonasson. Han slog sig ned i besöksstolen och lutade sig bakåt.

"Ska du undersöka mig?" undrade Lisbeth Salander.

"Nej. Inte i kväll."

"Okej."

"Vi gjorde utvärderingen av dig i dag och har meddelat åklagaren att vi är beredda att släppa dig."

"Jag förstår."

"De ville plocka över dig till häktet i Göteborg redan i kväll."

"Så snabbt?"

Han nickade.

"Stockholm ligger tydligen på. Jag sa att jag hade en del avslutande tester att göra på dig i morgon och att jag inte släpper dig förrän på söndag."

"Varför det?"

"Vet inte. Jag blev rätt irriterad på att de är så påstridiga."

Lisbeth Salander log faktiskt. Hon skulle nog kunna göra en god anarkist av doktor Anders Jonasson om hon fick några år på sig. Han hade i vilket fall anlag för civil olydnad på det privata planet.

"FREDRIK CLINTON", sa Mikael Blomkvist och tittade upp i taket ovanför Monica Figuerolas säng.

"Om du tänder den där cigaretten så kommer jag att fimpa den i din navel", sa Monica Figuerola.

Mikael tittade överraskat på den cigarett han hade plockat fram ur sin kavajficka.

"Förlåt", sa han. "Kan jag låna balkongen?"

"Om du borstar tänderna efteråt."

Han nickade och svepte ett lakan runt kroppen. Hon följde efter honom till köket och spolade upp ett stort glas kallt vatten. Hon lutade sig mot dörrposten vid balkongen.

"Fredrik Clinton?"

"Han lever fortfarande. Han är länken till det gamla."

"Han är döende. Han behöver en ny njure och tillbringar merparten av sin tid på dialys eller någon annan behandling."

"Men han lever. Vi skulle kunna kontakta honom och ställa frågan direkt till honom. Han kanske vill prata."

"Nej", sa Monica Figuerola. "För det första är det här en förundersökning och den sköter polisen. I den bemärkelsen finns det inget 'vi' i den här historien. För det andra får du information enligt din överenskommelse med Edklinth, men du har förbundit dig att inte agera så att du stör utredningen."

Mikael tittade på henne och log. Han fimpade cigaretten.

"Ouch", sa han. "Säkerhetspolisen rycker i kopplet."

Hon såg plötsligt betänksam ut.

"Mikael, det här är inget skämt."

ERIKA BERGER ÅKTE till *Svenska Morgon-Posten* på lördagsmorgonen med en klump i magen. Hon kände att hon hade börjat få kontroll över själva tidningsmakeriet och hade egentligen planerat att kosta på sig en ledig helg – den första sedan hon började på SMP – men upptäckten att hennes mest personliga och intima minnen hade försvunnit tillsammans med Borgsjörapporten gjorde det omöjligt för henne att slappna av.

Under en sömnlös natt som till stor del tillbringats i köket tillsammans med Susanne Linder, förväntade sig Erika att *Giftpennan* skulle slå till och att allt annat än smickrande bilder av henne snabbt skulle spridas. Internet var ett suveränt redskap för fähundar. *Gode gud, en jävla video som visar hur jag knullar med min man och med en annan man – jag kommer att hamna i varenda kvällstidning i hela världen. Det mest privata.*

Hon hade känt panik och ångest under natten.

Susanne Linder hade så småningom tvingat henne att gå och lägga sig.

Klockan åtta på morgonen klev hon upp och åkte in till SMP. Hon kunde inte hålla sig borta. Om en storm väntade så ville hon möta den först av alla.

Men på den halvbemannade lördagsredaktionen var allting normalt. Personalen hälsade vänligt då hon gick förbi centraldesken.

Anders Holm var ledig. Peter Fredriksson var nyhetschef.

"Morron, jag trodde att du skulle vara ledig i dag", hälsade han.

"Jag med. Men jag var ju opasslig i går och har lite att göra. Händer det något?"

"Nej, det är en tunn nyhetsmorgon. Det hetaste vi har är att träindustrin i Dalarna redovisar en uppgång och att det varit ett rån i Norrköping där en person blivit skadad."

"Okej. Jag sitter i glasburen och jobbar ett tag."

Hon slog sig ned och lutade kryckorna mot bokhyllan och loggade in sig på nätet. Hon började med att kontrollera posten. Hon hade fått flera mail men ingenting från Giftpennan. Hon rynkade ögonbrynen. Det var nu två dygn sedan inbrottet och ännu hade han inte agerat på vad som måste vara en fullkomlig skattkista av möjligheter. *Varför inte? Tänker han ändra taktik? Utpressning? Vill han bara hålla mig på halster?*

Hon hade inget specifikt att arbeta med och slog upp det strategidokument för SMP hon höll på att formulera. Hon satt och stirrade på skärmen i femton minuter utan att se bokstäverna.

Hon hade försökt ringa till Greger, men hade inte fått kontakt med honom. Hon visste inte ens om hans mobil fungerade utomlands. Hon hade naturligtvis kunnat spåra honom om hon ansträngt sig, men hon kände sig fullständigt håglös. Fel, hon kände sig förtvivlad och paralyserad.

Hon försökte ringa Mikael Blomkvist för att informera om att Borgsjömappen hade stulits. Han svarade inte på mobilen.

Klockan tio hade hon ännu inte fått något vettigt gjort och beslutade sig för att åka hem. Hon sträckte precis fram handen för att stänga ned datorn då hennes ICQ plingade. Hon tittade häpet på menyraden. Hon visste vad ICQ var men brukade sällan chatta och hade aldrig använt programmet sedan hon började på SMP.

Hon klickade tveksamt på Svara.

<Hej Erika>

<Hej. Vem där?>

<Privat. Är du ensam?>

Ett trick? Giftpennan?

<Ja. Vem är du?>

<Vi träffades i Kalle Blomkvists bostad då han kom hem från Sandhamn>

Erika Berger stirrade på skärmen. Det tog henne flera sekunder att göra kopplingen. *Lisbeth Salander. Omöjligt.*

<Är du kvar?>

<Ja>

<Inga namn. Vet du vem jag är?>

<Hur vet jag att det inte är en bluff>

<Jag känner till hur Mikael fick sitt ärr på halsen>

Erika svalde. Fyra personer i hela världen visste hur det hade uppstått. Lisbeth Salander var en av dem.

<Okej. Men hur kan du chatta med mig?>

<Jag är rätt bra på datorer>

Lisbeth Salander är en djävul på datorer. Men hur fan hon bär sig åt för att kommunicera från Sahlgrenska där hon legat isolerad sedan i april begriper jag inte.

<Okej>

<Kan jag lita på dig?>

<Hur menar du?>

<Det här samtalet får inte läcka>

Hon vill inte att polisen ska veta att hon har tillgång till nätet. Naturligtvis inte. Så därför chattar hon med chefredaktören för en av Sveriges största tidningar.

<Inga problem. Vad vill du?>

<Betala>

<Hur menar du?>

<*Millennium* har backat upp mig>

<Vi har gjort vårt jobb>

<Det har inte andra tidningar>

<Du är inte skyldig till det du anklagats för>

<Du har en stalker efter dig>

Erika Berger fick plötsligt hjärtklappning. Hon tvekade en lång stund.

<Vad vet du?>

<Stulen video. Inbrott>

<Ja. Kan du hjälpa?>

Erika Berger trodde inte själv att det var hon som skrev frågan. Det var fullkomligt vettlöst. Lisbeth Salander låg på rehabilitering på Sahlgrenska och hade själv problem upp över öronen. Hon var den mest osannolika person som Erika kunde vända sig till med någon sorts förhoppning om hjälp.

<Vet inte. Låt mig försöka>

<Hur?>

<Fråga. Du tror att fähunden finns på SMP?>

<Jag kan inte bevisa det>

<Varför tror du det?>

Erika funderade en lång stund innan hon svarade.

<En känsla. Det började då jag började på SMP. Andra personer på SMP har fått obehagliga mail från Giftpennan som tycks komma från mig.>

<Giftpennan?>

<Mitt namn på fähunden>

<Okej. Varför har just du blivit föremål för Giftpennans uppmärksamhet?>

<Vet inte.>

<Finns det något som tyder på att det är personligt?>

<Hur menar du?>

<Hur många anställda på SMP?>

<Drygt 230 inklusive förlaget>

<Hur många känner du personligen?>

<Vet inte riktigt. Har träffat flera journalister och medarbetare genom åren i olika sammanhang>

<Någon som du bråkat med tidigare?>

<Nej. Inte specifikt>

<Någon som kan tänkas vilja hämnas på dig?>

<Hämnd? För vad?>

<Hämnd är en stark drivkraft>

Erika tittade på skärmen medan hon försökte förstå vad Lisbeth Salander syftade på.

<Är du kvar?>

<Ja. Varför frågar du om hämnd?>

<Jag har läst Rosins lista på alla incidenter du kopplar till Gift-pennan>

Varför är jag inte förvånad.

<Okej???>

<Känns inte som en stalker>

<Hur menar du?>

<En stalker är en person som drivs av sexuell besatthet. Det här känns som någon som imiterar en stalker. Skruvmejsel i fittan ... hal-lå, rena parodin>

<Jaså?>

<Jag har sett exempel på riktiga stalkers. De är betydligt mer per-verterade, vulgära och groteska. De uttrycker kärlek och hat på en och samma gång. Det här känns inte rätt>

<Du tycker inte att det är vulgärt nog>

<Nej. Mail till Eva Carlsson helt fel. Någon som vill jävlas>

<Jag förstår. Har inte tänkt på det viset>

<Inte stalker. Personligt mot dig>

<Okej. Vad föreslår du?>

<Litar du på mig?>

<Kanske>

<Jag behöver tillgång till SMP:s datanät>

<Sakta i backarna>

<Nu. Jag kommer snart att bli förflyttad och förlora internet>

Erika tvekade i tio sekunder. Lämna ut SMP till ... vad? En kom-plett galning? Lisbeth kanske var oskyldig till mord men hon var de-finitivt inte som normala människor.

Men vad hade hon att förlora?

<Hur?>

<Jag måste få in ett program i din dator>

<Vi har brandväggar>

<Du måste hjälpa till. Starta internet>

<Redan igång>

<Explorer?>

<Ja>

<Jag skriver ut en adress. Kopiera och klistra in i Explorer>

<Gjort>

<Nu ser du ett antal program i en lista. Klicka på *Asphyxia Server* och ladda hem>

Erika följde instruktionen.

<Klart>

<Starta Asphyxia. Klicka på installera och välj Explorer>

Det tog tre minuter.

<Klart. Okej. Nu måste du starta om datorn. Vi förlorar kontakt en stund>

<Okej>

<När vi kommer igång igen kommer jag att överföra din hårddisk till en server på nätet>

<Okej>

<Starta om. Vi hörs strax>

Erika Berger tittade fascinerat på skärmen medan hennes dator långsamt startade om. Hon undrade om hon var riktigt klok. Sedan pingade hennes ICQ.

<Hej igen>

<Hej>

<Det går snabbare om du gör det. Starta internet och kopiera in den adress jag mailar>

<Okej>

<Nu får du upp en fråga. Klicka på Start>

<Okej>

<Nu får du upp en fråga om att döpa hårddisken. Kalla den SMP-2>

<Okej>

<Gå och hämta kaffe. Det här kommer att ta en stund>

MONICA FIGUEROLA VAKNADE vid åttatiden på lördagsmorgonen, drygt två timmar senare än hennes normala revelj. Hon satte sig upp i sängen och betraktade Mikael Blomkvist. Han snarkade. *Well. Nobody is perfect.*

Hon undrade vart historien med Mikael Blomkvist skulle leda. Han var inte den trofasta sorten som man kunde planera ett mer långsiktigt förhållande med – så mycket hade hon förstått av hans biografi. Hon var å andra sidan inte säker på att hon verkligen sökte ett stabilt förhållande med pojkvän och kylskåp och barn. Efter ett dussin misslyckade försök sedan tonåren hade hon allt mer börjat luta åt teorin att stabila förhållanden var överskattade. Hennes längsta förhållande hade varit ett tvåårigt samboskap med en kollega i Uppsala.

Hon var å andra sidan inte en sådan tjej som ägnade sig åt *one night stands*, även om hon ansåg att sex var underskattat som terapeutiskt medel mot i stort sett alla åkommor. Och sex med Mikael Blomkvist var helt okej. Mer än okej, faktiskt. Han var en bra människa. Han gav mersmak.

Sommarromans? Förälskelse? Var hon förälskad?

Hon gick till badrummet och sköljde av ansiktet och borstade tänderna och satte därefter på sig löparshorts och en tunn jacka och tassade ut ur lägenheten. Hon stretchade och gjorde en fyrtiofem minuters löprunda förbi Rålambshovs sjukhus runt Fredhäll och tillbaka via Smedsudden. Hon var tillbaka klockan nio och konstaterade att Blomkvist fortfarande sov. Hon böjde sig ned och bet honom i örat till dess att han förvirrat slog upp ögonen.

”God morgon, älskling. Jag behöver någon som skrubbar mig på ryggen.”

Han tittade på henne och muttrade något.

”Vad sa du?”

”Du behöver inte duscha. Du är redan sjöblöt.”

”Jag har sprungit en runda. Du borde hänga med.”

”Jag misstänker att om jag försökte hålla ditt tempo så skulle du få ringa efter räddningstjänsten. Hjärtstillestånd på Norr Mälarstrand.”

”Nonsens. Kom nu. Dags att vakna.”

Han skrubbade henne på ryggen och tvålade in axlarna. Och höfterna. Och magen. Och brösten. Och efter ett tag hade Monica Figuerola helt tappat intresset för duschande och drog tillbaka honom till sängen igen. De drack kaffe på serveringen vid Norr Mälarstrand först vid elvatiden.

"Du skulle kunna bli en ovana", sa Monica Figuerola. "Vi har bara känt varandra i några dagar."

"Jag är väldigt attraherad av dig. Men det tror jag att du redan vet."

Hon nickade.

"Varför är du det?"

"Sorry. Jag kan inte svara på frågan. Jag har aldrig begripit varför jag plötsligt är attraherad av en viss kvinna och helt ointresserad av en annan."

Hon log eftertänksamt.

"Jag är ledig i dag", sa hon.

"Inte jag. Jag har ett berg av arbete fram till dess att rättegången startar och jag har tillbringat de senaste tre nätterna hos dig istället för att jobba."

"Synd."

Han nickade och reste sig och gav henne en kyss på kinden. Hon grep tag i hans skjortärm.

"Blomkvist, jag vill gärna fortsätta att umgås med dig."

"Samma här", nickade han. "Men det kommer att vara lite upp och ned till dess att vi är i hamn med den här storyn."

Han försvann upp mot Hantverkargatan.

ERIKA BERGER HADE hämtat kaffe och betraktade skärmen. Under femtiotre minuter hände absolut ingenting utom att hennes skärm-släckare med jämna mellanrum gick igång. Sedan plingade hennes ICQ igen.

<Klart. Du har väldigt mycket skit på din hårddisk, däribland två virus>

<Sorry. Vad är nästa steg?>

<Vem är admin för SMP:s datanät?>

<Vet inte. Förmodligen Peter Fleming som är teknikchef>

<Okej>

<Vad ska jag göra?>

<Ingenting. Gå hem>

<Bara så där?>

<Jag hör av mig>

<Ska jag lämna datorn på?>

Men Lisbeth Salander var redan borta från hennes ICQ. Erika Berger stirrade frustrerat på skärmen. Till sist stängde hon av datorn och gick ut för att leta rätt på ett café där hon kunde sitta och fundera i lugn och ro.

KAPITEL 20
LÖRDAG 4 JUNI

MIKAEL BLOMKVIST KLEV av bussen vid Slussen, tog Katarina-
hissen upp till Mosebacke och promenerade till Fiskargatan 9. Han
hade handlat bröd, mjölk och ost i närlivsbutiken framför Lands-
tingshuset och började med att sätta in varorna i kylen. Därefter slog
han på Lisbeth Salanders dator.

Efter en stunds eftertanke slog han även på sin blå Ericsson T10.
Han struntade i sin normala mobil eftersom han i vilket fall inte vil-
le tala med någon som inte hade med Zalachenkohistorien att göra.
Han konstaterade att han hade fått sex samtal under det gångna
dygnet, varav tre var från Henry Cortez, två från Malin Eriksson
och ett från Erika Berger.

Han började med att ringa Henry Cortez som befann sig på ett
café i Vasastan och hade en del småplock att avhandla men inget
som var akut.

Malin Eriksson hade bara hört av sig för att höra av sig.

Därefter ringde han Erika Berger och fick upptagetton.

Han öppnade yahoogruppen [Stolliga_Bordet] och hittade slutver-
sionen av Lisbeth Salanders biografi. Han nickade leende och prin-
tade ut dokumentet och började genast läsa.

LISBETH SALANDER KNAPPADE på sin Palm Tungsten T3. Hon hade ägnat en timme åt att penetrera och kartlägga datanätet på SMP med hjälp av Erika Bergers konto. Hon hade inte gett sig i kast med Peter Flemings konto eftersom det inte var nödvändigt att skaffa sig fullständiga administratörsrättigheter. Det hon var intresserad av var tillgång till SMP:s administration med personalfiler. Och där hade Erika Berger redan fulla rättigheter.

Hon önskade intensivt att Mikael Blomkvist kunde ha haft godheten att smuggla in hennes PowerBook med ett riktigt tangentbord och 17-tumsskärm istället för bara handdatorn. Hon laddade hem en förteckning på alla som arbetade på SMP och började beta av listan. Det var 223 personer, varav 82 var kvinnor.

Hon började med att stryka alla kvinnor. Hon undantog inte kvinnor från dårskap, men statistik hävdade att det absoluta flertalet personer som trakasserade kvinnor var män. Då återstod 141 personer.

Statistiken talade också för att flertalet giftpennor befann sig antingen i tonåren eller i medelåldern. Eftersom SMP inte hade några tonåringar bland sina anställda gjorde hon en ålderskurva och strök alla personer över 55 och under 25. Då återstod 103 personer.

Hon funderade en stund. Hon hade ont om tid. Kanske mindre än tjugofyra timmar. Hon fattade ett snabbt beslut. Med ett svärdshugg strök hon samtliga anställda inom distribution, annons, bild, vaktmästeri och teknik. Hon fokuserade på gruppen journalister och redaktionspersonal och fick ihop en lista bestående av 48 personer som var män i åldern 26 till 54 år.

Därefter hörde hon rassel från nyckelknippan. Hon stängde omedelbart av handdatorn och placerade den under täcket mellan sina lår. Hennes sista lördagslunch på Sahlgrenska hade anlänt. Hon tittade uppgivet på kålstuvningen. Efter lunchen visste hon att hon inte skulle kunna jobba ostört under en stund. Hon placerade handdatorn i hålrummet bakom sängbordet och väntade medan två kvinnor från Eritrea dammsög och bäddade om åt henne.

En av tjejerna hette Sara och hade regelbundet smusslat till Lisbeth enstaka Marlboro Light den senaste månaden. Hon hade också fått en cigarettändare som hon gömde bakom sängbordet. Lisbeth tog tacksamt emot två cigaretter som hon ämnade röka i vädringsfönstret nattetid.

Först vid tvåtiden var allt lugnt igen. Hon plockade fram handdatorn och kopplade upp sig. Hon hade tänkt gå direkt tillbaka till SMP:s administration, men insåg att hon även hade egna problem att hantera. Hon gjorde det dagliga svepet och började med att gå in på yahoogruppen [Stolliga_Bordet]. Hon konstaterade att Mikael Blomkvist inte hade lagt upp något nytt på tre dygn och undrade vad han sysslade med. *Fanskapet är säkert ute och strular med någon bimbo med stora bröst.*

Hon gick vidare till yahoogruppen [Riddarna] och undersökte om Plague hade lämnat något bidrag. Det hade han inte.

Därefter kontrollerade hon hårddiskarna hos åklagare Richard Ekström (mindre intressant korrespondens om den kommande rättegången) samt doktor Peter Teleborian.

Varje gång hon gick in på Teleborians hårddisk kände hon det som om hennes kroppstemperatur sjönk med några grader.

Hon hittade den rättspsykiatriska utredning om henne som han redan hade formulerat men som officiellt inte skulle skrivas innan han haft möjlighet att undersöka henne. Han hade gjort flera förbättringar i prosan, men på det hela taget var det inget nytt. Hon laddade ned utredningen och petade iväg den till [Stolliga_Bordet]. Hon kontrollerade Teleborians e-post för de senaste tjugofyra timmarna genom att klicka från mail till mail. Hon höll så när på att missa betydelsen av det kortfattade mailet.

[Lördag, 15.00 vid ringen på Centralen. /Jonas]

Fuck. Jonas. Han har förekommit i en mängd mail till Teleborian. Använde ett hotmailkonto. Oidentifierad.

Lisbeth Salander vände blicken till digitalklockan på sängbordet. 14.28. Hon pingade omedelbart upp Mikael Blomkvists ICQ. Hon fick ingen respons.

MIKAEL BLOMKVIST HADE printat ut de 220 sidor av manuskriptet som var färdiga. Därefter hade han stängt av datorn och satt sig vid Lisbeth Salanders köksbord med en korrekturpenna. Han var nöjd med storyn. Men det största hålet gapade. Hur skulle han kunna hitta återstoden av Sektionen? Malin Eriksson hade rätt. Det var omöjligt. Han befann sig i tidsnöd.

LISBETH SALANDER SVOR frustrerat och försökte pinga upp Plague på ICQ. Han svarade inte. Hon sneglade på klockan. 14.30. Hon satte sig på sängkanten och framkallade ICQ-konton ur minnet. Hon försökte först med Henry Cortez och därefter Malin Eriksson. Ingen svarade. *Lördag. Alla lediga.* Hon sneglade på klockan. 14.32.

Därefter försökte hon nå Erika Berger. Ingen framgång. *Jag sa till henne att gå hem. Fan.* 14.33.

Hon skulle kunna skicka ett sms till Mikael Blomkvists mobil ... men den var avlyssnad. Hon bet sig i underläppen.

Till sist vände hon sig desperat till sängbordet och ringde på sköterskan. Klockan var 14.35 då hon hörde nyckeln sättas i dörren, och en syster Agneta som var i 50-årsåldern tittade in till henne.

"Hej. Har du problem?"

"Finns doktor Anders Jonasson på avdelningen?"

"Mår du inte bra?"

"Jag mår bra. Men jag skulle behöva växla några ord med honom. Om det är möjligt."

"Jag såg honom för en kort stund sedan. Vad gäller det?"

"Jag måste få tala med honom."

Syster Agneta rynkade ögonbrynen. Patienten Lisbeth Salander hade sällan ringt på sköterskorna om hon inte haft svår huvudvärk eller något annat akut problem. Hon hade aldrig tjafsat om något och aldrig tidigare bett att få tala med en specifik läkare. Syster Agneta hade dock noterat att Anders Jonasson tagit sig tid med den häktade patienten som annars brukade vara fullständigt sluten mot omvärlden. Det var möjligt att han hade etablerat någon sorts kontakt.

"Okej. Jag ska höra om han har tid", sa syster Agneta vänligt och stängde dörren. Och låste. Klockan var 14.36 och slog just över till 14.37.

Lisbeth reste sig från sängkanten och gick fram till fönstret. Med jämna mellanrum sneglade hon på klockan. 14.39. 14.40.

Klockan 14.44 hörde hon steg i korridoren och rasslet från Securitasvaktens nyckelknippa. Anders Jonasson gav henne ett frågande ögonkast och stannade då han såg Lisbeth Salanders desperata blick.

"Har det hänt något?"

"Något händer just nu. Har du en mobiltelefon på dig?"

"Vad?"

"En mobil. Jag måste ringa ett samtal."

Anders Jonasson sneglade tveksamt mot dörren.

"Anders ... Jag behöver en mobil. Nu!"

Han hörde desperationen i hennes röst och stoppade handen i en innerficka och lämnade över sin Motorola. Lisbeth formligen rev den från hans händer. Hon kunde inte ringa Mikael Blomkvist eftersom han antogs vara avlyssnad av fienden. Problemet var att han aldrig hade gett henne numret till sin anonyma blå Ericsson T10. Det hade aldrig varit aktuellt eftersom han aldrig förväntat sig att hon skulle kunna ringa honom från sin isolering. Hon tvekade en tiondels sekund och slog Erika Bergers mobilnummer. Hon hörde tre signaler gå fram innan hon svarade.

ERIKA BERGER BEFANN sig i sin BMW en kilometer från hemmet i Saltsjöbaden då hon fick ett samtal hon inte förväntat sig. Men Lisbeth Salander hade å andra sidan redan överraskat henne på morgonen.

"*Berger.*"

"Salander. Hinner inte förklara. Har du numret till Mikaels anonyma telefon. Den som inte är avlyssnad."

"Ja."

"Ring honom. *Nu!* Teleborian möter Jonas vid ringen på Centralen klockan 15.00."

"Vad är ..."

"Skynda. Teleborian. Jonas. Ringen på Centralen. 15.00. Han har en kvart på sig."

Lisbeth stängde mobilen för att inte Erika skulle frestas att slösa sekunder på onödiga frågor. Hon sneglade på klockan som just slog över till 14.46.

Erika Berger bromsade och parkerade vid vägkanten. Hon sträckte sig efter telefonboken i väskan och bläddrade fram det nummer han gett henne kvällen de träffats på Samirs gryta.

MIKAEL BLOMKVIST HÖRDE pipandet från mobiltelefonen. Han reste sig från köksbordet och gick tillbaka till Lisbeth Salanders arbetsrum och plockade upp mobilen från skrivbordet.

"Ja?"

"Erika."

"Hej."

"Teleborian möter Jonas vid ringen på Centralen klockan 15.00. Du har några minuter på dig."

"Vad? Va?"

"Teleborian ..."

"Jag hörde. Hur vet du något om det?"

"Sluta diskutera och lägg på en rem."

Mikael sneglade på klockan. 14.47.

"Tack. Hej."

Han grabbade sin datorväska och tog trapporna istället för att vänta på hissen. Samtidigt som han sprang slog han numret till Henry Cortez blå T10.

"Cortez."

"Var befinner du dig?"

"På Akademibokhandeln."

"Teleborian möter Jonas vid ringen på Centralen klockan 15.00. Jag är på väg men du är närmare."

"Åh fan. Jag drar."

Mikael joggade ned till Götgatan och satte högsta fart mot Slussen. Han sneglade på sitt armbandsur då han andfått nådde Slussplan. Monica Figuerola hade kanske en poäng med tjatet om att börja löpträna. 14.56. Han skulle inte hinna. Han spanade efter en taxi.

LISBETH SALANDER LÄMNADE tillbaka mobilen till Anders Jonasson.

"Tack", sa hon.

"Teleborian?" frågade Anders Jonasson. Han hade inte kunnat undgå att höra namnet.

Hon nickade och mötte hans blick.

"Teleborian är en riktigt riktigt ful fisk. Du anar inte."

"Nej. Men jag anar att någonting händer just nu som gjort dig mer upphetsad än jag har sett dig vara under den tid du varit i min omvårdnad. Jag hoppas att du vet vad du gör."

Lisbeth log ett skevt leende mot Anders Jonasson.

"Du torde få svaret på den frågan inom en nära framtid", sa hon.

HENRY CORTEZ SPRANG ut från Akademibokhandeln som en dåre. Han korsade Sveavägen på viadukten vid Mäster Samuelsgatan och fortsatte rakt ned till Klara Norra där han svängde upp på Klarabergsviadukten och över Vasagatan. Han passerade över Klarabergsgatan mellan en buss och två bilar som frenetiskt signalerade på honom och gled in genom dörrarna till centralstationen då klockan var exakt 15.00.

Han tog rulltrappan ned till centralgolvet med tre trappsteg åt gången och joggade förbi Pocketshop innan han saktade farten för att inte väcka uppmärksamhet. Han stirrade intensivt på människorna i närheten av ringen.

Han kunde inte se Teleborian eller den man som Christer Malm hade fotograferat utanför Copacabana och som de trodde var Jonas. Han tittade på klockan. 15.01. Han andades som om han hade sprungit Stockholm maraton.

Han chansade och skyndade genom hallen och ut genom dörrarna mot Vasagatan. Han stannade och såg sig omkring och tittade på person efter person så långt hans ögon sträckte sig. Ingen Peter Teleborian. Ingen Jonas.

Han vände och hastade in på Centralen igen. 15.03. Det var tomt vid ringen.

Sedan lyfte han blicken och fick en sekundsnabb skymt av Peter Teleborians rufsiga profil och hakskägg då han kom ut från entrén till Pressbyrån på andra sidan hallen. I nästa sekund materialiserade sig mannen från Christer Malms bilder vid hans sida. *Jonas.* De korsade centralgolvet och försvann ut på Vasagatan vid den norra porten.

Henry Cortez andades ut. Han torkade svett från pannan med handflatan och började följa efter de båda männen.

MIKAEL BLOMKVIST ANLÄNDE till Stockholms central i taxi klockan 15.07. Han skyndade in i centralhallen men kunde varken se Teleborian eller Jonas. Eller Henry Cortez, för den delen.

Han lyfte sin T10 för att ringa Henry Cortez i samma ögonblick som mobilen ringde i hans hand.

"Jag har dem. De sitter på puben Tre Remmare på Vasagatan vid nedgången till Akallalinjen."

"Tack, Henry. Var finns du?"

"Jag står vid baren. Dricker mellis. Har förtjänat den."

"Okej. De känner igen mig, så jag håller mig utanför. Du har ingen möjlighet att höra vad som sägs, antar jag."

"Inte en chans. Jag ser ryggen på Jonas och den där jävla Teleborian mumlar bara då han pratar, så jag kan inte ens se läpprörelser."

"Jag fattar."

"Men vi kan ha ett problem."

"Vad?"

"Den där Jonas har lagt sin plånbok och sin mobil på bordet. Och han lade ett par bilnycklar på plånboken."

"Okej. Jag löser det."

MONICA FIGUEROLAS MOBIL gick igång med en polyfonisk signal som utgjorde ledmotivet från *Harmonica – en hämnare.* Hon lade ned boken om den antika gudsuppfattningen som hon aldrig tycktes bli klar med.

"Hej. Det är Mikael. Vad gör du?"

"Jag sitter hemma och sorterar samlarbilder på gamla älskare. Jag blev snöpligt övergiven tidigare i dag."

"Förlåt. Har du din bil i närheten?"

"Sist jag kollade stod den på parkeringen utanför."

"Bra. Har du lust att ta en tur på stan?"

"Inte särskilt. Vad händer?"

"Peter Teleborian dricker just öl med Jonas nere på Vasagatan. Och eftersom jag samarbetar med Stasibyråkratin på Säpo tänkte jag att du kanske var intresserad av att haka på."

Monica Figuerola var redan uppe från soffan och sträckte sig efter sina bilnycklar.

"Du skämtar inte?"

"Knappast. Och Jonas har lagt ett par bilnycklar på bordet framför sig."

"Jag är på väg."

MALIN ERIKSSON SVARADE inte i telefon, men Mikael Blomkvist hade tur och fick tag på Lottie Karim som just befann sig på Åhléns för att handla en födelsedagspresent till sin make. Mikael beordrade övertid och bad henne skyndsamt bege sig till puben som förstärkning till Henry Cortez. Därefter ringde han tillbaka till Cortez.

"Det här är planen. Jag har en bil på plats om fem minuter. Vi parkerar på Järnvägsgatan nedanför puben."

"Okej."

"Lottie Karim dyker upp hos dig om några minuter som förstärkning."

"Bra."

"Då de lämnar puben hakar du på Jonas. Du följer honom till fots och meddelar mig på mobilen var ni finns. Så fort du ser honom närma sig en bil måste vi få veta det. Lottie hakar på Teleborian. Om vi inte hinner fram tar du hans bilnummer."

"Okej."

MONICA FIGUEROLA PARKERADE vid Nordic Light Hotel utanför Arlanda Express. Mikael Blomkvist öppnade dörren på förarsidan en minut efter att hon parkerat.

"Vilken pub sitter de på?"

Mikael förklarade.

"Jag måste beställa förstärkning."

"Oroa dig inte. Vi har dem under uppsikt. Fler kockar kan riskera att strula till det hela."

Monica Figuerola tittade misstroget på honom.

"Och hur fick du veta att det här mötet skulle äga rum?"

"Sorry. Källskydd."

"Har ni någon egen jävla underrättelsetjänst på *Millennium*?" utbrast hon.

Mikael såg nöjd ut. Det var alltid kul att bräcka Säpo på deras eget område.

I själva verket hade han inte den blekaste aning om hur det kunde komma sig att Erika Berger hade ringt honom som en blixt från en klar himmel och meddelat att Teleborian och Jonas skulle träffas. Hon hade inte haft insyn i det redaktionella arbetet på *Millennium* sedan den 10 april. Hon kände förstås till Teleborian, men Jonas hade dykt upp i handlingen i maj och så vitt Mikael visste hade Erika inte ens en aning om hans existens, än mindre att han var föremål för grubblerier hos både *Millennium* och Säpo.

Han skulle behöva ha ett ordentligt samtal med Erika Berger inom en mycket snar framtid.

LISBETH SALANDER TRUTADE med läpparna och betraktade skärmen på sin handdator. Efter samtalet på doktor Anders Jonassons mobil hade hon skjutit alla tankar på Sektionen åt sidan och fokuserat på Erika Bergers problem. Efter moget övervägande hade hon strukit samtliga män i gruppen 26–54 år som var gifta. Hon visste att det var att jobba med väldigt bred pensel och att det knappast var något rationellt statistiskt, vetenskapligt resonemang som låg till grund för beslutet. Giftpennan kunde utan tvekan vara äkta make med fem barn och hund. Det kunde vara en person som arbetade på vaktmästeriet. Det kunde till och med vara en kvinna, även om hon inte trodde det.

Hon ville helt enkelt ha ned antalet namn i listan och hennes grupp hade med det senaste beslutet minskat från 48 till 18 individer. Hon konstaterade att urvalet till stor del bestod av mer betydelsefulla reportrar, chefer eller mellanchefer i åldern 35 plus. Om hon inte hittade något intressant bland dem så kunde hon vidga nätet igen.

Klockan fyra på eftermiddagen gick hon in på Hacker Republics hemsida och lade upp listan till Plague. Han pingade henne några minuter senare.

<18 namn. Vad?>

<Litet sidoprojekt. Se det som en övningsuppgift>

<Okej?>

<Ett av namnen tillhör en fähund. Hitta honom>

<Vad är det för kriterier?>

<Måste jobba snabbt. I morgon drar de ut pluggen för mig. Innan dess måste vi ha hittat honom.>

Hon förklarade situationen med Erika Bergers giftpenna.

<Okej. Finns det någon profit i det här?>

Lisbeth Salander funderade en sekund.

<Jo. Jag kommer inte ut till Sumpan och anstiftar mordbrand hos dig>

<Skulle du det?>

<Jag betalar dig varje gång jag ber dig göra något för mig. Det här är inte för mig. Se det som skatteindrivning>

<Du börjar uppvisa tecken på social kompetens>

<Nå?>

<Okej>

Hon laddade över accesskoder till SMP:s redaktion och kopplade ned ICQ.

KLOCKAN HADE HUNNIT bli 16.20 innan Henry Cortez ringde.

"De visar tecken på att börja röra på sig."

"Okej. Vi är beredda."

Tystnad.

"De skiljs åt utanför puben. Jonas går norrut. Lottie hakar på Teleborian söderut."

Mikael höjde ett finger och pekade då Jonas skymtade förbi på Vasagatan. Monica Figuerola nickade. Några sekunder senare kunde Mikael också se Henry Cortez. Monica Figuerola startade motorn.

"Han korsar Vasagatan och fortsätter mot Kungsgatan", sa Henry Cortez i mobilen.

"Håll avståndet så han inte upptäcker dig."

"Rätt mycket folk ute."

Tystnad.

"Han går norrut på Kungsgatan."

"Norrut på Kungsgatan", sa Mikael.

Monica Figuerola lade in en växel och svängde upp på Vasagatan. De fastnade en stund i rödljusen.

"Var är ni nu?" frågade Mikael då de svängde in på Kungsgatan.

"I höjd med PUB. Han håller rask takt. Hallå, han går in på Drottninggatan norrut."

"Drottninggatan norrut", sa Mikael.

"Okej", sa Monica Figuerola och gjorde en illegal sväng över på Klara Norra och körde fram till Olof Palmes gata. Hon svängde upp och bromsade in framför SIF-huset. Jonas korsade Olof Palmes gata och gick upp mot Sveavägen. Henry Cortez följde efter på andra sidan gatan.

"Han svängde österut ..."

"Det är okej. Vi ser er båda."

"Han viker in på Holländargatan ... *Hallå* ... Bil. Röd Audi."

"Bil", sa Mikael och antecknade det bilnummer som Cortez hastigt rabblade.

"Åt vilket håll är han parkerad?" frågade Monica Figuerola.

"Fronten mot söder", rapporterade Cortez. Han kommer ut framför er på Olof Palmes gata ... nu."

Monica Figuerola var redan i rörelse och passerade Drottninggatan. Hon signalerade och viftade undan ett par fotgängare som försökte smita mot röd gubbe.

"Tack, Henry. Vi tar honom härifrån."

Den röda Audin åkte söderut på Sveavägen. Monica Figuerola följde efter samtidigt som hon klickade upp sin mobil med vänsterhanden och slog ett nummer.

"Kan jag få en slagning på ett bilnummer, röd Audi", sa hon och rabblade det nummer som Henry Cortez rapporterat.

"Jonas Sandberg, född -71. Vad sa du ... Helsingörsgatan, Kista. Tack."

Mikael antecknade de uppgifter som Monica Figuerola fick.

De följde den röda Audin via Hamngatan till Strandvägen och därefter omedelbart upp på Artillerigatan. Jonas Sandberg parkerade ett kvarter från Armémuseum. Han korsade gatan och försvann in genom porten i ett sekelskifteshus.

"Hmm", sa Monica Figuerola och sneglade på Mikael.

Han nickade. Jonas Sandberg hade åkt till ett hus som låg ett kvarter ifrån den port där statsministern hade lånat en lägenhet för ett privat möte.

"Snyggt jobbat", sa Monica Figuerola.

I samma ögonblick ringde Lottie Karim och berättade att doktor Peter Teleborian hade promenerat upp till Klarabergsgatan via rulltrapporna på Centralen och därefter fortsatt till polishuset på Kungsholmen.

"Polishuset. Klockan 17.00 en lördagskväll?" undrade Mikael.

Monica Figuerola och Mikael Blomkvist tittade tvivlande på varandra. Monica grubblade intensivt i några sekunder. Sedan lyfte hon sin mobil och ringde till kriminalinspektör Jan Bublanski.

"Hej. Monica, RPS/Säk. Det var vi som träffades på Norr Mälarstrand för en tid sedan."

"Vad vill du?" sa Bublanski.

"Har du någon på helgjour?"

"Sonja Modig", sa Bublanski.

"Jag skulle behöva en tjänst. Vet du om hon finns i polishuset?"

"Det tvivlar jag på. Det är strålande väder och lördagskväll."

"Okej. Skulle du kunna försöka nå henne eller någon annan i utredningen som skulle kunna göra sig ett ärende till åklagare Richard

Ekströms korridor. Jag undrar om det pågår ett möte hos honom nu."

"Möte?"

"Jag hinner inte förklara. Jag skulle behöva få veta om han träffar någon just nu. Och i så fall vem."

"Du vill att jag ska spionera på en åklagare som är min överordnade?"

Monica Figuerola höjde ögonbrynen. Därefter ryckte hon på axlarna.

"Ja", sa hon.

"Okej", sa han och lade på luren.

SONJA MODIG BEFANN sig faktiskt närmare polishuset än Bublanski hade befarat. Hon satt med sin man och drack kaffe på balkongen hemma hos en väninna som var bosatt i Vasastan. De hade barnledigt sedan Sonjas föräldrar tagit ungarna under en semestervecka, och planerade att göra något så gammalmodigt som att äta en bit mat och gå på bio.

Bublanski förklarade sitt ärende.

"Och vad har jag för förevändning att stövla in till Ekström?"

"Jag hade lovat att skicka en uppdatering på Niedermann till honom i går men jag glömde faktiskt att lägga in den till honom innan jag gick. Den finns på mitt skrivbord."

"Okej", sa Sonja Modig.

Hon tittade på sin man och sin väninna.

"Jag måste in till *Huset*. Jag lånar bilen, med lite tur är jag tillbaka om en timme."

Hennes man suckade. Väninnan suckade.

"Jag har faktiskt helgjour", urskuldade sig Sonja Modig.

Hon parkerade på Bergsgatan och åkte upp till Bublanskis rum och hämtade de tre A4 som utgjorde det magra resultatet av spaningarna på efterlyste polismördaren Ronald Niedermann. *Inte mycket att hänga i julgranen*, tänkte hon.

Därefter gick hon ut i trapphuset och en våning upp. Hon stannade vid korridordörren. Det var nästan ödsligt tomt i polishuset denna sommarkväll. Hon smög inte. Hon gick bara väldigt tyst. Hon stannade utanför Ekströms stängda dörr. Hon hörde röster och bet sig i underläppen.

Helt plötsligt avtog modet och hon kände sig fånig. I alla normala situationer skulle hon ha knackat på dörren och skjutit upp den och utbrustit *Hallå, jaså du är kvar* och seglat in. Nu kändes det fel.

Hon såg sig omkring.

Varför hade Bublanski ringt henne? Vad handlade mötet om?

Hon sneglade tvärs över korridoren. Mitt emot Ekströms rum fanns ett litet konferensrum med plats för tio personer. Där hade hon själv suttit på ett antal föredragningar.

Hon gick in i konferensrummet och stängde tyst dörren. Persiennerna var stängda och glasväggen mot korridoren var täckt av gardiner. Det var skumt i rummet. Hon drog fram en stol och slog sig ned och vek upp gardinen så att hon fick en smal glipa mot korridoren.

Hon kände sig obehaglig till mods. Om någon öppnade dörren skulle hon få mycket svårt att förklara vad hon gjorde där. Hon lyfte mobilen och tittade på klockan i displayen. Strax före sex. Hon stängde av ringsignalen och lutade sig mot ryggstödet och betraktade den stängda dörren till Ekströms rum.

KLOCKAN SJU PÅ kvällen pingade Plague upp Lisbeth Salander.

<Okej. Jag är admin för SMP>

<Var>

Han laddade över en http-adress.

<Vi kommer inte att hinna på 24 timmar. Även om vi har e-posten för alla 18 så kommer det att ta dagar att hacka deras hemdatorer. De flesta är förmodligen inte ens uppe på nätet en lördagskväll>

<Plague, koncentrera dig på deras hemdatorer så kör jag deras SMP-datorer>

<Jag tänkte det. Din handdator är lite begränsad. Någon du vill att jag ska fokusera på?>

<Nej. Vem som helst av dem>

<Okej>

\<Plague\>

\<Ja\>

\<Om vi inte hittar något till i morgon så vill jag att du fortsätter\>

\<Okej\>

\<I så fall betalar jag dig\>

\<Äsch. Det här är bara kul\>

Hon kopplade ned ICQ och gick till den http-adress där Plague hade laddat ned alla administratörsrättigheter för SMP. Hon började med att titta efter om Peter Fleming var upploggad och närvarande på SMP. Det var han inte. Därmed lånade hon hans behörighet och gick in i SMP:s mailserver. Hon kunde därmed läsa all aktivitet som någonsin förekommit på mailen, alltså även mail som sedan länge var raderade från enskilda konton.

Hon började med Ernst Teodor Billing, 43 år, en av nattcheferna på SMP. Hon öppnade hans mail och började klicka sig bakåt i tiden. Hon ägnade ungefär två sekunder åt varje mail, tillräckligt för att hon skulle få ett begrepp om vem som skickat och vad det innehöll. Efter några minuter hade hon lärt sig vad som var rutinpost i form av dag-PM, tidplaner och annat ointressant. Hon började scrolla förbi dessa.

Hon gick mail för mail tre månader tillbaka i tiden. Därefter hoppade hon månad för månad och läste enbart rubrikraden och öppnade endast mailen om det var något hon reagerade på. Hon lärde sig att Ernst Billing umgicks med en kvinna som hette Sofia och som han hade en otrevlig ton mot. Hon konstaterade att detta inte var anmärkningsvärt eftersom Billing hade en otrevlig ton mot de flesta han skrev något personligt till – reportrar, layoutare och andra. Hon ansåg att det trots detta var anmärkningsvärt att en man med självklarhet adresserade sin flickvän med orden *jävla tjockis, jävla pappskalle* eller *jävla fitta*.

När hon gått ett år tillbaka i tiden avbröt hon. Hon gick istället in på hans Explorer och började kartlägga hur han surfade på nätet. Hon noterade att i likhet med flertalet män i hans åldersgrupp passerade han med jämna mellanrum porrsidor, men att merparten av hans surfande tycktes arbetsrelaterad. Hon konstaterade även att han hade ett intresse för bilar och ofta besökte sajter där nya bilmodeller visades.

Efter drygt en timmes rotande stängde hon ned Billing och strök honom från listan. Hon gick vidare till Lars Örjan Wollberg, 51 år, veteranreporter på rättsredaktionen.

TORSTEN EDKLINTH KOM in till polishuset på Kungsholmen vid halv åtta på lördagskvällen. Monica Figuerola och Mikael Blomkvist väntade på honom. De satt vid samma konferensbord där Blomkvist suttit dagen innan.

Edklinth konstaterade att han var ute på mycket tunn is och att ett antal interna regler hade brutits då han gett Blomkvist tillträde till korridoren. Monica Figuerola hade definitivt inte rätt att bjuda in honom på eget bevåg. I vanliga fall fick inte ens fruar eller äkta män komma in till de hemliga korridorerna på RPS/Säk – de fick snällt vänta i trapphuset om de skulle träffa sin partner. Och Blomkvist var till råga på allt en journalist. I framtiden skulle Blomkvist bara få komma till den tillfälliga lokalen vid Fridhemsplan.

Men å andra sidan brukade utomstående springa i korridorerna på särskild inbjudan. Utländska gäster, forskare, akademiker, tillfälliga konsulter ... han placerade Blomkvist i facket tillfälliga konsulter. Allt detta tjafs med säkerhetsklassificering var trots allt bara ord. Någon människa beslutade att en viss person skulle få en behörighetsnivå. Och Edklinth hade beslutat att om kritik uppstod skulle han hävda att han personligen gett Blomkvist behörighetsnivå.

Om det inte skar sig, vill säga. Edklinth slog sig ned och tittade på Figuerola.

"Hur fick du reda på mötet?"

"Blomkvist ringde mig vid fyratiden", svarade hon med ett leende.

"Och hur fick du reda på mötet?"

"Källa tipsade", sa Mikael Blomkvist.

"Ska jag dra slutsatsen att du har någon sorts övervakning på Teleborian?"

Monica Figuerola skakade på huvudet.

"Det var min första tanke också", sa hon med munter röst som om Mikael Blomkvist inte ens befunnit sig i rummet. "Men det håller inte. Även om någon skuggat Teleborian på Blomkvists uppdrag så skulle den personen inte i förväg ha kunnat räkna ut att han skulle träffa just Jonas Sandberg."

Edklinth nickade långsamt.

"Så ... vad återstår? Olaga avlyssning eller något?"

"Jag kan försäkra dig om att jag inte bedriver olaga avlyssning av någon och inte ens hört talas om att något sådant skulle pågå", sa Mikael Blomkvist för att påminna om att han faktiskt befann sig i rummet. "Var realistisk. Olaga avlyssning är sådant som statliga myndigheter ägnar sig åt."

Edklinth trutade med läpparna.

"Du vill alltså inte berätta hur du fick information om mötet."

"Jo. Jag har redan berättat. En källa tipsade. Källan har källskydd. Vad sägs om att vi koncentrerar oss på frukterna av tipset?"

"Jag gillar inte lösa trådar", sa Edklinth. "Men okej. Vad vet vi?"

"Han heter Jonas Sandberg", sa Monica Figuerola. "Utbildad attackdykare och gick polisskolan i början av 1990-talet. Arbetade först i Uppsala och därefter i Södertälje."

"Du kommer från Uppsala."

"Ja, men vi missade varandra med något år. Jag började just då han drog till Södertälje."

"Okej."

"Han rekryterades till RPS/Säk kontraspionaget 1998. Omplacerades i hemlig befattning utomlands 2000. Han befinner sig enligt våra egna papper officiellt på ambassaden i Madrid. Jag har kollat med ambassaden. De har ingen aning om vem Jonas Sandberg är."

"Precis som Mårtensson. Officiellt överflyttad någonstans där han inte befinner sig."

"Det är bara kanslichefen som har möjlighet att göra något sådant här systematiskt och få det att fungera."

"Och i vanliga fall skulle allting avfärdas som strul i pappershanteringen. Vi märker det därför att vi specifikt tittar på det. Och om någon börjar tjata så säger man bara *Hemligt*, eller att det har med terrorism att göra."

"Det finns fortfarande en hel del budgetarbete att kolla upp."

"Budgetchefen?"

"Kanske."

"Okej. Mer?"

"Jonas Sandberg är bosatt i Sollentuna. Han är ogift men har barn med en lärarinna i Södertälje. Inga prickar i protokollet. Licens för två handeldvapen. Skötsam och helnykterist. Det enda lite udda är att han tycks vara troende och var med i Livets Ord på 1990-talet."

"Var har du fått det ifrån?"

"Jag pratade med min gamla chef i Uppsala. Han kommer mycket väl ihåg Sandberg."

"Okej. En kristen attackdykare med två vapen och en unge i Södertälje. Mer?"

"Vi id:ade honom för drygt tre timmar sedan. Det här är rätt snabbt jobbat i alla fall."

"Förlåt. Vad vet vi om huset på Artillerigatan?"

"Inte så mycket än. Stefan fick jaga upp någon på stadsbyggnadskontoret. Vi har ritningar på fastigheten. Bostadsrätt från förra sekelskiftet. Sex våningar med sammanlagt tjugotvå lägenheter plus åtta lägenheter i ett litet gårdshus. Jag har slagit på hyresgästerna men hittar inget riktigt uppseendeväckande. Två av de som bor i fastigheten är dömda för brott."

"Vilka?"

"En Lindström på första våningen. 63 år. Dömd för försäkringsbedrägerier på 1970-talet. "En Wittfelt på tredje våningen. 47 år. Vid två tillfällen dömd för misshandel av sin före detta fru."

"Hmm."

"De som bor där är välsorterad medelklass. Det är bara en lägenhet som väcker frågetecken."

"Vad?"

"Lägenheten längst upp i huset. Elva rum och lite av en paradvåning. Den ägs av ett företag som heter Bellona AB."

"Och vad sysslar de med?"

"Gudarna vet. De utför marknadsanalyser och har en omsättning på drygt trettio miljoner kronor årligen. Samtliga ägare till Bellona är bosatta utomlands."

"Aha."

"Vad då aha?"

"Bara aha. Gå vidare på Bellona."

I samma ögonblick kom den tjänsteman som Mikael endast kände under namnet Stefan in genom dörren.

"Hej chefen", hälsade han Torsten Edklinth. "Det här är kul. Jag har kollat på historien bakom Bellonas lägenhet."

"Och?" undrade Monica Figuerola.

"Företaget Bellona grundades på 1970-talet och köpte lägenheten från dödsboet efter den förre ägaren, en kvinna vid namn Kristina Cederholm, född 1917."

"Jaha?"

"Hon var gift med Hans Wilhelm Francke, cowboyen som bråkade med P.G. Vinge då RPS/Säk grundades."

"Bra", sa Torsten Edklinth. "Mycket bra. Monica, jag vill ha bevakning på fastigheten dygnet runt. Ta reda på vilka telefoner som finns där. Jag vill veta vem som går in och ut genom porten, vilka bilar som besöker adressen. Det vanliga."

Edklinth sneglade på Mikael Blomkvist. Han såg ut som om han tänkte säga något men hejdade sig. Mikael höjde på ögonbrynen.

"Är du nöjd med informationsflödet?" undrade Edklinth till sist.

"Helt okej. Är du nöjd med *Milleniums* bidrag?"

Edklinth nickade långsamt.

"Du är medveten om att jag kan få fan för det här?" sa han.

"Inte från min sida. Jag betraktar den information jag får här som källskyddad. Jag kommer att återge fakta, men inte tala om hur jag fått den. Innan jag går i tryck kommer jag att göra en formell intervju med dig. Om du inte vill svara så säger du bara *Inga kommentarer*. Eller så kan du lägga ut texten om vad du tycker om Sektionen för särskild analys. Det avgör du själv."

Edklinth nickade.

Mikael var nöjd. Inom loppet av några timmar hade Sektionen plötsligt fått fysisk form. Det var ett riktigt genombrott.

SONJA MODIG HADE frustrerat konstaterat att mötet i åklagare Ekströms rum drog ut på tiden. Hon hade hittat en kvarglömd flaska Loka mineralvatten på konferensbordet. Hon hade ringt sin make två gånger och meddelat att hon var försenad och lovade att kompensera honom med en trevlig kväll så fort hon kom hem. Hon började bli rastlös och kände sig som en inkräktare.

Först vid halv åtta var mötet över. Hon var helt oförberedd då dörren öppnades och Hans Faste kom ut i korridoren. Han följdes omedelbart av doktor Peter Teleborian. Därefter kom en äldre gråhårig man som Sonja Modig aldrig tidigare hade sett. Slutligen kom åklagare Ekström och satte på sig en kavaj samtidigt som han släckte takbelysningen och låste dörren.

Sonja Modig höjde sin mobiltelefon i glipan i gardinen och tog två lågupplösta bilder av samlingen utanför Ekströms dörr. De dröjde några sekunder innan de satte sig i rörelsen genom korridoren.

Hon höll andan då de passerade det konferensrum där hon hukade sig. Hon insåg att hon var kallsvettig då hon äntligen hörde dörren till trapphuset slå igen. Hon reste sig på svaga knän.

BUBLANSKI RINGDE TILL Monica Figuerola strax efter åtta på kvällen.

"Du ville veta om Ekström hade något möte."

"Ja", sa Monica Figuerola.

"Det avslutades alldeles nyss. Ekström träffade doktor Peter Teleborian och min förre medarbetare kriminalinspektör Hans Faste, samt en äldre person som vi inte känner igen."

"Ett ögonblick", sa Monica Figuerola, lade handen över telefonluren och vände sig till de övriga. "Vårt hugskott gav frukt. Teleborian åkte direkt till åklagare Ekström."

"Är du kvar?"

"Förlåt. Har vi något signalement på den okände tredje mannen?"

"Bättre än så. Jag skickar en bild på honom."

"Bild. Vackert, jag är skyldig dig en stor tjänst."

"Det skulle underlätta om jag fick veta vad som var på gång."

"Jag återkommer."

De satt tysta runt konferensbordet i någon minut.

"Okej", sa Edklinth slutligen. "Teleborian träffar Sektionen och åker därefter direkt till åklagare Ekström. Jag skulle ge en hel del för att få veta vad som avhandlades."

"Du kan ju fråga mig", föreslog Mikael Blomkvist.

Edklinth och Figuerola tittade på honom.

"De träffades för att finslipa detaljerna i strategin för hur de ska nita Lisbeth Salander i rättegången mot henne om en månad."

Monica Figuerola betraktade honom. Sedan nickade hon långsamt.

"Det är ett antagande", sa Edklinth. "Såvida du inte har paranormala gåvor."

"Det är inget antagande", sa Mikael. "De träffades för att dra detaljerna i den rättspsykiatriska utredningen om Salander. Teleborian har just avslutat den."

"Nonsens. Salander har inte ens blivit undersökt."

Mikael Blomkvist ryckte på axlarna och öppnade sin datorväska.

"Sådant har inte hindrat Teleborian tidigare. Här är den senaste versionen av den rättspsykiatriska utredningen. Som ni kan se är den daterad samma vecka som rättegången ska börja."

Edklinth och Figuerola betraktade papperen framför dem. Till sist tittade de långsamt på varandra och därefter på Mikael Blomkvist.

"Och var har du fått tag på den här?" undrade Edklinth.

"Sorry. Källskydd", sa Mikael Blomkvist.

"Blomkvist ... vi måste kunna lita på varandra. Du håller inne med information. Har du fler överraskningar av det här slaget?"

"Ja. Naturligtvis har jag hemligheter. Liksom jag är övertygad om att du inte har gett mig carte blanche att titta på allt som ni har härinne på Säpo. Eller hur?"

"Det är inte samma sak."

"Jo. Det är precis samma sak. Det här arrangemanget innebär

ett samarbete. Precis som du säger måste vi lita på varandra. Jag mörkar inte någonting som kan bidra till din utredning att kartlägga Sektionen eller identifiera olika brott som begåtts. Jag har redan lämnat över material som visat att Teleborian begick brott tillsammans med Björck 1991 och jag har berättat att han kommer att anlitas för att göra samma sak nu. Och här är dokumentet som visar att det är på det viset."

"Men du har hemligheter."

"Självfallet. Du får antingen avbryta samarbetet eller leva med det."

Monica Figuerola höll upp ett diplomatiskt finger.

"Förlåt, men betyder det här att åklagare Ekström arbetar för Sektionen?"

Mikael rynkade ögonbrynen.

"Det vet jag inte. Jag får mer en känsla av att han är en nyttig idiot som Sektionen utnyttjar. Han är en karriärist, men jag uppfattar honom som hederlig och lite korkad. Däremot berättade en källa att han svalde det mesta som Teleborian berättade om Lisbeth Salander vid en föredragning under den tid som jakten på henne fortfarande pågick."

"Det behövs inte mycket för att manipulera honom, menar du?"

"Exakt. Och Hans Faste är en idiot som tror att Lisbeth Salander är en lesbisk satanist."

ERIKA BERGER SATT ensam hemma i villan i Saltsjöbaden. Hon kände sig paralyserad och oförmögen att koncentrera sig på något vettigt arbete. Hela tiden väntade hon att någon skulle ringa och berätta att bilder av henne låg ute på någon sajt på internet.

Hon ertappade sig själv med att gång på gång tänka på Lisbeth Salander och insåg att hon hade fåfänga förhoppningar knutna till henne. Salander låg inlåst på Sahlgrenska. Hon hade besöksförbud och fick inte ens läsa dagstidningar. Men hon var en märkligt resursstark flicka. Trots isoleringen hade hon kunnat kontakta Erika på ICQ och därefter på telefon. Och hon hade på egen hand förintat Wennerströms imperium och räddat *Millennium* två år tidigare.

Klockan åtta på kvällen knackade Susanne Linder på dörren. Erika ryckte till som om någon hade avlossat ett pistolskott inne i rummet.

"Hallå, Berger. Här sitter du i dunklet och ser dyster ut."

Erika nickade och tände belysningen.

"Hej. Jag ska sätta på kaffe ..."

"Nej. Låt mig göra det. Har det hänt något nytt?"

Jovars. Lisbeth Salander har hört av sig och tagit kontroll över min dator. Och ringt om att Teleborian och någon som heter Jonas träffades på Centralen i eftermiddags.

"Nej. Inget nytt", sa hon. "Men jag har en sak jag skulle vilja prova på dig."

"Okej."

"Vad tror du om möjligheten att det här inte är en stalker utan någon som finns i min bekantskapskrets som vill jävlas med mig?"

"Vad är skillnaden?"

"En stalker är en för mig okänd person som blivit fixerad vid mig. Den andra varianten är en person som vill hämnas på mig eller sabotera mitt liv av personliga skäl."

"Intressant tanke. Hur har den uppstått?"

"Jag ... diskuterade situationen med en person i dag. Jag kan inte namnge henne, men hon föreslog att hotelser från en riktig stalker skulle se annorlunda ut. Framför allt att en stalker aldrig skulle ha skrivit mailen till Eva Carlsson på kulturen. Det är en helt ovidkommande handling."

Susanne Linder nickade långsamt.

"Det ligger något i det. Vet du, jag har faktiskt aldrig läst de mail det handlar om. Kan jag få se dem?"

Erika plockade fram sin laptop och ställde den på köksbordet.

MONICA FIGUEROLA ESKORTERADE Mikael Blomkvist ut från polishuset vid tiotiden på kvällen. De stannade på samma plats i Kronobergsparken som föregående dag.

"Så var vi här igen. Tänker du försvinna och arbeta eller vill du gå hem till mig och ha sex?"

"Tja …"

"Mikael, du behöver inte känna dig pressad av mig. Om du behöver jobba, så gör det."

"Hör du, Figuerola, du är jävligt beroendeframkallande."

"Och du vill inte vara beroende av något. Är det så du menar?"

"Nej. Inte på det sättet. Men jag har en människa jag måste prata med i natt och det kommer att ta ett tag. Så innan jag är klar kommer du att ha somnat."

Hon nickade.

"Vi syns."

Han kysste henne på kinden och gick upp mot busshållplatsen vid Fridhemsplan.

"Blomkvist", ropade hon.

"Vad?"

"Jag är ledig i morgon bitti också. Kom över och ät frukost om du hinner."

KAPITEL 21
LÖRDAG 4 JUNI-MÅNDAG 6 JUNI

LISBETH SALANDER FICK en rad illavarslande vibrationer då hon betade av nyhetschefen Anders Holm. Han var 58 år och föll därmed egentligen utanför gruppen men Lisbeth hade inkluderat honom i alla fall eftersom han och Erika Berger hade varit i luven på varandra. Han var en intrigmakare som skrev mail till olika personer och berättade om hur någon hade gjort ett uselt jobb.

Lisbeth konstaterade att Holm inte tyckte om Erika Berger och att han ägnade väsentligt utrymme åt att komma med passningar om att nu har *fruntimret* sagt si eller gjort så. Han nätsurfade uteslutande på arbetsrelaterade sidor. Om han hade andra intressen så skötte han sådant på fritiden och på någon annan dator.

Hon behöll honom som en kandidat till rollen som Giftpennan, men han var en högoddsare. Lisbeth funderade en stund på varför hon inte riktigt trodde på honom och kom fram till att Holm var så jävla dryg att han inte behövde gå omvägen förbi anonyma mail. Om han ville kalla Erika Berger för hora så skulle han göra det öppet. Och han kändes inte som typen som skulle göra sig besvär med att smyga in i Erika Bergers bostad mitt i natten.

Vid tiotiden gjorde hon en paus och gick in på [Stolliga_Bordet] och konstaterade att Mikael Blomkvist ännu inte återkommit. Hon kände en svag irritation och undrade vad han sysslade med och om han hade hunnit i tid till Teleborians möte.

Därefter återgick hon till SMP:s server.

Hon gick till nästa namn på listan, vilket var redaktionssekreteraren på sporten Claes Lundin, 29. Hon hade precis öppnat hans mail då hon hejdade sig och bet sig i underläppen. Hon stängde ned Lundin och gick istället till Erika Bergers e-post.

Hon scrollade tillbaka i tiden. Det var ett jämförelsevis kort filindex eftersom hennes e-postkonto hade öppnats den 2 maj. Det allra första mailet var ett morgon-PM som skickats ut av redaktionssekreteraren Peter Fredriksson. Under den första dagen hade flera personer mailat och önskat henne välkommen till SMP.

Lisbeth läste noga varje mail som kommit till Erika Berger. Hon kunde se hur det redan från dag ett hade funnits en fientlig underton i korrespondensen med nyhetschefen Anders Holm. De tycktes inte kunna dra jämnt i någon fråga, och Lisbeth konstaterade att Holm försvårade för henne genom att skicka två tre mail även om bagateller.

Hon hoppade över reklam, spam och rena nyhets-PM. Hon fokuserade på all form av personligt hållen korrespondens. Hon läste interna budgetkalkyler, resultat från annons och marknad, en mailväxling med ekonomidirektören Christer Sellberg som sträckte sig över en vecka och som närmast kunde beskrivas som ett stormgräl om personalnedskärningar. Hon fick irriterade mail från chefen för rättsredaktionen om någon vikarie vid namn Johannes Frisk som Erika Berger uppenbarligen satt att arbeta på någon story som inte uppskattades. Bortsett från de första välkomstmailen tycktes det som om inte en enda medarbetare på chefsnivå såg något positivt i något av Erikas argument eller förslag.

Efter en stund scrollade hon tillbaka till början och gjorde en statistisk beräkning i huvudet. Hon konstaterade att av alla högre chefer på SMP som Erika hade omkring sig var det bara fyra personer som inte ägnade sig åt att underminera hennes position. Det var styrelseordföranden Borgsjö, redaktionssekreterare Peter Fredriksson, chefen för ledarsidan Gunnar Magnusson och chefen för kultursidan Sebastian Strandlund.

Hade de aldrig hört talas om kvinnor på SMP? Alla chefer var ju män.

Den person som Erika Berger hade minst att göra med var chefen för kultursidan. Under hela den tid Erika arbetat där hade hon bara växlat två mail med Sebastian Strandlund. De vänligaste och uppenbart mest sympatiska mailen kom från ledarredaktören Magnusson. Borgsjö var kortfattad och kärv. Samtliga andra chefer ägnade sig åt öppet krypskytte.

Varför i helvete hade denna grupp karlar alls anställt Erika Berger om den enda sysselsättningen tycktes vara att slita henne sönder och samman.

Den person hon tycktes ha mest att göra med var redaktionssekreteraren Peter Fredriksson. Han var inbokad som en skugga att vara bisittare vid möten. Han förberedde PM, briefade Erika om olika texter och problem, satte snurr på arbetet.

Han växlade mail med Erika ett dussintal gånger varje dag.

Lisbeth samlade ihop alla Peter Fredrikssons mail till Erika och läste dem ett efter ett. Vid ett antal tillfällen hade han invändningar mot något beslut som Erika fattat. Han redogjorde för sakskälen. Erika Berger tycktes ha förtroende för honom eftersom hon ofta ändrade beslut eller accepterade hans resonemang. Han var aldrig fientlig. Däremot fanns inte minsta antydan till någon personlig relation till Erika.

Lisbeth stängde Erika Bergers mail och funderade en kort stund.

Hon öppnade Peter Fredrikssons konto.

PLAGUE HADE UTAN större framgång mixtrat med hemdatorerna hos diverse medarbetare på SMP hela kvällen. Han hade lyckats ta sig in hos nyhetschefen Anders Holm eftersom denne hade en öppen lina till sitt skrivbord på jobbet för att när som helst under dygnet kunna gå in och styra upp något arbete. Holms privata dator var en av de tråkigaste Plague någonsin hackat. Däremot hade han misslyckats med återstoden av de arton namnen på den lista Lisbeth Salander försett honom med. En bidragande orsak var att ingen av de personer han knackade på hos var online en lördagskväll. Han hade vagt börjat tröttna på den omöjliga uppgiften då Lisbeth Salander pingade honom halv elva på kvällen.

<Vad?>

<Peter Fredriksson>

<Okej>

<Strunta i andra. Fokusera på honom>

<Varför?>

<En känsla>

<Det här kommer att ta tid>

<Det finns en genväg. Fredriksson är redaktionssekreterare och jobbar med ett program som heter Integrator för att kunna hålla koll på vad som sker i hans dator på SMP hemifrån>

<Jag vet inget om Integrator>

<Litet program som kom för ett par år sedan. Numera helt ute. Integrator har en bugg. Finns i arkivet på Hacker Rep. Du kan i teorin vända programmet och gå in i hans hemdator från jobbet>

Plague suckade. Hon som en gång varit hans elev hade bättre koll än han.

<Okej. Ska försöka>

<Om du hittar något – ge det till Kalle Blomkvist om jag inte är online längre>

MIKAEL BLOMKVIST VAR tillbaka i Lisbeth Salanders lägenhet vid Mosebacke strax före tolv. Han var trött och började med att duscha och sätta på kaffebryggaren. Sedan öppnade han Lisbeth Salanders dator och pingade hennes ICQ.

<Det var på tiden>

<Sorry>

<Var har du varit de senaste dygnen>

<Haft sex med en hemlig agent. Och jagat Jonas>

<Hann du till mötet?>

<Ja. Du tipsade Erika???>

<Enda sättet att nå dig>

<Smart>

<Jag flyttas till häktet i morgon>

<Jag vet>

<Plague kommer att bistå med nätet>

<Utmärkt>

<Då återstår bara finalen>

Mikael nickade för sig själv.

<Sally ... vi kommer att göra det vi ska>

<Jag vet. Du är förutsägbar>

<Du är som alltid ett charmtroll>

<Är det något mer jag bör veta?>

<Nej>

<I så fall har jag en del sista nätarbete att sköta>

<Okej. Ha det så bra>

SUSANNE LINDER VAKNADE med ett ryck av att det pep i hennes öronsnäcka. Någon hade utlöst rörelsealarmet hon hade placerat i hallen på bottenvåningen i Erika Bergers villa. Hon reste sig på armbågen och såg att klockan var 05.23 på söndagsmorgonen. Hon gled tyst upp ur sängen och drog på sig jeans och t-tröja och joggingskor. Hon stoppade tårgasen i bakfickan och tog fjäderbatongen med sig.

Hon passerade ljudlöst dörren till Erika Bergers sovrum och konstaterade att den var stängd och därmed låst.

Därefter stannade hon vid trappan och lyssnade. Hon hörde plötsligt ett svagt klickande och rörelse från bottenvåningen. Hon gick långsamt nedför trappan och stannade åter i hallen och lyssnade.

En stol skrapade i köket. Hon höll batongen i ett fast grepp och gick ljudlöst till köksdörren och såg en skallig och orakad man som satt vid köksbordet med ett glas apelsinjuice och läste SMP. Han uppfattade hennes närvaro och höjde blicken.

"Och vem fan är du?" undrade han.

Susanne Linder slappnade av och lutade sig mot dörrposten.

"Greger Backman, förmodar jag. Hej. Jag heter Susanne Linder."

"Jaha. Ska du slå mig i skallen med batongen eller vill du ha ett glas juice?"

"Gärna", sa Susanne och lade ifrån sig batongen. "Juice, alltså."

Greger Backman sträckte sig efter ett glas från diskstället och hällde upp från en tetrapak till henne.

"Jag jobbar för Milton Security", sa Susanne Linder. "Jag tror att det är bäst att din fru får förklara min närvaro."

Greger Backman reste sig.

"Har något hänt med Erika?"

"Din fru är okej. Men det har varit lite obehag. Vi har sökt dig i Paris."

"Paris. Jag har för fan varit i Helsingfors."

"Jaså. Förlåt, men din fru trodde det var Paris."

"Det är nästa månad."

Greger gick mot dörren.

"Sovrumsdörren är låst. Du behöver en kod om du ska öppna", sa Susanne Linder.

"Kod?"

Hon gav honom de tre siffror han skulle slå för att öppna sovrumsdörren. Han sprang uppför trappan till övervåningen. Susanne Linder sträckte sig över bordet och plockade upp hans kvarlämnade SMP.

KLOCKAN TIO PÅ söndagsmorgonen kom doktor Anders Jonasson in till Lisbeth Salander.

"Hej Lisbeth."

"Hej."

"Ville bara förvarna om att polisen kommer vid lunchtid."

"Okej."

"Du verkar inte särskilt oroad."

"Nej."

"Jag har en present till dig."

"Present? Varför det?"

"Du har varit en av mina mest underhållande patienter på länge."

"Jaså", sa Lisbeth Salander misstänksamt.

"Jag har förstått att du är fascinerad av DNA och genetik."

"Vem har skvallrat ... den där psykologtanten, antar jag."

Anders Jonasson nickade.

"Om du får tråkigt på häktet ... här är senaste skriket inom DNA-forskningen."

Han gav henne en tegelsten som hette *Spirals – Mysteries of* DNA, författad av en professor Yoshito Takamura vid Tokyo universitet. Lisbeth Salander öppnade boken och studerade innehållsförteckningen.

"Vackert", sa hon.

"Någon gång skulle det vara intressant att få höra hur det kommer sig att du läser uppsatser av forskare som inte ens jag begriper."

Så fort Anders Jonasson hade lämnat rummet plockade Lisbeth fram handdatorn. Sista rycket. Från SMP:s personalavdelning hade Lisbeth listat ut att Peter Fredriksson hade arbetat på SMP i sex år. Under den tiden hade han varit sjukskriven under två längre perioder. Två månader 2003 och tre månader 2004. Från personalfilerna kunde Lisbeth dra slutsatsen att orsaken vid bägge tillfällena varit utbrändhet. Erika Bergers företrädare Håkan Morander hade vid ett tillfälle ifrågasatt om Fredriksson verkligen kunde kvarstå som redaktionssekreterare.

Prat. Prat. Prat. Inget konkret att gå på.

Kvart i tolv pingade Plague upp henne.

<Vad?>

<Är du kvar på Sahlgrenska?>

<Gissa>

<Det är han>

<Är du säker?>

<Han gick in i sin dator på jobbet från hemmet för en halvtimme sedan. Jag passade på att gå in i hans hemmadator. Han har bilder av Erika Berger scannade på hårddisken>

<Tack>

<Hon ser rätt läcker ut>

<Plague>

<Jag vet. Vad ska jag göra?>

<Har han lagt ut bilder på nätet?>

\<Inte vad jag kan se\>

\<Kan du minera hans dator?\>

\<Redan gjort. Om han försöker maila bilder eller lägga upp något som är större än tjugo kilobyte på nätet kommer hans hårddisk att krascha\>

\<Snyggt\>

\<Jag tänker sova. Sköter du dig själv nu?\>

\<Som alltid\>

Lisbeth kopplade ned ICQ. Hon kastade en blick på klockan och insåg att det strax var lunch. Hon komponerade snabbt ett meddelande som hon adresserade till Yahoogruppen [Stolliga_Bordet].

[Mikael. Viktigt. Ring omedelbart Erika Berger och ge henne beskedet att Peter Fredriksson är Giftpennan.]

I samma ögonblick som hon skickade meddelandet hörde hon rörelse i korridoren. Hon höjde sin Palm Tungsten T3 och pussade skärmen. Sedan stängde hon av datorn och placerade den i hålrummet bakom sängbordet.

"Hej Lisbeth", sa hennes advokat Annika Giannini från dörren.

"Hej."

"Polisen hämtar dig om en stund. Jag har med mig kläder till dig. Jag hoppas att storleken passar."

Lisbeth tittade misstänksamt på ett urval prydliga mörka byxor och ljusa blusar.

DET VAR TVÅ kvinnliga uniformer från Göteborgspolisen som hämtade Lisbeth Salander. Hennes advokat följde med till häktet.

Då de promenerade från hennes rum genom korridoren noterade Lisbeth att flera ur personalen nyfiket betraktade henne. Hon nickade vänligt till personalen och någon vinkade tillbaka. Som av en händelse stod Anders Jonasson vid receptionen. De tittade på varandra och nickade. Redan innan de hunnit svänga runt hörnet noterade Lisbeth att Anders Jonasson hade satt sig i rörelse mot hennes rum.

Under hela hämtningen och transporten till häktet sa Lisbeth Salander inte ett ord till polisen.

MIKAEL BLOMKVIST HADE stängt sin iBook och slutat arbeta klockan sju på söndagsmorgonen. Han satt en stund vid Lisbeth Salanders skrivbord och stirrade tomt framför sig.

Sedan gick han ut till hennes sovrum och tittade på hennes gigantiska dubbelsäng. Efter en stund gick han tillbaka till arbetsrummet och öppnade mobilen och ringde till Monica Figuerola.

"Hej. Det är Mikael."

"Hallå där. Är du redan uppe?"

"Jag har precis slutat jobba och ska gå och lägga mig. Ville bara ringa och säga hej."

"Karlar som bara ringer och säger hej har baktankar."

Han skrattade.

"Blomkvist, du kan komma hit och sova om du vill."

"Jag kommer att vara tråkigt sällskap."

"Jag vänjer mig."

Han tog en taxi till Pontonjärgatan.

ERIKA BERGER TILLBRINGADE söndagen i sängen med Greger Backman. De låg och pratade eller halvsov. På eftermiddagen klädde de på sig och gick en lång promenad ned till ångbåtsbryggan och runt samhället.

"SMP var ett misstag", sa Erika Berger då de kom hem.

"Säg inte så. Det är tufft nu, men det visste du. Det kommer att plana ut när du blivit varm i kläderna."

"Det är inte jobbet. Det kan jag sköta. Det är attityden."

"Hmm."

"Jag trivs inte. Men jag kan inte hoppa av efter några veckor."

Hon satte sig dystert vid köksbordet och stirrade håglöst framför sig. Greger Backman hade aldrig tidigare sett sin fru så uppgiven.

KRIMINALINSPEKTÖR HANS FASTE träffade för första gången Lisbeth Salander vid halv ett på söndagen då en kvinnlig polis från

Göteborg förde in henne till Marcus Erlanders rum.

"Du var en svår jävel att få tag på", sa Hans Faste.

Lisbeth Salander granskade honom med ett långt ögonkast och beslutade att han var en idiot och att hon inte ämnade ägna många sekunder åt att bekymra sig om hans existens.

"Polisinspektör Gunilla Wäring följer med under transporten till Stockholm", sa Erlander.

"Jaha", sa Faste. "Då åker vi på en gång. Det är ett antal personer som vill prata allvar med dig, Salander."

Erlander sa adjö till Lisbeth Salander. Hon ignorerade honom.

De hade beslutat att för enkelhets skull sköta fångtransporten med tjänstebil till Stockholm. Gunilla Wäring körde. I början av färden satt Hans Faste i passagerarsätet med huvudet vänt mot baksätet medan han försökte prata med Lisbeth Salander. I höjd med Alingsås hade han börjat utveckla nackspärr och gav upp.

Lisbeth Salander betraktade landskapet utanför sidorutan. Det tycktes som om Faste inte alls existerade i hennes sinnevärld.

Teleborian har rätt. Hon är ju för fan efterbliven, tänkte Faste. *Det ska vi nog ändra på i Stockholm.*

Han sneglade med jämna mellanrum på Lisbeth Salander och försökte bilda sig en uppfattning om den kvinna han jagat under så lång tid. Även Hans Faste kände tvivel då han såg den späda flickan. Han undrade hur mycket hon egentligen vägde. Han påminde sig om att hon var lesbisk och följaktligen inte en riktig kvinna.

Däremot var det väl möjligt att det där med satanismen var en överdrift. Hon såg inte särskilt satanisk ut.

Ironiskt nog insåg han att han mycket hellre hade gripit henne för de tre mord som hon ursprungligen var misstänkt för, men där verkligheten nu hade hunnit i kapp hans utredning. En pistol kan även en späd flicka hantera. Nu var hon gripen för grov misshandel av högsta ledningen för Svavelsjö MC, där hon utan tvekan var skyldig och där det dessutom förelåg teknisk bevisning för den händelse att hon ämnade neka.

MONICA FIGUEROLA VÄCKTE Mikael Blomkvist vid ettiden på eftermiddagen. Hon hade suttit på balkongen och läst färdigt boken om antikens gudsuppfattning medan hon lyssnat till Mikaels snarkningar från sovrummet. Det hade varit fridfullt. Då hon gick in och tittade på honom blev hon medveten om att hon var mer attraherad av Mikael än hon varit av någon annan man på flera år.

Det var en behaglig men oroande känsla. Mikael Blomkvist kändes inte som ett stabilt inslag i hennes tillvaro.

När de vaknat gick de ned till Norr Mälarstrand och drack kaffe. Därefter drog hon hem honom och hade sex med honom under återstoden av eftermiddagen. Han lämnade henne vid sjutiden på kvällen. Hon kände saknad i samma ögonblick som han pussade henne på kinden och stängde ytterdörren.

VID ÅTTATIDEN PÅ söndagskvällen knackade Susanne Linder på hos Erika Berger. Hon skulle inte sova hos Berger eftersom Greger Backman hade kommit hem, så besöket låg helt utanför jobbet. De få dygn hon hade bott som nattgäst hos Erika hade de kommit nära varandra under de långa samtalen i köket. Hon hade upptäckt att hon tyckte bra om Erika Berger, och hon såg en förtvivlad kvinna som maskerade sig och oberört åkte till jobbet men som i själva verket var en vandrande ångestpåse.

Susanne Linder misstänkte att ångesten inte enbart hade med Giftpennan att göra. Men hon var inte kurator, och Erika Bergers liv och livsproblem var inte hennes sak. Istället körde hon ut till Berger bara för att säga hej och fråga om allt stod rätt till. Hon fann Erika och hennes make lågmälda och dämpade i köket. Det tycktes som om de hade tillbringat söndagen med att diskutera allvarliga ting.

Greger Backman satte på kaffe. Susanne Linder hade bara varit hemma hos henne i några minuter då Erikas mobil började ringa.

ERIKA BERGER HADE besvarat varje samtal under dagen med en känsla av förestående undergång.

"Berger."

"Hej Ricky."

Mikael Blomkvist. Helvete. Jag har inte berättat att Borgsjömappen är försvunnen.

"Hej Micke."

"Salander har överförts till häktet i Göteborg i kväll i väntan på transport till Stockholm i morgon."

"Jag förstår."

"Hon har skickat ett ... meddelande till dig."

"Jaså?"

"Det är mycket kryptiskt."

"Vad?"

"Hon säger att Giftpennan är Peter Fredriksson."

Erika Berger satt tyst i tio sekunder medan tankarna rusade genom hennes huvud. *Omöjligt. Peter är inte sådan. Salander måste ha fel.*

"Något mer?"

"Nej. Det är hela meddelandet. Begriper du vad det handlar om?"

"Ja."

"Ricky, vad har du och Lisbeth ihop egentligen? Hon ringde dig för att tipsa mig om Teleborian och ..."

"Tack, Micke. Vi pratar sedan."

Hon hade stängt mobilen och tittat på Susanne Linder med ögon som var alldeles vilda.

"Berätta", sa Susanne Linder.

SUSANNE LINDER UPPLEVDE motsägelsefulla känslor. Erika Berger hade plötsligt fått beskedet att hennes redaktionssekreterare Peter Fredriksson var Giftpennan. Orden hade nästan forsat ur henne när hon berättade detta. Sedan hade Susanne Linder frågat *hur* hon visste att Fredriksson var hennes stalker.

Erika Berger hade plötsligt blivit helt tyst. Susanne hade iakttagit hennes ögon och sett hur något skiftade i chefredaktörens attityd. Erika Berger hade plötsligt sett helt förvirrad ut.

"Jag kan inte berätta ..."

"Vad menar du?"

"Susanne, jag vet att Fredriksson är Giftpennan. Men jag kan inte berätta hur jag har fått informationen. Vad ska jag göra?"

"Du måste berätta för mig om jag ska kunna hjälpa dig."

"Jag ... jag kan inte. Du förstår inte."

Erika Berger reste sig och ställde sig vid köksfönstret med ryggen mot Susanne Linder. Slutligen vände hon sig om.

"Jag åker hem till den jäveln."

"Så fan heller. Du ska inte åka någonstans, allra minst hem till en person som vi tror drivs av ett våldsamt hat mot dig."

Erika Berger såg kluven ut.

"Sätt dig. Berätta vad som har hänt. Det var Mikael Blomkvist som ringde."

Erika nickade.

"Jag ... har under dagen bett en hacker gå igenom personalens hemdatorer."

"Aha. Du har därmed förmodligen gjort dig skyldig till grovt databrott. Och du vill inte berätta vem hackern är."

"Jag har lovat att aldrig berätta ... Det gäller andra människor. Något som Mikael jobbar på."

"Känner Blomkvist till Giftpennan?"

"Nej, han framförde bara meddelandet."

Susanne Linder lade huvudet på sned och granskade Erika Berger. Plötsligt bildades en associationskedja i hennes huvud.

Erika Berger. Mikael Blomkvist. Millennium. Skumma poliser som bröt sig in och avlyssnade Blomkvists lägenhet. Susanne Linder övervakade övervakarna. Blomkvist jobbade som besatt på en story om Lisbeth Salander.

Att Lisbeth Salander var en jävel på datorer var allmänt känt på Milton Security. Ingen begrep hur hon hade fått sin kunskap och Susanne hade aldrig hört något rykte om att Salander skulle vara en hacker. Men Dragan Armanskij hade vid ett tillfälle sagt något om att Salander levererade helt förbluffande rapporter då hon gjorde personundersökningar. En hacker ...

Men Salander ligger för fan isolerad i Göteborg.

Det var vettlöst.

"Är det Salander vi pratar om?" undrade Susanne Linder.

Erika Berger såg ut som om hon träffats av blixten.

"Jag kan inte diskutera varifrån informationen kommer. Inte med ett ord."

Susanne Linder fnittrade plötsligt.

Det var Salander. Bergers bekräftelse kunde inte ha varit tydligare. Hon är helt ur balans.

Men det är ju omöjligt.

Vad fan pågår egentligen?

Under fångenskapen skulle alltså Lisbeth Salander ha åtagit sig uppgiften att utröna vem som var Giftpennan. Ren galenskap.

Susanne Linder funderade intensivt.

Hon hade ingen aning om vad som var vad i historien om Lisbeth Salander. Hon hade träffat henne kanske fem gånger under de år som hon hade arbetat på Milton Security och hade aldrig växlat så mycket som ett personligt ord med henne. Hon uppfattade Salander som en trulig och socialt avvisande människa med ett så hårt skal att inte ens en slagborr kunde penetrera det. Hon hade också konstaterat att Dragan Armanskij hade lagt sina beskyddande vingar över Lisbeth Salander. Eftersom Susanne Linder respekterade Armanskij antog hon att han hade goda skäl för sin attityd mot den truliga flickan.

Giftpennan är Peter Fredriksson.

Kunde hon ha rätt? Fanns det några bevis?

Susanne Linder ägnade därefter två timmar åt att förhöra Erika Berger om allt hon visste om Peter Fredriksson, vilken hans roll på SMP var och hur deras förhållande under hennes chefskap hade varit. Hon blev inte klokare av svaren.

Erika Berger hade varit frustrerat tveksam. Hon hade pendlat mellan en lust att åka hem till Fredriksson och konfrontera honom och tvivel på att det kunde vara riktigt. Till sist hade Susanne Linder övertygat henne om att hon inte kunde störta in hos Peter Fredriksson och framföra anklagelser – om han var oskyldig skulle Berger framstå som en fullständig idiot.

Följaktligen hade Susanne Linder lovat att titta på saken. Det var ett löfte hon ångrade i samma ögonblick som hon uttalade det eftersom hon inte hade en aning om hur hon skulle bära sig åt.

Men nu parkerade hon sin begagnade Fiat Strada så nära Peter Fredrikssons hyresrätt i Fisksätra som hon kunde komma. Hon låste bildörrarna och såg sig omkring. Hon var inte riktigt säker på vad hon sysslade med, men antog att hon var tvungen att knacka på hos honom och på något sätt förmå honom att besvara ett antal frågor. Hon var akut medveten om att detta var en sysselsättning som låg helt utanför hennes arbete på Milton Security och att Dragan Armanskij skulle bli rasande på henne om han visste vad hon sysslade med.

Det var ingen bra plan. Och i vilket fall sprack den innan hon ens hunnit sätta den i verket.

I samma ögonblick som hon kom upp på gårdsplanen och närmade sig Peter Fredrikssons port öppnades den. Susanne Linder kände omedelbart igen honom från den bylinebild som fanns i hans personalfil som hon studerat i Erika Bergers dator. Hon fortsatte framåt och de passerade varandra. Han försvann mot parkeringsgaraget. Susanne Linder stannade tvekande och tittade efter honom. Sedan tittade hon på klockan och konstaterade att den var strax före elva på kvällen och att Peter Fredriksson var på väg någonstans. Hon undrade vart han var på väg och sprang tillbaka till sin bil.

MIKAEL BLOMKVIST SATT länge och tittade på sin mobil sedan Erika Berger ringt av. Han undrade vad som var på gång. Han betraktade frustrerat Lisbeth Salanders dator, men vid det här laget hade hon flyttats till häktet i Göteborg och han hade ingen möjlighet att fråga henne.

Han öppnade sin blå T10 och ringde Idris Ghidi i Angered.

"Hej. Mikael Blomkvist."

"Hej", sa Idris Ghidi.

"Jag ville bara ringa och meddela att du kan avbryta arbetet du gjort för mig."

Idris Ghidi nickade tyst. Han hade redan räknat ut att Mikael Blomkvist skulle ringa eftersom Lisbeth Salander hade förts till häktet.

"Jag förstår", sa han.

"Du kan behålla mobilen som vi kom överens om. Jag skickar en slutbetalning i veckan."

"Tack."

"Det är jag som ska tacka för din hjälp."

Han slog upp sin iBook och började jobba. De senaste dygnens utveckling innebar att en väsentlig del av manuskriptet måste revideras och att en helt ny story med stor sannolikhet måste infogas.

Han suckade.

KVART ÖVER ELVA parkerade Peter Fredriksson tre kvarter från Erika Bergers bostad. Susanne Linder visste redan vart han var på väg och hade släppt honom för att inte väcka hans uppmärksamhet. Hon passerade hans bil mer än två minuter efter att han parkerat. Hon konstaterade att bilen var tom. Hon passerade Erika Bergers hus och fortsatte en bit och parkerade utom synhåll. Hon hade handsvett.

Hon öppnade en dosa Catch Dry och lade in en påse snus.

Därefter öppnade hon bildörren och såg sig omkring. Så fort hon hade insett att Fredriksson var på väg mot Saltsjöbaden hade hon vetat att Salanders information var korrekt. Hur Salander hade burit sig åt visste hon inte, men hon tvivlade inte längre på att Fredriksson var Giftpennan. Hon antog att han inte hade åkt ut till Saltsjöbaden för skojs skull, utan att något var i görningen.

Vilket var alldeles utmärkt om hon kunde ta honom på bar gärning.

Hon plockade upp en teleskopbatong från sidofacket i bildörren och vägde den i handen en kort stund. Hon tryckte på spärren i handtaget och sköt ut den tunga fjädrande stålkabeln. Hon bet ihop tänderna.

Det var därför hon hade slutat på Södermalmspiketen.

Hon hade fått ett enda galet utbrott av raseri vid ett enda tillfälle då piketen för tredje gången på lika många dagar hade åkt till en adress i Hägersten sedan samma kvinna hade ringt polisen och skrikit på hjälp därför att hennes man hade misshandlat henne. Och precis som vid de två första tillfällena hade situationen lugnat ned sig innan piketen hunnit anlända.

De hade rutinmässigt plockat ut hennes karl i trapphuset medan kvinnan hade hörts. *Nej, hon ville inte göra polisanmälan. Nej, det hade varit ett misstag. Nej, han var snäll ... det var i själva verket hennes fel. Hon hade provocerat honom ...*

Och hela tiden hade fähunden stått och flinat och tittat Susanne Linder rakt i ögonen.

Hon kunde inte förklara varför hon hade gjort det. Men helt plötsligt hade något brustit och hon hade plockat fram batongen och slagit honom över munnen. Det första slaget hade saknat kraft. Hon hade gett honom en fläskläpp och han hade hukat sig. Under de följande tio sekunderna – till dess att kollegor hade grabbat tag i henne och med våld burit ut henne ur trappuppgången – hade hon låtit batongslagen regna över hans rygg, njurar, höfter och axlar.

Det hade aldrig blivit något åtal. Hon hade sagt upp sig samma kväll och åkt hem och gråtit i en vecka. Sedan hade hon tagit sig samman och gått och knackat på hos Dragan Armanskij. Hon hade berättat vad hon hade gjort och varför hon slutat vid polisen. Hon hade sökt jobb. Armanskij hade varit tveksam och bett att få fundera på saken. Hon hade gett upp hoppet då han ringt henne sex veckor senare och sagt att han var beredd att testa henne.

Susanne Linder gjorde en bister grimas och stoppade teleskopbatongen under bältet i ryggslutet. Hon kontrollerade att hon hade burken med tårgas i höger jackficka och att remmarna i gymnastikskorna var ordentligt knutna. Hon promenerade tillbaka till Erika Bergers hus och gled in på tomten.

Hon visste att rörelselarmet på bakgården ännu inte var installerat och rörde sig ljudlöst på gräsmattan längs häcken vid tomtgränsen. Hon kunde inte se honom. Hon gick runt huset och stod stilla. Hon såg honom plötsligt som en skugga i dunklet vid Greger Backmans ateljé.

Han inser inte hur korkat det är av honom att återkomma hit. Han kan inte hålla sig borta.

Han satt på huk och försökte titta genom en glipa i en gardin i ett sällskapsrum i anslutning till vardagsrummet. Därefter förflyttade han sig upp på altanen och tittade genom springan av nedfällda persienner bredvid det stora perspektivfönstret som fortfarande täcktes av plywood.

Susanne Linder log plötsligt.

Hon smög över gården fram till husknuten medan han hade ryggen mot henne. Hon gömde sig bakom ett par vinbärsbuskar vid gaveln och väntade. Hon kunde se en skymt av honom genom grenverket. Från sin plats borde Fredriksson kunna se genom hallen och in i en bit av köket. Han hade hittat något intressant att titta på och det dröjde tio minuter innan han rörde sig igen. Han närmade sig Susanne Linder.

Då han vek runt hörnet och passerade henne reste sig Susanne Linder och talade med låg röst.

"Hallå där, Fredriksson."

Han tvärstannade och snurrade runt mot henne.

Hon såg ögon glimma i mörkret. Hon kunde inte se hans ansiktsuttryck, men hörde att han höll andan i chock.

"Vi kan göra det här på ett enkelt sätt eller på ett svårt sätt", sa hon. "Vi ska gå till din bil och ..."

Han vände och började springa.

Susanne Linder höjde teleskopbatongen och slog ett förödande smärtfyllt slag mot utsidan av hans vänstra knäskål.

Han föll med ett halvkvävt ljud.

Hon höjde batongen för ytterligare ett slag men hejdade sig. Hon kände Dragan Armanskijs ögon i nacken.

Hon böjde sig ned och vältrade över honom på mage och satte ett knä i hans ryggslut. Hon grabbade tag i hans högerhand och tvingade upp den på ryggen och bojade honom. Han var svag och gjorde inget motstånd.

ERIKA BERGER SLÄCKTE lampan i vardagsrummet och haltade upp till övervåningen. Hon behövde inte längre kryckorna, men fotsulan ömmade fortfarande då hon satte tyngden på den. Greger Backman släckte i köket och följde efter sin fru. Han hade aldrig tidigare sett

Erika Berger så olycklig. Ingenting han sa tycktes kunna lugna henne eller mildra den ångest hon upplevde.

Hon klädde av sig och kröp ned i sängen med ryggen mot honom.

"Det är inte ditt fel, Greger", sa hon då hon hörde honom komma ned i sängen.

"Du mår inte bra", sa han. "Jag vill att du stannar hemma några dagar."

Han lade en arm runt hennes axlar. Hon försökte inte skjuta bort honom, men hon var helt passiv. Han böjde sig fram och kysste henne försiktigt på halsen och höll om henne.

"Det finns ingenting du kan säga eller göra för att mildra situationen. Jag vet att jag behöver en paus. Jag känner mig som om jag har klivit på ett snälltåg och upptäckt att jag befinner mig på fel spår."

"Vi kan åka ut och segla några dagar. Komma bort från allting."

"Nej. Jag kan inte komma bort från allting."

Hon vände sig mot honom.

"Det värsta jag kunde göra nu vore att fly. Jag måste lösa problemen. Sedan kan vi åka."

"Okej", sa Greger. "Jag är visst inte till mycket hjälp."

Hon log svagt.

"Nej. Det är du inte. Men tack för att du är här. Jag älskar dig vettlöst, det vet du."

Han nickade.

"Jag kan inte tro att det är Peter Fredriksson", sa Erika Berger. "Jag har aldrig uppfattat minsta fientlighet från honom."

SUSANNE LINDER UNDRADE om hon skulle ringa på hos Erika Berger då hon såg belysningen på bottenvåningen släckas. Hon tittade ned på Peter Fredriksson. Han hade inte sagt ett ord. Han var helt passiv. Hon funderade en lång stund innan hon bestämde sig.

Hon böjde sig ned, grabbade tag i handbojorna och drog upp honom på fötter och lutade honom mot gaveln.

"Kan du stå?" frågade hon.

Han svarade inte.

"Okej, då gör vi det enkelt för oss. Om du gör minsta motstånd får du precis samma behandling på högra benet. Och gör du mera motstånd så knäcker jag dina armar. Förstår du vad jag säger?"

Hon uppfattade att han andades häftigt. Rädsla?

Hon knuffade honom framför sig och ledde honom till gatan och bort till hans bil tre kvarter bort. Han haltade. Hon stöttade honom. Då de kom fram till bilen mötte de en nattvandrare med hund som stannade och betraktade den bojade Peter Fredriksson.

"Det här är ett polisärende", sa Susanne Linder med bestämd röst. "Gå hem."

Hon placerade honom i baksätet och körde honom hem till Fisksätra. Klockan var halv ett på natten och de mötte ingen människa då de gick till hans port. Susanne Linder fiskade upp hans nycklar och ledde honom uppför trappan till hans lägenhet på tredje våningen.

"Du kan inte gå in i min lägenhet", sa Peter Fredriksson.

Det var det första han sagt sedan hon bojat honom.

Hon öppnade lägenhetsdörren och knuffade in honom.

"Du har ingen rätt. Du måste ha tillstånd för husrannsakan ..."

"Jag är inte polis", sa hon med låg röst.

Han stirrade på henne med misstro.

Hon grabbade tag i hans skjorta och knuffade honom före sig in i vardagsrummet och ned i en soffa. Han hade en prydligt städad trerummare. Sovrum till vänster om vardagsrummet, kök på andra sidan hallen, ett litet arbetsrum i anslutning till vardagsrummet.

Hon tittade in i arbetsrummet och drog en suck av lättnad. *The smoking gun.* Hon såg omedelbart bilder från Erika Bergers fotoalbum utbredda på ett arbetsbord intill en dator. Han hade nålat upp ett trettiotal bilder på väggen runt datorn. Hon betraktade vernissagen med höjda ögonbryn. Erika Berger var en förbannat vacker kvinna. Och hon hade ett roligare sexliv än Susanne Linder.

Hon hörde Peter Fredriksson röra sig och gick tillbaka till vardagsrummet och fångade upp honom. Hon gav honom ett rapp och drog in honom i arbetsrummet och satte honom på golvet.

"Sitt stilla", sa hon.

Hon gick ut i köket och hittade en papperskasse från Konsum. Hon plockade ned bild efter bild från väggen. Hon hittade det slaktade fotoalbumet och Erika Bergers dagböcker.

"Var finns videon?" frågade hon.

Peter Fredriksson svarade inte. Susanne Linder gick ut i vardagsrummet och slog på TV:n. Det satt en film i videon, men det tog en stund innan hon hittade videokanalen på fjärrkontrollen.

Hon plockade ut videon och ägnade en lång stund åt att kontrollera att han inte hade gjort några kopior.

Hon hittade Bergers tonåriga kärleksbrev och rapporten om Borgsjö. Därefter riktade hon intresset mot Peter Fredrikssons dator. Hon konstaterade att han hade en Microtek scanner kopplad till en IBM PC. Hon lyfte på locket till scannern och hittade en kvarglömd bild föreställande Erika Berger på en fest hos Club Xtreme, nyåret 1986 enligt en banner på väggen.

Hon startade datorn och upptäckte att den var lösenordsskyddad.

"Vad har du för lösen?" frågade hon.

Peter Fredriksson satt tjurigt stilla på golvet och vägrade att prata med henne.

Susanne Linder kände sig plötsligt helt lugn. Hon visste att hon tekniskt sett hade begått brott efter brott under kvällen, inklusive något som skulle kunna rubriceras som olaga tvång och till och med grovt människorov. Hon brydde sig inte. Hon kände sig tvärtom närmast upprymd.

Efter en stund ryckte hon på axlarna och grävde i fickan och plockade fram sin schweiziska armékniv. Hon lossade alla kablar från datorn, vände bakstycket mot sig och använde stjärnmejseln till att öppna. Det tog femton minuter att plocka isär datorn och lyfta ut hårddisken.

Hon såg sig omkring. Hon hade fått med sig allt, men gjorde för säkerhets skull en grundlig genomgång av skrivbordslådor och pappersbuntar och hyllor. Plötsligt föll hennes blick på en gammal skolkatalog som låg på fönsterbrädan. Hon konstaterade att den var från Djursholms gymnasium 1978. *Kom inte Erika Berger från*

Djursholms överklass ... Hon öppnade katalogen och började gå igenom avgångsklass efter avgångsklass.

Hon hittade Erika Berger, 18 år gammal, iklädd studentmössa och ett soligt leende med skrattgropar. Hon var klädd i en tunn vit bomullsklänning och hade en blomsterkvist i handen. Hon såg ut som sinnebilden av en oskyldig tonåring med toppbetyg.

Susanne Linder missade nästan kopplingen men den fanns på nästa sida. Hon skulle aldrig ha känt igen honom från bilden, men texten gav inte utrymme för tvivel. Peter Fredriksson. Han hade gått i en parallellklass till Erika Bergers klass. Hon såg en tanig pojke med allvarlig min som tittade in i kameran under skärmmössan.

Hon lyfte blicken och mötte Peter Fredrikssons ögon.

"Hon var en hora redan då."

"Fascinerande", sa Susanne Linder.

"Hon knullade med varenda grabb på skolan."

"Det tvivlar jag på."

"Hon var en jävla ..."

"Säg det inte. Vad hände? Fick du inte komma innanför hennes trosor?"

"Hon behandlade mig som luft. Hon skrattade åt mig. Och då hon började på SMP så kände hon inte ens igen mig."

"Ja ja", sa Susanne Linder trött. "Du hade säkert en tråkig uppväxt. Ska vi prata allvar nu?"

"Vad vill du?"

"Jag är inte polis", sa Susanne Linder. "Jag är en sådan som tar hand om sådana som du."

Hon väntade och lät hans fantasi göra arbetet.

"Jag vill veta om du lagt ut bilder av henne någonstans på internet."

Han skakade på huvudet.

"Är det säkert?"

Han nickade.

"Erika Berger får själv avgöra om hon vill lämna polisanmälan mot dig för trakasserier, olaga hot och hemfridsbrott eller om hon vill göra upp i godo."

Han sa ingenting.

"Om hon beslutar sig för att strunta i dig – och det tycker jag är ungefär den ansträngning som du är värd – så kommer jag att hålla ett öga på dig."

Hon höll upp teleskopbatongen.

"Om du någonsin går i närheten av Erika Bergers hem eller skickar något mail till henne eller på annat sätt ofredar henne så kommer jag tillbaka till dig. Jag kommer att slå dig sönder och samman så att inte ens din mor känner igen dig. Förstår du?"

Han sa ingenting.

"Du har alltså en möjlighet att påverka hur den här historien slutar. Är du intresserad?"

Han nickade långsamt.

"I så fall kommer jag att rekommendera Erika Berger att hon låter dig löpa. Du behöver inte bry dig om att komma in på jobbet något mer. Du är uppsagd med omedelbar verkan."

Han nickade.

"Du försvinner ut ur hennes liv och bort från Stockholm. Jag skiter i vad du gör och var du hamnar. Sök jobb i Göteborg eller Malmö. Sjukskriv dig igen. Gör vad du vill. Men lämna Erika Berger i fred."

Han nickade.

"Är vi överens?"

Peter Fredriksson började plötsligt gråta.

"Jag menade inget illa", sa han. "Jag ville bara ..."

"Du ville bara förvandla hennes liv till ett helvete och du har lyckats. Har jag ditt ord?"

Han nickade.

Hon böjde sig fram och vände honom på mage och låste upp handfängslet. Hon tog Konsumkassen med Erika Bergers liv och lämnade honom på golvet.

KLOCKAN VAR HALV tre på måndagsmorgonen då Susanne Linder klev ut genom Fredrikssons port. Hon övervägde att låta saken bero till morgondagen men insåg att om det hade handlat om henne själv så skulle hon ha velat ha besked redan under natten. Dessutom stod hennes bil fortfarande parkerad ute i Saltsjöbaden. Hon ringde efter en taxi.

Greger Backman öppnade redan innan hon hunnit trycka på dörrklockan. Han hade jeans på sig och såg inte yrvaken ut.

"Är Erika vaken?" frågade Susanne Linder.

Han nickade.

"Har det hänt något nytt?" undrade han.

Hon nickade och log mot honom.

"Kom in. Vi sitter i köket och pratar."

De gick in.

"Hallå, Berger", sa Susanne Linder. "Du måste lära dig att sova då och då."

"Vad har hänt?"

Hon sträckte fram Konsumkassen.

"Peter Fredriksson lovar att lämna dig i fred i framtiden. Fan vet om jag skulle lita på det, men om han håller sitt ord så är det smärtfriare än att bråka med polisanmälan och rättegång. Du bestämmer själv."

"Det *är* han?"

Susanne Linder nickade. Greger Backman serverade kaffe, men Susanne ville inte ha. Hon hade druckit alldeles för mycket kaffe de senaste dygnen. Hon slog sig ned och berättade vad som hade hänt utanför deras hus under natten.

Erika Berger satt tyst en lång stund. Sedan reste hon sig och gick till övervåningen och kom tillbaka med sin kopia av skolkatalogen. Hon betraktade länge Peter Fredrikssons ansikte.

"Jag kommer ihåg honom", sa hon till sist. "Men jag hade ingen aning om att han var den Peter Fredriksson som jobbade på SMP. Jag mindes inte ens hans namn förrän jag tittade här i skolkatalogen."

"Vad hände?" undrade Susanne Linder.

"Ingenting. Absolut ingenting. Han var en tyst och helt ointressant kille i en parallellklass. Jag tror att vi hade något ämne gemensamt. Franska, om jag minns rätt."

"Han sa att du behandlat honom som luft."

Erika nickade.

"Det gjorde jag förmodligen. Han var ingen jag kände och han var inte med i vårt gäng."

"Mobbade ni honom eller något sådant?"

"Nej, för guds skull. Jag har aldrig gillat mobbning. Vi hade kampanjer mot mobbning på gymnasiet och jag var elevrådsordförande. Jag kan bara inte komma ihåg att han någonsin tilltalat mig eller att jag växlat ett enda ord med honom."

"Okej", sa Susanne Linder. "Han hade uppenbarligen ett horn i sidan till dig i alla fall. Han har varit sjukskriven två långa perioder för stress och för att ha gått in i väggen. Det kanske fanns andra skäl för sjukskrivningarna som vi inte känner till."

Hon reste sig och satte på sig skinnjackan.

"Jag behåller hans hårddisk. Den är tekniskt sett stöldgods och bör inte finnas hos dig. Du behöver inte vara orolig, jag ska destruera den då jag kommer hem."

"Vänta, Susanne ... Hur ska jag någonsin kunna tacka dig?"

"Tja, du kan hålla mig om ryggen då Armanskijs vrede kommer att drabba mig som en åskknall från skyn."

Erika betraktade henne allvarligt.

"Är du illa ute för det här?"

"Jag vet inte ... jag vet faktiskt inte."

"Kan vi betala dig för ..."

"Nej. Men Armanskij kanske fakturerar för den här natten. Jag hoppas att han gör det, för det betyder att han godkänt vad jag gjort och att han därmed inte gärna kan ge mig sparken."

"Jag ska se till att han fakturerar."

Erika Berger reste sig och gav Susanne Linder en lång kram.

"Tack, Susanne. Om du någonsin behöver hjälp så har du en vän i mig. Vad det än gäller."

"Tack. Låt inte de där bilderna ligga och skräpa. Apropå det kan Milton Security erbjuda installation av mycket tuffa säkerhetsskåp."

Erika Berger log.

KAPITEL 22
MÅNDAG 6 JUNI

ERIKA BERGER VAKNADE klockan sex på måndagsmorgonen. Trots att hon knappt sovit mer än någon timme kände hon sig märkligt utvilad. Hon antog att det var en fysisk reaktion av något slag. För första gången på flera månader satte hon på sig joggingkläder och gjorde en ursinnig löprunda ned till ångbåtsbryggan. Den var dock enbart ursinnig i drygt hundra meter innan hennes skadade häl värkte så att hon slog av på takten och sprang vidare i maklig takt. Hon njöt av smärtan i foten för varje steg hon tog.

Hon kände sig pånyttfödd. Det var som om liemannen hade passerat framför hennes dörr och i sista stund ändrat sig och gått vidare till grannhuset. Hon kunde inte ens begripa att hon hade haft sådan tur att Peter Fredriksson hade legat på hennes bilder i fyra dygn utan att göra något. Scannandet antydde att han hade planerat något men ännu inte kommit till skott.

Vad som än hände skulle hon ge Susanne Linder en dyr och överraskande julklapp detta år. Hon skulle fundera ut något särskilt.

Klockan halv åtta lät hon Greger sova vidare och satte sig i sin BMW och körde till SMP:s redaktion vid Norrtull. Hon parkerade i garaget, tog hissen till redaktionen och satte sig i glasburen. Hennes första åtgärd var att ringa en vaktmästare.

"Peter Fredriksson har sagt upp sig på SMP med omedelbar verkan", sa hon. "Skaffa fram en flyttkartong och töm hans skrivbord på personliga föremål och se till att det blir budat hem till honom redan på förmiddagen."

Hon betraktade nyhetsdesken. Anders Holm hade just kommit in. Han mötte hennes blick och nickade till henne.

Hon nickade tillbaka.

Holm var en skitstövel, men efter deras sammandrabbning några veckor tidigare hade han slutat krångla. Om han fortsatte att visa samma positiva inställning så skulle han kanske överleva som nyhetschef. Kanske.

Hon kände att hon skulle kunna vända skutan.

Klockan 08.45 såg hon Borgsjö skymta då han kom ut ur hissen och försvann uppför interntrappan till sitt rum en våning upp. *Jag måste ta ett snack med honom redan i dag.*

Hon hämtade kaffe och ägnade en stund åt morgon-PM. Det var en händelsefattig nyhetsmorgon. Den enda texten av intresse var en notis som sakligt meddelade att Lisbeth Salander under söndagen flyttats till häktet i Göteborg. Hon okejade storyn och mailade den till Anders Holm.

Klockan 08.59 ringde Borgsjö.

"Berger. Kom upp till mitt rum på en gång."

Därefter lade han på luren.

Magnus Borgsjö var vit i ansiktet då Erika Berger öppnade hans dörr. Han stod upp och vände sig mot henne och drämde en pappersbunt i skrivbordet.

"Vad i helvete är detta för någonting?" vrålade han mot henne.

Erika Bergers hjärta sjönk som en sten. Hon behövde bara kasta en blick på omslaget för att veta vad Borgsjö hade hittat i morgonposten.

Fredriksson hade inte hunnit göra något av bilderna. Men han hade hunnit skicka Henry Cortez story till Borgsjö.

Hon satte sig lugnt framför honom.

"Det där är en text som reportern Henry Cortez skrivit och som tidningen *Millennium* hade planerat att köra i det nummer som kom ut för en vecka sedan."

Borgsjö såg desperat ut.

"Hur i helvete understår du dig. Jag plockade in dig till SMP och det första du gör är att börja intrigera. Vad är du för sorts mediehora?"

Erika Bergers ögon smalnade och hon blev iskall. Hon hade fått nog av ordet hora.

"Tror du verkligen att någon kommer att bry sig om det här? Tror du att du kan fälla mig genom skitprat? Och varför i helvete skicka den anonymt till mig?"

"Det är inte så det ligger till, Borgsjö."

"Berätta hur det ligger till i så fall."

"Den som skickat den där texten till dig anonymt är Peter Fredriksson. Han fick sparken från SMP i går."

"Vad fan pratar du om?"

"Lång historia. Men jag har suttit på texten i mer än två veckor och försökt komma på hur jag ska kunna ta upp det med dig."

"Du ligger bakom den där texten."

"Nej, det gör jag inte. Henry Cortez researchade och skrev texten. Jag hade inte en aning om det."

"Och det vill du att jag ska tro på."

"Så fort mina kollegor på *Millennium* insåg att du dök upp i texten stoppade Mikael Blomkvist publiceringen. Han ringde mig och gav mig en kopia. Det var av omsorg om mig. Den stals från mig och har nu hamnat hos dig. *Millennium* ville att jag skulle få en chans att prata med dig innan de publicerade. Vilket de ämnar göra i augustinumret."

"Jag har aldrig tidigare träffat en mer samvetslös journalist. Du tar priset."

"Okej. Nu, då du har läst reportaget, kanske du har ögnat igenom researchbiten också. Cortez har en story som håller hela vägen till tryck. Det vet du."

"Vad fan ska det betyda?"

"Om du är kvar som styrelseordförande då *Millennium* går i tryck så kommer det att skada SMP. Jag har grubblat mig fördärvad och försökt hitta en utväg, men jag hittar ingen."

"Vad menar du?"

"Du måste gå."

"Skämtar du? Jag har inte gjort något som helst som bryter mot lagen."

"Magnus, inser du verkligen inte vidden av det här avslöjandet? Låt mig slippa kalla in styrelsen. Det blir bara pinsamt."

"Du ska inte kalla in någonting alls. Du är färdig på SMP."

"Sorry. Det är bara styrelsen som kan ge mig sparken. Du får nog lov att kalla in dem till ett extra sammanträde. Jag skulle föreslå redan i eftermiddag."

Borgsjö gick runt skrivbordet och ställde sig så nära Erika Berger att hon kände hans andedräkt.

"Berger ... du har en chans att överleva det här. Du ska gå till dina jävla kompisar på *Millennium* och se till att den här storyn aldrig någonsin kommer i tryck. Om du sköter det snyggt så kan jag tänka mig att glömma vad du har gjort."

Erika Berger suckade.

"Magnus, du förstår helt enkelt inte allvaret. Jag har inget som helst inflytande över vad *Millennium* kommer att publicera. Den här storyn kommer att bli offentlig vad jag än säger. Det enda jag är intresserad av är hur den påverkar SMP. Därför måste du avgå."

Borgsjö satte händerna på stolsryggen och böjde sig ned mot henne.

"Dina polare på *Millennium* kanske tänker sig för om de vet att du får sparken här i samma ögonblick som de läcker det här skitsnacket."

Han reste sig igen.

"Jag ska iväg på ett möte i Norrköping i dag." Han tittade på henne och lade därefter till ett ord med eftertryck. "SveaBygg."

"Jaha."

"Då jag kommer tillbaka i morgon ska du rapportera till mig att den här saken är avklarad. Har du förstått?"

Han satte på sig kavajen. Erika Berger betraktade honom med halvslutna ögon.

"Sköt det här snyggt så kanske du överlever på SMP. Försvinn från mitt rum nu."

Hon reste sig och gick tillbaka till glasburen och satt alldeles stilla på sin stol i tjugo minuter. Sedan lyfte hon luren och bad Anders Holm komma till hennes rum. Han hade lärt sig av misstagen och dök upp inom en minut.

"Sätt dig."

Anders Holm höjde ett ögonbryn och satte sig.

"Jaha, vad har jag gjort för fel nu då?" undrade han ironiskt.

"Anders, det här är min sista arbetsdag på SMP. Jag säger upp mig på stående fot. Jag kommer att kalla in vice ordförande och resten av styrelsen till ett lunchmöte."

Han stirrade på henne med oförställd häpnad.

"Jag kommer att rekommendera att du blir tillförordnad chefredaktör."

"Vad?"

"Är det okej med dig?"

Anders Holm lutade sig bakåt i stolen och betraktade Erika Berger.

"Jag har för helvete aldrig velat bli chefredaktör", sa han.

"Jag vet det. Men du har tillräckligt hårda nypor. Och du går över lik för att kunna publicera en bra story. Jag önskar bara att du hade mer förstånd i skallen än du har."

"Vad har hänt egentligen?"

"Jag har en annan stil än du. Du och jag har hela tiden grälat om hur saker och ting ska vinklas och vi kommer aldrig att komma överens."

"Nej", sa han. "Det kommer vi aldrig att göra. Men det är möjligt att min stil är ålderdomlig."

"Jag vet inte om ålderdomlig är rätt ord. Du är en jävla bra nyhetsmänniska men du beter dig som en skitstövel. Det är helt onödigt. Men det vi varit mest oense om är att du hela tiden hävdat att du som nyhetschef inte kan låta personliga hänsyn påverka nyhetsbedömningen."

Erika Berger log plötsligt elakt mot Anders Holm. Hon öppnade sin väska och plockade fram originalet till Borgsjöstoryn.

"Låt oss då testa din känsla för nyhetsvärdering. Jag har en story här som vi fått från Henry Cortez, medarbetare på tidningen *Millennium*. Mitt beslut nu på morgonen är att vi kör den här texten som dagens toppstory."

Hon kastade foldern i Holms knä.

"Du är nyhetschef. Det ska bli intressant att höra om du delar min nyhetsvärdering."

Anders Holm öppnade mappen och började läsa. Redan i ingressen vidgades hans ögon. Han satte sig käpprätt upp i stolen och stirrade på Erika Berger. Sedan sänkte han blicken och läste igenom hela texten från början till slut. Han slog upp dokumentationen och läste den noga. Det tog tio minuter. Därefter lade han långsamt ifrån sig mappen.

"Det här kommer att ta hus i helvete."

"Jag vet. Det är därför det här är min sista arbetsdag här. *Millennium* tänkte köra storyn i juninumret men Mikael Blomkvist satte stopp. Han gav mig texten för att jag skulle kunna prata med Borgsjö innan de kör storyn."

"Och?"

"Borgsjö har beordrat mig att tysta ned storyn."

"Jag förstår. Så då tänker du som trots köra den i SMP?"

"Nej. Inte som trots. Det finns ingen annan utväg. Om SMP kör storyn så har vi en chans att komma ur det här med hedern i behåll. Borgsjö måste gå. Men det betyder också att jag inte kan stanna kvar efter det här."

Holm satt tyst i två minuter.

"Fan, Berger ... Jag trodde inte att du var så tuff. Jag trodde aldrig att jag skulle säga det, men om du har så mycket skinn på näsan så beklagar jag faktiskt att du slutar."

"Du skulle kunna stoppa publiceringen, men om både du och jag okejar den ... Tänker du köra storyn?"

"Visst fan kör vi storyn. Den kommer att läcka i vilket fall."

"Exakt."

Anders Holm reste sig och stod osäkert vid hennes skrivbord.

"Gå och jobba", sa Erika Berger.

HON VÄNTADE FEM minuter efter att Holm lämnat rummet innan hon lyfte luren och ringde till Malin Eriksson på *Millennium*.

"Hej Malin. Har du Henry Cortez i närheten?"

"Jo. Vid sitt skrivbord."

"Kan du kalla in honom på ditt rum och koppla på högtalartelefonen. Vi måste konferera."

Henry Cortez var på plats inom femton sekunder.

"Vad händer?"

"Henry, jag har gjort något omoraliskt i dag."

"Jaså?"

"Jag har gett din story om Vitavara till Anders Holm, nyhetschef här på SMP."

"Jaså ..."

"Jag har beordrat honom att köra storyn i SMP i morgon. Din byline. Och du får självfallet ersättning. Du kan sätta din egen prislapp."

"Erika ... vad fan är på gång?"

Hon summerade vad som hade hänt de gångna veckorna och berättade hur Peter Fredriksson så när förintat henne.

"Fy fan", sa Henry Cortez.

"Jag vet att det här är din story, Henry. Jag har bara inget val. Kan du gå med på det här?"

Henry Cortez satt tyst i några sekunder.

"Tack för att du ringde, Erika. Det är okej att köra storyn med min byline. Om det är okej med Malin, vill säga."

"Det är okej med mig", sa Malin.

"Bra", sa Erika. "Kan ni meddela Mikael, jag antar att han inte är inne ännu."

"Jag ska prata med Mikael", sa Malin Eriksson. "Men Erika, innebär det här att du är arbetslös från och med i dag?"

Erika skrattade.

"Jag ska ha semester året ut har jag beslutat. Tro mig, några veckor på SMP var tillräckligt."

"Jag tycker inte att du ska börja planera för semester", sa Malin.

"Varför inte?"

"Kan du komma ned till *Millennium* i eftermiddag?"

"Varför?"

"Jag behöver hjälp. Om du vill återgå till att vara chefredaktör här så kan du börja i morgon bitti."

"Malin, du är *Millenniums* chefredaktör. Något annat kan inte komma i fråga."

"Okej. Då kan du börja som redaktionssekreterare", skrattade Malin.

"Menar du allvar?"

"För helvete, Erika, jag saknar dig så mycket att jag håller på att dö. Jag tog jobbet på *Millennium* bland annat för att jag skulle få en chans att jobba ihop med dig. Och nu är du plötsligt på fel tidning."

Erika Berger var tyst i en minut. Hon hade inte ens hunnit reflektera över möjligheten att göra comeback på *Millennium*.

"Skulle jag vara välkommen tillbaka?" frågade hon långsamt.

"Vad tror du? Jag misstänker att vi skulle börja med en brakfest, och jag kommer att vara huvudarrangör. Och du kommer tillbaka precis lagom till att vi publicerar du vet vad."

Erika tittade på klockan på sitt skrivbord. Fem i tio. Inom loppet av en timme hade hela hennes värld vänts upp och ned. Hon kände plötsligt hur otroligt mycket hon längtade efter att få gå uppför trapporna till *Millennium* igen.

"Jag har lite att stå i här på SMP de närmaste timmarna. Är det okej om jag tittar förbi vid fyratiden?"

SUSANNE LINDER SÅG Dragan Armanskij rakt i ögonen medan hon berättade exakt vad som hade hänt under natten. Det enda hon utelämnade var hennes plötsliga övertygelse om att hackandet av Fredrikssons dator hade med Lisbeth Salander att göra. Hon avstod av två skäl. Dels tyckte hon att det lät för overkligt. Dels visste hon att Dragan Armanskij var djupt involverad i Salanderaffären tillsammans med Mikael Blomkvist.

Armanskij lyssnade uppmärksamt. Då Susanne Linder hade avslutat berättelsen satt hon tyst och väntade på hans reaktion.

"Greger Backman ringde för någon timme sedan", sa han.

"Jaha."

"Han och Erika Berger kommer förbi senare i veckan för att underteckna kontrakt. De vill tacka för Miltons insats och framför allt för din insats."

"Jag förstår. Skönt med nöjda kunder."

"Han vill också beställa ett säkerhetsskåp till hemmet. Vi ska installera och göra larmpaketet färdigt senare denna vecka."

"Bra."

"Han vill att vi ska fakturera för din insats under helgen."

"Hmm."

"Det blir med andra ord en rejäl räkning vi skickar till dem."

"Jaha."

Armanskij suckade.

"Susanne, du är medveten om att Fredriksson kan gå till polisen och anmäla dig för en mängd saker."

Hon nickade.

"Han åker visserligen själv dit så det visslar, men han kanske tycker att det är värt det."

"Jag tror inte att han har stake nog att gå till polisen."

"Det må så vara, men du har agerat helt utanför alla instruktioner jag har gett dig."

"Jag vet", sa Susanne Linder.

"Så hur tycker du att jag ska reagera på det?"

"Det kan bara du avgöra."

"Men hur tycker du att jag borde reagera?"

"Vad jag tycker hör inte till saken. Du kan ju alltid ge mig sparken."

"Knappast. Jag har inte råd att förlora en medarbetare av din kaliber."

"Tack."

"Men om du gör något sådant här i fortsättningen så kommer jag att bli mycket arg."

Susanne Linder nickade.

"Vad har du gjort av hårddisken?"

"Den är förstörd. Jag satte fast den i ett skruvstäd i morse och pressade den till småsmulor."

"Okej. Då drar vi ett streck över det här."

ERIKA BERGER TILLBRINGADE förmiddagen med att ringa runt till styrelsemedlemmarna på SMP. Hon hittade vice ordföranden i sin sommarstuga vid Vaxholm och fick honom att sätta sig i bilen och ta sig till redaktionen med högsta fart. Efter lunch träffades en starkt decimerad styrelse. Erika Berger ägnade en timme åt att redogöra för hur Cortezmappen hade uppstått och vilka konsekvenser den hade fått.

När hon hade talat färdigt kom de förväntade förslagen på att man kanske kunde hitta någon alternativ lösning. Erika förklarade att SMP ämnade köra storyn i morgondagens nummer. Hon förklarade också att det var hennes sista arbetsdag och att hennes beslut var oåterkalleligt.

Erika fick styrelsen att godkänna och protokollföra två beslut. Att Magnus Borgsjö skulle ombes att med omedelbar verkan ställa sin plats till förfogande och att Anders Holm skulle utses till tillförordnad chefredaktör. Därefter ursäktade hon sig och lämnade styrelsen att själva diskutera situationen.

Klockan 14.00 gick hon ned till personalavdelningen och upprättade ett kontrakt. Därefter gick hon upp till kulturredaktionen och bad att få tala med kulturchefen Sebastian Strandlund och reportern Eva Carlsson.

"Som jag fattat det anser ni på kulturen att Eva Carlsson är en bra och begåvad reporter."

"Det stämmer", sa kulturchefen Strandlund.

"Och ni har i budgetansökan de senaste två åren begärt att redaktionen ska förstärkas med minst två personer."

"Ja."

"Eva. Med tanke på den korrespondens som du blev utsatt för kanske det uppstår obehagliga rykten om jag ger dig fast anställning. Är du fortfarande intresserad?"

"Självfallet."

"I så fall blir mitt sista beslut på SMP att skriva på det här anställ-
ningsavtalet."

"Sista?"

"Lång historia. Jag slutar i dag. Kan ni två vara snälla och hålla
tyst om det i någon timme."

"Vad ..."

"Det kommer ett PM om en stund."

Erika Berger skrev på kontraktet och sköt det över bordet till Eva
Carlsson.

"Lycka till", sa hon och log.

"DEN ÖKÄNDE ÄLDRE man som deltog i mötet hos Ekström i lör-
dags heter Georg Nyström och är kommissarie", sa Monica Figue-
rola och placerade spaningsbilderna på skrivbordet framför Torsten
Edklinth.

"Kommissarie", muttrade Edklinth.

"Stefan identifierade honom i går kväll. Han besökte våningen på
Artillerigatan och körde bil."

"Vad vet vi om honom?"

"Han kommer från den öppna polisen och har jobbat på RPS/Säk
sedan 1983. Sedan 1996 har han tjänst som utredare med eget an-
svar. Han gör interna kontroller och granskningar av ärenden som
Säk avslutat."

"Okej."

"Sedan i lördags har sammanlagt sex personer av intresse pas-
serat genom porten. Förutom Jonas Sandberg och Georg Nyström
finns Fredrik Clinton i fastigheten. Han åkte sjuktransport till dia-
lys i morse."

"Vilka är de andra tre?"

"En herre som heter Otto Hallberg. Han har arbetat på RPS/Säk
på 1980-talet men är egentligen knuten till Försvarsstaben. Han till-
hör marinen och den militära underrättelsetjänsten."

"Jaha. Varför är jag inte förvånad."

Monica Figuerola lade fram en ny spaningsbild.

"Den här killen har vi inte identifierat. Han gick på lunch tillsammans med Hallberg. Vi får se om vi kan identifiera honom då han går hem i kväll."

"Okej."

"Mest intressant är dock denna person."

Hon placerade ytterligare en bild på skrivbordet.

"Honom känner jag igen", sa Edklinth.

"Han heter Wadensjöö."

"Just det. Han jobbade på terroristroteln för så där femton år sedan. Skrivbordsgeneral. Han var en av kandidaterna till befattningen som högre chef här på Firman. Jag vet inte vad som hände med honom."

"Han sa upp sig 1991. Gissa vem han åt lunch med för någon timme sedan."

Hon placerade den sista bilden på skrivbordet.

"Kanslichefen Albert Shenke och budgetchefen Gustav Atterbom. Jag vill ha spaning på de här figurerna dygnet runt. Jag vill veta exakt vilka de träffar."

"Det är inte rimligt. Jag har bara fyra man till förfogande. Och några av dem måste jobba med dokumentation."

Edklinth nickade och nöp sig eftertänksamt i underläppen. Efter en stund tittade han upp på Monica Figuerola.

"Vi behöver mer folk", sa han. "Tror du att du kan kontakta kriminalinspektör Jan Bublanski lite diskret och fråga om han skulle kunna tänka sig att äta middag med mig efter jobbet i dag. Säg vid sjutiden."

Edklinth sträckte sig efter telefonluren och slog ett nummer som han hade i huvudet.

"Hej Armanskij. Det är Edklinth. Skulle jag kunna få återgälda den trevliga middagen du bjöd på häromsistens ... nej, jag insisterar. Ska vi säga vid sjutiden?"

LISBETH SALANDER HADE tillbringat natten i Kronobergshäktet i en cell som var ungefär två gånger fyra meter. Möblemanget var inte mycket att orda om. Hon hade somnat inom fem minuter efter att hon hade blivit inlåst och vaknat tidigt på måndagsmorgonen och lydigt gjort de tänj- och sträckövningar som terapeuten på Sahlgrenska hade ordinerat. Därefter hade hon fått frukost och suttit tyst på sin brits och stirrat framför sig.

Klockan halv tio fördes hon till ett förhörsrum i andra änden av korridoren. Vakten var en äldre kortvuxen skallig farbror med runt ansikte och hornbågade glasögon. Han behandlade henne korrekt och godmodigt.

Annika Giannini hade hälsat vänligt på henne. Lisbeth hade ignorerat Hans Faste. Därefter hade hon för första gången träffat åklagare Richard Ekström och tillbringat den kommande halvtimmen med att sitta på en stol och stirra stint i väggen på en punkt en bit ovanför Ekströms huvud. Hon sa inte ett ord och rörde inte en muskel.

Klockan tio avbröt Ekström det misslyckade förhöret. Han var irriterad över att han inte lyckats locka ur henne minsta respons. För första gången blev han osäker då han betraktade den tunna dockliknande flickan. Hur var det möjligt att hon hade kunnat misshandla Magge Lundin och Sonny Nieminen i Stallarholmen? Skulle rätten ens tro på den storyn, ens om han hade övertygande bevisning?

Klockan tolv fick Lisbeth en enkel lunch och använde den kommande timmen till att lösa ekvationer i huvudet. Hon fokuserade på ett avsnitt om sfärisk astronomi i en bok som hon läst två år tidigare.

Klockan 14.30 fördes hon åter tillbaka till förhörsrummet. Vakten som ledsagade henne var denna gång en yngre kvinna. Förhörsrummet var tomt. Hon satte sig på en stol och fortsatte att meditera över en särdeles intrikat ekvation.

Efter tio minuter öppnades dörren.

"Hej Lisbeth", hälsade Peter Teleborian vänligt.

Han log. Lisbeth Salander frös till is. Beståndsdelarna i den ekvation hon hade konstruerat i luften framför sig ramlade till golvet. Hon hörde hur siffror och tecken studsade och rasslade som om de hade haft fysisk form.

Peter Teleborian stod stilla i någon minut och betraktade henne innan han satte sig mitt emot henne. Hon fortsatte att stirra in i väggen.

Efter en stund flyttade hon blicken och mötte hans ögon.

"Jag är ledsen att du har hamnat i den här situationen", sa Peter Teleborian. "Jag ska försöka hjälpa dig på alla sätt och vis. Jag hoppas att vi ska kunna skapa ett förtroende oss emellan."

Lisbeth granskade varje centimeter av honom. Det toviga håret. Skägget. Den lilla glipan mellan hans framtänder. De tunna läpparna. Den bruna kavajen. Skjortan som var öppen i halsen. Hon hörde hans lena och förrädiskt vänliga röst.

"Jag hoppas också att jag ska kunna hjälpa dig bättre än förra gången vi träffades."

Han placerade ett litet anteckningsblock och en penna på bordet framför sig. Lisbeth sänkte blicken och betraktade pennan. Den var ett spetsigt silverfärgat rör.

Konsekvensanalys.

Hon undertryckte en impuls att sträcka fram handen och slita till sig pennan.

Hennes ögon sökte sig till hans vänstra lillfinger. Hon såg en svag vit rand på den punkt där hon femton år tidigare hade huggit fast sina tänder och låst käkarna så hårt att hon nästan hade bitit av fingret. Tre vårdare hade fått hjälpas åt för att hålla fast henne och bända upp hennes käkar.

Den gången var jag en liten rädd flicka som knappt kommit upp i tonåren. Nu är jag vuxen. Jag kan döda dig när jag vill.

Hon placerade stadigt blicken på en punkt på väggen bakom Teleborian och plockade upp de siffror och matematiska tecken som rasat till golvet och började på nytt rada upp ekvationen.

Doktor Peter Teleborian betraktade Lisbeth Salander med neutralt ansiktsuttryck. Han hade inte blivit en internationellt respekterad psykiatriker för att han saknade insikter om människor. Han hade en god förmåga att läsa känslor och sinnesstämningar. Han upplevde att en kylig skugga drog genom rummet, men han tolkade detta som ett tecken på att patienten kände rädsla och skam under den orubbliga ytan. Han tog detta som ett positivt tecken på att hon trots allt reagerade på hans närvaro. Han var också nöjd med att hon inte hade ändrat sitt beteende. Hon kommer att hänga sig själv i tingsrätten.

ERIKA BERGERS SISTA åtgärd på SMP var att sätta sig i glasburen och skriva ett PM till medarbetarna. Hon var tämligen irriterad då hon började skriva, och mot bättre vetande blev det två hela A4 där hon förklarade varför hon slutade på SMP och angav vad hon ansåg om vissa personer. Hon raderade hela texten och började om från början i ett sakligare tonläge.

Hon nämnde inte Peter Fredriksson. Om hon gjorde det skulle allt intresse fokuseras på honom och de verkliga skälen drunkna i rubriker om sextrakasserier.

Hon angav två skäl. Det viktigaste var att hon hade mött ett massivt motstånd inom ledningen för sitt förslag att chefer och ägare skulle skära ned löner och vinstbonus. Istället skulle hon ha tvingats inleda sin tid på SMP med kraftiga nedskärningar av personalen, vilket hon ansåg inte bara var ett brott mot de förespeglingar som gjorts henne när hon accepterade jobbet utan även skulle omöjliggöra alla försök till långsiktiga förändringar och stärkning av tidningen.

Det andra skälet var avslöjandet om Borgsjö. Hon förklarade att hon hade blivit beordrad att mörka historien och att detta inte ingick i hennes arbetsbeskrivning. Det innebar dock att hon inte hade något val utan ansåg att hon måste lämna redaktionen. Hon avslutade med att konstatera att SMP:s problem inte var ett personalproblem utan ett ledningsproblem.

Hon läste igenom PM:et en gång, rättade ett stavfel och mailade ut det till samtliga medarbetare inom koncernen. Hon gjorde en kopia och skickade till *Pressens tidning* och fackorganet *Journalisten*. Sedan packade hon ned sin laptop och gick ut till Anders Holm.

"Hej då", sa hon.

"Hej då, Berger. Det var ett elände att jobba ihop med dig."

De log mot varandra.

"Jag har en sista grej", sa hon.

"Vad?"

"Johannes Frisk har jobbat på en story för min räkning."

"Och ingen jävel vet vad han sysslar med."

"Ge honom uppbackning. Han har kommit rätt långt redan och

jag kommer att hålla kontakt med honom. Låt honom avsluta jobbet. Jag lovar att du kommer att vinna på det."

Han såg betänksam ut. Därefter nickade han.

De skakade inte hand med varandra. Hon lämnade passerkortet till redaktionen på Holms skrivbord och åkte ned till parkeringsgaraget och hämtade sin BMW. Strax efter fyra parkerade hon i närheten av *Millenniums* redaktion.

DEL 4

REBOOTING SYSTEM

1 JULI-7 OKTOBER

Trots den rikhaltiga floran av amasonlegender från antikens Grekland, Sydamerika, Afrika och andra ställen, finns bara ett enda historiskt dokumenterat exempel på kvinnokrigare. Detta är den kvinnoarmé som existerade bland folkgruppen fon i västafrikanska Dahomey, nuvarande Benin.

Dessa kvinnliga krigare nämns aldrig i den offentliga militärhistorien, inga romantiserande filmer har gjorts om dem och i dag förekommer de på sin höjd som utsuddade historiska fotnoter. Ett enda vetenskapligt arbete har skrivits om dessa kvinnor, *Amazons of Black Sparta* av historikern Stanley B. Alpern (Hurst & Co Ltd, London 1998). Ändå var det en armé som kunde mäta sig med vilken dåtida här som helst av manliga elitsoldater från ockupationsmakterna.

Det är oklart exakt när fons kvinnoarmé bildades, men vissa källor daterar hären till 1600-talet. Den var ursprungligen ett kungligt livgarde men utvecklades till ett militärt kollektiv bestående av 6 000 soldater med en halvt gudomlig status. Deras syfte var inte att vara ornament. I drygt 200 år utgjorde de fons spjutspets mot invaderande europeiska kolonisatörer. De var fruktade av den franska militären som besegrades vid flera fältslag. Först 1892 kunde kvinnoarmén slås ner sedan Frankrike skeppat över moderna trupper med artilleri, främlingslegionärer, ett marint infanteriregemente samt kavalleri.

Det är okänt hur många av de kvinnliga krigarna som stupade. Överlevande fortsatte under flera år att bedriva gerillakrig och veteraner från armén levde, intervjuades och fotograferades så sent som på 1940-talet.

KAPITEL 23
FREDAG 1 JULI–SÖNDAG 10 JULI

TVÅ VECKOR FÖRE rättegången mot Lisbeth Salander avslutade Christer Malm layouten på den 364 sidor tjocka bok som hade den kärva titeln *Sektionen*. Omslaget gick i blått. Texten var gul. Christer Malm hade placerat sju frimärksstora svartvita porträtt av svenska statsministrar längst ned på sidan. Över dem svävade en bild av Zalachenko. Han hade använt Zalachenkos passfoto som illustration och ökat kontrasten så att endast de mörkaste partierna framträdde som en skuggbild över hela omslaget. Det var inte någon sofistikerad design, men den var effektiv. Som författare namngavs Mikael Blomkvist, Henry Cortez och Malin Eriksson.

Klockan var halv sex på morgonen och Christer Malm hade arbetat hela natten. Han var vagt illamående och kände ett desperat behov av att få gå hem och sova. Malin Eriksson hade suttit med honom hela natten och gjort slutkorrektur på sida efter sida som Christer okejat och printat ut. Hon hade redan somnat på soffan inne på redaktionen.

Christer Malm samlade ihop dokumentet med bilder och typsnitt i en folder. Han startade programmet Toast och brände två cd-skivor. Den ena placerade han i redaktionens säkerhetsskåp. Den andra kom en sömndrucken Mikael Blomkvist in och hämtade strax före sju.

"Gå hem och sov", sa han.

"Jag är på väg", svarade Christer.

De lät Malin Eriksson sova vidare och kopplade på dörrlarmet. Henry Cortez skulle komma in klockan åtta för att ta nästa skift. De gjorde *high five* och skiljdes utanför porten.

MIKAEL BLOMKVIST PROMENERADE till Lundagatan där han återigen olovandes lånade Lisbeth Salanders bortglömda Honda. Han körde personligen upp cd-skivan till Jan Köbin, chef för Hallvigs Reklamtryckeri som låg i en oansenlig tegelbyggnad intill järnvägen i Morgongåva utanför Sala. Leveransen var ett uppdrag han inte ville anförtro posten.

Han körde långsamt och utan att stressa och stannade en stund medan tryckeriet kontrollerade att skivan fungerade. Han försäkrade sig om att boken verkligen skulle ligga färdig den dag rättegången startade. Problemet var inte trycket utan bokbindandet, som kunde dra ut på tiden. Men Jan Köbin utlovade att minst 500 exemplar av en första upplaga på 10 000 skulle levereras på utsatt datum. Boken skulle göras i storpocketformat.

Mikael förvissade sig även om att alla var införstådda med att största möjliga sekretess gällde. Det var sannolikt en överloppsgärning. Hallvigs hade två år tidigare under snarlika omständigheter tryckt Mikaels bok om finansmannen Hans-Erik Wennerström. De visste att böcker som kom från det lilla förlaget Millennium utlovade något extra.

Därefter återvände Mikael i maklig takt till Stockholm. Han parkerade utanför sin bostad på Bellmansgatan och gjorde ett kort besök i sin lägenhet och hämtade en väska där han packade ned ombyte av kläder, rakhyvel och tandborste. Han fortsatte ut till Stavsnäs brygga i Värmdö där han parkerade och tog färjan ut till Sandhamn.

Det var första gången sedan julhelgen som han hade varit ute i stugan. Han skruvade upp fönsterluckorna och släppte in frisk luft och drack en Ramlösa. Som alltid då han avslutat ett jobb och texten gått till tryckeriet och inget kunde ändras kände han sig tom.

Därefter tillbringade han en timme med att sopa, dammtorka, skura inne i duschrummet, dra igång kylskåpet, kontrollera att vattnet fungerade och byta sänglinne uppe på sovloftet. Han gick till Ica-butiken och handlade allt som skulle behövas för en helgvistelse. Sedan startade han kaffebryggaren och satte sig ute på verandadäcket, rökte en cigarett och tänkte inte på något särskilt.

Strax före fem gick han ned till ångbåtsbryggan och mötte Monica Figuerola.

"Jag trodde inte att du skulle kunna ta ledigt", sa han och kysste henne på kinden.

"Det trodde inte jag heller. Men jag sa till Edklinth som det var. Jag har jobbat varje vaken minut de senaste veckorna och börjar bli ineffektiv. Jag behöver två dagar ledigt för att ladda batterierna."

"I Sandhamn?"

"Jag sa inte vart jag tänkte åka", sa hon och log.

Monica Figuerola ägnade en stund åt att snoka omkring i Mikaels tjugofem kvadratmeter stora stuga. Hon utsatte kokvrån, hygienutrymmet och sovloftet för en kritisk granskning innan hon nickade godkänt. Hon tvättade av sig och bytte till en tunn sommarklänning medan Mikael stekte lammkotletter i rödvinssås och dukade upp ute på däcket. De åt under tystnad medan de betraktade strömmen av segelbåtar som var på väg till eller från gästhamnen i Sandhamn. De delade på en flaska vin.

"Det är en underbar stuga. Är det hit du tar alla dina flickbekanta?" undrade Monica Figuerola plötsligt.

"Inte alla. Bara de viktigaste."

"Erika Berger har varit här?"

"Flera gånger."

"Och Lisbeth Salander?"

"Hon bodde här ute i några veckor då jag skrev boken om Wennerström. Och vi tillbringade julhelgen tillsammans här för två år sedan."

"Så både Berger och Salander är viktiga i ditt liv?"

"Erika är min bästa vän. Vi har varit vänner i drygt tjugofem år. Lisbeth är en helt annan historia. Hon är mycket speciell och den mest asociala människa jag träffat. Man kan säga att hon gjorde ett stort intryck på mig då vi först träffades. Jag gillar henne. Hon är en vän."

"Du tycker synd om henne?"

"Nej. Hon har själv valt en massa skit som hon drabbats av. Men jag känner en stor sympati och samhörighet med henne."

"Men du är inte kär i vare sig henne eller Berger?"

Han ryckte på axlarna. Monica Figuerola betraktade en senkommen Amigo 23 med tända lanternor som puttrade förbi på en utombordare på väg mot gästhamnen.

"Om kärlek är att tycka om någon väldigt mycket så antar jag att jag är kär i flera människor", sa han.

"Och nu i mig?"

Mikael nickade. Monica Figuerola rynkade ögonbrynen och betraktade honom.

"Stör det dig?" undrade han.

"Att du haft kvinnor här tidigare? Nej. Men det stör mig att jag inte riktigt vet vad som händer mellan oss. Och jag tror inte att jag kan ha ett förhållande med en kille som knullar runt som det passar honom ..."

"Jag tänker inte be om ursäkt för mitt liv."

"Och jag antar att jag på något sätt faller för dig därför att du är den du är. Det är lätt att ha sex med dig därför att det inte är något tjafs, och jag känner mig trygg med dig. Men det här började därför att jag gav efter för en galen impuls. Det händer inte särskilt ofta och jag hade inte planerat något. Och nu har vi kommit till det stadium att jag blivit en av brudarna som blir inbjuden hit."

Mikael satt tyst en stund.

"Du behövde inte komma."

"Jo. Det behövde jag. Fan, Mikael ..."

"Jag vet."

"Jag är olycklig. Jag vill inte bli kär i dig. Det kommer att göra alldeles för ont då det tar slut."

"Jag fick den här stugan då farsan dog och morsan flyttade hem till Norrland. Vi delade så att syrran fick vår lägenhet och jag fick stugan. Jag har haft den i snart tjugofem år."

"Jaha."

"Bortsett från några tillfälliga bekanta i början av 1980-talet så är det exakt fem tjejer som har varit här före dig. Erika, Lisbeth och min förra fru som jag var ihop med på 1980-talet. En tjej som jag dejtade väldigt seriöst i slutet av 1990-talet, och en kvinna som är lite äldre än jag som jag lärde känna för två år sedan och som jag träffar lite då och då. Det är lite särskilda omständigheter ..."

"Jaså."

"Jag har den här stugan för att få komma bort från stan och få vara i fred. Jag är nästan alltid här ensam. Jag läser böcker, jag skriver och jag kopplar av och sitter på bryggan och tittar på båtar. Det är inte en ungkarls hemliga kärleksnäste."

Han reste sig och hämtade vinflaskan som han hade ställt i skuggan på däcket utanför stugdörren.

"Jag tänker inte lova någonting", sa han. "Mitt äktenskap sprack för att jag och Erika inte kunde hålla oss borta från varandra. *Been there, done that, got the t-shirt.*"

Han fyllde på vinglasen.

"Men du är den mest intressanta människa jag träffat på mycket länge. Det är som om vårt förhållande gått på högvarv från dag ett. Jag tror att jag föll för dig redan då du plockade upp mig i mitt trapphus. De få nätter jag sovit hemma hos mig sedan dess vaknar jag mitt i natten och vill ha dig. Jag vet inte om jag vill ha stadigt sällskap men jag är livrädd att förlora dig."

Han tittade på henne.

"Så vad tycker du att vi ska göra?"

"Låt oss fundera på saken", sa Monica Figuerola. "Jag är också förbannat attraherad av dig."

"Det här börjar bli allvarligt", sa Mikael.

Hon nickade och kände plötsligt ett stort vemod. Sedan sa de inte så mycket på en lång stund. Då det mörknade städade de av bordet och gick in och stängde dörren.

PÅ FREDAGEN VECKAN före rättegången stannade Mikael till utanför Pressbyrån vid Slussen och tittade på morgontidningarnas löpsedlar. *Svenska Morgon-Postens* vd och styrelseordförande Magnus Borgsjö hade kapitulerat och aviserat sin avgång. Han köpte tidningarna och promenerade till Java på Hornsgatan och åt en sen frukost. Borgsjö angav familjeskäl som orsak till sin plötsliga avgång. Han ville inte kommentera påståenden om att avgången hade något att göra med det faktum att Erika Berger sett sig nödsakad att avgå sedan han beordrat henne att mörka historien om hans engagemang i grossistföretaget Vitavara AB. I en spaltutfyllnad rapporterades dock att ordföranden för Svenskt Näringsliv beslutat att tillsätta en etikutredning som granskade hur svenska företag agerade gentemot företag i Sydostasien som höll sig med barnarbetskraft.

Mikael Blomkvist gapskrattade plötsligt.

Därefter vek han ihop morgontidningarna och öppnade sin Ericsson T10 och ringde till Hon på TV4 och avbröt henne mitt i en lunchsmörgås.

"Hej älskling", sa Mikael Blomkvist. "Jag antar att du fortfarande inte vill dejta mig någon kväll."

"Hej Mikael", skrattade Hon på TV4. "Sorry, men du är ungefär så långt från min typ som man kan komma. Men du är rätt kul i alla fall."

"Skulle du åtminstone kunna tänka dig att äta middag med mig för att diskutera jobb i kväll?"

"Vad har du på gång?"

"Erika Berger gjorde en deal med dig för två år sedan om Wennerströmaffären. Det fungerade bra. Jag vill göra en liknande deal med dig."

"Berätta."

"Inte förrän vi kommit överens om villkoren. Precis som i samband med Wennerström kommer vi publicera en bok tillsammans med ett temanummer av tidningen. Och den här storyn kommer att bli stor. Jag erbjuder dig exklusiv förhands till allt material mot att du inte läcker något innan vi publicerar. Publiceringen är i det här fallet extra komplicerad eftersom den måste ske på en särskild dag."

"Hur stor är storyn?"

"Större än Wennerström", sa Mikael Blomkvist. "Är du intresserad?"

"Skojar du? Var ska vi träffas?"

"Vad sägs om Samirs gryta? Erika Berger kommer också att sitta med på mötet."

"Vad är storyn om Berger? Är hon tillbaka på *Millennium* sedan hon fick sparken från SMP?"

"Hon fick inte sparken. Hon sa upp sig på stående fot efter meningsskiljaktigheter med Borgsjö."

"Han verkar vara ett riktigt pucko."

"Jo", sa Mikael Blomkvist.

FREDRIK CLINTON LYSSNADE på Verdi i sina hörlurar. Musik var i stort sett det enda återstående inslaget i hans tillvaro som förflyttade honom bort från dialysapparater och en tilltagande värk i korsryggen. Han nynnade inte. Han blundade och följde tonerna med högra handen som svävade och tycktes ha ett eget liv vid sidan av hans sönderfallande kropp.

Det är så det är. Vi föds. Vi lever. Vi blir gamla. Vi dör. Han hade gjort sitt. Allt som återstod var sönderfallet.

Han kände sig besynnerligt tillfreds med tillvaron.

Han spelade för sin vän Evert Gullberg.

Det var lördagen den 9 juli. Mindre än en vecka återstod till dess att rättegången skulle inledas och Sektionen kunde börja lägga den eländiga historien till handlingarna. Han hade fått beskedet på morgonen. Gullberg hade varit seg som få. När man avlossar en nio millimeters helmantlad kula mot sin egen tinning så förväntar man sig att dö. Ändå hade det dröjt tre månader innan Gullbergs kropp hade gett upp, vilket kanske mera berodde på slump än på den envishet med vilken doktor Anders Jonasson hade vägrat se slaget förlorat. Det var cancern, inte kulan, som till sist hade avgjort utgången.

Döendet hade dock varit förenat med smärta, vilket gjorde Clinton sorgsen. Gullberg hade varit oförmögen att kommunicera med omvärlden, men tidvis befunnit sig vid något slags medvetande. Han kunde förnimma omvärlden. Vårdpersonalen noterade att han log då någon strök honom över kinden och grymtade då han tycktes uppleva obehag. Ibland kommunicerade han med vårdpersonalen genom att försöka formulera ord som ingen riktigt begrep. Han saknade släktingar och ingen av hans vänner besökte honom vid sjukbädden. Hans sista förnimmelse av livet var en eritreanskfödd nattsköterska vid namn Sara Kitama som vakade vid hans bädd och höll hans hand då han somnade in.

Fredrik Clinton insåg att han snart skulle följa sin forne vapenbroder. Därom rådde ingen tvekan. Sannolikheten att han skulle kunna genomgå en transplantation av den njure han så desperat behövde minskade för var dag, och sönderfallet av hans kropp fortgick. Hans lever- och tarmfunktioner blev sämre för varje undersökning.

Han hoppades överleva julen.

Men han var nöjd. Han upplevde en nästan översinnlig kittlande tillfredsställelse av att hans sista tid så överraskande och plötsligt hade inneburit en återgång i tjänst.

Det var en förmån som han aldrig hade förväntat sig.

De sista tonerna från Verdi avklingade precis då Birger Wadensjöö öppnade dörren till Clintons lilla vilokammare vid Sektionens högkvarter på Artillerigatan.

Clinton öppnade ögonen.

Han hade kommit till insikt om att Wadensjöö var en belastning. Han var direkt olämplig som chef för det svenska totalförsvarets viktigaste spjutspets. Han kunde inte begripa att han själv och Hans von Rottinger en gång hade gjort en så fundamental missbedömning att de betraktat Wadensjöö som den självklare arvtagaren.

Wadensjöö var en krigare som behövde medvind. I krisens ögonblick var han svag och oförmögen att fatta beslut. En lättvindsseglare. En räddhågsen belastning som saknade stål i ryggraden och som om han hade fått bestämma skulle ha suttit handlingsförlamad och låtit Sektionen gå under.

Det var så enkelt.

Somliga hade det. Andra skulle alltid svika i sanningens ögonblick.

"Du ville tala med mig?" sa Wadensjöö.

"Sätt dig", sa Clinton.

Wadensjöö satte sig.

"Jag befinner mig i den ålder då jag inte längre har tid att dra saker i långbänk. Jag ska gå rakt på sak. Då det här är över vill jag att du lämnar ledarskapet för Sektionen."

"Jaså?"

Clinton mildrade tonen.

"Du är en bra människa, Wadensjöö. Men du är dessvärre helt olämplig att axla ansvaret efter Gullberg. Du borde aldrig ha fått det ansvaret. Det var mitt och Rottingers misstag att vi inte tydligare tog itu med tronföljden då jag blev sjuk."

"Du har aldrig tyckt om mig."

"Där har du fel. Du var en utmärkt administratör då jag och Rottinger ledde Sektionen. Vi skulle ha varit hjälplösa utan dig, och jag har stort förtroende för din patriotism. Det är din förmåga att fatta beslut som jag misstror."

Wadensjöö log plötsligt bittert.

"Efter det här vet jag inte om jag vill stanna på Sektionen."

"Nu när Gullberg och Rottinger är borta måste jag ensam fatta de avgörande besluten. Du har konsekvent obstruerat varje beslut jag fattat under de gångna månaderna."

"Och jag upprepar att de beslut du fattar är vettlösa. Det kommer att sluta med en katastrof."

"Det är möjligt. Men din brist på beslut hade garanterat undergången. Nu har vi i alla fall en chans, och det verkar gå vägen. *Millennium* är handlingsförlamad. De kanske misstänker att vi finns någonstans här ute men de saknar dokumentation och de har ingen möjlighet att hitta vare sig den eller oss. Vi har järnkoll på allt de företar sig."

Wadensjöö tittade ut genom fönstret. Han såg takåsarna på några fastigheter i grannskapet.

"Det enda som återstår är Zalachenkos dotter. Om någon börjar rota i hennes historia och lyssnar på vad hon har att säga kan vad som helst hända. Men rättegången börjar om några dagar och sedan är det över. Den här gången måste vi begrava henne så djupt att hon aldrig någonsin återkommer och spökar för oss."

Wadensjöö skakade på huvudet.

"Jag förstår inte din attityd", sa Clinton.

"Nej. Jag förstår att du inte begriper. Du har nyss fyllt 68 år. Du är döende. Dina beslut är inte rationella, men ändå tycks du ha lyckats förtrolla Georg Nyström och Jonas Sandberg. De lyder dig som om du vore Gud fader."

"Jag *är* Gud fader i allt som har med Sektionen att göra. Vi arbetar efter en plan. Vår beslutskraft har gett Sektionen en chans. Och det är med stor beslutsamhet som jag säger att Sektionen aldrig någonsin ska hamna i ett så här utsatt läge igen. När det här är över ska vi genomföra en total översyn av verksamheten."

"Jag förstår."

"Ny chef blir Georg Nyström. Han är egentligen för gammal, men han är den ende som kan komma i fråga och han har lovat att stanna i minst sex år till. Sandberg är för ung och, på grund av ditt styre, för oerfaren. Han borde ha varit fullärd vid det här laget."

"Clinton, inser du inte vad du har gjort. Du har mördat en människa. Björck arbetade för Sektionen i trettiofem år och du beordrade hans död. Förstår du inte ..."

"Du vet mycket väl att det var nödvändigt. Han hade förrått oss och han skulle aldrig ha klarat pressen då polisen började snärja honom."

Wadensjöö reste sig.

"Jag är inte klar än."

"Då får vi ta det senare. Jag har ett jobb att sköta medan du ligger här och fantiserar om att du är den allsmäktige."

Wadensjöö gick mot dörren.

"Om du är så moraliskt upprörd, varför går du inte till Bublanski och erkänner dina brott?"

Wadensjöö vände sig mot sjuklingen.

"Tanken har slagit mig. Men vad du än tror värnar jag Sektionen av all min kraft."

Just då han öppnade dörren mötte han Georg Nyström och Jonas Sandberg.

"Hej Clinton", sa Nyström. "Vi måste prata om några saker."

"Kom in. Wadensjöö skulle just gå."

Nyström väntade till dess att dörren var stängd.

"Fredrik, jag känner en stor oro", sa Nyström.

"Varför det?"

"Sandberg och jag har funderat. Det händer saker som vi inte begriper. Nu på morgonen har Salanders advokat överlämnat hennes självbiografi till åklagaren."

"*Vad?*"

KRIMINALINSPEKTÖR HANS FASTE betraktade Annika Giannini medan åklagare Richard Ekström hällde upp kaffe från en bordstermos. Ekström var förbluffad över det dokument han hade fått sig serverat då han anlände till arbetet på morgonen. Tillsammans med Faste hade han läst de fyrtio sidor som utgjorde Lisbeth Salanders redogörelse. De hade diskuterat det märkliga dokumentet en lång stund. Till sist hade han känt sig tvungen att be Annika Giannini besöka honom för ett informellt samtal.

De slog sig ned vid ett litet konferensbord på Ekströms tjänsterum.

"Tack för att du ville titta förbi", började Ekström. "Jag har läst den här ... hmm, redogörelsen som du lämnade in i morse och jag känner ett behov av att räta ut några frågetecken ..."

"Ja?" undrade Annika Giannini hjälpsamt.

"Jag vet faktiskt inte i vilken ände jag ska börja. Jag kanske borde börja med att förklara att både jag och kriminalinspektör Faste är djupt förbluffade."

"Jaså?"

"Jag försöker förstå dina intentioner."

"Hur menar du?"

"Den här självbiografin eller vad man ska kalla den. Vad är syftet med den?"

"Det torde väl vara uppenbart. Min klient vill redogöra för sin version av händelseförloppet."

Ekström skrattade godmodigt. Han strök sig över hakskägget i en välbekant gest som Annika av någon anledning hade börjat irritera sig på.

"Jo, men din klient har haft flera månader på sig att förklara sig. Hon har inte sagt ett ord under alla förhör som Faste försökt hålla med henne."

"Så vitt jag vet finns det ingen lagstiftning som kan tvinga henne att tala när det passar kriminalinspektör Faste."

"Nej, men jag menar … om två dagar börjar rättegången mot Salander och i elfte timmen kommer hon med det här. Jag känner på något sätt ett ansvar här som är lite bortom min plikt som åklagare."

"Jaha?"

"Jag vill under inga omständigheter uttrycka mig på ett sätt som du tolkar som förolämpande. Det är inte min avsikt. Vi har en rättegångsordning i det här landet. Men fru Giannini, ni är kvinnorättsadvokat och har aldrig representerat en klient i ett brottmål tidigare. Jag har inte åtalat Lisbeth Salander därför att hon är kvinna utan därför att hon begått grova våldsbrott. Jag tror att även du måste ha förstått att hon är allvarligt psykiskt sjuk och behöver omvårdnad och hjälp från samhället."

"Låt mig hjälpa dig", sa Annika Giannini vänligt. "Du är rädd att jag inte kommer att ge Lisbeth Salander ett fullgott försvar."

"Det är inget nedsättande i detta", sa Ekström. "Jag ifrågasätter inte din kompetens. Jag påpekar bara att du är oerfaren."

"Jag förstår. Låt mig då säga att jag är helt överens med dig. Jag är väldigt oerfaren när det gäller brottmål."

"Och ändå har du konsekvent tackat nej till den hjälp som erbjudits från betydligt mer erfarna advokater …"

"Enligt min klients önskemål. Lisbeth Salander vill ha mig som sin advokat och jag kommer att representera henne i rätten om två dagar."

Hon log artigt.

"Okej. Men jag undrar om du på fullaste allvar tänker presentera innehållet i den här uppsatsen inför rätten?"

"Självfallet. Det är Lisbeth Salanders historia."

Ekström och Faste sneglade på varandra. Faste höjde ögonbrynen. Han begrep inte vad Ekström egentligen tjafsade om. Om Giannini inte begrep att hon var på väg att totalt sänka sin klient så var det väl för djävulen inte åklagarens sak. Det var bara att tacka och ta emot och lägga fallet till handlingarna.

Att Salander var spritt språngande hyste han inga tvivel om. Han hade med uppbådande av alla sina färdigheter försökt förmå henne att åtminstone tala om var hon bodde. Men i förhör efter förhör hade den förbannade flickan suttit mol tyst och betraktat väggen bakom Hans Faste. Hon hade inte rört sig en millimeter. Hon hade vägrat att ta emot cigaretter som han erbjöd eller kaffe eller kylda drycker. Hon hade inte reagerat då han vädjat till henne eller i stunder av stor irritation höjt rösten.

Det var förmodligen de mest frustrerande förhör kriminalinspektör Hans Faste någonsin hållit.

Han suckade.

"Fru Giannini", sa Ekström till sist. "Jag anser att din klient borde slippa den här rättegången. Hon är sjuk. Jag har en mycket kvalificerad rättspsykiatrisk utredning att falla tillbaka på. Hon borde få den psykiatriska omvårdnad som hon har behövt i många år."

"I så fall förmodar jag att du kommer att framföra detta i tingsrätten."

"Det kommer jag att göra. Jag har inte i uppgift att tala om för dig hur du ska sköta hennes försvar. Men om detta är den linje du på allvar kommer att föra så är situationen helt absurd. Den här självbiografin innehåller ju helt vettlösa och obestyrkta anklagelser mot en rad personer ... inte minst mot hennes förre förvaltare advokat Bjurman och doktor Peter Teleborian. Jag hoppas att du inte på allvar tror att rätten kommer att godta några resonemang som utan tillstymmelse till bevis misstänkliggör Teleborian. Detta dokument kommer ju att utgöra den sista spiken i din klients kista, om du ursäktar liknelsen."

"Jag förstår."

"Du kan under rättegången förneka att hon är sjuk och kräva en kompletterande rättspsykiatrisk utredning och ärendet kan överlämnas till bedömning av Rättsmedicinalverket. Men ärligt talat, med den här redogörelsen från Salander råder det ingen tvekan om att alla andra rättspsykiatriker kommer att komma fram till samma slutsats som Peter Teleborian. Hennes egen berättelse styrker ju all dokumentation om att hon är en schizofren paranoiker."

Annika Giannini log artigt.

"Det finns ju ett alternativ", sa hon.

"Vad då?" undrade Ekström.

"Tja. Att hennes redogörelse är helt sann och att rätten kommer att välja att tro på den."

Åklagare Ekström såg häpen ut. Sedan log han artigt och strök hakskägget.

FREDRIK CLINTON HADE satt sig vid det lilla sidobordet vid fönstret i sitt rum. Han lyssnade uppmärksamt på Georg Nyström och Jonas Sandberg. Hans ansikte var fårat men hans ögon var fokuserade och vaksamma pepparkorn.

"Vi har haft koll på telefontrafik och e-post för de viktigaste medarbetarna på *Millennium* sedan april", sa Clinton. "Vi har konstaterat att Blomkvist och Malin Eriksson och den här Cortez är i det närmaste uppgivna. Vi har läst layoutversionen av nästa nummer av *Millennium*. Det tycks ju som om Blomkvist själv har backat till en position där han anser att Salander trots allt är tokig. Där finns ett socialt hållet försvar för Lisbeth Salander – han argumenterar att hon inte fått det samhällets stöd som hon egentligen borde ha fått och att det därför på något sätt inte är hennes fel att hon försökt mörda sin far ... men det är ju en åsikt som inte betyder ett dyft. Det finns inte ett ord om inbrott i hans lägenhet eller om överfallet på hans syster i Göteborg och försvunna utredningar. Han vet att han inte kan bevisa något."

"Det är det som är problemet", sa Jonas Sandberg. "Blomkvist måste rimligen veta att något är på tok. Men han ignorerar helt och hållet alla sådana frågetecken. Förlåt mig, men det verkar inte alls vara *Milleniums* stil. Dessutom är Erika Berger tillbaka på redaktionen. Hela det här numret av *Millennium* är så tomt och innehållslöst att det tycks vara ett skämt."

"Så vad menar du ... att det är en fejk?"

Jonas Sandberg nickade.

"*Millenniums* sommarnummer skulle egentligen ha utkommit sista veckan i juni. Enligt vad vi kan utläsa från Malin Erikssons e-post till Mikael Blomkvist så kommer det här numret att tryckas på ett företag i Södertälje. Men då jag kollade med företaget tidigare i dag hade de inte ens fått in något tryckoriginal. Allt de fått är en offertförfrågan för en månad sedan."

"Hmm", sa Fredrik Clinton.

"Var har de tidigare tryckt?"

"På något som heter Hallvigs Reklamtryckeri i Morgongåva. Jag ringde och frågade hur långt de hade kommit i trycket – jag låtsades att jag arbetade på *Millennium*. Chefen på Hallvigs ville inte säga ett ord. Jag tänkte åka upp dit i kväll och ta mig en titt."

"Jag förstår. Georg?"

"Jag har gått igenom all tillgänglig telefontrafik från den senaste veckan", sa Georg Nyström. "Det är märkligt, men ingen av de anställda på *Millennium* diskuterar något som har med rättegången eller Zalachenkoaffären att göra."

"Ingenting?"

"Nej. Det nämns då någon av de anställda diskuterar med folk utanför *Millennium*. Lyssna på det här, till exempel. Mikael Blomkvist blir uppringd av en reporter på *Aftonbladet* som undrar om han har några kommentarer till den stundande rättegången."

Han satte fram en bandspelare.

"*Sorry, men jag har inga kommentarer.*"

"*Du har ju varit med i den här storyn sedan starten. Det var ju du som hittade Salander nere i Gosseberga. Och du har inte publicerat ett enda ord än. När tänker du publicera?*"

"*När det är lämpligt. Förutsatt att jag har något att publicera.*"

"*Har du det?*"

"*Tja, du får väl köpa* Millennium *och ta reda på det.*"

Han stängde av bandspelaren.

"Vi har egentligen inte funderat på det här tidigare, men jag gick tillbaka och lyssnade lite slumpvis. Det har varit så där hela tiden. Han diskuterar nästan aldrig Zalachenkoaffären, annat än i högst allmänna ordalag. Han diskuterar det inte ens med sin syster som är Salanders advokat."

"Han kanske faktiskt inte har något att säga."

"Han vägrar konsekvent att spekulera om någonting. Han tycks bo dygnet runt på redaktionen och är nästan aldrig hemma i bostaden på Bellmansgatan. Om han jobbar dygnet runt så borde han ha åstadkommit något som är bättre än det som finns i nästa nummer av *Millennium*."

"Och vi har fortfarande inte möjlighet att avlyssna redaktionen?"

"Nej", bröt Jonas Sandberg in. "Det är någon inne på redaktionen dygnet runt. Även det är signifikativt."

"Hmm?"

"Från det att vi gjorde inbrottet i Blomkvists lägenhet och framåt så har det varit någon inne på redaktionen. Blomkvist försvinner upp på redaktionen och belysningen i hans rum är ständigt på. Om det inte är han så är det Cortez eller Malin Eriksson eller den där bögen ... öh, Christer Malm."

Clinton strök sig över hakan. Han funderade en stund.

"Okej. Slutsatser?"

Georg Nyström tvekade en stund.

"Nja ... om jag inte visste bättre så skulle jag tro att de spelar teater för oss."

Clinton kände en kall kåre i nacken.

"Varför har vi inte märkt det här tidigare?"

"Vi har lyssnat på det som sägs, inte på det som inte sägs. Vi har varit nöjda då vi hört deras förvirring eller sett den i e-posten. Blomkvist begriper att någon stal Salanderrapporten från 1991, både av honom och av hans syster. Men vad fan ska han göra åt den saken?"

"De har inte polisanmält överfallet?"

Nyström skakade på huvudet.

"Giannini har suttit med på förhören med Salander. Hon är artig men säger ingenting av vikt. Och Salander säger definitivt ingenting."

"Men det spelar oss i händerna. Ju mer käft hon håller, desto bättre. Vad säger Ekström?"

"Jag träffade honom för två timmar sedan. Det var då han hade fått den här utsagan från Salander."

Han pekade på kopian som låg i Clintons knä.

"Ekström är förvirrad. Det är tur att Salander inte har förmåga att uttrycka sig i skrift. För den oinsatte framstår den där redogörelsen som en fullständigt sinnesrubbad konspirationsteori med pornografiska inslag. Men hon skjuter väldigt nära målet. Hon berättar exakt hur det gick till då hon blev inlåst på S:t Stefans, hon hävdar att Zalachenko jobbade för Säpo och liknande. Hon nämner att hon anser att det handlar om en liten sekt inom Säpo, vilket antyder att hon misstänker att det finns någonting som motsvarar Sektionen. På det hela taget är det en väldigt exakt beskrivning av oss. Men den är som sagt inte trovärdig. Ekström är förvirrad eftersom det här också tycks vara Gianninis försvar i rättegången."

"Fan", utbrast Clinton.

Han lutade huvudet framåt och tänkte intensivt i flera minuter. Till sist tittade han upp.

"Jonas, åk upp till Morgongåva i kväll och undersök om något är på gång. Om de trycker *Millennium* så vill jag ha en kopia."

"Jag tar Falun med mig."

"Bra. Georg, jag vill att du går till Ekström och känner honom på pulsen i eftermiddag. Allting har gått som på räls fram till nu, men jag kan inte avfärda det ni säger."

"Okej."

Clinton satt tyst ytterligare en stund.

"Det bästa vore om det inte blev någon rättegång ...", sa han till sist.

Han höjde blicken och tittade Nyström i ögonen. Nyström nickade. Sandberg nickade. Där fanns ett tyst samförstånd.

"Nyström, kan du undersöka vilka möjligheter som finns."

JONAS SANDBERG OCH låssmeden Lars Faulsson, mer känd som Falun, parkerade en bit från järnvägen och promenerade genom

Morgongåva. Klockan var halv nio på kvällen. Det var för ljust och för tidigt att göra något, men de ville rekognoscera och skaffa sig en överblick.

"Om stället är larmat vill jag inte ge mig på det", sa Falun.

Sandberg nickade.

"Då är det bättre att kolla genom fönstren. Om det ligger något framme så hivar du en sten genom rutan och grabbar det du ska ha och springer som satan."

"Det är bra", sa Sandberg.

"Om det bara är ett exemplar av tidningen du behöver så kan vi kolla om det finns sopcontainrar på baksidan. Det måste finnas spill och provtryck och sådant."

Hallvigs tryckeri fanns i en låg tegelbyggnad. De närmade sig från söder på andra sidan gatan. Sandberg var precis på väg att korsa gatan då Falun grep honom i armbågen.

"Fortsätt framåt", sa han.

"Vad?"

"Fortsätt framåt som om vi är ute på en kvällspromenad."

De passerade Hallvigs och gjorde en tur runt kvarteret.

"Vad är det frågan om?" undrade Sandberg.

"Du måste ha ögonen med dig. Stället är inte bara larmat. Det stod en bil parkerad vid sidan av byggnaden."

"Du menar att någon är där?"

"Det var en bil från Milton Security. Tryckeriet är ju för fan hårdbevakat."

"MILTON SECURITY", UTBRAST Fredrik Clinton. Han kände chocken i mellangärdet.

"Om det inte hade varit för Falun så hade jag gått rakt i armarna på dem", sa Jonas Sandberg.

"Det är något fanstyg på gång", sa Georg Nyström. "Det finns inget som helst rimligt skäl att ett litet tryckeri i landsorten skulle hyra in Milton Security för fast bevakning."

Clinton nickade. Hans mun var ett stramt streck. Klockan var elva på kvällen och han behövde vila.

"Och det betyder att *Millennium* har något på gång", sa Sandberg.

"Jag har begripit det", sa Clinton. "Okej. Låt oss analysera situationen. Vad är värsta tänkbara scenario? Vad kan de veta?"

Han tittade uppfordrande på Nyström.

"Det måste vara Salanderrapporten från 1991", sa han. "De höjde säkerheten efter att vi stulit kopiorna. De måste ha gissat att de är övervakade. I värsta fall har de ytterligare en kopia av rapporten."

"Men Blomkvist har ju varit förtvivlad över att de förlorat rapporten."

"Jag vet. Men vi kan ha gått på en blåsning. Vi kan inte blunda för den möjligheten."

Clinton nickade.

"Vi utgår från det. Sandberg?"

"Vi känner faktiskt till Salanders försvar. Hon berättar sanningen som hon upplever den. Jag har läst den här så kallade självbiografin en gång till. Den spelar oss faktiskt i händerna. Den innehåller så grova anklagelser om våldtäkt och rättsövergrepp att det helt enkelt kommer att framstå som trams från en mytoman."

Nyström nickade.

"Hon kan dessutom inte bevisa ett dugg av sina påståenden. Ekström kommer att använda redogörelsen mot henne. Han kommer att förinta hennes trovärdighet."

"Okej. Teleborians nya rapport är utmärkt. Sedan finns förstås möjligheten att Giannini plockar fram en egen expert som påstår att Salander inte är tokig och att det hela hamnar hos Rättsmedicinalverket. Men återigen – om Salander inte ändrar taktik så kommer hon att vägra prata med dem också och då kommer de att dra slutsatsen att Teleborian har rätt och att hon är tokig. Hon är sin egen värsta fiende."

"Det skulle fortfarande vara lugnast om det aldrig blev någon rättegång", sa Clinton.

Nyström skakade på huvudet.

"Det är nästan omöjligt. Hon sitter på Kronobergshäktet och har inga kontakter med andra fångar. Hon har en timmes motion varje dag i tårtbiten på taket, men vi kommer inte åt henne där. Och vi har inga kontakter bland häktespersonalen."

"Jag förstår."

"Om vi ville agera mot henne så borde vi ha gjort det då hon låg på Sahlgrenska. Nu måste det ske öppet. Sannolikheten att mördaren åker dit är nästan hundraprocentig. Och var hittar vi en *shooter* som går med på det? Med så här kort varsel går det inte att arrangera ett självmord eller en olyckshändelse."

"Jag misstänkte det. Och oväntade dödsfall har en tendens att skapa frågor. Okej, vi får se hur det går i rättegången. I sak har ju ingenting förändrats. Vi har hela tiden förväntat oss att de ska göra ett motdrag och uppenbarligen är det den här så kallade självbiografin."

"Problemet är *Millennium*", sa Jonas Sandberg.

Alla nickade.

"*Millennium* och Milton Security", sa Clinton eftertänksamt. "Salander har arbetat åt Armanskij, och Blomkvist har haft ihop det med henne. Ska vi dra slutsatsen att de har slagit sina påsar ihop?"

"Tanken förefaller ju inte orimlig om Milton Security bevakar det tryckeri där *Millennium* trycks. Det kan inte vara en slump."

"Okej. När tänker de publicera? Sandberg, du sa att de är snart två veckor över tiden. Om vi antar att Milton Security bevakar tryckeriet för att se till att ingen kommer åt *Millennium* i förtid så betyder det dels att de tänker publicera något som de inte vill avslöja i förtid, dels att tidningen förmodligen redan är tryckt."

"I samband med rättegången", sa Jonas Sandberg. "Det är det enda rimliga."

Clinton nickade.

"Vad kommer att stå i tidningen? Vad är värsta scenariot?"

Alla tre funderade en lång stund. Det var Nyström som bröt tystnaden.

"I värsta fall har de som sagt kvar en kopia av rapporten från 1991."

Clinton och Sandberg nickade. De hade kommit till samma slutsats.

"Frågan är hur mycket de kan göra med den", sa Sandberg. "Rapporten implicerar Björck och Teleborian. Björck är död. De kommer att gå hårt fram med Teleborian, men han kan hävda att han bara gjorde en helt vanlig rättspsykiatrisk undersökning. Ord kommer att stå mot ord och han kommer naturligtvis att vara helt oförstående inför alla anklagelser."

"Hur ska vi agera om de publicerar rapporten?" undrade Nyström.

"Jag tror att vi har trumf på hand", sa Clinton. "Om det blir jidder med rapporten så kommer fokus att ligga på Säpo, inte på Sektionen. Och när journalister börjar ställa frågor plockar Säpo fram den ur arkivet ..."

"Och det är förstås inte samma rapport", sa Sandberg.

"Shenke har lagt den modifierade versionen i arkivet, alltså den version som åklagare Ekström fått läsa. Den har fått ett diarienummer. Här kan vi ganska snabbt lägga ut en mängd desinformation till media ... Vi har ju originalet som Bjurman fick tag på och *Millennium* har bara en kopia. Vi kan till och med sprida ut information som antyder att Blomkvist själv har förfalskat originalrapporten."

"Bra. Vad mer kan *Millennium* känna till?"

"De kan inte veta något om Sektionen. Det är omöjligt. De kommer alltså att fokusera på Säpo, vilket innebär att Blomkvist kommer att framstå som en konspirationsteoretiker och att Säpo kommer att hävda att han är en tok."

"Han är rätt känd", sa Clinton långsamt. "Efter Wennerström-affären har han hög trovärdighet."

Nyström nickade.

"Kan man sänka den trovärdigheten på något sätt?" undrade Jonas Sandberg.

Nyström och Clinton utbytte blickar. Sedan nickade bägge. Clinton tittade på Nyström.

"Tror du att du skulle kunna få tag på ... låt säga femtio gram kokain?"

"Kanske från juggarna."

"Okej. Gör ett försök. Men det brådskar. Rättegången börjar om två dagar."

"Jag förstår inte …", sa Jonas Sandberg.

"Det är ett trick som är lika gammalt som yrket. Men fortfarande väldigt effektivt."

"MORGONGÅVA?" UNDRADE TORSTEN Edklinth och rynkade ögonbrynen. Han satt i morgonrock hemma i soffan och höll för tredje gången på att läsa igenom Salanders självbiografi då Monica Figuerola ringde. Eftersom det var en bra stund efter midnatt antog han att det var något djävulskap på gång.

"Morgongåva", upprepade Monica Figuerola. "Sandberg och Lars Faulsson körde upp dit vid sjutiden i kväll. Curt Svensson från Bublanskis gäng hade span på dem hela vägen, vilket underlättas av att vi har en spårsändare i Sandbergs bil. De parkerade i närheten av gamla järnvägsstationen och promenerade därefter några kvarter och sedan tillbaka till bilen och återvände till Stockholm."

"Jag förstår. Träffade de någon eller …?"

"Nej. Det var det som var så besynnerligt. De klev ur bilen och gick en runda och sedan tillbaka till bilen och hem till Stockholm."

"Jaha. Och varför ringer du mig halv ett på natten och berättar detta?"

"Det tog ett tag innan vi kom på det. De promenerade förbi en byggnad som hyser Hallvigs Reklamtryckeri. Jag pratade med Mikael Blomkvist om saken. Det är där *Millennium* trycks."

"Åh fan", sa Edklinth.

Han insåg omedelbart implikationerna.

"Eftersom Falun var med antar jag att de tänkte göra ett sent besök på tryckeriet, men avbröt expeditionen", sa Monica Figuerola.

"Varför det?"

"Därför att Blomkvist har bett Dragan Armanskij bevaka tryckeriet fram till dess att tidningen ska distribueras. De såg förmodligen bilen från Milton Security. Jag antog att du ville ha den här informationen omedelbart."

"Du har rätt. Det betyder att de börjat ana ugglor i mossen …"

"Om inte annat så måste larmklockor ha börjat ringa då de såg bilen. Sandberg släppte av Faulsson i city och återvände därefter till adressen på Artillerigatan. Vi vet att Fredrik Clinton finns där. Georg Nyström kom dit ungefär samtidigt. Frågan är hur de kommer att agera."

"Rättegången börjar på tisdag ... Kan du ringa till Blomkvist och be honom skärpa säkerheten på *Millennium*. För alla eventualiteters skull."

"De har redan en rätt bra säkerhet. Och sättet de blåst rökringar kring sina avlyssnade telefoner är i proffsklass. Faktum är att Blomkvist är så pass paranoid att han har utvecklat metoder för avledande manövrar som vi skulle kunna ha nytta av."

"Okej. Men ring honom i alla fall."

MONICA FIGUEROLA STÄNGDE sin mobiltelefon och lade den på sängbordet. Hon höjde blicken och betraktade Mikael Blomkvist, som låg naken lutad mot fotändans sänggavel.

"Jag ska ringa dig och föreslå att du höjer säkerheten på *Millennium*", sa hon.

"Tack för tipset", sa han torrt.

"Jag menar allvar. Om de börjar ana ugglor i mossen finns det risk att de agerar ogenomtänkt. Och då kan ett inbrott vara på gång."

"Henry Cortez sover där i natt. Och vi har överfallslarm direkt till Milton Security som finns tre minuter bort."

Han satt tyst en sekund.

"Paranoid", muttrade han.

KAPITEL 24
MÅNDAG 11 JULI

KLOCKAN VAR SEX på måndagsmorgonen då Susanne Linder från Milton Security ringde på Mikael Blomkvists blå T10.

"Sover du aldrig?" undrade Mikael sömndrucket.

Han sneglade på Monica Figuerola som redan var uppe och hade bytt om till joggingshorts men ännu inte fått på sig t-tröjan.

"Jo. Men jag blev väckt av nattjouren. Det tysta larmet vi installerat i din lägenhet gick klockan tre i morse."

"Jaha?"

"Så jag fick åka ned och titta vad som hade hänt. Det här är klurigt. Kan du komma förbi på Milton Security nu på morgonen? Rätt omgående."

"DET HÄR ÄR allvarligt", sa Dragan Armanskij.

Klockan var strax efter åtta då de träffades framför en TV-monitor i ett konferensrum på Milton Security. Mötet bestod av Armanskij, Mikael Blomkvist och Susanne Linder. Armanskij hade också kallat in Johan Fräklund, 62 år, en före detta kriminalinspektör vid Solnapolisen som var chef för Miltons operativa enhet, och den förre kriminalinspektören Sonny Bohman, 48 år, som följt Salanderaffären från starten. Samtliga begrundade den övervakningsfilm som Susanne Linder just visat för dem.

"Det vi ser är att Jonas Sandberg öppnar dörren till Mikael Blomkvists lägenhet klockan 03.17 nu på morgonen. Han har egna nycklar ... Ni kommer ihåg att den där låssmeden Faulsson gjorde avtryck av Blomkvists reservnycklar för flera veckor sedan då han och Göran Mårtensson gjorde inbrott i lägenheten."

Armanskij nickade bistert.

"Sandberg uppehåller sig i lägenheten i drygt åtta minuter. Under den tiden vidtar han följande åtgärder. Dels hämtar han en liten plastpåse från köket som han fyller. Sedan skruvar han loss bakstycket i en högtalare som du har i vardagsrummet, Mikael. Det är där han placerar påsen."

"Hmm", sa Mikael Blomkvist.

"Detta att han hämtar en påse från ditt kök är signifikativt."

"Det är en påse från Konsum som jag haft småbaguetter i", sa Mikael. "Jag brukar spara dem för att stoppa ost och sådant i."

"Jag gör samma sak hemma hos mig. Och det signifikativa är förstås att påsen har dina fingeravtryck. Därefter hämtar han en gammal SMP från din skräppåse i hallen. Han använder en sida från tidningen till att slå in ett föremål som han placerar överst i din garderob."

"Hmm", sa Mikael Blomkvist igen.

"Det är samma sak där. Tidningen har dina fingeravtryck."

"Jag förstår", sa Mikael Blomkvist.

"Jag åkte över till din lägenhet vid femtiden. Jag hittade följande. I din högtalare finns nu ungefär 180 gram kokain. Jag tog ett prov på ett gram som finns här."

Hon placerade en liten bevispåse på konferensbordet.

"Vad finns i garderoben?" undrade Mikael.

"Ungefär 120 000 kronor i kontanter."

Armanskij pekade åt Susanne Linder att stänga av TV:n. Han tittade på Fräklund.

"Mikael Blomkvist är alltså inblandad i kokainhandel", sa Fräklund godmodigt. "Uppenbarligen har de börjat känna någon sorts oro för vad Blomkvist sysslar med."

"Det här är ett motdrag", sa Mikael Blomkvist.

"Motdrag?"

"De upptäckte Miltons säkerhetsvakter i Morgongåva i går kväll."

Han berättade vad han hade fått veta av Monica Figuerola om Sandbergs utflykt till Morgongåva.

"En flitig liten rackare", sa Sonny Bohman.

"Men varför just nu?"

"De är uppenbarligen oroliga för vad *Millennium* kan komma att ställa till med då rättegången börjar", sa Fräklund. "Om Blomkvist grips för kokainhandel så kommer hans trovärdighet att sjunka dramatiskt."

Susanne Linder nickade. Mikael Blomkvist såg tveksam ut.

"Så hur ska vi hantera det här?" undrade Armanskij.

"Vi gör ingenting i det här läget", föreslog Fräklund. "Vi sitter med trumf på hand. Vi har en utmärkt dokumentation på hur Sandberg placerar bevismaterialet i din lägenhet, Mikael. Låt fällan slå igen. Vi kommer omedelbart att kunna bevisa din oskuld och dessutom kommer det här att bli ytterligare ett bevis för Sektionens kriminella beteende. Jag skulle gärna vara åklagare när de där gynnarna ska ställas inför skranket."

"Jag vet inte", sa Mikael Blomkvist långsamt. "Rättegången börjar i övermorgon. *Millennium* utkommer på fredag, rättegångens tredje dag. Om de tänker sätta dit mig för kokainhandel så bör det ske innan dess ... och jag kommer inte att kunna förklara hur det har gått till förrän tidningen kommer. Det betyder att jag riskerar att sitta häktad och missar upptakten på rättegången."

"Det finns med andra ord skäl för dig att hålla dig osynlig denna vecka", föreslog Armanskij.

"Nja ... jag måste jobba ihop med TV4 och göra en del andra förberedelser. Det skulle vara oläglig ..."

"Varför just nu?" undrade plötsligt Susanne Linder.

"Hur menar du?" frågade Armanskij.

"De har haft tre månader på sig att smutskasta Blomkvist. Varför agerar de just nu? Vad de än gör så kommer de inte att hindra publiceringen."

De satt tysta runt bordet en stund.

"Det kan bero på att de inte förstått vad du kommer att publicera, Mikael", sa Armanskij långsamt. "De vet att du har något på gång ... men de kanske tror att du bara har Björcks utredning från 1991."

Mikael nickade tveksamt.

"De har inte begripit att du tänker rulla upp hela Sektionen. Om det bara handlar om Björcks utredning så räcker det med att skapa misstro mot dig. Dina eventuella avslöjanden kommer att drunkna i att du grips och häktas. Stor skandal. Den kände reportern Mikael Blomkvist gripen för grovt narkotikabrott. Sex till åtta års fängelse."

"Kan jag få två kopior på övervakningsfilmen?" bad Mikael.

"Vad ska du göra?"

"En kopia till Edklinth. Och sedan ska jag träffa TV4 om tre timmar. Jag tror att det är bra om vi har förberett oss på att köra det här på TV då allting brakar loss."

MONICA FIGUEROLA STÄNGDE av dvd-spelaren och lade fjärrkontrollen på bordet. De träffades i det tillfälliga kontoret vid Fridhemsplan.

"Kokain", sa Edklinth. "De spelar med tuffa metoder."

Monica Figuerola såg betänksam ut. Hon sneglade på Mikael.

"Jag tyckte att det var bäst att ni var informerade", sa han med en axelryckning.

"Jag gillar inte det här", sa hon. "Det här antyder en desperation som inte är riktigt genomtänkt. De måste väl inse att du inte bara kommer att låta dig buras in på Kumlabunkern i godan ro om du grips för narkotikabrott."

"Jo", sa Mikael.

"Även om du skulle bli dömd så finns en överhängande risk att folk faktiskt tror på vad du säger. Och dina kollegor på *Millennium* kommer inte att hålla tyst."

"Dessutom kostar det här en hel del", sa Edklinth. "De har alltså en budget som innebär att de utan att blinka kan lägga ut 120 000 kronor plus vad kokainet är värt."

"Jag vet", sa Mikael. "Men planen är faktiskt riktigt bra. De räknar med att Lisbeth Salander ska hamna på psyket och att jag ska försvinna i ett moln av misstänkliggöranden. Dessutom tror de att all eventuell uppmärksamhet kommer att fastna på Säpo – inte på Sektionen. De har ett rätt bra utgångsläge."

"Men hur ska de övertala narkotikaroteln att göra husrannsakan hemma hos dig? Jag menar, det räcker väl inte med ett anonymt tips för att någon ska sparka in dörren hos en kändisjournalist. Och om det här ska fungera så måste du misstänkliggöras under de närmaste dygnen."

"Tja, vi vet ju inte något om deras tidsplaner", sa Mikael.

Han kände sig trött och önskade att allting skulle vara över. Han reste sig.

"Vart ska du nu?" undrade Monica Figuerola. "Jag vill gärna veta var du kommer att befinna dig den närmaste tiden."

"Ska träffa TV4 vid lunchtid. Och därefter Erika Berger över en lammgryta på Samirs klockan sex. Vi ska finslipa pressmeddelandet vi ska gå ut med. Resten av kvällen finns jag på redaktionen, antar jag."

Monica Figuerolas ögon smalnade en aning då han nämnde Erika Berger.

"Jag vill att du håller kontakten under dagen. Helst vill jag att du håller nära kontakt till dess att rättegången kommit igång."

"Okej. Jag kanske kan flytta hem till dig ett par dagar", sa Mikael och log som om han skämtade.

Monica Figuerola mörknade. Hon sneglade hastigt på Edklinth.

"Monica har rätt", sa Edklinth. "Jag tror att det skulle vara bäst om du håller dig relativt osynlig till dess att det här är över. Om du grips av narkotikapolisen så måste du hålla tyst till dess att rättegången kommit igång."

"Lugn", sa Mikael. "Jag tänker inte gripas av panik och spräcka något i det här läget. Sköt er bit så sköter jag min."

HON PÅ TV4 kunde knappt dölja sin upphetsning över det nya bildmaterial som Mikael Blomkvist levererade. Mikael log åt hennes hunger. I en vecka hade de slitit som djur för att sätta ihop ett begripligt material om Sektionen för TV-bruk. Både hennes producent och nyhetschefen på TV4 hade insett vilket scoop storyn skulle bli. Storyn producerades i största hemlighet med bara några få inblandade. De hade accepterat Mikaels krav att storyn skulle gå först på kvällen på rättegångens tredje dag. De hade beslutat att göra ett timslångt extrainsatt *Nyheterna*.

Mikael hade gett henne ett stort antal stillbilder att leka med, men inget går upp mot rörliga bilder i TV. En video med knivskarp skärpa som visar hur en namngiven polis planterar kokain i Mikael Blomkvists lägenhet fick henne att nästan gå ned i brygga.

"Det här är lysande TV", sa hon. "Vinjettbild – Här planterar Säpo kokain i reporterns lägenhet."

"Inte Säpo ... Sektionen", rättade Mikael. "Gör inte misstaget att blanda ihop de två."

"Sandberg jobbar för fan på Säpo", protesterade hon.

"Jo, men han är i praktiken att betrakta som infiltratör. Håll gränsdragningen knivskarp."

"Okej. Det är Sektionen som är storyn här. Inte Säpo. Mikael, kan du förklara för mig hur det kommer sig att du alltid blir inblandad i sådana här kioskvältare? Du har rätt. Det här kommer att bli större än Wennerströmaffären."

"Ren talang, antar jag. Ironiskt nog börjar den här storyn också med en Wennerströmaffär. Spionaffären på 1960-talet, alltså."

Klockan fyra på eftermiddagen ringde Erika Berger. Hon befann sig på ett möte med Tidningsutgivarna för att redovisa sin syn på de planerade nedskärningarna på SMP, något som hade lett till en skarp facklig konflikt sedan hon sagt upp sig. Hon förklarade att hon var försenad till deras överenskomna middagsträff på Samirs gryta klockan sex och inte skulle ha tid att dyka upp förrän halv sju.

JONAS SANDBERG ASSISTERADE Fredrik Clinton då han flyttade sig från rullstolen till britsen i det vilorum som utgjorde Clintons kommandocentral i Sektionens högkvarter på Artillerigatan. Clinton hade just återkommit efter att ha befunnit sig på dialysen under hela förmiddagen. Han kände sig uråldrig och oändligt trött. Han hade knappt sovit någonting under de senaste dygnen och önskade att allting äntligen skulle vara över. Han hade bara hunnit sätta sig till rätta i sängen då Georg Nyström anslöt.

Clinton fokuserade sina krafter.

"Är det klart?" undrade han.

Georg Nyström nickade.

"Jag har just träffat bröderna Nikolic", sa han. "Det kommer att kosta femtio tusen."

"Vi har råd", sa Clinton.

Fan om man vore ung igen.

Han vred huvudet och studerade i tur och ordning Georg Nyström och Jonas Sandberg.

"Inga samvetsbetänkligheter?" undrade han.

Bägge skakade på huvudet.

"När?" frågade Clinton.

"Inom tjugofyra timmar", sa Nyström. "Det är svårt som fan att få korn på var Blomkvist håller hus, men i värsta fall gör de det utanför redaktionen."

Clinton nickade.

"Vi har en möjlig öppning redan i kväll, om två timmar", sa Jonas Sandberg.

"Jaså?"

"Erika Berger ringde honom för en stund sedan. De ska äta middag på Samirs gryta i kväll. Det är en krog i närheten av Bellmansgatan."

"Berger ...", sa Clinton dröjande.

"Jag hoppas för guds skull att hon inte ...", sa Georg Nyström.

"Det vore inte helt fel", avbröt Jonas Sandberg.

Både Clinton och Nyström tittade på honom.

"Vi är överens om att Blomkvist är den person som utgör största hotet mot oss och att det är sannolikt att han kommer att publicera något i nästa nummer av *Millennium*. Vi kan inte hindra publiceringen. Alltså måste vi förinta hans trovärdighet. Om han mördas i vad som tycks vara en uppgörelse i den undre världen och polisen därefter hittar narkotika och pengar i hans lägenhet så kommer utredningen att dra vissa slutsatser. I vilket fall kommer de inte i första hand att söka konspirationer med anknytning till Säkerhetspolisen."

Clinton nickade.

"Erika Berger är faktiskt Blomkvists älskarinna", sa Sandberg med eftertryck. "Hon är gift och otrogen. Om hon också hastigt avlider kommer det att leda till en mängd andra spekulationer också."

Clinton och Nyström utväxlade ögonkast. Sandberg var en naturbegåvning då det gällde att skapa rökridåer. Han lärde sig snabbt. Men både Clinton och Nyström kände ett ögonblick av tvekan. Sandberg var alltför bekymmerslös då han beslutade om liv eller död. Det var inte bra. Den extrema åtgärd som ett mord utgjorde var inte något som skulle tillämpas bara för att möjligheten uppenbarade sig. Det var ingen patentlösning utan en åtgärd som endast fick tillgripas då inga andra alternativ existerade.

Clinton skakade på huvudet.

Collateral damage, tänkte han. Han kände plötslig avsmak för hela hanteringen.

Efter ett liv i rikets tjänst sitter vi här som simpla lönnmördare. Zalachenko var nödvändigt. Björck var ... beklagligt, men Gullberg hade rätt. Björck skulle ha fallit till föga. Blomkvist är ... förmodligen nödvändigt. Men Erika Berger var bara en oskyldig åskådare.

Han sneglade på Jonas Sandberg. Han hoppades att den unge mannen inte skulle utvecklas till en psykopat.

"Hur mycket vet bröderna Nikolic?"

"Ingenting. Om oss vill säga. Jag är den ende de träffat, jag har använt en annan identitet och de kan inte spåra mig. De tror att mordet har något med trafficking att göra."

"Vad händer med bröderna Nikolic efter mordet?"

"De lämnar Sverige omedelbart", sa Nyström. "Precis som efter Björck. Om sedan polisutredningen inte ger några resultat så kan de försiktigt återkomma om några veckor."

"Och planen?"

"Siciliansk modell. De går bara fram till Blomkvist, tömmer ett magasin och går därifrån."

"Vapen?"

"De har ett automatvapen. Jag vet inte vilken typ."

"Jag hoppas att de inte tänker spreja hela restaurangen ..."

"Ingen fara. De är kalla och vet vad de ska göra. Men om Berger sitter vid samma bord som Blomkvist ..."

Collateral damage.

"Hör på", sa Clinton. "Det är viktigt att Wadensjöö inte får reda på att vi har någon inblandning i det här. Särskilt inte om Erika Berger blir ett av offren. Han är redan nu spänd till bristningsgränsen. Jag är rädd för att vi måste pensionera honom då det här är över."

Nyström nickade.

"Det betyder att då vi får budet att Blomkvist blivit mördad så ska vi spela teater. Vi ska kalla till ett krismöte och verka fullständigt överraskade av händelseutvecklingen. Vi ska spekulera i vem som kan ligga bakom mordet men inte säga något om narkotika och sådant innan polisen hittat bevismaterialet."

MIKAEL BLOMKVIST SKILJDES från Hon på TV4 strax före fem. De hade ägnat hela eftermiddagen åt att gå igenom oklara punkter i materialet och därefter hade Mikael blivit sminkad och utsatts för en lång bandad intervju.

Han hade fått en fråga som han hade haft svårt att besvara på ett begripligt sätt och de hade tagit om repliken flera gånger.

Hur kan det komma sig att tjänstemän i svensk statsförvaltning går så långt som till att begå mord?

Mikael hade grubblat på frågan långt innan Hon på TV4 ställde den. Sektionen måste ha uppfattat Zalachenko som ett enastående hot, men det var ändå inte ett tillfredsställande svar. Det svar han slutligen lämnade var heller inte tillfredsställande.

"Den enda rimliga förklaring jag kan ge är att Sektionen under årens lopp kommit att utvecklas till en sekt i ordets riktiga bemärkelse. De har blivit som Knutby eller pastor Jim Jones eller något liknande. De skriver sina egna lagar där begrepp som rätt och fel upphört att vara relevanta och där de verkar helt isolerade från det normala samhället."

"Det låter som en sorts sinnessjukdom?"

"Det är inte en helt felaktig beskrivning."

Han tog tunnelbanan till Slussen och konstaterade att det var för tidigt att gå till Samirs gryta. Han stod en kort stund på Södermalmstorg. Han kände sig bekymrad, men samtidigt kändes helt plötsligt livet rätt igen. Det var först sedan Erika Berger återkommit till *Millennium* som han insåg hur katastrofalt mycket han hade saknat henne. Dessutom hade inte hennes återtagande av rodret lett till någon intern konflikt då Malin Eriksson återgick till positionen som redaktionssekreterare. Tvärtom var Malin närmast överlycklig över att livet (som hon uttryckte det) kunde återgå till ordningen.

Erikas återkomst hade också inneburit att alla upptäckt hur fruktansvärt underbemannade de varit under de gångna tre månaderna. Erika fick återinträda i tjänst på *Millennium* med en rivstart och tillsammans hade hon och Malin Eriksson lyckats bemästra en del av den organisatoriska arbetsbörda som uppstått. De hade också haft ett redaktionsmöte där de beslutat att *Millennium* måste expandera och anställa minst en och förmodligen två nya medarbetare. Hur de skulle hitta en budget för detta hade de dock ingen aning om.

Slutligen gick Mikael och handlade kvällstidningarna och drack kaffe på Java på Hornsgatan för att slå ihjäl tiden till dess att han skulle träffa Erika.

ÅKLAGARE RAGNHILD GUSTAVSSON från Riksåklagarämbetet lade ned sina läsglasögon på konferensbordet och betraktade församlingen. Hon var 58 år gammal och hade ett fårat men äppelkindat ansikte och grånande kortklippt hår. Hon hade varit åklagare i tjugofem år och arbetat på RÅ sedan början av 1990-talet.

Det hade bara gått tre veckor sedan hon plötsligt blivit kallad till Riksåklagarens ämbetsrum för att träffa Torsten Edklinth. Den dagen hade hon varit i färd med att avsluta några rutinärenden och inleda en sex veckor lång semester i stugan ute på Husarö. Istället hade hon fått uppdraget att leda utredningen mot en grupp myndighetspersoner som gick under namnet Sektionen. Alla semesterplaner hade hastigt skrinlagts. Hon hade fått veta att detta skulle bli hennes huvudsakliga arbetsuppgift under överskådlig framtid och hon hade fått närmast fria händer att själv utforma sin arbetsorganisation och fatta nödvändiga beslut.

"Detta kommer att bli en av de mest uppseendeväckande brottsutredningarna i svensk historia", hade Riksåklagaren sagt.

Hon var benägen att instämma.

Hon hade med stigande häpnad lyssnat på Torsten Edklinths summering av ärendet och den utredning som han hade genomfört på statsministerns uppdrag. Utredningen var inte klar, men han ansåg att han hade kommit så långt att han måste presentera saken för en åklagare.

Först hade hon skaffat sig en överblick över det material som Torsten Edklinth levererade. När vidden av brottsförteckningen började klarna hade hon insett att allt hon gjorde och alla beslut hon fattade skulle nagelfaras i framtida historieböcker. Sedan dess hade hon ägnat varje vaken minut åt att försöka överblicka det närmast ofattbara brottsregister hon hade att hantera. Fallet var unikt i svensk rättshistoria och eftersom det handlade om att kartlägga brottslighet som pågått i minst trettio år insåg hon behovet av en speciell arbetsorganisation. Hennes tankar gick till de statliga antimaffiautredare i Italien som hade tvingats arbeta nästan underjordiskt för att överleva under 1970- och 1980-talet. Hon förstod varför Edklinth hade tvingats arbeta i hemlighet. Han visste inte vem han kunde lita på.

Hennes första åtgärd var att kalla in tre medarbetare från RÅ. Hon valde personer som hon hade känt i många år. Därefter anlitade hon en känd historiker som arbetade på Brottsförebyggande rådet att bistå med kunskap om de säkerhetspolisiära makternas framväxt genom decennierna. Slutligen utsåg hon formellt Monica Figuerola till spaningsledare.

Därmed hade utredningen om Sektionen fått en konstitutionellt giltig form. Det var nu att betrakta som vilken polisutredning som helst, även om det rådde totalt yppandeförbud.

Under de gångna två veckorna hade åklagare Gustavsson kallat ett stort antal personer till formella men mycket diskreta förhör. Förhören omfattade förutom Edklinth och Figuerola även kriminalinspektörerna Bublanski, Sonja Modig, Curt Svensson och Jerker Holmberg. Därefter hade hon kallat Mikael Blomkvist, Malin Eriksson, Henry Cortez, Christer Malm, Annika Giannini, Dragan Armanskij, Susanne Linder och Holger Palmgren. Bortsett från representanterna för *Millennium*, som av princip inte svarade på frågor som kunde identifiera källor, hade samtliga beredvilligt lämnat utförliga redogörelser och dokumentation.

Ragnhild Gustavsson hade inte varit det minsta road av det faktum att hon presenterades en tidtabell som beslutats av *Millennium* och som innebar att hon skulle vara tvungen att häkta ett antal personer på ett givet datum. Hon ansåg att hon skulle ha behövt flera månaders förberedelser innan utredningen kom till det läget, men i det här fallet hade hon inte haft något val. Mikael Blomkvist på tidningen *Millennium* hade varit omedgörlig. Han lydde inte under några statliga förordningar eller reglementen och han ämnade publicera storyn på dag tre av rättegången mot Lisbeth Salander. Därmed var Ragnhild Gustavsson tvungen att anpassa sig och slå till samtidigt för att inte misstänkta personer och eventuellt bevismaterial skulle hinna försvinna. Blomkvist fick dock ett besynnerligt stöd från Edklinth och Figuerola, och efterhand hade åklagaren börjat inse att den blomkvistska modellen hade vissa givna fördelar. Som åklagare skulle hon få precis den välregisserade mediala uppbackning som hon behövde för att driva åtalet. Dessutom skulle processen gå så snabbt att den vanskliga utredningen inte skulle ha tid att läcka ut i byråkratins korridorer och därmed riskera att hamna hos Sektionen.

"För Blomkvist handlar det i första hand om att ge Lisbeth Salander upprättelse. Att nita Sektionen är bara en konsekvens av det", konstaterade Monica Figuerola.

Rättegången mot Lisbeth Salander skulle inledas på onsdagen, två dagar senare, och mötet denna måndag hade handlat om att göra en stor genomgång av tillgängligt material och fördela arbetsuppgifter.

Tretton personer hade deltagit i konferensen. Från RÅ hade Ragnhild Gustavsson tagit med sig sina två närmaste medarbetare. Från författningsskyddet hade spaningsledaren Monica Figuerola deltagit tillsammans med medarbetarna Stefan Bladh och Anders Berglund. Författningsskyddets chef Torsten Edklinth hade suttit med som observatör.

Ragnhild Gustavsson hade dock beslutat att ett ärende av denna dignitet inte med trovärdighet kunde begränsas till RPS/Säk. Hon hade därför kallat kriminalinspektör Jan Bublanski och hans grupp bestående av Sonja Modig, Jerker Holmberg och Curt Svensson från den öppna polisen. Dessa hade ju arbetat med Salanderärendet sedan påskhelgen och var väl införstådda med historien. Dessutom hade hon kallat åklagare Agneta Jervas och kriminalinspektör Marcus Erlander från Göteborg. Utredningen om Sektionen hade en direkt anknytning till utredningen om mordet på Alexander Zalachenko.

När Monica Figuerola nämnde att förre statsministern Thorbjörn Fälldin eventuellt måste höras som vittne skruvade poliserna Jerker Holmberg och Sonja Modig oroligt på sig.

Under fem timmar hade namn efter namn på personer som hade identifierats som aktivister i Sektionen nagelfarits, varefter brott konstaterats och beslut om gripanden fattats. Sammanlagt hade sju personer identifierats och kopplats till lägenheten på Artillerigatan. Därutöver hade hela nio personer identifierats som ansågs ha anknytning till Sektionen, men som aldrig besökte Artillerigatan. De arbetade huvudsakligen på RPS/Säk på Kungsholmen men hade träffat någon av aktivisterna i Sektionen.

"Det är fortfarande omöjligt att säga hur omfattande konspirationen är. Vi vet inte under vilka omständigheter dessa personer träffar Wadensjöö eller någon annan. De kan vara informatörer eller ha fått intrycket att de arbetar för internutredningar eller liknande. Det finns alltså en osäkerhet om deras inblandning som bara kan lösas då vi får möjlighet att höra personerna i fråga. Detta är dessutom endast de personer vi noterat under de veckor som spaning pågått; det kan alltså finnas fler personer som vi inte känner till ännu."

"Men kanslichefen och budgetchefen …"

"Dessa kan vi med säkerhet påstå arbetar för Sektionen."

Klockan var sex på måndagskvällen då Ragnhild Gustavsson beslutade om en timslång middagspaus varefter föredragningarna skulle återupptas.

Det var i det ögonblick som alla reste sig och började röra på sig som Monica Figuerolas medarbetare Jesper Thoms på författningsskyddets operativa enhet sökte hennes uppmärksamhet för att avrapportera vad som framkommit under de senaste timmarnas spaning.

"Clinton har befunnit sig på dialys en stor del av dagen och återvände till Artillerigatan vid femtontiden. Den ende som gjort något av intresse är Georg Nyström, fast vi är inte riktigt säkra på vad han gjorde."

"Jaha", sa Monica Figuerola.

"Klockan 13.30 i dag åkte Nyström ned till Centralen och mötte två personer. De promenerade till hotell Sheraton och drack kaffe i baren. Mötet varade i drygt tjugo minuter, varefter Nyström återvände till Artillerigatan."

"Jaha. Vilka träffade han?"

"Det vet vi inte. Det är nya ansikten. Två män i 35-årsåldern som utseendemässigt tycks vara av östeuropeiskt ursprung. Men vår spanare tappade dessvärre bort dem då de gick till tunnelbanan."

"Jaha", sa Monica Figuerola trött.

"Här är porträtten", sa Jesper Thoms och gav henne en serie spaningsbilder.

Hon tittade på förstoringar av ansikten som hon aldrig tidigare sett.

"Okej, tack", sa hon och lade bilderna på konferensbordet och reste sig för att gå och hitta något att äta.

Curt Svensson stod alldeles intill och betraktade bilderna.

"Åh fan", sa han. "Har bröderna Nikolic med det här att göra?"

Monica Figuerola stannade.

"Vem?"

"Det där är två riktigt fula fiskar", sa Curt Svensson. "Tomi och Miro Nikolic."

"Du vet vilka de är?"

"Jo. Två bröder från Huddinge. Serber. Vi hade span på dem vid åtskilliga tillfällen då de var i 20-årsåldern och jag var på gängenheten. Miro Nikolic är den farlige av bröderna. Han är förresten lyst sedan något år för en grov misshandel. Men jag trodde att bägge hade försvunnit till Serbien och blivit politiker eller nåt."

"Politiker?"

"Jo. De åkte ned till Jugoslavien under första halvan av 1990-talet och hjälpte till att bedriva etnisk rensning. De jobbade för maffialedaren Arkan som drev någon sorts privat fascistmilis. De fick rykte om sig att vara *shooters*."

"*Shooters*?"

"Ja, alltså lejda mördare. De har fladdrat lite fram och tillbaka mellan Belgrad och Stockholm. Deras farbror har en krog på Norrmalm som de officiellt jobbat för lite då och då. Vi har haft flera uppgifter om att de varit delaktiga i åtminstone två mord i samband med interna uppgörelser i det så kallade cigarettkriget bland juggarna, men vi har aldrig kunnat sätta dit dem för något."

Monica Figuerola betraktade stumt spaningsbilderna. Sedan blev hon plötsligt likblek. Hon stirrade på Torsten Edklinth.

"Blomkvist", skrek hon med panik i rösten. "De tänker inte nöja sig med att skandalisera honom. De tänker döda honom och låta polisen hitta kokainet under utredningens gång och dra sina egna slutsatser."

Edklinth stirrade tillbaka på henne.

"Han skulle träffa Erika Berger på Samirs gryta", sa Monica Figuerola. Hon grep Curt Svensson i axeln.

"Är du beväpnad?"

"Ja ..."

"Följ mig."

Monica Figuerola satte högsta fart ut ur konferensrummet. Hennes arbetsrum låg tre dörrar längre ned i korridoren. Hon låste upp och hämtade sitt tjänstevapen från skrivbordslådan. Mot allt reglemente lämnade hon dörren till sitt arbetsrum olåst och på vid gavel då hon satte fart mot hissarna. Curt Svensson stod obeslutsam någon sekund.

"Gå", sa Bublanski till Curt Svensson. "Sonja ... följ med dem."

MIKAEL BLOMKVIST ANLÄNDE till Samirs gryta tjugo över sex. Erika Berger hade precis kommit och hittat ett ledigt bord intill bardisken i närheten av entrédörren. Han pussade henne på kinden. De beställde var sin stor stark och lammgryta och fick ölen serverad.

"Hur var Hon på TV4?" undrade Erika Berger.

"Lika kylig som alltid."

Erika Berger skrattade.

"Om du inte passar dig kommer du att bli besatt av henne. Tänk, det finns en tjej som inte faller för Blomkvists charm."

"Det finns faktiskt flera tjejer som inte fallit genom åren", sa Mikael Blomkvist. "Hur har din dag varit?"

"Bortkastad. Men jag har tackat ja till att sitta med i en debatt om SMP på Publicistklubben. Det får bli mitt sista inlägg i frågan."

"Härligt."

"Det är bara så jävla skönt att vara tillbaka på *Millennium*", sa hon.

"Du anar inte så skönt jag tycker att det är att du är tillbaka. Känslan har ännu inte lagt sig."

"Det är roligt att gå till jobbet igen."

"Mmm."

"Jag är lycklig."

"Och jag måste gå på muggen", sa Mikael och reste sig.

Han tog några steg och kolliderade nästan med en man i 35-års-åldern som precis kom in genom entrédörren. Mikael noterade att han hade östeuropeiskt utseende och stirrade på honom. Sedan såg han k-pisten.

NÄR DE PASSERADE Riddarholmen ringde Torsten Edklinth och förklarade att varken Mikael Blomkvist eller Erika Berger svarade på sina mobiler. De hade möjligen stängt av dem i samband med middagen.

Monica Figuerola svor och passerade Södermalmstorg i en hastighet av närmare åttio kilometer i timmen. Hon höll signalhornet nedtryckt och gjorde en skarp sväng in på Hornsgatan. Curt Svensson var tvungen att ta stöd med handen mot bildörren. Han hade plockat fram sitt tjänstevapen och kontrollerade att det var laddat. Sonja Modig gjorde detsamma i baksätet.

"Vi måste begära förstärkning", sa Curt Svensson. "Bröderna Nikolic är inte att leka med."

Monica Figuerola nickade.

"Så här gör vi", sa hon. "Sonja och jag går direkt in på Samirs gryta och hoppas att de sitter där. Du, Curt, känner igen bröderna Nikolic och stannar utanför och håller uppsikt."

"Okej."

"Om allt är lugnt tar vi Blomkvist och Berger ut till bilen på en gång och kör ned dem till Kungsholmen. Om vi anar minsta oråd stannar vi kvar inne på restaurangen och begär förstärkning."

"Okej", sa Sonja Modig.

Monica Figuerola befann sig fortfarande på Hornsgatan då det sprakade i polisradion under instrumentbrädan.

Samtliga enheter. Larm om skottlossning på Tavastgatan på Södermalm. Larmet gäller restaurang Samirs gryta.

Monica Figuerola kände en plötslig kramp i mellangärdet.

ERIKA BERGER SÅG Mikael Blomkvist stöta ihop med en man i 35-årsåldern då han gick mot toaletten vid entrén. Hon rynkade ögonbrynen utan att riktigt veta varför. Hon upplevde att den okände mannen stirrade på Mikael med ett förvånat ansiktsuttryck. Hon undrade om det var någon som Mikael kände.

Sedan såg hon mannen ta ett steg bakåt och släppa en väska på golvet. Hon begrep först inte vad hon såg. Hon satt paralyserad då han höjde ett automatvapen mot Mikael Blomkvist.

MIKAEL BLOMKVIST REAGERADE utan att tänka. Han slängde ut vänster hand och grep tag i pipan och vred den upp mot taket. Under en mikrosekund passerade mynningen framför hans ansikte.

Smattret från k-pisten var öronbedövande i den trånga lokalen. Murbruk och glas från takbelysningen regnade över Mikael då Miro Nikolic avlossade elva skott. Under ett kort ögonblick stirrade Mikael Blomkvist rakt in i ögonen på attentatsmannen.

Sedan tog Miro Nikolic ett kliv bakåt och ryckte till sig vapnet. Mikael var helt oförberedd och tappade taget om pipan. Han insåg plötsligt att han befann sig i livsfara. Utan att tänka kastade han sig fram mot attentatsmannen istället för att försöka ta skydd. Han insåg senare att om han reagerat annorlunda, om han hade hukat sig eller backat, så skulle han ha blivit skjuten på fläcken. Han fick på nytt tag i k-pistens pipa. Han använde sin kroppstyngd för att trycka upp attentatsmannen mot väggen. Han hörde ytterligare sex eller sju skott avlossas och slet desperat i k-pisten för att rikta mynningen mot golvet.

ERIKA BERGER HUKADE sig instinktivt då den andra skottserien avlossades. Hon ramlade och slog huvudet i en stol. Sedan kröp hon ihop på golvet och höjde blicken och såg att tre kulhål hade uppenbarat sig i väggen precis på den plats hon alldeles nyss hade suttit.

Chockad vred hon huvudet och såg Mikael Blomkvist brottas med mannen vid entrén. Han hade halkat ned på knä och fattat tag i k-pisten med bägge händerna och försökte vrida loss den. Hon såg attentatsmannen kämpa för att frigöra sig. Gång på gång slog han sin knytnäve mot Mikaels ansikte och tinning.

MONICA FIGUEROLA TVÄRBROMSADE mitt emot Samirs gryta och kastade upp bildörren och satte fart mot restaurangen. Hon hade sin Sig Sauer i handen och osäkrade då hon blev medveten om bilen som stod parkerad alldeles utanför restaurangen.

Hon såg Tomi Nikolic bakom ratten och riktade sitt vapen mot hans ansikte på andra sidan vindrutan.

"Polis. Visa händerna", skrek hon.

Tomi Nikolic höll upp händerna.

"Kom ut ur bilen och ligg ned på gatan", vrålade hon med ursinne i rösten. Hon vred huvudet och gav Curt Svensson ett snabbt ögonkast. "Restaurangen", sa hon.

Curt Svensson och Sonja Modig satte fart över gatan.

Sonja Modig tänkte på sina barn. Det var mot all polisinstruktion att rusa in i en byggnad med draget vapen utan att först ha ordentlig förstärkning på plats och utan skyddsvästar och utan att ha ordentlig överblick över situationen ...

Sedan hörde hon knallen när ett skott avlossades inne i restaurangen.

MIKAEL BLOMKVIST HADE fått in sitt långfinger mellan avtryckaren och bygeln då Miro Nikolic började skjuta igen. Han hörde glas krossas bakom sig. Han kände en förtvivlad smärta i fingret då attentatsmannen gång på gång tryckte på avtryckaren och klämde ihop fingret, men så länge fingret satt på plats kunde inte vapnet avlossas. Knytnävsslagen haglade över sidan av hans huvud och han kände plötsligt att han var 45 år gammal och på tok för otränad.

Klarar inte det här. Måste komma till avslut, tänkte han.

Det var hans första rationella tanke sedan han upptäckt mannen med k-pisten.

Han bet ihop tänderna och körde in fingret ännu längre bakom avtryckaren.

Sedan tog han spjärn med fötterna och tryckte skuldran mot attentatsmannens kropp och tvingade sig upp på fötter igen. Han släppte taget om k-pisten med högra handen och tryckte upp armbågen som skydd för knytnävsslagen. Miro Nikolic slog honom istället i armhålan och mot revbenen. Under en sekund stod de öga mot öga igen.

I nästa ögonblick kände Mikael hur attentatsmannen rycktes bort från honom. Han kände en sista förödande smärta i fingret och såg Curt Svenssons väldiga gestalt. Svensson bokstavligen lyfte upp Miro Nikolic med ett stadigt grepp om nacken och dunkade in huvudet i väggen intill dörrposten. Miro Nikolic rasade ihop som ett korthus.

"Ligg ner", hörde han Sonja Modig vråla. "Det här är polisen. Ligg stilla."

Han vred huvudet och såg henne stå bredbent med sitt vapen i dubbelhandsfattning medan hon försökte få överblick över den kaotiska situationen. Till sist höjde hon vapnet mot taket och riktade blicken mot Mikael Blomkvist.

"Är du skadad?" frågade hon.

Mikael tittade omtumlad på henne. Han blödde från ögonbrynen och näsan.

"Jag tror att jag har brutit fingret", sa han och satte sig på golvet.

MONICA FIGUEROLA FICK assistans av Södermalmspiketen mindre än en minut efter att hon hade tvingat ned Tomi Nikolic på trottoaren. Hon identifierade sig och överlät till uniformerna att ta hand om fången och sprang därefter in på restaurangen. Hon stannade i entrén och försökte skaffa sig en överblick över situationen.

Mikael Blomkvist och Erika Berger satt på golvet. Han var blodig i ansiktet och tycktes befinna sig i ett chocktillstånd. Monica andades ut. Han levde i alla fall. Därefter rynkade hon ögonbrynen då Erika Berger lade sin arm runt Mikaels skuldra.

Sonja Modig satt på huk och granskade Blomkvists hand. Curt Svensson höll på att boja Miro Nikolic, som såg ut som om han hade träffats av ett expresståg. Hon såg en k-pist av svensk armémodell på golvet.

Hon lyfte blicken och såg chockad restaurangpersonal och skräckslagna gäster och konstaterade krossat porslin, välta stolar och bord och förödelse efter ett flertal skott. Hon kände lukten av krutrök. Men hon kunde inte se någon död eller skadad i restaurangen. Poliser från piketen började tränga sig in i lokalen med dragna vapen. Hon sträckte ut handen och rörde vid Curt Svenssons axel. Han reste sig.

"Du sa att Miro Nikolic var lyst?"

"Stämmer. Grov misshandel för ungefär ett år sedan. Ett bråk nere i Hallunda."

"Okej. Vi gör så här. Jag försvinner snabbt som fan med Blomkvist och Berger. Du stannar. Storyn är alltså att du och Sonja Modig gick hit för att äta middag tillsammans och att du kände igen Nikolic från din tid i gängenheten. Då du försökte gripa honom drog han vapen och pangade på. Du buntade ihop honom."

Curt Svensson såg häpen ut.

"Det kommer inte att hålla ... det finns vittnen."

"Vittnena kommer att berätta att någon slogs och sköt. Det behöver inte hålla längre än till kvällstidningarna i morgon. Storyn är alltså att bröderna Nikolic greps av en ren slump därför att du kände igen dem."

Curt Svensson såg sig omkring i kaoset. Sedan nickade han kort.

MONICA FIGUEROLA BANADE väg genom polisuppbådet på gatan och placerade Mikael Blomkvist och Erika Berger i baksätet i sin bil. Hon vände sig till piketbefälet och talade med låg röst till honom i trettio sekunder. Hon nickade mot bilen där Mikael och Erika satt. Befälet såg förvirrad ut men nickade till sist. Hon körde bort till Zinkensdamm och parkerade och vände sig om.

"Hur illa tilltygad är du?"

"Jag fick några snytingar. Tänderna sitter kvar. Jag har gjort mig illa i långfingret."

"Vi åker till S:t Görans akutmottagning."

"Vad hände?" undrade Erika Berger. "Och vem är du?"

"Förlåt", sa Mikael. "Erika, det här är Monica Figuerola. Hon jobbar på Säpo. Monica, det här är Erika Berger."

"Jag hade listat ut det", sa Monica Figuerola med neutral röst. Hon tittade inte på Erika Berger.

"Monica och jag har träffats under utredningens gång. Hon är min kontakt på Säk."

"Jag förstår", sa Erika Berger och började plötsligt skaka då chocken satte in.

Monica Figuerola stirrade stint på Erika Berger.

"Vad hände?" undrade Mikael.

"Vi misstolkade syftet med kokainet", sa Monica Figuerola. "Vi trodde att de gillrat en fälla för att skandalisera dig. I själva verket tänkte de döda dig och låta polisen hitta kokainet då de gick igenom din lägenhet."

"Vilket kokain?" undrade Erika Berger.

Mikael blundade en stund.

"Kör mig till S:t Göran", sa han.

"GRIPNA?" UTBRAST FREDRIK Clinton. Han kände ett fjärilslätt tryck i hjärttrakten.

"Vi tror att det är lugnt", sa Georg Nyström. "Det verkar ha varit en ren slump."

"Slump?"

"Miro Nikolic var lyst för en gammal misshandelshistoria. En snut från gatuvåldet råkade känna igen honom och grep honom då han kom in på Samirs gryta. Nikolic greps av panik och försökte skjuta sig fri."

"Blomkvist?"

"Han blev aldrig inblandad. Vi vet inte ens om han befann sig på Samirs gryta då gripandet ägde rum."

"Det här är ju fan i mig inte sant", sa Fredrik Clinton. "Vad vet bröderna Nikolic?"

"Om oss? Ingenting. De tror att både Björck och Blomkvist var jobb som hade med trafficking att göra."

"Men de vet att Blomkvist var måltavlan?"

"Visserligen, men de kommer knappast att börja pladdra om att de hade åtagit sig ett beställningsmord. De kommer nog att knipa käft hela vägen upp i tingsrätten. De åker dit för olaga vapen och, skulle jag gissa, våld mot tjänsteman."

"Jävla klantar", sa Clinton.

"Jo, de gjorde bort sig. Vi får låta Blomkvist löpa för ögonblicket, men ingen skada är egentligen skedd."

KLOCKAN VAR ELVA på kvällen då Susanne Linder och två stadiga biffar från Milton Securitys personskydd hämtade Mikael Blomkvist och Erika Berger på Kungsholmen.

"Du är verkligen ute och rör på dig", sa Susanne Linder till Erika Berger.

"Sorry", svarade Erika dystert.

Erika hade drabbats av påtaglig chock i bilen på väg till S:t Görans sjukhus. Helt plötsligt hade det gått upp för henne att både hon och Mikael Blomkvist så när hade blivit dödade.

Mikael tillbringade en timme på akutmottagningen med att bli omplåstrad i ansiktet, röntgas och få vänster långfinger inpaketerat. Han hade kraftiga klämskador över den yttersta fingerleden och skulle sannolikt tappa nageln. Den allvarligaste skadan hade ironiskt nog inträffat då Curt Svensson kommit till undsättning och ryckt bort Miro Nikolic från honom. Mikaels långfinger hade suttit fast i bygeln i k-pisten och han hade brutit fingret rakt av. Det gjorde helvetiskt ont men var knappast livshotande.

För Mikael kom inte chocken förrän nästan två timmar senare då han redan hade anlänt till författningsskyddet på RPS/Säk och lämnade en redogörelse till kriminalinspektör Bublanski och åklagare Ragnhild Gustavsson. Han fick plötsligt frossa och kände sig så trött att han höll på att somna mellan frågorna. Därefter hade ett visst palaver uppstått.

"Vi vet inte vad de planerar", sa Monica Figuerola. "Vi vet inte om Blomkvist ensam var tilltänkt offer eller om även Berger skulle dö. Vi vet inte om de tänker försöka igen eller om någon annan på *Millennium* också är hotad ... Och varför inte döda Salander som är det verkligt allvarliga hotet mot Sektionen?"

"Jag har redan ringt runt och informerat medarbetarna på *Millennium* medan Mikael blev omplåstrad", sa Erika Berger. "Alla kommer att ligga mycket lågt till dess att tidningen kommer ut. Redaktionen kommer att vara obemannad."

Torsten Edklinths första reaktion hade varit att omedelbart ge Mikael Blomkvist och Erika Berger livvaktsskydd. Därefter insåg både han och Monica Figuerola att det kanske inte var det allra smartaste draget att väcka uppmärksamhet genom att kontakta Säkerhetspolisens personskydd.

Erika Berger löste problemet genom att undanbe sig polisskydd. Hon lyfte luren och ringde Dragan Armanskij och förklarade läget. Vilket föranledde Susanne Linder att sent på kvällen hastigt bli inkallad till tjänstgöring.

MIKAEL BLOMKVIST OCH Erika Berger inkvarterades på övervåningen i ett *safe house* beläget strax bortom Drottningholm på vägen till Ekerö centrum. Det var en stor villa från 1930-talet med sjöutsikt, imponerande trädgård och tillhörande uthus och ägor. Fastigheten ägdes av Milton Security men beboddes av Martina Sjögren, 68 år, änka till den mångårige medarbetaren Hans Sjögren, som förolyckades då han femton år tidigare i samband med ett tjänsteärende trampade igenom ett murket golv i ett ödehus utanför Sala. Efter begravningen hade Dragan Armanskij pratat med Martina Sjögren och anställt henne som hushållerska och allmän skötare av fastigheten. Hon bodde gratis i en tillbyggnad på undervåningen och höll övervåningen redo för de tillfällen, några gånger varje år, som Milton Security med kort varsel behövde stuva undan någon person som av verkliga eller inbillade skäl fruktade för sin säkerhet.

Monica Figuerola följde med. Hon sjönk ned på en stol i köket och lät Martina Sjögren servera henne kaffe medan Erika Berger och Mikael Blomkvist installerade sig på övervåningen och Susanne Linder kontrollerade larm och elektronisk övervakningsutrustning kring fastigheten.

”Det finns tandborstar och hygienartiklar i byrån utanför badrummet”, ropade Martina Sjögren uppför trappan.

Susanne Linder och de två livvakterna från Milton Security installerade sig i rum på bottenvåningen.

”Jag har varit igång sedan jag blev väckt klockan fyra i morse”, sa Susanne Linder. Ni kan göra upp vaktschema, men låt mig sova till åtminstone fem i morgon bitti.”

”Du kan sova hela natten så sköter vi det här”, sa en av livvakterna.

”Tack”, sa Susanne Linder och gick och lade sig.

Monica Figuerola lyssnade förstrött medan de två livvakterna kopplade upp rörelselarm i trädgården och drog sticka om vem som skulle ta första passet. Den som förlorade gjorde i ordning en smörgås och satte sig i ett TV-rum intill köket. Monica Figuerola studerade de blommiga kaffekopparna. Hon hade också varit igång sedan tidig morgon och kände sig lagom mör. Hon funderade på att åka hem då Erika Berger kom ned och hällde upp en kopp kaffe. Hon slog sig ned på andra sidan bordet.

”Mikael somnade som ett utblåst ljus så fort han kom i säng.”

"Reaktion på adrenalinet", sa Monica Figuerola.

"Vad händer nu?"

"Ni får hålla er undan i några dagar. Inom en vecka är det här över, hur det än slutar. Hur mår du?"

"Jovars. Fortfarande lite skakig. Det är inte varje dag något sådant här händer. Jag har just ringt och förklarat för min make varför jag inte kommer hem i kväll."

"Hmm."

"Jag är gift med ..."

"Jag vet vem du är gift med."

Tystnad. Monica Figuerola gnuggade sig i ögonen och gäspade.

"Jag måste hem och sova", sa hon.

"För guds skull. Sluta tjafsa och gå och lägg dig hos Mikael", sa Erika.

Monica Figuerola betraktade henne.

"Är det så tydligt?" undrade hon.

Erika nickade.

"Har Mikael sagt något ..."

"Inte ett ord. Han brukar vara rätt diskret då det gäller hans dambekanta. Men ibland är han som en öppen bok. Och du är uppenbart fientlig då du tittar på mig. Ni försöker dölja något."

"Det är min chef", sa Monica Figuerola.

"Din chef?"

"Ja. Edklinth skulle bli vansinnig om han visste att jag och Mikael har ..."

"Jag förstår."

Tystnad.

"Jag vet inte vad som pågår mellan dig och Mikael, men jag är inte din rival", sa Erika.

"Inte?"

"Mikael är min älskare då och då. Men jag är inte gift med honom."

"Jag har förstått att ni har ett speciellt förhållande. Han berättade om er då vi var ute i Sandhamn."

"Har du varit ute i Sandhamn med honom. Då är det allvarligt."

"Driv inte med mig."

"Monica ... jag hoppas att du och Mikael ... Jag ska försöka hålla mig ur vägen."

"Och om du inte kan det?"

Erika Berger ryckte på axlarna.

"Hans förra fru flippade helt då Mikael var otrogen med mig. Hon slängde ut honom. Det var mitt fel. Så länge Mikael är singel och tillgänglig så tänker jag inte ha några samvetsbetänkligheter. Men jag har lovat mig själv att om han får ihop det på allvar med någon så ska jag hålla mig på avstånd."

"Jag vet inte om jag vågar satsa på honom."

"Mikael är speciell. Är du kär i honom?"

"Jag tror det."

"Då så. Såga honom inte i förtid. Gå och lägg dig nu."

Monica funderade på saken en stund. Sedan gick hon upp till övervåningen och klädde av sig och kröp ned i sängen hos Mikael. Han mumlade något och lade en arm runt hennes midja.

Erika Berger satt ensam kvar i köket och funderade en lång stund. Hon kände sig plötsligt djupt olycklig.

KAPITEL 25
ONSDAG 13 JULI-TORSDAG 14 JULI

MIKAEL BLOMKVIST HADE alltid undrat hur det kunde komma sig att högtalare i tingsrätter var så lågmälda och diskreta. Han hade svårt att höra orden i utropet som meddelade att förhandlingen i målet mot Lisbeth Salander skulle inledas i sal 5 klockan 10.00. Han hade dock varit ute i god tid och placerat sig vid entrén till tingsrättssalen. Han var en av de första som släpptes in. Han bänkade sig på åhörarplatsen på salens vänstra sida där han skulle ha bäst utsikt mot svarandens bord. Åhörarplatserna fylldes snabbt. Medias intresse hade ökat gradvis tiden före rättegången, och den senaste veckan hade åklagare Richard Ekström intervjuats dagligen.

Ekström hade varit flitig.

Lisbeth Salander stod åtalad för misshandel och grov misshandel i fallet Carl-Magnus Lundin; för olaga hot, mordförsök och grov misshandel i fallet med den framlidne Karl Axel Bodin, alias Alexander Zalachenko; för två fall av inbrott – dels i framlidne advokat Nils Bjurmans sommarstuga i Stallarholmen, dels i hans bostad vid Odenplan; för tillgrepp av fortskaffningsmedel – en Harley-Davidson ägd av en viss Sonny Nieminen, medlem i Svavelsjö MC; för tre fall av olaga vapeninnehav – en tårgaspatron, en elpistol och en polsk P-83 Wanad som återfunnits i Gosseberga; för stöld eller undanhållande av bevismaterial – formuleringen var oklar men syftade på den dokumentation hon hittat i Bjurmans sommarstuga, samt för ett antal mindre förseelser. Sammanlagt hade Lisbeth Salander sexton åtalspunkter mot sig.

Ekström hade även läckt uppgifter som antydde att Lisbeth Salanders mentala tillstånd lämnade en del i övrigt att önska. Han åberopade dels den rättspsykiatriska utredning av doktor Jesper H. Löderman som framställts vid hennes 18-årsdag, dels en utredning som efter tingsrättsbeslut vid en förberedande förhandling författats av doktor Peter Teleborian. Eftersom den sinnessjuka flickan sin vana trogen kategoriskt vägrade att tala med psykiatriker så hade analysen gjorts med utgångspunkt från "observationer", vilka hade utförts sedan hon inkvarterats på Kronobergshäktet i Stockholm månaden före hennes rättegång. Teleborian, som hade mångårig erfarenhet av patienten, fastslog att Lisbeth Salander led av en allvarlig psykisk störning och använde ord som psykopati, patologisk narcissism och paranoid schizofreni.

Media hade även rapporterat att sju polisförhör hade hållits med henne. Vid samtliga hade den åtalade vägrat att ens säga god morgon till förhörsledarna. De första förhören hade hållits av Göteborgspolisen medan återstoden hade ägt rum på polishuset i Stockholm. Bandupptagningarna från förhörsprotokollet avslöjade lock och pock, vänliga försök till övertalning och upprepade envetna frågor men inte ett enda svar.

Inte så mycket som en harkling.

Vid några tillfällen hördes Annika Gianninis röst på banden då hon konstaterade att hennes klient uppenbarligen inte ämnade svara på frågor. Åtalet mot Lisbeth Salander vilade följaktligen uteslutande på teknisk bevisning och de fakta som polisutredningen kunnat fastställa.

Lisbeths tystnad hade försatt hennes försvarsadvokat i en tidvis brydsam position eftersom hon tvingades vara nästan lika tystlåten som sin klient. Vad Annika Giannini och Lisbeth Salander diskuterade i enrum var konfidentiellt.

Ekström gjorde heller ingen hemlighet av att han i första hand ämnade kräva sluten psykiatrisk vård för Lisbeth Salander, och i andra

hand ett kännbart fängelsestraff. Den normala gången var den om-
vända, men han ansåg att i hennes fall förelåg så tydliga psykiska
störningar och ett så tydligt rättspsykiatriskt utlåtande att han inte
hade något alternativ. Det var ytterst ovanligt att en domstol gick
emot ett rättspsykiatriskt utlåtande.

Han ansåg även att Salanders omyndighetsförklaring inte skulle
hävas. I en intervju hade han med bekymrad min förklarat att det i
Sverige fanns ett antal sociopatiska personer med så grava psykiska
störningar att de utgjorde en fara för sig själva och för andra, och att
vetenskapen inte hade några alternativ annat än att hålla dessa per-
soner inlåsta. Han nämnde fallet med den våldsamma flickan Anette
som på 1970-talet hade varit en följetong i massmedia och som ännu
trettio år senare vårdades på sluten anstalt. Varje försök att lätta på
restriktionerna resulterade i att hon gick till besinningslösa och våld-
samma angrepp mot släktingar och vårdpersonal, eller försök att
skada sig själv. Ekström menade att Lisbeth Salander led av en lik-
nande form av psykopatisk störning.

Medias intresse hade också ökat av den enkla orsaken att Lisbeth
Salanders försvarsadvokat Annika Giannini inte hade uttalat sig i
media. Hon hade konsekvent vägrat att låta sig intervjuas för att få
en möjlighet att lägga fram den andra sidans synpunkter. Media be-
fann sig följaktligen i en besvärlig situation där åklagarsidan göds-
lade med information medan försvarssidan för ovanlighetens skull
inte lämnat minsta antydan om hur Salander ställde sig till åtalet och
vilken strategi försvaret skulle använda.

Detta förhållande kommenterades av den juridiske expert som var
inhyrd att bevaka ärendet för en kvällstidnings räkning. Experten
hade i en krönika konstaterat att Annika Giannini var en respek-
terad kvinnorättsadvokat men att hon helt saknade erfarenhet från
brottmål utanför detta område, och dragit slutsatsen att hon var
olämplig att försvara Lisbeth Salander. Från sin syster hade Mikael
Blomkvist också fått veta att flera kända advokater hade kontaktat
henne och erbjudit sina tjänster. Annika Giannini hade på uppdrag
av sin klient vänligt avböjt alla sådana förslag.

I VÄNTAN PÅ ATT rättegången skulle inledas sneglade Mikael på de andra åhörarna. Han upptäckte plötsligt Dragan Armanskij på platsen närmast utgången.

Deras blickar möttes ett kort ögonblick.

Ekström hade en försvarlig papperstrave på sitt bord. Han nickade igenkännande till några journalister.

Annika Giannini satt vid sitt bord mitt emot Ekström. Hon sorterade papper och sneglade inte åt något håll. Mikael tyckte att hans syster verkade en aning nervös. En släng av rampfeber, tänkte han.

Därefter kom rättens ordförande, bisittaren och nämndemännen in i salen. Rättens ordförande var domare Jörgen Iversen, en 57-årig vithårig man med avmagrat ansikte och spänst i stegen. Mikael hade sammanställt en bakgrund på Iversen och konstaterat att han var känd som en mycket erfaren och korrekt domare som tidigare hade dömt vid ett flertal uppmärksammade rättegångar.

Slutligen fördes Lisbeth Salander in i tingsrättssalen.

Trots att Mikael var van vid Lisbeth Salanders förmåga till förargelseväckande klädsel var han förbluffad över att Annika Giannini hade tillåtit henne att dyka upp i rättssalen iförd kort svart skinnkjol, som var trasig i fållen, och ett svart linne med texten *I am irritated* som inte dolde särskilt mycket av hennes tatueringar. Hon hade kängor, nitbälte och randiga knästrumpor i svart och lila. Hon hade ett tiotal piercningar i öronen och ringar genom läpp och ögonbryn. Hon hade ett tre månader långt spretigt svart stubb sedan skalloperationen. Dessutom var hon ovanligt hårt sminkad. Hon hade ett grått läppstift, målade ögonbryn och mer kolsvart mascara än Mikael någonsin hade sett henne med. På den tiden han umgåtts med henne hade hon snarast varit ointresserad av makeup.

Hon såg aningen vulgär ut, för att uttrycka saken diplomatiskt. Närmast gotisk. Hon påminde om en vampyr från någon konstnärlig pop art-film från 1960-talet. Mikael märkte att några av reportrarna i publiken häpet drog efter andan och log roat då hon uppenbarade sig. När de äntligen fick se den skandalomsusade flickan som de skrivit så mycket om levde hon upp till allas förväntningar.

Sedan insåg han att Lisbeth Salander var utklädd. Normalt brukade hon klä sig slarvigt och till synes utan smak. Mikael hade alltid antagit att hon inte klädde sig på det sättet av moderiktiga skäl utan för att markera en egen identitet. Lisbeth Salander markerade sitt privata revir som fientligt territorium. Han hade alltid uppfattat nitarna i hennes skinnjacka som samma försvarsmekanism som en igelkotts taggar. Det var en signal till omgivningen. *Försök inte klappa mig. Det kommer att göra ont.*

När hon klev in i tingsrätten hade hon dock accentuerat sin klädstil så att det var en närmast parodisk överdrift.

Han förstod plötsligt att det inte var någon slump utan en del av Annikas strategi.

Om Lisbeth Salander hade kommit vattenkammad och med knytblus och prydliga promenadskor skulle hon ha sett ut som en bedragare som försökte sälja en story till rätten. Det var en fråga om trovärdighet. Nu kom hon som sig själv och ingen annan. I något överdrivet skick för tydlighetens skull. Hon låtsades inte vara något som hon inte var. Hennes budskap till rätten var att hon inte hade någon orsak att skämmas eller göra sig till för dem. Om rätten hade problem med hennes utseende så var det inte hennes problem. Samhället hade anklagat henne för saker och ting och åklagaren hade släpat henne till domstolen. Genom sin blotta uppenbarelse hade hon redan markerat att hon ämnade avfärda åklagarens resonemang som trams.

Hon rörde sig självsäkert och satte sig på anvisad plats intill sin försvarsadvokat. Hon lät blicken svepa över åhörarna. Det fanns ingen nyfikenhet i blicken. Det såg snarast ut som om hon trotsigt noterade och bokförde de personer som redan hade dömt henne på medias nyhetssidor.

Det var första gången Mikael sett henne sedan hon låg som en blodig trasdocka på sofflocket i köket i Gosseberga och mer än ett och ett halvt år sedan han sist träffat henne under normala omständigheter. Om nu uttrycket "normala omständigheter" alls kunde användas i samband med Lisbeth Salander. Under några sekunder möttes deras blickar. Hon dröjde vid honom en kort stund och visade inget tecken på igenkännande. Däremot studerade hon de kraftiga blåmärken som täckte Mikaels kind och tinning och den kirurgtejp som satt över hans högra ögonbryn. För en kort sekund tyckte sig Mikael ana en antydan till ett leende i hennes ögon. Han var inte säker på om han inbillade sig eller inte. Sedan knackade domare Iversen i bordet och inledde förhandlingarna.

ÅHÖRARNA VAR NÄRVARANDE i tingsrättssalen i sammanlagt trettio minuter. De fick lyssna till åklagare Ekströms inledande sakframställan där han föredrog de punkter som åtalet gällde.

Alla reportrar utom Mikael Blomkvist antecknade flitigt trots att de redan visste vad Ekström ämnade åtala henne för. Mikael hade redan skrivit sin story och hade bara gått till tingsrätten för att markera sin närvaro och möta Lisbeth Salanders blick.

Ekströms inledande framställning tog drygt tjugotvå minuter. Därefter var det Annika Gianninis tur. Hennes replik tog trettio sekunder. Hennes röst var stadig.

"Från försvarets sida avvisar vi samtliga åtalspunkter utom en. Min klient erkänner ansvar för olaga vapen avseende en tårgassprej. I samtliga övriga åtalspunkter bestrider min klient ansvar eller brottsligt uppsåt. Vi kommer att visa att åklagarens påståenden är felaktiga och att min klient utsatts för grovt rättsövergrepp. Jag kommer att kräva att min klient ska förklaras oskyldig, att hennes omyndigförklaring ska hävas och att hon ska försättas på fri fot."

Ett prasslande hördes från reporterblocken. Advokat Gianninis strategi hade äntligen uppdagats. Den var inte vad reportrarna hade förväntat sig. Den vanligaste gissningen hade varit att Annika Giannini skulle åberopa sin klients psykiska sjukdom och utnyttja den till sin fördel. Mikael log plötsligt.

"Jaha", sa domare Iversen och gjorde en anteckning. Han tittade på Annika Giannini. "Är du färdig?"

"Det är min framställan."

"Har åklagaren något att tillägga?" frågade Iversen.

Det var i det läget som åklagare Ekström begärde att förhandlingen skulle ske bakom lyckta dörrar. Han åberopade att det handlade om en utsatt människas psykiska tillstånd och välbefinnande, samt om detaljer som kunde vara av men för rikets säkerhet.

"Jag antar att du syftar på den så kallade Zalachenkohistorien", sa Iversen.

"Det är riktigt. Alexander Zalachenko kom till Sverige som politisk flykting och sökte skydd från en fruktansvärd diktatur. Det finns inslag i hanteringen, personsamband och liknande, som ännu är sekretessbelagda även om herr Zalachenko i dag är avliden. Jag begär därför att förhandlingen ska hållas bakom lyckta dörrar och att tystnadsplikt ska gälla för de avsnitt i förhandlingen som är särskilt känsliga."

"Jag förstår", sa Iversen och lade pannan i djupa veck.

"Dessutom kommer en stor del av förhandlingen att behandla den åtalades förvaltarskap. Det rör frågor som i alla normala fall är sekretessbelagda nästan per automatik och det är av medkänsla med den åtalade som jag vill ha lyckta dörrar."

"Hur ställer sig advokat Giannini till åklagarens begäran?"

"För vårt vidkommande spelar det ingen roll."

Domare Iversen funderade en kort stund. Han konsulterade sin bisittare och meddelade därefter till de närvarande reportrarnas irritation att han hörsammade åklagarens begäran. Följaktligen lämnade Mikael Blomkvist salen.

DRAGAN ARMANSKIJ INVÄNTADE Mikael Blomkvist nedanför trappan till rådhuset. Det var stekhett i julivärmen och Mikael kände att två svettfläckar omedelbart började bildas i armhålorna. Hans två livvakter anslöt då han kom ut från rådhuset. De nickade till Dragan Armanskij och ägnade sig åt att studera omgivningen.

"Det känns märkligt att gå omkring med livvakter", sa Mikael. "Vad kommer allt det här att kosta?"

"Det bjuder firman på", sa Armanskij. "Jag har ett personligt intresse av att hålla dig vid liv. Men vi har lagt ut för motsvarande 250 000 kronor *pro bono* de senaste månaderna."

Mikael nickade.

"Kaffe", undrade Mikael och pekade mot det italienska fiket på Bergsgatan.

Armanskij nickade. Mikael beställde en caffe latte medan Armanskij valde en dubbel espresso med en tesked mjölk. De slog sig ned i skuggan på trottoaren utanför caféet. Livvakterna satte sig vid ett bord intill. De drack cola.

"Lyckta dörrar", konstaterade Armanskij.

"Det var väntat. Och det är bara bra eftersom vi kan styra nyhetsflödet bättre."

"Ja, det spelar ingen roll, men jag börjar tycka allt sämre om åklagare Richard Ekström."

Mikael instämde. De drack sitt kaffe och tittade mot rådhuset där Lisbeth Salanders framtid skulle avgöras.

"*Custer's last stand*", sa Mikael.

"Hon är väl förberedd", tröstade Armanskij. "Och jag måste säga att jag är imponerad av din syster. Då hon började lägga upp strategin trodde jag att hon skämtade, men ju mer jag tänker på det, desto mer förnuftigt verkar det."

"Den här rättegången kommer inte att avgöras där inne", sa Mikael.

Han hade upprepat de orden som ett mantra i flera månader.

"Du kommer att kallas som vittne", sa Armanskij.

"Jag vet. Jag är förberedd. Men det kommer inte att ske förrän i övermorgon. Åtminstone spelar vi på det."

ÅKLAGARE RICHARD EKSTRÖM hade glömt sina bifokala glasögon hemma och var tvungen att skjuta upp sina glasögon i pannan och kisa för att kunna läsa något finstilt i sina anteckningar. Han strök sig hastigt över det blonda hakskägget innan han åter satte på sig glasögonen och såg sig omkring i rummet.

Lisbeth Salander satt rak i ryggen och betraktade åklagaren med en outgrundlig blick. Hennes ansikte och ögon var orörliga. Hon såg inte ut att vara riktigt närvarande. Det var dags för åklagaren att inleda förhöret med henne.

"Jag vill påminna fröken Salander att ni talar under edsförsäkran", sa Ekström slutligen.

Lisbeth Salander rörde inte en min. Åklagare Ekström tycktes förvänta sig någon sorts respons och avvaktade några sekunder. Han höjde ögonbrynen.

"Du talar alltså under edsförsäkran", upprepade han.

Lisbeth Salander lade huvudet lite på sned. Annika Giannini var sysselsatt med att läsa något i förundersökningsprotokollet och verkade ointresserad av åklagare Ekströms förehavanden. Ekström samlade ihop sina papper. Efter en stunds obekväm tystnad harklade han sig.

"Jaha", sa Ekström resonabelt. "Ska vi gå direkt till händelserna i framlidne advokat Bjurmans sommarstuga utanför Stallarholmen den 6 april i år, som var utgångspunkten för min sakframställan nu på morgonen. Vi ska försöka bringa klarhet i hur det kom sig att du åkte ned till Stallarholmen och sköt Carl-Magnus Lundin."

Ekström tittade uppfordrande på Lisbeth Salander. Hon rörde fortfarande inte en min. Åklagaren såg plötsligt uppgiven ut. Han slog ut med händerna och vände blicken till rättens ordförande. Domare Jörgen Iversen såg betänksam ut. Han sneglade på Annika Giannini som fortfarande satt försjunken i något papper, helt omedveten om omgivningen.

Domare Iversen harklade sig. Han flyttade blicken till Lisbeth Salander.

"Ska vi uppfatta din tystnad som att du inte vill svara på frågor?" undrade han.

Lisbeth Salander vred huvudet och mötte domare Iversens blick.

"Jag svarar gärna på frågor", svarade hon.

Domare Iversen nickade.

"Då kanske du kan svara på frågan", sköt åklagare Ekström in.

Lisbeth Salander vände blicken mot Ekström igen. Hon förblev tyst.

"Kan du vara vänlig att svara på frågan?" sa domare Iversen.

Lisbeth vred huvudet mot rättens ordförande igen och höjde ögonbrynen. Hennes röst var klar och tydlig.

"Vilken fråga? Hittills har han där" – hon nickade mot Ekström – "gjort ett antal obestyrkta påståenden. Jag har inte uppfattat någon fråga."

Annika Giannini höjde blicken. Hon satte armbågen på bordet och lutade ansiktet i handflatan med plötsligt intresse i blicken.

Åklagare Ekström tappade tråden i några sekunder.

"Kan du vara vänlig och repetera frågan?" föreslog domare Iversen.

"Jag frågade om ... du åkte ned till advokat Bjurmans sommarstuga i Stallarholmen i akt och mening att skjuta Carl-Magnus Lundin?"

"Nej, du sa att du ville försöka bringa klarhet i hur det kom sig att jag åkte ned till Stallarholmen och sköt Carl-Magnus Lundin. Det var ingen fråga. Det var ett generellt påstående där du föregrep mitt svar. Jag är inte ansvarig för vilka påståenden du gör."

"Märk inte ord. Svara på frågan."

"Nej."

Tystnad.

"Nej, vad då?"

"Är svaret på frågan."

Åklagare Richard Ekström suckade. Det skulle bli en lång dag. Lisbeth Salander betraktade honom förväntansfullt.

"Det är kanske bäst att vi tar det här från början", sa han. "Befann du dig i framlidne advokat Bjurmans sommarstuga i Stallarholmen på eftermiddagen den 6 april i år?"

"Ja."

"Hur tog du dig dit?"

"Jag åkte pendeltåg till Södertälje och tog bussen mot Strängnäs."

"Av vilken orsak åkte du till Stallarholmen? Hade du stämt träff med Carl-Magnus Lundin och hans vän Sonny Nieminen där?"

"Nej."

"Hur kom det sig att de dök upp där?"

"Det måste du fråga dem om."

"Nu frågar jag dig."

Lisbeth Salander svarade inte.

Domare Iversen harklade sig.

"Jag förmodar att fröken Salander inte svarar därför att du rent semantiskt åter gjorde ett påstående", sa Iversen hjälpsamt.

Annika Giannini fnissade plötsligt precis så högt att det hördes. Hon tystnade omedelbart och tittade ned i sina papper igen. Ekström tittade irriterat på henne.

"Varför tror du att Lundin och Nieminen dök upp vid Bjurmans sommarstuga?"

"Det vet jag inte. Jag gissar att de åkte dit för att anstifta mordbrand. Lundin hade en liter bensin i en petflaska i sadelväskan på sin Harley-Davidson."

Ekström trutade med läpparna.

"Varför åkte du till advokat Bjurmans sommarstuga?"

"Jag sökte information."

"Vilken sorts information?"

"Den information som jag misstänker att Lundin och Nieminen var där för att förstöra, och som alltså kunde bidra till att bringa klarhet i vem som mördade fähunden."

"Du anser att advokat Bjurman var en fähund? Är det korrekt uppfattat?"

"Ja."

"Och varför anser du det?"

"Han var ett sadistiskt svin, ett kräk och en våldtäktsman, alltså en fähund."

Hon citerade den text som fanns tatuerad på framlidne advokat Bjurmans mage och erkände därmed indirekt att hon var ansvarig för texten. Detta ingick dock inte i åtalet mot Lisbeth Salander. Bjurman hade aldrig gjort någon anmälan om misshandel och det var ogörligt att leda i bevis om han frivilligt låtit sig tatueras eller om det hade skett med tvång.

"Du hävdar med andra ord att din förvaltare skulle ha förgripit sig på dig. Kan du berätta när dessa övergrepp skulle ha ägt rum?"

"De skedde tisdagen den 18 februari 2003 och på nytt fredagen den 7 mars samma år."

"Du har vägrat svara på alla frågor från de förhörsledare som försökt prata med dig. Varför?"

"Jag hade inget att säga till dem."

"Jag har läst den så kallade självbiografin som din advokat plötsligt levererade för några dagar sedan. Jag måste säga att det är ett märkligt dokument, det ska vi återkomma till. Men i denna hävdar du att advokat Bjurman vid det första tillfället ska ha tilltvingat sig oralsex och vid det andra tillfället under en hel natt ha utsatt dig för upprepade fullbordade våldtäkter och grov tortyr."

Lisbeth svarade inte.

"Är detta korrekt?"

"Ja."

"Polisanmälde du våldtäkterna?"

"Nej."

"Varför inte?"

"Polisen har aldrig tidigare lyssnat då jag har försökt berätta något för dem. Alltså var det inte meningsfullt att anmäla något till dem."

"Diskuterade du övergreppen med någon bekant till dig. Någon väninna?"

"Nej."

"Varför inte?"

"Därför att det inte angick någon."

"Okej, sökte du kontakt med en advokat?"

"Nej."

"Vände du dig till någon läkare för att få vård för de skador som du påstår att du hade ådragit dig?"

"Nej."

"Och du vände dig inte till någon kvinnojour."

"Nu gör du ett påstående igen."

"Förlåt. Vände du dig till någon kvinnojour?"

"Nej."

Ekström vände sig till rättens ordförande.

"Jag vill göra rätten uppmärksam på att den tilltalade har uppgett att hon utsattes för två sexuella övergrepp, varav det andra är att betrakta som utomordentligt grovt. Hon hävdar att den som gjorde sig skyldig till dessa våldtäkter var hennes förvaltare, framlidne advokat Nils Bjurman. Samtidigt bör följande fakta vägas in i bilden ..."

Ekström fingrade på sina papper.

"I den utredning som våldsroteln gjort framkommer ingenting i advokat Bjurmans förflutna som styrker trovärdigheten i Lisbeth Salanders berättelse. Bjurman har aldrig dömts för något brott. Han har aldrig varit polisanmäld eller föremål för utredning. Han har tidigare varit förvaltare eller god man för flera andra ungdomar och ingen av dessa vill göra gällande att de ska ha utsatts för någon form av övergrepp. Tvärtom, de hävdar bestämt att Bjurman alltid uppträtt korrekt och vänligt gentemot dem."

Ekström vände blad.

"Det är också min uppgift att påminna om att Lisbeth Salander har diagnostiserats som paranoid schizofren. Det är en ung kvinna med dokumenterat våldsam läggning som sedan de allra tidigaste tonåren haft allvarliga problem i sina kontakter med samhället. Hon har tillbringat flera år på barnpsykiatrisk anstalt och stått under förvaltarskap sedan hon var 18 år. Hur beklagligt det än är finns det orsaker till detta. Lisbeth Salander är farlig för sig själv och för omgivningen. Det är min övertygelse att hon inte behöver fängelsestraff. Hon behöver vård."

Han gjorde en konstpaus.

"Att diskutera en ung människas mentala tillstånd är en motbjudande uppgift. Så mycket är integritetskränkande, och hennes sinnestillstånd blir föremål för tolkningar. I det här fallet har vi dock Lisbeth Salanders egen förvirrade världsbild att ta ställning till. Den framträder med all tydlighet i denna så kallade självbiografi. Ingenstans framstår hennes brist på verklighetsförankring så tydligt som här. I det här fallet behöver vi inga vittnen eller tolkningar där ord står mot ord. Vi har hennes egna ord. Vi kan själva bedöma trovärdigheten i hennes påståenden."

Hans blick föll på Lisbeth Salander. Deras ögon möttes. Hon log plötsligt. Hon såg ondskefull ut. Ekström rynkade pannan.

"Har fru Giannini något att säga?" undrade domare Iversen.

"Nej", svarade Annika Giannini. "Annat än att åklagare Ekströms slutsatser är trams."

EFTERMIDDAGSPASSET INLEDDES MED vittnesförhör med Ulrika von Liebenstaahl från överförmyndarnämnden, som Ekström kallat för att försöka utröna om det framkommit några klagomål mot advokat Bjurman. Detta förnekades kraftigt av von Liebenstaahl. Hon ansåg att sådana påståenden var kränkande.

"Det finns en rigorös kontroll av förvaltarskapsärenden. Advokat Bjurman har utfört uppdrag för överförmyndarnämnden i närmare tjugo år innan han så skamligt mördades."

Hon betraktade Lisbeth Salander med en förintande blick, trots att Lisbeth inte var åtalad för mord och att det redan klarlagts att Bjurman mördades av Ronald Niedermann.

"Under alla dessa år har det aldrig förekommit några klagomål mot advokat Bjurman. Han var en samvetsgrann människa som ofta visade djupt engagemang för sina klienter."

"Så du tror inte att det är sannolikt att han skulle ha utsatt Lisbeth Salander för grovt sexuellt våld?"

"Jag uppfattar påståendet som absurt. Vi har månatliga rapporter från advokat Bjurman och jag träffade honom personligen vid flera tillfällen för att gå igenom ärendet."

"Advokat Giannini har framfört krav på att Lisbeth Salanders förvaltarskap ska hävas med omedelbar verkan."

"Ingen blir gladare än vi på överförmyndarnämnden om ett förvaltarskap kan upphävas. Dessvärre har vi ett ansvar som innebär att vi måste följa gällande regler. Från nämndens sida har vi ställt kravet att Lisbeth Salander i vanlig ordning ska friskförklaras av psykiatrisk expertis innan det kan bli tal om förändringar i förvaltarskapet."

"Jag förstår."

"Det innebär att hon måste underkasta sig psykiatriska undersökningar. Vilket hon som bekant vägrar göra."

Förhöret med Ulrika von Liebenstaahl pågick i drygt fyrtio minuter medan Bjurmans månadsrapporter granskades.

Annika Giannini ställde en enda fråga precis innan förhöret skulle avslutas.

"Befann du dig i advokat Bjurmans sovrum natten mellan den 7 och 8 mars 2003?"

"Naturligtvis inte."

"Så du har med andra ord inte den blekaste aning om huruvida min klients uppgifter är sanna eller falska?"

"Anklagelsen mot advokat Bjurman är befängd."

"Det är din åsikt. Kan du ge honom alibi eller på annat sätt dokumentera att han inte förgripit sig på min klient?"

"Det är naturligtvis omöjligt. Men sannolikheten …"

"Tack. Det var allt", sa Annika Giannini.

MIKAEL BLOMKVIST TRÄFFADE sin syster på Milton Securitys kontor vid Slussen vid sjutiden på kvällen för att summera dagen.

"Det var ungefär som väntat", sa Annika. "Ekström har köpt Salanders självbiografi."

"Bra. Hur sköter hon sig?"

Annika skrattade plötsligt.

"Hon sköter sig utmärkt och framstår som en komplett psykopat. Hon uppträder bara naturligt."

"Hmm."

"I dag har det huvudsakligen handlat om Stallarholmen. I morgon blir det Gosseberga, förhör med folk från tekniska roteln och liknande. Ekström kommer att försöka bevisa att Salander åkte dit för att mörda sin far."

"Okej."

"Men vi kan få ett tekniskt problem. På eftermiddagen hade Ekström kallat en Ulrika von Liebenstaahl från överförmyndarnämnden. Hon började jiddra om att jag inte hade rätt att representera Lisbeth."

"Hur så?"

"Hon menar att Lisbeth står under förvaltarskap och att hon inte har rätt att själv välja en advokat."

"Jaha?"

"Alltså kan jag rent tekniskt sett inte vara hennes advokat om inte överförmyndarnämnden har godkänt det."

"Och?"

"Domare Iversen ska ha tagit ställning till detta i morgon bitti.

Jag pratade med honom som hastigast efter förhandlingarnas slut i dag. Men jag tror att han kommer att besluta att jag ska fortsätta att representera henne. Mitt argument var att överförmyndarnämnden har haft tre månader på sig att protestera och att det är lite övermaga att komma med ett sådant bud då rättegången redan startat."

"På fredag ska Teleborian vittna. Du måste vara den som förhör honom."

EFTER ATT UNDER torsdagen ha studerat kartbilder och fotografier och lyssnat på mångordiga tekniska slutsatser om vad som hade utspelats i Gosseberga, hade åklagare Ekström slagit fast att all bevisning tydde på att Lisbeth Salander hade uppsökt sin far i syfte att döda honom. Den starkaste länken i beviskedjan var att hon hade medfört ett skjutvapen, en polsk P-83 Wanad, till Gosseberga.

Det faktum att Alexander Zalachenko (enligt Lisbeth Salanders berättelse) eller möjligen polismördaren Ronald Niedermann (enligt det vittnesmål som Zalachenko lämnat innan han mördades på Sahlgrenska sjukhuset) i sin tur försökt döda Lisbeth Salander och att hon begravts i en grop i skogen mildrade på inget sätt det faktum att hon hade spårat sin far till Gosseberga i akt och mening att döda honom. Hon hade dessutom så när lyckats i det uppsåtet då hon hade drämt en yxa i hans ansikte. Ekström krävde att Lisbeth Salander skulle dömas till försök till mord alternativt förberedelse till mord, samt, i vilket fall, grov misshandel.

Lisbeth Salanders egen berättelse var att hon hade åkt till Gosseberga för att konfrontera sin far och förmå honom att erkänna morden på Dag Svensson och Mia Bergman. Denna uppgift var av dramatisk betydelse i uppsåtsfrågan.

Då Ekström hade avslutat förhöret med vittnet Melker Hansson från Göteborgspolisens tekniska rotel hade advokat Annika Giannini ställt några korta frågor.

"Herr Hansson, finns det något som helst i hela din utredning och i all den tekniska dokumentation som du sammanställt, som på något sätt skulle kunna fastslå att Lisbeth Salander ljuger om sitt uppsåt med besöket i Gosseberga? Kan du bevisa att hon åkte dit i syfte att mörda sin far?"

Melker Hansson funderade en stund.

"Nej", svarade han slutligen.

"Du kan alltså inte säga något om hennes uppsåt?"

"Nej."

"Åklagare Ekströms slutsats, om än vältalig och mångordig, är följaktligen en spekulation?"

"Jag antar det."

"Finns det något i den tekniska bevisningen som motsäger Lisbeth Salanders uppgift att hon tog med sig det polska vapnet, en P-83 Wanad, av en slump helt enkelt därför att den fanns i hennes väska och hon inte visste vad hon skulle göra av vapnet sedan hon dagen innan tagit det från Sonny Nieminen i Stallarholmen?"

"Nej."

"Tack", sa Annika Giannini och satte sig. Det var hennes enda yttrande under den timme som Hansson hade vittnat.

BIRGER WADENSJÖÖ LÄMNADE Sektionens fastighet på Artillerigatan vid sextiden på torsdagskvällen med en känsla av att vara kringgärdad av hotfulla orosmoln och en nära förestående undergång. Han hade sedan flera veckor insett att hans titel som direktör, alltså chef för Sektionen för särskild analys, bara var en meningslös formel. Hans åsikter, protester och vädjanden spelade ingen roll. Fredrik Clinton hade övertagit allt beslutsfattande. Om Sektionen varit en öppen och offentlig institution skulle detta inte ha spelat någon roll – han skulle bara ha vänt sig till närmaste överordnad och framfört sina protester.

Som läget nu var existerade ingen att klaga hos. Han var ensam och utlämnad på nåd och onåd till en människa som han uppfattade som sinnessjuk. Och det värsta var att Clintons auktoritet var absolut. Snorvalpar som Jonas Sandberg och trotjänare som Georg Nyström – alla tycktes på en gång rätta in sig i ledet och lyda den dödssjuke galningens minsta vink.

Han medgav att Clinton var en lågmäld auktoritet som inte arbetade för egen vinning. Han kunde till och med erkänna att Clinton arbetade med Sektionens bästa för ögonen, åtminstone det han uppfattade som Sektionens bästa. Det var som om hela organisationen befann sig i fritt fall, i ett tillstånd av kollektiv suggestion där garvade medarbetare vägrade inse att varje rörelse de gjorde, varje beslut som fattades och genomdrevs bara ledde dem närmare avgrunden.

Wadensjöö kände ett tryck över bröstet då han promenerade in på Linnégatan där han hade hittat parkeringsplats denna dag. Han stängde av billarmet, fiskade upp nycklarna och var precis på väg att öppna bildörren då han hörde rörelse bakom sig och vände sig om. Han kisade i motljuset. Det dröjde några sekunder innan han kände igen den reslige mannen på trottoaren.

"God kväll, herr Wadensjöö", sa Torsten Edklinth, chef för författningsskyddet. "Jag har inte varit ute på fältet på tio år, men i dag kände jag att det skulle passa med min närvaro."

Wadensjöö tittade förvirrat på de två civilklädda poliser som flankerade Edklinth. Det var Jan Bublanski och Marcus Erlander.

Plötsligt insåg han vad som skulle hända.

"Jag har den trista plikten att meddela att Riksåklagaren har beslutat att du ska häktas för en så lång rad brott att det säkerligen kommer att ta veckor att sammanställa en korrekt brottskatalog."

"Vad är det här?" sa Wadensjöö upprört.

"Det här är det ögonblick då du blir gripen på sannolika skäl misstänkt för delaktighet i mord. Du är också misstänkt för utpressning, mutbrott, olaga avlyssning, flera fall av grov urkundsförfalskning och grov förskingring, delaktighet i inbrott, myndighetsmissbruk, spioneri och en hel del annat smått och gott. Nu ska vi två åka in till Kungsholmen och ha ett riktigt allvarligt samtal i lugn och ro i kväll."

"Jag har inte begått något mord", sa Wadensjöö andlöst.

"Det får utredningen avgöra."

"Det var Clinton. Det var hela tiden Clinton", sa Wadensjöö.

Torsten Edklinth nickade belåtet.

VARJE POLIS ÄR väl förtrogen med det faktum att det finns två klassiska sätt att bedriva förhör av en misstänkt. Den elake polisen och den snälle polisen. Den elake polisen hotar, svär, slår näven i bordet och uppträder allmänt burdust i syfte att skrämma en gripen till underkastelse och erkännande. Den snälle polisen, gärna en lite gråhårig farbror, bjuder på cigaretter och kaffe och nickar sympatiskt och använder en resonabel ton.

Flertalet poliser – men inte alla – vet också att den snälle polisens förhörsteknik är den överlägset bästa rent resultatmässigt. Den hårdföre veterantjuven blir inte det minsta imponerad av den elake polisen. Och den osäkre amatör som eventuellt skräms att erkänna av en elak polis skulle med största sannolikhet i vilket fall ha erkänt alldeles oavsett förhörsteknik.

Mikael Blomkvist lyssnade till förhöret med Birger Wadensjöö från ett angränsande rum. Hans närvaro hade varit föremål för en del interna dispyter innan Edklinth beslutat att han förmodligen kunde ha nytta av Mikaels iakttagelser.

Mikael konstaterade att Torsten Edklinth använde en tredje variant av polisförhör, den ointresserade polisen, som i just detta fall tycktes fungera ännu bättre. Edklinth kom in i förhörsrummet, serverade kaffe i porslinsmuggar, kopplade på bandspelaren och lutade sig bakåt i stolen.

"Det är så här att vi redan har all tänkbar teknisk bevisning mot dig. Vi har överhuvudtaget inte intresse av att ta del av din historia annat än som en ren bekräftelse av sådant vi redan vet. Och den fråga vi möjligen vill ha svar på är: Varför? Hur kunde ni vara så dåraktiga att ni fattade beslutet att börja likvidera människor i Sverige precis som om vi hade befunnit oss i Chile under Pinochet-diktaturen? Bandspelaren rullar. Om du vill säga något så är tillfället nu. Om du inte vill prata så stänger jag av bandspelaren och sedan plockar vi av dig slips och skosnören och inkvarterar dig uppe i häktet i väntan på advokat, rättegång och dom."

Edklinth tog därefter en klunk kaffe och satt fullständigt tyst. När inget hade sagts på två minuter sträckte han fram handen och stängde av bandspelaren. Han reste sig.

"Jag ska se till att du blir hämtad om ett par minuter. God kväll."

"Jag har inte mördat någon", sa Wadensjöö då Edklinth redan hade öppnat dörren. Edklinth hejdade sig på tröskeln.

"Jag är inte intresserad av att föra något allmänt resonemang med dig. Om du vill förklara dig så sätter jag mig och kopplar på bandspelaren. Hela Myndighetssverige – inte minst statsministern – väntar ivrigt på att få höra vad du har att säga. Om du berättar så kan jag åka över till statsministern redan i kväll och ge din version av händelseförloppen. Om du inte berättar så kommer du i alla fall att bli åtalad och dömd."

"Sätt dig", sa Wadensjöö.

Det undgick ingen att han redan hade resignerat. Mikael andades ut. Han hade sällskap av Monica Figuerola, åklagare Ragnhild Gustavsson, den anonyme Säpomedarbetaren Stefan samt ytterligare två helt anonyma personer. Mikael misstänkte att åtminstone en av dessa anonyma personer representerade justitieministern.

"Jag hade inget med morden att göra", sa Wadensjöö då Edklinth startat bandspelaren igen.

"Morden", sa Mikael Blomkvist till Monica Figuerola.

"Ssssch", svarade hon.

"Det var Clinton och Gullberg. Jag hade ingen aning om vad de tänkte göra. Jag svär. Jag var fullständigt chockerad då jag fick höra att Gullberg skjutit Zalachenko. Jag kunde inte tro att det var sant ... jag kunde inte tro det. Och när jag fick höra om Björck var det som om jag skulle få en hjärtattack."

"Berätta om mordet på Björck", sa Edklinth utan att ändra tonläge. "Hur gick det till?"

"Clinton anlitade någon. Jag vet inte ens hur det gick till men det var två jugoslaver. Serber om jag inte misstar mig. Det var Georg Nyström som gav uppdraget och betalade dem. När jag väl fick veta förstod jag att det skulle sluta med katastrof."

"Ska vi ta det här från början", sa Edklinth. "När började du arbeta för Sektionen?"

När Wadensjöö började berätta så gick han inte att hejda. Förhöret pågick i nästan fem timmar.

KAPITEL 26
FREDAG 15 JULI

DOKTOR PETER TELEBORIAN uppträdde förtroendeingivande i vittnesbåset i tingsrätten på fredagsförmiddagen. Han hördes av åklagare Ekström i drygt nittio minuter och svarade med lugn auktoritet på alla frågor. Han hade ett stundom bekymrat och stundom roat ansiktsuttryck.

"För att summera ...", sa Ekström och bläddrade i sitt manuskript. "Det är din bedömning som mångårig psykiatriker att Lisbeth Salander lider av paranoid schizofreni?"

"Jag har hela tiden sagt att det är ytterst svårt att göra en exakt bedömning av hennes tillstånd. Patienten är som bekant närmast autistisk i sin relation till läkare och auktoriteter. Min bedömning är att hon lider av en svår psykisk sjukdom, men i nuläget kan jag inte ge en exakt diagnos. Jag kan heller inte avgöra i vilket stadium av psykos hon befinner sig utan betydligt mer omfattande studier."

"Du anser i vilket fall inte att hon är psykiskt frisk."

"Hela hennes historia är ju ett mycket talande belägg för att så inte är fallet."

"Du har fått ta del av den så kallade *självbiografi* som Lisbeth Salander har författat och som hon har lämnat till tingsrätten som förklaring. Hur vill du kommentera den?"

Peter Teleborian slog ut med händerna och ryckte på axlarna.

"Men hur bedömer du trovärdigheten i berättelsen?"

"Det finns ingen trovärdighet. Det finns en rad påståenden om olika personer, den ena historien mer fantastisk än den andra. På det hela taget styrker hennes skriftliga förklaring misstankarna att hon lider av paranoid schizofreni."

"Kan du nämna något exempel?"

"Det mest uppenbara är ju skildringen av den så kallade våldtäkten som hon hävdar att hennes förvaltare Bjurman gjort sig skyldig till."

"Kan du utveckla detta?"

"Hela skildringen är utomordentligt detaljerad. Den är ett klassiskt exempel på den sortens groteska fantasier som barn kan uppvisa. Det finns gott om liknande fall från kända incestmål där barnet lämnat skildringar som faller på sin egen orimlighet och där det helt saknas teknisk bevisning. Det är alltså erotiska fantasier som även barn i mycket låg ålder kan ägna sig åt ... Ungefär som om de tittade på en skräckfilm på TV."

"Nu är ju Lisbeth Salander inte ett barn utan en vuxen kvinna", sa Ekström.

"Ja, och det återstår väl att avgöra på exakt vilken mental nivå hon befinner sig. Men i sak har du rätt. Hon är vuxen och förmodligen tror hon på den skildring hon lämnat."

"Du menar att det är lögn."

"Nej, om hon tror på det hon säger så är det inte lögn. Det är en historia som visar att hon inte kan särskilja fantasi från verklighet."

"Hon har alltså inte blivit våldtagen av advokat Bjurman?"

"Nej. Den sannolikheten måste betraktas som obefintlig. Hon behöver kvalificerad vård."

"Du förekommer själv i Lisbeth Salanders berättelse ..."

"Ja, det är ju lite pikant. Men det är återigen den fantasi som hon ger uttryck för. Om vi ska tro den arma flickan så är jag närmast en pedofil ..."

Han log och fortsatte:

"Men det här är uttryck för exakt vad jag har talat om hela tiden.

I Salanders biografi får vi veta att hon misshandlades genom att hållas i spännbälte större delen av tiden på S:t Stefans och att jag kom till hennes rum på nätterna. Det här är nästan ett klassiskt fall av hennes oförmåga att tolka verkligheten, eller rättare sagt, det är så hon *tolkar* verkligheten."

"Tack. Jag lämnar till försvaret om fröken Giannini har några frågor."

Eftersom Annika Giannini knappt haft några frågor eller invändningar under de två första rättegångsdagarna förväntade sig alla att hon åter skulle ställa några pliktskyldiga frågor och därefter avbryta förhöret. *Det är ju en pinsamt usel insats från försvaret*, tänkte Ekström.

"Jo. Det har jag", sa Annika Giannini. "Jag har faktiskt ett antal frågor och det kommer möjligen att dra ut på tiden en smula. Klockan är halv tolv. Jag föreslår att vi bryter för lunch och att jag får genomföra mitt vittnesförhör oavbrutet efter lunch."

Domare Iversen beslutade att rätten skulle ta lunch.

CURT SVENSSON HADE sällskap av två uniformer då han exakt klockan 12.00 lade sin väldiga näve på kommissarie Georg Nyströms axel utanför restaurang Mäster Anders på Hantverkargatan. Nyström tittade häpet upp på Curt Svensson som satte sin polislegitimation under Nyströms näsa.

"God dag. Du är häktad som misstänkt för delaktighet i mord och mordförsök. Åtalspunkter kommer att meddelas dig av Riksåklagaren vid en häktningsförhandling nu på eftermiddagen. Jag föreslår att du villigt följer med", sa Curt Svensson.

Georg Nyström såg ut som om han inte begrep det språk som Curt Svensson talade. Men han konstaterade att Curt Svensson var en person som man skulle följa med utan att protestera.

KRIMINALINSPEKTÖR JAN BUBLANSKI hade sällskap av Sonja Modig och sju uniformerade poliser då medarbetaren Stefan Bladh vid författningsskyddet exakt klockan 12.00 släppte in dem på den slutna avdelning som utgjorde Säkerhetspolisens domäner på Kungsholmen. De stegade genom korridorerna till dess att Stefan stannade och pekade på ett rum. Kanslichefens sekreterare såg fullständigt perplex ut då Bublanski höll upp sin polislegitimation.

"*Var vänlig och sitt still. Det här är ett polisingripande.*"

Han trampade fram till den inre dörren och avbröt kanslichef Albert Shenke mitt i ett telefonsamtal.

"Vad är detta?" undrade Shenke.

"Jag heter kriminalinspektör Jan Bublanski. Du är gripen för brott mot svensk grundlag. Du kommer att delges en lång rad enskilda åtalspunkter under eftermiddagen."

"Det här är ju oerhört", sa Shenke.

"Ja, visst är det", sa Bublanski.

Han lät försegla Shenkes tjänsterum och placerade två uniformer som vakt utanför dörren med en förmaning att inte släppa någon över tröskeln. De hade tillstånd att använda batong och till och med dra sina tjänstevapen om någon med våld försökte tränga sig in.

De fortsatte processionen genom korridoren till dess att Stefan pekade på ytterligare en dörr och upprepade proceduren med budgetchefen Gustav Atterbom.

JERKER HOLMBERG HADE Södermalmspiketen som uppbackning då han exakt klockan 12.00 bankade på dörren till ett tillfälligt hyrt kontorsutrymme på tredje våningen tvärs över gatan från tidskriften *Millenniums* redaktionslokal på Götgatan.

Eftersom ingen öppnade dörren beordrade Jerker Holmberg att Södermalmspolisen skulle bryta upp den, men innan bräckjärnet hade hunnit komma till användning öppnades en springa i dörren.

"Polis", sa Jerker Holmberg. "Kom ut med händerna väl synliga."

"Jag är polis", sa polisinspektör Göran Mårtensson.

"Jag vet. Och du har licens på en jävla massa skjutvapen."

"Ja men, jag är polis på tjänsteärende."

"Så fan heller", sa Jerker Holmberg.

Han fick assistans att luta Mårtensson mot väggen och plocka av honom tjänstevapnet.

"Du är gripen för olaga avlyssning, grovt tjänstefel, upprepade hemfridsbrott hos journalisten Mikael Blomkvist på Bellmansgatan och förmodligen ytterligare åtalspunkter. Boja honom."

Jerker Holmberg gjorde en snabb inspektionsrunda i kontorsutrymmet och konstaterade att där fanns elektronik nog att starta en inspelningsstudio. Han avdelade en polis som vakt i rummet med instruktioner att sitta stilla på en stol och inte lämna fingeravtryck.

Då Mårtensson fördes ut genom porten till fastigheten höjde Henry Cortez sin digitala Nikon och tog en serie om tjugotvå bilder. Han var förvisso ingen proffsfotograf och bilderna lämnade en del i övrigt att önska i kvalité. Men rullen såldes nästkommande dag till en kvällstidning för en rent ut sagt hutlös summa.

MONICA FIGUEROLA VAR den ende av de poliser som deltog i dagens razzior som drabbades av en incident utanför planerna. Hon hade uppbackning av Norrmalmspiketen och tre kollegor från RPS/Säk då hon exakt klockan 12.00 gick in genom porten till fastigheten på Artillerigatan och avverkade trapporna till den lägenhet på översta våningen som ägdes av företaget Bellona.

Operationen hade planerats med kort varsel. Så fort styrkan hade samlats utanför dörren till lägenheten gav hon klartecken. Två stadiga uniformer från Norrmalmspiketen lyfte en fyrtiokilos murbräcka i stål och öppnade dörren med två välriktade knackningar. Piketstyrkan, försedd med skyddsvästar och förstärkningsvapen, ockuperade lägenheten under loppet av cirka tio sekunder efter att dörren forcerats.

Enligt den spaning som skett sedan gryningen hade fem personer som identifierats som medarbetare i Sektionen passerat in genom porten på morgonen. Samtliga fem uppbringades inom loppet av några sekunder och belades med handfängsel.

Monica Figuerola var iförd skyddsväst. Hon gick genom den lägenhet som hade varit Sektionens högkvarter sedan 1960-talet och slängde upp dörr efter dörr. Hon konstaterade att hon skulle behöva en arkeolog som hjälpreda för att sortera den mängd papper som fyllde rummen.

Ännu bara några sekunder efter att hon passerat in genom ytterdörren öppnade hon dörren till ett mindre utrymme långt in i lägenheten och upptäckte att det var ett övernattningsrum. Hon befann sig plötsligt öga mot öga med Jonas Sandberg. Han hade utgjort ett frågetecken vid morgonens fördelning av arbetsuppgifter. Under gårdagskvällen hade den spanare som var satt att övervaka Sandberg tappat bort honom. Hans bil hade varit parkerad på Kungsholmen och han hade inte varit synlig i sin bostad under natten. På morgonen hade man inte vetat hur han skulle kunna lokaliseras och gripas.

De har nattbemanning av säkerhetsskäl. Naturligtvis. Och Sandberg sover efter nattskiftet.

Jonas Sandberg hade bara kalsonger på sig och tycktes yrvaken. Han sträckte sig efter ett tjänstevapen på nattduksbordet. Monica Figuerola böjde sig fram och vispade ned vapnet på golvet, bort från Sandberg.

"Jonas Sandberg, du är anhållen som misstänkt för delaktighet i morden på Gunnar Björck och Alexander Zalachenko, samt delaktighet i mordförsök på Mikael Blomkvist och Erika Berger. Sätt på dig byxorna."

Jonas Sandberg riktade ett knytnävsslag mot Monica Figuerola. Hon parerade närmast som en eftertänksam reflex.

"Skämtar du?" sa hon. Hon grep tag i hans arm och vred om handleden så kraftigt att Sandberg tvingades baklänges ned på golvet. Hon vältrade över honom på mage och placerade sitt knä över hans ryggslut. Hon bojade honom själv. Det var första gången sedan hon börjat på RPS/Säk som hon faktiskt hade utnyttjat handbojorna i ett tjänsteärende.

Hon överlät Sandberg till en uniform och gick vidare. Slutligen öppnade hon den sista dörren längst in i lägenheten. Enligt de ritningar som hämtats från stadsbyggnadskontoret var det ett litet krypin mot gården. Hon stannade på tröskeln och tittade på den mest utmärglade fågelskrämma hon någonsin sett. Att hon stod framför en dödssjuk människa betvivlade hon inte för en sekund.

"Fredrik Clinton, du är gripen för delaktighet i mord, mordförsök och en lång rad andra brott", sa hon. "Ligg stilla i sängen. Vi har kallat på en ambulanstransport för att forsla dig till Kungsholmen."

CHRISTER MALM HADE placerat sig omedelbart utanför entrén på Artillerigatan. Till skillnad från Henry Cortez kunde han hantera sin digitala Nikon. Han använde ett kort teleobjektiv och bilderna var av proffsklass.

De visade hur medlemmarna i Sektionen en efter en fördes ut genom porten och placerades i polisbilar, och hur slutligen en ambulans hämtade Fredrik Clinton. Hans ögon mötte kameraobjektivet i just det ögonblick Christer knäppte. Han såg orolig och förvirrad ut.

Bilden vann senare pris som Årets Bild.

KAPITEL 27
FREDAG 15 JULI

DOMARE IVERSEN KNACKADE klubban i bordet klockan 12.30 och förklarade att tingsrättsförhandlingarna därmed återupptagits. Han kunde inte undgå att notera att en tredje person plötsligt dykt upp vid Annika Gianninis bord. Holger Palmgren satt i rullstol.

"Hej Holger", sa domare Iversen. "Det var inte i går som jag såg dig i en rättegångssal."

"God dag, domare Iversen. En del mål är ju så komplicerade att juniorerna behöver lite assistans."

"Jag trodde att du hade upphört att vara aktiv advokat?"

"Jag har varit sjuk. Men advokat Giannini har anlitat mig som sin bisittare i detta ärende."

"Jag förstår."

Annika Giannini harklade sig.

"Till saken hör också att Holger Palmgren i många år representerat Lisbeth Salander."

"Jag tänker inte orda om den saken", sa domare Iversen.

Han nickade till Annika Giannini att börja. Hon reste sig. Hon hade alltid ogillat den svenska ovanan att bedriva domstolsförhandlingar i en informell ton sittandes runt ett intimt bord, nästan som om tillställningen var en middagsbjudning. Hon kände sig mycket bättre till mods då hon fick tala stående.

"Jag tror att vi kanske ska börja med de avslutande kommentarerna från i förmiddags. Herr Teleborian, varför underkänner ni så konsekvent alla utsagor som kommer från Lisbeth Salander?"

"Därför att de är så uppenbart osanna", svarade Peter Teleborian. Han var lugn och avslappnad. Annika Giannini nickade och vände sig till domare Iversen.

"Herr domare, Peter Teleborian påstår att Lisbeth Salander ljuger och fantiserar. Nu ska försvaret visa att vartenda ord som står i Lisbeth Salanders självbiografi är sant. Vi kommer att visa dokumentation på detta. Grafisk, skriftlig och genom vittnesmål. Vi har nu kommit till den punkt i den här rättegången då åklagaren framlagt huvuddragen i sin talan. Vi har lyssnat och vet nu hur de exakta anklagelserna mot Lisbeth Salander ser ut."

Annika Giannini var plötsligt torr i munnen och kände att hon darrade på handen. Hon tog ett djupt andetag och drack en klunk Ramlösa. Därefter placerade hon händerna i ett stadigt tag på stolsryggen så att de inte skulle avslöja hennes nervositet.

"Av åklagarens framställan kan vi dra slutsatsen att han har gott om åsikter men förfärligt ont om bevis. Han tror att Lisbeth Salander sköt Carl-Magnus Lundin i Stallarholmen. Han påstår att hon åkte till Gosseberga för att döda sin far. Han förmodar att min klient är paranoid schizofren och på alla sätt och vis sinnessjuk. Och han bygger detta förmodande på uppgifter från en enda källa, nämligen doktor Peter Teleborian."

Hon gjorde en paus och hämtade andan. Hon tvingade sig att tala långsamt.

"Bevisläget är nu sådant att åklagarens mål vilar uteslutande på Peter Teleborian. Om han har rätt är allt gott och väl; då torde min klient må bäst av att få den kvalificerade psykiska vård som både han och åklagaren efterlyser."

Paus.

"Men om doktor Teleborian har fel kommer saken i ett helt annat läge. Om han dessutom medvetet ljuger så handlar det om att min klient i detta nu är utsatt för ett rättsövergrepp, ett övergrepp som pågått i många år."

Hon vände sig till Ekström.

"Det vi ska göra under eftermiddagen är att visa att ditt vittne har fel och att du som åklagare har blivit lurad att köpa dessa falska slutsatser."

Peter Teleborian log roat. Han slog ut med händerna och nickade inbjudande mot Annika Giannini. Hon vände sig åter till Iversen.

"Herr domare. Jag kommer att visa att Peter Teleborians så kallade rättspsykiatriska utredning är bluff från början till slut. Jag kommer att visa att han medvetet ljuger om Lisbeth Salander. Jag kommer att visa att min klient utsatts för ett grovt rättsövergrepp. Och jag kommer att visa att hon är lika klok och förståndig som någon annan i detta rum."

"Förlåt, men ...", började Ekström.

"Ett ögonblick." Hon höjde ett finger. "Jag har låtit dig prata ostört i två dagar. Nu är det min tur."

Hon vände sig till domare Iversen igen.

"Jag skulle inte framföra en så allvarlig anklagelse inför en domstol om jag inte hade starka belägg."

"För all del, fortsätt", sa Iversen. "Men jag vill inte veta av några vidlyftiga konspirationsteorier. Håll i minne att du kan åtalas för ärekränkning även för påståenden som görs inför rätta."

"Tack. Det ska jag hålla i minnet."

Hon vände sig till Teleborian. Han tycktes fortfarande road av situationen.

"Försvaret har vid upprepade tillfällen bett att få ta del av Lisbeth Salanders journal från den tid då hon i unga tonår låg inspärrad hos dig på S:t Stefans. Varför har vi inte fått den journalen?"

"Därför att en tingsrätt beslutat att den är hemligstämplad. Det beslutet har alltså fattats av omsorg om Lisbeth Salander, men om en högre rätt upphäver beslutet kommer jag naturligtvis att överlämna journalen."

"Tack. Hur många nätter under de två år som Lisbeth Salander tillbringade på S:t Stefans låg hon i spännbälte?"

"Det kan jag inte komma ihåg på rak arm."

"Hon hävdar själv att det handlar om 380 av de sammanlagt 786 dygn hon tillbringade på S:t Stefans."

"Jag kan inte svara på exakt antal dagar, men det är en fantastisk överdrift. Var kommer siffran ifrån?"

"Från hennes självbiografi."

"Och du menar att hon i dag skulle komma ihåg exakt varje natt i spännbälte. Det är ju orimligt."

"Är det? Hur många nätter kommer du ihåg?"

"Lisbeth Salander var en mycket aggressiv och våldsbenägen patient, och hon fick onekligen läggas i ett stimulifritt rum vid ett antal tillfällen. Jag kanske ska förklara vad syftet med ett stimulifritt rum är ..."

"Tack, men det behövs inte. Det är enligt teorin ett rum där en patient inte ska få några sinnesintryck som kan skapa oro. Hur många dygn låg 13-åriga Lisbeth Salander bältad i ett sådant rum?"

"Det handlar om ... på en höft kanske ett trettiotal tillfällen under den tid hon låg på sjukhuset."

"Trettio. Det är ju en bråkdel av de 380 tillfällen hon själv hävdar."

"Onekligen."

"Mindre än tio procent av den siffra hon uppger."

"Ja."

"Skulle hennes journal kunna ge ett mer exakt besked?"

"Det är möjligt."

"Utmärkt", sa Annika Giannini och plockade upp en försvarlig pappersbunt ur sin portfölj. "Då ska jag be att få överlämna till rätten en kopia på Lisbeth Salanders journal från S:t Stefans. Jag har räknat ihop antalet anteckningar om spännbälte och finner att siffran är 381, alltså till och med mer än min klient hävdar."

Peter Teleborians ögon vidgades.

"Stopp ... det där är sekretessbelagd information. Var har du fått den ifrån?"

"Jag har fått den från en reporter på tidskriften *Millennium*. Den är alltså inte mer hemlig än att den ligger på tidningsredaktioner och skräpar. Jag kanske ska säga att utdrag ur journalen även publiceras av tidningen *Millennium* i dag. Jag tror alltså att även denna tingsrätt bör få möjlighet att titta på den."

"Detta är olagligt ..."

"Nej. Lisbeth Salander har gett tillstånd att publicera utdragen. Min klient har nämligen inget att dölja."

"Din klient är omyndigförklarad och har inte rätt att fatta något sådant beslut på egen hand."

"Vi ska återkomma till hennes omyndighetsförklaring. Men först ska vi studera vad som skedde med henne på S:t Stefans."

Domare Iversen rynkade ögonbrynen och tog emot journalen som Annika Giannini lämnade över.

"Jag har inte gjort någon kopia till åklagaren. Han fick å andra sidan dessa integritetskränkande dokument redan för en månad sedan."

"Hur sa?" undrade Iversen.

"Åklagare Ekström fick en kopia av den här hemligstämplade journalen av Teleborian vid ett möte på hans tjänsterum klockan 17.00 lördag den 4 juni i år."

"Är det riktigt?" undrade Iversen.

Åklagare Richard Ekströms första impuls var att förneka. Sedan insåg han att Annika Giannini kanske hade dokumentation.

"Jag begärde att under tystnadsplikt få läsa delar av journalen", erkände Ekström. "Jag var tvungen att förvissa mig om att Salander hade den historia hon uppges ha."

"Tack", sa Annika Giannini. "Det betyder att vi har fått en bekräftelse på att doktor Teleborian inte bara far med osanning utan även begått ett lagbrott genom att lämna ut en journal som han själv hävdar är sekretessbelagd."

"Vi noterar detta", sa Iversen.

DOMARE IVERSEN VAR plötsligt mycket vaken. Annika Giannini hade just på ett mycket ovanligt sätt genomfört ett hårt angrepp på ett vittne och redan smulat sönder en viktig del i hans vittnesmål. *Och hon påstår att hon kan dokumentera allt hon säger.* Iversen rättade till sina glasögon.

"Doktor Teleborian, utifrån denna journal som du själv har författat, kan du nu tala om för mig hur många dygn Lisbeth Salander låg i spännbälte?"

"Jag har inget minne av att det skulle ha varit så här omfattande, men om det är vad journalen anger så måste jag tro på den."

"381 dygn. Är inte det exceptionellt mycket?"

"Det är ovanligt mycket, ja."

"Hur skulle du uppfatta det om du var 13 år och någon band fast dig i en lädersele i en säng med stålramar i mer än ett år? Som tortyr?"

"Du måste förstå att patienten var farlig för sig själv och för andra ..."

"Okej. Farlig för sig själv – har Lisbeth Salander någonsin skadat sig själv?"

"Det fanns sådana farhågor ..."

"Jag upprepar frågan: Har Lisbeth Salander någonsin skadat sig själv? Ja eller nej?"

"Som psykiatriker måste vi lära oss att tolka helhetsbilden. Vad gäller Lisbeth Salander kan du till exempel se på hennes kropp en mängd tatueringar och piercningar, vilket också är ett självdestruktivt beteende och sätt att skada sin kropp. Det kan vi tolka som ett utslag av självhat."

Annika Giannini vände sig till Lisbeth Salander.

"Är dina tatueringar ett utslag av självhat?" undrade hon.

"Nej", sa Lisbeth Salander.

Annika Giannini vände sig till Teleborian igen.

"Så du menar att jag som bär örhängen och faktiskt också har en tatuering på ett högst privat ställe är farlig för mig själv?"

Holger Palmgren fnissade till, men omvandlade fnisset till en harkling.

"Nej, inte så ... tatueringar kan också vara en del av en social ritual."

"Du menar alltså att Lisbeth Salander inte omfattas av denna sociala ritual?"

"Du kan själv se att hennes tatueringar är groteska och täcker väsentliga delar av hennes kropp. Det är ingen normal skönhetsfetischism eller kroppsdekoration."

"Hur många procent?"

"Förlåt?"

"Vid hur många procent tatuerad kroppsyta upphör det att vara en skönhetsfetischism och övergår i att vara en sinnessjukdom?"

"Du förvränger mina ord."

"Gör jag? Hur kommer det sig att det enligt din mening är en del av en helt acceptabel social ritual då det gäller mig eller andra ungdomar, men att det läggs min klient till last då det gäller att bedöma hennes psykiska tillstånd?"

"Som psykiatriker måste jag som sagt titta på helhetsbilden. Tatueringarna är bara en markör, en av många markörer som jag måste ta hänsyn till då jag bedömer hennes tillstånd."

Annika Giannini tystnade några sekunder och fixerade Peter Teleborian med blicken. Hon talade långsamt.

"Men doktor Teleborian, du började bälta min klient då hon var 12 år och skulle fylla 13. På den tiden hade hon inte en enda tatuering, eller hur?"

Peter Teleborian tvekade några sekunder. Annika tog ordet igen.

"Jag antar att du inte bältade henne därför att du förutspådde att hon ämnade börja tatuera sig någon gång i framtiden."

"Nej, naturligtvis inte. Hennes tatueringar hade inte med hennes tillstånd 1991 att göra."

"Därmed är vi tillbaka vid min ursprungliga fråga. Har Lisbeth Salander någonsin skadat sig själv på ett sätt som kan motivera att du höll henne bunden i en säng i ett års tid? Har hon till exempel skurit sig själv med kniv eller rakblad eller något liknande?"

Peter Teleborian såg osäker ut en sekund.

"Nej, men vi hade anledning att tro att hon var farlig för sig själv."

"Anledning att tro. Så du menar att du band henne därför att du gissade någonting ..."

"Vi gör bedömningar."

"Jag har nu ställt samma fråga i ungefär fem minuter. Du hävdar att min klients självdestruktiva beteende var en orsak till att hon bältades av dig i sammanlagt mer än ett års tid av de två år hon befann sig i din omvårdnad. Kan du vara vänlig och äntligen ge mig några exempel på det självdestruktiva beteende hon hade vid 12 års ålder."

"Flickan var till exempel extremt undernärd. Detta berodde bland annat på att hon matvägrade. Vi misstänkte anorexi. Vi var tvungna att tvångsmata henne vid flera tillfällen."

"Vad berodde det på?"

"Det berodde naturligtvis på att hon vägrade äta."

Annika Giannini vände sig till sin klient.

"Lisbeth, är det riktigt att du matvägrade på S:t Stefans?"

"Ja."

"Varför det?"

"Därför att den där fähunden blandade psykofarmaka i min mat."

"Jaha. Doktor Teleborian ville alltså ge dig medicin. Varför ville du inte äta den?"

"Jag tyckte inte om medicinen jag fick. Den gjorde mig slö. Jag kunde inte tänka och jag var bortdomnad stora delar av den tid jag var vaken. Det var obehagligt. Och fähunden vägrade tala om för mig vad psykofarmakan innehöll."

"Alltså vägrade du äta medicin?"

"Ja. Då började han istället placera skiten i min mat. Alltså slutade jag äta. Varje gång något hade placerats i min mat matvägrade jag i fem dagar."

"Så du gick alltså hungrig?"

"Inte alltid. Flera av vårdarna smusslade till mig smörgåsar vid olika tillfällen. Särskilt en vårdare gav mig mat sent på nätterna. Det skedde vid flera tillfällen."

"Så du menar att vårdpersonalen på S:t Stefans upplevde att du var hungrig och gav dig mat för att du inte skulle behöva svälta?"

"Det var under den period jag krigade med fähunden om psykofarmaka."

"Så det fanns ett helt rationellt skäl till att du matvägrade?"

"Ja."

"Det berodde alltså inte på att du inte ville ha mat?"

"Nej. Jag var ofta hungrig."

"Är det riktigt att påstå att det uppstod en konflikt mellan dig och doktor Teleborian?"

"Det kan man säga."

"Du hamnade på S:t Stefans därför att du hade kastat bensin på din far och tänt eld."

"Ja."

"Varför gjorde du det?"

"Därför att han misshandlade min mor."

"Förklarade du någonsin detta för någon?"

"Jo."

"Vilka då?"

"Jag berättade för de poliser som förhörde mig, socialnämnden, barnavårdsnämnden, läkare, en präst och för fähunden."

"Med fähunden avser du ...?"

"Han där."

Hon pekade på doktor Peter Teleborian.

"Varför kallar du honom fähund?"

"Då jag först kom till S:t Stefans försökte jag förklara vad som hade hänt för honom."

"Och vad sa doktor Teleborian?"

"Han ville inte lyssna på mig. Han påstod att jag fantiserade. Och som bestraffning skulle jag bältas till dess att jag slutade fantisera. Och sedan försökte han trycka i mig psykofarmaka."

"Det här är trams", sa Peter Teleborian.

"Är det därför du inte pratar med honom?"

"Jag har inte sagt ett ord till honom sedan natten då jag fyllde 13 år. Då låg jag också bältad. Det var min födelsedagspresent till mig själv."

Annika Giannini vände sig till Teleborian igen.

"Doktor Teleborian, det låter som att orsaken till att min klient matvägrade var att hon inte accepterade att du gav henne psykofarmaka."

"Det är möjligt att det är så hon uppfattar det."

"Och hur uppfattar du det?"

"Jag hade en patient som var exceptionellt besvärlig. Jag hävdar att hennes beteende visade att hon var farlig för sig själv, men det är möjligen en tolkningsfråga. Däremot var hon våldsam och hade ett psykotiskt beteende. Det råder ingen tvekan om att hon var farlig för andra. Hon kom faktiskt till S:t Stefans sedan hon försökt mörda sin far."

"Vi kommer till det. Du var ansvarig för hennes vård i två år. Under 381 av dessa dygn höll du henne bunden i spännbälte. Kan det ha varit så att du använde bältningen som bestraffningsmetod då min klient inte gjorde som du sa?"

"Det är rent nonsens."

"Är det? Jag noterar att enligt din patientjournal skedde den absoluta merparten av bältningarna under det första året ... 320 av 381 tillfällen. Varför upphörde bältningarna?"

"Patienten utvecklades och blev mer harmonisk."

"Är det inte så att dina åtgärder bedömdes som onödigt brutala av annan vårdpersonal?"

"Hur menar du?"

"Är det inte så att personalen framförde klagomål mot bland annat tvångsmatningen av Lisbeth Salander?"

"Det finns naturligtvis alltid olika bedömningar man kan göra. Det är inget ovanligt. Men det blev en belastning att tvångsmata henne därför att hon gjorde så våldsamt motstånd ..."

"Därför att hon vägrade äta psykofarmaka som gjorde henne slö och passiv. Hon hade inga problem att äta då hon inte blev drogad. Skulle det inte ha varit en mer rimlig behandlingsmetod att avvakta med tvångsåtgärder?"

"Med förlov sagt, fru Giannini. Jag är faktiskt läkare. Jag misstänker att min medicinska kompetens är aningen större än din. Det är min uppgift att bedöma vilka medicinska åtgärder som ska sättas in."

"Det är riktigt att jag inte är läkare, doktor Teleborian. Däremot är jag faktiskt inte helt utan kompetens. Vid sidan av min titel som advokat är jag nämligen utbildad psykolog vid Stockholms universitet. Det är nödvändig kunskap i mitt yrke."

Det blev knäpptyst i tingsrättssalen. Både Ekström och Teleborian stirrade med förvåning på Annika Giannini. Hon fortsatte obönhörligt.

"Är det inte korrekt att dina metoder att behandla min klient efterhand ledde till kraftiga motsättningar mellan dig och din chef, dåvarande överläkaren Johannes Caldin?"

"Nej ... det är inte korrekt."

"Johannes Caldin är sedan flera år avliden och kan inte vittna här i dag. Men vi har i tingsrätten i dag en person som vid flera tillfällen träffade överläkare Caldin. Nämligen min bisittare Holger Palmgren."

Hon vände sig till honom.

"Kan du berätta hur det kom sig?"

Holger Palmgren harklade sig. Han led fortfarande av sviterna efter sin hjärnblödning och var tvungen att koncentrera sig för att formulera ord utan att börja sluddra.

"Jag utsågs till god man för Lisbeth då hennes mor blev så svårt misshandlad av hennes far att hon blev handikappad och inte längre kunde sköta om dottern. Hon fick bestående hjärnskador och upprepade hjärnblödningar."

"Du talar alltså om Alexander Zalachenko?"

Åklagare Ekström lutade sig uppmärksamt framåt.

"Det är riktigt", sa Palmgren.

Ekström harklade sig.

"Jag ber att få notera att vi nu är inne på ett ämne där det råder en hög sekretess."

"Det kan väl knappast vara någon hemlighet att Alexander Zalachenko under en lång rad av år misshandlade Lisbeth Salanders mor", sa Annika Giannini.

Peter Teleborian lyfte handen.

"Saken är nog inte helt så självklar som fru Giannini framställer det."

"Hur menar du?"

"Det är utan tvivel så att Lisbeth Salander bevittnade en familjetragedi, att det var något som utlöste en svår misshandel 1991. Men det finns faktiskt ingen dokumentation som styrker att detta skulle ha varit en situation som pågått i många år, som fru Giannini hävdar. Det kan ha varit ett enstaka tillfälle eller ett gräl som gick helt över styr. Om sanningen ska fram finns det inte ens dokumentation på att det faktiskt var herr Zalachenko som misshandlade modern. Vi har uppgifter om att hon var prostituerad, och det kan finnas andra möjliga gärningsmän."

ANNIKA GIANNINI TITTADE häpet på Peter Teleborian. Hon verkade för en kort stund mållös. Sedan blev hennes blick fokuserad.

"Kan du utveckla det?" bad hon.

"Vad jag menar är att vi i praktiken endast har Lisbeth Salanders påståenden att gå på."

"Och?"

"För det första var det två syskon. Lisbeths syster, Camilla Salander, har aldrig framfört den sortens påståenden. Hon förnekade att sådant pågick. Sedan är det ju så att om det verkligen förekommit misshandel i den omfattning som din klient gör gällande skulle det naturligtvis ha uppmärksammats i sociala utredningar och liknande."

"Finns det något förhör med Camilla Salander tillgängligt som vi kan få ta del av?"

"Förhör?"

"Har du någon dokumentation som visar att Camilla Salander ens blivit tillfrågad om vad som hände i hemmet?"

Lisbeth Salander skruvade plötsligt på sig då hennes syster kom på tal. Hon sneglade på Annika Giannini.

"Jag förutsätter att socialen gjorde en utredning ..."

"Alldeles nyss hävdade du att Camilla Salander aldrig framfört några påståenden om att Alexander Zalachenko misshandlade deras mor, att hon tvärtom förnekade det. Det var ett kategoriskt uttalande. Var har du fått den uppgiften från?"

Peter Teleborian satt plötsligt tyst några sekunder. Annika Giannini såg att hans ögon förändrades då han insåg att han hade gjort ett misstag. Han förstod vad hon skulle skjuta in sig på men det fanns inget sätt att undvika frågan.

"Jag vill minnas att det framkom i polisutredningen", sa han till sist.

"Du vill minnas ... Själv har jag med ljus och lykta sökt en polisutredning om händelsen på Lundagatan då Alexander Zalachenko blev svårt bränd. Det enda som finns tillgängligt är de knapphändiga rapporter som skrevs av poliserna på plats."

"Det är möjligt ..."

"Så jag skulle vilja veta hur det kommer sig att du läst en polisutredning som inte finns tillgänglig för försvaret?"

"Det kan jag inte svara på", sa Teleborian. "Jag fick ta del av utredningen i samband med att jag 1991 gjorde en rättspsykiatrisk utredning om henne efter mordförsöket på hennes far."

"Har åklagare Ekström fått ta del av denna utredning?"

Ekström skruvade på sig och drog sig över hakskägget. Han hade redan insett att han hade underskattat Annika Giannini. Däremot hade han ingen anledning att ljuga.

"Ja, jag har tagit del av den."

"Varför har inte försvaret fått tillgång till det materialet?"

"Jag bedömde den inte som intressant för rättegången."

"Kan du vara vänlig och tala om för mig hur du fick ta del av denna utredning. Då jag vänt mig till polisen får jag bara beskedet att någon sådan utredning inte existerar."

"Utredningen gjordes av Säkerhetspolisen. Den är hemligstämplad."

"Säpo har alltså utrett en grov kvinnomisshandel och beslutat att hemligstämpla utredningen?"

"Det beror på förövaren ... Alexander Zalachenko. Han var politisk flykting."

"Vem gjorde utredningen?"

Tystnad.

"Jag hör inget. Vilket namn stod det på försättsbladet?"

"Den gjordes av Gunnar Björck på utlänningsroteln på RPS/Säk."

"Tack. Är det samme Gunnar Björck som min klient påstår har samarbetat med Peter Teleborian för att fejka den rättspsykiatriska utredningen om henne 1991?"

"Jag antar det."

ANNIKA GIANNINI VÄNDE uppmärksamheten till Peter Teleborian igen.

"1991 fattade en tingsrätt beslutet att spärra in Lisbeth Salander på en barnpsykiatrisk klinik. Varför fattade tingsrätten det beslutet?"

"Tingsrätten gjorde en omsorgsfull bedömning av din klients gärningar och psykiska tillstånd – hon hade trots allt försökt mörda sin far med en brandbomb. Det är inte en sysselsättning som normala tonåringar ägnar sig åt, oavsett om de är tatuerade eller inte."

Peter Teleborian log artigt.

"Och vad baserade tingsrätten sin bedömning på? Om jag förstått saken rätt så hade de ett enda rättsmedicinskt utlåtande att gå på. Det hade författats av dig och en polis vid namn Gunnar Björck."

"Det här handlar om fröken Salanders konspirationsteorier, fru Giannini. Här måste jag ..."

"Förlåt mig, men jag har inte ställt någon fråga ännu", sa Annika Giannini och vände sig på nytt till Holger Palmgren. "Holger, vi pratade om att du träffade doktor Teleborians chef, överläkare Caldin."

"Ja. Jag hade ju utsetts till att vara god man för Lisbeth Salander. Jag hade då inte ens träffat henne mer än som hastigast. Jag hade som alla andra fått intrycket att hon var svårt psykiskt sjuk. Men eftersom det var mitt uppdrag så förhörde jag mig om hennes allmänna hälsotillstånd."

"Och vad sa överläkare Caldin?"

"Hon var ju doktor Teleborians patient, och doktor Caldin hade inte ägnat henne någon speciell uppmärksamhet mer än som är brukligt vid utvärderingar och liknande. Det var först efter mer än ett år som jag började diskutera hur hon skulle rehabiliteras tillbaka till samhället. Jag föreslog en fosterfamilj. Jag vet inte exakt vad som hände internt på S:t Stefans, men någon gång då Lisbeth legat på S:t Stefans i drygt ett år började doktor Caldin intressera sig för henne."

"Hur yttrade det sig?"

"Jag upplevde att han gjorde en annan bedömning än doktor Teleborian. Han berättade vid ett tillfälle för mig att han beslutat om ändrade rutiner i hennes vård. Jag förstod inte förrän senare att det rörde sig om den så kallade bältningen. Caldin beslutade helt enkelt att hon inte skulle bältas. Han menade att det inte fanns några skäl att göra det."

"Han gick alltså emot doktor Teleborian?"

"Förlåt, men detta är hörsägen", invände Ekström.

"Nej", sa Holger Palmgren. "Inte enbart. Jag begärde att få ett utlåtande om hur Lisbeth Salander skulle kunna slussas tillbaka till samhället. Doktor Caldin skrev det utlåtandet. Jag har kvar det."

Han gav ett papper till Annika Giannini.

"Kan du berätta vad som står här?"

"Det är ett brev från doktor Caldin till mig. Det är daterat i oktober 1992, alltså då Lisbeth befunnit sig på S:t Stefans i tjugo månader. Här skriver doktor Caldin uttryckligen att citat 'mitt beslut att patienten ej får bältas eller tvångsmatas har också gett som synbarlig effekt att hon är lugn. Det finns ej behov av psykofarmaka. Patienten är dock extremt sluten och inbunden och behöver fortsatta stödåtgärder'. Slut citat."

"Han skriver alltså uttryckligen att det var hans beslut."

"Det är riktigt. Det var också doktor Caldin personligen som fattade beslutet att Lisbeth skulle kunna slussas ut i samhället via en fosterfamilj."

Lisbeth nickade. Hon mindes doktor Caldin på samma sätt som hon mindes varje detalj av vistelsen på S:t Stefans. Hon hade vägrat prata med doktor Caldin, han var tokdoktor, ytterligare en i raden av vita rockar som ville rota i hennes känslor. Men han hade varit vänlig och godmodig. Hon hade suttit på hans rum och lyssnat till honom då han förklarat sin syn på henne.

Han hade verkat sårad då hon inte ville prata med honom. Till sist hade hon tittat honom i ögonen och förklarat sitt beslut. "Jag kommer aldrig någonsin att prata med dig eller någon annan tokdoktor. Ni lyssnar inte på vad jag säger. Ni kan hålla mig inspärrad här till dess att jag dör. Det förändrar inte saken. Jag kommer inte att prata med er." Han hade tittat på henne med förvåning i blicken. Sedan hade han nickat som om han begrep något.

"Doktor Teleborian ... Jag konstaterade att du spärrade in Lisbeth Salander på en barnpsykiatrisk klinik. Det var du som tillhandahöll tingsrätten den utredning som utgjorde deras enda underlag. Är detta korrekt?"

"Det är korrekt i sak. Men jag anser ..."

"Du kommer att få god tid att förklara vad du anser. Då Lisbeth Salander skulle fylla 18 år ingrep du åter i hennes liv och försökte på nytt få henne inspärrad på en klinik."

"Den gången var det inte jag som gjorde den rättsmedicinska utredningen ..."

"Nej, den författades av en doktor Jesper H. Löderman. Som av en händelse var han din doktorand vid denna tid. Du var hans handledare. Det var alltså dina bedömningar som innebar att utredningen godkändes."

"Det finns inget oetiskt eller inkorrekt i dessa utredningar. De har skett efter konstens alla regler."

"Nu är Lisbeth Salander 27 år och för tredje gången befinner vi oss i situationen att du försöker övertyga en tingsrätt om att hon är sinnessjuk och måste tas in till sluten psykiatrisk vård."

DOKTOR PETER TELEBORIAN tog ett djupt andetag. Annika Giannini var väl förberedd. Hon hade överraskat honom med ett antal försåtliga frågor där hon lyckades förvränga hans svar. Hon gick inte på hans charm och hon ignorerade helt hans auktoritet. Han var van att människor nickade instämmande då han talade.

Hur mycket vet hon?

Han sneglade på åklagare Ekström men insåg att han inte kunde förvänta sig hjälp från det hållet. Han måste själv rida ut stormen.

Han påminde sig om att han trots allt var en auktoritet.

Det spelar ingen roll vad hon säger. Det är min bedömning som gäller.

Annika Giannini lyfte upp hans rättspsykiatriska utredning från bordet.

"Låt oss titta närmare på din senaste utredning. Du ägnar en hel del energi åt att analysera Lisbeth Salanders själsliv. En hel del handlar om dina tolkningar av hennes person, hennes uppträdande och hennes sexualvanor."

"Jag har i denna utredning försökt ge en helhetsbild."

"Bra. Och utifrån denna helhetsbild kommer du fram till att Lisbeth Salander lider av paranoid schizofreni."

"Jag vill inte binda mig till en exakt diagnos."

"Men denna slutsats har du alltså inte kommit fram till genom samtal med Lisbeth Salander, eller hur?"

"Du vet mycket väl att din klient konsekvent vägrar att svara på frågor då jag eller någon myndighetsperson försöker tala med henne. Redan detta beteende är ju synnerligen talande. Det kan tolkas som att patientens paranoida drag framträder så kraftigt att hon bokstavligen inte förmår föra ett enkelt samtal med en myndighetsperson. Hon tror att alla är ute efter att skada henne och känner en så stor hotbild att hon sluter sig inom ett ogenomträngligt skal och bokstavligen blir stum."

"Jag noterar att du uttrycker dig mycket försiktigt. Du säger att detta kan tolkas som ..."

"Ja, det är riktigt. Jag uttrycker mig försiktigt. Psykiatri är ingen exakt vetenskap och jag måste vara försiktig med mina slutsatser. Samtidigt är det inte så att vi psykiatriker gör några lösa antaganden."

"Du är mycket noga med att gardera dig. I verkligheten är det ju så att du inte växlat ett enda ord med min klient sedan natten då hon fyllde 13 år, eftersom hon konsekvent vägrat att tala med dig."

"Inte bara med mig. Hon klarar inte av att föra ett samtal med någon psykiatriker."

"Det betyder att, som du skriver här, dina slutsatser bygger på erfarenhet och på observationer av min klient."

"Det är riktigt."

"Vad kan man lära sig av att studera en flicka som sitter med korslagda armar på en stol och vägrar prata?"

Peter Teleborian suckade och såg ut som om han tyckte att det var tröttsamt att behöva förklara självklarheter. Han log.

"Av en patient som sitter knäpptyst kan man bara lära sig att det är en patient som är bra på att sitta knäpptyst. Redan detta är ett stört beteende, men jag baserar alltså inte mina slutsatser på detta."

"Jag ska i eftermiddag kalla en annan psykiatriker. Han heter Svante Brandén och är överläkare på Rättsmedicinalverket och specialist på rättspsykiatri. Känner du till honom?"

Peter Teleborian kände sig säker igen. Han log. Han hade förutsatt att Giannini skulle plocka fram en annan psykiatriker för att försöka ifrågasätta hans egna slutsatser. Det var en situation han var förberedd på, och där skulle han utan problem kunna möta varje invändning ord för ord. Det skulle snarast vara enklare att hantera en akademisk kollega i vänskaplig munhuggning än en sådan som advokat Giannini som inte hade några hämningar och som var beredd att raljera med hans ord.

"Ja. Han är en erkänt duktig rättspsykiatriker. Men ni förstår, fru Giannini, att göra en utredning av detta slag är en akademisk och vetenskaplig process. Du kan vara oense med mig om mina slutsatser och en annan psykiatriker kan tolka ett agerande eller en händelse på ett annat sätt än jag gör. Då handlar det om olika synsätt eller kanske rentav hur väl en läkare känner sin patient. Han kanske kommer fram till en helt annan slutsats om Lisbeth Salander. Det är inte alls något ovanligt inom psykiatrin."

"Det är inte därför jag kallar honom. Han har inte träffat eller undersökt Lisbeth Salander och kommer inte att dra några som helst slutsatser om hennes psykiska tillstånd."

"Jaha ..."

"Jag har bett honom läsa din utredning och all dokumentation som du formulerat om Lisbeth Salander och titta på hennes journal från de år hon låg på S:t Stefans. Jag har bett honom göra en bedöm-

ning – inte om min klients hälsotillstånd, utan om det ur rent veten-
skaplig synvinkel finns täckning för dina slutsatser i det material du
redovisat."

Peter Teleborian ryckte på axlarna.

"Med all respekt ... jag tror att jag har bättre kunskap om Lisbeth
Salander än någon annan psykiatriker i landet. Jag har följt hennes
utveckling sedan hon var 12 år gammal och dessvärre är det ju så att
mina slutsatser hela tiden bekräftats av hennes agerande."

"Så bra", sa Annika Giannini. "Då ska vi titta på dina slutsatser. I
ditt utlåtande skriver du att behandlingen avbröts då hon var 15 år
och placerades i en fosterfamilj."

"Det är riktigt. Det var ett allvarligt misstag. Om vi hade fått slut-
föra behandlingen hade vi kanske inte suttit här i dag."

"Du menar att om du hade fått möjlighet att hålla henne i spänn-
bälte i ytterligare ett år skulle hon kanske ha blivit fogligare?"

"Det där var en ganska billig kommentar."

"Jag ber om ursäkt. Du citerar utförligt den utredning som din
doktorand Jesper H. Löderman gjorde då Lisbeth Salander skulle
fylla 18 år. Du skriver att 'hennes självdestruktiva och antisociala
beteende bekräftas genom missbruk och den promiskuitet som hon
uppvisat sedan hon släpptes från S:t Stefans'. Vad avser du med det-
ta?"

Peter Teleborian satt tyst i några sekunder.

"Ja ... nu måste jag gå tillbaka här en smula. Sedan Lisbeth Sa-
lander släppts från S:t Stefans fick hon – som jag förutspått – miss-
bruksproblem med alkohol och droger. Hon greps av polisen vid
upprepade tillfällen. En social utredning fastslog också att hon hade
ett okontrollerat sexuellt umgänge med äldre män och att hon san-
nolikt ägnade sig åt prostitution."

"Låt oss bena upp det där. Du säger att hon blev alkoholmissbru-
kare. Hur ofta var hon berusad?"

"Förlåt?"

"Var hon full varje dag från det att hon släpptes och till dess att
hon fyllde 18 år? Var hon full en gång i veckan?"

"Det kan jag förstås inte svara på."

"Men du har ju fastslagit att hon ägnade sig åt alkoholmissbruk?"

"Hon var minderårig och greps vid upprepade tillfällen av polisen för fylleri."

"Det är andra gången du använder uttrycket att hon greps vid upprepade tillfällen. Hur ofta skedde det? Var det en gång i veckan eller en gång varannan vecka ...?"

"Nej, så många enskilda tillfällen handlar det inte om ..."

"Lisbeth Salander greps vid två tillfällen för fylleri då hon var 16 respektive 17 år. Vid ett av dessa tillfällen var hon så redlös att hon skickades till sjukhus. Detta är alltså de upprepade tillfällen du syftar på. Var hon berusad vid fler än dessa tillfällen?"

"Det vet jag inte, men man kan befara att hennes beteende var ..."

"Förlåt, hörde jag rätt? Du vet alltså inte om hon varit berusad vid fler än två tillfällen under sin tonårsperiod, men du befarar att så var fallet. Ändå fastslår du att Lisbeth Salander befinner sig i en ond cirkel av alkohol och droger?"

"Detta är ju socialtjänstens uppgifter. Inte mina. Det handlade om hela den sammanlagda livssituation som Lisbeth Salander befann sig i. Hon hade inte oväntat en dyster prognos sedan behandlingen avbrutits och hennes liv blev en cirkel av alkohol, polisingripanden och okontrollerad promiskuitet."

"Du använder uttrycket okontrollerad promiskuitet."

"Ja ... det är en term som antyder att hon inte hade kontroll över sitt eget liv. Hon hade sexuellt umgänge med äldre män."

"Det är inte ett lagbrott."

"Nej, men det är ett abnormt beteende av en 16-årig flicka. Det kan alltså ifrågasättas om hon deltog i detta umgänge av fri vilja eller befann sig i en tvångssituation."

"Men du hävdade att hon var prostituerad."

"Det var kanske en naturlig konsekvens av att hon saknade utbildning, var oförmögen att klara undervisningen och studera vidare och därför inte kunde få arbete. Det är möjligt att hon såg äldre män som fadersfigurer och att ekonomisk ersättning för sexuella tjänster bara var en bonus. I vilket fall upplever jag det som ett neurotiskt beteende."

"Du menar att en 16-årig flicka som har sex är neurotisk?"

"Du förvränger mina ord."

"Men du vet inte om hon någonsin fått ekonomisk ersättning för sexuella tjänster?"

"Hon har aldrig gripits för prostitution."

"Vilket hon knappast kan gripas för eftersom det inte är ett lagbrott."

"Eh, det är riktigt. Vad det handlar om i hennes fall är ett tvångsmässigt neurotiskt beteende."

"Och du har inte tvekat att dra slutsatsen att Lisbeth Salander är sinnessjuk utifrån detta tunna material. När jag var 16 år söp jag mig redlöst berusad på en halvpanna vodka som jag stal av min pappa. Menar du att jag därmed är sinnessjuk?"

"Nej, självfallet inte."

"Stämmer det inte att då du själv var 17 år var du på en fest där du blev så fruktansvärt berusad att ni gav er ut på stan och pangade rutor nere vid torget i Uppsala. Du greps av polisen och fick nyktra till och fick sedan ett strafföreläggande."

Peter Teleborian såg häpen ut.

"Eller hur?"

"Jo ... man gör så mycket dumt då man är 17 år. Men ..."

"Men det föranleder inte dig att dra några slutsatser om att du har en allvarlig psykisk sjukdom?"

PETER TELEBORIAN VAR irriterad. Den förbannade ... advokaten vred hela tiden på hans ord och sköt in sig på enskilda detaljer. Hon vägrade se helhetsbilden. Hon förde in ovidkommande resonemang om att han själv hade varit berusad ... *hur fan hade hon fått tag i den uppgiften?*

Han harklade sig och höjde rösten.

"Socialtjänstens rapporter var entydiga och bekräftade i allt väsentligt att Lisbeth Salander hade en livsföring som rörde sig kring alkohol, droger och promiskuitet. Socialtjänsten fastslog även att

Lisbeth Salander var prostituerad."

"Nej. Socialtjänsten har aldrig påstått att hon var prostituerad."

"Hon greps vid ..."

"Nej. Hon greps inte. Hon avvisiterades i Tantolunden då hon var 17 år och befann sig i sällskap med en väsentligt äldre man. Samma år plockades hon in för fylleri. Även då i sällskap med en väsentligt äldre man. Socialtjänsten befarade att hon kanske ägnade sig åt prostitution. Men några belägg för den misstanken har aldrig framkommit."

"Hon hade ett mycket vidlyftigt sexuellt umgänge med ett stort antal personer, både pojkar och flickor."

"I din egen utredning, jag citerar från sidan fyra, uppehåller du dig vid Lisbeth Salanders sexualvanor. Du hävdar att hennes förhållande med väninnan Miriam Wu bekräftar farhågorna om en sexuell psykopati. Hur då?"

Peter Teleborian blev plötsligt tyst.

"Jag hoppas innerligt att du inte tänker hävda att homosexualitet är en sinnessjukdom. Det kan nämligen vara ett straffbart påstående."

"Nej, naturligtvis inte. Jag syftar på inslagen av sexuell sadism i förhållandet."

"Du menar att hon är en sadist?"

"Jag ..."

"Vi har Miriam Wus vittnesmål från polisen. Det förekom inget våld i deras relation."

"De ägnade sig åt BDSM-sex och ..."

"Nu tror jag minsann att du förläst dig på kvällstidningar. Lisbeth Salander och hennes väninna Miriam Wu ägnade sig vid några tillfällen åt sexuella lekar som innebar att Miriam Wu band min klient och gav henne sexuell tillfredsställelse. Det är varken särskilt ovanligt eller förbjudet. Är det därför du vill spärra in min klient?"

Peter Teleborian viftade avvärjande med handen.

"Om jag får vara lite personlig. Då jag var 16 år söp jag mig redlöst berusad. Jag var berusad vid åtskilliga fler tillfällen under den tid då jag gick på gymnasiet. Jag har provat droger. Jag har rökt ma-

rijuana och jag har till och med provat kokain vid ett tillfälle för un-
gefär tjugo år sedan. Jag gjorde min sexualdebut med en klasskom-
pis då jag var 15 år och jag hade ett förhållande med en kille som
band mina händer i sänggaveln då jag var i 20-årsåldern. Då jag var
22 år hade jag ett flera månader långt förhållande med en man som
var 47 år gammal. Är jag med andra ord sinnessjuk?"

"Fru Giannini ... ni raljerar om detta, men dina sexuella erfaren-
heter är ovidkommande i det här fallet."

"Varför det? Då jag läser din så kallade psykiatriska utvärdering
av Lisbeth Salander så hittar jag punkt efter punkt som lösryckta
ur sitt sammanhang stämmer in på mig själv. Varför är jag frisk och
sund och Lisbeth Salander en allmänfarlig sadist?"

"Det är inte dessa detaljer som avgör. Du har inte försökt mörda
din far vid två tillfällen ..."

"Doktor Teleborian, verkligheten är den att det inte angår dig vem
Lisbeth Salander vill ha sex med. Det angår inte dig vilket kön hen-
nes partner har eller under vilka former de bedriver sitt sexuella um-
gänge. Men ändå rycker du loss detaljer i hennes liv och använder
det som belägg för att hon är sjuk."

"Hela Lisbeth Salanders liv från det att hon gick i småskolan är
en serie journalanteckningar om omotiverade våldsamma vredesut-
brott mot lärare och klasskamrater. "

"Ett ögonblick ..."

Annika Gianninis röst var plötsligt som en isskrapa på ett bil-
fönster.

"Titta på min klient."

Alla tittade på Lisbeth Salander.

"Min klient har vuxit upp i en situation med vedervärdiga famil-
jeförhållanden, med en far som konsekvent under en rad år ägnade
sig åt grov misshandel av hennes mor."

"Det är ..."

"Låt mig tala till punkt. Lisbeth Salanders mor var livrädd för
Alexander Zalachenko. Hon vågade inte protestera. Hon vågade
inte gå till läkare. Hon vågade inte gå till en kvinnojour. Hon mal-
des ned och misshandlades till sist så grovt att hon fick bestående

hjärnskador. Den person som fick ta ansvaret, den enda person som försökte ta ansvaret för familjen långt innan hon ens kommit upp i tonåren var Lisbeth Salander. Det ansvaret fick hon ta på egen hand eftersom spionen Zalachenko var viktigare än Lisbeths mor."

"Jag kan inte ..."

"Vi fick en situation då samhället övergav Lisbeths mor och barnen. Är du förvånad över att Lisbeth hade problem i skolan? Titta på henne. Hon är liten och spinkig. Hon har alltid varit den minsta flickan i klassen. Hon var inbunden och udda och saknade vänner. Vet du hur barn brukar behandla klasskamrater som är avvikande?"

Peter Teleborian suckade.

"Jag kan gå tillbaka till hennes skoljournaler och bocka av situation efter situation då Lisbeth blev våldsam", sa Annika Giannini. "De föregicks av provokationer. Jag känner så väl igen tecken på mobbning. Vet du något?"

"Vad?"

"Jag beundrar Lisbeth Salander. Hon är tuffare än jag. Om jag hade blivit lagd i spännbälte i ett års tid då jag var 13 år så skulle nog jag ha brutit samman fullständigt. Hon slog tillbaka med det enda vapen hon hade till förfogande. Nämligen sitt förakt för dig. Hon vägrar tala med dig."

ANNIKA GIANNINI HÖJDE plötsligt rösten. All nervositet hade släppt sedan länge. Hon kände att hon hade kontroll.

"I ditt vittnesmål tidigare i dag talade du en hel del om fantasier, till exempel fastslog du att hennes beskrivning av åklagare Bjurmans våldtäkt är en fantasi."

"Det stämmer."

"Vad baserar du den slutsatsen på?"

"Min erfarenhet av hur hon brukar fantisera."

"Din erfarenhet av hur hon brukar fantisera ... Hur avgör du då när hon fantiserar? Då hon säger att hon legat i spännbälte i 380 dygn så är det enligt din mening en fantasi, trots att din egen journal visar att så var fallet."

"Det här är något helt annat. Det finns inte tillstymmelse till teknisk bevisning för att Bjurman begått en våldtäkt mot Lisbeth Salander. Jag menar, nålar genom bröstvårtan och så grovt våld att hon utan tvekan borde ha förts i ambulans till ett sjukhus … Det säger sig självt att detta inte kan ha ägt rum."

Annika Giannini vände sig till domare Iversen. "Jag bad att få ha en projektor för datapresentation från en cd-skiva till hands i dag …"

"Den finns på plats", sa Iversen.

"Kan vi dra för gardinerna."

Annika Giannini öppnade sin PowerBook och pluggade in kablarna till bildkanonen. Hon vände sig till sin klient.

"Lisbeth. Vi kommer att titta på en film. Är du beredd på det?"

"Jag har redan upplevt den", svarade Lisbeth Salander torrt.

"Och jag har ditt godkännande att visa det här?"

Lisbeth Salander nickade. Hon fixerade hela tiden Peter Teleborian med blicken.

"Kan du berätta när filmen gjordes?"

"Den 7 mars 2003."

"Vem spelade in filmen?"

"Det gjorde jag. Jag använde en dold kamera som är standardutrustning på Milton Security.

"Ett ögonblick", ropade åklagare Ekström. "Det här börjar likna cirkuskonster."

"Vad är det vi ska titta på?" frågade domare Iversen med skärpa i rösten.

"Peter Teleborian hävdar att Lisbeth Salanders berättelse är en fantasi. Jag kommer att visa dokumentation på att den tvärtom är sann ord för ord. Filmen är nittio minuter lång, jag kommer att visa ett antal avsnitt. Jag varnar för att den innehåller en del obehagliga scener."

"Är det här någon sorts trick?" undrade Ekström.

"Det finns ett bra sätt att ta reda på det", sa Annika Giannini och startade cd-skivan i datorn.

"Har du inte ens lärt dig klockan?" hälsade advokat Bjurman

snäsigt. Kameran gick in i hans lägenhet.

Efter nio minuter slog domare Iversen klubban i bordet i ett ögonblick då advokat Nils Bjurman förevigades då han med våld tryckte upp en dildo i Lisbeth Salanders analöppning. Annika Giannini hade satt på hög volym. Lisbeths halvkvävda skrik genom den tejp som täckte hennes mun hördes i hela tingsrättssalen.

"Stäng av filmen", sa Iversen med mycket hög och bestämd röst.

Annika Giannini tryckte på stopp. Takbelysningen tändes. Domare Iversen var röd i ansiktet. Åklagare Ekström satt som förstenad. Peter Teleborian var likblek.

"Advokat Giannini, hur lång är den här filmen sa du?" sa domare Iversen.

"Nittio minuter. Själva våldtäkten pågick i omgångar i drygt fem sex timmar men min klient har endast en vag tidsuppfattning om de sista timmarnas våld." Annika Giannini vände sig mot Teleborian. "Däremot finns den scen där Bjurman trycker en knappnål genom min klients bröstvårta och som doktor Teleborian hävdar är ett uttryck för Lisbeth Salanders vidlyftiga fantasi. Det sker under den sjuttioandra minuten och jag erbjuder mig att visa episoden här och nu."

"Tack, men det behövs inte", sa Iversen. "Fröken Salander ..."

Han kom av sig för en sekund och visste inte hur han skulle fortsätta.

"Fröken Salander, varför spelade du in den där filmen?"

"Bjurman hade redan utsatt mig för en våldtäkt och krävde mer. Vid den första våldtäkten tvingades jag suga av gubbslemmet. Jag trodde att det skulle bli en repris och att jag därmed skulle kunna skaffa så bra dokumentation på vad han gjorde att jag skulle kunna utpressa honom att hålla sig borta från mig. Jag hade missbedömt honom."

"Men varför har du inte gjort en polisanmälan om grov våldtäkt då du har en så ... övertygande dokumentation?"

"Jag pratar inte med poliser", sa Lisbeth Salander entonigt.

HELT PLÖTSLIGT RESTE sig Holger Palmgren från rullstolen. Han tog stöd mot bordskanten. Hans stämma var mycket tydlig.

"Vår klient talar av princip inte med poliser eller andra myndighetspersoner och allra minst med psykiatriker. Orsaken är enkel. Från det att hon var barn försökte hon gång på gång tala med poliser och kuratorer och myndigheter och förklara att hennes mor misshandlades av Alexander Zalachenko. Resultatet blev vid varje tillfälle att hon bestraffades därför att statliga tjänstemän hade beslutat att Zalachenko var viktigare än Salander."

Han harklade sig och fortsatte.

"Och då hon slutligen insåg att ingen lyssnade på henne var hennes enda utväg att försöka rädda sin mor att ta till våld mot Zalachenko. Och då skrev den där fähunden som kallar sig doktor" – han pekade på Teleborian – "en fejkad rättspsykiatrisk diagnos som förklarade henne sinnessjuk och gav honom möjlighet att hålla henne bältad på S:t Stefans i 380 dygn. Fy fan."

Palmgren satte sig. Iversen såg överraskad ut över Palmgrens utbrott. Han vände sig till Lisbeth Salander.

"Vill du kanske ha en paus ..."

"Varför det?" undrade Lisbeth.

"Jaha, då fortsätter vi. Advokat Giannini, videon ska granskas och jag vill ha ett tekniskt utlåtande på att den är autentisk. Men nu går vi vidare i förhandlingarna."

"Gärna. Jag tycker också att detta är obehagligt. Men sanningen är att min klient har utsatts för fysiska, psykiska och rättsliga övergrepp. Och den person som mest av allt kan lastas för detta är Peter Teleborian. Han svek sin läkared och han svek sin patient. Tillsammans med Gunnar Björck, en medarbetare i en illegal grupp inom Säkerhetspolisen, totade han ihop ett rättspsykiatriskt utlåtande i akt och mening att kunna låsa in ett besvärligt vittne. Jag tror att detta fall måste vara unikt i svensk rättshistoria."

"Det här är oerhörda anklagelser", sa Peter Teleborian. "Jag har på bästa sätt försökt hjälpa Lisbeth Salander. Hon försökte mörda sin far. Det är ju självklart att något var fel på henne ..."

Annika Giannini avbröt honom.

"Jag vill nu fästa rättens uppmärksamhet på doktor Teleborians andra rättspsykiatriska utlåtande om min klient. Det utlåtande som föredragits i denna rättegång i dag. Jag hävdar att det är en lögn, precis som falsariet från 1991."

"Ja, men det här är ju ..."

"Domare Iversen, kan du uppmana vittnet att sluta avbryta mig."

"Herr Teleborian ..."

"Jag ska vara tyst. Men det här är oerhörda anklagelser. Det är inte så underligt att jag blir upprörd ..."

"Herr Teleborian, var tyst till dess att du får en fråga. Fortsätt, advokat Giannini."

"Detta är det rättspsykiatriska utlåtande som doktor Teleborian förelagt rätten. Det bygger på så kallade observationer av min klient som ska ha ägt rum sedan hon flyttades till Kronobergshäktet den 6 juni, och undersökningen ska ha avslutats den 5 juli."

"Ja, så har jag förstått det", sa domare Iversen.

"Doktor Teleborian, är det korrekt att du inte haft möjlighet att utföra några tester eller observationer av min klient före den 6 juni? Dessförinnan låg hon som bekant isolerad på Sahlgrenska sjukhuset."

"Ja", sa Teleborian.

"Du gjorde vid två tillfällen försök att få tillgång till min klient på Sahlgrenska. Bägge gångerna nekades du tillträde. Är det riktigt?"

"Ja."

Annika Giannini öppnade sin portfölj igen och drog fram ett dokument. Hon gick runt bordet och lämnade det till domare Iversen.

"Jaha", sa Iversen. "Det här är en kopia av doktor Teleborians utredning. Vad ska det bevisa?"

"Jag vill kalla två vittnen som väntar utanför tingsrättsdörren."

"Vilka är dessa vittnen?"

"Det är Mikael Blomkvist från tidskriften *Millennium* och kommissarie Torsten Edklinth, chef för författningsskyddet på Säkerhetspolisen."

"Och de väntar utanför?"

"Ja."

"Visa in dem", sa domare Iversen.

"Det här är irreguljärt", sa åklagare Ekström som varit väldigt tyst en lång stund.

EKSTRÖM HADE CHOCKAD insett att Annika Giannini höll på att smula hans nyckelvittne sönder och samman. Filmen var förintande. Iversen ignorerade Ekström och vinkade till vaktmästaren att öppna dörren. Mikael Blomkvist och Torsten Edklinth kom in.

"Jag vill först kalla Mikael Blomkvist."

"Då får jag be Peter Teleborian kliva åt sidan en stund."

"Är ni färdiga med mig?" undrade Teleborian.

"Nej, inte på långa vägar", sa Annika Giannini.

Mikael Blomkvist ersatte Teleborian i vittnesstolen. Domare Iversen drog snabbt formalia och Mikael lämnade sin edsförsäkran att tala sanning.

Annika Giannini gick till Iversen och bad att få låna tillbaka den rättspsykiatriska undersökning som hon nyss lämnat till honom. Hon gav kopian till Mikael.

"Har du sett det här dokumentet tidigare?"

"Ja, det har jag. Jag har tre versioner i min ägo. Den första fick jag omkring den 12 maj, den andra den 19 maj och den tredje – vilket är denna – den 3 juni."

"Kan du berätta hur du fick tag på den här kopian?"

"Jag fick den i egenskap av journalist av en källa som jag inte ämnar namnge."

Lisbeth Salander fixerade Peter Teleborian med blicken. Han var plötsligt likblek.

"Vad gjorde du med utredningen?"

"Jag gav den till Torsten Edklinth på författningsskyddet."

"Tack, Mikael. Jag vill därmed kalla Torsten Edklinth", sa Annika Giannini och tog tillbaka utredningen. Hon gav den till Iversen som tankfullt höll upp den.

Proceduren med edsförsäkran gjordes om.

"Kommissarie Edklinth, är det korrekt att du fick en rättspsykiatrisk utredning om Lisbeth Salander från Mikael Blomkvist?"

"Ja."

"När fick du den?"

"Den är diarieförd på RPS/Säk den 4 juni."

"Och det är samma utredning som jag just överlämnat till domare Iversen?"

"Om min signatur finns på baksidan av rapporten så är det samma utredning."

Iversen vände på dokumentet och konstaterade att Torsten Edklinths namnteckning fanns där.

"Kommissarie Edklinth, kan du förklara för mig hur det kommer sig att du får en rättspsykiatrisk utredning i din hand som handlar om en person som fortfarande ligger isolerad på Sahlgrenska sjukhuset."

"Jo, det kan jag."

"Berätta."

"Peter Teleborians rättspsykiatriska utredning är ett falsarium som han sammanställt tillsammans med en person vid namn Jonas Sandberg, precis som han 1991 producerade en liknande fejk tillsammans med Gunnar Björck."

"Det är en lögn", sa Teleborian svagt.

"Är det en lögn?" undrade Annika Giannini.

"Nej, inte alls. Jag kanske ska nämna att Jonas Sandberg är en av ett tiotal personer som på Riksåklagarens beslut anhållits i dag. Han är anhållen för delaktighet i mordet på Gunnar Björck. Han ingår i en illegal grupp som opererat inom Säkerhetspolisen och som beskyddat Alexander Zalachenko sedan 1970-talet. Det var samma grupp som låg bakom beslutet att spärra in Lisbeth Salander 1991. Vi har gott om bevisning liksom erkännanden från chefen för denna grupp."

Det blev dödstyst i rättegångssalen.

"Vill Peter Teleborian kommentera det som sagts?" undrade domare Iversen.

Teleborian skakade på huvudet.

"I så fall kan jag meddela att du riskerar att bli anmäld för mened och eventuellt andra åtalspunkter", sa domare Iversen.

"Om ni ursäktar …", sa Mikael Blomkvist.

"Ja?" undrade Iversen.

"Peter Teleborian har större problem än så. Utanför dörren står två poliser som vill ta in honom till förhör."

"Ska jag be dem komma in, menar du?" sa Iversen.

"Det vore nog en god idé."

Iversen vinkade till vaktmästaren som släppte in kriminalinspektör Sonja Modig och en kvinna som åklagare Ekström omedelbart kände igen. Hennes namn var Lisa Collsjö, kriminalinspektör vid roteln för särskilda objekt, den enhet inom Rikspolisstyrelsen som bland annat hade i uppgift att hantera sexuella övergrepp mot barn och barnpornografi.

"Och vad har ni för ärende?" undrade Iversen.

"Vi är här för att gripa Peter Teleborian så fort vi får tillfälle utan att det stör rättens förhandlingar."

Iversen sneglade på Annika Giannini.

"Jag är inte riktigt klar med honom, men låt gå."

"Varsågod", sa Iversen.

Lisa Collsjö stegade fram till Peter Teleborian.

"Du är anhållen för grovt brott mot lagen om barnpornografi."

Peter Teleborian satt andlös. Annika Giannini konstaterade att allt ljus tycktes ha släckts i hans ögon.

"Närmare bestämt för innehav av drygt 8 000 barnpornografiska bilder som finns i din dator."

Hon böjde sig ned och lyfte hans datorväska som han hade med sig.

"Den här är tagen i beslag", sa hon.

Hela tiden medan han leddes ut genom dörren till tingsrätten brände Lisbeth Salanders blick som eld i Peter Teleborians rygg.

KAPITEL 28
FREDAG 15 JULI-LÖRDAG 16 JULI

DOMARE JÖRGEN IVERSEN knackade med pennan i bordskanten för att tysta det mummel som uppstått i kölvattnet av Peter Teleborians bortförande. Därefter satt han tyst en lång stund, synbarligen osäker på hur proceduren skulle fortsätta. Han vände sig till åklagare Ekström.

"Har du något att tillägga till vad som skett under den gångna timmen?"

Richard Ekström hade ingen aning om vad han skulle säga. Han reste sig och tittade på Iversen och därefter på Torsten Edklinth innan han vred huvudet och mötte Lisbeth Salanders skoningslösa blick. Han förstod att slaget redan var förlorat. Han flyttade blicken till Mikael Blomkvist och insåg med plötslig förfäran att han själv riskerade att hamna i tidskriften *Millennium* ... Vilket skulle innebära en förödande katastrof.

Däremot begrep han inte vad som hade hänt. Han hade inlett rättegången i förvissning om att han visste vad som var vad i historien.

Han hade förstått den delikata balans som rikets säkerhet fordrade efter de många öppenhjärtiga samtalen med kommissarie Georg Nyström. Han hade ju fått försäkringar om att Salanderrapporten från 1991 var förfalskad. Han hade fått den insidesinformation han behövde. Han hade ställt frågor – hundratals frågor – och fått svar på allt. En bluff. Och nu var Nyström gripen, enligt vad advokat Giannini hävdade. Han hade litat på Peter Teleborian som verkat så ... så kompetent och så kunnig. Så övertygande.

Herregud. Vad har jag hamnat i för soppa?

Och därefter.

Hur fan ska jag komma ur den här soppan?

Han strök sig över hakskägget. Han harklade sig. Han tog långsamt av sig glasögonen.

"Jag beklagar, men det tycks mig som om jag blivit felunderrättad på ett antal väsentliga punkter i den här utredningen."

Han undrade om han kunde skylla på polisutredarna och såg plötsligt kriminalinspektör Bublanski framför sig. Bublanski skulle aldrig backa upp honom. Om Ekström satte foten fel så skulle Bublanski sammankalla en presskonferens. Han skulle sänka honom.

Ekström mötte Lisbeth Salanders blick. Hon satt tålmodigt avvaktande med en blick som avslöjade både nyfikenhet och hämndlystnad.

Inga kompromisser.

Han kunde fortfarande få henne fälld för grov misshandel i Stallarholmen. Han kunde troligen få henne fälld för försök till mord på sin far i Gosseberga. Det innebar att han måste ändra hela sin strategi på stående fot och släppa allt som hade med Peter Teleborian att göra. Det innebar att alla förklaringar som hävdade att hon var en tokig psykopat skulle falla, men det innebar också att hennes story skulle stärkas ända tillbaka till 1991. Hela omyndighetsförklaringen skulle falla och därmed ...

Och hon hade den där förbannade filmen som ...

Sedan drabbades han av insikten.

Herregud. Hon är oskyldig.

"Herr domare ... jag vet inte vad som har hänt, men jag inser att jag inte längre kan lita på de papper jag har i min hand."

"Näha", sa Iversen med torr röst.

"Jag tror att jag måste begära en paus eller att rättegången avbryts till dess att jag hunnit utreda exakt vad som har hänt."

"Fru Giannini?" sa Iversen.

"Jag begär att min klient frikänns på samtliga åtalspunkter och försätts på fri fot med omedelbar verkan. Jag begär också att tingsrätten tar ställning till frågan om fröken Salanders omyndighetsförklaring. Jag anser att hon bör få upprättelse för de kränkningar hon utsatts för."

Lisbeth Salander vände blicken mot domare Iversen.

Inga kompromisser.

Domare Iversen tittade på Lisbeth Salanders självbiografi. Han flyttade blicken till åklagare Ekström.

"Jag tror också att det är en god idé att utreda exakt vad som har hänt. Men jag är rädd för att ni nog inte är rätt person att göra den utredningen."

Han funderade en stund.

"Under alla mina år som jurist och domare har jag aldrig varit med om något som ens påminner om rättsläget i detta mål. Jag måste erkänna att jag känner mig ställd. Jag har aldrig ens hört talas om att åklagarens huvudvittne grips inför sittande rätt och att vad som framstod som en ganska övertygande bevisning visar sig vara ett falsarium. Jag vet ärligt talat inte vad som återstår av åklagarens åtalspunkter i detta läge."

Holger Palmgren harklade sig.

"Ja?" undrade Iversen.

"Som representant för försvaret kan jag inte annat än dela dina känslor. Ibland måste man ta ett kliv tillbaka och låta klokskap styra det formella. Jag vill framhålla att du som domare bara sett början på en affär som kommer att skaka Myndighetssverige. Under dagen har ett tiotal poliser inom Säpo gripits. De kommer att åtalas för mord och en så lång räcka brott att det kommer att ta avsevärd tid att slutföra utredningen."

"Jag antar att jag måste besluta om en paus i den här rättegången."

"Om du ursäktar så tror jag att det skulle vara ett olyckligt beslut."

"Jag lyssnar."

Palmgren hade uppenbart svårt att formulera orden. Men han talade långsamt och stakade sig inte.

"Lisbeth Salander är oskyldig. Hennes fantasifulla självbiografi, som herr Ekström så föraktfullt avfärdade hennes berättelse, är faktiskt sann. Och den kan dokumenteras. Hon har utsatts för ett skandalöst rättsövergrepp. Som domstol kan vi nu antingen hålla på det formella och driva rättegången vidare i en tid innan frikännandet kommer. Alternativet är uppenbart. Att låta en helt ny utredning ta över allt som rör Lisbeth Salander. Den utredningen pågår redan som en del av den sörja som Riksåklagaren har att utreda."

"Jag förstår vad du menar."

"Som domare kan du nu göra ett val. Det kloka i det här fallet är att underkänna åklagarens hela förundersökning och uppmana honom att göra om hemläxan."

Domare Iversen betraktade tankfullt Ekström.

"Det rättvisa är att försätta vår klient på fri fot med omedelbar verkan. Hon förtjänar dessutom en ursäkt, men upprättelsen kommer att ta tid och vara avhängig den övriga utredningen."

"Jag förstår dina synpunkter, advokat Palmgren. Men innan jag kan förklara din klient oskyldig så måste jag ha fått hela historien klar för mig. Det kommer nog att ta en liten tid ..."

Han tvekade och betraktade Annika Giannini.

"Om jag beslutar att rättegången tar en paus till på måndag och tillmötesgår er så långt att jag beslutar att det inte finns skäl att hålla din klient häktad längre, vilket betyder att ni kan förvänta er att hon i varje fall inte kommer att dömas till fängelse, kan du då garantera att hon infinner sig till fortsatta förhandlingar då hon blir kallad?"

"Självfallet", sa Holger Palmgren snabbt.

"Nej", sa Lisbeth Salander med skarp röst.

Allas blickar vändes mot den person som dramat handlade om.

"Vad menar du?" undrade domare Iversen.

"I det ögonblick du släpper mig så kommer jag att resa bort. Jag tänker inte ägna en enda ytterligare minut av min tid åt den här rättegången."

Domare Iversen tittade häpet på Lisbeth Salander.

"Du vägrar infinna dig?"

"Det är riktigt. Om du vill att jag ska svara på fler frågor så får du behålla mig i häkte. I det ögonblick du släpper mig så är den här historien utagerad för min del. Och det inkluderar inte att under en ospecificerad tid finnas till hands för vare sig dig, Ekström eller några poliser."

Domare Iversen suckade. Holger Palmgren såg omtumlad ut.

"Jag är överens med min klient", sa Annika Giannini. "Det är stat och myndigheter som förbrutit sig mot Lisbeth Salander, inte tvärtom. Hon förtjänar att gå ut genom den där dörren med ett frikännande i bagaget och kunna lägga den här historien bakom sig."

Inga kompromisser.

Domare Iversen sneglade på sitt armbandsur.

"Klockan är strax efter tre. Det betyder att du tvingar mig att behålla din klient i häktet."

"Om det är ditt beslut så accepterar vi det. Som Lisbeth Salanders ombud begär jag att hon frikänns från de brott som åklagare Ekström anklagar henne för. Jag begär att du försätter min klient på fri fot utan restriktioner och med omedelbar verkan. Och jag kräver att den tidigare omyndighetsförklaringen av henne upphävs och att hon omedelbart återfår sina medborgerliga rättigheter."

"Frågan om omyndighetsförklaring är en betydligt längre process. Jag måste få utlåtanden från psykiatrisk expertis som undersöker henne. Det kan jag inte besluta om i en handvändning."

"Nej", sa Annika Giannini. "Det godtar vi inte."

"Hur sa?"

"Lisbeth Salander ska ha samma medborgerliga rättigheter som alla andra svenskar. Hon har utsatts för ett brott. Hon har falskeligen omyndigförklarats. Falsariet kan styrkas. Beslutet att sätta henne under förvaltarskap saknar därmed juridisk grund och ska ovillkorligen upphävas. Det finns inget som helst skäl för min klient att underkasta sig en rättspsykiatrisk utredning. Ingen ska behöva bevisa att de inte är tokiga när de utsätts för brott."

Iversen övervägde saken en kort stund.

"Fru Giannini", sa Iversen. "Jag inser att detta är ett exceptionellt läge. Jag ämnar nu utlysa en paus på femton minuter så att vi får sträcka på benen och samla oss en smula. Jag har ingen önskan att behålla din klient i häkte i natt om hon är oskyldig, men det betyder att den här rättegångsdagen kommer att fortsätta till dess att vi är klara."

"Det låter bra", sa Annika Giannini.

MIKAEL BLOMKVIST KYSSTE sin syster på kinden i pausen.

"Hur gick det?"

"Mikael, jag var lysande mot Teleborian. Jag fullkomligt förintade honom."

"Jag sa ju att du skulle vara oslagbar i den här rättegången. När allt kommer omkring handlar den här storyn inte i första hand om spioner och statliga sekter utan om vanligt våld mot kvinnor och de män som gör det möjligt. Av det lilla jag såg så var du fantastisk. Hon kommer alltså att bli friad."

"Ja. Det är ingen tvekan längre."

EFTER PAUSEN KNACKADE domare Iversen i bordet.

"Kan du vara snäll och dra den här historien från början till slut så att jag får klart för mig vad som egentligen har hänt."

"Så gärna", sa Annika Giannini. "Ska vi börja med den förbluffande historien om en grupp säkerhetspoliser som kallar sig Sektionen och som fick hand om en sovjetisk avhoppare i mitten av 1970-talet? Hela storyn är publicerad i tidskriften *Millennium* som kom ut i dag. Gissningsvis kommer det att vara huvudnyhet under alla nyhetssändningar i kväll."

VID SEXTIDEN PÅ kvällen beslutade domare Iversen att försätta Lisbeth Salander på fri fot och häva hennes omyndigförklaring.

Beslutet fattades dock på ett villkor. Domare Jörgen Iversen krävde att Lisbeth skulle underkasta sig ett förhör där hon formellt vittnade om sin kunskap om Zalachenkoaffären. Lisbeth tvärvägrade först. Denna vägran föranledde en stunds munhuggande till dess att domare Iversen höjde rösten. Han lutade sig fram och spände blicken i henne.

"Fröken Salander, om jag upphäver ditt förvaltarskap så innebär det att du har exakt samma rättigheter som alla andra medborgare. Men det innebär också att du har samma skyldigheter. Därmed är det din förbannade plikt att sköta din ekonomi, betala skatt, vara laglydig och bistå polisen vid utredningar om grova brott. Du kallas alltså till förhör som vilken medborgare som helst som har upplysningar att lämna i en utredning."

Logiken i argumentet tycktes bita på Lisbeth Salander. Hon sköt ut underläppen och såg missnöjd ut, men hon slutade argumentera.

"När polisen har fått ditt vittnesmål så gör förundersökningsledaren – i det här fallet Riksåklagaren – en bedömning om du ska kallas som vittne i en eventuell framtida rättegång. Som alla andra svenska medborgare kan du vägra att hörsamma en sådan kallelse. Hur du agerar angår inte mig, men du har inget frikort. Om du vägrar att infinna dig kan du i likhet med alla andra myndiga personer dömas för lagtrots eller mened. Där finns inga undantag."

Lisbeth Salander mulnade ytterligare.

"Hur ska du ha det?" frågade Iversen.

Efter en minuts betänketid nickade hon helt kort.

Okej. En liten kompromiss.

Under aftonens genomgång av Zalachenkoaffären gick Annika Giannini hårt åt åklagare Ekström. Efterhand medgav Ekström att det gått till på ungefär det sätt som Annika Giannini beskrev. Han hade fått bistånd i förundersökningen av kommissarie Georg Nyström och tagit emot information från Peter Teleborian. I Ekströms fall fanns ingen konspiration. Han hade gått Sektionens ärenden i god tro i egenskap av förundersökningsledare. När vidden av vad som hade skett på allvar gick upp för honom beslutade han att lägga ned målet mot Lisbeth Salander. Beslutet innebar att en hel del byråkratisk formalia kunde läggas åt sidan. Iversen såg lättad ut.

Holger Palmgren var utmattad efter sin första dag i rätten på flera år. Han var tvungen att återvända till sängen på Ersta rehabiliteringshem. Han kördes av en uniformerad väktare från Milton Security. Innan han skulle gå lade han sin hand på Lisbeth Salanders axel. De tittade på varandra. Efter ett tag nickade hon och log lite.

KLOCKAN SJU PÅ kvällen ringde Annika Giannini hastigt till Mikael Blomkvist och meddelade att Lisbeth Salander friats på alla punkter men att hon skulle vara kvar i polishuset i ytterligare några timmar för förhör.

Beskedet kom då samtliga medarbetare befann sig på *Millenniums* redaktion. Telefonerna hade ringt oavbrutet sedan de första exemplaren vid lunchtid börjat distribueras med bud till andra tidningsredaktioner i Stockholm. Under eftermiddagen hade TV4 gått ut med de första extrasändningarna om Zalachenko och Sektionen. Det var en medial julafton.

Mikael ställde sig mitt på golvet och satte fingrarna i munnen och busvisslade helt kort.

"Jag har just fått besked att Lisbeth friats på alla punkter."

Det uppstod en spontan applåd. Sedan fortsatte alla att prata i respektive telefon som om ingenting hade hänt.

Mikael höjde blicken och studerade den påslagna TV:n mitt i redaktionslokalen. *Nyheterna* på TV4 drog just igång. Påannonsen var en kort snutt av filmen som visade Jonas Sandberg då han planterade kokain i lägenheten på Bellmansgatan.

"Här planterar en Säpoanställd kokain hos journalisten Mikael Blomkvist på tidskriften *Millennium.*"

Sedan kom nyhetsankaret i bild.

"Ett tiotal anställda vid Säkerhetspolisen har under dagen gripits för grov brottslighet, som bland annat omfattar mord. Välkomna till denna förlängda nyhetssändning."

Mikael knäppte av ljudet då Hon på TV4 kom i bild och han såg sig själv i en studiofåtölj. Han visste redan vad han hade sagt. Han flyttade blicken till det skrivbord som Dag Svensson hade lånat och arbetat vid. Spåren efter hans reportage om trafficking hade försvunnit och skrivbordet hade åter börjat bli en avstjälpningsplats för tidningar och osorterade pappershögar som ingen riktigt ville kännas vid.

Det var vid det skrivbordet Zalachenkoaffären hade börjat för Mikaels del. Han önskade plötsligt att Dag Svensson hade fått uppleva slutet. Några exemplar av hans nytryckta bok om trafficking fanns uppställda tillsammans med boken om Sektionen.

Du skulle ha gillat det här.

Han hörde att telefonen på hans rum ringde, men orkade inte ta samtalet. Han sköt igen dörren och gick in till Erika Berger och sjönk ned i de bekväma fåtöljerna vid det lilla fönsterbordet. Erika pratade i telefon. Han såg sig omkring. Hon hade varit tillbaka en månad men ännu inte hunnit belamra rummet med alla personliga föremål som hon städat bort då hon slutade i april. Bokhyllan var fortfarande synlig och hon hade inte hunnit hänga några tavlor.

”Hur känns det?” undrade hon då hon lade på luren.

”Jag tror att jag är lycklig”, sa han.

Hon skrattade.

”*Sektionen* blir en kioskvältare. De är alldeles tokiga på varenda redaktion. Har du lust att åka till *Aktuellt* klockan nio och prata?”

”Nä.”

”Jag misstänkte det.”

”Vi kommer att få snacka om det här i flera månader. Det brådskar inte.”

Hon nickade.

”Vad ska du göra senare i kväll?”

”Jag vet inte.”

Han bet sig i underläppen.

”Erika ... jag ...”

”Figuerola”, sa Erika Berger och log.

Han nickade.

”Det är på allvar?”

”Jag vet inte.”

”Hon är jävligt kär i dig.”

”Jag tror att jag är kär i henne också”, sa han.

”Jag kommer att hålla mig på avstånd till dess att du vet.”

Han nickade.

”Kanske”, sa hon.

KLOCKAN ÅTTA KNACKADE Dragan Armanskij och Susanne Linder på dörren till redaktionen. De ansåg att tillfället fordrade champagne och hade med sig en systemkasse med flaskor. Erika Berger kramade om Susanne Linder och visade henne runt på redaktionen medan Armanskij slog sig ned i Mikaels rum.

De drack. Ingen sa något på en bra stund. Det var Armanskij som bröt tystnaden.

"Vet du vad, Blomkvist? Då vi först träffades i samband med den där historien i Hedestad så tyckte jag hjärtligt illa om dig."

"Jaså."

"Ni kom upp för att skriva kontrakt då du anlitade Lisbeth som researcher."

"Jag minns."

"Jag tror att jag blev avundsjuk på dig. Du hade känt henne i ett par timmar. Hon skrattade tillsammans med dig. Jag har i flera år försökt vara Lisbeths vän, men jag har aldrig ens fått henne att dra på munnen."

"Tja ... jag har inte heller varit så framgångsrik."

De satt i tystnad en stund.

"Skönt att det här är över", sa Armanskij.

"Amen", sa Mikael.

DET VAR KRIMINALINSPEKTÖRERNA Jan Bublanski och Sonja Modig som genomförde det formella vittnesförhöret med Lisbeth Salander. De hade bägge just kommit hem till sina respektive familjer efter en synnerligen lång arbetsdag och tvingades nästan omgående återvända till polishuset.

Salander biträddes av Annika Giannini, som dock inte hade orsak att göra särskilt många påpekanden. Lisbeth Salander svarade med exakta formuleringar på alla frågor som Bublanski och Modig ställde.

Hon ljög konsekvent på två centrala punkter. I beskrivningen av vad som hade skett i samband med bråket i Stallarholmen hävdade hon envist att det var Sonny Nieminen som av misstag skjutit Carl-Magnus "Magge" i foten i samma ögonblick som hon nitat honom med en elpistol. Var hade hon fått elpistolen ifrån? Hon hade konfiskerat den från Magge Lundin, förklarade hon.

Både Bublanski och Modig såg tvivlande ut. Men det förelåg ingen bevisning och inga vittnen som kunde motsäga hennes förklaring. Möjligen kunde Sonny Nieminen protestera, men han vägrade säga något om incidenten. Faktum var att han inte hade en aning om vad som hade skett sekunderna efter att han knockats av chocken från elpistolen.

Vad gällde Lisbeths färd till Gosseberga förklarade hon att hennes syfte hade varit att konfrontera sin far och övertala honom att överlämna sig till polisen.

Lisbeth Salander såg troskyldig ut.

Ingen kunde avgöra om hon talade sanning eller inte. Annika Giannini hade ingen uppfattning i frågan.

Den ende som med säkerhet visste att Lisbeth Salander hade åkt till Gosseberga i akt och mening att en gång för alla avsluta sina förehavanden med sin far var Mikael Blomkvist. Men han hade utvisats från rättegången kort efter att förhandlingarna återupptagits. Ingen visste att han och Lisbeth Salander hade fört långa nattliga samtal via nätet under den tid hon låg isolerad på Sahlgrenska.

MEDIA MISSADE HELT frigivningen. Hade tidpunkten varit känd skulle ett större medieuppbåd ha ockuperat polishuset. Men reportrarna var utmattade efter det kaos som utbrutit under dagen då *Millennium* utkom och vissa säkerhetspoliser gripits av andra säkerhetspoliser.

Hon på TV4 var den enda journalist som i vanlig ordning visste vad historien handlade om. Hennes timslånga inslag blev en klassiker som några månader senare resulterade i pris för årets bästa nyhetsinslag i TV.

Sonja Modig slussade ut Lisbeth Salander från polishuset genom att helt enkelt ta ned henne och Annika Giannini till garaget och köra dem till advokatens kontor vid Kungsholms Kyrkoplan. Där bytte de till Annika Gianninis bil. Annika väntade till dess att Sonja Modig försvunnit innan hon startade motorn. Hon styrde mot Södermalm.

När de passerade i höjd med riksdagshuset bröt hon tystnaden.

"Vart?" frågade hon.

Lisbeth funderade några sekunder.

"Du kan släppa av mig någonstans på Lundagatan."

"Miriam Wu är inte där."

Lisbeth sneglade på Annika Giannini.

"Hon åkte till Frankrike kort efter att hon kom ut från sjukhuset. Hon bor hos sina föräldrar om du vill ta kontakt med henne."

"Varför berättade du inte?"

"Du frågade aldrig."

"Hmm."

"Hon behövde få distans. Mikael gav mig de här i morse och sa att du förmodligen ville ha tillbaka dem."

Hon gav henne en nyckelknippa. Lisbeth tog stumt emot den.

"Tack. Kan du släppa av mig någonstans på Folkungagatan istället."

"Du vill inte berätta var du bor ens för mig?"

"Senare. Jag vill vara i fred."

"Okej."

Annika hade satt på sin mobil då de lämnade polishuset efter förhöret. Den började pipa då hon passerade Slussen. Hon kikade på displayen.

"Det är Mikael. Han har ringt typ var tionde minut de senaste timmarna."

"Jag vill inte prata med honom."

"Okej. Men kan jag få ställa en personlig fråga till dig?"

"Ja?"

"Vad har egentligen Mikael gjort mot dig eftersom du hatar honom så intensivt. Jag menar, om det inte vore för honom så skulle du förmodligen ha spärrats in på psyket i kväll."

"Jag hatar inte Mikael. Han har inte gjort något mot mig. Jag vill bara inte träffa honom just nu."

Annika Giannini sneglade på sin klient.

"Jag tänker inte lägga mig i dina relationer, men du föll för honom, eller hur?"

Lisbeth tittade ut genom sidorutan utan att svara.

"Min bror är fullständigt oansvarig när det gäller relationer. Han knullar sig genom livet och begriper inte hur ont det kan göra för de kvinnor som ser honom som något mer än ett högst tillfälligt ragg."

Lisbeth mötte hennes blick.

"Jag vill inte diskutera Mikael med dig."

"Okej", sa Annika. Hon parkerade vid trottoarkanten strax före Erstagatan. "Blir det bra här?"

"Ja."

De satt tysta en stund. Lisbeth gjorde ingen ansats att öppna bildörren. Efter en stund stängde Annika av bilmotorn.

"Vad händer nu?" frågade Lisbeth till sist.

"Det som händer nu är att från och med i dag står du inte längre under förvaltarskap. Du kan göra vad du vill. Även om vi framhärdade i tingsrätten i dag så återstår faktiskt en hel del byråkrati. Det kommer att bli ansvarsutredningar inom överförmyndarnämnden och det kommer att bli frågor om kompensation och sådant. Och brottsutredningen kommer att fortsätta."

"Jag vill inte ha någon kompensation. Jag vill bli lämnad i fred."

"Jag förstår. Men det spelar inte så stor roll vad du tycker. Den här processen är bortom dig. Jag föreslår att du skaffar dig en advokat som kan föra din talan."

"Vill du inte fortsätta som min advokat?"

Annika gnuggade sig i ögonen. Efter dagens urladdning kände hon sig alldeles tom. Hon ville åka hem och duscha och låta sin man massera hennes rygg.

"Jag vet inte. Du litar inte på mig. Och jag litar inte på dig. Jag har ingen lust att bli indragen i en lång process där jag bara blir mött av frustrerande tystnad då jag kommer med förslag eller vill diskutera något."

Lisbeth satt tyst en lång stund.

"Jag … jag är inte bra på relationer. Men jag litar faktiskt på dig."

Det lät nästan som en ursäkt.

"Det är möjligt. Men det är inte mitt problem om du är usel på relationer. Det blir mitt problem om jag måste representera dig."

Tystnad.

"Vill du att jag ska fortsätta som din advokat?"

Lisbeth nickade. Annika suckade.

"Jag bor på Fiskargatan 9. Ovanför Mosebacke torg. Kan du köra mig dit?"

Annika sneglade på sin klient. Till sist startade hon motorn. Hon lät Lisbeth dirigera henne till rätt adress. De stannade en bit från huset.

"Okej", sa Annika. "Vi gör ett försök. Här är mina villkor. Jag kommer att representera dig. Då jag vill ha tag på dig så vill jag att du svarar. Då jag behöver veta hur du vill att jag ska agera så vill jag ha tydliga svar. Om jag ringer upp dig och säger att du måste träffa en polis eller en åklagare eller något annat som rör brottsutredningen så har jag gjort bedömningen att det är nödvändigt. Då kräver jag att du infinner dig på överenskommen plats och vid rätt tidpunkt och inte konstrar. Kan du leva med det?"

"Okej."

"Och om du börjar krångla så upphör jag att vara din advokat. Har du förstått?"

Lisbeth nickade.

"En sak till. Jag vill inte hamna i något drama mellan dig och min bror. Om du har problem med honom så får du reda ut dem. Men han är faktiskt inte din fiende."

"Jag vet. Jag ska reda ut det. Men jag behöver tid."

"Vad tänker du göra nu?"

"Jag vet inte. Du kan nå mig via mailen. Jag lovar att svara så fort jag kan, men jag kanske inte kollar den varje dag ..."

"Du blir inte livegen bara för att du skaffat advokat. Vi nöjer oss med det så länge. Ut ur min bil nu. Jag är dödstrött och vill åka hem och sova."

Lisbeth öppnade dörren och klev ut på trottoaren. Hon hejdade sig då hon skulle stänga bildörren. Hon såg ut som om hon försökte formulera något men hittade inte orden. För ett ögonblick tyckte

Annika att hon såg nästan sårbar ut.

"Det är okej", sa Annika. "Gå hem och lägg dig. Och strula inte till något den närmaste tiden."

Lisbeth Salander stod kvar på trottoarkanten och tittade efter Annika Giannini till dess att baklyktorna försvann runt hörnet.

"Tack", sa hon slutligen.

KAPITEL 29
LÖRDAG 16 JULI-FREDAG 7 OKTOBER

HON HITTADE SIN Palm Tungsten T3 på byrån i hallen. Där låg hennes bilnycklar och den axelremsväska som hon förlorat då Magge Lundin gav sig på henne utanför porten på Lundagatan. Där fanns öppnad och oöppnad post som hämtats från boxen på Hornsgatan. *Mikael Blomkvist.*

Hon gick en långsam runda genom den möblerade delen av sin lägenhet. Överallt hittade hon spår efter honom. Han hade sovit i hennes säng och arbetat vid hennes skrivbord. Han hade använt hennes skrivare och i papperskorgen hittade hon utkast till texterna om Sektionen och kasserade anteckningar och klotter.

Han har köpt en liter mjölk, bröd, ost, kaviar och tio paket Billys Pan Pizza som han placerat i kylskåpet.

På köksbordet hittade hon ett litet vitt kuvert med hennes namn. Det var en lapp från honom. Budskapet var kort. Hans mobilnummer. Inget annat.

Lisbeth Salander visste plötsligt att bollen låg hos henne. Han tänkte inte ta kontakt med henne. Han hade avslutat storyn, lämnat tillbaka hennes lägenhetsnycklar och tänkte inte höra av sig till henne. Om hon ville något så kunde hon ringa. *Jävla tjurskalle.*

Hon satte på en kanna kaffe och gjorde fyra smörgåsar och satte sig i fönstersmygen och tittade ut mot Djurgården. Hon tände en cigarett och grubblade.

Allting var över och ändå kändes hennes liv plötsligt mer instängt än någonsin.

Miriam Wu hade åkt till Frankrike. *Det var mitt fel att du nästan dog.* Hon hade bävat för det ögonblick då hon skulle bli tvungen att träffa Miriam Wu, och hon hade beslutat sig för att det skulle bli hennes allra första hållplats då hon blev fri. *Och så hade hon åkt till Frankrike.*

Hon stod plötsligt i skuld till människor.

Holger Palmgren. Dragan Armanskij. Hon borde kontakta dem och tacka. Paolo Roberto. Och Plague och Trinity. Till och med de jävla poliserna Bublanski och Modig hade rent objektivt tagit hennes parti. Hon gillade inte att stå i skuld till någon. Hon kände sig som en bricka i ett spel som hon inte kunde kontrollera.

Kalle Jävla Blomkvist. Och kanske till och med Erika Jävla Berger med skrattgroparna och de vackra kläderna och det självsäkra sättet.

Det var över, hade Annika Giannini sagt då de lämnade polishuset. Jo. Rättegången var över. Det var över för Annika Giannini. Och det var över för Mikael Blomkvist som hade publicerat sin text och som skulle hamna i TV och säkert inkassera något jävla pris också.

Men det var inte över för Lisbeth Salander. Det var bara den första dagen i resten av hennes liv.

KLOCKAN FYRA PÅ morgonen slutade hon tänka. Hon slängde sin punkutstyrsel på golvet i sovrummet och gick till badrummet och duschade. Hon tvättade bort all makeup hon hade haft i rätten och klädde sig i mörka lediga linnebyxor, ett vitt linne och en tunn jacka. Hon packade en övernattningsväska med ombyte, underkläder och ett par linnen och satte på sig enkla promenadskor.

Hon plockade med sig sin Palm och beställde en taxi till Mosebacke torg. Hon åkte till Arlanda och var framme strax före klockan sex. Hon studerade tavlan med avgångar och bokade biljett på den första ort som föll henne in. Hon använde sitt eget pass under sitt eget namn. Hon häpnade när ingen vid bokningen eller incheckningen tycktes känna igen henne eller reagerade över namnet.

Hon fick plats på morgonflyget till Malaga och landade mitt på dagen i stekhet värme. Hon stod osäkert kvar en stund vid terminalen. Till sist gick hon och tittade på en karta och funderade över vad hon skulle göra i Spanien. Efter någon minut bestämde hon sig. Hon orkade inte ägna tid åt att fundera över busslinjer eller alternativa färdsätt. Hon köpte ett par solglasögon i en butik på flygplatsen och gick ut till taxiterminalen och satte sig i baksätet på första lediga bil.

"Gibraltar. Jag betalar med kreditkort."

Färden tog tre timmar längs den nya motorvägen på sydkusten. Taxin släppte av henne vid passkontrollen på gränsen till brittiskt territorium och hon promenerade upp till The Rock Hotel på Europa Road en bit upp på sluttningen på den 425 meter höga klippan, där hon frågade om det fanns något rum ledigt. Det fanns ett dubbelrum. Hon bokade två veckor och lämnade över kreditkortet.

Hon duschade och satte sig insvept i ett badlakan på terrassen och tittade ut över Gibraltarsundet. Hon såg lastfartyg och några segelbåtar. Hon kunde vagt skönja Marocko i diset på andra sidan sundet. Det var rofyllt.

Efter en stund gick hon in och lade sig och somnade.

NÄSTA MORGON VAKNADE Lisbeth Salander halv sex. Hon klev upp, duschade och drack kaffe i hotellbaren på bottenvåningen. Klockan sju lämnade hon hotellet och gick ut och handlade en kasse med mango och äpplen och tog taxi upp till The Peak och promenerade till aporna. Hon var så tidigt ute att få turister hade hunnit dyka upp, och hon var nästan ensam med djuren.

Hon gillade Gibraltar. Det var hennes tredje besök på den besynnerliga klippan med en absurt tättbefolkad engelsk stad vid Medelhavet. Gibraltar var en plats som inte riktigt liknade någon annan plats. Staden hade varit isolerad i decennier, en koloni som ståndaktigt vägrade att införlivas med Spanien. Spanjorerna protesterade naturligtvis mot ockupationen. (Lisbeth Salander ansåg dock att spanjorerna borde hålla truten så länge de besatte enklaven Ceuta på marockanskt territorium på den andra sidan av Gibraltarsundet.)

Det var en plats som var lustigt avskärmad från den övriga världen, en stad som bestod av en bisarr klippa och drygt två kvadratkilometer stadsyta och en flygplats som började och slutade i havet. Kolonin var så liten att varje kvadratcentimeter utnyttjades och expansionen måste ske ut i havet. För att ens kunna komma in i staden var besökarna tvungna att gå över landningsbanan på flygplatsen.

Gibraltar gav begreppet *compact living* en ny innebörd.

Lisbeth såg en kraftig aphanne häva sig upp på en mur intill promenadvägen. Han blängde på henne. Han var en *Barbary Ape*. Hon visste bättre än att försöka klappa något av djuren.

"Hej kompis", sa hon. "Jag är tillbaka igen."

Första gången hon besökt Gibraltar hade hon inte ens hört talas om dess apor. Hon hade bara åkt upp till toppen för att titta på utsikten och blev fullständigt överraskad då hon följde en grupp turister och plötsligt befann sig mitt i en flock apor som klängde och klättrade på bägge sidor av vägen.

Det var en särskild känsla att vandra längs en stig och plötsligt ha två dussin apor omkring sig. Hon betraktade dem med största misstänksamhet. De var inte farliga eller aggressiva. Däremot hade de tillräcklig styrka att orsaka förödande bett om de blev uppretade eller kände sig hotade.

Hon hittade en av skötarna och visade sin kasse och frågade om hon fick ge frukten till aporna. Han sa att det var okej.

Hon plockade upp en mango och placerade den på muren en liten bit från hannen.

"Frukost", sa hon, lutade sig mot muren och tog en tugga av ett äpple.

Aphannen stirrade på henne, visade några tänder och plockade belåtet upp mangon.

VID FYRATIDEN PÅ eftermiddagen, fem dagar senare, ramlade Lisbeth Salander av stolen i Harry's Bar på en sidogata till Main Street, två kvarter från hennes hotell. Hon hade varit konstant berusad sedan hon lämnade apberget och merparten av drickandet hade skett hos Harry O'Connell, som ägde baren och talade med en tillkämpad irländsk accent trots att han aldrig i hela sitt liv satt en fot i Irland. Han hade iakttagit henne med bekymrad min.

När hon hade beställt den första drinken på eftermiddagen fyra dagar tidigare hade han krävt henne på legitimation eftersom hon såg ut att vara betydligt yngre än passet angav. Han visste att hon hette Lisbeth och kallade henne Liz. Hon brukade komma in efter lunchtid, sätta sig på en hög pall längst in i baren och luta sig mot väggen. Därefter ägnade hon sig åt att sänka ett försvarligt antal öl eller whisky.

Då hon drack öl brydde hon sig inte om märke eller sort; hon tog emot det han tappade upp. Då hon beställde whisky valde hon alltid Tullamore Dew, utom vid ett tillfälle då hon studerat flaskorna bakom disken och föreslagit Lagavulin. Då hon fick glaset luktade hon på det. Hon höjde ögonbrynen och tog därefter en Mycket Liten Klunk. Hon ställde ned glaset och stirrade på det under en minut med ett ansiktsuttryck som antydde att hon betraktade innehållet som en hotfull fiende.

Slutligen sköt hon glaset ifrån sig och sa till Harry att ge henne någonting som hon inte kunde använda till att tjära en båt. Han hällde upp Tullamore Dew igen och hon återgick till sitt drickande. Under de gångna fyra dygnen hade hon ensam konsumerat drygt en flaska. Han hade inte hållit räkning på ölen. Harry var minst sagt förvånad över att en flicka med hennes blygsamma kroppsvolym kunde hälla i sig så mycket, men han antog att om hon önskade dricka sprit så tänkte hon göra det, vare sig det skedde i hans bar eller någon annanstans.

Hon drack långsamt, pratade inte med någon och ställde inte till med bråk. Hennes enda sysselsättning, bortsett från konsumtion av alkohol, tycktes vara att sitta och leka med en handdator som hon då och då kopplade till en mobiltelefon. Han hade vid några tillfällen försökt inleda samtal med henne men mötts av en butter tystnad. Hon tycktes undvika sällskap. Vid några tillfällen, då det blev för mycket folk i baren, hade hon flyttat ut till gatuserveringen, och vid andra tillfällen hade hon gått ned till en italiensk restaurang två dörrar bort och ätit middag, varefter hon återkommit till Harry och beställt mer Tullamore Dew. Hon brukade lämna baren vid tiotiden på kvällen och lulla iväg norrut.

Just denna dag hade hon druckit mer och snabbare än tidigare dagar och Harry hade börjat hålla ett vakande öga på henne. När hon petat i sig sju glas Tullamore Dew på drygt två timmar hade han beslutat att neka henne mera sprit. Innan han hann förverkliga beslutet hörde han dock braket då hon ramlade av stolen.

Han ställde ned ett glas som han just höll på att torka och gick runt bardisken och lyfte upp henne. Hon såg förnärmad ut.

"Jag tror att du har fått nog", sa han.

Hon tittade ofokuserat på honom.

"Jag tror att du har rätt", svarade hon med förvånansvärt tydlig röst.

Hon höll sig i bardisken med ena handen och grävde fram sedlar ur bröstfickan och svajade iväg mot utgången. Han grep henne milt i axeln.

"Vänta en stund. Vad sägs om att gå in i badrummet och spy upp den där sista spriten och sitta kvar i baren en stund. Jag vill inte gärna släppa iväg dig i det där tillståndet."

Hon protesterade inte då han ledde henne till badrummet. Hon satte fingrarna i halsen och gjorde som han föreslog. Då hon kom ut i baren igen hade han hällt upp ett stort glas sodavatten åt henne. Hon drack upp hela glaset och rapade. Han spolade upp ytterligare ett glas.

"Du kommer att må fan i morgon", sa Harry.

Hon nickade.

"Det är inte min sak, men om jag var du skulle jag hålla mig nykter ett par dagar."

Hon nickade igen. Sedan gick hon tillbaka till badrummet och spydde.

Hon stannade kvar i Harry's Bar i ytterligare någon timme innan hennes blick hade klarnat så pass att Harry vågade släppa iväg henne. Hon lämnade honom på ostadiga ben, promenerade ned till flygplatsen och följde stranden längs marinan. Hon promenerade till dess att klockan var halv nio och marken hade slutat gunga. Först då återvände hon till hotellet. Hon gick upp till sitt rum och borstade tänderna och sköljde av sig i ansiktet, bytte kläder och gick tillbaka ned till hotellbaren i foajén och beställde en kopp svart kaffe och en flaska mineralvatten.

Hon satt obemärkt i tystnad vid en pelare och studerade människorna i baren. Hon såg ett par i 30-årsåldern inbegripna i ett lågmält samtal. Kvinnan var klädd i en ljus sommarklänning. Mannen höll hennes hand under bordet. Två bord längre bort satt en svart familj, han med begynnande grå tinningar, hon med en vacker färgsprakande klänning i gult, svart och rött. De hade två barn strax under tonåren. Hon studerade en grupp affärsmän i vita skjortor och slips med sina kavajer över stolsryggarna. De drack öl. Hon såg ett sällskap pensionärer som utan tvivel var amerikanska turister. Männen var klädda i baseballkepsar, tennisröjor och lediga byxor. Kvinnorna hade designerjeans, röda toppar och solglasögon i snoddar. Hon såg en man i ljus linnekavaj och grå skjorta och mörk slips som kom in från gatan och hämtade nycklar i receptionen innan han styrde över till baren och beställde en öl. Hon satt tre meter från honom och fokuserade blicken då han lyfte en mobiltelefon och började prata på tyska.

"Hej, det är jag ... är allt väl? ... det går bra, vi har nästa möte i morgon eftermiddag ... nej, jag tror att det löser sig ... jag blir kvar i minst fem eller sex dagar och åker därefter till Madrid ... nej, jag är inte hemma förrän i slutet av nästa vecka ... jag med ... jag älskar dig ... javisst ... jag ringer senare i veckan ... puss."

Han var 185 centimeter lång, drygt 50, kanske 55 år, blond med gråsprängt hår som var lite längre än kortklippt, en vek haka och för mycket vikt runt midjan. Ändå tämligen väl bibehållen. Han läste *Financial Times*. När han avslutat sin öl och gick mot hissen reste sig Lisbeth Salander och följde efter.

Han tryckte på knappen till våning sex. Lisbeth tog plats bredvid honom och lutade bakhuvudet mot hissväggen.

"Jag är berusad", sa hon.

Han tittade på henne.

"Jaså?"

"Ja. Det har varit en sådan där vecka. Låt mig gissa. Du är affärsman av något slag, kommer från Hannover eller någonstans i norra Tyskland. Du är gift. Du älskar din fru. Och du måste stanna här i Gibraltar i ytterligare ett par dagar. Så mycket förstod jag av ditt telefonsamtal i baren."

Han tittade förbluffad på henne.

"Själv är jag från Sverige. Jag känner ett oemotståndligt behov av att ha sex med någon. Jag skiter i om du är gift och jag vill inte ha ditt telefonnummer."

Han höjde ögonbrynen.

"Jag bor på rum 711, våningen ovanför dig. Jag tänker gå upp på mitt rum, klä av mig, bada och lägga mig i sängen. Om du vill göra mig sällskap så ska du knacka på inom en halvtimme. Annars kommer jag att somna."

"Är det här någon sorts skämt?" frågade han då hissen stannade.

"Nej. Jag ids inte tjafsa med att gå ut på någon krog och ragga. Antingen knackar du på hos mig eller så får det vara."

Tjugofem minuter senare knackade det på dörren på Lisbeths hotellrum. Hon hade ett badlakan runt kroppen då hon öppnade.

"Kom in", sa hon.

Han klev in och såg sig misstänksamt omkring i rummet.

"Det är bara jag här", sa hon.

"Hur gammal är du egentligen?"

Hon sträckte ut handen och plockade upp sitt pass som låg på en byrå och gav det till honom.

"Du ser yngre ut."

"Jag vet", sa hon och öppnade badhandduken och slängde den på en stol. Hon gick till sängen och drog bort överkastet.

Han stirrade på hennes tatueringar. Hon sneglade över axeln.

"Det här är ingen fälla. Jag är tjej, singel och här några dagar. Jag har inte haft sex på flera månader."

"Varför valde du just mig?"

"Därför att du var den ende i baren som såg ut att inte vara i sällskap."

"Jag är gift ..."

"Och jag vill inte veta vem hon är eller ens vem du är. Och jag vill inte diskutera sociologi. Jag vill knulla. Klä av dig eller gå ned till ditt rum igen."

"Bara så där?"

"Varför inte. Du är vuxen och vet vad du förväntas göra."

Han funderade i en halv minut. Han såg ut som om han tänkte gå. Hon satte sig på sängkanten och väntade. Han bet sig i underläppen. Sedan tog han av sig byxorna och skjortan och stod tveksamt kvar i kalsongerna.

"Allt", sa Lisbeth Salander. "Jag tänker inte knulla med någon som har kalsongerna på sig. Och du ska använda kondom. Jag vet var jag har varit, men jag vet inte var du har varit."

Han drog av sig kalsongerna och gick fram till henne och lade handen på hennes axel. Lisbeth blundade då han böjde sig ned och kysste henne. Han smakade bra. Hon lät honom luta ned henne på sängen. Han var tung på henne.

JEREMY STUART MACMILLAN, advokat, kände nackhåren resa sig i samma ögonblick som han öppnade dörren till sitt kontor i Buchanan House på Queensway Quay ovanför marinan. Han kände tobaksrök och hörde att en stol knarrade. Klockan var strax före sju på morgonen och hans första tanke var att han hade överraskat en inbrottstjuv.

Sedan kände han en doft av kaffe från bryggaren i pentryt. Efter några sekunder klev han tveksamt över tröskeln och gick genom hallen och kikade in i sitt rymliga och elegant möblerade arbetsrum. Lisbeth Salander satt i hans kontorsstol med ryggen mot honom och fötterna på fönsterbrädan. Hans bordsdator var påslagen och hon hade uppenbarligen inte haft några problem med att forcera lösenordet. Hon hade heller inte haft några problem med att öppna hans säkerhetsskåp. Hon hade en folder med hans högst privata korrespondens och bokföring i knäet.

"God morgon, fröken Salander", sa han till sist.

"Mmm", svarade hon. "Det finns nybryggt kaffe och croissanter i pentryt."

"Tack", sa han och suckade uppgivet.

Han hade för all del köpt kontoret med hennes pengar och på hennes uppmaning, men han hade inte förväntat sig att hon skulle materialisera sig utan förvarning. Dessutom hade hon hittat och uppenbarligen läst en bögporrtidning som han hade haft gömd i en skrivbordslåda.

Så generande.

Eller kanske inte.

När det gällde Lisbeth Salander upplevde han att hon var den mest dömande människa han någonsin träffat då det handlade om personer som irriterade henne men att hon aldrig någonsin ens höjde ögonbrynen inför människors svagheter. Hon visste att han officiellt var heterosexuell men att hans mörka hemlighet var att han attraherades av män och att han sedan skilsmässan femton år tidigare gått in för att förverkliga sina mest privata fantasier.

Så lustigt. Jag känner mig trygg med henne.

EFTERSOM HON ÄNDÅ befann sig i Gibraltar hade Lisbeth beslutat att besöka advokat Jeremy MacMillan som skötte hennes ekonomi. Hon hade inte varit i kontakt med honom sedan strax efter årsskiftet och ville veta om han hade passat på att ruinera henne under hennes frånvaro.

Men det hade inte brådskat och var heller inte orsaken till att hon hade åkt direkt till Gibraltar då hon frigavs. Det gjorde hon därför att hon kände ett intensivt behov av att komma bort från allt, och i det avseendet var Gibraltar utmärkt. Hon hade tillbringat nästan en vecka med att vara berusad och därefter ytterligare några dagar med att ha sex med den tyske affärsmannen som sent omsider presenterat sig som Dieter. Hon tvivlade på att det var hans riktiga namn men gjorde inga efterforskningar. Han tillbringade dagarna med att sitta i möten och kvällarna med att äta middag med henne innan de drog sig tillbaka till hans eller hennes rum.

Han var inte alls dålig i sängen, konstaterade Lisbeth. Möjligen var han lite ovan och stundom onödigt hårdhänt.

Dieter hade verkat genuint häpen över att hon på ren impuls hade raggat upp en överviktig tysk affärsman som inte ens hade varit ute och raggat. Han var mycket riktigt gift och brukade inte vara otrogen eller söka kvinnligt sällskap på sina affärsresor. Men då möjligheten serverades på fat i form av en späd och tatuerad flicka hade han inte kunnat motstå frestelsen. Sa han.

Lisbeth Salander brydde sig inte särskilt mycket om vad han sa. Hon hade inte avsett mer än rekreationssex, men överraskades av att han faktiskt ansträngde sig för att tillfredsställa henne. Det var först under den fjärde natten, deras sista tillsammans, som han fick ett utbrott av panikångest och började grubbla över vad hans fru skulle säga. Lisbeth Salander ansåg att han borde hålla truten och inte berätta något för sin fru.

Men hon sa inte vad hon tänkte.

Han var vuxen och hade kunnat säga nej till hennes invit. Det var inte hennes problem om han drabbades av skuldkänslor eller bekände något för sin fru. Hon hade legat med ryggen mot honom och lyssnat i femton minuter till dess att hon irriterat himlat med ögonen och vänt sig om och satt sig grensle över honom.

"Tror du att du kan ta en paus med ångesten en stund och tillfredsställa mig igen?" undrade hon.

Jeremy MacMillan var en helt annan historia. Han hade noll erotisk dragningskraft på Lisbeth Salander. Han var en skurk. Han var lustigt nog utseendemässigt snarlik Dieter. Han var 48 år gammal, charmig, lite överviktig med grånande mörkblont lockigt hår som kammades bakåt över en hög hjässa. Han hade tunna guldbågade glasögon.

En gång i tiden hade han varit en Oxbridgeutbildad affärsjurist och placerare i London. Han hade haft en lovande framtid och varit delägare i ett advokatkontor som anlitades av storföretag och penningstinna nyrika yuppies som ägnade sig åt fastighetsköp och skatteplanering. Han hade tillbringat det glada 1980-talet med att umgås med nyrika kändisar. Han hade krökat hårt och snortat kokain tillsammans med människor som han egentligen inte ville vakna tillsammans med morgonen därpå. Han hade aldrig blivit åtalad men hade förlorat sin fru och sina två barn och hade fått sparken efter att ha misskött affärerna och rumlat in berusad till en förlikningsprocess.

Utan någon större eftertanke hade han nyktrat till och skamset flytt från London. Varför han valt just Gibraltar visste han inte, men 1991 hade han slagit sig ihop med en lokal jurist och öppnat ett anspråkslöst bakgatskontor som officiellt ägnade sig åt betydligt mindre glamourösa bouppteckningar och testamentshandlingar. Lite mindre officiellt ägnade sig MacMillan & Marks åt att etablera brevlådeföretag och fungera som målvakter för diverse obskyra figurer i Europa. Verksamheten hankade sig fram till dess att Lisbeth Salander hade valt Jeremy MacMillan att förvalta de 2,4 miljarder dollar som hon stulit från finansmannen Hans-Erik Wennerströms sönderfallande imperium.

MacMillan var utan tvivel en skurk. Men hon betraktade honom som *hennes* skurk, och han hade överraskat sig själv genom att förbli oklanderligt hederlig gentemot henne. Hon hade först anlitat honom för en enkel uppgift. Mot en blygsam summa hade han etablerat ett antal brevlådeföretag som hon kunde nyttja och som hon placerade en miljon dollar i. Hon hade kontaktat honom på telefon och bara varit en röst i fjärran. Han frågade aldrig varifrån pengarna kom. Han hade gjort det hon bad om och debiterat henne fem procent av summan. Kort därefter hade hon slussat in en större summa pengar som han skulle använda för att etablera ett företag, Wasp Enterprises, som köpte en bostadsrätt i Stockholm. Kontakten med Lisbeth Salander hade därmed blivit lukrativ, även om det för hans del handlade om småpengar.

Två månader senare hade hon plötsligt kommit på besök i Gibraltar. Hon hade ringt honom och föreslagit en privat middag på hennes rum på The Rock, som var om inte det största så det mest anrika hotellet på Klippan. Han var inte säker på vad han hade väntat sig, men han hade inte trott att hans klient skulle vara en dockliknande flicka som såg ut att vara i de lägre tonåren. Han trodde att han var utsatt för någon sorts bisarrt skämt.

Han hade snabbt ändrat uppfattning. Den underliga flickan pratade obekymrat med honom utan att någonsin le eller visa någon personlig värme. Eller för den delen kyla. Han hade suttit lamslagen då hon under loppet av några minuter helt raserat den yrkesmässiga fasad av världsvan respektabilitet som han var så mån om att upprätthålla.

"Vad vill du?" undrade han.

"Jag har stulit en summa pengar", svarade hon med stort allvar. "Jag behöver en skurk som kan förvalta dem."

Han hade undrat om hon var riktigt klok, men han spelade artigt med. Hon var potentiellt ett offer för en snabb dribbling som kunde rendera en liten inkomst. Därefter hade han suttit som träffad av blixten då hon förklarade vem hon stulit pengarna från, hur det hade gått till och hur stor summan var. Wennerstroemaffären var det hetaste samtalsämnet i den internationella finansvärlden.

"Jag förstår."

Möjligheter gled genom hans hjärna.

"Du är en duktig affärsjurist och placerare. Om du vore en idiot så skulle du aldrig ha fått de uppdrag som du fick på 1980-talet. Däremot betedde du dig som en idiot och lyckades få sparken."

Han höjde ögonbrynen.

"Jag kommer i framtiden att vara din enda klient."

Hon hade tittat på honom med de mest troskyldiga ögon han någonsin sett.

"Jag har två krav. Det ena är att du aldrig någonsin begår ett brott eller blir inblandad i något som kan skapa problem för oss och fokusera myndigheternas intresse på mina företag och konton. Det andra är att du aldrig ljuger för mig. Aldrig någonsin. Inte en enda gång. Och inte av något skäl. Om du ljuger så upphör vår affärsrelation omedelbart och om du irriterar mig tillräckligt mycket så kommer jag att ruinera dig."

Hon hällde upp ett glas vin åt honom.

"Det finns ingen orsak att ljuga för mig. Jag känner redan till allt som är värt att veta om ditt liv. Jag vet hur mycket du tjänar en bra månad och en dålig månad. Jag vet hur mycket du gör av med. Jag vet att du aldrig riktigt får pengarna att räcka till. Jag vet att du har 120 000 pund i skulder, både långfristiga och kortfristiga sådana, och att du ständigt måste ta risker och fiffla till dig pengar för att klara amorteringarna. Du klär dig elegant och försöker hålla skenet uppe, men du är på dekis och har inte köpt en ny kavaj på flera månader. Däremot lämnade du in en gammal kavaj för att lappa fodret för två veckor sedan. Du brukade samla på sällsynta böcker men har sålt dem undan för undan. Förra månaden sålde du en tidig utgåva av *Oliver Twist* för 760 pund."

Hon tystnade och fixerade honom med blicken. Han svalde.

"Förra veckan gjorde du faktiskt ett klipp. Ett ganska sinnrikt bedrägeri mot den där änkan som du representerar. Du roffade åt dig 6 000 pund som hon knappast kommer att sakna."

"Hur fan vet du det?"

"Jag vet att du varit gift, att du har två barn i England som inte vill träffa dig och att du har tagit steget fullt ut sedan skilsmässan och i dag huvudsakligen har homosexuella förhållanden. Du skäms förmodligen över det, eftersom du undviker bögklubbarna och att bli sedd ute på stan med någon av dina manliga vänner och eftersom du ofta åker över gränsen till Spanien för att träffa män."

Jeremy MacMillan satt förstummad av chock. Han var plötsligt skräckslagen. Han hade ingen aning om hur hon hade fått reda på all information, men hon hade tillräckligt för att förinta honom.

"Och det här säger jag bara en gång. Jag skiter fullständigt i vem du har sex med. Det angår inte mig. Jag vill veta vem du är, men jag kommer aldrig att utnyttja min kunskap. Jag kommer inte att hota dig eller utpressa dig."

MacMillan var ingen idiot. Han insåg självfallet att den kunskap hon hade om honom innebar ett hot. Hon hade kontroll. Under ett ögonblick hade han övervägt att lyfta upp henne och kasta henne över kanten av terrassen, men han behärskade sig. Han hade aldrig tidigare varit så rädd.

"Vad vill du?" pressade han fram.

"Jag vill ha ett kompanjonskap med dig. Du ska upphöra med alla andra affärer du sysslar med och arbeta exklusivt för mig. Du kommer att tjäna mer än du någonsin kunnat drömma om."

Hon förklarade vad hon ville att han skulle göra och hur hon ville att upplägget skulle se ut.

"Jag vill vara osynlig", förklarade hon. "Du sköter mina affärer. Allt ska vara legitimt. Det jag strular till på egen hand kommer aldrig att beröra dig eller kopplas till våra affärer."

"Jag förstår."

"Jag kommer alltså att vara din enda klient. Du har en vecka på dig att avveckla alla dina andra klienter och upphöra med allt småfiffel."

Han insåg också att han hade fått ett erbjudande som aldrig skulle återkomma. Han hade funderat sextio sekunder och därefter accepterat. Han hade bara en fråga.

"Hur vet du att jag inte blåser dig?"

"Gör inte det. Du kommer att ångra dig resten av ditt miserabla liv."

Det fanns ingen orsak att fiffla. Lisbeth Salander hade erbjudit honom ett uppdrag som potentiellt hade en så stor guldkant att det hade varit absurt att riskera något för småpengar. Så länge han var någorlunda anspråkslös och inte strulade till något så hade han en tryggad framtid.

Han tänkte följaktligen inte blåsa Lisbeth Salander.

Alltså blev han hederlig, eller åtminstone så hederlig en utbränd advokat kunde anses vara då han förvaltade ett stöldgods av astronomiska proportioner.

Lisbeth var helt ointresserad av att sköta sin ekonomi. MacMillans uppgift var att placera hennes pengar och se till att det fanns täckning på de kreditkort som hon använde. De hade diskuterat i flera timmar. Hon hade förklarat hur hon ville att hennes ekonomi skulle fungera. Hans jobb var att se till att det fungerade.

En stor del av stöldgodset hade placerats i stabila fonder som gjorde henne ekonomiskt oberoende resten av livet, även om hon skulle få för sig att leva ett extremt utsvävande och slösaktigt liv. Det var från dessa fonder som hennes kreditkort fylldes på.

Resten av pengarna kunde han leka med och investera efter eget huvud, förutsatt att han inte investerade i något som kunde innebära problem med polisen i någon form. Hon förbjöd honom att ägna sig åt fåniga småbrott och dussinbedrägerier som – om oturen var framme – kunde resultera i undersökningar som i sin tur kunde sätta henne under granskning.

Det som återstod att fastställa var vad han skulle tjäna på affären.

"Jag betalar 500 000 pund i ingångsarvode. Därmed kan du lösa alla dina skulder och ändå få en bra slant över. Därefter tjänar du pengar åt dig själv. Du startar ett företag med oss två som delägare. Du får tjugo procent av all profit som företaget genererar. Jag vill att du ska vara tillräckligt rik för att inte frestas att börja med något fuffens, men inte så rik att du inte anstränger dig."

Han började sitt nya jobb den 1 februari. I slutet av mars hade han betalat alla sina personliga skulder och stabiliserat sin privatekonomi. Lisbeth hade insisterat på att han skulle prioritera att sanera sin egen ekonomi så att han var solvent. I maj bröt han partnerskapet med sin alkoholiserade kollega George Marks, den andra halvan av MacMillan & Marks. Han kände ett styng av dåligt samvete gentemot sin förra partner, men att blanda in Marks i Lisbeth Salanders affärer var uteslutet.

Han dryftade saken med Lisbeth Salander då hon återkom till Gibraltar på ett spontanbesök i början av juli och upptäckte att Mac-Millan arbetade hemifrån sin lägenhet istället för från det bakgatskontor där han tidigare huserat.

"Min partner är alkoholist och kommer inte att kunna hantera det här. Tvärtom skulle han vara en enorm riskfaktor. Men för femton år sedan räddade han mitt liv då jag kom till Gibraltar och han tog in mig i sin verksamhet."

Hon funderade i två minuter medan hon studerade MacMillans ansikte.

"Jag förstår. Du är en skurk med lojalitet. Det är förmodligen en berömvärd egenskap. Jag föreslår att du skapar ett litet konto som han kan få fiffla med. Se till att han tjänar några tusenlappar i månaden så att han klarar sig."

"Är det okej med dig?"

Hon hade nickat och sett sig omkring i hans ungkarlslya. Han bodde i en etta med kokvrå i en av gränderna i närheten av sjukhuset. Det enda trivsamma var utsikten. Det var å andra sidan en utsikt som var svår att undvika i Gibraltar.

"Du behöver ett kontor och en bättre bostad", sa hon.

"Jag har inte haft tid", svarade han.

"Okej", sa hon.

Därefter gick hon ut och shoppade ett kontor åt honom och valde 130 kvadrat med en liten terrass mot havet i Buchanan House på Queensway Quay, vilket definitivt var *upmarket* i Gibraltar. Hon anlitade en inredare som renoverade och möblerade.

MACMILLAN ERINRADE SIG att medan han hade varit upptagen med pappersexcersis hade Lisbeth personligen övervakat installation av larmsystem, datautrustning och det säkerhetsskåp som hon överraskande satt och rotade i då han kom in på kontoret på morgonen.

"Befinner jag mig i onåd?" undrade han.

Hon lade ned den pärm med korrespondens som hon fördjupat sig i.

"Nej, Jeremy. Du befinner dig inte i onåd."

"Bra", sa han och gick och hämtade kaffe. "Du har en förmåga att dyka upp då man minst väntar det."

"Jag har varit upptagen den senaste tiden. Jag ville bara uppdatera mig om vad som hänt."

"Om jag förstått saken rätt så har du jagats för trippelmord, blivit skjuten i huvudet och åtalats för en räcka brott. Jag var riktigt orolig ett tag. Jag trodde att du fortfarande satt inburad. Har du rymt?"

"Nej. Jag frikändes på alla punkter och har släppts. Hur mycket har du hört?"

Han tvekade en sekund.

"Okej. Inga vita lögner. När jag begrep att du satt mitt i skiten hyrde jag en översättningsbyrå som finkammade svenska tidningar och gav mig fortlöpande uppdateringar. Jag är rätt insatt."

"Om du baserar din kunskap på vad som stått i tidningarna så är du inte det minsta insatt. Men jag antar att du upptäckt en del hemligheter om mig."

Han nickade.

"Vad händer nu?"

Hon tittade förvånat på honom.

"Ingenting. Vi fortsätter som tidigare. Vår relation har inget med mina problem i Sverige att göra. Berätta vad som hänt medan jag varit borta. Har du skött dig?"

"Jag dricker inte", sa han. "Om det är det du menar."

"Nej. Ditt privatliv angår inte mig så länge det inte stör affärerna. Jag menar om jag är rikare eller fattigare än för ett år sedan?"

Han drog ut besöksstolen och slog sig ned. På något sätt spelade det ingen roll att hon ockuperat *hans* plats. Det fanns ingen orsak att ägna sig åt prestigekamp med henne.

"Du levererade 2,4 miljarder dollar till mig. Vi satte in 200 miljoner i fonder åt dig. Du gav mig resten att leka med."

"Ja."

"Dina personliga fonder har inte förändrats med mycket mer än räntan. Jag kan öka profiten om ..."

"Jag är inte intresserad av att öka profiten."

"Okej. Du har gjort av med en struntsumma. De största enskilda utgifterna har varit den lägenhet jag köpte åt dig och den välgörenhetsfond du startade för den där advokaten Palmgren. I övrigt har du bara haft normalkonsumtion och inte en särskilt vidlyftig sådan. Räntorna har varit gynnsamma. Du ligger på ungefär plus minus noll."

"Bra."

"Återstoden har jag investerat. I fjol tog vi inte in några större summor. Jag var ringrostig och ägnade tiden åt att lära mig marknaden igen. Vi har haft utgifter. Det är först i år vi har börjat generera inkomster. Medan du suttit inburad har vi dragit in drygt sju miljoner. Dollar alltså."

"Varav tjugo procent tillfaller dig."

"Varav tjugo procent tillfaller mig."

"Är du nöjd med det?"

"Jag har tjänat över en miljon dollar på ett halvår. Jo. Jag är nöjd."

"Du vet ... gapa inte efter för mycket. Du kan dra dig tillbaka när

du känner dig nöjd. Men fortsätt att sköta mina affärer några tim-
mar då och då."

"Tio miljoner dollar", sa han.

"Hur?"

"När jag fått ihop tio miljoner dollar lägger jag av. Det var bra att
du dök upp. Vi har en del att diskutera."

"Prata på."

Han slog ut med handen.

"Det här är så mycket pengar att det skrämmer skiten ur mig. Jag
vet inte hur jag ska hantera dem. Jag vet inte vad målsättningen med
verksamheten är mer än att tjäna mer pengar. Vad ska pengarna an-
vändas till?"

"Jag vet inte."

"Inte jag heller. Men pengarna kan bli ett självändamål. Det är
rubbat. Det är därför jag beslutat mig för att lägga av då jag tjänat
ihop tio miljoner. Jag vill inte ha ansvaret länge."

"Okej."

"Innan jag lägger av vill jag att du har bestämt hur du vill att den
här förmögenheten ska förvaltas i framtiden. Det måste finnas ett
syfte och riktlinjer och en organisation att lämna över till."

"Mmm."

"Det är omöjligt för en person att ägna sig åt affärer på det här
sättet. Jag har delat upp summan i långsiktiga fasta investeringar
– fastigheter, värdepapper och sådant. Du har en komplett förteck-
ning i datorn."

"Jag har läst den."

"Den andra halvan ägnar jag åt spekulation, men det är så mycket
pengar att hålla rätt på att jag inte hinner med. Jag har därför startat
ett investmentbolag i Jersey. Du har för närvarande sex anställda i
London. Två skickliga unga placerare och kontorspersonal."

"Yellow Ballroom Ltd? Jag undrade just vad det var för något."

"Vårt företag. Här i Gibraltar har jag anställt en sekreterare och
en ung lovande jurist ... de dyker förresten upp om någon halvtim-
me."

"Jaha. Molly Flint, 41 år, och Brian Delaney, 26."

"Vill du träffa dem?"

"Nej. Är Brian din älskare?"

"Vad? Nej."

Han såg chockerad ut.

"Jag blandar inte ihop ..."

"Bra."

"Förresten ... jag är inte intresserad av unga grabbar ... oerfarna, menar jag."

"Nej, du är mer attraherad av grabbar med lite tuffare attityd än en snorunge kan erbjuda. Det är fortfarande inte något som angår mig, men Jeremy ..."

"Ja?"

"Var försiktig."

HON HADE EGENTLIGEN inte planerat att stanna i Gibraltar mer än ett par veckor för att hitta en kompassriktning igen. Hon upptäckte plötsligt att hon inte hade en aning om vad hon skulle ta sig till eller vart hon borde åka. Hon blev kvar i tolv veckor. Hon kontrollerade sin e-post en gång om dagen och svarade lydigt på mail från Annika Giannini vid de enstaka tillfällen hon hörde av sig. Hon berättade inte var hon befann sig. Hon svarade inte på någon annan e-post.

Hon fortsatte att besöka Harry's Bar, men nu kom hon in bara för någon enstaka öl på kvällarna. Hon tillbringade större delen av dagarna på The Rock, antingen på terrassen eller i sängen. Hon avverkade ytterligare en tillfällig förbindelse med en 30-årig officer i brittiska marinen, men det blev ett *one night stand* och var på det hela taget en ointressant upplevelse.

Hon insåg att hon var uttråkad.

I början av oktober åt hon middag med Jeremy MacMillan. De hade bara träffats några enstaka tillfällen under hennes vistelse. Det hade mörknat och de drack ett fruktigt vitt vin och hade diskuterat vad de skulle använda Lisbeths miljarder till. Plötsligt överraskade han henne med att fråga vad som tryckte henne.

Hon hade betraktat honom och funderat på saken. Därefter hade hon lika överraskande berättat om sitt förhållande till Miriam Wu, hur hon misshandlats och nästan mördats av Ronald Niedermann. Det hade varit hennes fel. Bortsett från en hälsning via Annika Giannini hade Lisbeth inte hört ett ord från Miriam Wu. Och nu hade hon flyttat till Frankrike.

Jeremy MacMillan hade suttit tyst en lång stund.

"Är du kär i henne?" frågade han plötsligt.

Lisbeth Salander funderade på svaret. Till sist skakade hon på huvudet.

"Nej. Jag tror inte att jag är typen som blir kär. Hon var en vän. Och hon var bra sex."

"Ingen människa kan undvika att bli kär", sa han. "Man kanske vill förneka det, men vänskap är nog den vanligaste formen av kärlek."

Hon tittade förbluffat på honom.

"Blir du arg om jag blir personlig?"

"Nej."

"Åk till Paris, för guds skull", sa han.

HON LANDADE PÅ de Gaulle-flygplatsen halv tre på eftermiddagen, tog flygbussen till Triumfbågen och ägnade två timmar åt att vandra omkring i de närmaste kvarteren på jakt efter ett ledigt hotellrum. Hon gick söderut, mot Seine, och fick slutligen plats på lilla Hotel Victor Hugo på rue Copernic.

Hon duschade och ringde Miriam Wu. De träffades vid niotiden på kvällen på en bar i närheten av Notre-Dame. Miriam Wu var klädd i vit skjorta och kavaj. Hon såg strålande ut. Lisbeth blev omedelbart generad. De pussade varandra på kinden.

"Jag är ledsen att jag inte hört av mig och att jag inte kom till rättegången", sa Miriam Wu.

"Det är okej. Rättegången var bakom lyckta dörrar i vilket fall."

"Jag låg på sjukhus i tre veckor och sedan var allting ett kaos då jag kom hem till Lundagatan. Jag kunde inte sova. Jag drömde mardrömmar om den där jävla Niedermann. Jag ringde till mamma och sa att jag ville komma."

Lisbeth nickade.

"Förlåt mig."

"Var inte en jävla idiot. Det är jag som kommit hit för att be *dig* om ursäkt."

"Varför det?"

"Jag tänkte inte. Det föll mig aldrig in att jag utsatte dig för livsfara genom att överlåta lägenheten men fortsätta att vara skriven där. Det var mitt fel att du nästan blev mördad. Jag förstår om du hatar mig."

Miriam Wu såg häpen ut.

"Jag har inte ens tänkt tanken. Det var Ronald Niedermann som försökte mörda mig. Inte du."

De satt tysta en stund.

"Jaha", sa Lisbeth till sist.

"Jo", sa Miriam Wu.

"Jag har inte följt efter dig hit för att jag är kär i dig", sa Lisbeth.

Miriam nickade.

"Du var jävla bra sex, men jag är inte kär i dig", underströk hon.

"Lisbeth ... jag tror ..."

"Det jag ville säga var att jag hoppas att ... fan."

"Vad?"

"Jag har inte många vänner ..."

Miriam Wu nickade.

"Jag blir kvar i Paris ett tag. Mina studier därhemma gick åt helvete och jag skrev in mig på universitetet här istället. Jag kommer att stanna minst ett år."

Lisbeth nickade.

"Sedan vet jag inte. Men jag kommer tillbaka till Stockholm. Jag betalar hyran för Lundagatan och jag tänker behålla lägenheten. Om det är okej med dig."

"Det är din lägenhet. Gör vad du vill med den."

"Lisbeth, du är väldigt speciell", sa hon. "Jag vill gärna fortsätta att vara din vän."

De pratade i två timmar. Lisbeth hade ingen anledning att dölja sitt förflutna för Miriam Wu. Zalachenkoaffären var känd av alla som hade tillgång till en svensk tidning och Miriam Wu hade följt affären med stort intresse. Hon berättade detaljerat om vad som hade hänt i Nykvarn den natt Paolo Roberto hade räddat hennes liv.

Sedan åkte de hem till Miriams studentrum i närheten av universitetet.

EPILOG
BOUPPTECKNING
FREDAG 2 DECEMBER – SÖNDAG 18 DECEMBER

ANNIKA GIANNINI TRÄFFADE Lisbeth Salander i baren på Södra teatern vid niotiden på kvällen. Lisbeth drack starköl och var på väg att avsluta sitt andra glas.

"Ledsen att jag är sen", sa Annika och sneglade på sitt armbandsur. "Jag fick trassel med en annan klient."

"Jaha", sa Lisbeth.

"Vad firar du?"

"Inget. Jag har bara lust att bli full."

Annika betraktade henne med skepsis medan hon slog sig ned.

"Har du ofta den lusten?"

"Jag söp mig redlös då jag blev frisläppt, men jag har inga anlag för alkoholism om du tror det. Det slog mig bara att jag för första gången i mitt liv är myndig och har laglig rätt att bli berusad här hemma i Sverige."

Annika beställde en campari.

"Okej", sa hon. "Vill du dricka ensam eller vill du ha sällskap?"

"Helst ensam. Men om du inte pratar så mycket kan du sitta med. Jag antar att du inte har lust att hänga med hem till mig och ha sex."

"Förlåt?" undrade Annika Giannini.

"Nä, jag trodde väl det. Du är en sådan där vanvettigt heterosexuell människa."

Annika Giannini såg plötsligt road ut.

"Det är första gången någon av mina klienter föreslagit sex."

"Är du intresserad?"

"Sorry. Inte det minsta. Men tack för erbjudandet."

"Vad var det du ville, advokaten?"

"Två saker. Antingen avsäger jag mig jobbet som din advokat här och nu eller så börjar du svara i telefon då jag ringer. Vi hade den här diskussionen då du blev frisläppt."

Lisbeth Salander tittade på Annika Giannini.

"Jag har försökt få tag på dig i en vecka. Jag har ringt, skrivit och mailat."

"Jag har varit bortrest."

"Du har varit omöjlig att få tag på större delen av hösten. Det här fungerar inte. Jag har accepterat att vara ditt juridiska ombud i allt som har med dina mellanhavanden med staten att göra. Det betyder formalia och dokumentation som måste skötas. Papper måste undertecknas. Frågor måste besvaras. Jag måste kunna få tag på dig, och jag har ingen lust att sitta som en idiot och inte veta var du håller hus."

"Jag förstår. Jag har varit utomlands i två veckor. Jag kom hem i går och ringde dig så fort jag hörde att du sökte mig."

"Det duger inte. Du måste hålla mig underrättad om var du finns och höra av dig minst en gång i veckan till dess att alla frågor om skadestånd och sådant är klart."

"Jag skiter i skadestånd. Jag vill att staten lämnar mig i fred."

"Men staten kommer inte att lämna dig i fred, hur mycket du än vill. Ditt frikännande i tingsrätten får en lång kedja av konsekvenser. Det handlar inte bara om dig. Peter Teleborian kommer att åtalas för vad han gjorde mot dig. Det betyder att du måste vittna. Åklagare Ekström är föremål för en utredning om tjänstefel och kan dessutom komma att åtalas om det visar sig att han medvetet åsidosatt tjänsteplikten på uppdrag av Sektionen."

Lisbeth höjde ögonbrynen. För en sekund såg hon nästan intresserad ut.

"Jag tror inte att det kommer att leda till åtal. Han gick på en bluff och har egentligen inget med Sektionen att göra. Men så sent som förra veckan inledde en åklagare en förundersökning mot överförmyndarnämnden. Där föreligger flera JO-anmälningar och en anmälan till justitiekanslern."

"Jag har inte anmält någon."

"Nej. Men det är uppenbart att grova tjänstefel har begåtts och allt detta måste utredas. Du är inte den enda person som nämnden har ansvar för."

Lisbeth ryckte på axlarna.

"Det angår inte mig. Men jag lovar att hålla bättre kontakt med dig än tidigare. De här senaste två veckorna har varit ett undantag. Jag har jobbat."

Annika Giannini tittade misstänksamt på sin klient.

"Vad jobbar du med?"

"Konsultverksamhet."

"Okej", sa hon till slut. "Det andra är att bouppteckningen är klar."

"Vilken bouppteckning?"

"Efter din pappa. Statens advokat tog kontakt med mig eftersom ingen tycks veta hur de ska få kontakt med dig. Du och din syster är enda arvtagare."

Lisbeth Salander betraktade Annika utan att röra en min. Sedan fångade hon servitrisens blick och pekade på sitt glas.

"Jag vill inte ha något arv efter min far. Gör vad fan du vill med det."

"Fel. *Du* kan göra vad du vill med arvet. Mitt jobb är att se till att du har möjlighet att göra det."

"Jag vill inte ha ett öre efter det svinet."

"Okej. Skänk pengarna till Greenpeace eller nåt."

"Jag skiter i valarna."

Annikas röst blev plötsligt förnuftig.

"Lisbeth, om du nu ska vara myndig så får du faktiskt börja bete dig som en sådan. Jag skiter i vad du gör med dina pengar. Skriv på här att du har tagit emot så kan du supa i fred sedan."

Lisbeth sneglade under lugg på Annika och tittade därefter ned i bordet. Annika antog att det var en sorts urskuldande gest som eventuellt motsvarade en ursäkt i Lisbeth Salanders begränsade mimregister.

"Okej. Vad är det?"

"Rätt hyfsat. Din pappa hade drygt 300 000 i värdepapper. Fastigheten i Gosseberga kommer att ge uppskattningsvis runt 1,5 miljoner i försäljning – det ingår lite skog. Dessutom ägde din far ytterligare tre fastigheter."

"Fastigheter?"

"Ja. Det tycks som att han hade investerat en del pengar. Det är inga dramatiskt värdefulla objekt. Han äger ett mindre hyreshus i Uddevalla om sammanlagt sex lägenheter som svarar för en del hyresintäkter. Men fastigheten är i dåligt skick och han struntade i renoveringarna. Kåken har till och med varit uppe hos hyresnämnden. Du blir inte rik men den kommer att inbringa en slant vid försäljning. Han äger ett sommartorp i Småland som är värderat till drygt 250 000 kronor."

"Jaha."

"Sedan äger han en fallfärdig industrilokal utanför Norrtälje."

"Varför i hela friden hade han skaffat sig den skiten?"

"Det har jag ingen aning om. Uppskattningsvis kan arvet inbringa omkring fyra-någonting miljoner vid försäljning efter skatter och sådant, men ..."

"Ja?"

"Sedan ska arvet delas lika mellan dig och din syster. Problemet är att ingen tycks veta var din syster befinner sig."

Lisbeth betraktade Annika Giannini under uttryckslös tystnad.

"Nå?"

"Nå, vad då?"

"Var finns din syster?"

"Jag har ingen aning. Jag har inte sett henne på tio år."

"Hon har sekretesskyddade uppgifter, men jag har fått fram att hon är antecknad som obefintlig i riket."

"Jaså", sa Lisbeth med behärskat intresse.

Annika suckade uppgivet.

"Okej. Då skulle jag föreslå att vi realiserar alla tillgångar och fonderar halva summan i bank till dess att din syster kan lokaliseras. Jag kan inleda förhandlingar om du ger mig klartecken."

Lisbeth ryckte på axlarna.

"Jag vill inte ha med hans pengar att göra."

"Jag förstår det. Men bokslutet måste i alla fall göras. Det är en del av ditt ansvar som myndig."

"Sälj skiten då. Sätt in hälften på bank och skänk resten till vad du har lust med."

Annika Giannini krökte ett ögonbryn. Hon hade förstått att Lisbeth Salander faktiskt hade pengar undanstoppade men inte insett att hennes klient hade det så pass gott ställt att hon kunde ignorera ett arv som uppgick till närmare en miljon kronor och kanske mer. Hon hade heller ingen aning om varifrån Lisbeth hade fått sina pengar eller hur mycket det handlade om. Däremot var hon intresserad av att få den byråkratiska proceduren avklarad.

"Snälla Lisbeth ... Kan du läsa igenom bouppteckningen och ge mig klartecken så vi får saken ur världen."

Lisbeth muttrade en stund men gav till sist med sig och stoppade mappen i sin väska. Hon lovade att läsa igenom och ge instruktioner om hur hon ville att Annika skulle agera. Därefter ägnade hon sig åt sin öl. Annika Giannini höll henne sällskap i en timme och drack huvudsakligen mineralvatten.

DET VAR FÖRST flera dagar senare då Annika Giannini ringde och påminde Lisbeth Salander om bouppteckningen som hon plockade upp och slätade ut de skrynkliga papperen. Hon satte sig vid köksbordet hemma i lägenheten vid Mosebacke och läste igenom dokumentationen.

Bouppteckningen omfattade åtskilliga sidor och innehöll uppgifter om allt möjligt bråte – vilket porslin som funnits i köksskåpen i Gosseberga, kvarlämnade kläder, värdet på kameror och andra personliga effekter. Alexander Zalachenko hade inte lämnat mycket av värde efter sig och inget av föremålen hade minsta affektionsvärde för Lisbeth Salander. Hon funderade en stund och beslutade därefter att hon inte hade ändrat attityd sedan hon träffat Annika på krogen. Sälj skiten och bränn pengarna. Eller nåt. Hon var fullständigt övertygad om att hon inte ville ha ett öre efter sin far men misstänkte också på goda grunder att Zalachenkos verkliga tillgångar låg nedplöjda någonstans där ingen bouppteckningsman hade sökt.

Sedan öppnade hon lagfarten över industrifastigheten i Norrtälje.

Fastigheten var en industrilokal i tre byggnader om sammanlagt 20 000 kvadratmeter i närheten av Skederid mellan Norrtälje och Rimbo.

Bouppteckningsmannen hade gjort ett hastigt besök på platsen och konstaterat att det var ett nedlagt tegelbruk som stått mer eller mindre öde sedan det lades ned på 1960-talet och som användes som trävarulager på 1970-talet. Han hade konstaterat att lokalerna var i *ytterst dåligt skick* och inte lämpade sig för renovering för någon annan verksamhet. Det dåliga skicket innebar bland annat att det som beskrevs som "norra byggnaden" hade eldhärjats och rasat ihop. Vissa reparationer hade dock utförts i "huvudbyggnaden".

Det som fick Lisbeth Salander att haja till var historiken. Alexander Zalachenko hade skaffat sig fastigheten för en spottstyver den 12 mars 1984, men den som stod för köpehandlingarna var Agneta Sofia Salander.

Lisbeth Salanders mor hade alltså ägt fastigheten. Redan 1987 hade dock hennes ägande upphört. Zalachenko köpte ut henne för en summa om 2 000 kronor. Därefter tycktes fastigheten ha stått oanvänd i drygt femton år. Bouppteckningen visade att den 17 september 2003 hade företaget KAB anlitat byggföretaget NorrBygg AB att utföra renoveringsarbeten som bland annat omfattade reparationer av golv och tak, samt förbättringar av vatten och el. Reparationerna hade pågått drygt två månader till den sista november 2004 och därefter avbrutits. NorrBygg hade skickat en räkning som hade betalats.

Av alla tillgångar i hennes fars kvarlåtenskap var detta det enda förbryllande inslaget. Lisbeth Salander rynkade ögonbrynen. Ägandet av industrilokalen var begripligt om hennes far hade velat antyda att hans legitima företag KAB bedrev någon form av verksamhet eller ägde vissa tillgångar. Det var också begripligt att han hade utnyttjat Lisbeths mor som bulvan eller frontfigur i köpet och därefter lagt beslag på kontraktet.

Men varför i herrans namn hade han år 2003 betalat närmare 440 000 kronor för att renovera ett fallfärdigt ruckel som enligt bouppteckningsmannen fortfarande 2005 inte användes till någonting alls?

Lisbeth Salander var konfunderad men inte överdrivet intresserad. Hon vek ihop mappen och ringde Annika Giannini.

"Jag har läst bouppteckningen. Mitt besked kvarstår. Sälj skiten och gör vad du vill med pengarna. Jag vill inte ha någonting efter honom."

"Okej. Då ser jag till att halva summan fonderas för din systers räkning. Därefter ska jag ge dig några förslag på olika ändamål du kan donera pengarna till."

"Jaha", sa Lisbeth och lade på luren utan vidare prat.

Hon satte sig i fönstersmygen och tände en cigarett och tittade ut mot Saltsjön.

LISBETH SALANDER TILLBRINGADE den kommande veckan med att bistå Dragan Armanskij i ett brådskande ärende. Det handlade om att spåra och identifiera en person som misstänktes vara inhyrd för att röva bort ett barn i en vårdnadstvist där en svensk kvinna hade skilt sig från en libanesisk medborgare. Lisbeth Salanders insats inskränkte sig till att kontrollera e-posten för den person som antogs vara uppdragsgivaren. Uppdraget avbröts i samband med att parterna kom till en rättslig uppgörelse och försonades.

Den 18 december var söndagen före jul. Lisbeth vaknade klockan halv sju på morgonen och konstaterade att hon måste handla en julklapp till Holger Palmgren. Hon funderade en stund över om hon skulle köpa julklappar till någon annan – möjligen Annika Giannini. Hon gjorde sig ingen brådska då hon klev upp och duschade och åt frukost bestående av kaffe och rostat bröd med ost och apelsinmarmelad.

Hon hade inget särskilt planerat för dagen och ägnade en stund åt att plocka bort papper och tidningar från skrivbordet. Sedan föll hennes blick på mappen med bouppteckningen. Hon slog upp den och läste om sidan med lagfarten till industrifastigheten i Norrtälje. Till sist suckade hon. *Okej. Jag måste få veta vad tusan han hade på gång.*

Hon satte på sig varma kläder och kängor. Klockan var halv nio på förmiddagen då hon svängde ut den vinröda Hondan från garaget under Fiskargatan 9. Det var iskallt men vackert väder med sol och pastellblå himmel. Hon tog vägen över Slussen och Klarabergsleden och snirklade sig upp på E18 i riktning Norrtälje. Hon hade ingen brådska. Klockan var närmare tio på förmiddagen då hon svängde upp till en OK-mack några kilometer utanför Skederid för att fråga om vägen till det gamla tegelbruket. I samma ögonblick som hon parkerade insåg hon att hon inte skulle behöva fråga.

Hon befann sig på en liten höjd med god utsikt över en sänka på andra sidan vägen. Till vänster på vägen mot Norrtälje noterade hon ett färglager och någonting som hade med byggnadsmaterial att göra, samt en uppställningsplats för schaktmaskiner. Till höger i utkanten av industriområdet, drygt 400 meter från huvudvägen, låg en dyster tegelbyggnad med en raserad skorsten. Bruket låg som en sista utpost i industriområdet, lite isolerat på andra sidan en väg och en smal å. Hon betraktade eftertänksamt byggnaden och undrade vad som hade förmått henne att ägna dagen åt att åka till Norrtälje kommun.

Hon vred huvudet och sneglade mot OK-macken där en TIR-skyltad långtradare just stannade till. Hon insåg plötsligt att hon befann sig på huvudleden från färjehamnen i Kapellskär där en stor del av godstrafiken mellan Sverige och baltstaterna passerade.

Hon startade bilen och körde tillbaka ut på vägen och svängde upp till det övergivna tegelbruket. Hon parkerade mitt på tomten och klev ut ur bilen. Det var minusgrader i luften och hon satte på sig en svart luva och svarta skinnhandskar.

Huvudbyggnaden hade två våningar. På bottenvåningen hade alla fönster stängts till med plywood. På övervåningen noterade hon ett stort antal trasiga fönster. Tegelbruket var en betydligt större byggnad än hon hade föreställt sig. Den tycktes omåttligt förfallen. Några spår av reparationer kunde hon inte urskilja. Hon såg inte en levande själ, men noterade att någon hade kastat en begagnad kondom mitt på parkeringsplatsen och att en del av fasaden hade varit föremål för angrepp från graffitikonstnärer.

Varför i helvete hade Zalachenko ägt denna byggnad?

Hon promenerade runt bruket och hittade den raserade flygeln på baksidan. Hon konstaterade att alla dörrar till huvudbyggnaden var låsta med kättingar och hänglås. Till sist studerade hon frustrerat en port på gaveln. I samtliga dörrar var hänglåsen fastsatta med kraftiga järnbultar och brytskydd. Låset på gaveln tycktes vekare och var faktiskt endast fixerat med grov spik. *Äh, vad fan, jag äger ju byggnaden.* Hon såg sig omkring och hittade ett smalt järnrör i en hög med bråte och använde det som hävstång för att knäcka fästet till hänglåset.

Hon kom in i ett trapphus med en öppning till utrymmet på bottenvåningen. De förbommade fönstren gjorde att det var nästan kolsvart, med undantag för några enstaka strimmor av ljus som letade sig in vid kanterna av plywooden. Hon stod stilla i flera minuter medan ögonen vande sig vid mörkret och skymtade ett hav av skräp, övergivna träpallar, gamla maskindelar och virke i en hall som var fyrtiofem meter lång och kanske tjugo meter bred och hölls på plats av massiva pelare. De gamla ugnarna från tegelbruket tycktes ha monterats ned och tagits bort. Fundamenten hade blivit vattenfyllda bassänger och det var stora pölar av vatten och mögel på golvet. Det luktade unket och ruttet från bråten. Hon rynkade näsan.

Lisbeth vände och gick uppför trappan. Övervåningen var torr och bestod av två hallar i fil, drygt tjugo gånger tjugo meter och minst åtta meter i takhöjd. Höga fönster fanns oåtkomliga uppe vid taket. De gav ingen utsikt men bidrog till ett vackert ljus på övervåningen. Liksom bottenvåningen var den fylld av bråte. Hon passerade dussintals meterhöga packlårar staplade på varandra. Hon kände på en av dem. Den gick inte att rubba. Hon läste texten *Machine parts* 0-A77. Under fanns motsvarande text på ryska. Hon noterade en öppen varuhiss mitt på långsidan i den yttre hallen.

Ett maskinlager av något slag som knappast kunde omsätta någon större förmögenhet så länge det stod och rostade i det gamla tegelbruket.

Hon passerade entrén till den inre hallen och insåg att hon befann sig på den plats där reparationsarbetet hade utförts. Hallen var fylld av bråte, lårar och gamla kontorsmöbler placerade i någon sorts labyrintisk ordning. En sektion av golvet var frilagt och nya golvplankor hade lagts in. Lisbeth noterade att renoveringsarbetet tycktes ha avbrutits hastigt. Verktyg, en kap och en bänksåg, spikpistol, kofot, järnspett och verktygslådor fanns fortfarande kvar. Hon rynkade ögonbrynen. *Även om arbetet hade avbrutits så borde väl byggföretaget ha samlat ihop sin utrustning.* Men även denna fråga fick sitt svar då hon höll upp en skruvmejsel och konstaterade att texten på skaftet var på ryska. Zalachenko hade importerat verktygen och möjligen även arbetskraften.

Hon gick fram till kapsågen och vred om strömbrytaren. En grön lampa tändes. Det fanns elektricitet. Hon vred av strömbrytaren igen.

Längst in i hallen fanns tre dörrar till mindre utrymmen, kanske det gamla kontoret. Hon kände på handtaget på den nordligaste dörren. Låst. Hon såg sig omkring och gick tillbaka till verktygen och hämtade en kofot. Det tog henne en stund att bryta upp dörren.

Det var kolsvart i rummet och luktade unket. Hon trevade med handen och hittade en strömbrytare som tände en naken lampa i taket. Lisbeth såg sig häpet omkring.

Möblemanget i rummet bestod av tre sängar med solkiga madrasser och ytterligare tre madrasser placerade direkt på golvet. Smutsigt sänglinne låg utspritt. Till höger fanns en kokplatta och några kastruller intill en rostig vattenkran. I ett hörn stod en plåthink och en rulle toalettpapper.

Någon hade bott där. Flera personer.

Hon noterade plötsligt att handtag saknades på insidan av dörren. Hon kände en iskall kåre längs ryggraden.

Det fanns ett stort linneskåp längst in i rummet. Hon gick tillbaka och öppnade skåpdörren och hittade två resväskor. Hon drog ut den översta. Den innehöll kläder. Hon rotade i väskan och höll upp en kjol med en etikett och text på ryska. Hon hittade en handväska och hällde ut innehållet på golvet. Bland smink och annan bråte hittade hon ett pass tillhörande en mörkhårig kvinna i 20-årsåldern. Texten var på ryska. Hon tolkade namnet till Valentina.

Lisbeth Salander gick långsamt ut ur rummet. Hon fick en känsla av déjà vu. Hon hade gjort samma brottsplatsundersökning i en källare i Hedeby två och ett halvt år tidigare. Kvinnokläder. Ett fängelse. Hon stod stilla och funderade en lång stund. Det oroade henne att pass och kläder fanns kvarlämnade. Det kändes inte rätt.

Sedan gick hon tillbaka till samlingen med verktyg och rotade omkring till dess att hon hittade en kraftig ficklampa. Hon kontrollerade att det fanns batterier och gick ned till bottenvåningen och in i den stora hallen. Vatten från pölarna på golvet trängde in genom kängorna.

Det luktade vedervärdigt ruttet ju längre in i hallen hon kom. Stanken tycktes vara värst i mitten av salen. Hon stannade vid ett av fundamenten till de gamla tegelugnarna. Fundamentet var vattenfyllt nästan till brädden. Hon lyste med stavlampan mot den kolsvarta vattenytan men kunde inte urskilja något. Ytan var delvis täckt av alger som bildade ett grönt slem. Hon såg sig omkring och hittade ett tre meter långt armeringsjärn. Hon stack ned det i bassängen och rörde om. Vattnet var bara någon halvmeter djupt. Nästan omedelbart stötte hon på motstånd. Hon bände i några sekunder innan kroppen kom upp till ytan, ansiktet först, en grinande mask av död och förruttnelse. Hon andades genom munnen och betraktade ansiktet i skenet från ficklampan och konstaterade att det tillhörde en kvinna, kanske kvinnan på passet på övervåningen. Hon hade inga kunskaper om hastigheten av förruttnelse i kallt stillastående vatten men kroppen tycktes ha funnits i bassängen en längre tid.

Hon såg plötsligt att något rörde sig på vattenytan. Larver av något slag.

Hon lät kroppen sjunka tillbaka under vattenytan och trevade vidare med armeringsjärnet. I kanten av bassängen stötte hon mot vad som föreföll att vara ytterligare en kropp. Hon lät den ligga och drog upp armeringsjärnet och släppte det på golvet och stod tankfullt stilla vid bassängen.

LISBETH SALANDER GICK upp på övervåningen igen. Hon använde kofoten och bröt upp mellandörren. Rummet var tomt och tycktes inte ha använts.

Hon gick till den sista dörren och satte kofoten på plats men innan hon hann bryta gled dörren upp på glänt. Det var olåst. Hon petade upp dörren med kofoten och såg sig omkring.

Rummet var ungefär trettio kvadratmeter stort. Det hade fönster i normal höjd med utsikt mot planen framför tegelbruket. Hon skymtade OK-macken på höjden ovanför vägen. Det fanns en säng, ett bord och en diskbänk med porslin. Sedan såg hon en öppen bag på golvet. Hon såg sedlar. Hon tog förbryllat två steg innan hon insåg att det var varmt i rummet. Hennes blick drogs till ett elektriskt element mitt på golvet. Hon såg en kaffebryggare. Den röda lampan lyste.

Det var bebott. Hon var inte ensam i tegelbruket.

Hon tvärvände och satte högsta fart genom den inre hallen, ut genom mellandörrarna och mot utgången i den yttre hallen. Hon tvärbromsade fem steg från trapphuset när hon upptäckte att dörren till utgången hade stängts och förseglats med hänglås. Hon var inlåst. Hon vände sig långsamt om och tittade sig omkring. Hon kunde inte se någon.

"Hej syrran", hörde hon en ljus röst från sidan.

Hon vred huvudet och såg Ronald Niedermanns väldiga gestalt materialisera sig i kanten av några packlårar med maskindelar.

Han hade en bajonett i handen.

"Jag hoppades att jag skulle få träffa dig igen", sa Niedermann. "Det blev ju så hastigt förra gången."

Lisbeth såg sig omkring.

"Det är ingen idé", sa Niedermann. "Det är bara du och jag och ingen väg ut förutom den låsta dörren bakom dig."

Lisbeth vände blicken mot sin halvbror.

"Hur är det med handen?" undrade hon.

Niedermann log fortfarande mot henne. Han höjde högerhanden och visade. Lillfingret var borta.

"Det blev infekterat. Jag var tvungen att kapa det."

Ronald Niedermann led av congenital analgesia och kunde inte känna smärta. Lisbeth hade kluvit hans hand med en spade utanför Gosseberga, sekunderna innan Zalachenko hade skjutit henne i huvudet.

"Jag skulle ha siktat på skallen", sa Lisbeth Salander med neutral röst. "Vad fan gör du här? Jag trodde att du hade försvunnit utomlands för flera månader sedan."

Han log mot henne.

OM RONALD NIEDERMANN skulle ha försökt besvara Lisbeth Salanders fråga om vad han gjorde i det förfallna tegelbruket så skulle han förmodligen ha blivit henne svaret skyldig. Han kunde inte ens förklara det för sig själv.

Han hade lämnat Gosseberga bakom sig med en känsla av befrielse. Han räknade med att Zalachenko var död och att han skulle överta företaget. Han visste att han var en utmärkt organisatör.

Han hade bytt bil i Alingsås och stuvat in den skräckslagna tandsköterskan Anita Kaspersson i bagageutrymmet och kört mot Borås. Han hade ingen plan. Han improviserade längs vägen. Han hade inte reflekterat över Anita Kasperssons öde. Det angick inte honom om hon levde eller dog, och han antog att han skulle vara tvungen att göra sig av med ett besvärligt vittne. Någonstans i utkanten av Borås hade han plötsligt insett att han kunde använda henne på ett annat sätt. Han styrde söderut och hittade ett ödsligt skogsparti utanför Seglora. Han hade bundit henne i en lada och lämnat henne. Han räknade med att hon skulle kunna ta sig loss inom några timmar och därmed leda polisen söderut i spaningarna. Och om hon inte tog sig loss utan svalt eller frös ihjäl i ladan så var det inte hans bekymmer.

I själva verket hade han åkt tillbaka till Borås och styrt österut mot

Stockholm. Han hade åkt raka vägen till Svavelsjö MC men noga undvikit själva klubbhuset. Det var irriterande att Magge Lundin satt inburad. Istället hade han sökt upp klubbens Sergeant-at-Arms Hans-Åke Waltari i hemmet. Han begärde bistånd och ett gömställe, vilket Waltari hade ordnat genom att skicka honom till Viktor Göransson, klubbens kassör och finansielle chef. Där hade han dock bara stannat i några timmar.

Ronald Niedermann hade i teorin inga större ekonomiska bekymmer. Han hade visserligen lämnat nästan 200 000 kronor efter sig i Gosseberga, men han hade tillgång till betydligt större summor placerade i fonder utomlands. Problemet var bara att han hade förfärligt ont om kontanter. Göransson hade hand om Svavelsjö MC:s pengar och Niedermann hade insett att ett lyckosamt tillfälle hade materialiserat sig. Det hade varit en smal sak att övertala Göransson att visa vägen till kassaskåpet i ladugården och förse sig med drygt 800 000 kronor i kontanter.

Niedermann tyckte sig komma ihåg att det hade funnits en kvinna i huset också, men han var inte säker på vad han hade gjort med henne.

Göransson bidrog också med ett fordon som ännu inte var lyst av polisen. Han styrde norrut. Han hade en vag plan om att söka sig till någon av Tallinks färjor som utgick från Kappelskär.

Han åkte till Kappelskär och stängde av motorn på parkeringsplatsen. Han satt i trettio minuter och studerade omgivningen. Det var nedlusat med poliser.

Han startade motorn och körde planlöst vidare. Han behövde ett gömställe där han kunde ligga lågt en tid. Strax utanför Norrtälje kom han att tänka på det gamla tegelbruket. Han hade inte ens tänkt på byggnaden på över ett år, sedan det var aktuellt med reparationerna. Det var bröderna Harry och Atho Ranta som använde tegelbruket som mellanlager för varor till och från Baltikum, men bröderna Ranta hade befunnit sig utomlands i flera veckor, sedan journalisten Dag Svensson på *Millennium* hade börjat snoka i hortraden. Tegelbruket var tomt.

Han hade gömt Göranssons Saab i ett skjul bakom tegelbruket

och tagit sig in. Han hade varit tvungen att bryta upp en dörr på bottenvåningen, men en av hans första åtgärder hade varit att ordna en reservutgång genom en lös plywoodskiva i bottenvåningens gavel. Han hade senare ersatt det sönderbrutna hänglåset. Därefter hade han inrättat sig i det ombonade rummet på övervåningen.

Det hade dröjt en hel eftermiddag innan han hört ljud från väggarna. Först hade han trott att det var de vanliga spökena. Han hade suttit på helspänn och lyssnat i någon timme innan han plötsligt rest sig och gått ut i stora hallen och lyssnat. Han hörde ingenting men stod tålmodigt kvar till dess att han hörde ett skrapande.

Han hade hittat nyckeln på diskbänken.

Ronald Niedermann hade sällan blivit så överraskad som då han öppnade dörren och hittade de två ryska hororna. De var utmärglade och hade varit utan mat, förstod han, i flera veckor sedan en kartong ris hade tagit slut. De hade levt på te och vatten.

En av hororna var så utmattad att hon inte orkade resa sig från sängen. Den andra hade varit i bättre form. Hon talade bara ryska men han hade tillräckligt goda språkkunskaper för att förstå att hon tackade Gud och honom att de hade blivit räddade. Hon hade fallit på knä och slagit armarna runt hans ben. Han hade häpet skjutit henne ifrån sig och retirerat ut och låst dörren.

Han hade inte vetat vad han skulle ta sig till med hororna. Han hade kokat en soppa av konserverna han hittat i köket och serverat dem medan han funderade. Den mest utmattade kvinnan på sängen tycktes återfå en del krafter. Han hade tillbringat kvällen med att förhöra dem. Det hade tagit honom en stund att inse att de två kvinnorna inte var horor utan studenter som hade betalat bröderna Ranta för att kunna ta sig till Sverige. De hade utlovats arbets- och uppehållstillstånd. De hade kommit från Kappelskär i februari och direkt förts till lagret där de hade blivit inlåsta.

Niedermann hade mulnat. De förbannade bröderna Ranta hade haft en sidoinkomst som de inte redovisat för Zalachenko. Sedan hade de helt enkelt glömt bort kvinnorna eller kanske medvetet lämnat dem åt sitt öde då de brådstörtat lämnat Sverige.

Frågan var bara vad han skulle ta sig till med kvinnorna. Han hade ingen orsak att göra dem illa. Han kunde inte gärna släppa dem fria med tanke på att de med stor sannolikhet skulle leda polisen till tegelbruket. Så enkelt var det. Han kunde inte skicka tillbaka dem till Ryssland eftersom det innebar att han måste åka ned till Kappelskär med dem. Det kändes för vanskligt. Den mörkhåriga flickan vars namn var Valentina hade erbjudit honom sex mot att han hjälpte dem. Han var inte det minsta intresserad av att ha sex med flickorna, men erbjudandet hade förvandlat henne till en hora. Alla kvinnor var horor. Så enkelt var det.

Efter tre dagar hade han tröttnat på deras ständiga böner, tjat och knackningar i väggen. Han såg ingen annan utväg. Han ville bara vara i fred. Han hade följaktligen låst upp dörren en sista gång och snabbt avslutat problemet. Han hade bett Valentina om ursäkt innan han sträckt fram händerna och med ett enda grepp vridit av hennes nacke mellan andra och tredje nackkotan. Därefter hade han gått fram till den blonda flickan på sängen vars namn han inte kände till. Hon hade legat passiv och inte gjort motstånd. Han hade burit ned kropparna till bottenvåningen och gömt dem i en vattenfylld bassäng. Äntligen kunde han känna en sorts frid.

AVSIKTEN HADE INTE varit att stanna i tegelbruket. Han hade bara tänkt stanna till dess att det värsta polispådraget hade lagt sig. Han rakade av sig håret och lät skägget växa ut en centimeter. Hans utseende förändrades. Han hittade en overall som tillhört någon av arbetarna från NorrBygg och som nästan var i hans egen storlek. Han satte på sig overallen och en kvarglömd skärmmössa från Beckers Färg och stoppade en tumstock i en benficka och körde upp till OK-macken på höjden ovanför vägen och handlade. Han hade gott om kontanter från bytet hos Svavelsjö MC. Han handlade i kvällningen. Han såg ut som en vanlig knegare som stannade till på vägen hem. Ingen tycktes lägga märke till honom. Han tog för vana att åka och handla en eller två gånger i veckan. På OK-macken hälsade de alltid vänligt och kände snart igen honom.

Från början hade han ägnat avsevärd tid åt att försvara sig mot de skepnader som befolkade byggnaden. De fanns i väggarna och kom ut nattetid. Han hörde dem vandra runt ute i hallen.

Han barrikaderade sig på sitt rum. Efter flera dagar fick han nog. Han beväpnade sig med en bajonett som han hittade i en kökslåda och gick ut för att äntligen konfrontera monstren. Det måste få ett slut.

Helt plötsligt upptäckte han att de vek undan. För första gången i sitt liv kunde han bestämma över deras närvaro. De flydde då han närmade sig. Han kunde se deras svansar och deformerade kroppar slinka undan bakom packlårar och skåp. Han vrålade efter dem. De flydde.

Han gick häpet tillbaka till sitt ombonade rum och satt vaken hela natten i väntan på att de skulle återkomma. De gjorde en förnyad attack i gryningen och han konfronterade dem än en gång. De flydde.

Han balanserade mellan panik och eufori.

I hela sitt liv hade han jagats av dessa varelser i mörkret och för första gången kände han att han behärskade situationen. Han gjorde ingenting. Han åt. Han sov. Han funderade. Det var rofyllt.

DAGARNA BLEV TILL veckor och det blev sommar. Från transistorradion och kvällstidningarna kunde han följa hur jakten på Ronald Niedermann avklingade. Han noterade med intresse rapporteringen om mordet på Alexander Zalachenko. *Så dråpligt. Ett psykfall satte punkt för Zalachenkos liv.* I juli väcktes intresset på nytt i och med rättegången mot Lisbeth Salander. Han häpnade då hon plötsligt frikändes. Det kändes inte bra. Hon var fri medan han tvingades gömma sig.

Han köpte *Millennium* på OK-macken och läste temanumret om Lisbeth Salander och Alexander Zalachenko och Ronald Niedermann. En journalist vid namn Mikael Blomkvist hade målat upp ett porträtt av Ronald Niedermann som en patologiskt sjuk mördare och psykopat. Niedermann rynkade ögonbrynen.

Det var plötsligt höst och han hade ännu inte kommit iväg. Då det blev kallare köpte han ett elektriskt element på OK-macken. Han kunde inte förklara varför han inte lämnade fabriken.

Vid några tillfällen hade ungdomar kört upp på planen framför bruket och parkerat, men ingen hade stört hans tillvaro eller brutit sig in i byggnaden. I september hade en bil parkerat på planen framför bruket och en man i blå vindjacka hade känt på dörrarna och vandrat omkring på tomten och snokat. Niedermann hade betraktat honom från fönstret på andra våningen. Med jämna mellanrum hade mannen gjort anteckningar i ett block. Han hade stannat i tjugo minuter innan han sett sig omkring en sista gång och åter satt sig i sin bil och lämnat området. Niedermann andades ut. Han hade ingen aning om vem mannen var och vilket hans ärende hade varit, men det tycktes som om han gjort en översyn av fastigheten. Han tänkte inte på att Zalachenkos död hade inneburit en bouppteckning.

Han funderade mycket över Lisbeth Salander. Han hade inte väntat sig att någonsin möta henne igen, men hon fascinerade och skrämde honom. Ronald Niedermann var inte rädd för levande människor. Men hans syster – hans halvsyster – hade gjort ett förunderligt intryck på honom. Ingen annan hade besegrat honom på det sätt hon hade gjort. Hon hade återkommit trots att han hade begravt henne. Hon hade återkommit och jagat honom. Han drömde om henne varje natt. Han vaknade kallsvettig och insåg att hon ersatt hans vanliga spöken.

I oktober bestämde han sig. Han skulle inte lämna Sverige förrän han hade sökt upp sin syster och utplånat henne. Han saknade en plan, men hans liv fick åter en målsättning. Han visste inte var hon fanns eller hur han skulle spåra henne. Han blev sittande i rummet på andra våningen i tegelfabriken där han stirrade ut genom fönstret, dag efter dag, vecka efter vecka.

Till dess att den vinröda Hondan plötsligt parkerade utanför byggnaden och han till sin omåttliga förvåning såg Lisbeth Salander kliva ut ur bilen. *Gud är nådig*, tänkte han. Lisbeth Salander skulle göra de två kvinnorna vars namn han inte längre kom ihåg sällskap i bassängen på bottenvåningen. Hans väntan var över och han skulle äntligen kunna gå vidare i sitt liv.

LISBETH SALANDER VÄRDERADE situationen och fann läget vara allt annat än under kontroll. Hennes hjärna arbetade för högtryck.

Klick, klick, klick. Hon höll fortfarande kofoten i handen men insåg att det var ett bräckligt vapen mot en man som inte kunde känna smärta. Hon var inlåst på drygt tusen kvadrat tillsammans med en mördarrobot från helvetet.

När Niedermann plötsligt rörde sig mot henne kastade hon kofoten mot honom. Han vek lugnt undan. Lisbeth Salander sköt fart. Hon satte foten på en pall och svingade sig upp på en packlår och klättrade som en spindel vidare ytterligare två packlårar upp. Hon stannade och tittade ned på Niedermann, drygt fyra meter under henne. Han hade stannat och avvaktade.

"Kom ned", sa han lugnt. "Du kan inte fly. Slutet är oundvikligt."

Hon undrade om han hade något skjutvapen. *Det* skulle vara ett problem.

Han böjde sig ned och lyfte en stol som han kastade. Hon duckade.

Niedermann såg plötsligt irriterad ut. Han satte foten på pallen och började klättra efter henne. Hon väntade till dess att han var nästan uppe innan hon tog sats med två snabba kliv och hoppade över mittgången och landade på ovansidan av en packlår några meter bort. Hon svingade sig ned på golvet och hämtade kofoten.

Niedermann var egentligen inte klumpig. Men han visste att han inte kunde riskera att hoppa från packlårarna och kanske bryta en fot. Han var tvungen att försiktigt klättra ned och ställa foten på golvet. Han var helt enkelt tvungen att röra sig långsamt och metodiskt, och han hade ägnat en livstid åt att bemästra sin kropp. Han hade nästan nått golvet då han hörde steg bakom sig och hann precis vrida kroppen så att han kunde parera slaget från kofoten med axeln. Han tappade bajonetten.

Lisbeth släppte kofoten i samma ögonblick som hon utdelade slaget. Hon hade inte tid att plocka upp bajonetten utan sparkade den ifrån honom längs pallarna, undvek en backhand från hans väldiga näve och retirerade tillbaka upp på packlårarna på andra sidan mittgången. I ögonvrån såg hon Niedermann sträcka sig efter henne. Hon drog blixtsnabbt upp fötterna. Packlårarna stod i två rader, staplade i tre våningar närmast mittgången och två våningar på utsidan. Hon svingade sig ned på tvåvåningshöjden och tog spjärn med ryggen och använde all sin benstyrka. Packlåren måste ha vägt minst 200 kilo. Hon kände hur den rörde sig och välte ned mot mittgången.

Niedermann såg låren komma och hann precis kasta sig åt sidan. Ett hörn av låren slog mot hans bröst men han klarade sig utan skador. Han stannade. *Hon gjorde verkligen motstånd.* Han klättrade upp efter henne. Han hade precis fått upp huvudet på tredje våningen då hon sparkade honom. Kängan träffade i pannan. Han grymtade och hävde sig upp på toppen av packlårarna. Lisbeth Salander flydde genom att hoppa tillbaka till lårarna på andra sidan mittgången. Hon välte sig omedelbart över kanten och försvann ur hans synfält. Han hörde hennes fotsteg och skymtade henne då hon passerade dörren till den inre hallen.

LISBETH SALANDER SÅG sig kalkylerande omkring. *Klick.* Hon visste att hon var chanslös. Så länge hon kunde undvika Niedermanns väldiga nävar och hålla sig på avstånd kunde hon överleva, men så fort hon gjorde ett misstag – vilket skulle ske förr eller senare – så var hon död. Hon måste undvika honom. Han behövde bara få tag i henne en enda gång för att striden skulle vara över.

Hon behövde ett vapen.

En pistol. En k-pist. En spårljuspansarspränggranat. En trampmina.

Vad fan som helst.

Men något sådant fanns inte att tillgå.

Hon såg sig omkring.

Det fanns inga vapen.

Bara verktyg. *Klick.* Hennes blick föll på kapsågen, men det skulle mycket till innan hon skulle kunna förmå honom att lägga sig på sågbänken. *Klick.* Hon såg ett järnspett som skulle kunna fungera som spjut, men det var för tungt för henne att hantera på ett effektivt sätt. *Klick.* Hon kastade en blick genom dörren och såg att Niedermann hade tagit sig ned från packlårarna femton meter bort.

Han var på väg mot henne igen. Hon började röra sig från dörren. Hon hade kanske fem sekunder på sig innan Niedermann skulle vara framme. Hon kastade en sista blick på verktygen.

Ett vapen ... eller ett gömställe. Hon stannade plötsligt.

NIEDERMANN GJORDE SIG ingen brådska. Han visste att det inte fanns någon utväg och att han förr eller senare skulle nå sin syster. Men hon var utan tvekan farlig. Hon var trots allt Zalachenkos dotter. Och han ville inte bli skadad. Det var bättre att låta henne jaga slut på sina krafter.

Han stannade på tröskeln till den inre hallen och såg sig omkring i bråten av verktyg, halvlagda golvplankor och möbler. Hon var osynlig.

"Jag vet att du finns här inne. Jag kommer att hitta dig."

Ronald Niedermann stod stilla och lyssnade. Det enda han hörde var sina egna andetag. Hon gömde sig. Han log. Hon utmanade honom. Hennes besök hade plötsligt utvecklats till en lek mellan bror och syster.

Sedan hörde han ett oförsiktigt prasslande ljud från en obestämd plats mitt inne i den gamla hallen. Han vred på huvudet men kunde först inte avgöra varifrån ljudet kom. Sedan log han igen. Mitt på golvet en bit från den övriga bråten stod en fem meter lång arbetsbänk i trä med en rad lådor längst upp och skjutdörrar till skåpen under.

Han gick fram till bänkskåpet från sidan och kastade en blick bakom skåpet för att försäkra sig om att hon inte försökte lura honom. Tomt.

Hon hade gömt sig inne i skåpet. Så dumt.

Han slet upp den första skåpluckan i sektionen längst till vänster.

Han hörde omedelbart rörelse då någon flyttade sig inne i skåpet. Ljudet kom från mittsektionen. Han tog två snabba steg och rev upp dörren med ett triumferande ansiktsuttryck.

Tomt.

Sedan hörde han en serie skarpa smällar som lät som pistolskott. Ljudet var så omedelbart att han först hade svårt att uppfatta varifrån det kom. Han vred på huvudet. Sedan kände han ett besynnerligt tryck mot den vänstra foten. Han kände ingen smärta. Han tittade ned på golvet just i tid för att se Lisbeth Salanders hand flytta spikpistolen till den högra foten.

Hon fanns under skåpet.

Han stod som förlamad de sekunder det tog för henne att sätta mynningen mot hans känga och avfyra ytterligare fem stycken sjutums spik rakt genom hans fot.

Han försökte röra sig.

Det tog honom dyrbara sekunder att inse att hans fötter var fastnaglade i det nylagda plankgolvet. Lisbeth Salanders hand flyttade tillbaka spikpistolen till den vänstra foten. Det lät som ett automatvapen som avlossade enstaka skott i snabb följd. Hon hann avlossa ytterligare fyra sjutums spik som förstärkning innan han kom sig för att agera.

Han började sträcka sig ned för att gripa tag i Lisbeth Salanders hand men tappade omedelbart balansen och lyckades återvinna den genom att ta stöd mot bänkskåpet medan han gång på gång hörde spikpistolen avfyras, *ka-blam, ka-blam, ka-blam.* Hon var tillbaka vid hans högra fot. Han såg att hon avfyrade spikarna snett genom hälen och ned i golvet.

Ronald Niedermann vrålade i plötsligt ursinne. Han sträckte sig åter mot Lisbeth Salanders hand.

Från sin plats under skåpet såg Lisbeth Salander hans byxben glida upp som tecken på att han höll på att böja sig ned. Hon släppte spikpistolen. Ronald Niedermann såg hennes hand reptilsnabbt försvinna under skåpet just innan han nådde fram.

Han sträckte sig efter spikpistolen men i samma ögonblick som han nådde den med en fingerspets halade Lisbeth Salander in sladden under skåpet.

Mellanrummet mellan golvet och skåpet var drygt tjugo centimeter. Med all kraft han kunde mobilisera vräkte han bänkskåpet över ända. Lisbeth Salander tittade upp på honom med stora ögon och ett förorättat ansiktsuttryck. Hon vred spikpistolen och avfyrade den från en halvmeters avstånd. Spiken träffade mitt i skenbenet.

I nästa ögonblick släppte hon spikpistolen och rullade blixtsnabbt ifrån honom och kom på fötter utanför hans räckvidd. Hon backade två meter och stannade.

Ronald Niedermann försökte flytta sig och tappade åter balansen och svajade fram och tillbaka med armarna fäktande i luften. Han återvann balansen och böjde sig ursinnigt ned.

Den här gången nådde han spikpistolen. Han höjde den och riktade mynningen mot Lisbeth Salander. Han tryckte in avtryckaren.

Ingenting hände. Han tittade förbryllat på spikpistolen. Sedan höjde han blicken till Lisbeth Salander igen. Hon höll uttryckslöst upp kontakten. I ursinne kastade han spikpistolen rakt mot henne. Hon vek blixtsnabbt åt sidan.

Sedan satte hon i kontakten i eldosan igen och halade in spikpistolen.

Han mötte Lisbeth Salanders uttryckslösa ögon och kände plötslig förvåning. Han visste redan att hon hade besegrat honom. *Hon är övernaturlig.* Instinktivt försökte han dra loss foten från golvet. *Hon är ett monster.* Han orkade lyfta foten några millimeter innan spikhuvudena fastnade. Spikarna hade borrat sig in i hans fötter i olika vinklar och för att kunna frigöra sig måste han bokstavligen slita itu sina fötter. Inte ens med sin närmast övermänskliga styrka orkade han dra sig loss från golvet. Några sekunder svajade han fram och tillbaka som om han höll på att svimma. Han kom inte loss. Han såg att en blodpöl långsamt bildades mellan hans skor.

Lisbeth Salander satte sig mitt framför honom på en stol som saknade ryggstöd medan hon försökte urskilja tecken på att han skulle orka slita loss sina fötter från golvet. Eftersom han inte kunde känna smärta var det bara en fråga om styrka om han skulle kunna dra spikhuvudena rakt genom foten. Hon satt blick stilla och betraktade hans kamp i tio minuter. Hela tiden var hennes ögon fullständigt uttryckslösa.

Efter en stund reste hon sig och gick runt honom och satte spikpistolen mot hans ryggrad, strax nedanför nacken.

LISBETH SALANDER FUNDERADE intensivt. Mannen framför henne hade importerat, drogat, misshandlat och sålt kvinnor i parti och minut. Han hade mördat minst åtta människor, inklusive en polis i Gosseberga och en medlem i Svavelsjö MC. Hon hade ingen aning om hur många andra liv hennes halvbror hade på sitt samvete, men tack vare honom hade hon jagats genom Sverige som en galen hund, anklagad för tre av hans mord.

Hennes finger vilade tungt mot avtryckarknappen.

Han hade mördat Dag Svensson och Mia Bergman.

Tillsammans med Zalachenko hade han också mördat *henne* och begravt *henne* i Gosseberga. Och nu hade han återkommit för att mörda henne igen.

Man kunde bli irriterad för mindre.

Hon såg inget skäl att låta honom leva vidare. Han hatade henne med en passion som hon inte begrep. Vad skulle hända om hon överlämnade honom till polisen? Rättegång? Livstids fängelse? När skulle han få permission? Hur snabbt skulle han rymma? Och nu då hennes far äntligen var borta – i hur många år skulle hon behöva se sig om över axeln och vänta på den dag då hennes bror plötsligt skulle dyka upp igen? Hon kände tyngden från spikpistolen. Hon kunde avsluta saken en gång för alla.

Konsekvensanalys.

Hon bet sig i underläppen.

Lisbeth Salander var inte rädd för vare sig människor eller ting. Hon insåg att hon saknade den fantasi som fordrades – det var ett bevis så gott som något på att det var något fel med hennes hjärna.

Ronald Niedermann hatade henne och hon svarade med ett lika oförsonligt hat mot honom. Han blev en i raden av män som Magge Lundin och Martin Vanger och Alexander Zalachenko och dussintals andra fähundar som i hennes analys inte hade någon ursäkt att alls befinna sig bland de levande. Om hon kunde samla dem alla på en obebodd ö och avfyra ett kärnvapen så skulle hon vara nöjd.

Men mord? Var det värt det? Vad skulle ske med henne om hon dödade honom? Vilka odds hade hon att undvika upptäckt? Vad var hon beredd att offra för tillfredsställelsen att avfyra spikpistolen en sista gång?

Hon kunde hävda självförsvar och nödvärnsrätten ... nej, knappast med hans fötter fastnaglade vid plankgolvet.

Hon tänkte plötsligt på Harriet Vanger som också hade plågats av sin far och sin bror. Hon mindes det replikskifte hon haft med Mikael Blomkvist där hon hade fördömt Harriet Vanger i de skarpaste ordalag. Det var Harriet Vangers fel att hennes bror Martin Vanger fick fortsätta att mörda år efter år.

"Vad skulle du göra?" hade Mikael frågat.

"Slå ihjäl fanskapet", hade hon svarat med en övertygelse som kom från djupet av hennes kalla själ.

Och nu stod hon i exakt den situation som Harriet Vanger hade befunnit sig i. Hur många fler kvinnor skulle Ronald Niedermann döda om hon lät honom löpa? Hon var myndig och socialt ansvarig för sina handlingar. Hur många år av sitt liv ville hon offra? Hur många år hade Harriet Vanger velat offra?

SEDAN BLEV SPIKPISTOLEN för tung för att hon skulle orka hålla den mot hans ryggrad ens med båda armarna.

Hon sänkte vapnet och kände det som om hon återkom till verkligheten. Hon upptäckte att Ronald Niedermann mumlade osammanhängande. Han talade på tyska. Han pratade om en djävul som kommit för att hämta honom.

Hon blev plötsligt medveten om att han inte pratade med henne. Han tycktes se någon i andra änden av rummet. Hon vred huvudet och följde hans blick. Där fanns ingenting. Hon kände nackhåren resa sig.

Hon vände på klacken, hämtade järnspettet och gick ut till den yttre hallen och letade rätt på sin axelremsväska. Då hon böjde sig ned för att plocka upp väskan såg hon bajonetten på golvet. Hon hade fortfarande handskarna på sig och lyfte upp vapnet.

Hon tvekade en stund och placerade den synligt i mittgången mellan packlårarna. Hon använde järnspettet och arbetade tre minuter med att hacka loss hänglåset som spärrade utgången.

HON SATT STILLA i sin bil och funderade en lång stund. Till sist öppnade hon sin mobiltelefon. Det tog henne två minuter att lokalisera telefonnumret till Svavelsjö MC:s klubbhus.

"Ja", hörde hon en röst i andra änden.

"Nieminen", sa hon.

"Vänta."

Hon väntade i tre minuter innan Sonny Nieminen, *acting president* i Svavelsjö MC, svarade.

"Vem är det?"

"Det ska du ge fan i", sa Lisbeth med så låg röst att han knappt kunde urskilja orden. Han kunde inte ens avgöra om det var en man eller kvinna som ringde.

"Jaha. Vad vill du då?"

"Du vill ha tips om Ronald Niedermann."

"Vill jag?"

"Snacka inte skit. Vill du veta var han finns eller inte?"

"Jag lyssnar."

Lisbeth lämnade en vägbeskrivning till den nedlagda tegelfabriken utanför Norrtälje. Hon sa att han skulle vara kvar tillräckligt länge för att Nieminen skulle hinna fram om han skyndade sig.

Hon stängde mobilen och startade bilen och körde upp till OK-macken på andra sidan vägen. Hon parkerade så att hon hade tegelbruket rakt framför sig.

Hon fick vänta i mer än två timmar. Klockan var strax före halv två på eftermiddagen då hon noterade en skåpbil som långsamt körde förbi på vägen nedanför henne. Den stannade på en parkeringsficka, avvaktade i fem minuter, vände och svängde upp på uppfarten till tegelbruket. Det började skymma.

Hon öppnade handskfacket och plockade fram en Minolta 2x8 kikare och såg skåpbilen parkera. Hon identifierade Sonny Nieminen och Hans-Åke Waltari och tre personer som hon inte kände igen. *Prospects. De måste bygga upp verksamheten igen.*

Då Sonny Nieminen och hans kumpaner hittade den öppna porten på gaveln öppnade hon mobilen igen. Hon komponerade ett meddelande och mailade till polisens ledningscentral i Norrtälje.

[POLISMÖRDAREN R. NIEDERMANN FINNS I GML TEGEL-
BRUKET VID OK-MACKEN UTANFÖR SKEDERID. HAN HÅL-
LER JUST PÅ ATT BLI MÖRDAD AV S. NIEMINEN & MEDL. I
SVAVELSJÖ MC. DÖD KVINNA I BASSÄNG I BTNVÅN.]

Hon kunde inte se någon rörelse från fabriken.

Hon tog tid.

Medan hon väntade plockade hon ut SIM-kortet från telefonen
och makulerade det genom att klippa itu kortet med en nagelsax.
Hon vevade ned sidorutan och kastade bitarna. Sedan plockade hon
upp ett färskt SIM-kort från plånboken och satte in det i mobilen.
Hon använde Comviq kontantkort som var närmast omöjliga att
spåra och kartlägga. Hon ringde till Comviq och tankade upp 500
kronor på det nya kortet.

Det tog elva minuter innan en piket utan sirener men med blålju-
sen på kryssade mot fabriken från Norrtäljehållet. Piketen parkerade
vid uppfartsvägen. Den följdes någon minut senare av två polisbilar.
De konfererade och ryckte fram mot tegelbruket i samlad tropp och
parkerade intill Nieminens skåpbil. Hon höjde kikaren. Hon såg en
av poliserna lyfta en komradio och rapportera in bilnumret på skåp-
bilen. Poliserna såg sig omkring, men avvaktade. Två minuter senare
såg hon ytterligare en piket närma sig i hög hastighet.

Hon insåg plötsligt att allting äntligen var över.

Den historia som hade börjat den dag hon föddes slutade på tegel-
bruket.

Hon var fri.

När poliserna plockade fram förstärkningsvapen från piketen och
satte på sig kevlarvästar och började sprida ut sig på fabriksområdet
gick Lisbeth Salander in på bensinmacken och handlade en *coffee to
go* och en smörgås i plastförpackning. Hon åt stående vid ett bar-
bord i serveringen.

Det var mörkt då hon gick tillbaka till bilen. Just då hon öppnade
dörren hörde hon två avlägsna knallar från vad hon antog var hand-
eldvapen på andra sidan vägen. Hon såg flera svarta figurer som var
poliser stå och trycka mot fasaden i närheten av entrén på gaveln.

Hon hörde sirener då ytterligare en piket närmade sig från Uppsala-hållet. Några personbilar hade stannat vid vägkanten nedanför henne och betraktade skådespelet.

Hon startade den vinröda Hondan och svängde ned på E18 och styrde hemåt mot Stockholm.

KLOCKAN VAR SJU på kvällen då Lisbeth Salander till sin gränslösa irritation hörde dörrklockan ringa. Hon låg i badkaret i vatten som fortfarande ångade. I stort sett fanns rimligen bara en person som kunde ha orsak att knacka på hennes dörr.

Hon hade först tänkt att ignorera ringklockan, men vid tredje signalen suckade hon och svepte ett badlakan runt kroppen. Hon sköt fram underläppen och droppade vatten på hallgolvet.

"Hej", sa Mikael Blomkvist när hon öppnade.

Hon svarade inte.

"Har du lyssnat på nyheterna?"

Hon skakade på huvudet.

"Jag tänkte att du kanske ville veta att Ronald Niedermann är död. Han mördades av ett gäng från Svavelsjö MC uppe i Norrtälje i dag."

"Verkligen", sa Lisbeth Salander med behärskad röst.

"Jag pratade med vakthavande i Norrtälje. Det verkar ha varit någon intern uppgörelse. Niedermann hade tydligen blivit torterad och uppsprättad med en bajonett. Det fanns en väska med flera hundra tusen kronor på platsen."

"Jaså."

"Gänget från Svavelsjö greps på plats. De gjorde dessutom motstånd. Det blev en eldstrid och polisen fick kalla in nationella insatsstyrkan från Stockholm. Svavelsjö kapitulerade vid sextiden i kväll."

"Jaha."

"Din gamle kompis Sonny Nieminen från Stallarholmen bet i gräset. Han flippade helt och försökte skjuta sig fri."

"Bra."

Mikael Blomkvist stod tyst i några sekunder. De sneglade på varandra genom dörrspringan.

"Stör jag?" frågade han.

Hon ryckte på axlarna.

"Jag låg i badkaret."

"Jag ser det. Vill du ha sällskap?"

Hon gav honom ett skarpt ögonkast.

"Jag menade inte i badkaret. Jag har bagels med mig", sa han och höll upp en påse. "Jag har dessutom köpt espressokaffe. Om du har en Jura Impressa X7 i köket så bör du åtminstone lära dig att använda den."

Hon höjde ögonbrynen. Hon visste inte om hon skulle vara besviken eller lättad.

"Bara sällskap?" frågade hon.

"Bara sällskap", bekräftade han. "Jag är en god vän som besöker en annan god vän. Om jag är välkommen, vill säga."

Hon tvekade några sekunder. I två år hade hon hållit sig på så långt avstånd som möjligt från Mikael Blomkvist. Ändå tycktes han hela tiden fastna i hennes liv som ett tuggummi under skosulan, antingen på nätet eller i det verkliga livet. På nätet gick det bra. Där var han bara elektroner och bokstäver. I verkliga livet utanför hennes dörr var han fortfarande den där jävla attraktiva mannen. Och han kände till hennes hemligheter på samma sätt som hon kände till hans hemligheter.

Hon betraktade honom och konstaterade att hon inte längre hade några känslor för honom. Åtminstone inga sådana känslor.

Han hade faktiskt varit hennes vän under det gångna året.

Hon litade på honom. Kanske. Det irriterade henne att en av de få människor hon litade på var en man hon hela tiden undvek att träffa.

Hon beslutade sig plötsligt. Det var fånigt att låtsas att han inte existerade. Det gjorde inte längre ont att se honom.

Hon sköt upp dörren och släppte in honom i sitt liv igen.